U0442566

国家社会科学基金项目成果（12CWW028）

本书由浙江财经大学中国语言文学省一流学科建设经费资助出版

蔡海燕 著

"A Moral Witness":
A Study of
W. H. Auden's Poetry

"道德的见证者"
奥登诗学研究

中国社会科学出版社

图书在版编目（CIP）数据

"道德的见证者"：奥登诗学研究 / 蔡海燕著. — 北京：中国社会科学出版社，2020.10

ISBN 978-7-5203-6379-2

Ⅰ.①道… Ⅱ.①蔡… Ⅲ.①威斯坦·休·奥登（Wystan Hugh Auden，1907—1973）—诗歌研究 Ⅳ.①I561.072

中国版本图书馆CIP数据核字（2020）第068210号

出 版 人	赵剑英
责任编辑	张 湉
责任校对	姜志菊
责任印制	李寡寡

出　　版	中国社会科学出版社
社　　址	北京鼓楼西大街甲158号
邮　　编	100720
网　　址	http://www.csspw.cn
发 行 部	010-84083685
门 市 部	010-84029450
经　　销	新华书店及其他书店
印　　刷	北京明恒达印务有限公司
装　　订	廊坊市广阳区广增装订厂
版　　次	2020年10月第1版
印　　次	2020年10月第1次印刷
开　　本	710×1000 1/16
印　　张	36.25
字　　数	572千字
定　　价	198.00元

凡购买中国社会科学出版社图书，如有质量问题请与本社营销中心联系调换
电话：010-84083683
版权所有　侵权必究

目　录

绪　论 1
- 一 "奥登是个庞然怪物"：青年奥登的成名 3
- 二 "英国的"还是"美国的"：奥登文学生涯的分水岭 9
- 三 昙花一现还是诗笔生辉：奥登诗名的沉浮 21
- 四 "在活人的肺腑里"：汉语语境中的奥登研究 35
- 五 "一支肯定的火焰"：研究的思路和方法 42

上篇 "答谢辞"：奥登诗学的思想谱系

第一章 "我们都在它的影响下各自过活"：奥登与精神分析学 56
第一节 "弗洛伊德主义是最普通的语言之一" 57
- 一 "医生之子"：接触心理学，领会"治疗的艺术" 59
- 二 弗洛伊德的治疗之道："宽宥了生活，变得更谦卑" 65

第二节 弗洛伊德式的自我分析 69
- 一 "一个早熟而又无礼的小怪物"：心理学家式的分析态度 70
- 二 "与母亲的子宫一撇两清"："圈套"与俄狄浦斯情结 76
- 三 "你的母亲不会再回到你的／身边"：母子情分的精神分析学解读 84

第三节 "融合"弗洛伊德主义与马克思主义 91
- 一 从病态的个体到病态的社会：不再是"政治白痴" 92
- 二 价值的颠覆：英国知识分子与德国工人阶级的结合 98

第二章 "左派自由主义者"：奥登与马克思主义 106
第一节 揭示资本主义社会的"死亡本能"与自毁倾向 108

一　中产阶级知识分子的失业与"幻灭"感受 ················ 109
　　二　"危机重重的时代"："行动"的必然性 ·················· 113
　　三　反纳粹和反绥靖："行动"的历史语境 ·················· 120
　第二节　"奥登同志"："一位自私的老左派自由主义者" ········· 128
　　一　"贴上马克思主义者的标签"：时代氛围和真实意图的距离 ···· 129
　　二　改良主义倾向：反法西斯主义与人民战线被策略性地混为一谈 ···· 137
　第三节　"必要的谋杀"：基于人道主义的左派立场 ············· 143
　　一　继续与左派人士并肩作战，但不是"不知道火会烧伤的人在玩火" ···· 144
　　二　西班牙内战与"述说的道德"："我即是你的选择，你的决定" ···· 152
　　三　"在必要的谋杀中清醒接受了罪恶"：正义战争与内心抉择 ······ 158

第三章　"我开始思考上帝"：奥登与基督教信仰 ············· 168
　第一节　"哦，告诉我爱的真谛"：信仰皈依之旅 ············· 170
　　一　家庭宗教背景和中产阶级教育背景 ···················· 171
　　二　西班牙之行和"新闻短片事件" ······················ 174
　　三　"狂热的克尔凯郭尔、威廉斯和刘易斯／引领我回返了信仰" ···· 182
　　四　"致切斯特／你让我明白了真谛" ···················· 185
　第二节　"信仰的跳跃"：在世俗时代寻找"绝对的前提" ········· 193
　　一　"失去了信仰"：不可避免的"没有信仰的阶段" ··········· 193
　　二　不信教者的宗教情怀：作品中的基督教元素 ·············· 201
　　三　"绝对的前提"：并不是上帝需要我们，而是我们需要上帝 ····· 209
　第三节　信仰的实践："我不是基督徒"，而是"潜在的基督徒" ···· 214
　　一　未经反思的信仰是没有价值的：理性思考和主观经验 ········· 214
　　二　克尔凯郭尔的启示："有如天命" ···················· 218
　　三　"活出我们的信仰"："信仰只是一种过程，而不是一个状态" ···· 228
　　四　"爱邻如己"："此世性"和"即使上帝不存在"的存在 ······ 234

下篇　"染匠之手"：奥登诗学的艺术伦理

第一章　"公共领域的私人面孔"：诗人的社会位置 ············· 255
　第一节　诗人与私人领域：警惕浪漫主义式的"自我表达" ······· 257
　　一　"对交流没有兴趣的人"不会成为艺术家 ················ 257
　　二　哈代的启示：用"鹰的视域"替代"浪漫主义视域" ········ 261

三　艾略特的启示：诗人"与他自身的情感保持距离" ……………… 266
　第二节　"威斯坦，孤独的飞鸟"："飞到高处"与社会化写作 ……… 272
　　　一　"请关注这一幕"：全景视域与社会警示 …………………… 273
　　　二　俯瞰的目光：想象的高度，批评的激情 …………………… 277
　第三节　诗人与公共领域：拒绝成为诗人英雄 …………………………… 283
　　　一　伊卡洛斯式的飞行：从波德莱尔到奥登 …………………… 284
　　　二　质疑"鹰的视域"：空间距离与情感疏离 ………………… 289
　　　三　切勿"飞得太高"：似近实远的尴尬处境 ………………… 297
　第四节　代达罗斯式的飞行：走向"安全的位置" ………………………… 301
　　　一　"随意的语气"与"孤独的艺术家" …………………………… 301
　　　二　一艘船"突然改变了它的航向"：通过移居改变社会位置 … 309
　　　三　现代诗人的方向："创作艺术作品本身便是一种政治行为" … 314

第二章　"将诅咒变成一座葡萄园"：诗歌的"道德层面" ……………… 321
　第一节　"艺术并不等同于生活"——诗歌的"无用" …………………… 324
　　　一　否认"介入的艺术"："诗歌不会使任何事发生" ………… 325
　　　二　诗歌的存在法则：在"自造的山谷里得以存续" ………… 335
　第二节　"教会自由的人如何去称颂"：诗歌的"无用"之"用" ……… 344
　　　一　诗歌的"调停能力"："以偶然的方式"汇入读者 ………… 345
　　　二　诗歌的"称颂"："倾其所能去赞美存在和发生" ………… 348
　第三节　"道德的见证者"：诗歌题材的伦理责任 ……………………… 356
　　　一　线性历史观影响下的诗歌题材论："一个可堪拯救的世界" … 356
　　　二　诗歌题材的伦理向度："诗歌的责任之一是见证真相" …… 367
　　　三　"但它们在说谎"：批判"鹰的视域"，警惕旁观背后的伦理谎言 …… 378

第三章　"耐心的回报"：诗歌的"技术层面" ………………………… 392
　第一节　艺术"诊疗室"：弗洛伊德文艺观之"补遗" …………………… 394
　　　一　艺术家的"守护天使"：艺术与神经官能症的联系 ……… 395
　　　二　创作发生论：从"灵感的器皿"到"观念的幸运冒险" …… 404
　　　三　创作过程论："密探和长舌妇的结合体" ………………… 411
　第二节　"语言的游戏"：探索诗歌技艺 ………………………………… 419
　　　一　追求"语言学夫人"："诗歌的母亲是语言" ……………… 420
　　　二　反对语言的败坏，"捍卫语言的神圣性" ………………… 429

三　反对"自由"诗，尊重诗歌家庭的"仆人们" ……………………… 441
　　四　"形式主义者"的游戏精神和诗体实验 ……………………………… 448
第三节　"语言的社群"：想象共同体和构建诗歌乌托邦 ………………… 460
　　一　诗歌有机论：诗不仅仅是"一个自然有机体" ……………………… 462
　　二　诗歌张力说：诗是"阿里尔和普洛斯彼罗之间的竞争关系" ……… 473
　　三　"一个潜在的共同体"：未来场域中的乌托邦愿景 ………………… 486

结语　"我的意思是大诗人"：奥登的现代启示 ………………………… 503
　　一　成为"大诗人"：奥登的艺术探索之路 ……………………………… 505
　　二　"如此经常地不忠实"：奥登的"诚"与"真" ……………………… 519
　　三　"他仍然热爱生活"：生活的践行者 ………………………………… 526

附录　奥登生活与创作系年 ……………………………………………… 534

主要参考文献 ……………………………………………………………… 540

索　引 ……………………………………………………………………… 553

后　记 ……………………………………………………………………… 570

绪　　论

或可认为，艺术奋斗的目标在于
精准，而不是向我们说谎，因为
它的基本法则毋庸置疑地
坚持了细节之处的独立。

——布罗茨基 《烛台》

在野蛮人和唠唠叨叨的生灵中间过活，被人从奇怪的角度
　　来打量审视，且还要乐此不疲，此即艺术的存在理由。
诗人，运用你呼唤的能力，准确地说出
　　你有幸看到的东西：其他交由我们自己来判断。

——奥登 《短句集束》

奥登（Wystan Hugh Auden，1907—1973）在 20 世纪英语诗坛的重要地位自不待言。奥登的文学遗产受托人门德尔松教授（Edward Mendelson）在 1979 年版的《诗选》（*Selected Poems*）前言中说："用英语写作的诗人当中，真正属于 20 世纪的，奥登是第一人。"[①] 1984 年，布罗茨基（Joseph Brodsky）在美国哥伦比亚大学就奥登的诗歌创作进行演讲时，充满敬意地宣称奥登是"20 世纪最伟大的心灵"、"本世纪的批判者"，并把这些内容

[①] W. H. Auden, *Selected Poems*, ed. Edward Mendelson, London: Faber and Faber, 1979, p. ix.

收入他的散文集《少于一》(*Less Than One*, 1986)。① 奥登用一生的求索印证了他心目中的诗人形象——"他不是生产诗行的机器,他和其他人类一样也是人,他在某个历史时期的社会里生活,操心着这个社会所操心的事物,经历着这个社会的变迁。"②

诗人,如同我们所有人,总是生活在具体的历史语境之中。尽管奥登一度真诚地相信诗歌对社会历史进程的干预——诗歌是"历史的根源","能让任何事情发生",③ 过后又沉痛地否认诗歌在这方面的功能——"诗歌不会使任何事发生"(《诗悼叶芝》("In Memory of W. B. Yeats", 1939;《奥登诗选:1927—1947》④ 395)。恰恰是在时代之鼓噪中,奥登认清了诗歌的"无用",痛定思痛之后成长为"道德的见证者"(a moral witness):

> 与人类的行为一样,人类创作的诗歌也无法免除道德判断的约束,但两者的道德标准不同。诗歌的责任之一是见证真相。道德的见证者会尽最大能力说出真实的证词,因此法庭(或者读者)才能更好地公平断案;而不道德的见证者证词则是半真半假,或者根本谎话连篇,但如何判案则不是见证者的分内事。⑤

诗歌是"诗人对善与恶的认知的见证","我们说诗歌超越善恶,仅仅

---

① Joseph Brodsky, *Less Than One,* New York: Farrar, Straus and Giroux, 1986, pp. 357, 304.

② [英] W. H. 奥登:《C. P. 卡瓦菲斯》,《序跋集》,黄星烨译,上海译文出版社2015年版,第440页。

③ W. H. Auden, "The Public v. the Late Mr. William Butler Yeats", in *The Complete Works of W. H. Auden: Prose*, Vol. II: 1939-1948, ed. Edward Mendelson, London: Faber and Faber, 2002, p. 7.

④ 奥登的诗歌作品卷帙浩繁,不但数量多,类型也多,奥登的文学遗产受托人门德尔松教授亲自编定了一套《奥登诗选》(*Collected Poems*, 1976),中文版《奥登诗选:1927—1947》和《奥登诗选:1948—1973》根据此版为母本,由马鸣谦和笔者合作翻译。本书所选取和引用的奥登诗歌,若出自这套诗选,将随文标注出处和页码。

⑤ [英] W. H. 奥登:《C. P. 卡瓦菲斯》,《序跋集》,黄星烨译,上海译文出版社2015年版,第436页。需要注意的是,"诗歌的责任之一是见证真相"这一句,中文版将"见证真相"译为"见证真理",原文"truth"的确有真理、真相、事实等多义性,笔者更倾向于译为"真相"。

意味着一个诗人无从改变他感受到的事实,就像父母在自然的律令下无从改变他们遗传给孩子的身体特征",[1]但诗人可以通过说出"真实的证词"展现我们这个世界的本来面目,读者自会借此更好地断案,这才是诗歌的"无用"之"用"。如新批评派的杰出代表克林斯·布鲁克斯(Cleanth Brooks)所言,"诗歌的用途总是要被发现的,而且毫无疑问会不断地被发现"[2],但如果将这些"用途"精心安排为一个个命题的话,诗人恐怕连一首真正的好诗都无法写出来。文学可以引发读者对于善与恶、是与非等道德问题的思考,而不是自以为是地灌输和强加道德观念给读者。[3]唯其如此,诗人不会傲慢地干扰我们的生活,而是更为道德地帮助我们认清自己和世界。这样的诗人,"运用你呼唤的能力,准确地说出 / 你有幸看到的东西:其他交由我们自己来判断"(《短句集束》,"Shorts",1969—1971;《奥登诗选:1948—1973》456),才是我们最为可靠的见证者。

一 "奥登是个庞然怪物":青年奥登的成名

在充满幻灭、颓废的20世纪20年代,英语诗歌方面的杰出代表是艾略特,然而自从他于1928年旗帜鲜明地把自己定义为"文学上是古典主义者,政治上是保皇主义者,宗教上是英国国教高教会派信徒"[4]之后,他在年轻一代中便失去了曾经的先锋派吸引力。关于这一时期的英国诗坛,美国学者贝雷泰·斯特朗(Beret Strong)是这样描述的:"在英国,20世纪20年代和30年代分别代表着高级现代主义(High Modernism)的两个

---

[1] W. H. Auden, "The Virgin & The Dynamo", in W. H. Auden, *The Dyer's Hand and Other Essays,* New York: Vintage, 1989, pp. 70-71.

[2] [美]克林斯·布鲁克斯:《精致的瓮:诗歌结构研究》,郭乙瑶、王楠等译,上海人民出版社2008年版,第194页。

[3] 关于文学与道德的关系,克林斯·布鲁克斯在《形式主义批评家》("The Formalist Critics",1951)中的一句阐述至今仍然深得人心——"如艾伦·泰特所言,'特定的道德问题'是文学的主题,但文学创作的动机并非指向道德。"可以参看Cleanth Brooks, "The Formalist Critics", *The Kenyon Review,* (Winter 1951), pp.72-81.

[4] T. S. Eliot, *For Lancelot Andrews: Essays on Style and Order,* London: Faber & Gwyer, 1928, p. ix.

不同阶段；第一个十年以T.S.艾略特的《荒原》为代表；第二个十年以有关共产主义具有拯救力的诗歌为代表。"①正是在艾略特遁入了宗教和保守主义、叶芝（W. B. Yeats）驶向了"拜占庭"的神秘体系的时候，奥登以1930年出版的《诗集》（Poems）迅速成为诗坛焦点，"给迂腐、沉闷、故步自封的英国诗坛漂亮的一击"②。内奥米·密契森（Naomi Mitchison）旋即在《周末评论》（The Week-end Revirew）上盛赞该诗集是"新一代"崛起的标志③，奥登也迅速成为整整一代先锋诗人之中最独领风骚的一位，甚至以他的姓氏冠名了同时期优秀的牛津诗人们——"the Auden Generation"（奥登一代），还出现了一个专有的词汇——"Audenesque"（奥登的，奥登式的）。

关于奥登在20世纪30年代英语诗坛的境况，英国诗人兼文学批评家杰弗里·格里格森（Geoffrey Grigson）的界定更为栩栩如生——"奥登是个庞然怪物"：

奥登从不随波逐流。奥登并不温文尔雅。无论是在创作还是生活上，奥登都不落窠臼。他不走布卢姆茨伯里派④的路子，不沿袭汉普斯特德⑤文化圈的传统，也不依循牛津、剑桥或者罗素广场⑥那些人的模式。奥登写尚在求学的少年。奥登时不时地咬手指甲。奥登写诗时会押韵。奥登信手拈来各种诗体。奥登并不讨厌豪斯曼。奥登更接近

---

① [美]贝雷泰·斯特朗：《诗歌的先锋派：博尔赫斯、奥登和布列东团体》，陈祖洲译，南京大学出版社2011年版，第123页。

② William Plomer, "Vigorous Attack", *Sunday Referee* (22 May 1932), in John Haffenden, ed., *W. H. Auden: The Critical Heritage*, London: Routledge & Kegan Paul, 1983, p. 95.

③ Naomi Mitchison, "A New Generation", *Weekend Review* (25 October 1930), in John Haffenden, ed., *W. H. Auden: The Critical Heritage*, London: Routledge & Kegan Paul, 1983, p. 83.

④ 布卢姆茨伯里派（Bloomsbury）是20世纪上半叶以英国伦敦布卢姆茨伯里地区为活动中心的文人团体，弗吉尼亚·伍尔夫是其中最广为人知的代表者。

⑤ 汉普斯特德（Hampstead）位于英国伦敦市区，长久以来是文人雅士的聚集地。拜伦、雪莱、济慈等19世纪浪漫派诗人，以及劳伦斯、艾略特等20世纪作家都曾在此居住过。

⑥ 罗素广场（Russell Square）位于英国伦敦市区，毗邻伦敦大学的主楼。结合上文提到的英国名校牛津和剑桥，"罗素广场"在此该是指代伦敦大学。

吉卜林而不是威廉斯。奥登更喜欢杜米埃而不是蒙德里安①。奥登更有可能阅读冰岛英雄传奇而不是《海浪》……

奥登是个庞然怪物。②

在这里，"monster"既有"怪物"的意思，也有"庞然大物"的意思。虽然格里格森认为奥登的诗风与时代主流格格不入，有"怪异"之嫌，但他基本上是站在肯定的角度评价奥登的非同寻常之处，因而"monster"有了一层"庞然怪物"的含义。格里格森随后更是为"庞然怪物"添加了一个形容词——"有能力的"（able），认为英语诗坛鲜见"有能力的庞然怪物"，而奥登无疑位列其中。多年后，英国学者雷纳·埃米格（Rainer Emig）沿用了格里格森对奥登的界定，在《威·休·奥登：走向后现代主义诗艺》（*W. H. Auden: Towards a Postmodern Poetics*，2000）这本专著里系统阐述奥登诗艺的重要方面，戏称自己是在"驯服庞然怪物"（taming the monster）③。

然而，奥登并不是一个容易被"驯服"的"庞然怪物"。一方面，"怪"字侧重于强调体态的惊人，这是暗指奥登诗歌的复杂性和多样性。格里格森不但认为"奥登是个庞然怪物"，还指出奥登的诗歌"怪异"（monstrous）。持类似观点的人很多，比如埃德温·缪尔（Edwin Muir）就认为奥登诗歌中所展现的想象非常"奇异"（grotesque）④。除了"怪异"、"奇异"，内奥米·密契森、迪莉斯·鲍威尔（Dilys Powell）和杜德雷·费茨（Dudley Fitts）等评论者还不约而同地用到了一个词——晦涩（obscurity），甚至认为这种晦涩造成了理解的障碍。后来的评论者也都或多或少地谈及了这一问题。在整个30年代，"晦涩"成为评论者言及奥登诗歌时最惯常使用的词语之一，

---

① 杜米埃（Honoré Daumier）是法国19世纪现实主义讽刺画大师；蒙德里安（Piet Mondrian）是19世纪末20世纪上半叶荷兰画家，作品是以交错的三原色为基色的垂直线条和平面。

② Geoffrey Grigson, "Auden as a Monster", *New Verse*(November 1937), in John Haffenden, ed., *W. H. Auden: The Critical Heritage*, London: Routledge & Kegan Paul, 1983, p. 257.

③ Rainer Emig, *W. H. Auden: Towards a Postmodern Poetics*, New York: Palgrave, 2000, p. 1.

④ Ian Sansom, "Auden and Influence", in Stan Smith, ed., *The Cambridge Companion to W. H. Auden*, Cambridge: Cambridge UP, 2004, p. 227.

以至于奥登有时候不得不需要向人们解释自己的作品,甚至萌生了要为"晦涩"致歉的冲动。[①]不过,随着时间的推移,尤其是到了20世纪末期,"晦涩"的角色发生了变化,逐渐从造成理解障碍的"元凶"转变成奠定奥登诗风的"功臣"。无论"怪异"、"奇异"和"晦涩"随着历史变迁演绎了何种角色,这些抽象词汇都很好地说明了奥登的诗歌并不"平易近人",而造成这类现象的根本原因在于其诗歌内容的丰赡和诗歌技巧的实验。

理查德·达文波特—海因斯(Richard Davenport-Hines)曾这样评说奥登:"他就像一位百科全书编纂者,喜欢搜集、分类和诠释大量的信息,力图将自然现象、精神体验、人类历史和潜在情绪融合成一个体系。在这个体系中,躯体、思维、感觉和智力呈胶合的状态。"[②]门罗·斯皮尔斯(Monroe K. Spears)在谈到奥登时,也强调了他思想和学识的广度,认为他对精神分析学、马克思主义、基督教神学、存在主义哲学、人类学、生物学、地质学等领域均有涉猎,并及时掌握了这些领域的最新成果。[③]在诗歌技巧上,奥登对英国自盎格鲁—撒克逊时代以来的诗歌,直至现代的霍普金斯(Gerard Hopkins)、哈代(Thomas Hardy)、叶芝、艾略特等人的诗歌均有研究,并在一定程度上有所继承和发展。他不但能写严肃诗,还能写轻松诗、打油诗,诗体更是多种多样,举凡颂歌、十四行诗、田园诗、挽歌、谣曲、书信体诗文、宗教诗剧等都有尝试,屡有创获。约翰·布莱尔(John Blair)在剖析奥登的诗艺时说:"他如此多才多艺,诗体风格已经达到了令人目眩的多样性",因而"不可能加以任何形式的精确分类。"[④]

---

① 1932年,在《雄辩家》发行前夕,奥登写了一篇前言,为该诗集的"晦涩"致歉,并概述了该诗集的内容。不过,艾略特并不认同他的做法,建议他删除这篇前言。奥登最后照办了。可以参看Charles Osborne, *W. H. Auden: The Life of a Poet*, New York: Harcourt Brace Jovanovich, 1979, p. 91.

② Richard Davenport-Hines, "Auden's Life and Character", in Stan Smith, ed., *The Cambridge Companion to W. H. Auden*, Cambridge: Cambridge UP, 2004, p. 15.

③ Monroe K. Spears, *Auden: A Collection of Critical Essays*, Englewood Cliffs: Prentice-Hall, Inc., 1964, p. 6.

④ John Blair, *The Poetic Art of W. H. Auden,* Princeton: Princeton UP, 1965, p. 124.

另一方面,"庞然"二字侧重于强调体积的庞大,这暗示了奥登身为诗人的人格魅力和艺术成就。奥登给人的印象往往是自信和渊博,而且也因为早慧在同龄人中间颇有威望。早在 1917 年,奥登和衣修伍德(Christopher Isherwood)就相识于圣爱德蒙德预科学校(St. Edmund's School),后者虽然比前者年长近 3 岁,却依然折服于小奥登的知识面:

> 在我们这些人的印象里,他顽皮、傲慢,常常因为自己知晓的那些虽然不体面但吊人胃口的秘密而洋洋得意。他自豪地向我们传播性知识和科学知识,即使他经常将那些科学术语发错音,也足以令他在同学们中间确立起一种特殊的地位,有点类似于巫医在愚昧的未开化人群中的角色。[1]

奥登在大学期间依然风头强健。有位同学说他"长得不是一般地孩子气",却有"了不起的聪明劲儿",说起话来语速很快,滔滔不绝,显得与众不同。当学长问他有没有写诗的时候,还是新生的奥登"从口中拿出烟斗,手托着下巴,朗诵了近半个小时的诗",令旁人目瞪口呆。[2] 此后,奥登结识了学长戴—刘易斯(C. Day-Lewis)、学弟麦克尼斯(L. MacNiece)和斯彭德(Stephen Spender)等人,这些牛津才子们在奥登的组织下,讨论文学问题、切磋诗歌技艺、编辑《牛津诗歌》(Oxford Poetry),俨然是一个小规模的文学团体了。据斯彭德回忆,奥登那时候已经视自己为这个团体的领袖了:

> 他认为,文学的中心舞台正空置着。"显然,他们在等待某人莅临。"这口吻听起来似乎预示着他在不久的将来会占据那个舞台。不过,他从没有只把自己看成是明日的文学之星。他寻找同伴和追随者的意愿很强烈,不仅找诗歌领域的,还有其他艺术领域的。他看着墙上的静

---

[1] Humphrey Carpenter, *W. H. Auden: A Biography,* Boston: Houghton Mifflin Company, 1981, p. 21.

[2] Ibid. p. 43.

物画说:"他将成为画家。"那是罗伯特·麦德雷画的。他的朋友衣修伍德会成为小说家。查默斯也是团体里的一分子。塞西尔·戴—刘易斯是诗人同伴。一群新生艺术家在他脑子里成形,就像一群内阁在政党首领的脑子里。①

与此同时,伙伴们和同辈们对奥登的才能也心悦诚服,甚至在某种程度上甘愿受到他的"影响"。以斯彭德为例,在斯彭德犹豫着写散文还是写诗歌的时候,奥登斩钉截铁地认为他只能写诗歌,斯彭德欣然接受了;在奥登说自己得花三个星期写出一首好诗的时候,原本一天能写四首诗的斯彭德,马上改成三星期写一首诗;在看到奥登把现代工业文明写进诗歌之后,斯彭德的诗歌内容有了改变……以上种种事例说明,奥登的诗歌素养和人格魅力,让他具有了一种与生俱来的权威性,以至于他不需要使用手段或策略就可以团结伙伴们,不需要讨好他们就可以得到他们的信赖与支持,这使他自然而然地成为"奥登一代"(the Auden Generation)的领军人物。

乔治·奥威尔(George Owell)是这样描述这些牛津才子的:"这群作家跟乔伊斯—艾略特那一代作家相比,最突出的一点是,新一代作家的共同点更多,更易于归为一类。从技巧上说,他们都很相近,而从政治上看,他们简直都区分不开,而且他们相互之间对于对方的批评,也都是温言温语的。"②虽然奥威尔在20世纪30年代后期对奥登诗人们的创作才能和政治立场持批判态度,但他的这段话至少表明了"奥登一代"内部的诸多共性和紧密协作,而在这一群年轻作家团体当中,奥登无疑是其中最为耀眼的一位。内奥米·密契森早在1930年就敏锐地指出,"年轻人正崇拜他,模仿他"③。如果说密契森的观点更多地代表了文学前辈对后辈的殷殷期盼

---

① Stephen Spender, *World within World: The Autobiography of Stephen Spender*, New York: St. Martin's Press, 1994, pp. 51-52.

② [英]乔治·奥威尔:《在巨鲸肚子里》,《政治与文学》,李存捧译,译林出版社2011年版,第120页。

③ Naomi Mitchison, "A New Generation", *Weekend Review* (25 October 1930), in John Haffenden, ed., *W. H. Auden: The Critical Heritage*, London: Routledge & Kegan Paul, 1983, p. 81.

的话，那么朱利安·贝尔（Julian Bell）的自我剖白则说明了年轻人对奥登影响力的认识：

> 在1929年和1930年的剑桥大学，我起初就发现，在稀疏平常的智性谈话中，核心主题往往是诗歌。在我的记忆里，我们几乎从未谈论过政治，也未曾思考过政治……只有一些不太重要的问题，比如生育控制，看起来需要我们这些知识分子们去斡旋。
>
> 到了1933年底，情形已经发生了变化，我们谈论的唯一话题几乎就是当代政治，绝大多数的较优秀毕业生是共产主义者，或者说，是左派。文学上的兴趣仍在持续，只不过性质有了不少改变；在以奥登先生为首的牛津派的影响下，我们成了共产主义的同盟。的确，要说共产主义在此时的英国主要是一种文学现象（一种"战后第二代"规避荒原的尝试），这一点都不为过。①

贝尔是一位到过中国教书最终死在了西班牙战场的年轻诗人，他的这段话写于1933年12月，除了提到"以奥登先生为首的牛津派的影响"，也表明了他们那代知识分子纷纷"向左转"的历程，间接地指出了奥登核心影响力的来源，即20世纪30年代特殊的社会语境以及奥登的时代敏感性。

由此可见，奥登的文学旨趣和创作实践积极呼应了20世纪30年代英国文坛的价值取向，这为他赢得了普遍的关注和众多的拥趸，也促使他成为整整一代人的精神领袖。

二 "英国的"还是"美国的"：奥登文学生涯的分水岭

1939年1月26日，美国纽约在大雪纷飞中迎来了两位欧洲来客，他们已经决定要在这片新大陆长久定居下去。根据衣修伍德的回忆，他

---

① Julian Bell, "Politics in Cambridge", in Samuel Hynes, *The Auden Generation: Literature and Politics in England in the 1930s*, London: Faber and Faber, 1976, pp. 129-130.

们在中国之行后[①]从美国纽约中转返回欧洲时,奥登第一次向他透露了移居美国的想法,更确切地说,是定居纽约。衣修伍德表示,他对于移居并没有明确的念头,只不过是追随奥登去了美国。奥登却宣称,这个选择是他们共同协商的结果。[②]伴随着这一剪不断理还乱的事出之因,他们"离开战争中的英国,去了美国"[③]的行为却在大西洋两岸掀起了轩然大波。

然而,在他们走出船舱、踏上纽约码头的那个寒冷的清晨,摆在他们面前亟待解决的问题,并不是流言蜚语,而是新一轮的"选择"。衣修伍德在半自传体小说《克里斯托弗及其类》(*Christopher and His Kind*,1972)中略带戏谑地调侃了纽约在1938年7月和1939年1月为他们呈现的两种风貌:彼时,烈日当空,七月的骄阳熔化了身在异国他乡的疏离感,他们对接下来的选择充满了自信;但此刻,扑面而来的寒意化成了一股股冷漠的敌意,那矗立在暴风雪中的"法国制造的手持自由火炬的女巨人"[④]看上去十分可怖,在无声的静默中逼仄着他们紧绷的神经——"要么照着我们的方式来,要么坐下班船滚回去——回到你们分崩离析的欧洲去。"[⑤]他们选择了留下,一条跟艾略特恰恰相反的道路。

这一举动在大西洋两岸迅速掀起了轩然大波,中外学者也往往据此将

[①] 1937年夏,伦敦费伯出版社(Faber and Faber)和纽约兰登书屋(Random House)邀请奥登和衣修伍德写一本旅行杂记。他们出于种种考虑,选择出访危难中的中国:第一,根据出版方的要求,该旅行杂记的内容必须有关亚洲国家;第二,彼时中日战争已经爆发,日军不但主动挑起卢沟桥事变,还相继侵占了北平、天津等重要城市,并蓄势侵占上海,这一系列事件开始引起西方国家的关注;最后,对于奥登来说,他此前的西班牙之行收获不大,那里"聚集着一大群文化界明星",他作为后辈很难脱颖而出,所以需要选择一个较少受到西方文化界关注的国家来谋求突破。于是,他们怀着"我们将有一场完全属于我们自己的战争"的激情,于1938年1月19日出发前往中国,直至6月12日从上海乘船离开,在中国停留了4个多月,随后出版了《战地行纪》一书,包括衣修伍德撰写的散文部分和奥登的诗歌作品。

[②] 关于两人移居的决定,可以参看Christopher Isherwood, *Christopher and His Kind*, London: Vintage, 2012, pp. 326-327, 335. 另外还可以参看Humphrey Carpenter, *W. H. Auden: A Biography,* Boston: Houghton Mifflin Company, 1981, p. 242.

[③] 王佐良:《英国诗史》,译林出版社1997年版,第453页。

[④] 即位于纽约海港内自由岛的哈德逊河口附近的自由女神铜像。

[⑤] Christopher Isherwood, *Christopher and His Kind*, London: Vintage, 2012, pp. 349-350.

奥登的思想和创作一分为二,斯彭德作为"奥登的心腹、学家和注释员"[①],对奥登的这段描述很有代表性:

> 事既如此,现代艺术里就出现了二种趋势。一种是躲开看来如此反人性的,客观的世界而遁入个人的,私己的,晦涩的,怪僻的,及不关轻重的世界,另一是设法将想象生活与现代人类所创造的广大而反人性的组织取得联系。
>
> 这二种逃避与扩展的趋势时常平行地存在一个诗人的身上。在某些诗人中,扩展的阶段往往为逃避的阶段所接替。奥登在他早期的作品里以非常个人的弗洛德主义解释,混着马克思主义来面对世界。在这些诗中我们得着这样一幅英国的画片:一个病院,里面的人们获得人性,因为诗人把他们解释为病人。诗人自己则是精神病学家。他们的物质环境:陋巷及工厂,及社会环境:失业,战争,革命,是一串神经病的外射,织全人类于一赎罪的世界之中。在那赎罪圈之外闪着革命的黎明的微光。它将为人类创造一较好的世界,在那里每一个个体都因为在社会的组织里有合适的位置而能实现自己的个性。在那儿,生产的工具不再是迷糊的荒野,吞没人类于错误的梦的混乱之中,而是和平的可资灌溉的河流带着牛乳和蜜糖流经社会全体。
>
> 这是一个幻景,从它奥登转入后期的神秘主义。他的撤退的理由是很显然的。诗人的社会的幻景自然是形成一想象的,人性化的现代人生的工具,可是不幸,它得与这个不合适的事实妥协:社会全身并不像在走向社会主义的天国。假如我们想形成一人生的真实的诗的画面,作为隐匿于不同的,破碎的现时外在结晶体的意识整体,一个理想国的幻景是不够的。因为这样一个幻景假定外在的支离破碎在某一时间终止而我们又回到内在梦想与外界现象相和谐的世界。可是我们也必须想到这也许不会实现。理想国或社会的现实主义并无力量逼迫社会的形态改

---

① [美]约瑟夫·布罗茨基、[美]所罗门·沃尔科夫:《布罗茨基谈话录》,马海甸、刘文飞等编译,东方出版社2008年版,第129页。

变。如果想真实地想象事物，我们必须想象它们如实际存在的情形。①

斯彭德在分析现代艺术的两种趋势的时候，把艾略特作为"逃避"的典型案例进行分析，而把早期奥登作为"扩展"的绝佳代表进行诠释，这基本上也是学术界的一个共识。至于后期奥登是否彻底遁入了"逃避"，这仍然是一个悬而未决的话题，更何况斯彭德本人对后期奥登的解读也存在一定程度的偏差。他在评论奥登的诗集《另一时刻》(*Another Time*, 1940)时这样写道："奥登的诗歌之路令人堪忧……如果我被炸弹击中的话，但愿奥登能为我写几首萨福体诗。"② 一向心高气傲、不为他人言论所动的奥登，读到好友的这番言论后深感受到伤害，特地给他写了一封长信。时至今日，我们仍然能够在国内外相关文章中看到类似"离开战争中的英国，去了美国"③这样的句子，未尝不是对奥登当年的选择的一种情绪化回应。

这里有两个问题值得我们关注：其一，奥登的移居与历史的语境之间的关系；其二，奥登的移居与奥登的声誉之间的关系。

要回答第一个问题，我们必须要分析奥登移居美国的原因。奥登曾在1946年非常直白地向阿伦·安森（Alan Ansen）坦陈："我之所以来美国，是因为这里挣钱更容易。"④ 金钱，构成了奥登选择美国的最为直观的理由。奥登虽然出身于中产阶级，但经济生活并不阔绰。他的父母均来自牧师家庭，两个家庭各有八个子女⑤，要么从事受人尊敬但相对枯燥的职业，要么选择了从事这种职业的男人结婚，这些亲戚都不是大富大贵的人家。奥登

---

① Stephen Spender, "What Is Modern in Modern Poetry"，中译文参看［英］斯蒂芬·斯彭德《释现代诗中底现代性》，袁可嘉译，《文学杂志》第3卷第6期，1948年，第31—32页。

② 古希腊女诗人萨福善写浪漫抒情诗，斯彭德在这里实际上是暗讽奥登的诗歌题材越写越窄。See Stephen Spender, "On *Another Time*", *Horizon* (February 1941), in John Haffenden, ed., *W. H. Auden: The Critical Heritage*, London: Routledge & Kegan Paul, 1983, p. 39.

③ 王佐良：《英国诗史》，译林出版社1997年版，第453页。

④ Alan Ansen, *The Table Talk of W. H. Auden*, Princeton: Ontario Review Press, 1990, p. 21.

⑤ 奥登经常犯一个错误，认为他的父母各有六个兄弟姐妹。事实上，他的外祖母生了六个女儿、两个儿子；他的祖母生了七个儿子、一个女儿。

的父亲原本是约克的一位综合内科医生，在奥登一岁半的时候举家迁往伯明翰，成为学校卫生官员，薪水也随之下降了不少。当奥登回顾这段生活的时候，他认为薪水下降这个事实对父亲的精神世界还是有影响的，他变成了那种"哪怕最微小的支出，都会经历一番心理挣扎的人"[1]。父亲的金钱观念，或多或少影响了奥登对待金钱的态度。而随后爆发的第一次世界大战，更加深刻地让奥登意识到金钱的重要性。他在《致拜伦勋爵的信》（"Letter to Lord Byron"，1936）里语带戏谑地说，战争结束后，"黄油和父亲重又回来了"（《奥登诗选：1927—1947》133），但调侃的背后却是捉襟见肘的生活现实，他的母亲甚至精打细算到出租他们的房子[2]。家庭的经济条件并不能为奥登提供优渥的生活，而成年奥登选择的诗人职业，也不可能有稳定的经济保障。他曾在《染匠之手》（*The Dyer's Hand and Other Essays*，1962）里坦言，他写诗是"出于爱"，而写评论性文字不过是因为缺钱——"我写作是因为需要钱"，"我想要感谢许许多多的出版人、编辑、学院专家……要是没有他们的慷慨与支持，我根本不可能有钱支付我的账单"。[3]

正是在经济不宽裕的情况下，奥登遇到了时任《时尚芭莎》（*Harper's Bazaar*）杂志的编辑乔治·戴维斯（George Davis）。彼时，奥登和衣修伍德刚刚结束了访华之旅，坐火车去了日本，短暂停留后又坐船到了温哥华，再坐火车来到了纽约。在纽约逗留的两个星期里，戴维斯不但充当了他们的向导，还将一大笔稿费交到他们手中，理由不过是他们的一篇关于中国的文章刊登在了《时尚芭莎》上。美国对于舟车劳顿的两位作家来说，不仅仅有新奇玩意儿，还有金钱和机遇。正如奥登当年跟朋友憧憬地说道："英国能够给予我的，已经都给了我，我也永远无法舍弃。而美国，如此

---

[1] Humphrey Carpenter, *W. H. Auden: A Biography,* Boston: Houghton Mifflin Company, 1981, p. 5.

[2] 1915—1918年间，奥登一家人是没有固定居所的。奥登与两位哥哥去寄宿学校就读，母亲赶紧将房子整理好租了出去，自己则到亲戚家借住。到了学校放假的时候，她便带着孩子们到乡下的一些供应家具的房子租住。

[3] W. H. Auden, "Foreword", in *The Dyer's Hand and Other Essays,* New York: Vintage, 1989, p. xi.

广袤……"① 广袤的（vast），同时也是慷慨的。他后来以调侃的语调写道："上帝保佑他们好运永随，／虽然我已记不住他们的脸：／上帝保佑美国，如此广袤，／如此友好，还如此有钱。"（《巡回演讲》，"On The Circuit"，1963；《奥登诗选：1948—1973》274—275）显然，时隔20多年后，美国留给奥登的印象依然是广袤和富庶。

需要注意的是，虽然奥登看重金钱，但他绝不是金钱至上之人。长期以来，奥登一方面把自己扮演成一个死板而冷漠的人，另一方面又在无条件地付出时间、爱心和金钱。他眼巴巴地追着出版商、制片人、杂志社索要稿费，60岁以后多次表达了希望获得诺贝尔文学奖的意愿，因为这个奖项的奖金蔚为可观。表面上看，他似乎真的是个守财奴了。然而，正是这样一位在某些人眼里"视钱如命"的人，私下里却毫不声张地把现金、支票和手稿送给了急需用钱的朋友们，甚至是毫无关系的陌生人，如若不是门德尔松教授无意中发现了他的那些善举②，估计他要把自己的慷慨和悲悯留给沉默的自然时间了。奥登对金钱的双重态度，恰如他对英国作家安东尼·特罗洛普（Anthony Trollope）的评价——"务实"，即"对金钱作用的理解最为到位"③。若用奥登的诗歌作为注解的话，莫过于他晚年写下的这三行短诗："金钱买不来／爱这种燃料：但它是／一种出色的助燃剂。"（《栖居地的感恩·裸露的洞穴》，"The Cave of Nakedness"，1963；《奥登诗选：1948—1973》247）奥登认为，"现代世界的各种现实里最为实际的无疑是金钱"，"金钱是一种牵动我们与他人关系的交换手段"。④因此，与政治鱼烂、经济疲软的老欧洲相比，广袤、友好、富庶的美国新世界更堪为乐土。

当然，除了务实的金钱问题，奥登选择移居美国还有更深层的"逃离

---

① W. H. Auden's letter to A. E. Dodds in July 1939, quoted from Humphrey Carpenter, *W. H. Auden: A Biography,* Boston: Houghton Mifflin Company, 1981, p. 244.

② 门德尔松教授在2014年3月20日的文化刊物《纽约书评》（*The New York Review of Books*）上刊登了一篇题为《隐秘的奥登》（"The Secret Auden"）的文章，向我们披露了奥登的诸多善举。奥登从不曾说与外人听，甚至刻意隐瞒了他的这一面。

③ ［美］W. H. 奥登：《一个务实的诗人》，《序跋集》，黄星烨译，上海译文出版社2015年版，第343页。

④ 同上。

他的公共地位"①的意图。如果说，1929年，奥登对诗人个体与外部世界的认识促使他走上了一条文学的政治化取向道路的话，那么，1936年的冰岛寻根之旅②则标志着奥登已经开始认真反思自己在英语诗坛的处境，包括"诗人的文化身份"和"诗人与政治活动的关系"③。越来越多的英国人将他视为左派诗人的领袖，而他却看到了"藏匿在他的公共道德形象背后的复杂动机"，察觉到了"自己在被崇拜、被称赞时的心满意足"④。在1937年秋写给朋友的信中，奥登已经在清算自己面临的窘况：

> 你只能书写自己知道的东西，而这些仰赖于你如何生活……艺术家……只能说出他知道并且感兴趣的真相，这仰赖于他在哪里以及如何生活……假如他对自己的知识并不满意，便只能通过改变他的生活来获取希望得到的知识。⑤

英国社会的期望与奥登本人的意愿已经脱节，这不但促使他开始反思自己的早年成名，也连带着深思自己在社会和时代中的位置。到了1939年，他的反思和深思促成了一个后来引起广泛争议的选择——"那时的处境，对我来说，英国已经不适合待下去了。我在那里不可能再成长。英国的生活就像是一种家庭生活，我爱我的家人，但我并不愿意与他们共处一室。"⑥离开，改变自己的生活，无疑可以成就一个全新的起点，尤其是选择一个迥异于老欧洲的美国新世界。

由此可见，奥登移居美国，较多的是出于个人生活和诗歌道路的

---

① Edward Mendelson, "The Secret Auden", *The New York Review of Books* (March 2014), see https://www.nybooks.com/articles/2014/03/20/secret-auden.

② 奥登的父亲相信，他们的祖先来自于冰岛。奥登也有意将这次冰岛之行称为寻根之旅。

③ Richard Davenport-Hines, *Auden*, New York: Vintage Books, 1999, p. 146.

④ Edward Mendelson, "The Secret Auden", *The New York Review of Books* (March 2014), see https://www.nybooks.com/articles/2014/03/20/secret-auden.

⑤ Auden's letter to Henry Treece in autumn 1937, quoted from Humphrey Carpenter, *W. H. Auden: A Biography,* Boston: Houghton Mifflin Company, 1981, p. 245.

⑥ W. H. Auden's interview for BBC television on 28 November 1965, see Humphrey Carpenter, *W. H. Auden: A Biography,* Boston: Houghton Mifflin Company, 1981, p. 243.

考量，有着特殊的历史语境。奥登曾接受本杰明·阿珀尔（Benjamin Appel）的采访，在谈到美国对他的吸引力时，他用了"全新的视角"（fresh perspective）这样的字眼。相较于刚到美国后在一家下等酒吧写出了融合大西洋两岸语言风格的名诗《一九三九年九月一日》（"September 1, 1939", 1939），奥登多年后在散文集《染匠之手》里游刃有余地辟出了一辑，专门谈美国的风土人情、传统文化和文学特点，直接用旧世界指代欧洲，用新世界指代美国，而且还形象地用两位文学人物来说明新旧文化之间的差异：

> 关于旧世界和新世界之间的差异，所能找到的最佳例子是《雾都孤儿》①和《哈克贝利·费恩历险记》②各自的结局，两个主人公都是孤儿。当奥利弗最终由布朗洛先生收养，他的最美好的梦想都实现了：拥有一个家，周围簇拥着熟悉而友善的面孔，还可以接受教育。哈克，也有人要收养，显然是由一个女人而不是男人，可是他拒绝了，因为他明白她会试图"教化"他，于是，他宣布离开这里去往西部；吉姆，是哈克在友谊中最为喜爱的一个"小伙伴"，被抛在了身后，如同丢弃一只旧鞋……③

英国的奥利弗，最好的结局只能是家庭，而美国的哈克可以选择回归家庭，也可以自主地选择不可预测的未来。在奥登以及旧世界的绝大多数人眼里，美国不再是粗俗的暴发户的天堂，而是更为民主、自由的新天地，没有传统的包袱，呈现出开放的状态，代表了无限的可能。奥登甚至认为，只有经过这样一片孕育新生机的土地的洗礼，艾略特才能写出他那篇影响深远的文章《传统与个人才能》，并且认定要是他出生在欧洲，断无可能

---

① 《雾都孤儿》（*Oliver Twist*）：英国作家狄更斯的小说，可直译为《奥利弗·退斯特》。

② 《哈克贝利·费恩历险记》（*Huckleberry Finn*）：美国作家马克·吐温的小说。

③ W. H. Auden, "American Poetry", in W. H. Auden, *The Dyer's Hand and Other Essays*, New York: Vintage, 1989, p. 360.

完成类似的作品。① 因此，奥登在 1939 年选择来到美国，也许是出于离开英国本土的考虑，但他之后长期定居美国，则确实是因为这个迥异于欧洲的新世界拓宽了他的视野，也为他在大西洋两岸赢得了更多的读者群。在英国，奥登的作品已经深入人心，每本诗集的出版都会引来众多的追捧者。托利（A. T. Tolley）在《英国 20 世纪 40 年代的诗歌》(*The Poetry of the Forties in Britain*, 1985) 中指出，奥登的作品在 20 世纪 40 年代的发行量远远超过了 20 世纪 30 年代②，并以充分的例证分析了他对青年作家们的影响。在美国，奥登的作品也相当受欢迎。他的《诗选》(*Collected Poetry*, 1945) 在短短一年内印刷了 4 次，发行量近 15000 册。基于这些事实，埃德蒙·威尔逊（Edmund Wilson）不禁发出了如下感慨：奥登作品的发行量已经要赶超美国本土诗人了③。

奥登在移居后虽然获得了更多的读者，但也因此在英国学术界备受争议，为此付出了沉重的声誉代价。1940 年，西里尔·康诺利（Cyril Connolly）主编的杂志《地平线》(*Horizon*) 专门开辟了一个栏目，用以讨论奥登离开英国的利与弊。1941 年，麦克尼斯在一篇题为《流浪者归来》("Traveller's Return")的文章中一针见血地指出，奥登的离开在英国本土掀起了轩然大波，伦敦上空飘散着各种各样无聊的流言蜚语。④1942 年，奥登在牛津大学的学长伊夫林·沃（Evelyn Waugh）出版了一本小说《多插几面旗》(*Put Out More Flags*)，将奥登和衣修伍德写成了在大战将临之际逃之夭夭的卑鄙之人。据说，还有人在议会中严肃地提出了奥登离开的客观影响。所有这些言论，无论是支持的还是反对的，都至少说明了一个问题，那就是奥登在英国诗坛具有显著的地位。正因为如此，英国人对他

---

① Auden's foreword to *The Criterion Book of Modern American Verse*, quoted from R. Victoria Arana, *W. H. Auden's Poetry: Mythos, Theory, and Practice*, New York: Cambria Press, 2009, p. 78.

② A. T. Tolley, *The Poetry of the Forties in Britain*. Ottawa: Carleton UP, 1985, p. 9.

③ Ian Sansom, "Auden and Influence", in Stan Smith, ed., *The Cambridge Companion to W. H. Auden*. Cambridge: Cambridge UP, 2004, p. 230.

④ Louis MacNeice, "Traveller's Return", *Horizon* (Feb. 1941), p. 116, quoted from Stan Smith, ed., *The Cambridge Companion to W. H. Auden*, Cambridge: Cambridge UP, 2004, p. 229.

的"背叛"很难释怀,在相当长一段时间内质疑他移居后的文学创作。帕特里克·狄金森(Patric Dickinson)的一句诘问代表了当时绝大多数英国人的心声:"当他从里到外彻彻底底成了一个美国人后,无论是措辞、韵律方面,还是情感、思想方面(正如艾略特成为英国人以后),他的作品还有生动性吗?"[1]

多年后,奥登的异国追随者布罗茨基颇为真挚地为他辩解道:

> 他的离去曾在其故乡引起轩然大波;他被指责为背叛,说他在灾难的时刻离开了自己的国家。是的,灾难的确降临了,但却是降临于诗人离开英格兰之后。此外,正是他,十余年来一直在不断地发出那灾难即将降临的警告。说到灾难,无论一个人有着怎样的洞察力,他也无法道出灾难降临的时间。而指责他的那批人,恰恰是那些看不到灾难来临的人:他们或是左翼的,或是右翼的,或是和平主义者,等等。再者,他移居美国的决定与世界政治也很少关联:其移居的原因有更多的私人性质。[2]

布罗茨基的道理说得非常通透。客观上而言,谁都无法预知灾难来临的确切时间,而奥登在灾难发生之前便已经离开了英国,因而绝不是"离开战争中的英国"。主观上而言,如前所述,奥登移居美国主要出于私人的原因,与世界政治格局关涉甚少。

此外,衣修伍德还提供了一个有力的证据。1938年9月28日,衣修伍德去火车站迎接刚刚从比利时返回伦敦的奥登,后者一脸兴奋地说道:"哦,亲爱的,不会有战争,你知道吧!"衣修伍德以为奥登铁定掌握了什么内幕消息,但事实不过是奥登在布鲁塞尔的英国大使馆遇到了一位能够解读纸牌的女士,那人说至少今年不会有战争。[3] 这个细节出自衣修伍德

---

[1] Patric Dickinson, untitled review, *Horizon* (May 1949), in John Haffenden, ed., *W. H. Auden: The Critical Heritage*, London: Routledge & Kegan Paul, 1983, p. 376.

[2] [美]约瑟夫·布罗茨基:《析奥登的〈1939年9月1日〉》,《文明的孩子》,刘文飞译,中央编译出版社2007年版,第135页。

[3] Christopher Isherwood, *Christopher and His Kind*, London: Vintage, 2012, pp. 334-335.

摘录的日记，他本人强调所述的内容真实可靠，而非凭空捏造。作为奥登的密友，衣修伍德定然知道奥登骨子里相信一些神秘的事物、命运的力量。

奥登在牛津大学时期的学弟加布里埃尔·卡利特（Gabriel Carritt）为我们提供了类似的回忆。读书期间，他俩经常结伴在大学城附近散步。一次，他们踱步走上山冈时，奥登发现裤子口袋里的三英镑钱丢了。"没事儿，"奥登泰然说，"回去的路上能找回来。"四小时后，他们沿着山路返回，暮色已经笼罩了大地，他们居然发现了三张在草丛间微微扑动的纸钞，奥登一言不发地上前捡起了钞票，颇为从容地塞进了裤兜里。还有一次，他俩沿着罗马墙①漫步，由于耽误了归程而只能入住附近的小旅店，奥登无意间在客房皱巴巴的枕头下摸出了还剩半瓶的白兰地。他自然而然地打开盖子品尝了起来，接着又递给卡利特喝，就仿佛他刚刚点了这瓶酒。②卡利特认为，奥登一直以来都相信命运的安排。

汉弗莱·卡彭特（Humphrey Carpenter）对此补充说，奥登不但相信神奇的命运，也相信每当自己来到了人生的十字路口，命运的交通灯就会为他转换成绿灯。③这是诗人对生活、对人生、对世界的诗性认知，我们对此无从置喙。但是，我们至少可以从他的这个性格特点做出推断：在布鲁塞尔的英国大使馆遇到那位女士后，奥登果真就相信那是命运的安排，相信了她所预言的战争不会打响，相信了时间还尚早欧洲还有希望。因此，那些针对他"离开战争中的英国"的指责，该是多么情绪化的表达。

需要指出的是，面对那些并不友善的声音，奥登生前从没有公开地为自己辩护过，却在私下的实际行动中继续关注欧洲局势、关心欧洲同胞，保持一位知识分子应有的尊严和良知。以下两段内容摘自奥登写给好友的信，我们可以从中看出他对自身的定位：

---

① "罗马墙"即哈德良长城，一条由石头和泥土构成的横断大不列颠岛的防御工事，由罗马帝国皇帝哈德良兴建。公元122年，哈德良为防御北部皮克特人反攻，保护罗马治下的英格兰南部，开始在英格兰中北部边界修筑一系列防御工事，后人称为哈德良长城。

② Gabriel Carritt, "A Friend of the Family", in Stephen Spender ed., *W. H. Auden: A Tribute,* London: Weidenfeld & Nicolson, 1975, p. 47.

③ Humphrey Carpenter, *W. H. Auden: A Biography,* Boston: Houghton Mifflin Company, 1981, p. 78.

> 我既不是政客，也不是小说家，报道的事情与我无关。如果我返回英国，我所能预见的生活状况与我目前在美国的生活没有丝毫差别，无非是阅读、写作和授课。①

> 如果我确信自己足以担当士兵或者防空队员的工作，那么我明天就回去，但是我并不觉得自己在军事上会有什么贡献。是因为我足够理智，或者仅仅是一种胆怯？我不可能给出答案。我唯一确信的就是，一旦英国政府需要我效力，我将在所不辞（我已经告知这里的大使馆了）。然而，对于作家和教师来说，情况并不完全是这样。因为，属于知识分子的战场并没有时间和地域的限制，任何人都无法断言这个地方或者那段时间是所有知识分子都必须出现的。就我个人而言，我相信美国最适合我，当然这也只有今后的所作所为能够给予证明。②

奥登认为自己更加胜任的角色是作家和教师，而非冲锋陷阵的战士。虽然他在信中并没有直接反驳逃避战争的指控，但他一再奔赴战争前线的事实说明，他远非胆怯之人③。对于一个知识分子而言，只要他是一个知善恶、明是非之人，他斗争的舞台便无限广阔，并不局限于某一个具体的时间和地点。

值得一提的是，奥登的移居也给文学史的撰写带来了难题。英国文学史类书籍对他的介绍与评析往往停留在 20 世纪 30 年代，有些书籍甚至不再为他另辟章节。戴维·达契斯（David Daiches）说出了这个现象产生的根源：奥登已经是一个美国诗人了，因此他属于美国诗坛。④但

---

① Auden's letter to E. R. Dodds in March 1940, quoted from Humphrey Carpenter, *W. H. Auden: A Biography,* Boston: Houghton Mifflin Company, 1981, p. 290.

② Auden's letter to Stephen Spender in March 1941, quoted from Humphrey Carpenter, *W. H. Auden: A Biography,* Boston: Houghton Mifflin Company, 1981, pp. 292-293.

③ 1937年，奥登去了战争中的西班牙；1938年，去了战争中的中国；1940年，跟英国大使馆报备，愿意为英国而战；1942年，去纽约征兵处（因同性恋被拒入伍）；1945年，去刚刚结束战争的德国开展调查。

④ Daiches David, *The Present Age: After 1920*. vol. v, London: The Cresset Press, 1958, p. 48.

是美国文学史类书籍却又将他归到英国诗人的行列,比如,诺顿出版社的编辑将奥登归入了《诺顿英国文学选集》(*Norton Anthology of English Literature*,1986)之中,而不是《诺顿美国文学选集》(*Norton Anthology of American Literature*,1989),《希思美国文选》(*Heath Anthology of American Literature*,1990)也没有收录奥登的作品。对于英国人来说,奥登选择了离开,所以他不再是一个英国人;对于美国人来说,他出生在英国,半路移民到美国,所以他更应该是一个英国人。国籍的转变使奥登在文学史上的身份变得模糊,他越来越像一个"超国家的诗人"(super-national poet)。

三 昙花一现还是诗笔生辉:奥登诗名的沉浮

奥登在英语诗坛的声誉总是与"奥登一代"紧密联系在一起:"有关奥登影响力的描述,往往集中于那个小团体的核心成员在特定时期的创作,即塞缪尔·海因斯所谓的'奥登一代'。"[1]不少批评家甚至认为,奥登的诗歌成就在经历了20世纪30年代的短暂辉煌之后就逐渐衰退。按照斯卡夫(Francis Scarfe)的说法,奥登所面临的危机,类似于艾略特完成了《荒原》("The Waste Land",1922)之后的处境[2];按照利维斯(Frank Leavis)的说法,奥登处于"一种惯常的不成熟阶段,既肤浅又具有欺骗性"[3];而更多的批评家,按照罗伯特·布鲁姆(Robert Bloom)所总结的,常常把奥登的中后期创作看成是"由于宗教思想的不断侵蚀以及时间的消磨而导致的诗歌衰落"[4]。这些批评家站在奥登诗歌命运的两边,一方面充分肯定他在20世纪30年代的创作,另一方面对他之后的

---

[1] Ian Sansom, "Auden and Influence", in Stan Smith, ed., *The Cambridge Companion to W. H. Auden,* Cambridge: Cambridge UP, 2004, p. 226.

[2] Francis Scarfe, *Auden and After: The Liberation of Poetry, 1930-1941*, London: Routeledge, 1942, p. 34.

[3] Monroe K. Spears, *Auden: A Collection of Critical Essays*, Englewood Cliffs: Prentice-Hall, Inc., 1964, p. 2.

[4] Robert Bloom, "The Humanization of Auden's Early Style", *PMLA* (May 1968), p. 443.

创作持严厉的批评态度。

这种将奥登的诗歌创作生涯截然分裂的现象，在 20 世纪 40 年代尤为明显。英国知识界普遍认为他在走下坡路。西里尔·康诺利和斯蒂芬·斯彭德等人作为奥登的朋友，怀着矛盾的心态解读奥登：他们一方面维护奥登的声誉，另一方面也在质疑。约翰·莱曼（John Lehmann）和朱利安·西蒙斯（Julian Symons）等人以遗憾的语调评价奥登移居后的创作："他错过了描写这场我们大家都在经历的战争的机会。照目前的情况来看，他的大部分作品都有一个危险的趋向：措辞含糊，态度仁爱，立场超然。恐怕今后这个趋向只会有增无减。"① 如果说这些人的态度还比较缓和的话，那么休·沃波尔爵士（Sir Hugh Walpole）和哈罗德·尼科尔松（Harold Nicolson）等人就比较严苛了。他们除了谴责奥登的"背叛"之外，还认为奥登在英国的影响力已经"断绝"，对于新一代人来说，"奥登只不过是一个过时的男生，一个爱开玩笑的学究"②。到了 40 年代后期，随着第二次世界大战的结束，英国学术界对奥登的敌意逐渐淡化，不再围绕着"背叛"事件质疑他的人格和作品，而是更多地关注起奥登的思想转变以及这种转变对创作的影响，只不过基调仍然是消极的。

相较而言，虽然美国学术界同样视奥登的移居为创作上的一个分水岭，但他们对他的诗歌之路持更为积极的态度。马尔科姆·考利（Malcolm Cowley）的观点非常有代表性。在一篇条理清晰、论述严明的文章中，他以奥登的诗集《双面人》(The Double Man, 1941) 为例，详细分析了奥登逐渐脱离政治因素的局限，以及他更多地关注现代人的伦理道德和精神生活的趋势。文中还指出，奥登已经成为"一个基督教诗人"，贯穿该诗集的一大主题是"承认原罪，保持一颗谦卑的心"③。马尔科姆·考利跟他的英国同行们一样，都敏锐地看到了奥登在信仰和诗风上的微妙变化，但

---

① John Haffenden, "Introduction", in *W. H. Auden: The Critical Heritage*, London: Routledge & Kegan Paul, 1983, p. 37.

② Ibid., p. 38.

③ Malcolm Cowley, "On the Idea of Guilt", *New Rpublic* (7 April 1941), in John Haffenden, ed., *W. H. Auden: The Critical Heritage*, London: Routledge & Kegan Paul, 1983, p. 309.

他和他的大部分美国同行都能够以肯定的态度看待这种改变。一些评论者更是毫无保留地表达他们对奥登的推崇之心，比如女诗人玛丽安·摩尔（Marianne Moore）盛赞他是"节奏和韵律的天才音乐家"，认为"他的作品决不会沉闷"。[1]不过，兰德尔·贾雷尔（Randall Jarrell）和德尔莫尔·施瓦茨（Delmore Schwartz）等少数评论者发出了不同的声音。在《奥登诗歌中观点和修辞的转变》（"Changes of Attitude and Rhetoric in Auden's Poetry"，1941）和《从弗洛伊德到保罗：奥登思想各阶段》（"Freud to Paul: The Stages of Auden's Ideology"，1945）两篇文章中，兰德尔·贾雷尔指出奥登的转变是一种倒退，认为他再也没有达到30年代那样的诗歌水平。德尔莫尔·施瓦茨认为奥登的新作过于"任性而为"（self-indulgent），没有完美地展示他应有的诗歌才华，而造成这种后果的原因之一在于缺乏对美国生活的体验。[2]他俩的观点虽然不是40年代美国学术界的主流，但影响深远，我们可以在后来的奥登研究中发现此类观点的痕迹。

我们看到，英美学术界关于奥登创作分水岭的讨论已经充分展开。关于奥登的诗歌之路究竟是值得期待还是令人堪忧，评论者们各抒己见，不过，大家都认同奥登在20世纪30年代英语诗坛的地位是无可替代的。随着时间的推移，尽管学术界有关他诗质下降的指责从来没有停止过，甚至愈演愈烈，但他的每一部新作都会在学术界掀起大波浪，一时之间，支持的、否定的声音不绝于耳。以诗集《午后课》（Nones，1951）为例，乔治·弗雷泽（George Sutherland Fraser）毫不吝惜赞美之词，称"奥登先生从来没有像这样轻松自如地写过诗"，"奥登这么多年来的作品中，我最喜欢的就是这本诗集了"。[3]斯彭德等评论者尽管不认同奥登的思想转变，也由衷地敬佩他日臻圆熟的诗歌艺术。然而，也有很多评论者对于奥登略带反讽意味的沉思冥想不敢苟同，

---

[1] John Haffenden, "Introduction", in *W. H. Auden: The Critical Heritage*, London: Routledge & Kegan Paul, 1983, p. 44.

[2] Delmore Schwartz, "On Auden's *Most Self-indulgent Book*", *Partisan Review* (September-October 1947), in John Haffenden, ed., *W. H. Auden: The Critical Heritage*, London: Routledge & Kegan Paul, 1983, pp. 368-371.

[3] George Sutherland Fraser, "The Cheerful Eschatologist", *New Statesman and Nation* (1 March 1952), in John Haffenden, ed., *W. H. Auden: The Critical Heritage*, London: Routledge & Kegan Paul, 1983, pp. 381-382.

提出了否定性的看法。可以说，大多数评论者对奥登的中后期创作怀有"复杂的情感"（"mixed feelings"[①]），他们希望"奥登先生有朝一日能够重新发现自己，能够像当年那样满足他们对他的喜爱与期待"，却失望地发现奥登"迷了路"，"没有预期的成熟"。[②] 我们可以在这些评论者的言论中，清晰地看到弗兰克·利维斯、兰德尔·贾雷尔等评论者的影响。

这一时期，约翰·韦恩（John Wain）、约瑟夫·比奇（Joseph Warren Beach）和菲利普·拉金（Philip Larkin）对奥登其人其作"杀伤力"最为强烈。他们否定奥登的中后期创作，认为他诗歌创作的辉煌时代已经远去。约翰·韦恩指出，奥登的影响力"粉碎"（smashed）了，造成这种现象的根本原因是他"放弃了英国国籍"[③]。约瑟夫·比奇于1957年出版了专著《奥登经典的产生》（The Making of the Auden Canon），该书以充实的资料和缜密的逻辑分析了奥登的诗歌合集《诗选》，旨在梳理奥登修改甚至删除一些前期作品的可能性原因。作者认为，奥登对于前期作品的这种处理，其用心并不在于完善诗歌艺术，而在于信仰和立场的转变。因此，他并不认同诗人的做法，认为这是对前期作品的"损害"（violation）与"玷污"（desecration）。菲利普·拉金在《威斯坦变成什么样了？》（"What's Become of Wystan?"，1960）一文中开门见山地指出，"我常常设想，一个仅仅阅读了奥登40年代之前作品的人和一个仅仅阅读了奥登40年代以来作品的人展开讨论的话，会是一个什么样的情形"。他像德尔莫尔·施瓦茨一样，认为奥登"没有融入美国生活"，而是选择了"一条既是个人的又是国际性的道路"，这使他的诗歌丧失了早期的那种身份认同（identification）。在否定了奥登的一系列后期作品之后，他说，如果奥登能够"再一次扎根于身边的生活而非阅读的书籍"的话，我们就能看到"一

[①] W. H. Auden, *New Year Letter*, London: Faber and Faber, 1941, p. 119.

[②] Robin Mayhead, "The Latest Auden", *Scrutiny* (June 1952), in John Haffenden, ed., *W. H. Auden: The Critical Heritage*, London: Routledge & Kegan Paul, 1983, p. 383.

[③] John Haffenden, "Introduction", in *W. H. Auden: The Critical Heritage*, London: Routledge & Kegan Paul, 1983, p. 40.

个崭新的奥登"。① 其实，这些评论者之所以对早期奥登和中后期奥登持截然相反的观点，根源在于他们自身的创作观。以菲利普·拉金为例，他注重事实，认为诗歌应该保存所见、所想、所感的事物，因而他的创作深深扎根于英国本土的历史环境，逼真地折射出岛国人民复杂的心态和情感。对他来说，奥登的早期创作与二战前的英国本土息息相关，描绘了一代英国人的生活状况和精神肖像，具有感知一个社会的整体流动的意义，而他的中后期创作尽管在诗艺上非常圆熟，却脱离了具体的、现实的生活，越来越抽象，也越来越失去了生命力。这是菲利普·拉金以自身创作观审视奥登其人其作的结果，带有一定的自我投射。

当然，学术界不乏奥登的支持者。安东尼·哈特利（Anthony Hartley）认为奥登仍然是50年代英语诗坛的大师②，萨克斯·康明斯（Saxe Commins）盛赞奥登的诗歌才华，称"一个人熟知他的诗歌，并不是因为刻意背诵，而是因为被深深打动"③。更多的评论者勤奋研究奥登其人其作，积极撰文著书，以实际行动延续和丰富奥登诗歌版图。他们的研究呈现出两个显著特点：一是随着学院派"新批评"理论的兴盛，一些评论者在"内部研究"的指引下强调文本细读，着重探讨诗歌作品的形式与内容；二是随着奥登的移居和信仰的转变已成定局，一些评论者以此为介入点分析这种转变对创作的影响。

理查德·霍加特（Richard Hoggart）的《奥登：一个介绍》（*Auden: An Introductory Essay*，1951）是第一部专门研究奥登的专著。该书在文本分析的基础上，比较细致地勾画了奥登的生平与创作，成为后人阅读和研究奥登的一份不可多得的资料。尽管作者对奥登的信仰转变存有质疑，对他的诗歌艺术也并不完全认可，但他充分肯定了奥登直面现代"荒原"的可

---

① Philip Larkin, "What's Become of Wystan?" *Spectator* (15 July 1960), in John Haffenden, ed., *W. H. Auden: The Critical Heritage*, London: Routledge & Kegan Paul, 1983, pp. 417-418.

② Ian Sansom, "Auden and Influence", in Stan Smith, ed., *The Cambridge Companion to W. H. Auden,* Cambridge: Cambridge UP, 2004, p. 231.

③ Dorothy Commins, *What is an Editor? Saxe Commins at Work*, Chicago: University of Chicago Press, 1978, pp. 137-138.

贵之处，认为他"站在忧心忡忡的世界的某个前线上"[1]抒写了我们的时代。门罗·斯皮尔斯的《威·休·奥登的诗歌：失幻的岛屿》(*The Poetry of W. H. Auden: The Disenchanted Island*，1963)在大量背景材料的基础上为读者构建了一个更为具体和生动的奥登。相较于弗兰克·利维斯对奥登诗歌之路的悲观看法、兰德尔·贾雷尔对奥登信仰转变的无法苟同，斯皮尔斯显然更加接近真实的奥登。他认为，此类评论者在下结论的时候，"明显带有政治或者宗教的意图"，"他们对奥登的早期诗作，或者说全部诗作，都有一定的误读"，而且他们还忽略了一个事实——"奥登对政治和社会问题的关注从未停止过"。[2]应该说，斯皮尔斯的解读，较少受到先入为主的思想的干扰，"整合了奥登已有的诗歌创作，避免了对'阶段'的偏见"[3]，因而真实地反映了奥登的成长轨迹，是公认的"第一部重要的奥登研究专著"[4]。芭芭拉·埃弗雷特(Barbara Everett)在其专著《奥登》(*Auden*，1964)中表达了一个核心观点：奥登并没有关上"政治"的大门，从此沉浸于宗教的世界；他一直试图在自由与责任、诗人与城市、个人与社会之间找到平衡点，政治与宗教只不过是一种手段而已。此外，这一时期比较重要的研究专著还有约翰·布莱尔的《威·休·奥登的诗歌艺术》(*The Poetic Art of W. H. Auden*，1965)、赫伯特·格林伯格(Herbert Greenberg)的《探索必然性：威·休·奥登与分裂意识的困境》(*Quest for the Necessary: W. H. Auden and the Dilemma of Divided Consciousness*，1968)和贾斯廷·瑞普洛格尔(Justin Replogle)的《奥登的诗歌》(*Auden's Poetry*，1969)，而研究性论文的数量更是多得惊人。这些研究成果，已经开始在"内部研究"指引下探讨奥登作品的内在经典性，其实是为奥登正名的最佳途径。

到了70年代，虽然关于奥登诗质下降的言论还在延续，但他的诗歌却

---

[1] Hoggart Richard, *Auden: An Introductory Essay*, New Haven, Conn.: Yale UP, 1951, p. 219.

[2] Monroe K. Spears, *The Poetry of W. H. Auden: The Disenchanted Island*, New York: Oxford UP, 1963, p. 330.

[3] John Blair, *The Poetic Art of W. H. Auden,* Princeton: Princeton UP, 1965, p. 4.

[4] George W. Bahlke, *Critical Essays on W. H. Auden*, New York: Macmillan Publishing Company, 1991, p. 12.

持续地吸引着众多阅读者、评论者和研究者去欣赏、思考、阐释甚至是争辩。这种活跃的研究氛围并没有随着他的去世而变得冷清，反而更为热闹。无论是各类研究专著的出版、各种研究论文的发表，还是博士和硕士论文的选题、国际学术会议的热议，都显示出奥登诗歌艺术的蓬勃生命力。这么多年来的英美奥登研究主要涉及传记式研究、思想渊源和轨迹研究、奥登与"奥登一代"研究、艺术特征研究、奥登的性取向和婚恋观研究等方面。

首先，传记式研究是将奥登的文学创作与其个人生活结合起来进行解读，这类研究更加注重诗人的个人生活对其思想创作的影响，通过个体性来传达时代的特性。奥登公开反对从私生活角度出发的传记式研究[①]，生前曾希望他人不要为他立传，并且说服一些朋友烧毁他寄去的信件，这些努力伴随他的去世被画上了休止符。作为"奥登的心腹、学家和注释员"，斯彭德在奥登离世后不久旋即编辑了一本《奥登：悼念集》（*W. H. Auden: A Tribute*，1975），该书汇集了奥登的亲人、朋友、师长、学生等人的回忆文章，是了解奥登的不可多得的基础性材料。曾在《伦敦杂志》（*The London Magazine*）任编辑的查尔斯·奥斯本（Charles Osborne）在20世纪60年代初采访过奥登，此后多有交集，建立了深厚的情谊。他的《奥登：诗人的一生》（*W. H. Auden: The Life of a Poet*，1979）是最早的一部奥登传记，既有事实性材料的整理，也有回忆片段的穿插，情真意切地记录了奥登的一生。紧随其后，汉弗莱·卡彭特推出了至今仍然被认为是内容最充实的《奥登传》（*W. H. Auden: A Biography*，1981），详细梳理了奥登的成长阶段、创作经历和思想演变轨迹，对奥登的性倾向、移居美国、皈依基督教等争议性问题都有深入的剖析和清晰的论述，站在奥登的立场上给出了明确的回答。理查德·达文波特—海因斯在已有研究成果和最新文献资料的基础上，进一步解读奥登的生活与创作，相较于卡彭特以时间线索纵向书写奥登，他的《奥登》（*Auden*，1995）更具有专题性，每一个章节都提炼出奥登在特

[①] 奥登反对传记式研究，在《莎士比亚的十四行诗》《伍斯特郡少年》《头号恶魔》等序跋类文章中多次表达了这个态度，但颇为吊诡的是，他的不少文章都是为新近出版的诗人作家艺术家的传记、书信集、谈话录、日记而作，字里行间表现的是一种通过探寻他们的生活更好地理解他们的作品的意图。不妨参看［英］W. H. 奥登《序跋集》，黄星烨译，上海译文出版社2015年版。

定生活阶段的核心主题，尤其对奥登的后期作品给予了高度评价。

作为奥登文学遗产的受托人，门德尔松教授以丰富的第一手资料和严谨的治学态度撰写的《早期奥登》(*Early Auden*, 1981) 和《后期奥登》(*Later Auden*, 1999)，自问世以来就成为奥登研究领域不可或缺的案头必备书。他认为奥登精于描绘20世纪的历史和个人的心灵史，两者常出现在同一首诗作中，为智慧与爱之间的紧密联系提供了完美的见证。尽管有人认为门德尔松教授是奥登诗歌（尤其是后期诗歌）的"修正派"，但这并不能掩盖他在奥登诗歌研究和奥登文献整理方面的巨大功绩。

其次，奥登创作的丰富性、复杂性和晦涩性与他的多重思想渊源密不可分，所以他与各种思潮、政治、宗教的关系和思想演变轨迹历来是奥登研究的一个重点。这方面比较突出的研究专著包括理查德·约翰逊（Richard Johnson）的《人的位置：论奥登》(*Man's Place: An Essay on Auden*, 1973)、爱德华·凯伦（Edward Callan）的《奥登：智慧的狂欢》(*Auden: A Carnival of Intellect*, 1983)、约翰·伯利（John R. Boly）的《阅读奥登：卡利班再现》(*Reading Auden: The Return of Caliban*, 1991) 等。

有人将奥登分为"英国的"和"美国的"两个阶段，有人将之分为"英国的"、"美国的"、"欧洲的"（也有人将这个阶段细分为"意大利的"和"奥地利的"）诸个阶段，以此作为追溯奥登思想轨迹的主脉络。尽管这种划分过于僵硬，但未尝不是深入奥登思想领域的一个切入点。艾伦·雅各布（Alan Jacobs）的《威斯坦变成什么样了：奥登诗歌的变化与延续》(*What Became of Wystan: Change and Continuity in Auden's Poetry*, 1998) 的划分方式属于第一种，他在书中以奥登移居美国为分水岭，解读奥登以全新的视野探索政治、艺术、心理和婚恋等问题的趋向，认为他一以贯之的智性和表达欲构成了前后期诗作的共同质地。

奥登在1940年皈依基督教的行为选择以及随后的创作主题和语调的变化历来是学术界关注的焦点，几乎所有关涉奥登中后期创作的研究都无法回避这一问题。亚瑟·柯尔奇（Arthur Kirsch）的《奥登与基督教》(*Auden and Christianity*, 2005) 是全面剖析奥登的宗教信仰的开拓性作品。该书爬梳整理了奥登从孩童时期对宗教仪式的懵懂、青少年时期对教会和教义的质疑到经历了身心危机以后重返基督教的漫长心路历程，认为奥登是少数"集宗教信徒和思想者于一身"的现代知识分子之一[1],他的信仰扩展了他的思想和心灵的疆域,他的智慧丰富和深化了他的信仰,让他在精神疆域的探索中走得更远,对人类经验的多种面向投入了更多关注。亚瑟·柯尔奇的研究重点在于奥登重返基督教后的思想与创作,对于长诗《新年书简》("New Year Letter",1940)和组诗《祷告时辰》("Horae Canonicae",1949—1955)的文本细读与幽微洞察,既体现了作者渊博的宗教知识和深厚的理论素养,也在一定程度上驳斥了学术界关于奥登后期作品因皈依基督教而导致质量下降的观点。

雷切尔·韦兹特恩(Rachel Wetzsteon)的《影响之魂:奥登诗源研究》(*Influential Ghosts: A Study of Auden's Sources*,2007)的基本立意来自哈罗德·布鲁姆(Harold Bloom)用"一本薄薄的书震动了所有人的神经"中的独树一帜的"影响的焦虑"理论[2]。雷切尔·韦兹特恩认为哈代和克尔凯郭尔(Soren kierkegaard)是奥登创作生涯里最为重要的"前驱",前者的"鹰的视域"构建了早期奥登的诗学理念和行为方式,后者的"信仰的跳跃"是后期奥登思想转变和诗风变化的导火索。正如"影响的焦虑"的核心关键词是"误读",雷切尔·韦兹特恩也力图从奥登的诗文中挖掘出一条极具个性化色彩的误读脉络,不仅涵盖了奥登对哈代和克尔凯郭尔的误读,还包括对叶芝、弗洛伊德(Sigmund Freud)、亨利·詹姆斯(Henry James)等前辈的误读,从而在一定程度上廓清了奥登的诗学渊源和艺术成长轨迹。

第三,奥登在20世纪30年代的创作一直是评论界关注的焦点,围绕这一问题的批评视角有一个显著特征,即将奥登的创作放在"奥登一代"的背景下进行整体思考与阐发。这方面最重要的成果是塞缪尔·海因斯(Samuel Hynes)的《奥登一代:20世纪30年代英国的文学与政治》(*The Auden Generation: Literature and Politics in England in the 1930s*,1976),强调"奥登一代"作家们是一个复杂的、多层次的艺术整体,他们继叶芝、

---

[1] Arthur Kirsch, *Auden and Christianity*, New Haven & London: Yale UP, 2005, p. xi.
[2] 徐文博:《代译序》,收入[美]哈罗德·布鲁姆《影响的焦虑》,徐文博译,江苏教育出版社2006年版,第1页。

艾略特等现代主义诗人之后重新聚焦公共事件，显现出年轻人特有的锐气和创新意识。虽然此后不断有人深入考察该问题，比如罗纳德·卡特（Ronald Carter）的《20世纪30年代的诗人："奥登一代"》（*Thirties Poets: "The Auden Group"*，1984）、迈克尔·奥尼尔（Michael O'Neill）和加雷思·里维斯（Gareth Reeves）合著的《奥登，麦克尼斯，斯彭德：20世纪30年代的诗歌》（*Auden, MacNeice, Spender: The Thirties Poetry*，1992）等，但塞缪尔·海因斯的专著仍然被认为是"此类研究的最佳作品之一"[①]。

如果说奥登在20世纪30年代的成名是奥登研究中绕不开的一个焦点，那么奥登与"奥登一代"的关系未必是围绕这个焦点的唯一切入点。这方面比较"另类"的研究成果包括唐纳德·米切尔（Donald Mitchell）的《20世纪30年代的布里顿和奥登》（*Britten and Auden in the Thirties*，1981）和玛莎·布莱恩特（Marsha Bryant）的《20世纪30年代的奥登和纪录片》（*Auden and Documentary in the 1930s*，1997）。这两本书都涉及到奥登在1936年前后在GPO（英国邮政总局）电影部供职的经历，特别是他与年轻的天才作曲家布里顿之间亲密无间的合作为我们留下了四部具有开拓性的纪录片[②]。唐纳德·米切尔的专著侧重于梳理两位艺术家的合作过程，玛莎·布莱恩特则着重分析奥登参与纪录片制作时的文学创作（不仅有为四部纪录片撰写的配诗，还包括这期间创作的其他作品），清晰地勾勒出一幅文学与视觉艺术交互影响的关系图。

第四，作为第二代现代主义诗人，奥登的诗歌风格和艺术表现具有突出的个性特征，这方面的研究成果也层出不穷。在奥登生前，约翰·布莱尔的《威·休·奥登的诗歌艺术》和贾斯廷·瑞普洛格尔的《奥登的诗歌》都以专著的形式对奥登诗歌的艺术特征展开了深度探索，约翰·布莱尔甚至宣称奥登在诗艺上的探索简直就是一条变色龙，高度评价了奥登作为诗人的孜孜求索精神。英国诗人约翰·富勒（John Fuller）在写诗之余研读奥登多年，1970年即已出版专著《奥登指南》（*A Reader's Guide to W. H.*

[①] Nadia Herman Colburn, "Bibliographic Essay and Review of Auden Studies", in Stan Smith, ed., *The Cambridge Companion to W. H. Auden*. Cambridge: Cambridge UP, 2004, p. 243.

[②] 最为后人称道的是《夜邮》（*Night Mail*，1935）。

Auden），后来在此基础上不断扩充与深化，最终形成了《奥登：评注》（*W. H. Auden: A Commentary*，1998），为几乎所有的奥登诗歌和戏剧作品（包括未出版的作品）作了较为详细的注释和分析，包括版本信息、创作背景、关涉典故等，是奥登研究者和阅读者的入门指南书。

全面考察奥登诗歌艺术特征的集大成之作，当属雷纳·埃米格的《威·休·奥登：走向后现代主义诗艺》（*W. H. Auden: Towards a Postmodern Poetics*，2000），该书认为奥登的中后期创作已经走出了叶芝、艾略特、庞德（Ezra Pound）等人奠定的现代主义，不再是非个性化诗艺的简单而仓促的追随者，而是在寻找自我、爱和公众福祉的交响乐中奏出了责任与担当，既是开放的也是妥协的，既是对话性的也是预示性的，在诗歌的多声部中召唤每一位读者的独特省察和在现世中的实际行动。雷纳·埃米格戏称该书是一次"驯服庞然怪物"的努力，他不仅推崇奥登的诗歌创作技巧，更是服膺于奥登通过诗歌传达的伦理责任，这正是奥登诗歌艺术的总特征。

《奥登的诗歌：主题、理论和实践》（*W. H. Auden's Poetry: Mythos, Theory, and Practice*，2009）的作者维多利亚·阿兰那（Victoria Arana）紧扣奥登诗歌创作中的"界限"意识，从奥登关于"人既不是纯粹自由的，也不仅仅是木偶式的；人有选择的自由，但必须在限度之内"[1]的沉思推演出他的精神主旨，认为奥登在思想和创作领域的诸多试验、发展和变化都离不开他对诗歌这门艺术的尊重，即便是他饱受争议的后期作品（尤其是最后三部诗集），也在探索诗歌与散文之间的"边界"、语言的字面含义与内涵的丰富纵深之间的"边界"。该书全面透视奥登的诗歌创作生涯，在论证与阐发奥登的"界限"意识时颇为出彩，是近期奥登诗学研究中最为全面、最富条理、最有针对性的一次大胆而有益的尝试。

第五，随着西方社会对同性恋的逐步宽容，尤其到了世纪之交，奥登的性取向不再是一个禁忌的话题，奥登的同性恋取向对创作的影响日益受到学术界的关注。理查德·博左思（Richard R. Bozorth）的《奥登的知

---

[1] Victoria Arana, *W. H. Auden's Poetry: Mythos, Theory, and Practice,* New York: Cambria Press, 2009, p. 2.

识游戏：诗歌与同性恋隐射》(*Auden's Games of Knowledge: Poetry and the Meanings of Homosexuality*，2001)是第一本全面考察奥登作为同性恋诗人的创作轨迹的学术专著。作者认为，奥登不仅是20世纪卓越的英语诗人，还是同性恋文学史上至关重要的人物。[①]他从奥登与先锋派诗学、同性恋亚文化圈、精神分析学、政治左派和基督教神学的关系入手，揭示了奥登对自身性取向合理性的疑惑、在创作中隐秘地表达自我的方式以及困扰终生的身份认同等问题。该书对奥登的重要诗篇的话语冲突和同性恋隐喻的分析，丰富了奥登诗学研究的角度。

有关奥登同性恋倾向的研究势必会涉及奥登与终身伴侣切斯特·卡尔曼 (Chester Kallman) 的关系，而对这段关系的探讨又无法绕开后期奥登的宗教观和婚恋观。多萝西·法南 (Dorothy Farnan) 是卡尔曼的好友，后来成为卡尔曼的继母，她在《恋爱中的奥登》(*Auden in Love*，1984) 一书中，以个人回忆和亲友访谈为第一手资料，生动还原了奥登与卡尔曼从结识、相恋、渐生龃龉到不离不弃的真实过程。尽管法南无法理解奥登与卡尔曼之间深层的精神纽带，简单地将之理解为婚姻关系，但她提供的素材无疑可以推进学术界对于后期奥登的研究。苔科拉·克拉克 (Thekla Clark) 的《威斯坦与切斯特：忆威·休·奥登与切斯特·卡尔曼》(*Wystan and Chester: A Personal Memoir of W. H. Auden and Chester Kallman*，1995) 的写作模式与《恋爱中的奥登》类似，也是故人知交所写的个人回忆录。特克拉·克拉克是一位生活在欧洲的美国人，自20世纪50年代以来与奥登和卡尔曼相交甚好。奥登显然非常喜欢克拉克，向她求过婚[②]，组诗《栖居地的感恩》("Thanksgiving for a Habitat"，1958—1964) 中关于客房的那首诗《友人专用》("For Friends Only"，1964) 也题献给了她和她的丈夫 (奥登认为他们是理想的友人)。这样的回忆录，因真情流露而难能可贵，也因为流溢着真情而充斥着主观性，尤其是克拉克的回忆主要集中在奥登与卡尔曼每年去欧洲 (起先是意大利，后来是奥地利) 的短暂时光，对他

[①] Richard R.Bozorth, *Auden's Games of Knowledge: Poetry and the Meanings of Homosexuality*, New York: Columbia UP, 2001, p. 3.

[②] 这事发生在1952年，事后两人都对此一笑置之。

俩在纽约的生活几乎没有涉及，因而难免有片面之处，我们不妨将之作为奥登婚恋研究的补充性注解。

此外，我们还可以看到平行比较层面的奥登研究，比如苏珊娜·戈特利布（Susannah Gottlieb）的专著《悲哀之域：汉娜·阿伦特和威·休·奥登的焦虑与弥塞亚主义》(*Regions of Sorrow: Anxiety and Messianism in Hannah Arendt and W. H. Auden*, 2003)；研究奥登的翻译实践的专著，比如尼玛尔·达思（Nirmal Dass）的《重建巴别塔：威·休·奥登的翻译》(*Rebuilding Babel: The Translations of W. H. Auden*, 1993)；还有一些研究者涉及奥登的旅行诗、战争诗、城市诗、生态诗等特定内容，拓宽了奥登诗歌研究的视野和范畴，这些研究成果散见于约翰·哈芬登（John Haffenden）的《奥登：批评遗产》(*W. H. Auden: The Critical Heritage*, 1983)、乔治·巴尔克（George W. Bahlke）的《关于威·休·奥登的文论集》(*Critical Essays On W. H. Auden*, 1991)、大卫·加勒特·伊佐（David Garrett Izzo）的《奥登：一份遗产》(*W. H. Auden: A Legacy*, 2002)、斯坦·史密斯（Stan Smith）的《剑桥文学指南：奥登》(*The Cambridge Companion to W. H. Auden*, 2004)和托尼·夏普（Tony Sharpe）的《语境中的奥登》(*W. H. Auden in Context*, 2013)等文论集中。

约翰·哈芬登的《奥登：批评遗产》根据奥登在各个阶段出版的诗集和戏剧作品精选相应时期的主流评析文章，从奥登完成于1928年的诗剧《两败俱伤》(*Paid on Both Sides*)开始，一直到他去世后结集出版的《谢谢你，雾》(*Thank You, Fog*, 1974)和《奥登诗选》(*Collected Poems*, 1976)，针对这些作品的即时性批评文章反映了奥登诗名的一波三折，从中可以管窥奥登自身的诗路发展和奥登作品在时移代易的文化语境中的不同际遇。斯坦·史密斯的《剑桥文学指南：奥登》汇集了欧美学者对奥登的最新研究成果，该书既有关于奥登的生平与创作的介绍性文章，也有奥登在英国、奥登在美国、奥登的旅行写作、奥登的语言与风格、奥登与现代理论、奥登与宗教、奥登与生态等相对独立、自成一体的专题研究文章，是了解欧美奥登研究的视角、视野和策略的重要参考书。托尼·夏普曾在2007年出版过一本有关奥登生平与创作的《奥登》(*W. H. Auden*)，他的《语境中的奥登》可以说是《剑桥文学指南：奥登》的"升级版"，同样汇集了欧美奥登研究领域的著名学者的批评文章,但编辑模式更为独到,分为"地理语境"、"社会与文化语境"、"政治、历史与理论语境"等五个部分,由不同学者同台竞技,展现各自针对相同主题的不同研究角度,观点鲜明、洞见犀利,开辟了不少新的研究空间,为今后的奥登研究提供了诸多启示。

综合而言,虽然早在20世纪30年代奥登就已经成为"奥登一代"的核心人物以及英语诗坛的杰出人物,但彼时有关奥登的讨论与研究主要集中于他的政治取向和人生选择,真正关涉他诗歌创作的内在品质和艺术追求的深度探讨则始于20世纪下半叶。值得一提的是,奥登的这些优秀作品,不但在文学界广为流传,还在跨文化、跨媒介等领域焕发出夺目的光彩。他与音乐家、导演合作撰写了多部脚本,由他配诗的纪录片《夜邮》甚至享有"纪录片中的《公民凯恩》"的美誉。1994年,奥登的诗歌《葬礼蓝调》("Funeral Blues",1936)在电影《四个婚礼一个葬礼》中被深情朗诵,使英国重新掀起了"奥登热",出版社顺势推出《告诉我那爱的真谛:奥登诗十首》,薄薄的一本小册子,销量却很是惊人[①]。2001年,"9·11"恐怖袭击事件之后,美国公共广播电台朗诵了奥登的诗歌《一九三九年九月一日》,随后多家报刊、网站争相转载,一夜之间在英美乃至整个世界的民众间流传歌唱。正如奥登所言——"一个死者的言辞/将在活人的肺腑间被改写"(《诗悼叶芝》;《奥登诗选:1927—1947》394),作品一旦成为经典,便以其独创性、超越性和多元性而具有了持久的震撼力和影响力。

美国学者科尔巴斯(E. Dean Kolbas)在其专著《批评理论与文学经典》(*Critical Theory and the Literary Canon*,2001)中提出过一组概念——"经典化"(canonization)和"经典性"(canonicity),前者侧重于作品外部的环境与机缘,后者仰赖于作品内部的认知价值与审美特征。奥登诗歌经典的最初生成,与奥登诗名的沉浮和诗歌的传播,恰恰印证了科尔巴斯对文学经典的阐释。可以说,奥登开阔的诗路、丰厚的诗作和纯熟的诗艺,在漫长涤荡的经典化历程中折射出经久不衰的经典性价值。正因为如此,无论历史的语境发生了何种变迁,奥登的诗作都能熠熠生辉,而绝不是昙花一现。

---

① 这个册子由费伯出版社出版,销量达275000册。

四 "在活人的肺腑里"：汉语语境中的奥登研究

在献给英国诗人爱德华·李尔（Edward Lear）的诗中，奥登说"孩子们如殖民者般向他蜂拥而来"，而他已然"变成了一块陆地"（《爱德华·李尔》，"Edward Lear"，1939；《奥登诗选：1927—1947》251），童话般的嬉闹场景，夸张但形象地描绘了诗人与读者以及未来读者们之间的关系。在几乎同时完成的《诗悼叶芝》里，他表示"诗人之死与他的诗篇泾渭分明"，身体的死亡促使诗人"汇入了他的景仰者"（《奥登诗选：1927—1947》393），静默的哀悼引出了诗人短暂的生命与不朽的艺术生命力之间的转换关系。当一位诗人，写的是与自己没有生活交集的诗人时，他一定或多或少也在写自己。显然，奥登借称颂两位前辈诗人表达了他自己的艺术理想。

奥登曾撰文说，公众眼中的文学成就带给作者自身的满足感微乎其微，但是有两种文学荣誉是值得赢取的：一种是做这样的作家——也许他的地位无足轻重，但经过数代之后某位大师能够在其作品中找到解决某个问题的重要线索；另一种是成为别人眼中献身文学事业的榜样——"被一个陌生人在他的思想密室里秘密召唤、想象、安置，从而成为他的见证人、审判官、父亲和神圣的精神导师。"① 由此可见，奥登真正在乎的，不是公共领域的虚名，而是文学领域的实至名归：前者还需时间加以验证，后者已然确凿无疑。受益于奥登的现当代诗人层出不穷，包括布罗茨基、约翰·阿什贝利（John Ashbery）、默温（W. Merwin）、约翰·贝里曼（John Berryman）和卡尔·夏皮罗（Karl Shapiro），等等。若要深究那些慕名前去拜访他、咨询他、学习他的诗人，这个名单还可以拉得更长。

即便转换语言的镜头，聚焦汉语世界里的奥登，我们也依然能够看到他的作品浸润人心的影响力。我们，操持着截然不同的语言的读者，果真如他所描绘过的，"如殖民者般"涌向了他的诗歌版图，惊叹于他的诗歌成就，景仰于他的诗学精神。

---

① ［英］W. H. 奥登：《一位智者》，《序跋集》，黄星烨译，上海译文出版社2015年版，第478页。

奥登作品在中国的译介与流传，几乎始自他在英语诗坛最负盛名的时刻。早在1937年，国内影响较大的月刊《文学》就已经把奥登作为英国新诗运动的重要人物加以介绍。随后，英国诗人、批评家威廉·燕卜荪（William Empson）在长沙临时大学和西南联大进行为期3年的教学活动，开启了国人推崇奥登的大门。与此同时，奥登于1938年春偕同小说家衣修伍德访华的举动，加速了他在国内文化界的传播速度。然而，20世纪三四十年代的中国诗坛，诗人们对新诗艺术的探索已经进入了一个逐渐深化的多元格局状态，里尔克（Rainer Maria Rilke）、叶芝、瓦雷里（Paul Valery）、艾略特等西方现代诗人的精神养分早已渗透到了中国新诗的骨髓里，奥登作为初出茅庐的晚辈何以在中华大地上异军突起，刮起了一股"奥登风"？换言之，奥登作品何以在中国迅速流传并产生了持久影响，以至于穆旦、杜运燮、卞之琳等一大批中国现代诗人"学他译他"，而且据王佐良观察，"有的人一直保持着这种感情，一直保持到今天"[①]。最深层的原因莫过于奥登既不脱离时代又持续提炼诗艺的诗学精神，这对于同样面临着诗人与社会、政治、艺术等诸多问题的中国现代诗人来说，无疑有着重要的启迪意义。

奥登以"奥登一代"的领军人物进入国人的视野，他介入时代的"左倾"立场让中国现代诗人备感亲近，在阅读他的作品的过程中体会到诗人扮演的公共角色。这一点可以从燕卜荪执教的现代英诗课的客观效果上看出一二。燕卜荪在中国学子的课堂上不仅讲授成就斐然的大诗人，还有崭露头角的新诗人，但是联大学子们却独独偏爱奥登。杜运燮在《我和英国诗》里讲述了他喜爱奥登的原因：

被称为"粉红色的三十年代"诗人的思想受到马克思主义的影响，是左派，他们当中的C.D.刘易斯还参加过英国共产党，奥登和斯彭德都曾参加西班牙人民的反法西斯战争。而我当时参加联大进步学生团体组织的抗战宣传和文艺活动，因此觉得在思想感情上与奥登也可以相通。艾略特的《荒原》等名篇，名气较大，也有很高的艺术性，

[①] 王佐良：《英国诗史》，译林出版社1997年版，第453页。

但总的来说，因其思想感情与当时的我距离较远，我虽然也读，也琢磨，但一直不大喜欢，不像奥登早期的诗，到现在还是爱读的。①

王佐良在分析穆旦的学术渊源时，也谈到了联大学子们更容易接受奥登："我们更喜欢奥登。原因是他的诗更好懂，他的那些掺和了大学才气和当代敏感的警句更容易欣赏，何况我们又知道，他在政治上不同于艾略特，是一个左派……"② 由此可见，面对动荡不安的社会环境，中国青年诗人们更愿意亲近相似成长背景的奥登，也更愿意像彼时的奥登那样以左倾立场介入时代，积极探索文学的政治取向化道路。

穆旦、杜运燮、王佐良等毕业于西南联大的才子们，以各自的方式为中国的抗日战争出力，用全新的诗歌语言和技巧记录那个时代的中国：战场、士兵、农民、难民、通货膨胀，等等。以穆旦为例，他于1942年投笔从戎，参加了中国抗日远征军，亲历滇缅大撤退，在遮天蔽日的热带雨林间穿山越岭，历经九死一生才侥幸生还。根据入缅作战的经历，穆旦创作了中国现代诗歌史上的著名诗篇——《森林之魅——祭胡康河上的白骨》（1945）：

> 静静的，在那被遗忘的山坡上
> 还下着密雨，吹着细风，
> 没有人知道历史曾在此走过，
> 留下了英灵化入树干而滋生。③

热带雨林的遮天蔽日，正是外来人类的森森地狱。穆旦以森林和人的对话作为双声部，在若即若离的战栗中接近弥漫着死亡气息的神秘氛围，将诗人个体刻骨铭心的战争经历升华为对生命的珍视、对死难者的祭奠，

---

① 杜运燮：《我和英国诗》，收入王圣思《"九叶诗人"评论资料选》，华东师范大学出版社1996年版，第404页。

② 王佐良：《穆旦：由来与归宿》，收入杜运燮等《一个民族已经起来》，江苏人民出版社1987年版，第1—2页。

③ 穆旦：《森林之魅》，《穆旦诗全集》，中国文学出版社1996年版，第214页。

同时又不乏审美的力量——"你们的身体还挣扎着想要回返／而无名的野花已在头上开满。"整首诗感情内敛，与他创作于1937年11月的《野兽》很是不同：

> 在暗黑中，随着一声凄厉的号叫，
> 它是以如星的锐利的眼睛，
> 射出那可怕的复仇的光芒。[1]

《野兽》的成诗时间，正值南京、武汉陷落后中国抗日战争十分艰苦的时期，穆旦面对民族的危难表达了爱国热情，但字里行间对情感的处理、语言的控制还比较浅白，更多的是一种口号式的激情宣泄。从1937年到1945年，穆旦诗风的转变，固然有个人诗艺精进的内在原因，但奥登的启迪作用不容忽视。我们且看1938年奥登在中国为纪念无名的士兵写下的《战争时期》("In Time of War"，1938) 第十八首：

> 他不知善也不选择善，却将我们启迪，
> 如一个逗号为之平添了意义，
> 当他在中国化身尘埃，我们的女儿才得以
>
> 去热爱这片土地，在那些恶狗面前
> 才不会再受凌辱；于是，那有河、有山、
> 有村屋的地方，也才会有人烟。
>
> (《奥登诗选：1927—1947》269)

悼念英灵是战争诗中极为常见的题材。奥登在此的诗学策略是反浪漫主义式的伤感与抒情，偏重艾略特式的现代主义表达方式。全诗语调平稳，却很好地平衡了感情与智性，在悼念无名士兵的同时展望革命胜利后的美

---

[1] 穆旦：《野兽》，《穆旦诗全集》，中国文学出版社1996年版，第35页。

好热土，给人以存在的勇气和力量。该诗曾以"中国兵"为题刊登在《大公报》上，引起了文化界的热烈反响和广泛讨论。穆旦显然也认真研读过这首诗，所以才会在晚年再一次提到该诗的魅力："奥登写的抗战时期的某些诗（如一个士兵的死），也是有时间性的，但由于除了表面的一层意思外，还有深一层的内容，这深一层的内容至今还能感动我们，所以逃过了题材的时间的局限性。"[1] 穆旦在写给友人的信中表明，那"深一层内容"是透过生活的表面而写出"发现底惊异"："你对生活有特别的发现，这发现使你大吃一惊，（因为不同于一般流行的看法，或出乎自己过去的意料之外）于是你把这种惊异之处写出来……写成了一首有血肉的诗，而不是一首不关痛痒的人云亦云的诗。"[2] 从穆旦的诗学经历中可以看出，中国现代诗人从奥登诗作中汲取了不少养分，让他们更为诗性地处理"介入的"诗歌。

我们已经说到了"诗性"。诗性不仅仅体现于题材的处理，还表现在审美形式上。奥登的诗艺从初登诗坛起就已经得到了文学界的广泛认可，艾略特甚至在1930年写给友人的信中说，他一点都不担心奥登的艺术技巧，倒是奥登的思想深度和道德信条挺让他挂心的。[3] 考虑到艾略特和奥登在20世纪30年代对于诗歌介入社会的不同认识，艾略特对奥登思想信条的担忧反而显现出一位前辈对后辈的惺惺相惜和提携爱护之情。

当奥登的作品跨越了时空的界线，摆在中国读者面前时，其精湛的诗艺也直接影响了中国新诗的发展。袁可嘉在20世纪40年代后期撰写了一系列题旨为"新诗现代化"的文章，多有论及奥登的诗歌创作和诗学策略在中国新诗现代化进程中的推动作用。在《新诗现代化的再分析》（1947）一文中，袁可嘉借杜运燮的诗作为例，说明奥登式比喻激活了诗歌语言，也丰富了中国现代诗人的语言表现力。在《诗的戏剧化》（1948）和《新诗戏剧化》（1948）中，袁可嘉分析了奥登诗歌中的戏剧化成分，称其为"比较外向的诗人"，是"活泼的、广泛的、机动的流体美的最好样本"，

---

[1] 郭保卫：《书信今犹在，诗人何处寻》，收入杜运燮等《一个民族已经起来》，江苏人民出版社1987年版，第178页。

[2] 穆旦致郭保卫的信，见曹元勇编《蛇的诱惑》，珠海出版社1997年版，第223页。

[3] Humphrey Carpenter, *W. H. Auden: A Biography,* Boston: Houghton Mifflin Company, 1981, p. 137.

并指出这种戏剧化正是中国新诗发展的方向。① 进入20世纪90年代以来，赵文书、张松建、马永波等人在袁可嘉的基础上对此进一步展开翔实的论述。以张松建的《奥登在中国：文学影响与文化斡旋》为例，这篇文章从"中国诗人对奥登的译介：一个文献学的考察"、"中国诗人对奥登的接受：三个层次的辨证"两个方面入手，谈到了中国现代诗人像奥登那样，运用高空视角，营造出富于动态的全景图；引入反讽的策略，在冷静、机智中保持清醒的批判意识；使用大跨度比拟，造成强烈的陌生化效果；以科学化和工业化语言入诗，增强了诗歌的现代感；模拟轻松诗的风格，拉近了诗人与作者的距离。这对进一步厘清奥登在中国现代诗坛的影响有积极的引导意义。

在新中国成立以后的很长一段时间里，艺术成长于"奥登风"时期的现代诗人们停止了创作，但并没有因为客观条件的制约而减少对奥登的喜爱。他们在个人的、私下的、可能的情况下，继续阅读和欣赏奥登，甚至译出了一些诗歌，比如穆旦、杨宪益、卞之琳、王佐良等人。这些译作在20世纪80年代以来陆陆续续地出现在各类诗刊和诗选中。王佐良刊登在《外国文艺》（1988年第6期）上的七首奥登诗汉译以及译者前记，据王家新先生所言，"不仅把奥登的翻译推向一个新的境界，也令人惊异地折射出一种心智和语言的成熟"②。

世纪之交以来，我国的奥登译介与研究持续回暖。当黄灿然先生在2000年提醒我们"奥登在英语中是一位大诗人，现代汉语诗人从各种资料也知道奥登是英语大诗人，但在汉译中奥登其实是小诗人而已"③，事实上已经表明我们对他的系统翻译和全面研究很有必要。有鉴于此，上海译文出版社在2009年确立了《奥登文集》系列出版项目，已经出版的奥登作品包括《战地行纪》（2012）、《奥登诗选：1927—1947》（2014）、《奥登诗选：

---

① 袁可嘉：《新诗戏剧化》，《论新诗现代化》，生活·读书·新知三联书店1988年版，第26页。

② 王家新：《奥登的翻译与中国现代诗歌》，《中国现代文学研究》2011年第1期，第109页。

③ 黄灿然：《在两大传统的阴影下》（上），《读书》2000年03期，第28页。

1948—1973》(2015)、《序跋集》(2015)。① 这些努力让奥登的中国迷们奔走相告,也充分得到了大家的肯定与支持。然而,需要注意的是,这些作品不过是奥登诗文版图里的一些乐章,并不足以展现奥登创作的总体面貌。特别是两卷《奥登诗选》,虽然根据奥登的文学遗产受托人门德尔松教授亲自编定的诗选为母本,但并没有译出这套选集的全部诗作。

尽管奥登诗文的汉译工作仍然不够全面,学术界对奥登的兴趣却在不断升温。由于新时代以来我国现当代文学研究的重心之一转移到了20世纪40年代的诗人,而这些诗人或多或少受到了奥登的诗学影响,所以我国目前的奥登研究主要体现在奥登对中国现当代诗歌以及诗人群体的影响研究上。当然,这种现象在近期已经有了较大的改善。在笔者浸润于奥登诗文版图的十多年时间里,每年都能看到一些专家学者撰文探讨奥登的诗歌作品和诗学思想,研究角度日益多元化,研究力度也日益增强。目前,国内已经有两本奥登研究专著。赵元撰写的《自由与必然性——奥登的诗体实验》(2012)应该是我国最先公开发表的奥登研究专著,他主要考察了奥登诗体实验的思想基础和演变轨迹,重心落在奥登是如何"在诗体实验和风格创新、传统和现代、集体和个人、必然和自由等二元对立中间把握平衡的"。② 相较而言,吴泽庆撰写的专著《威斯坦·休·奥登诗歌研究》(2015)涉及面更广,不但梳理了奥登的多元思想,还以历时的顺序分析了奥登诗歌主题的嬗变。笔者在2010年即已完成了有关奥登的博士学位论文,不但与诗友合译了奥登诗歌,还持续深化和解读奥登其人其作。因此,笔者与这两位学者的奥登研究工作,就像是从奥登诗歌版图里各自延伸而出的小径,虽然在研究角度、思路和方法上各不相同,但在一定程度上都期望凭借"一支肯定的火焰"(《一九三九年九月一日》;《奥登诗选:1927—1947》306)抛砖引玉,让奥登这颗"明亮的星"在历史的星空里继续燃烧。

---

① 笔者有幸自一开始就加入到这个出版项目,与诗友马鸣谦合译奥登诗歌。在修订本书稿的最后阶段,《某晚当我外出散步:奥登抒情诗选》(2018)和《染匠之手》(2018)也已出版。笔者在修订书稿时,参考了中译本《染匠之手》。

② 赵元:《自由与必然性——奥登的诗体实验》,华文出版社2012年版,序言第5页。

五 "一支肯定的火焰"：研究的思路和方法

笔者在开展研究的时候，首先要面对这样一个事实：奥登总是公开地反对将作品与作者联系在一起阅读，也不信任体系化的批评实践，而笔者的研究思路和方法，归根结底就是基于历史语境的多重维度来探讨个人与传统、个人与时代、个人与艺术之间的交互关系，并且试图在这样的阐释过程中整合奥登诗学的思想谱系和艺术伦理，从而勾绘出奥登诗学精神的一个主脉络。

奥登生前一再声称，了解作家的生活状况未必就能帮助我们理解他的作品。他认为，读者如果想要把握作家的思想，只能通过阅读他的作品来实现，只有在知识、智慧和想象的交互运作下才能直达作者的内在精髓，而不是通过搜罗他个人生活的具体事件和亲戚朋友的零星记忆来妄自拼凑。他相信，从理论上而言，"一本好书的作者应该是匿名的，因为人们崇敬的是他的作品，而不是他本人"[1]。在这一观念指引下，奥登生前自编的诗集、诗选、散文集等，往往不是按照时间顺序排列的，其目的就是让读者专注于作品本身。下面这段话，很好地说明了他的这种"偏见"：

> 有关作家的传记，无论是自传还是他传，一般都长篇累牍，甚至趣味低俗。作家是一位创造者，而非实干家。当然，有些作品，或者从某种意义上说全部作品，都源于作家的个人生活经历。但是，了解这些原生态的素材，并不能帮助读者从作家精心准备的文字盛宴中品尝出独特风味。除了他自己、他的家人和朋友，作家的私人生活与任何人无关，而且也不应该产生关联。[2]

奥登要求其文学遗产受托人在他去世后发布声明，让朋友们尽快烧毁

---

[1] W. H. Auden, "Writing", in W. H. Auden, *The Dyer's Hand and Other Essays,* New York: Vintage, 1989, p. 14.

[2] W. H. Auden, *A Certain World: A Commonplace Book*, New York: Viking Press, 1974, foreword.

他写给他们的所有信件,在烧信之前还不能给任何人看。这个要求甚至直接出现在1969年2月22日发表于《纽约客》的书评文章《文明的声音》里①,似乎是唯恐将来遗嘱执行不力,索性自个儿先交代一番。

奥登对传记文类的偏见,已经到了几乎人尽皆知的地步。20世纪末,布罗茨基与沃尔科夫(Solomon Volkov)谈到奥登时,有过这么一段对话:

> **沃尔科夫:**……也拿奥登来说,他就常常声明,阅读传记对理解作家起不了什么澄清作用。他要求不要编他的、奥登的传记,并说服朋友把他寄去的信毁掉。但从另一方面说,正是这位奥登,在评论英国出版的柴科夫斯基日记时写道,没有比阅读朋友的日记更有趣的了。读读作为随笔作家的奥登吧!他心怀明显的满足去研究伟人的传记!他为弄到某些个人的、然而是有意义的细节而欣喜莫名,难道这不是正常的感情吗?
>
> **布罗茨基:**您知道,奥登为啥反对传记吗?关于这我想过,不久前我与我的美国学生讨论过这个问题。事情是这样的:虽然诗人传记本身的意义可能是很出色的作品,特别是对这或那种天才的崇拜者,但这种意义往往根本澄清不了诗作的内容。可能使得诗模糊不清。可以重构环境:监狱、迫害、流放。但结果——在艺术思想上——不能重构。不止但丁一个人从佛罗伦萨被流放。不止奥维德一个人从罗马被流放。②

这段对话让我们看到了奥登的矛盾之处——他一方面反对他人为自己立传,谨防后人通过他的生活状况来研读他的作品,但另一方面又喜欢阅读他人的传记、日记等揭示个人生活的作品。门德尔松教授历时多年推出的《奥登全集:散文》(The Complete Works of W. H. Auden: Prose)足足有六大卷,而在如此浩繁卷帙中,不少文章是给那些传记、日记、回

---

① [英]W. H. 奥登:《文明的声音》,《序跋集》,黄星烨译,上海译文出版社2015年版,第143页。

② [美]约瑟夫·布罗茨基、[美]所罗门·沃尔科夫:《布罗茨基谈话录》,马海甸、刘文飞等编译,东方出版社2008年版,第134—135页。

忆录撰写的评论。虽然奥登曾直白地说他之所以写批评文章是因为缺钱[①]，但我们知道"顽童"奥登有时候是以亦庄亦谐的口吻"操刀"剖析自我的。对金钱颇为务实的奥登，当然会因为金钱的原因接受别人的邀请撰写书评，不过可供他挑选的评论素材那么多，他却把有限的时间和精力奉献给他公开反对的书类，这种反对未免失了底气。在具体的书评文章里，他成了他自己反对的那类读者和批评家。比如他在谈论莎士比亚（William Shakespeare）的十四行诗时，一方面替莎翁庆幸他留给后世解读的个人生活资料甚少，另一方面又不能免俗地推测那些十四行诗的创作时期。[②]这种似是而非、欲遮还羞的模糊态度，恰恰说明奥登十分清楚"艺术并不等同于生活"（《新年书简》；《奥登诗选：1927—1947》312），但两者有着十分隐秘的联系。

虽然奥登在生前拒绝别人为他立传，死后也试图通过遗嘱的形式杜绝传记的产生，他的意愿却注定要被"背叛"。友人们非但没有烧毁他的信件，甚至还把它们公布于世，并且时有关于他的回忆文字面世，这些都成为后人为他著书立传的基础性材料。汉弗莱·卡彭特在他的《奥登传》前言中感谢了奥登的这些好友的慷慨之举，并为自己撰写奥登传记找到了理由。在他看来，奥登虽然公开反对传记，却通过其他形式巧妙地保留了生活的印记：其一是诗歌，除了不少散见于诗篇的自我描述和回忆片段之外，像《致拜伦勋爵的信》、《新年书简》、《与自己的交谈》（"Talking to Myself"，1971）、《答谢辞》（"A Thanksgiving"，1973）[③]这些诗，都带有明显的自传色彩；其二是散文，奥登撰写了大量的散文，经常在其中提及自己的个人生活，比如《创作、认知与判断》（"Making, Knowing and Judging"，1956）和《依我们所见》（"As It Seemed to Us"，1965）

---

① W. H. Auden, "Foreword", in W. H. Auden, *The Dyer's Hand and Other Essays,* New York: Vintage, 1989, p. xi.

② 奥登：《莎士比亚的十四行诗》，《序跋集》，黄星烨译，上海译文出版社2015年版，第143页。

③ 1973年初，奥登曾向友人坦言，他计划效仿威廉·华兹华斯（William Wordsworth）的《序曲》（"The Prelude"，1799—1805），写一首带有自传性质的长篇叙事诗。然而命运似乎更愿意遵循他早些年的想法，在他仅仅写出了"迷你版"的"一个诗人心灵的成长"（《序曲》的副标题）——《答谢辞》之后，很快就让他猝然离世。

等；其三是媒体素材，奥登移居美国后经常参加诗歌节和诗歌讲座，晚年频繁接受媒体采访，这些活动大多以文字、音频和视频的形式保留了下来，不少内容直接记录了奥登的生活见闻和所思所感。[①]不仅如此，我们还应该注意到奥登自 1969 年开始编写的一本书——《某个世界：备忘书》（*A Certain World: A Commonplace Book*，1970）。该书由 173 个词条排序组成，从"Accidie"（"倦怠"）写到"Writing"（"写作"），每个词条下面都安排了他精挑细选的话语，或只言片语，或长篇大论，或出自艺术家，或出自思想家，间或也会插入他自己的想法。他说，这本书相当于他个人的星图，既然没有任何人可以把自己的行星保存得像伊甸园那样完美无缺，那么他便故意漏放了一些词条。付梓之际，他在给出版社的信中写道，该书"可以视为自传，此生也只会写出这个样子的传记了"[②]。奥登以似是而非的态度留下的"传记"，以及卡彭特先生、门德尔松教授等人撰写的传记与传记式批评著作，给了笔者"背叛"奥登的研究起点。因此，本书研究资料的主要来源，除了奥登的诗歌作品、散文作品、访谈录、演讲稿、书信等以外，还有大量关涉他的生平与创作的传记类、回忆类资料。

另外，需要注意的是，奥登一直拒绝给出体系化的诗学批评。他承认自己会留心诗人关于诗歌本质的言论，但会与它们保持一种清醒的距离："作为客观表述，诗人的阐释从来不是准确的，也不是完整的，相反，总是带有一种片面性的偏颇。"[③]奥登不仅在对待他人的诗学理论和学术批评时秉持这种态度，在不得不阐释、讲授、传授和书写自己的诗学理念时，也不忘提醒大家，他得出的结论不过是基于自己的创作经验，经不起严格分析。在散文集《染匠之手》的前言中，奥登开门见山地说，在现代社会里，诗人只有通过书写和谈论自己关于诗艺的看法才能赚取更多的金钱，而不是通过他写下的诗歌。因此，他虽然并不喜欢体系化的批评，但也会接受

[①] Humphrey Carpenter, *W. H. Auden: A Biography,* Boston: Houghton Mifflin Company, 1981, preface.

[②] Ibid., p. 429.

[③] W. H. Auden, "Making, Knowing and Judging", in W. H. Auden, *The Dyer's Hand and Other Essays,* New York: Vintage, 1989, p. 52.

别人的邀请（比如，做演讲、写序言、写书评等），撰写批评文章，赚点钱支付账单。[①] 不过，他又承认：

> 一个评论家，无论他的语气多么狂傲，都不会真的企图规定关于艺术的永恒真理；他总是能言善辩，与同时代人所持的典型误解、愚见和软弱作斗争。一方面，他总是不得不同这两类人抗争以捍卫传统，即对传统一无所知的门外汉和认为应该将传统扫地出门以便由他来开创真正艺术的怪人，另一方面，他又不得不维护当下真正的创新，并向那些误以为继承传统即模仿的学者证明现代的任务和成就丝毫不比过去的那些逊色。[②]

也就是说，尽管奥登经常刻意地将那些批评文章删减为笔记，以免它们沦为"死气沉沉甚至是错漏百出的体系化批评"[③]，但作为诗人、文章家、批评家、诗歌教授，他一定会认真而严肃地表达自己的诗学观点，捍卫自己的诗学理想。因此，我们完全可以在研读他的作品的过程中捕捉到他的诗学思想的基本脉络。

在辨析了这一事实的基础上，笔者的研究尽量避免奥登所批驳的"死气沉沉"，不把他纳入一个设计好了的封闭体系里，而是着重从社会背景、时代特征、文学环境等多个维度尽量还原奥登诗学思想和诗歌创作的真实语境，做到主观梳理与幽微透视相结合，这是本书撰写过程中一以贯之的原则。在具体的写作中，笔者会根据实际需求而采取不同的研究方法：第一，以文本细读的方法，阐释他的作品中反映出来的诗学思想和艺术旨趣；第二，以传记式批评的纵向梳理，呈现他的思想轨迹和诗学发展的基本路径；第三，以比较研究的横向分析，区别他与其他"奥登一代"作家的不同选

---

① W. H. Auden, "Foreword", in W. H. Auden, *The Dyer's Hand and Other Essays,* New York: Vintage, 1989, p. xi.

② ［英］W. H. 奥登：《埃德加·爱伦·坡》，《序跋集》，黄星烨译，上海译文出版社2015年版，第273页。

③ W. H. Auden, "Foreword", in W. H. Auden, *The Dyer's Hand and Other Essays,* New York: Vintage, 1989, p. xii.

择和由此反映出来的诗学特征；第四，以新历史主义的方式，重新解读他的人生历程中的重大事件和诗学思想中的重大转变，赋予相应的作品一个具体的历史语境，从而辨明他的诗路选择和思想转变的成因、意义和价值。当然，笔者还会广泛地结合影响研究、心理分析、文学伦理学批评等手段，全面而立体地展现奥登诗学的基本面貌。

相较于国内外的类似研究而言，本书在分析奥登的诗学思想及其创作时，力图展示诗人在风云变幻的历史大背景下如何通过自身的思考和探索持续地对外界做出反应，考察诗人与自我、社会以及诗歌这门艺术的微妙关系，从而看到一位诗人介入社会和时代的方式，以及随之而来面临的诗学问题和不得不进行的诗学选择。

为研究方便起见，本书主体部分的论述，分为"奥登诗学的思想谱系"和"奥登诗学的艺术伦理"两个既相对独立又相互关联的方面。顾名思义，"奥登诗学的思想谱系"主要从影响研究的角度来审视奥登与主流社会思想之间的复杂渊源，从中找出他在生活与创作中对这些思想的极具个性化色彩的接受、汲取和转化的线索。"奥登诗学的艺术伦理"主要聚焦奥登的文学生涯和诗学观点，综合辨析诗学传统、创作环境和艺术抱负等因素对其主要诗学观点的生成与影响。

"奥登诗学的思想谱系"由三章组成，主要依据历时的顺序动态地展开奥登的思想轨迹，但在具体论述的时候会充分考虑到诗人思想形成的复杂性和多变性。

本篇第一章和第二章侧重于分析早期奥登的思想源流，认为精神分析学和马克思主义在一定程度上有互补性，构成了青年奥登在"怎么办"的良知折磨下的一种必然选择。第一章从奥登接受精神分析学和逐渐领会"治疗的艺术"谈起，认为家学渊源、社会背景和个人脾性促使奥登服膺于弗洛伊德的"治疗之道"，在此后的人生历程中不由自主地运用弗洛伊德的方法观察他人和分析自己。但青年奥登在受益于精神分析学带来的思想火花的同时，还清醒地认识到"弗洛伊德的错误是将神经官能症局限于个体"，因而开始尝试着将精神分析学运用到"治疗"社会病症之中，这突出地表现为他在20世纪30年代将精神分析学与马克思主义熔于一炉的努力。

第二章关涉奥登与马克思主义的复杂关系。笔者认为奥登是在知识分子纷纷"向左转"的时代大背景下选择性地接受了马克思主义的部分学说和观点，个性化地融合了马克思主义和弗洛伊德主义，以此层层剥开"焦虑的时代"人们的心理病态和社会顽疾。然而，奥登自始至终都不是一个真正意义上的马克思主义信徒，他的左派立场和社会化写作，其实是基于人道主义的社会改良诉求。

第三章侧重于分析奥登与基督教信仰的千丝万缕的联系，从他"失去了信仰"到"又有信仰了"的复杂心路历程中挖掘出他的宗教思想的实践性特质，认为他在反思和实践中形成了独具特色的信仰践行模式。

这些思想上的源流在奥登的生命轨迹里奔流不息，彼此交汇、涌动、融合，不可能存在泾渭分明的界线和非此即彼的范畴。本篇在论述的过程中，既注重爬梳整理各个生活阶段的思想主流，又注意打破各个思想之间的理论壁垒，从奥登的阅读、接受、转化、更新的个性化历程出发，考察奥登是如何运用现有的理论、思想和观念来解析人类社会，从而寻找个体（包括他自己）在生命、生存和生活中的位置，以及观测这些思考如何影响了他的诗歌创作和诗路选择。

"奥登诗学的艺术伦理"同样由三章组成。从诗歌的创作来看，它一定会处于"内容—诗歌—形式"这样一个横坐标体系内，而从诗歌的流传来看，我们还需要在上述横坐标的基础上再加一个纵坐标——"诗人—诗歌—读者"，完整的诗学理论必然会涉及到这四个方向，不同的诗人和批评家各有侧重。从奥登的批评实践来看，他更为关注现代诗人的处境和尊重诗歌这门艺术的独有临界。因此，本篇把奥登诗学的主要内容分为诗人观、题材观和技艺观三个虽然相互平行但难免交叉的层面，具体论述过程中还会辐射到他的诗歌功能观、主题观、创作观、语言观等方面。

第一章侧重于分析奥登的诗人观。他的文学生涯和创作轨迹，生动地体现了他对艺术与人生、诗人与社会、私人领域和公共领域这些基本范畴的探索，他为自己选择的"安全的位置"，既是"公共领域的私人面孔"，也是代达罗斯不高不低的飞行，更是"站在门口"以便"自由进出"的位置，从中可以看出奥登对诗人如何介入真实的历史语境持一种谨慎的态度。

奥登认为诗人与读者都会关心诗歌的"道德层面"和"技术层面"，

本篇第二章和第三章以奥登对诗歌的独特阐述为起点。第二章侧重于分析诗歌的"道德层面",展现了奥登对诗歌功能和题材的认知。奥登赋予诗歌的"无用"之"用"的艺术功能和诗歌的"见证真相"的伦理责任,让诗歌的题材和主题具有了伦理向度,而优秀的诗篇是"道德的见证者"。需要注意的是,奥登在关心诗歌的"道德层面"的时候,始终在叩问诗人自身的"道德层面",因为诗人的"诚"与"真"直接影响了他拣选的创作题材和借此表达的核心主题。

第三章侧重于分析诗歌的"技术层面",从奥登对弗洛伊德文艺观的继承与补充出发,认为奥登所说的创作发生("观念的幸运冒险")和创作过程("密探与长舌妇的结合")实际上是"灵感论"和"技艺论"的折中,而他关于诗歌是"语言的游戏"和"语言的社群"的说法,既表达了他对诗歌作为语言艺术的尊重,也体现了他对诗歌的艺术伦理的全面而深入的探讨。

由于奥登避免体系化的批评,所以他倾向于通过借鉴他人的创作经验和总结自身的创作实践的方式间接地陈述自己的观点,并且经常使用比喻和类比的修辞手段让观点表现得活泼生动,因而有很多独具个性的表述方式。比如,他把诗人的创作过程描述为一场活灵活现的创作心理剧:参与其中的是"他清醒的自我"和"他身心以求的缪斯或者与之较量的天使",而为了赢得缪斯或天使的尊重,"他清醒的自我"必须具备与之相匹敌的创作技艺,这就需要诗人去追求"语言学夫人"、善待诗歌家庭中的"仆人们"(形式性要素)。总体而言,奥登的诗学观点,既有对西方诗学传统尤其是近现代以来注重锤炼诗歌技艺的诗学观的继承,又与20世纪中期活跃于英美文化界的新批评理论相互辉映。

本书通过细致而深入地考察"奥登诗学的思想谱系"和"奥登诗学的艺术伦理",试图更精准地挖掘奥登的思想渊源和诗学观点的交互影响。笔者认为,奥登是生活的存在主义者、思想的实用主义者、诗歌艺术的孜孜探索者。同现代社会的大多数人一样,奥登看到了现代文明的诸多问题。他曾一度将这些问题简单地归结为阶级矛盾和经济危机带来的病态失衡,以为诗歌的"介入"可以救助破碎的人生和疯狂的时代。在亲历了社会状况的急剧恶化之后,他眼中的文明更像是怀特海教授(A. N. Whitehead)所说的"介于野蛮的含混和琐碎的秩序之间的危险平衡",前者统一但不加区分，后者虽有划分却缺乏核心的统一，而理想的文明是"将最大数量的不同人类活动在最小张力下融合成一个统一体"。①诗歌的使命不在于建造一座供世人祈祷的信仰天堂，也不在于构建一个秩序完美的理想国，而在于通过独特的视角传达诗人对人类普遍处境的看法，提醒经纶世务者去注意他们面对的乃是有着独特面孔的活生生的人。

奥登曾颇有预见性地指出："作家的每一部作品都应该是他跨出的第一步，但是，不管他当时是否意识到，如果每次跨出的第一步较之前而言不是更远的一步的话，就是错误的一步。当一个作家去世，若是把他的各种作品放在一起，人们应该能够看到这些是一部具有连续性的'全集'。"②此番言论，一方面可以看出奥登对于诗人的艺术成长的看重，另一方面也可以理解为他对于诗歌见证具体的历史语境的要求。我们对于奥登诗学思想和诗歌创作的研究，也应该具备这样的"全集"意识。恰如布罗茨基在谈到奥登时所言：

> 天真是最不可能自然地持续的东西。这就是为什么诗人——尤其是那些长寿的诗人——必须被整体地阅读，而不是只读选集。必须得有一个终结，开始才会有意义……诗人给我们讲的是整个故事……③

布罗茨基随后饱含深情地说，奥登将诗歌变成了一种存在方式，服务于一种比我们通常所知道的更广阔的无限，而且也很好地见证了这种无限。笔者所做的努力，如同当年的布罗茨基，也是为了去"取悦一个影子"，尽管这个努力还需要一种"更广阔的无限"。

---

① [英]W. H. 奥登：《希腊人和我们》，《序跋集》，黄星烨译，上海译文出版社2015年版，第8页。
② W. H. Auden, "Writing", in W. H. Auden, *The Dyer's Hand and Other Essays,* New York: Vintage, 1989, p. 21.
③ [美]约瑟夫·布罗茨基：《小于一》，黄灿然译，浙江文艺出版社2014年版，第330页。

上 篇
"答谢辞":奥登诗学的思想谱系

深情地回想你们每一个：
没有了你们，我恐怕连最差劲的诗行
都没有办法写成。

——奥登《答谢辞》

成长并不意味着我们变成了其他人，事实上，我们从出生到年迈都不曾改变。

——奥登《丰产者与饕餮者》

"在我看来，生活总离不开思想，／思想变化着，也改变着生活"（《1929》，"1929"，1929；《奥登诗选：1927—1947》29），青年奥登写下这样的诗句的时候，很有可能已经预料到自己会在思想和生活上持续经历变化。在生活上，即便不提奥登移居美国、改变国籍这一人生轨迹中的重大事件，长年累月漫游四方也足以说明他不是那种安静地居于一隅的人。旅行对他来说是家常便饭，既可以增广见闻，也为他提供了创作素材。他从18岁开始自主地选择旅行，且不说他的短途旅行，他为数众多的跨国旅行就已经让人望尘莫及了。他去过四大洲：欧洲、北美洲、亚洲和非洲；除了出生地英国，到过至少25个国家和地区：奥地利、南斯拉夫、比利时、德国、捷克斯洛伐克、匈牙利、瑞士、丹麦、冰岛、挪威、西班牙、葡萄牙、法国、埃及、吉布提、锡兰、中国（包括香港和澳门）、日本、加拿大、美国、意大利、印度、希腊、瑞典、以色列；在英国、德国、美国、意大利和奥地利五个国家都曾有过固定居所。因此，当奥登戏谑地说要成为"流浪的犹太人"[①]时，事实上是对自己的一份清醒的认识。

---

① Auden's letter to Charles and Therese Abbott on 31 May 1946, quoted from Stan Smith, ed., *The Cambridge Companion to W. H. Auden,* Cambridge: Cambridge UP, 2004, p. 39.

伴随总是"在路上"的生活状态，奥登的思想谱系也错综复杂地交织着、改变着。一个有趣的现象是后期奥登删除、修改前期诗歌的行为，其实质是思想的变化。我们不妨通过一行诗的前后境遇来看看一个发生在他思想轨迹里的重大事件：

> Man can improve himself but never will be perfect（1939）
> 人类会自我完善，但永不会尽善尽美
> Man can improve but never will himself be perfect（1950）
> 人类会完善，但其自我永不会尽善尽美

奥登与衣修伍德曾携手奔赴中国抗日前线，一人写诗，另一人写文，合作完成了《战地行纪》（*Journey to a War*，1939），以《诗体解说词》（"Commentary"，1938）作为全书的收尾。时隔多年后，奥登编选自己的《短诗合集》（*Collected Shorter Poems*，1950）时收录了这首诗，做了细微修改。以上述这一行诗为例，两个版本都相信人虽然不完美，但可以逐步完善。微妙的区别在于"himself"的位置发生了变化，从而使语义发生了本质改变：前者认为人的完善掌握在自己的手中，后者却认为人的完善不可能依靠自己的力量去实现。该诗的结尾点明了人类走向完善的途径：

> Till they construct at last a human justice,
> The contribution of our star, within the shadow
> Of which uplifting, loving and constraining power
> All other reasons may rejoice and operate.（1939）
> 直到它们最终建立一个人类正义，
> 呈献于我们的星球，在它的庇护下，
> 因其振奋的力量、爱的力量和制约性力量
> 所有其他的理性都可以欣然发挥效能。

> Till, as the contribution of our star, we follow
> The clear instructions of the Justice in the shadow

> Of whose uplifting, loving and constraining power
> All other reasons may rejoice and operate. (1950)
> 直到，如同呈献于我们的星球，我们追随
> 那**正义**的清晰指引，在它的庇护下，
> 因其振奋的力量、爱的力量和制约性力量
> 所有其他的理性都可以欣然发挥效能。

"人类正义"（a human justice）被替换为首字母大写的"正义"（the Justice），结合奥登此时已经皈依了基督教信仰的背景，此处的正义应当是指"上帝的正义"（the Divine Justice）。后期奥登认为，我们在上帝的指引和庇护之下，才有可能发挥人类的全部理性，才能最终改变我们的星球、我们的生活以及我们自身的面貌。一首诗，小小的改动，彰显了奥登思想的今非昔比：他已经从无神论者变成了有神论者。

信仰的改变，仅仅是奥登思想轨迹里一个最为显而易见的转折点。在去世前不久写成的《答谢辞》中，奥登深情地梳理了自己在文学上的师承脉络和成长过程中受到的诸种影响，从哈代、弗罗斯特（Robert Frost）到叶芝，从布莱希特、克尔凯郭尔到歌德（Johann Goethe），他们在奥登的个人星空里熠熠生辉。熟悉奥登生平与创作的人都会发现，这首诗歌里的"答谢"透露着一丝古怪。比如，约翰·富勒认为他应该提及艾略特，而且不应该将布莱希特的教导归于经济奔溃方面。[1] 古怪之处当然还有，该出现的人没有出现，相对影响不大的人却被答谢了。这是奥登抛给我们的又一颗迷雾弹。

事实上，对于奥登这样一位阅书成痴的诗人，他的思想谱系如同风光迤逦的大江大河，众多姿态各异的支流汇入其纵深之处，沉淀下泥沙，涤荡去污垢，化为宠辱不惊的微波涟漪，形成一派独具特色的风景。布罗茨基曾说，奥登的一生可以"压缩为写作、阅读和喝马提尼酒"，每一次与奥登聊天时，他首先冒出的话就是"我读什么，他读什么"。[2] 丰富的阅读

---

[1] John Fuller, *W. H. Auden: A Commentary*, Princeton: Princeton UP, 1998, p. 551.
[2] ［美］约瑟夫·布罗茨基、［美］所罗门·沃尔科夫：《布罗茨基谈话录》，马海甸、刘文飞等编译，东方出版社2008年版，第133页。

和勤奋的思考塑造了奥登的理性与智性，使他能够将那些突发性的生活事件、不稳定的情感因素都转化为生机勃勃的思想。

通过追溯和考证奥登的阅读与写作，我们必然能够从中厘清他思想谱系里最为重要的一些源流，看它们如何"变化着，也改变着生活"。奥登文学遗产受托人门德尔松教授在为中译本《奥登诗选：1927—1947》撰写的前言里写道，奥登的语言和视野里虽然总带有"科学"色彩，但"他首先还是一个有'爱'的诗人"，"总在关注对爱的圆满实现产生阻碍的因素，无论它是来自外部社会，还是出于内在的焦虑"。[①] 爱，是世间再自然不过的力量，也是每个人终身面临的课题。奥登思想轨迹的核心正是在于"爱"，爱自己，爱他人，也爱此时此地的生活，孜孜求索着属于每一个人类个体的"福音"。因此，本篇在考察精神分析学、马克思主义和基督教信仰对奥登诗学思想的生成与转变的错综复杂的影响时，注重爬梳整理"外部社会"和"内在的焦虑"的交互作用，从而展现奥登在风云变幻的时代大背景下阅读、接受、转化、更新的个性化历程。

---

① ［英］W. H. 奥登：《奥登诗选：1927—1947》，马鸣谦、蔡海燕译，上海译文出版社2014年版，前言第1页。

第一章 "我们都在它的影响下各自过活"：奥登与精神分析学

> 作为一个医生之子，
> 我可能体会更深。"治疗，"
> 爸爸会告诉我：
> "不是一种科学，
> 它只是讨好自然的
> 直觉性艺术……"
>
> ——奥登《治疗的艺术》

> 对我们而言，此刻他就不再是
> 一个个体，而是某种整体舆论倾向，
> 我们都在它的影响下各自过活。
>
> ——奥登《诗悼西格蒙德·弗洛伊德》

在1935年撰写的《心理学与现代艺术》("Psychology and Art Today")的文章结尾处，奥登给出了一长串参考文献，包括弗洛伊德的《弗洛伊德文集》(*Collected Works*)、荣格（Carl Jung）的《无意识心理学》(*Psychology of the Unconscious*)、汉斯·普林茨霍恩（Hans Prinzhorn）的《心理疗法》(*Psychotherapy*)、威廉·里弗斯（William Rivers）的《冲突

与梦》(*Conflict and Dream*)、莫里斯·尼科尔（Maurice Nicoll）的《释梦》(*Dream Psychology*)、巴罗（Trigant Burrow）的《意识的社会基础》(*The Social Basis of Consciousness*)、劳伦斯（D. H. Lawrence）的《精神分析学与无意识》(*Psychoanalysis and the Unconsious*)、霍默·莱恩（Homer Lane）的《与父母和教师的谈话》(*Talks to Parents and Teachers*)、果代克（Georg Groddeck）的《探索无意识》(*Exploring the Unconsious*)等心理学尤其是精神分析学领域的名家作品。这份长长的书单，是奥登长期浸淫于精神分析学的直观呈现，既有少年奥登从医生父亲的书柜里搜罗的课余读物（比如弗洛伊德、荣格的作品），也有青年奥登根据阅读兴趣追踪的最新出版物（比如巴罗和莱恩的作品）。

同样是在这篇文章中，奥登题引了弗洛伊德的一段话："不论是青年时期，还是年齿渐长，我都无法在内心找到一丝对医生职业或工作情有独钟的痕迹。实际上，一直以来，我都是被一种强烈的求知欲所鞭策，想要去探究人与人之间的关系，而不是自然科学的数据。"[①]弗洛伊德引领的精神分析学，不同于传统的行为学、神经学、神经病学等心理学相关学科，它的立足点不在自然科学，而是通过临床治疗和引述人文素材揭示人类心灵的底质，不仅引导人们自我分析与自我治疗，也在一定程度上促使他们推己及人、救助世人。正因为如此，多年后奥登谈到精神分析学时才会说，"从长远来看，精神分析学之所以受到大众的欢迎，是因为它给人一种直觉感受，觉得它的出发点是将每个人都视为一个肩负道德责任的独特的人"[②]。精神分析学的这一特性，吸引了奥登的目光，并且成为奥登理解和思考人类活动的重要思想来源之一。

第一节 "弗洛伊德主义是最普通的语言之一"

精神分析学又被称为弗洛伊德主义，因为其创始人正是奥地利心理学

[①] W. H. Auden, "Psychology and Art To-day", in *The Complete Works of W. H. Auden: Prose*, Vol. I: 1926-1938, ed. Edward Mendelson, Princeton: Princeton UP, 1996, p. 93.

[②] W. H. Auden, "Sigmund Freud", in *The Complete Works of W. H. Auden: Prose*, Vol. III: 1949-1955, ed. Edward Mendelson, Princeton: Princeton UP, 2008, p. 344.

家弗洛伊德。1885年秋，刚刚被任命为维也纳大学医学院神经病理学讲师的弗洛伊德，前往巴黎沙伯特利耶医院让·夏尔科（Jean Charcot）的病理实验室学习，认识了歇斯底里症，由此改变了研究兴趣——"弗洛伊德离开显微镜，转向另一个他已经显示出一些天赋的领域——心理学"[①]，并且初步理解了构成未来众多问题的关键所在——将心理学的重点由意识转向了无意识。以弗洛伊德的继承人自居的美籍德国精神分析学家埃里希·弗洛姆（Erich Fromm），毕生致力于修补弗洛伊德的精神分析学说以切合西方人在两次世界大战之后的精神处境，他对弗洛伊德主义有广泛而深入的涉猎与钻研，除了在《弗洛伊德的使命》（Sigmund Freud's Mission, 1959）中巧妙地运用精神分析学的方法揭示这位大师"热望真理、坚信理性"[②]的使命意识以外，还在《弗洛伊德思想的贡献与局限》（Greatness and Limitation of Freud's Thought, 1979）中以辩证的方法全面考察弗洛伊德思想的精髓。根据弗洛姆的观察，弗洛伊德至少有三方面的重要发现——无意识[③]、释梦理论、本能理论，这些发现颠覆了心理学的研究范畴，启发和帮助人们学会用理性控制自己的非理性欲望、欲求和情感。

弗洛伊德主义自20世纪初伊始便不断获得成功，尽管在发展过程中不可避免地会有来自行业内部的阻挠和一些人士的奚落。奥登撰文道："弗洛伊德显然曾预想，传统卫道士和寻常百姓会对他的人类性学观嗤之以鼻，甚至拒不接受。但实际的情况却是，大众居然接受了他的观点，没有预想得那么艰难，或者说，比他们本该表现出的反应温和得多。"[④]这一方面归功于弗洛伊德主义在理论和治疗方面有重大的创新，另一方面则主要源于弗洛姆归纳的"批判的精神"——"弗洛伊德的体系是对现存思想和偏见的一种挑战"，揭示了维多利亚时代的许多价值观念的虚假性和伪饰性，

[①] ［美］彼得·盖伊：《弗洛伊德传》，龚卓军、高志仁等译，商务印书馆2015年版，第48页。

[②] ［美］埃里希·弗洛姆：《弗洛伊德的使命：对弗洛伊德的个性和影响的分析》，尚新健译，生活·读书·新知三联书店1987年版，第2页。

[③] 弗洛姆认为，虽然弗洛伊德不是第一个发现无意识的人，但他的研究取得了惊人的成就。

[④] W. H. Auden, "Sigmund Freud", in *The Complete Works of W. H. Auden: Prose*, Vol. III: 1949-1955, ed. Edward Mendelson, Princeton: Princeton UP, 2008, p. 343.

"以批判的精神吸引着人们"①，因而在西方社会的知识、艺术、政治等领域普遍受到重视。

一 "医生之子"：接触心理学，领会"治疗的艺术"

奥登的父亲，乔治·奥登，曾在剑桥大学学习自然科学，成绩名列前茅。毕业后，他先在伦敦的一家医院工作了一段时间，后去约克郡做了内科医生。1908年，也就是小奥登差不多一岁半的时候，他们举家迁往伯明翰，乔治医生成为当地的第一位学校卫生官员（第一次世界大战后被聘为伯明翰大学公共保健学科的教授）。乔治医生熟悉古典时期以来的医学历史，精通拉丁语和希腊语（他被推选为伯明翰古典协会的秘书），也能够娴熟地运用多种现代语言，包括德语和丹麦语。尽管人们普遍认为人文与科学的研究截然不同，他却并不拘泥于这种成见。奥登回忆说："在我父亲的图书馆里，小说诗歌作品的旁边就摆放着科学书籍，我也从来没想过这其中哪本书比另一本书更'人道'或更不近'人情'"②；"父亲的藏书室，给了我阅读的机会，也引导着我对于书籍的选择。它不仅是一个文学工作者的藏书室，也不仅是一个专科医生的有限的藏书室，而是各种学科、门类的书籍的大集合，不过小说作品并不多。因此，我的阅读非常广泛，也很随机，一点也不学究，总之，就是非文学型的"③。通过奥登的回忆，我们发现乔治医生是一个兴趣广泛、视野开阔的医生，无论是从专业医生的角度还是从普通读者的角度而言，他都很有可能及时捕捉到心理学领域的最新成果。

事实上，根据奥登的传记作者卡彭特介绍，乔治医生"对这个富有争议的新兴学科非常感兴趣，当时的心理学界先锋人物一有新作出版，他就迫不及待地购买"④。除了本职工作以外，乔治医生还是皇家医学心理学协

---

① ［美］埃里希·弗洛姆：《在幻想锁链的彼岸：我所理解的马克思和弗洛伊德》，张燕译，湖南人民出版社1986年版，第141—143页。

② ［英］W. H. 奥登：《依我们所见》，《序跋集》，黄星烨译，上海译文出版社2015年版，第647页。

③ W. H. Auden, *The Prolific and the Devourer*, in *The Complete Works of W. H. Auden: Prose*, Vol. II: 1939-1948, ed. Edward Mendelson, London: Faber and Faber, 2002, p. 414.

④ Humphrey Carpenter, *W. H. Auden: A Biography,* Boston: Houghton Mifflin Company, 1981, p. 9.

会会员，为《心理科学杂志》（*Journal of Mental Science*）供稿，后来兼任伯明翰儿童医院的"名誉心理学家"、精神病患者收容所的医疗顾问，将心理学的最新成果运用到医疗实践中。门德尔松教授提供了另一个有力的佐证，指出乔治医生是在公共保健领域"最先运用弗洛伊德心理学的公职人员之一"[①]。或许正是这个原因，乔治医生不仅重视医学实践和历史，还重视医学的哲理成分。父亲的职业操守和医学素养深深地影响了奥登，也促使他对医学的哲理方面始终保有一份兴趣。

从生活上而言，父亲在奥登心里的分量似乎并不重要。奥登自小与母亲亲近，第一次世界大战的爆发又在客观上疏远了父子情分，致使奥登一度表示"从某种程度上来说，我失去的是父亲的精神存在"[②]。不仅如此，奥登也刻意忽略了父亲在自己生命轨迹里的角色。1941年，听闻母亲在睡眠中死去的消息后，奥登呆若木鸡，沉默了良久，故作轻松地说："她真讨人喜欢啊，离世的最后一个举动竟然是让我不必去参加恼人的社交应酬。"说完，奥登就失声痛哭了起来。[③] 在写给友人的信中，奥登说："母亲死后，一个人才第一次真真正正地孑然一身了，这种感受很糟糕。"[④] 相较于母亲离世后的痛彻心扉，奥登面对父亲去世的反应却显得格外平淡[⑤]，既没有以泪洗面，也没有平添孤家寡人之感。

尽管父子关系疏离，但奥登对父亲始终充满敬意。英国桂冠诗人约翰·贝杰曼（John Betjeman）曾是奥登在牛津大学的学长，他回忆说："当

[①] Edward Mendelson, *Early Auden*, New York: The Viking Press, 1981, p. xxii.

[②] ［英］W. H. 奥登：《依我们所见》，《序跋集》，黄星烨译，上海译文出版社2015年版，第651页。乔治医生在第一次世界大战爆发后不久便加入了皇家陆军军医队，相继在加里波利、埃及和法国服役，与家里失去了联系，直到战争结束后才与家人团聚。也就是说，在奥登7岁到12岁的成长关键期，乔治医生都是缺席的。

[③] Humphrey Carpenter, *W. H. Auden: A Biography,* Boston: Houghton Mifflin Company, 1981, p. 313.

[④] Auden's letter to Alan Ansen in October 1947, quoted from Humphrey Carpenter, *W. H. Auden: A Biography,* Boston: Houghton Mifflin Company, 1981, p. 313.

[⑤] 1957年夏，奥登照例去牛津大学举办诗歌讲座（1956年被牛津大学聘为诗歌教授，每年要推出三次公共讲座），期间回家探望父亲，正好赶上看他最后一面。事后平淡地对朋友说，父亲离开时没经历什么病痛。可以参看Humphrey Carpenter, *W. H. Auden: A Biography,* Boston: Houghton Mifflin Company, 1981, p. 383.

时，大学生普遍鄙夷自己的父母，认为他们庸俗不堪，至少我也这么认为。奥登却不一样，他很敬重自己的父亲。"①

奥登对父亲的敬重，很大的原因在于父子俩的共同爱好，尤其是在小奥登的兴趣从矿井转向了人之后，心理学为此提供了一条特殊的途径——"他可以用临床治疗般的客观态度去理解他们，同时将他们的潜在危险排除在一定距离之外"②。据说，小奥登每到一个新环境都会感到局促不安，比如伴随着上学和升学而不得不面临的新环境问题。这一点，奥登在《致拜伦勋爵的信》中以调侃的方式提到过："我上学后说的头一句话就语出惊人，／险些让一位女舍监完全失去平衡：／'我就喜欢看各种各样的男生。'"（《奥登诗选：1927—1947》130）倒不是说奥登这么早就表现出同性恋倾向了，委实是因为奥登先后就读的圣爱德蒙德预科学校和格瑞萨姆学院（Gresham's School）③都是男校。我们可以想象，这样一位敏感、焦虑的少年进入了陌生的环境，肯定会观察和分辨周围的人，而心理学的分类方法帮助他快速地进行归类，从而形成与他们相处的策略。乔治医生的言传身教和藏书室里颇为可观的心理学书籍，为奥登开启最初的精神分析学之旅提供了便利条件。

奥登的另一位传记作者理查德·达文波特—海因斯认为，小奥登之所以对心理学的兴趣与日俱增，有一个潜在的动因，即探秘与解密，恰如弗洛伊德将自己的学说称为"一门关于秘密的科学"。④ 据记载，1925年以前，奥登已经熟读了弗洛伊德和荣格的作品。虽然我们并不知道他具体读过哪几本著作，但可以确认的是，他对人类的行为动机和内在欲望有了基本认识，这在一定程度上帮助他洞悉人生百态。他那时候对弗洛伊德的作品更为感兴趣，抄录了弗洛伊德的文字，有时候会带去学校念给同学们听。他的学弟约翰·帕德尼（John Pudney）回忆说："威斯坦的谈吐一点也不像

---

① John Betjeman, "Oxford", in Stephen Spender ed., *W. H. Auden: A Tribute,* London: Weidenfeld & Nicolson, 1975, p. 44.

② Richard Davenport-Hines, *Auden,* New York: Vintage Books, 1999, p. 23.

③ 1915年秋天，小奥登被送到萨里郡辛德海德地区的圣爱德蒙德预科学校。1920年9月，奥登进了格瑞萨姆学院。

④ Richard Davenport-Hines, *Auden,* New York: Vintage Books, 1999, p. 24.

孩子……他的措辞成熟老到，充满了智性上的挑战。"[1] 帕德尼的印象，说明奥登已经不再局限于用心理学观察别人、保护自己，而是把它当成了一种生活上的趣味。面对并不熟悉精神分析学的同学们，奥登手舞足蹈地用自己尚没有完全掌握的术语和理论去分析他人言行举止的根源，阐释某些话语的隐含意思，不啻为自带喜剧效果的"传道士"。我们不妨看看另一位聆听过他的"知识"洗礼的同学是如何描述他的传道场面的：

> 在我的印象里，他顽皮、傲慢，常常因为自己知晓的那些虽然不体面但吊人胃口的秘密而洋洋得意。他自豪地向我们传播性知识和科学知识，即使他经常将那些科学术语发错音，也足以令他在同学们中间确立起一种特殊的地位，有点类似于巫医在愚昧的未开化人群中的角色。[2]

写下这段话的是衣修伍德，当年他也在圣爱德蒙德预科学校就读。虽然年长奥登3岁，衣修伍德却被这位言语惊人、知识面广的学弟所吸引。他们后来发展出相伴一生的友谊。当然，小衣修伍德听到的"性知识和科学知识"，并不一定只有心理学知识，但从一个侧面说明了奥登利用知识优势赢得同学们青睐、钦佩的方式，这可以说是精神分析学之旅的附加乐趣。

随着智性和理性的大门逐渐开启，奥登对精神分析学的猎奇、探密的心态逐渐被父亲的职业操守和医学素养所"矫正"。他在早期诗歌中以临床诊治般的态度创作[3]，事实上已经烙印下了父亲的影子。移居美国以后，父亲虽然远在大西洋彼岸，奥登却喜欢结交医生朋友，或者说，他深谙与

---

[1] Humphrey Carpenter, *W. H. Auden: A Biography*, Boston: Houghton Mifflin Company, 1981, p. 40.

[2] Ibid., p. 21.

[3] 早期奥登的创作倾向于用临床思维已经是不争的事实，他的好友衣修伍德和斯彭德都有专文论述。See Christopher Isherwood, "Some Notes on Auden's Early Poetry", in Monroe Spears, *Auden: A Collection of Critical Essays*, Englewood Cliffs: Prentice-Hall, 1964, p. 13; Stephen Spender, *World within World: The Autobiography of Stephen Spender*, New York: St. Martin's Press, 1994, pp. 51-55.

医生的相处之道。他的一些重要诗歌都是献给医生朋友的，尤其是晚年的几首诗，或是哀悼医生朋友的离世，比如写给他在纽约的私人医生大卫·普罗泰奇（David Protetch）的悼亡诗《治疗的艺术》（"The Art of Healing"，1969）；或是庆祝医生朋友退休，比如写给他在奥地利基希施泰腾结识的伯克医生（Walter Birk）的《致沃尔特·伯克的诗行，适逢他从全科医师的岗位上荣休》（"Lines to Dr Walter Birk on His Retiring from General Practice"，1970）；或是感怀与医生朋友的默契，比如题献给相交多年的亚诺夫斯基医生的《新年贺辞》（"A New Year Greeting"，1969）和写给英裔美国神经病理学家奥利弗·萨克斯（Oliver Sacks）的《与自己的交谈》。直到暮年，奥登仍然强调自己是"医生之子"：

　　作为一个医生之子，
　　我可能体会更深。"治疗，"
　　　爸爸会告诉我：
　　"不是一种科学，
　　它只是讨好自然的
　　　直觉性艺术。

　　植物，动物，会根据你
　　是否与它同属一个物种
　　　做出反应，
　　而所有的人类
　　都会对无法预知之事
　　　持有个人的偏见。

　　对有些人来说，身体欠佳
　　是凸显自身重要性的一种方式，
　　　有些人能坦然面对，
　　极少数的人很狂热，
　　他们会一直郁郁不乐

除非给他们开膛破肚。"

(《治疗的艺术》；《奥登诗选：1948—1973》421)

父亲言传身教的"治疗的艺术"，并不是将医学局限于自然科学的狭小领域，而是把它看成是与自然契合的"直觉性艺术"。关于这一点，奥登在《某个世界：备忘书》中有更为具体的表述：

> 我记得，在我还是小男孩时，医生父亲跟我引述过威廉·奥斯勒爵士[①]的一句名言："更为关注作为个体的病人，而不是对方所患疾病的特殊方面。"换言之，医生如同任何一个与人类打交道的人，他们每一个人都是独一无二的，不仅仅是科学家；他要么像外科医生一样，是个手艺人，要么像内科医生和心理医生一样，是个艺术家。正如诺瓦利斯所言："每一个疾病都是音乐问题；每一次治疗都是音乐方案……"这意味着一个好的医生同时也是一个品性良好的人。也就是说，无论他有什么样的弱点或缺点，他首先必须真诚地热爱他的病人，视他们的康健为先。医生，跟政治家一样，如果只是抽象地热爱他人，或者只是将他人当成谋取利益的手段，那么他再怎么聪明也于事无补，甚至祸害无穷。
>
> 医疗行业里，正是那些口口声声宣称自己是"科学的"，到头来却对新发现置若罔闻。[②]

写下这段有关医学的文字时，奥登的身边该是站立着两位已经故去的人：左手边是他的父亲乔治医生，他的职业操守潜移默化地影响了奥登对疾病的认识，开启了他对医学的哲理方面的兴趣；右手边则是弗洛伊德先生，他的学说先后吸引了奥登父子，致使少年奥登毫无防备地沉浸在他描摹的"禁忌"世界里，即使成年后认识到他的学说并不完全正确，也依然

[①] 威廉·奥斯勒（William Osler，1849-1919）是加拿大医学家、教育家，被认为是现代医学之父。

[②] W. H. Auden, *A Certain World: A Commonplace Book*, New York: Viking Press, 1974, p. 256.

认为他是"一个杰出的犹太人"、"一个理性的声音"(《诗悼西格蒙德·弗洛伊德》,"In Memory of Sigmund Freud",1939;《奥登诗选:1927—1947》440,445)。

二 弗洛伊德的治疗之道:"宽宥了生活,变得更谦卑"

奥登认为,弗洛伊德的治疗之道是以人为本,而不拘泥于固有的病症、方法和数据。他在《心理学与现代艺术》里题引的那段弗洛伊德自述,其核心是"想要去探究人与人之间的关系",而这正是弗洛伊德自始至终都坚持的使命。作为曾经的追随者,弗洛姆从弗洛伊德的生活和作品里寻找蛛丝马迹,发现了弗洛伊德自比为摩西的远大抱负[1],这决定了"他的精神分析不是纯粹的精神病诊疗技术或心理学说,而主要是一种体系庞大、立意新颖的人生哲学"——"关心人、研究人,以人为目的"。[2] 刘森尧在美国学者彼得·盖伊所著的《弗洛伊德传》的汉译版中不无感慨地指出:"弗洛伊德主义是当代智识生活无法回避的一大重要主题,因为它早已渗透到我们知性生活的各个层面,它影响着我们的生命观和世界观,同时操纵着我们人际关系的运行,更确切地说,它左右着我们生命的呼吸方式。"[3] 因此,精神分析既是一种治疗方法,也是一种关于人的一般理论,诸如无意识、梦境、人格等学说,将心灵的秘密清晰地揭示了出来,我们每个人都或多或少地受益于他的启示。

正是在这个意义上,当被问到弗洛伊德对奥登的意义时,布罗茨基说:"如所周知,奥登对弗洛伊德抱着很大的热情,这显而易见。要知道奥登是纯理性主义者。对于他,弗洛伊德乃是允许的语言之一。归根结底,作

---

[1] 弗洛姆认为弗洛伊德自居为摩西,一部分是有意识的,一部分是无意识的:在写给荣格的信(1908年2月28日和1909年1月17日)中,他有意识地自比为摩西,弗洛伊德的传记作者琼斯(Ernest Jones)也持类似看法;而在《米开朗琪罗的摩西》和《摩西和一神教》两部著作中,弗洛伊德无意识地隐藏了他自比为摩西的激情。可以参看[美]埃里希·弗洛姆:《弗洛伊德的使命:对弗洛伊德的个性和影响的分析》,尚新健译,生活·读书·新知三联书店1987年版,第89—94页。

[2] [美]埃里希·弗洛姆:《弗洛伊德的使命:对弗洛伊德的个性和影响的分析》,尚新健译,生活·读书·新知三联书店1987年版,前言第3页。

[3] [美]彼得·盖伊:《弗洛伊德传》,龚卓军、高志仁等译,商务印书馆2015年版,导读第1页。

为一种可以解析所有人类活动的语言。对吧？弗洛伊德主义是最普通的语言之一。"[1]诚如斯言，在奥登看来，弗洛伊德主义正是这样一种"最普通的语言"，任何人都可以在它的帮助下分析自我、认识自我，进而了解他人、理解我们居于其间的人类社会。

在以人为本的治疗之道前提下，弗洛伊德的治疗之术的关键点是精神分析。奥登认为，弗洛伊德是"革新性思想家的显著典范和绝佳体现"[2]，如果没有弗洛伊德的发现，心理学的发展肯定还停留在19世纪下半叶的生理心理学的研究范畴，对心理和行为的内在动力根源缺乏必要的讨论与探索。在漫长且疑窦重重的研究过程中，弗洛伊德用了8年的时间才认识到电击和催眠疗法既无意义又无价值，逐渐坚信了自己的自由联想法；又用了4年的时间才意识到孩童有关被诱骗的记忆很有可能是幻想而不是事实，逐渐确信了儿童的"纯洁"和"清白"不过是成人的臆测。他一步又一步地跨越传统心理学框定的人类心灵图景，而其中至关重要的一步，按照奥登的理解，是他"没有将心理事件归于自然的秩序，没有用化学和生物学的方法论开展研究，而是将之视为历史的秩序"[3]。也就是说，弗洛伊德是以历史学家的眼光而不是科学家的视角研究人类的心灵，这在奥登关于弗洛伊德的散文里多次被提及[4]，其中有这么一段话值得我们细读：

> 事实上，即便他的理论被证明全都错误，弗洛伊德也仍然是卓尔不群的天才。他认识到心理事件不是自然事件，而是历史事件，因此心理学不同于神经病学，必须扎根于历史学家而不是生物学家的潜在预设和方法学……在关于婴儿性意识、压抑等理论中，他将自由意志

---

[1] [美]约瑟夫·布罗茨基、[美]所罗门·沃尔科夫：《布罗茨基谈话录》，马海甸、刘文飞等编译，东方出版社2008年版，第142页。

[2] W. H. Auden, "Sigmund Freud", in *The Complete Works of W. H. Auden: Prose*, Vol. III: 1949-1955, ed. Edward Mendelson, Princeton: Princeton UP, 2008, p. 342.

[3] W. H. Auden, "The Greatness of Freud", in *The Complete Works of W. H. Auden: Prose*, Vol. III: 1949-1955, ed. Edward Mendelson, Princeton: Princeton UP, 2008, p. 386.

[4] 比如《心理学与现代艺术》《西格蒙德·弗洛伊德》（"Sigmund Freud"，1952）和《弗洛伊德的伟大之处》（"The Greatness of Freud"，1953）。

和责任意识的起始时间点向后推,比以往绝大多数神学家都更有胆识。他的治疗方法是让病人重现过去经历、自行发现真相,治疗师则尽可能地不提示和不干预病人,移情成为治疗过程的主要中枢。这种治疗将每一位病人都看成是一个独特的、历史的人,而不是一个典型病例。[1]

奥登在此不但强调了弗洛伊德的研究以人为本,也强调他的治疗方法的独创之处在于"让病人重现过去经历、自行发现真相","将每一位病人都看成是一个独特的、历史的人,而不是一个典型病例"[2]。弗洛伊德的精神分析,让人回溯自己的历史,在自己的过去生活里找到问题的症结。若是我们知道弗洛伊德自小就喜欢古物,成年后更是丝毫不掩饰自己的收藏热情,而且沉湎于古典文化的话,便不难猜到他何以冲破了心理学的学科限制。众所周知,弗洛伊德并不进行实验研究,奥登不无夸张地说"显微镜是他唯一的工具"[3],而是在心理学领域引入了类似于考古学和文化人类学的观察研究方法,考察人的心灵历史。

1939年9月23日,弗洛伊德在伦敦去世后不久,奥登写下了《诗悼西格蒙德·弗洛伊德》以示缅怀和纪念。"此时在伦敦/他被剥夺了他的终身兴趣,/肉身复归了泥土,/一个杰出的犹太人已在流亡中死去"(《奥登诗选:1927—1947》440),短短几行,清晰地勾勒出弗洛伊德矢志不渝的研究兴趣和垂暮之年不得不客死异乡的人生境遇。全诗对于精神分析学最为精彩的描述莫过于第八诗节到第十一诗节的内容:

　　他们还活着,而他们身处的这个世界
　　已被他真实无悔的追忆彻底改变;
　　　　他所做的一切,只是如老人般

---

[1] W. H. Auden, "Sigmund Freud", in *The Complete Works of W. H. Auden: Prose*, Vol. III: 1949-1955, ed. Edward Mendelson, Princeton: Princeton UP, 2008, p. 343.

[2] 这句话很接近医生父亲跟他引述过的威廉·奥斯勒爵士的那句名言——"更为关注作为个体的病人,而不是对方所患疾病的特殊方面。"

[3] W. H. Auden, "The Greatness of Freud", in *The Complete Works of W. H. Auden: Prose*, Vol. III: 1949-1955, ed. Edward Mendelson, Princeton: Princeton UP, 2008, p. 387.

去回想，且如孩子般言行笃实。

　　他一点不聪明：他只是吩咐
　　不幸的"现在"去背诵"过去"
　　　　如在上一堂诗艺课程，或迟或早，
　　　　当背到很久以前就备受指责的

　　那一行诗句时，它就会结结巴巴，
　　且会突然明白自己已被何者宣判，
　　　　生命曾何其富足、何其愚蠢，
　　　　于是宽宥了生活，变得更谦卑，

　　得以像一个朋友般去接近"未来"，
　　无需一衣橱的理由借口，也无需
　　　　一副品行端正的面具或一个
　　　　过于常见的尴尬姿态。

　　　　　　　　　　（《奥登诗选：1927—1947》441）

　　弗洛伊德"一点不聪明"（He wasn't clever at all），这样的口吻难免令人想到几个月前他在《诗悼叶芝》里说叶芝"像我们一样愚钝"（《奥登诗选：1927—1947》395）。同样是悼亡诗，同样是影响他至深的大师，奥登的语调越是故作轻松，越是透露出一条百转千回的"接受史"脉络：学习、质疑、理解、对话。当奥登写道"你的天赋挽救了这一切：／贵妇人的教区，肉身的衰败，你自己"（《诗悼叶芝》；《奥登诗选：1927—1947》395）时，也在一定程度上隐射了他对弗洛伊德的认知。

　　弗洛伊德所做的一切，如老人般追忆过往，与此同时如孩童般和盘托出，他的最大天赋，就在于他的"真实无悔的追忆"（looking back with no false regrets）。1896年，父亲的病逝让弗洛伊德遭遇了非同寻常的哀恸，他从深沉的个人体验中提取到一丝带有普遍性意义的讯息，宛若一块石子投进他的心湖，激起了似玉般的水花。在《释梦》第二版（1908）序言中，弗洛伊德反思了这个事件："对于我个人来说，本书还有更进一层主观上的重大意义——在完成本书后我才发现这一意义。我发现它是我自己的自我分析的一部分，是对我父亲的死的一种反应——也就是说，对一个人一生中最惨重的损失、最重大事件的反应。"[1]《释梦》是弗洛伊德最得意的三部作品之一[2]，也是精神分析学的理论核心所在。在写作《释梦》的那些年里，弗洛伊德不自觉地完成了一场自我分析，透过精密的检视和周密的审查，从记忆的碎片里挖掘出被意识掩盖的欲望和情感，并将这些个人化的经历拼接成人类心灵的基本轮廓。弗洛伊德的经验和启迪，是让我们从"过去"寻找"现在"之所以是如此面目的根源，然后"宽宥了生活，变得更谦卑"，以宽容、忍耐、同情和理解去迎接"未来"。这的确是最为实用的人生哲学，也诚如布罗茨基所言，"弗洛伊德主义是最普通的语言之一"。

奥登曾撰文罗列过弗洛伊德对现代生活的影响[3]，包括心理、宗教、艺术、社会生活等层面，充满敬意地宣称——"对我们而言，此刻他就不再是 / 一个个体，而是某种整体舆论倾向，／／我们都在它的影响下各自过活。"(《诗悼西格蒙德·弗洛伊德》;《奥登诗选：1927—1947》443)

第二节 弗洛伊德式的自我分析

奥登虽然怀疑过精神分析的可行性——"我不知道有多少人被精神分析'治愈'——我有一个疑虑，觉得这个过程对病人的勇气胆识和坚毅品格都提出了要求，其强度不亚于精神分析学的创始人"[4]，但不可否认的是，自从接触了精神分析学，他便不由自主地运用弗洛伊德的方法观察他人和

---

[1] [奥]西格蒙德·弗洛伊德：《释梦》，孙名之译，商务印书馆2011年版，序言第4页。

[2] 另外两部作品是《性学三论》和《图腾与禁忌》。

[3] 奥登在《心理学与现代艺术》中列出了弗洛伊德对现代生活的影响（列了16条），可以参看W. H. Auden, "Psychology and Art To-day", in *The Complete Works of W. H. Auden: Prose*, Vol. I: 1926-1938, ed. Edward Mendelson, Princeton: Princeton UP, 1996, pp. 101-103.

[4] W. H. Auden, "The Greatness of Freud", in *The Complete Works of W. H. Auden: Prose*, Vol. III: 1949-1955, ed. Edward Mendelson, Princeton: Princeton UP, 2008, p. 387.

分析自己。在奥登的生活与创作生涯里，有一个有趣的悖论现象，恰恰与弗洛伊德的态度如出一辙：一方面，他们都认为读者不必通过他们的私人生活来分析他们，弗洛伊德在生前销毁了大批书信和手稿，妄图让传记作者们退避三舍，无独有偶，奥登在生前拒绝他人为自己立传，死后试图通过遗嘱的形式杜绝传记的产生；另一方面，他们都以自己独特的方式为后人留下了主观认可的"传记"，弗洛伊德的《释梦》、《日常生活中的心理病理学》和《自传》等记述不可谓不坦诚，奥登的诗歌《致拜伦勋爵的信》、《答谢辞》和散文《丰产者与饕餮者》("The Prolific and the Devourer"，1939)、《依我们所见》等文字清楚地勾勒了奥登私人生活里的重大事件。他们反对的，恐怕是自己经由他人分析后的暧昧不明，抑或面目全非，而他们又不可避免地在精神分析的召唤下，努力去辨认流逝时光中的自我面庞。

一 "一个早熟而又无礼的小怪物"：心理学家式的分析态度

奥登很小就形成了一种心理学家式的冷静客观的分析态度。早在 6 岁时，奥登便曾断言："我所接触的大多数成年人都很愚蠢。"[①] 儿童时期未经训练的稚嫩分析，往往产生令人啼笑皆非的尴尬后果，而最直接的受害人，就是他的亲人们，尤其是叔叔阿姨们。我们且看他的这一段自述：

> 我外祖父明显是个虐待狂，就像沃先生的祖父，因为听到他去世的消息，几个儿子都围着桌子手舞足蹈起来。无论是伍尔夫先生还是沃先生似乎都没有遇到过这样的现象，在维多利亚时期的大家族里这一现象并不罕见：我的一个叔叔和一个姨妈都是智障，按现在委婉的说法就是"智力发展迟缓"。刘易斯叔叔由一位家庭主妇照料，黛西姨妈则托付给了英国圣公会的修女。
>
> 总体说来，我父亲那边的家庭成员性格冷静真诚、反应有点儿迟缓、容易变得吝啬，不过天生身体健康；而我母亲那边的亲戚反应迅速、脾气暴躁、出手大方，却容易生病，神经过敏，容易变得歇斯底里。

[①] Humphrey Carpenter, *W. H. Auden: A Biography,* Boston: Houghton Mifflin Company, 1981, pp. 10-11.

除了身体状况，我和这些先辈都很相似。①

奥登毫不留情地评判亲人们，儿童时期更是丝毫不会注意收敛自己的措辞，以至于与他们的相处并不融洽。他后来才恍然大悟，"他们大多把我看作——我肯定他们有自己的道理——一个早熟而又无礼的小怪物"②。在《致拜伦勋爵的信》中，他也提到过这种童言无忌带给旁人的伤害："我必须承认，我非常的早熟／（早熟孩子长大了很少守本分）。／我的叔叔阿姨们认为我很会添堵，／所用词汇超乎我的年龄让人一愣。"（《奥登诗选：1927—1947》130）借用奥登在解读英国作家伊夫林·沃（Evelyn Waugh）的行为习惯时所运用的分析方法——"造成这种区别的原因，一部分是脾性使然，一部分与早期经历相关"③，我们也可以认为奥登之所以是"一个早熟而又无礼的小怪物"，一部分源于他的脾性，一部分源于他过早地接触了医学和心理学，还有一部分源于父母的宠爱给予他的这份表达的自由和自信。

虽然家庭之爱并非完美无缺，父母迥异的性格造成了他们彼此之间的关系并不融洽，但他们给予孩子的关爱却是温和充沛的。我们前文分析过，父亲对于奥登的兴趣爱好和思维模式有润物细无声的深远影响，但奥登在生活中却更偏向于强调母亲的重要性。究其主要原因，部分是因为母亲更宠溺奥登的客观现实，部分是因为少年奥登囫囵吞枣弗洛伊德学说后的"不良反应"。

从客观角度而言，奥登的确与母亲康斯坦斯·罗莎莉·比克内尔（Constance Rosalie Bicknell）更为亲近，比他的两位哥哥更能获得母亲的宠爱。在外形上，奥登的发色和肤色遗传了父亲，长相却更接近母亲——"我们都酷似双亲：嗯，邻居们早有定评／说我每天都越来越长得像我母亲"（《致拜伦勋爵的信》；《奥登诗选：1927—1947》128）。在生活上，他由母亲亲手抚养长大，而不是假手于旁人。在他出生的时候，大哥伯纳德

---

① ［英］W. H. 奥登：《依我们所见》，《序跋集》，黄星烨译，上海译文出版社2015年版，第648—649页。

② 同上书，第662页。

③ 同上书，第661—662页。

（Bernard Auden）已经7岁，二哥约翰（John Auden）也已经4岁，他们经常撇下他出去玩耍，于是小奥登不得不腻在母亲身边。对于身为家中老幺的特殊待遇，奥登在诗中写道："因为归根结底，我这人有好运气，／我是逍遥自在、被宠溺的第三圣子。"（《死神之舞》，"Danse Macabre"，1937；《奥登诗选：1927—1947》206—207）虽然这首诗是以一个死神（或者说它的化身）的口吻而写，但关于第三子的描述显然来自于自己的切身体会。

他后来朦胧地意识到，他们的母子关系多半也是母亲主观促成的结果。母亲似乎很早就试图与他进行精神交流，一种类似于成年人的对等关系。比如，当奥登尚且只有8岁的时候，她就将瓦格纳的名剧《特里斯坦和伊索尔德》中的爱药片段[1]说给他听，让他与自己一起演唱恋人之间情意绵绵的曲调。晚年回忆起这段往事时，奥登情不自禁地说，他知道母亲的为人，觉得她这个行为"十分古怪"[2]。的确，成年后的奥登，了解他的母亲，也了解他的父亲，知道他们的组合给自己带来的成长影响。他在《心理学与现代艺术》中阐释过个体（尤其是艺术家）与家庭（尤其是母亲）的关系，带有一层强烈的自我分析色彩：

> 产生艺术家和知识分子的家庭环境自然是千差万别。但是，在这些形形色色的家庭环境中，有一类家庭模式可能比较常见，即父母中的一方，尤其是母亲，试图与孩子建立一种自觉的精神联系，在某种程度上类似于成人之间的关系。举例来说：
>
> （1）父母在身体上并不彼此相爱。这种情况有多个变体：双方的关系一塌糊涂；双方的关系如兄弟姐妹，有共同的精神趣味；双方的关系如同病人与看护，一方像个未成年的孩子，另一方给予无微不至

---

[1] 根据亚瑟王传说，特里斯坦是一位骑士，伊索尔德是一位爱尔兰公主。伊索尔德嫁给了康沃尔国王，却和他的骑士特里斯坦发生了恋情。瓦格纳的相关音乐剧共有三幕，第一幕的情节发生在浩瀚大海中的一艘孤船上，特里斯坦和伊索尔德决定以毒药殉情，却被侍女换成了爱药，两人之间暗中流淌的情愫顿时化为不可遏制的热恋。

[2] ［英］W. H. 奥登：《依我们所见》，《序跋集》，黄星烨译，上海译文出版社2015年版，第652页。

的关怀；双方如同老夫老妻，没有任何激情。

（2）独子。这很容易让人在早期生活里自信满满，遇到挫折后变成了野孩子，不是一蹶不振便是通过违反社交常规的行为博取关注。

（3）最年幼的孩子。父母上了年纪，家庭场域不啻为一种精神刺激。[1]

按照奥登的归类方式，他的父母关系当属"双方的关系如兄弟姐妹，有共同的精神趣味"这一类。他的父母年龄相仿（母亲年长3岁），家庭背景也相似,都在大学接受过教育[2]。毕业后,父亲成了医生,母亲成了护士。我们且看奥登的这段描述：

父母亲都生在有七个孩子的家庭里面[3]
　　虽然一个幼年夭折而另一个不太正常；
他们的父亲都是很突然地升了天
　　在他们还很小的时候就撒手而亡，
　　只留下少许钱供他们活在这世上；
在巴兹[4]，一个护士，一个医界新星[5]，
丘比特调皮的箭矢同时刺痛了他们二人。

（《致拜伦勋爵的信》；《奥登诗选：1927—1947》128）

共同的阶级出身和宗教背景，类似的成长环境和教育经历，用我们传统的婚配观念来说，他们可算是门当户对。而且，两人都在圣巴塞洛缪医

---

[1] W. H. Auden, "Psychology and Art To-day", in *The Complete Works of W. H. Auden: Prose*, Vol. I: 1926-1938, ed. Edward Mendelson, Princeton: Princeton UP, 1996, pp. 95-96.

[2] 奥登的母亲在伦敦大学学习法语，这在当时还是比较"激进"的，因为女子鲜有机会得到大学教育的机会。

[3] 据奥登的传记作者卡彭特考证，奥登经常犯错误，认为他的父母各有六个兄弟姐妹。事实上，他的外祖母生了六个女儿、两个儿子，他的祖母生了七个儿子、一个女儿。

[4] 巴兹指的是伦敦的圣巴塞洛缪医院，创立年代久远，可追溯至12世纪亨利一世时代。

[5] 这一行诗歌在中译本《奥登诗选：1927—1947》的基础上稍作改动。

院工作，有相互了解和认识的机会，绝对是佳偶天成。但是，奥登却看到了父母之间的不和谐之音。在他看来，母亲很有主见，父亲温柔随和，"从未见过这么温和的父亲"（《致拜伦勋爵的信》；《奥登诗选：1927—1947》128）。对旁人来说，他让人如沐春风，对妻子而言，他的性情却过于温吞。奥登后来戏言道："妈妈应当嫁给一个健壮、性感的意大利人，他会不忠，妈妈会恨他，还要时刻提防他的举止；爸爸应当娶一个比他更温柔的妻子，并且全心全意地爱他。"[①] 他们之间看似和谐实则缺少激情的生活，随着第一次世界大战爆发乔治医生奔赴战场而恶化。奥登，失去了父亲的精神存在，而康斯坦斯，失去的却是丈夫的精神存在。当奥登说"这也许就是我们疏远的原因，即使我们关系很和睦（我只和母亲吵架），我们却从来没有真正了解对方"[②] 时，未尝不是乔治和康斯坦斯的婚姻现实的一个侧写。

身为最年幼的孩子，奥登得到了母亲不同寻常的关注，尤其在父亲奔赴战场的那四年时间里，母子之间亲密无间。他多次提及兄弟姐妹中排行老幺的特殊性，不但在诗歌中写过"被宠溺的第三圣子"，在跟亲朋好友聊天时，也会借由童话和传说故事阐明家中老幺的得天独厚。他的二哥约翰后来回忆道："威斯坦是我们三兄弟中最年幼的一个，多年后，他跟我妻子说起过，如同童话故事里经常发生的情形，他年纪最小，因此最受宠爱，注定要去发现伟大的宝藏。"[③] 奥登在前文第三条目"最年幼的孩子"后面还附上了一条注释，可以作为如何发现"宝藏"的补充内容：

> 在民间故事里，最年幼的孩子通常会成功，这颇有启发性。与兄长们相比，他体格弱小，自信心不足，通常是母亲的最爱。即便被误认为愚蠢，也仅仅是身体协调性上的笨拙。他并非呆头呆脑，而是笨手笨脚、慢慢吞吞。（之所以笨拙，是因为天马行空的幻想干扰了感受能力。）他的成功，部分得益于善良天性，部分得益于面临困难时

[①] Humphrey Carpenter, *W. H. Auden: A Biography,* Boston: Houghton Mifflin Company, 1981, p. 6.

[②] ［英］W. H. 奥登：《依我们所见》，《序跋集》，黄星烨译，上海译文出版社2015年版，第652页。

[③] John Auden, "A Brother's Viewpoint", in Stephen Spender, *W. H. Auden: A Tribute,* London: Weidenfeld & Nicolson, 1975, p. 25.

往往能够以智取胜而不是胡搅蛮缠。①

也就是说，身为老幺，体格羸弱、举止笨拙，这对他来说不啻为一种"精神刺激"，随之产生了两种相伴而生的结果：一方面，母亲出于保护弱小的母性本能，会给予他更多的关爱，让他对社会人生形成了最初的信赖，塑造了他的善良天性；另一方面，体能弱小致使他不得不在精神和智力上更胜一筹，以期持续获得母亲的关爱，在手足竞争中寻求一种相对的平衡。

弗洛伊德曾考察过儿童们与其兄弟姐妹之间的关系，认为我们无需假定一种互相友爱的手足之情，即便是成年人也有可能体验到来自兄弟姐妹的敌意，更何况完全利己主义的儿童——"他们强烈地感到自己的需要，不顾一切地去寻求满足——特别是针对着他的对手、其他儿童，而首当其冲的就是自己的兄弟姐妹"②。弗洛伊德仔细地观察了自己的小外甥，发现他对小妹妹完全缺乏骑士风度：当大人谈及小妹妹时，他总是插话"她太小，她太小"；当小妹妹逐渐长大，不再是小婴儿时，他又指责她没有牙齿。弗洛伊德从小外甥联想到其他孩子们，想起他们将弟弟妹妹们看成是潜在敌手的事例。③儿童期的孩子们，在体会到新出生的弟弟妹妹带给他们的"损失"之后，难免会心理失衡，编造出一个又一个的理由去批评和诋毁他们，觉得他们不值当父母的关注。这个现象在奥登家里也曾发生过。二哥约翰坦承，小时候奥登最受母亲的宠爱，他心生"嫉妒"，直到1908年之后的三两年时间里，他得到了叔叔阿姨们的陪伴和关爱（我们前面分析过，叔叔阿姨们并不喜欢小奥登），情形才有了好转。④这说明，手足竞争，进一步让奥登与母亲之间的关系黏合了起来。

---

① W. H. Auden, "Psychology and Art To-day", in *The Complete Works of W. H. Auden: Prose*, Vol. I: 1926-1938, ed. Edward Mendelson, Princeton: Princeton UP, 1996, p. 96.
② ［奥］西格蒙德·弗洛伊德：《释梦》，孙名之译，商务印书馆2011年版，第249页。
③ 弗洛伊德对儿童期兄弟姐妹相处模式的描述，可以参看［奥］西格蒙德·弗洛伊德《释梦》，第249—254页。
④ John Auden, "A Brother's Viewpoint", in Stephen Spender, *W. H. Auden: A Tribute*, London: Weidenfeld & Nicolson, 1975, pp. 25-26.

二 "与母亲的子宫一撇两清"："圈套"与俄狄浦斯情结

少年奥登读过弗洛伊德的精神分析学著作之后，不可能不关注俄狄浦斯情结。弗洛伊德向来强调俄狄浦斯情结在神经官能症中扮演的重要角色。在对自我的分析中，弗洛伊德发现自己在幼儿时期就对父亲产生了嫉妒心理。在对古老的俄狄浦斯国王传说和莎士比亚的哈姆雷特王子故事的分析中，他揭示了俄狄浦斯情结乃是人类心灵深处的具有普遍意义的冲动，只不过神经官能症患者会明确显露出自己对父母的爱或恨的感情，而大多数人随着心智成长和现实需要不断纠正这一冲动，直至最终彻底走出父母的影响。[①] 在著名的朵拉、小汉斯及鼠人等案例报告中，弗洛伊德不断加重对俄狄浦斯情结的宣扬：朵拉的性格和她的那些歇斯底里症状是俄狄浦斯情结造成的；小汉斯之所以对马产生恐惧心理，是因为留着浓密胡须的父亲跟马长得相像，他把父亲幻想为情敌的同时却又深爱着父亲，这种矛盾心理正是俄狄浦斯情结的一个定律；鼠人的强迫性神经官能症蕴藏着他对父亲的复杂情感，其病根可追溯至童年时期经历的挫折与压抑，而鼠人接受精神分析治疗时声称必须与母亲商量的行为，再一次说明该案例完美地佐证了俄狄浦斯情结。在晚年的集大成之作《图腾与禁忌》中，弗洛伊德将人类学、民族学、生物学、宗教史以及精神分析的猜测编织在一起，而俄狄浦斯情结构成了人类文明的开端与更替的主轴。

不可否认，弗洛伊德的论述存在一定的理论漏洞，也有一些很难自圆其说的武断成分，但瑕不掩瑜，其中的革新和创见尤为难能可贵。在纪念弗洛伊德的悼亡诗《诗悼西格蒙德·弗洛伊德》中，奥登着重提到了俄狄浦斯情结：

会恢复智慧，使之愈加广阔，会缩减

[①] 弗洛伊德有关恋母情结和恋父情结的观点，受到了不少新弗洛伊德学派的批评，认为它们没有科学依据。不管怎么说，弗洛伊德的观点已经成为心理学领域的一个重要现象，对文学艺术乃至社会生活产生了持续影响。弗洛伊德对俄狄浦斯情结（恋母情结）的描述，可以参看［奥］西格蒙德·弗洛伊德《释梦》，孙名之译，商务印书馆2011年版，第255—267页。

意志的控制领域，使之只能运用于

　　枯燥乏味的争论，他将让

儿子重温母亲的丰沛情感：

但他会让我们铭记在心，我们中的

　　绝大多数人会彻夜满怀激情，

不仅因为它必须独自呈现的

　　奇妙见识，也因为它需要

我们的爱……

（《奥登诗选：1927—1947》444）

如果说父母之间并不完全匹配的爱、身为最年幼孩子的优待、第一次世界大战导致的父亲缺席等原因，在非理性层面推动了母子情深的话，那么弗洛伊德学说则在理性层面上帮助奥登认识到母亲对自己成长的重要影响力，或者说，帮助他开启了一扇通往自我分析的大门。卡彭特在为奥登立传的时候，特地描述了奥登在这个方面的醒悟：

> 回顾自己的孩童生活时，威斯坦觉得自己成年后的所有个人特征都与母亲息息相关：他的笨拙举止，是因为母亲的鼓励让他在精神上过于早熟；他的性爱模式，是因为他在认同母亲的过程中悄然滋生了一种女性倾向；甚至他的智慧……他认为智慧上的成果，尤其是艺术成果，来自于孩子试图"理解圈套的机制"，却发现里面蕴藏着他自身。[①]

卡彭特描述了奥登的自我认知。"理解圈套的机制"是奥登的话语，最早见于《心理学与现代艺术》。他在这篇散文中阐述了个体（尤其是艺

[①] Humphrey Carpenter, *W. H. Auden: A Biography,* Boston: Houghton Mifflin Company, 1981, p. 6.

术家）与家庭（尤其是母亲）的关系之后，指出家庭关系的极端走向会让个体大致遭遇五类后果，比如心灰意冷、遁入空想或者仇恨社会等，但有一部分人会"理解圈套的机制，成为科学家和艺术家"[1]。结合上下文，这里的"圈套"（the trap）应该是指复杂的家庭关系。值得注意的是，不久之后，"圈套"这个概念又出现在奥登与路易斯·麦克尼斯合作出版的《冰岛书简》（Letters from Iceland，1937）[2]里。在这本旅行札记中，奥登的长诗《致拜伦勋爵的信》共有五个诗章，包含了后来收入诗歌合集时被删减掉的27个诗节，特别是与"圈套"相关的诗节：

礼拜仪式中那些端坐在前面的会众
　　他们的早年教育必定正确无误，
绝对没有遭受过任何孩子气的创伤；
　　他们曾是特鲁比·金[3]喜闻乐见的那类婴孩；
　　他们性格开朗、秉性纯良，不会过于乐天。
没有人愿意驻足思考，除非错综复杂的情结
或者突然降临的经济困顿，将他裹挟其中。

情结或贫穷；简而言之，圈套。
　　一些人埋头钻研，想要追溯其源头；
另一些人心灰意冷，假装自己打盹儿；
　　"它是一艘装有马达的船。"疯子们说；
　　艺术家的行为最为荒诞不经：
他似乎喜欢它，离开它就一事无成，

---

[1] W. H. Auden, "Psychology and Art To-day", in *The Complete Works of W. H. Auden: Prose*, Vol. I: 1926-1938, ed. Edward Mendelson, Princeton: Princeton UP, 1996, p. 96.

[2] 1936年6月至9月，奥登和麦克尼斯受伦敦费伯出版社资助，前往冰岛游历并合作旅行札记。《冰岛书简》于翌年8月出版，麦克尼斯负责约三分之一的内容，奥登贡献了剩余的诗文部分。

[3] 特鲁比·金（Truby King，1858—1938）是新西兰著名的儿科及精神科医生，著有《婴儿养护》（*Feeding and Care of Baby*，1913）等幼儿抚养方面的书籍。

兜兜转转只为了向世人描述它。①

约翰·富勒指出，被删掉的 27 个诗节，尤其是第五诗章中的 15 个诗节，是一幅奥登个人生活的简笔画。②诚如他所言，这些删掉的内容，与第四诗章中奥登以历时顺序自述个人成长经历的那些诗节形成了映照，或者说，是从精神分析的角度补充说明了自己的成长轨迹。这里确实出现了不少关涉精神分析学的术语，比如"创伤"（trauma）和"情结"（complex），也有一些隐射精神分析学的表述，比如"早年教育"（early upbringing，弗洛伊德式的追溯法）、"一艘装有马达的船"（a motor-boat，弗洛伊德式的动力说）。至于"圈套"，奥登在此直接给出了定义——将个体裹挟其中的错综复杂的"情结"，以及让个体猝不及防的"贫穷"。结合奥登自身的生活经历，"情结"和"贫穷"都指向了他的母亲："情结"指的是奥登一生为其所困的俄狄浦斯情结；"贫穷"指的是第一次世界大战期间虽然生活困顿但是母子情深的岁月——"黄油和父亲重又回来了；／我们和母亲度过的假日已远逝，／那山顶的带家具房间，那荒野与沼泽；／夏日周末的夜晚也已离去……"（《致拜伦勋爵的信》；《奥登诗选：1927—1947》133）这样的"圈套"，迫使他"驻足思考"，让他成为"兜兜转转只为了向世人描述它"的艺术家。

在奥登认清了母亲带给自己的影响力之后，弗洛伊德式的俄狄浦斯情结进一步将他拖进了那个所谓的"圈套"。如果不曾接触过精神分析学说，或许奥登会像很多普通人那样，从母子情深自然而然地过渡到母子分离。真实的情况却恰恰相反。他用俄狄浦斯情结诠释他们的母子关系，强化或者说渲染他对父母的爱恨交织的情感，刻意忽略父亲对他的兴趣爱好和思维模式的潜移默化的影响，片面强调母亲在他个人成长中的角色。他将自己的行为特征与母亲联系在一起，成年后依然习惯于用母亲的价值观界定自己和他人的言行举止。据卡彭特介绍，要是奥登对某种行为看不顺眼的

---

① W. H. Auden, *The English Auden: Poems, Essays and Dramatic Writings, 1927-1939*, ed. Edward Mendelson, New York: Random House, 1977, p. 198.

② John Fuller, *W. H. Auden: A Commentary*, Princeton: Princeton UP, 1998, p. 202.

话，他的口头禅是"母亲不喜欢这样"①。然而，有一个行为，更确切地说，性取向，是横亘在母子之间的强大禁忌，也是奥登无法向母亲妥协却又与母亲脱不了干系的人生选择。

作为虔诚的基督徒，母亲显然反对同性恋。我们可以通过奥登的两段友谊看看母亲在这方面的态度。1922 年，母亲在奥登的卧室里发现了他描写麦德雷（Robert Medley）在学校泳池潇洒畅游的诗行，从中读出了奥登隐匿的情愫。她将自己的担忧告诉了丈夫，后者趁麦德雷到家中做客时，将两个年轻人唤到书房里盘问了一番。②麦德雷回忆说："奥登医生娓娓道来，他年轻时也有过一段亲密的友谊，但不会有任何情欲的因素，更不会发展至'那种'程度——我们真的发展到'那种'程度了吗？直到我俩都诚恳地做出了保证，发誓彼此之间不过是纯柏拉图式的关系，他才松了一口气。如此这般，我们的友谊获得了认可，双方家长也不再进行干涉。"③麦德雷的承诺保全了他们的友谊，但另一段友谊却成了母亲的眼中钉。念中学时，奥登通过学校里的音乐老师结识了一位名叫迈克尔·戴维森（Michael Davidson）的年轻人，此人虽然年长奥登 10 岁，却折服于奥登的智识，并进一步陷入了爱河。奥登拒绝了戴维斯的示爱，倒不是出于道德的考量，而是觉得他没有吸引力。戴维斯不无痛苦地说起这段经历，认为奥登仅仅是把他当成了"临床标本"——"他曾告诉我，我是他遇到的第一个成年同性恋者，那口吻仿佛是在陈述一个有趣的科学真相"。④尽管如此，母亲仍然禁止奥登与戴维森的来往。奥登后来在《丰产者与饕餮者》中回顾了他的学校生活，表明他那时候已经清楚地意识到自己的内心："我喜欢自

---

① Humphrey Carpenter, *W. H. Auden: A Biography,* Boston: Houghton Mifflin Company, 1981, p. 12.

② 关于奥登与麦德雷的泳池诗行事件，传记作家们从不同角度记述过，可以参看 Richard Davenport-Hines, *Auden*, New York: Vintage Books, 1999, p. 48, 或者 Humphrey Carpenter, *W. H. Auden: A Biography,* Boston: Houghton Mifflin Company, 1981, p. 33.

③ Robert Medley, "Gresham's School, Holt", in Stephen Spender, *W. H. Auden: A Tribute,* London: Weidenfeld & Nicolson, 1975, p. 39.

④ 关于奥登与戴维森的交往，可以参看 Richard Davenport-Hines, *Auden*, New York: Vintage Books, 1999, p. 49, 或者 Humphrey Carpenter, *W. H. Auden: A Biography,* Boston: Houghton Mifflin Company, 1981, pp. 37-39.

由自在,独自写诗,自己决定结交什么样的朋友、选择什么样的性爱生活。"①因此,即便深爱母亲,即便在乎母亲的看法,奥登的自主意愿和反叛意识却在持续发酵。当他的同性恋取向再也瞒不下去了的时候,他跟父亲有过交代,并且获得了他的认可,对母亲却只字不提——"显而易见,母亲没有与他交谈过此事,但会暗自神伤。"②母亲以此为耻,奥登也羞于向母亲提及此事,母子之间的现实隔阂拉锯着深层的精神依恋。

有趣的是,奥登理直气壮地将自己的同性恋倾向归咎于母亲。他的理论依据很有可能来自于弗洛伊德。这位大师将同性恋称为"性倒错",既反对同性恋的先天说,也反对后天说,而是从解剖学的雌雄同体现象引出双性理论,认为性倒错虽然与先天性有一定的联系,但更重要的是后天的影响——"性倒错其实是性冲动正常发展受到阻碍的结果"③。他认为基本的人格在幼年时期就已经形成,不恰当的成长环境和生活经历都会给成年后的人格特征留下印记。对于男孩子而言,他出生后会对母亲产生一种特殊的依恋,随后会逐渐意识到父亲的存在,并对他产生一种敌对的情感,潜意识里萌生了亲母反父的复合情结,也就是弗洛伊德提出的俄狄浦斯情结——"精神病的核心症结"④。在从幼儿期迈向青春期的岁月里,男孩一般会经历两种心理变化:一是把对母亲的爱转移到其他女性身上,同时把父亲这位竞争对手当成学习榜样,并最终建立对父亲的认同,成长为一位异性恋者;二是进一步认同母亲,把母亲的形象映射到自我人格中,逐渐成为一位同性恋者。对于第二种情况,弗洛伊德发现他们大多数人都有一个"因去世、离婚或分居"的父亲和一个强势而亲密的母亲,这就决定了"日后孩子在性对象选择过程中所偏好的性别,也使得长期的性倒错成为可能"。⑤弗洛伊德的同性恋成因说创意十足,虽然有些言论被后来的性学

---

① W. H. Auden, *The Prolific and the Devourer*, in *The Complete Works of W. H. Auden: Prose*, Vol. II: 1939-1948, ed. Edward Mendelson, London: Faber and Faber, 2002, p. 416.

② Humphrey Carpenter, *W. H. Auden: A Biography,* Boston: Houghton Mifflin Company, 1981, p. 108.

③ [奥]西格蒙德·弗洛伊德:《性学三论》,徐胤译,浙江文艺出版社2015年版,第12页。

④ 同上书,第138页。

⑤ 同上书,第119页。

研究证伪，或者质疑，[1]但在他那个时代仍然不失为振聋发聩的醒世之言。

当奥登结合家庭关系和成长环境审视自己的同性恋倾向时，几乎可以在弗洛伊德那里找到充足的论据。[2]或许正因为如此，他早年才会在日记里写道："鸡奸者应该是觉得母亲更能满足自己……也就是说，他获得的母爱太多了，因而回避了所有其他女人；荡妇则是获得的母爱太少了，需要不断地寻找其他人获得慰藉。"[3]在他看来，母亲对孩子影响至深，不恰当的母爱可以让儿子成为同性恋者、让女儿沦为荡妇。暂且不论此番言论是否过于武断，至少我们可以看到奥登认为母亲难辞其咎。

母亲去世后，奥登一方面难以摆脱对母亲的怀念，另一方面又反思母亲的宠溺在他生命中烙印的伤痕。在写给友人的信中，他感慨道："很可惜，我们再也无法回到童年时代，哪怕只有一个星期。你肯定想象不到，父母过多的宠爱与关注可以让人多么不愉快，而挣脱这种关系又会让人饱受愧疚的折磨。"[4]根据奥登的生活经历，我们相信他将矛头更多的指向了母爱。在晚年写成的组诗《栖居地的感恩》中，第十一首《裸露的洞穴》（"The Cave of Nakeness"，1963）描写的场所是卧室，奥登略带戏谑地调侃了这个私密领域：

<blockquote>
自从我母亲
为我努力争取来一张投胎爱德华七世的英格兰的
入场券，我忍受了超过四万次的穿梭往返，
常常很苦恼，独自一人：因此，我对那些
</blockquote>

---

[1] 李银河在《性学三论》的导读中指出，弗洛伊德言论被证伪或者质疑，有些是因为出现了新的研究手段，有些是性学话语变迁所致，比如当代性学已经废除了性倒错、性变态、同性恋患者等带有贬义的术语，而他将性作为神经官能症的唯一根源甚至认为精神病患者无一例外在潜意识里都有同性恋倾向的结论，无疑是武断的。可以参看［奥］西格蒙德·弗洛伊德《性学三论》，徐胤译，浙江文艺出版社2015年版，导读。

[2] 事实上，"奥登一代"成员也大多为同性恋者，他们都遭遇过第一次世界大战时期的父亲缺席，衣修伍德甚至永久地失去了自己的父亲。他们的切身经历都在一定程度上印证了弗洛伊德的同性恋成因说。

[3] Edward Mendelson, *Early Auden*, New York: The Viking Press, 1981, p. 59.

[4] Auden's letter to James Stern on 30 July 1942, quoted from Edward Mendelson, *Later Auden*, London: Faber and Faber, 1999, p. 178.

关于德比和琼肉体交缠的午夜研讨会

  一无所知，对某种神秘的引起反感的行为①

也许就很了解。

（《奥登诗选：1948—1973》244）

  "穿梭往返"指的是每日出入卧室的大门。"四万次"是虚数，概指奥登在英国与父母同住的早年经历。德比（Derbie）和琼（Joan）都是寻常的名字，指代饮食男女。"某种神秘的引起反感的行为"暗指同性恋。母亲的重要性在此再一次被凸显出来，而且与自身的同性恋取向形成了一定的因果关系——请注意"常常很苦恼，独自一人"后的冒号，它起到了解说和阐释的作用。我们无法忽略弗洛伊德宣称的——"每一个人自出生开始，都面临着克服俄狄浦斯情结的难题"②，俄狄浦斯式的宿命与生俱来，即便一个人挣脱了乱伦欲望的固着，也很难彻底摆脱它的影响。

  青年奥登试图斩断自身的俄狄浦斯情结，却似乎伤痕累累，这未尝不是俄狄浦斯情结带给他的"不良反应"。诚如弗洛伊德所言，我们绝大多数人的成长都要比俄狄浦斯王幸运，最终并未演变成神经官能症患者："我们既成功地摆脱了对自己母亲的性冲动，同时也淡忘了对自己父亲的嫉妒"③。当奥登涂鸦道"汤米按照母亲的意愿行事／直到心灵被撕扯成两半；／一半留给了天使／另一半却是狗屎"④时，诗行里凝结了成长的代价，也透露了母子分离的艰难过程。回顾早期奥登的诗作，我们既可以在《1929》里看到"温暖的子宫"、"断了奶"（《奥登诗选：1927—1947》30，32）等强调母子分离的表述，也可以在《代价》（"The Price"，1936）里看到"与母亲的子宫一撇两清"（《奥登诗选：1927—1947》205）的决绝。与此同

---

  ① 此行在中译本《奥登诗选：1948—1973》的基础上稍作改动。

  ② ［奥］西格蒙德·弗洛伊德：《性学三论》，徐胤译，浙江文艺出版社2015年版，第138页。

  ③ ［奥］西格蒙德·弗洛伊德：《释梦》，孙名之译，商务印书馆2011年版，第262页。

  ④ Humphrey Carpenter, *W. H. Auden: A Biography,* Boston: Houghton Mifflin Company, 1981, p. 11.

时，对母亲的复杂情感演变为一种急欲摆脱母亲束缚的强烈愿望，母亲的形象也一度成为强大的、异己的力量的化身。在诗剧《两败俱伤》中，由于母亲们的固执己见，两大家族冤冤相报，世仇永无止境地延续下去，给孩子们带来沉痛的悲伤。在音乐剧《攀登 F6》(*The Ascent of F6*, 1936)中，主人公攀登山峰的深层原因是为了取悦母亲，他一步步攀向母亲期许的高地，也一点点失去了生命。据说，《攀登 F6》首场演出时，坐在奥登母亲身边的是衣修伍德的母亲凯瑟琳（Kathleen Isherwood），她看到"可怜的奥登夫人如坐针毡，显得焦虑不安"[①]。可以想象，奥登夫人在观剧时百味杂陈的心情，在某种程度上反映了她与奥登之间错综复杂的母子关系。

三 "你的母亲不会再回到你的／身边"：母子情分的精神分析学解读

多年后，移居美国的奥登在《新年书简》里借魔鬼之口说："哦，造物其乐无穷／它们永远留在子宫——'子宫'，／在英语里和'坟墓'韵脚相同。"（《奥登诗选：1927—1947》335）这里的"造物"和"子宫"，化用了里尔克在《杜伊诺哀歌》第八首中的两行诗——"哦，渺小的造物其乐无穷，／它们永远留在分娩的子宫"[②]，本是指蚊蚋、鸟禽等自然造物虽生生不息却毫无自主意识的生存状态，奥登却以魔鬼穿凿附会、东拉西扯的语言点明"子宫"（womb）与"坟墓"（tomb）在英语里韵脚相同，不免流露出一丝哀叹的意味。若是我们再留意到奥登在这几行诗的前文中，指出魔鬼"是个第一流的心理学家"（《奥登诗选：1927—1947》334）的话，或许能够猜出"子宫"不仅仅指里尔克描写的自然造物，也包含了人类这一特殊的造物。因此，奥登的哀叹，既是一种对造物的悲悯之情，也是一种对"母亲的子宫"的宿命般的认识。

在《新年书简》的后文里，他回忆了少年时往井里投石的经历：

我往井里投下了卵石，侧耳细听，

[①] Richard Davenport-Hines, *Auden*, New York: Vintage Books, 1999, p. 27.

[②] ［奥］赖内·里尔克、［德］k. 勒塞等：《〈杜伊诺哀歌〉中的天使》，林克译，华东师范大学出版社2005年版，第39页。

但闻黑暗中的贮水池蓦然惊醒；
"哦，你的母亲不会再回到你的
身边。我即是你的自我，你的职责
和你的爱。我的比喻现已将她打破。"
于是我省悟了我的罪过。

（《奥登诗选：1927—1947》363）

井底的黑暗贮水池，显然是精神分析学语境里的潜意识：弗洛伊德和荣格都曾用变动不居的水意象来描绘人的心理活动。石入水中，水花四溅，那是困扰着奥登的原欲，它们一遍遍冲破意识的禁锢，以最原始、最直接的姿态叩问意识的水平面。随后以双引号标记的诗行，原文是德语，很有可能是奥登向弗洛伊德致敬之举，字里行间渗透着弗洛伊德式的恋母之情，以及试图认清并摆脱这种情感宰制的欲望。当奥登坦承"对我来说，英格兰是我的喉舌／和我年少行事的所失所得"（《新年书简》；《奥登诗选：1927—1947》359）时，他也是在系统化地清算他们的母子关系，而他在一年前毅然离开英格兰、离开家人（尤其是母亲）的选择，又有多少牵涉到斩断俄狄浦斯情结的初衷呢？至少，从他醒悟了他的"罪过"那一天开始，他便生活在抗争与愧疚之中。

奥登的愧疚在母亲离世后与日俱增，之后的很多行为都似乎是在向母亲忏悔，或者说，寻求母亲的认同。他对不少朋友说，母亲的离世是他皈依基督教的一个主要原因[1]。但事实上，他早在一年前就已经回归了儿时的信仰，并且每个星期日一大早都会前去参加教会活动。这里存在的时间差，很有可能是奥登在表达一种心灵上的皈依过程：如果说此前种种的遭遇和经历促使他选择皈依基督教的话，那么母亲的离世则促使他完成了这个皈依行为。

除了在信仰上向母亲靠拢以外，奥登也下意识地试图在私人领域恢复儿时的秩序与生活模式。1940年10月，奥登搬进了乔治·戴维斯位于

---

[1] Humphrey Carpenter, *W. H. Auden: A Biography,* Boston: Houghton Mifflin Company, 1981, p. 314.

纽约布鲁克林高地（Brooklyn Heights）的大宅子。作为文学编辑，乔治·戴维斯对艺术家朋友们一向慷慨大方，他在布鲁克林大桥附近购置房产的初衷便是与友人分享住处。奥登是第一个受邀搬进去的住客，只需每月支付25美元就可以拥有顶层的一间卧室和一间客厅的使用权，其他艺术家朋友也陆陆续续地搬了进来。卡彭特戏言，奥登在这群房客当中扮演的角色，与其说是父亲，不如说是母亲：他要求大伙儿准点上桌吃饭；吃饭时，他会坐在饭桌的主位；每周，他会定时向大伙儿收取餐费，而且数额精确到每一位房客的具体饭量；每逢客厅里举办聚会活动，他会严令活动在凌晨一点前结束，时间一到便不由分说地驱赶众人；他指责任何浪费行为，不喜欢别人把食物剩在餐盘里，也不喜欢有人如厕时使用一张以上厕纸；他对女人的看法也很老派，不赞同女人在公众场合喝烈酒或者单独去酒吧买醉……[1]总而言之，奥登在方方面面为乔治·戴维斯提供的"艺术家之家"设定秩序，包括严格的作息时间、明确的活动空间、精细的财务收支等基本生活内容，这一方面保障了每一位房客的创作自由，另一方面也体现了奥登的怀旧情绪——这座位于纽约的宅子，经奥登如"老母鸡"般的看护，似乎有了英国爱德华时代老式住宅的气韵。多年后，当奥登在奥地利以更甚于此的严谨和细致安排布罗茨基的诸项事宜时，这位刚刚漂泊到西欧的年轻诗人形容他"周到得如一只好母鸡"[2]。在时间的流逝和岁月的涤荡中，奥登渐渐活成了他母亲那样的角色，这未尝不是对母亲的一种怀念形式。

然而，奥登的俄狄浦斯情结似乎促使他需要一个更为具体的母亲形象：既然永久地失去了亲生母亲的陪伴，那么，就在现实生活中创造出一个母亲吧。当奥登郑重其事地将自己与母亲的合照送给伊丽莎白·梅耶（Elizabeth Mayer）的时候，我们似乎可以从这张照片中窥视到他深层的心理动机。照片上，奥登太太温柔地抱着小婴儿模样的奥登；照片背后，奥登深情地写道："伊丽莎白，我想母亲看到有人接替了她的角色，应该会（肯定会）

---

[1] 奥登在布鲁克林高地的生活状态，可以参看Humphrey Carpenter, *W. H. Auden: A Biography,* Boston: Houghton Mifflin Company, 1981, pp. 303-305.

[2] ［美］约瑟夫·布罗茨基：《取悦一个影子》，《小于一》，黄灿然译，浙江文艺出版社2014年版，第328页。

很高兴。"①这位伊丽莎白·梅耶,出生于1884年,年长奥登23岁,在年龄上确实符合母亲的设定。第二次世界大战爆发后,伊丽莎白携带孩子们横渡大西洋,到纽约与身为精神病医生的丈夫团聚,主要从事翻译和编辑的工作。1939年9月4日,奥登在音乐家朋友本杰明·布里顿(Benjamin Britten)的引荐下结识了梅耶一家人,迅速与伊丽莎白结下了深厚的情谊。伊丽莎白一向善待年轻的音乐家,这在某种程度上是对她早年折损的音乐家之梦和孩子们无意于走音乐道路的心理补偿。奥登虽然是诗人,却获得了她一视同仁的款待。比如,要是奥登在她那儿写诗,她不但会包容奥登把屋子弄成一股子烟味,还会适时奉上一杯热茶。奥登之所以愿意亲近伊丽莎白,在1940年初写下的诗行里已经表达得很清楚了:

> 亲爱的朋友伊丽莎白,亲爱的朋友,
> 这些天带给我的结尾篇章,但愿以后
> 我能带着它直到临终那一刻,
> 它比篇首的致辞更配得上你的
> 善意支持;但愿无人搭理的真理
> 会将我的青年时期
> 引向你已到达之处,
> 而你睿智的平静会为我祝福,
> 它向你周边的生命投射出
> 一种沉着的温度②、
> 一种遍及宇宙的热忱友爱,
> 每个人,不管是好是坏,

---

① Humphrey Carpenter, *W. H. Auden: A Biography,* Boston: Houghton Mifflin Company, 1981, p. 314.
② 原文为"solificatio",意为"如同阳光般散发出的温暖",是奥登自造的一个词。这里有一则关于奥登的轶事:1956年至1961年间,奥登任牛津大学诗歌教授,与牛津英语辞典的第二次补编的编辑R.W.布奇菲尔德成了熟人。奥登好几次怂恿布奇菲尔德将几个特殊词汇插入补编中,"solificatio"就是这段关系的产物。布奇菲尔德将这个词解释为"一个编造出来的拉丁词语",从16、17世纪收录的另一个词汇"solific"演变而来,本意是"浑身沐浴着阳光"。这里结合上下文以及韵律上的考量,暂且译成"温度"。

> 此生之中必会与它发生关联
> 如同风景、妻子和法官。
> 我们在跳舞时摔倒了，
> 我们犯了个古老而荒谬的
> 错误，但总有如你这般的人物
> 会原谅我们所做之事并给以援助。
>
> （《新年书简》；《奥登诗选：1927—1947》388—389）

"睿智的平静"、"沉着的温度"和"热忱友爱"，描摹出伊丽莎白的基本性格特征，"善意支持"、"为我祝福"和"给以援助"，刻画了奥登对她的信任与依赖。相识仅仅三月有余，伊丽莎白已经成为奥登在美国这片新大陆的"母亲"了。在酝酿这首题献给她的长诗时，奥登写了一封信给她："1939 年对我来说是一个关键性的年份。这一年发生了不少事情，其中最为重要的一件事就是遇到了你。你无法想象每一次你带给我多大的安宁与快乐，关于这一点我不赘述了，因为你对此必定了然于心。歌德若是见了你，想必会欣喜不已，要是波德莱尔遇到了你，肯定会惊讶不已，因为他一向认为女人生来就是极其令人讨厌的……"[①] 暂且不论歌德和波德莱尔（Charles Baudelaire）果真还魂后会有什么样的反应，至少奥登的朋友亚诺夫斯基医生（V. S. Yanovsky）无法捕捉到伊丽莎白的魅力，觉得她"无聊透顶"[②]。奥登的二哥约翰后来见过伊丽莎白，看出了造成这种印象差别的本质性根源——无论是在外形上还是在言行举止上，伊丽莎白都很像他们的母亲[③]。

正是 1939 年，奥登离开了英国，与母亲隔了一片汪洋大海；也正是这一年，奥登在异国他乡遇到了一位无论是在样貌上还是在性情上都像极了母亲的女性。1941 年母亲去世后，奥登事实上已经将伊丽莎白视为自

[①] W. H. Auden's letter to Elizabeth Mayer on 1 January 1940, quoted from Humphrey Carpenter, *W. H. Auden: A Biography,* Boston: Houghton Mifflin Company, 1981, p. 286.

[②] Humphrey Carpenter, *W. H. Auden: A Biography,* Boston: Houghton Mifflin Company, 1981, p. 276.

[③] Ibid., p. 275.

己的母亲了,所以才会出现上文所述的赠送照片之举。在伊丽莎白八十大寿之际,奥登作诗云:"如同伊丽莎白/二十五年来一直是我/用来指称幸福的/专有名词。"(《致伊丽莎白·梅耶的诗行》,1964;《奥登诗选:1948—1973》318)而当年迈的伊丽莎白住进了郊区的一所养老院之后,奥登常常不辞辛劳地换乘地铁和巴士前去探访,给她人生中的最后时光带去了很多欢乐和慰藉。《养老院》("Old People's Home",1970)真实地反映了奥登彼时彼刻的舟车劳顿和情真意厚:"当我搭乘地铁/花半小时去陪伴某个人,就会再次回想/她风华正茂时的美丽与优雅,/周末探访时要装出很快乐的样子,这不是一桩/好差使。倘若我希望她没有苦痛地立刻永远睡去,/祈求上帝或自然(如我所知她也祷告)/突然中断她的各项生理机能,会不会显得太冷酷?"(《奥登诗选:1948—1973》461)伊丽莎白中风后,情况更加不容乐观。今昔对比,情谊仍笃深,人却是变了个样子。无论是伊丽莎白本人还是奥登,都觉得苟延残喘的生命不值得留恋。曾经,塞缪尔·约翰逊(Samuel Johnson)在悼念挚友离世时写道:"没有经历锥心的痛感,/也没有经历冷酷的逐渐衰弱,/死神突然斩断生命之链,/他的灵魂迅速得到解脱。"[1]约翰逊认为这是上帝对挚友的眷顾,与我们所理解的善终类似。因此,一再目睹伊丽莎白被疾病和衰老折磨的奥登,希望上帝(或自然)能够结束她的痛苦生命,蕴藏其中的绝不是"冷酷",而是心如刀割的真挚祈愿。

奥登曾指出:"事实上,我们应当注意到,所有聪明的人,即便是那位伟大的医生,都是孩童时期的心理冲突的牺牲品,多多少少都存在神经官能症的特点。"[2]当他说"那位伟大的医生"时,他心里想的是弗洛伊德。身为精神分析大师,弗洛伊德一生都知道母亲对孩子的成长至关重要,他自己也概莫能外。在《性学三论》中,他为我们所有人的成长刻画了一个基本模型,尤其是不可避免遭遇俄狄浦斯情结的男性,"即便少数幸运儿

---

[1] [英]塞缪尔·约翰逊:《悼念罗伯特·勒维特医生》,蔡海燕译,收入吴笛《外国诗歌鉴赏辞典》,上海辞书出版社2009年版,第1164页。

[2] W. H. Auden, "Poetry, Poets, and Taste", in *The Complete Works of W. H. Auden: Prose*, Vol. I: 1926-1938, ed. Edward Mendelson, Princeton: Princeton UP, 1996, p. 163.

没有遭受原欲乱伦特征的伤害,他们也无法彻底摆脱这一倾向的影响"[①]。很难说奥登在他的青春期成长阶段是否"掉了队",才会终身承受这份沉重:

> 很久以前,我对母亲说
> 我要离家去寻找另一个:
> 自此我再没有回复她的信件
> 但也从未觅到那更好的一个。
> 我在这儿,你在这儿:
> 这意味着什么?我们将去往何方?
>
> ……
> 一只鸟儿曾造访此岸:
> 它再也不会重访此地。
> 路迢迢,我不远万里只证明了
> 没有陆地、水,也没有爱。
> 我在这儿,你在这儿:
> 这意味着什么?我们将去往何方?[②]

这首写于 1929 年 11 月的谣曲,是跟母亲吟唱的分离之歌,也是向母亲表达分离之后难分难解的痛楚之歌。就像那只飞离岸边的鸟儿,再也不会找到记忆中的陆地、水和爱。

奥登终生深爱着自己的母亲,并且深深地怀念着她,这从他对自己的名字"威斯坦"的珍视程度中可见一斑。与两位哥哥的名字相比,奥登的名字显得与众不同,并不是英国人名里的常规"款式"。父亲当年为他取名为"威斯坦"的时候,想到了自己早年生活过的教区完好地保留了撒克逊

[①] [奥]西格蒙格·弗洛伊德:《性学三论》,徐胤译,浙江文艺出版社2015年,第117页。

[②] W. H. Auden, *The English Auden: Poems, Essays and Dramatic Writings, 1927-1939*, ed. Edward Mendelson, New York: Random House, 1977, pp. 42-43.

人的墓地，有一位名叫圣·威斯坦的麦西亚王子[①]长眠在那里。关于圣·威斯坦的故事，奥登的叔叔在撰写《什罗普郡指南》时有所交代。这本小册子专门列了一个条目介绍威斯坦斯都，即安葬圣·威斯坦的村庄。奥登后来在《某个世界：备忘书》里简要转述了该故事："与我个人相关的圣徒，圣·威斯坦，我们而今只知道他反对寡居的母亲与自己的教父之间不合常理的婚姻，最后被他们合谋干掉了。一个充满了哈姆雷特色彩的故事。"[②]卡彭特在《奥登传》里论及"威斯坦"这个名字的由来时，言明圣·威斯坦王子的教父其实就是他的叔叔[③]，如此一来，个中脉络也就更为清楚了。弗洛伊德在《释梦》里论证俄狄浦斯情结时，用到的一个重要文学素材就是莎士比亚的戏剧《哈姆雷特》。当奥登将圣·威斯坦王子的遭遇与哈姆雷特王子的故事进行类比时，他脑海里很有可能闪现了弗洛伊德对哈姆雷特王子的恋母情结的界定。据说，长久以来，奥登都小心翼翼地保存着叔叔撰写的那本《什罗普郡指南》，对于名字"威斯坦"，他衍生出了一种强烈的占有欲。他曾对友人说，如果碰到别人也叫威斯坦的话，他会抓狂。[④]

强调文字的象征性含义的奥登，兴许是从自己名字的渊源里解读出了一份母子情分的宿命底蕴，而他将自己的同性恋倾向归咎于母亲的行为，进一步指证了自己对母亲的复杂情感，这未尝不是弗洛伊德理论在他人生轨迹里烙下的深层痕迹。

第三节 "融合"弗洛伊德主义与马克思主义

奥登晚年说，弗洛伊德是20世纪德语世界三位大师之一[⑤]。这位在西

---

① 麦西亚（Mercia）：古英格兰地区的领地之一。

② W. H. Auden, *A Certain World: A Commonplace Book*, New York: Viking Press, 1974, p. 331.

③ Humphrey Carpenter, *W. H. Auden: A Biography,* Boston: Houghton Mifflin Company, 1981, p. 4.

④ Auden's letter to J. R. R. Tolkien on 28 July 1955, quoted from Humphrey Carpenter, *W. H. Auden: A Biography,* Boston: Houghton Mifflin Company, 1981, p. 4.

⑤ W. H. Auden, "Phantasy and Reality in Poetry", in *The Complete Works of W. H. Auden: Prose*, Vol. VI: 1969-1973, ed. Edward Mendelson, Princeton : Princeton UP, 2015, p. 704.

方文化界最受争议也最受欢迎的精神分析学家，对奥登的思想与创作产生了终生的影响。当然，弗洛伊德并不是唯一进入他阅读视野的精神分析学家，这个名单除了荣格、霍默·莱恩、乔治·果代克以外，还可以拉得更长。每一位精神分析学家都给予他特定的启迪，只不过弗洛伊德在其中占据了最为显著的位置，成为他反思精神分析学的基石。

青年奥登在受益于精神分析学带来的思想火花的同时，还清醒地认识到："弗洛伊德的错误是将神经官能症局限于个体。神经官能症还涉及整个社会。"[①]奥登在1929年将这句话写进日记的行为，已经表明他并不满足于个体心理学的自我分析，他必然会从个人的象牙塔走向纷繁复杂的社会，将精神分析学运用到"治疗"社会的病症之中。这便预示了他在20世纪30年代将精神分析学与马克思主义熔于一炉的努力。

一　从病态的个体到病态的社会：不再是"政治白痴"

奥登之所以能够把握住精神分析学的最新动向是因为父亲潜移默化的影响，而他对马克思主义的接受，则源于第一次世界大战之后特殊的时代背景。战争的爆发敲碎了人们对于自身理性的最后一丝信心，战争过程中不断被研制出来的灭绝人性的化学武器、大规模的伤害武器（比如坦克、重型火炮、机枪）进一步将人们丢进了绝望的深渊。文明的遮羞布一夕之间被帝国之间的利益纷争撕毁，千万人死于战火，千万人承受着身体和精神的双重创伤，更多的人家园被毁、流离失所。如此惨绝人寰的战争，对于尚且年幼的奥登来说，不过是长辈们的残酷而遥远的故事。他后来回忆说："这场战争甚至算不上一种生活境况，它一点也不真实。"[②]果真如此吗？事实上，尽管不足10岁的他对于诸如"前线"、"阵亡"等字眼不会有什么切身的体会，战争也在客观上改变了他的生活，造成了他与父亲的长久隔膜。

当"黄油和父亲重又回来了"（《致拜伦勋爵的信》；《奥登诗选：1927—1947》133）之后，奥登继续守着自己的"安全稳妥"的日子：

[①] Edward Mendelson, *Early Auden*, New York: The Viking Press, 1981, p. 52.
[②] ［英］W. H. 奥登：《依我们所见》，《序跋集》，黄星烨译，上海译文出版社2015年版，第657页。

> 我们太年轻，不用服兵役，也就对战争没什么印象。于是，在我们的意识里，与1913年相比，世界没什么变化。而且，我们太过与世隔绝，陶醉于自我，无法感知也不会去关注大洋彼岸发生的战事。俄国革命、德奥通货膨胀、意大利法西斯主义，无论此类事件在我们的先辈心里引起了多大的恐惧与期望，我们都对它们不加理会。①

第一次世界大战之后，盘亘已久的各种社会问题陷入了不可逆转的焦灼状态，到处散发着经济衰颓的不安情绪，因前途晦暗不明而萌生的焦虑正在改变着人们习以为常的价值观，日益敏感的阶级和群体间的冲突动摇了脆弱不堪的稳定，各种事端频频发生，各种不确定一触即发。然而，此时的奥登仍然是一个"政治白痴"，对政治事务和话题也表现得"漠不关心"：

> 个别本科生正是我们的反例——我亲眼见过的那些都是社会主义者——但他们是把政治当作未来的职业来经营，我们其他人都把他们对于政治的关切当作一种职业专长，并非我们所能共享。沃先生在牛津读书时错过了1926年英国大罢工，这件事值得一提，因为正是这件事彰显了我们在政治上的无知。马克思和其他社会剖析派都无法说明为什么几乎每一个中产家庭中成长的男孩都幻想有朝一日能成为火车或汽车司机，他们也无法解释为什么这些男孩会喜欢做一些自己所处的社会阶层通常会禁止他们做的事情，比方说，在码头装船或指挥交通。响应政府号召的成百上千名本科学生并非出于马克思所谓的阶级意识才加入反对罢工的行列——他们谁也不憎恶罢工工人，无论是出于个人原因还是意识形态的原因——而只是因为突然出现了一个大好的机会，他们可以实现自己的幻想了。恰恰相反，我选择了与大多数朋友不同的做法，我并没有加入政府的志愿军，相反，我选择替总工会开车。这样的做法引起的分歧并没有在牛津爆发。一天，我开车

---

① ［英］W. H. 奥登：《依我们所见》，《序跋集》，黄星烨译，上海译文出版社2015年版，第667页。

送 R. H. 托尼①回梅克伦堡广场家中。碰巧我有个堂姐住在附近，她嫁了一个股票经纪人，所以我就去了她家。我们三个正要坐下吃午饭，突然她丈夫问我是不是去伦敦干临时警察的工作。我回答说："没有，我就是给总工会开车来着。"听罢，他突然把我撵走了，我大吃一惊。我从没想过会有人把大罢工这么当回事。②

奥登的这段自述，涉及 1926 年的英国大罢工（General Strike）事件。英国煤炭工业在战后困难重重，矿主们提出降低工资、增加工作时间的要求，遭到矿工们的坚决反对。政府试图调解矿主和矿工之间的矛盾，但给出的解决方案主要站在了矿主的立场，于是矿工工会发动了全国煤矿工业大罢工。到了 1926 年 5 月，各个行业工会也相继投票表决，决定实行总罢工，包括电气、钢铁、铁路、建筑和印刷行业的工人纷纷加入到罢工的行列，大工业中心一个个陷入了瘫痪状态。这个举国事件迅速引起了大学生们的关注，牛津大学的学生们纷纷涌向了伦敦，绝大多数人响应政府的号召，唯有少数人（"差不多有 50 人"③）支持工会。正如奥登所说，他们当中的绝大多数人并没有认真对待此次大罢工事件，只不过把它当成是生活中的一个小插曲，而他自己之所以选择支持工会，仅仅是为了表现"恰恰相反"的姿态。虽然大罢工很快就以工人们的妥协宣告结束，阶级之间的矛盾冲突却引发了深层的社会危机，引起了各方人士的忧虑。相较于晚年回忆该事件时的淡然语调，青年奥登跟好友衣修伍德提及此事时的情感色彩要浓烈很多："大罢工期间，我替总工会干活，为此与家里的某些人发生了激烈的争执，这不失为一桩好事。"④

何以与家人的"争执"倒成为一桩"好事"？奥登应该是指大罢工事

---

① R. H. 托尼（1880—1962），英国著名的经济学家、历史学家、社会批评家、教育家。曾先后任教于格拉斯哥大学、牛津大学，并担任伦敦大学经济史教授。

② ［英］W. H. 奥登：《依我们所见》，《序跋集》，黄星烨译，上海译文出版社 2015 年版，第671页。

③ Humphrey Carpenter, *W. H. Auden: A Biography,* Boston: Houghton Mifflin Company, 1981, p. 51.

④ W. H. Auden, *Juvenilia: Poems, 1922-1928,* ed. Katherine Bucknell, Princeton: Princeton UP, 2003, p. 137.

件为他打开了一扇通往社会现实的大门。如果说第一次世界大战摧毁了西方人习以为常的价值观和信仰的话,那么在战后岁月里,人们很快就从这种震撼和破坏之中清醒了过来,疯狂地想要恢复传统的价值观和信仰,或者干脆致力于创造新的价值观和秩序。作为大学生,纵使奥登更为关注如何成长为一位优秀的诗人,时代的声音也不可能仅仅是他成长的背景音。英国学者马修·沃利(Matthew Worley)颇为生动地展现了一副时代即景图:

> 时间,1930年;地点,切尔西①天鹅苑大楼。一间现代公寓的时髦画室里,一群来自富裕家庭的青年男女围坐在一张做工精致的玻璃桌旁,讨论华尔街崩盘带来的持续性影响,同时也谈到了拉姆齐·麦克唐纳②的风雨飘摇的工党政府对日积月累的经济问题反应迟钝。他们话锋一转,民主显然已经走到了尽头,国家干预和强有力的领导做派似乎势在必行。诸如"极权主义的"、"社团主义"、"规划"的术语在谈话中时有出现。涉及希特勒、墨索里尼和斯大林的话题往往会引发激烈的争论与分歧,但所有人都赞成一种新的政治形式需要应运而生,以期迎接时下的严峻挑战……③

上述图景应该是大大小小、为数众多的聚会之一。第一次世界大战后,尤其是面临经济大萧条(1929—1932)带来的政治经济的动荡不安和危机四伏,很多作家、艺术家、学者都自觉地吸纳新的观点、新的方法,试图重塑他们的社会。德国有希特勒为首的纳粹党,意大利有墨索里尼一手操办的国家法西斯党,俄国有新生的苏维埃政权,各种思想、观点和路径如初春的柳絮飘荡在欧洲上空,或聚集或融合或交锋。人们逐渐相信,退回传统只会是死路一条,有变化才有可能找到出路。

奥地利的精神分析学家威尔海姆·赖希(Wilhelm Reich)在这些探索

---

① 切尔西(Chelsea)是伦敦文艺界人士聚居地。

② 拉姆齐·麦克唐纳(Ramsay MacDonald)是英国政治家,工党领袖,1929年6月至1935年6月第二度出任英国首相。

③ Matthew Worley, "Communism and Fascism in 1920s and 1930s Britain", in Tony Sharpe, *W. H. Auden in Context*, New York: Cambridge UP, 2013, p. 141.

出路的知识分子当中颇为引人瞩目,这不光是因为他特立独行的犀利作风,还因为他独具一格的理论与实践。赖希在进入大学后不久便结识了弗洛伊德,很快就成为晚年弗洛伊德的得意门生,有人甚至说他俩的关系"简直像父子一样"[1]。赖希在其学术研究伊始就试图找寻精神分析学和社会革命的结合路径,他的观点直接影响了弗洛伊德的两本将精神分析应用于社会问题的专著《一个幻觉的未来》(The Future of an Illusion,1928)和《文明及其缺憾》(Civilization and Its Discontents,1930)。弗洛伊德绝不是政治理论家,他"对政治理论最为突出的贡献,就是激情被文化压抑的观点"[2],这使得他晚年的学术尝试即便是"没有把握"、不像早年那样充满创新力,[3]也是以精神分析思想来界定社会和政治活动的一大推进。弗洛伊德在自我评传里说:"我这辈子沿着自然科学、医学和精神疗法绕了一个圈子,最后兴趣又回到了早年刚能思考问题时就使我为之入迷的文明问题上……我更加清楚地看到,人类历史中的重大事件,即人性、文明的发展和原始经验的积淀(宗教便是最明显的例子)三者之间的相互作用,只不过是精神分析学在个体身上所研究的自我、伊德和超我三者动力冲突的一种反映,是同一过程在更广阔的舞台上的再现。"[4]弗洛伊德的自述和他的实际行动都表明,他在政治议题上仍然是谨慎和保守的,如同他的传记作者彼得·盖伊所观察的,他不可能"寻求社会主义的帮助","他把自己视为激进的社会批评家,但仅止于在性的领域方面"。[5]

弗洛伊德不可能做到的事情,他的得意门生威尔海姆·赖希做到了。赖希在1927年加入了奥地利共产党,从此以精神分析学家和共产党员的双重身份从事理论研究和社会实践活动。对于自己的选择,赖希在《性格

---

[1] 陈学明:《评威廉·赖希及其〈性革命〉》,收入[奥]W.赖希:《性革命——走向自我调节的性格结构》,陈学明、李国海等译,东方出版社2010年版,第251页。

[2] [美]彼得·盖伊:《弗洛伊德传》,龚卓军、高志仁等译,商务印书馆2015年版,第610页。

[3] 同上书,第607页。

[4] [奥]西格蒙德·弗洛伊德:《弗洛伊德自传》,顾闻译,上海人民出版社1987年版,第106页。

[5] [美]彼得·盖伊:《弗洛伊德传》,龚卓军、高志仁等译,商务印书馆2015年版,第611页。

分析》(*Character Analysis*，1928)的初版序言中解释说，像柏林那样的城市，有几百万人在心灵结构上精神失常，不可能仅仅依靠实施精神分析疗法就能拯救人类。在这种情况下，真正的任务不是治疗而是预防。同样的观点，他在一次由弗洛伊德召开的精神分析研讨会上也陈述过，他认为"当务之急是预防而不是治疗"，但是"在现存的社会政治制度下，特别是在性压抑的政治制度下，预防又是不可能的"，"只有在社会制度和意识形态方面实现了根本的革命改造，为预防创造必要的前提，才能真正把预防精神病的问题列入议事日程"。[①] 既然如此，把精神分析学和政治活动结合起来便是真正的解救路径。在他看来，弗洛伊德主义与马克思主义之间的共同点决定了二者相结合的可能性，而弗洛伊德主义的缺陷就是他利用马克思主义进行补充的必要性。[②] 为此，赖希成了第一个直言不讳地把自己的思想体系称为"弗洛伊德主义的马克思主义"、把自己称为"弗洛伊德主义的马克思主义者"的人。[③]

虽然到目前为止尚无有力的证据表明奥登直接阅读了赖希的作品，但奥登很有可能听闻过赖希的思想主张。1929年1月，赖希联合几位精神分析学家和产科医生在维也纳创建了"社会主义咨询和性研究学会"，并以学会的名义创办了多个"性卫生诊所"，成千上万的青年男女拥挤到诊所听他讲课。1930年，他到柏林建立了众多"性卫生诊所"，自封为工人运动的"性顾问"，翌年又建立了"德国无产阶级性—政治联盟"。他还经营了一家出版社，推出了一系列鼓吹结合政治改革和性改革的书籍。在他的积极运作之下，德国工人内部掀起了一场声势浩大的"性—政治运动"，

[①] 陈学明：《评威廉·赖希及其〈性革命〉》，收入〔奥〕W. 赖希：《性革命——走向自我调节的性格结构》，陈学明、李国海等译，东方出版社2010年版，第256页。

[②] 魏萍和陈洪波在《心理学流派中的马克思主义》中指出，赖希发现弗洛伊德主义和马克思主义主要有三个共同点：一，都是唯物主义哲学；二，都是辩证的理论；三，都是批判的、革命的。他发现弗洛伊德的精神分析学存在以下缺陷：一，忘记了人的心理过程的社会根源；二，忽略了人的活动动机与外部世界的联系；三，力主人类文明与人的本能满足是对立的，认为社会主义和无政府主义是乌托邦梦想；四，离开人的经济的、政治的奴役而孤立地去谈论性压抑，不把后者看作是前者的反映和工具。可以参看魏萍、陈洪波《心理学流派中的马克思主义》，西安电子科技大学出版社2014年版，第37页。

[③] 魏萍、陈洪波：《心理学流派中的马克思主义》，西安电子科技大学出版社2014年版，第37页。

仅 1932 年，参加者就有 4 万之众。① 赖希把政治改革和性改革结合在一起的过程，也就是把马克思主义和弗洛伊德主义加以融合的过程。然而，他的尝试和努力过于标新立异，精神分析学会、奥地利共产党和德国共产党都无法接受他的理论与实践，相继将他除了名。作为时代的先行者和实干者，赖希既是闻名遐迩的，又是臭名昭著的，但无论是哪一种名声，都说明他绝不是默默无名之辈。奥登从 1928 年开始到 1934 年，每年都会去德国小住一些时日，尤其是大学毕业后选择前往柏林游学，从 1928 年 8 月底动身去往柏林到 1929 年 7 月底结束游学，除了几次短暂的返回英国和偶尔到德国外省旅居以外，他差不多在柏林逗留了整整七个月时间。我们完全有理由相信，即便奥登没有直接接触过赖希发起的"弗洛伊德主义的马克思主义"，也至少有所了解。如若不然，奥登也可以算是赖希的一个潜在知音，尽管奥登真正感兴趣的始终是诗歌，而不是各种思想、政治和运动。

二 价值的颠覆：英国知识分子与德国工人阶级的结合

如同赖希所言，"身临大火的人难道还能悠闲地撰写关于蟋蟀颜色感觉的美学论文吗"②，奥登也抛出了一句"从诗歌角度看待世界的方法已淘汰"(《致拜伦勋爵的信》；《奥登诗选：1927—1947》137）。这个阶段的奥登，喜欢去柏林跟工人们"打成一片"，一开始倒不是出于政治意图，更多的是一种身体上的互补需求和心理上的反叛意识。

通过观察奥登的私人生活轨迹，我们可以看到青年奥登容易受到那些身体强壮、身手矫健的外向型男子的吸引。在牛津大学期间，他曾迷上了比尔·麦克尔威（Bill McElwee）、加布里埃尔·卡利特和理查德·克罗斯曼（Richard Crossman）等同学，他们个个都是运动能手——"结实的思想，壮实的身体"③。思想和身体都强硬的男子是奥登心目中的理想恋人，这种

---

① 关于赖希的早年活动，可以参看陈学明：《评威廉·赖希及其〈性革命〉》，收入［奥］W. 赖希：《性革命——走向自我调节的性格结构》，陈学明、李国海等译，东方出版社2010年版，第257页。

② ［奥］W. 赖希：《性革命——走向自我调节的性格结构·第二版（1936）序言》，陈学明、李国海等译，东方出版社2010年版，第20页。

③ Humphrey Carpenter, *W. H. Auden: A Biography,* Boston: Houghton Mifflin Company, 1981, p. 78.

倾向性一直到他邂逅切斯特·卡尔曼之后才有所转变。

在1938年的一篇关于同性恋诗人豪斯曼（A. E. Housman）的文章中，奥登这样写道：

> 有两个世界，一个人不可能属于它们两个。要是你属于第二世界，你将会永远不幸，因为人们总是对第一世界既迷恋又鄙夷。与此同时，第一世界不会回应你的爱，因为它的天性就是只爱自己。[1]

结合豪斯曼自身的情感经历，我们可以轻而易举地推断出奥登感同身受的内容。正如奥登在晚年针对英国学者亨利·马斯（Henry Maas）编撰的《A. E. 豪斯曼信札》的一篇书评中所说——"在我们这代人眼中，没有一个诗人能像豪斯曼那样清晰表达一个成年男子的情感。即使我现在不常翻读他的诗歌，我也要感谢他，在我还年轻的时候，他曾给予我那般的欢乐。"[2] 豪斯曼和奥登，也包括其他成长于对身体和生理价值持保守态度的中上层阶级的同性恋知识分子，因自身形体的相对瘦弱和精神的犹豫彷徨而更喜欢强壮又矫健的伴侣。虽然奥登也有与那些来自"第二世界"的人结合的经历，比如他与衣修伍德的伴侣关系，但他们之间的联结更多的是基于志同道合——"奥登让年长的衣修伍德认识到了自己的使命，他们同床共枕是一种友谊的表达方式，而非相互之间的性吸引。"[3] 事实上，奥登和衣修伍德都迷恋"第一世界"，对那个世界的人产生了特殊的幻想。

"第一世界"的绝佳代表人物是工人阶级，时代也为"第二世界"的知识分子提供了接触"第一世界"的机会。奥登的好友斯彭德曾指出他们那代知识分子与工人阶级的特殊纽带："在同性恋者与工人阶级之间有一种奇特的联系，而这无疑是英国特有的，虽然可能在其他国家也存在。其

---

[1] W. H. Auden, "Jehovah Housman and Satan Housman", in *The Complete Works of W. H. Auden: Prose*, Vol. I: 1926-1938, ed. Edward Mendelson, Princeton: Princeton UP, 1996, pp. 437-438.

[2] ［英］W. H. 奥登：《伍斯特郡少年》，《序跋集》，黄星烨译，上海译文出版社2015年版，第431页。

[3] Noel Annan, *Our Age: English Intellectuals between the Wars*, New York: Random House, 1990, p. 119.

形式为受到工人阶层青年的一种深深的吸引。"[1]英国知识分子之所以尤其受到工人阶级的吸引，而且是德国工人阶级的吸引，一来是因为英国清教徒式的教育束缚了他们的活动空间，而充满异域情调的工人阶层为他们提供了幻想的舞台，二来是因为只有在娱乐业更为发达的柏林才能够让他们把幻想落实到现实的层面。

这种英国知识分子与德国工人阶级的结合，除了身体上的互补需求之外，也暗含了心理上的反叛意识。他们对"第一世界"的迷恋掺杂了一种对自身阶层的厌恶，似乎工人阶层的缺乏教养和自生自灭已经被误读为一种自由自在、无拘无束的生活方式。奥登混迹于柏林的工人区时表示，"德国无产阶级很好"，"我不太喜欢其他人，总是与不良少年们待在一起"。[2]很快，衣修伍德响应奥登的召唤，匆匆与母亲辞别，来到柏林投奔奥登。他们的很多观点和行为不谋而合，以下这段衣修伍德的记述可以视为他们的共同心声：

> 他［奥登］告诉克里斯托弗，所有来自工人阶层的具有同性恋倾向的男孩们都有一个内在需求，即获得更好的教育，为此想方设法进入中产阶层的圈子。这就是卡尔所做的事情。听到这些，克里斯托弗无比震惊，简直不敢相信自己的耳朵。为什么工人阶层的男孩接受良好教育的时候非要沾染资产阶层的装腔作势？如果他注定要成为一个女王，为什么不能是工人阶层的女王？事实上，克里斯托弗，这位来自上层社会的男孩，正千方百计地要脱离自己的阶层。[3]

克里斯托弗即衣修伍德，他和奥登一样，也迫切地希望脱离自己的中产阶级家庭。他们对工人阶层身体的迷恋包含了一种对中产阶级传统道德和知识分子价值的贬低。同样出游柏林的斯彭德更为直截了当地表明了他

---

[1] ［法］弗洛朗斯·塔玛涅：《欧洲同性恋史》，周莽译，商务印书馆2009年版，第334页。

[2] Humphrey Carpenter, *W. H. Auden: A Biography,* Boston: Houghton Mifflin Company, 1981, p. 90.

[3] Christopher Isherwood, *Christopher and His Kind*, London: Vintage, 2012, p. 26.

们的想法:"家里人的态度让我反感,我对家庭的反抗使我走上了一条反叛道德、工作和纪律的道路。私底下,我对一文不值的流浪汉、穷鬼、懒汉、迷途者很是着迷,我渴望给予他们爱,虽然这种爱是被体面人士所否定的。"[1]青年作家们或出于一种精神上的叛逆,或出于一种对自身阶层剥削性的愧疚,或出于一种探寻另一个世界的欲求,不约而同地将情感的天秤移向了社会地位更低的工人阶层,仿佛行为上越能够冲破压抑和禁忌,便越能够点燃他们内在的生命之火,也就越能够体现出他们自身的成长价值。

资产阶级和工人阶级的同性恋情之所以能够维系,还源于他们有一个共同奋斗的目标。塔玛涅(Florence Tamagne)通过追溯奥登、衣修伍德、斯彭德、阿克利(J. R. Ackerley)等一系列同性恋作家的文字材料得出了这样一个确可信凿的结论:"资产阶级和工人阶级的同性恋者约会的奇迹是两次大战之间特有的。这是两个被社会排斥的、不被接纳、受到歧视的群体的会合,因为他们被看作是低下的。"[2]他们之间虽然有财富、地位和文化的隐形隔阂,但他们同时又是整个西方社会的"异类",是基督教传统和既定社会秩序的离经叛道者。普鲁斯特(Marcel Proust)通过叙述者"我"之口说道:

> 在跟时代不符的这种浪漫生活中,大使是苦役犯的朋友……他们是人类群体中受到排斥的部分,但十分重要,他们在他们不在的地方受到怀疑,在未被认出的地方炫耀自己,肆无忌惮,逍遥法外;他们到处都有同伙,在老百姓里,在军队里,在神殿里,在苦役监里,在王位上都有……[3]

边缘化的文化身份让他们超越了正统社会的规训,共同的情感诉求让

---

[1] Stephen Spender, *World within World: The Autobiography of Stephen Spender*, New York: St. Martin's Press, 1994, p. 9.

[2] [法]弗洛朗斯·塔玛涅:《欧洲同性恋史》,周莽译,商务印书馆2009年版,第342页。

[3] [法]马塞尔·普鲁斯特:《追忆似水年华·索多姆和戈摩尔》,许钧、杨松河译,译林出版社1996年版,第19—20页。

他们携手推动属于他们自己的事业。诺埃尔·安南（Noel Annan）在《我们的时代：两次大战之间的英国知识分子》(*Our Age: English Intellectuals between the Wars*, 1990)中指出："同性恋成为动摇体面的观点和嘲讽当权的政府的一种方式。要表达自己反对社会正统道德的立场，还有什么方法比得上混迹于同性恋群体？同性恋行为的不正当性可以带来附加的兴奋（类似于如今吸食毒品），保准能激怒老一辈又可以带来额外的乐趣。"[1]工人阶级对资产阶级剥削者的愤怒，青年知识分子对束缚他们的老一辈资产阶级的反感，成为沟通他们的情感纽带的关键性因素。

共同的愤恨目标让资产阶级和工人阶级的同性恋者从身体到情感都团结了起来，而这种团结促使青年知识分子开启了他们的社会良知。如果不曾混迹于工人区和贫民区，奥登和他的伙伴们对贫困的认知将仅仅停留在书面表达上，他们不会感受到被过度盘剥的工人是如何绝望地挣扎在生存的边界线，不会想象到饥饿是如何让异性恋的男孩扭曲了自己的性向选择，不会认识到这些受尽欺凌的人们是如何被社会阶层、身份、地位和财富剥夺了梦想的权力。斯彭德在回忆录里清晰地勾勒了这种思想转变的契机：

> 通过瓦尔特，我可以想象出那些无能为力的人、道德沦丧的人、无家可归的人、失业的人的生活状态。我觉得，我开始幻想某种在我脑海里叫作"革命"的东西能够改变他的命运，我感到自己作为较幸运阶层的成员对他欠了债。如果他从我这里偷窃，我认为他所窃取的，远不及社会剥夺他而给予我的多：因为我所属的阶级，它的金钱使我能够自动从这些明抢暗夺的制度中获得好处，自动被伪饰成体面的表象。我明白了，有两个盗窃的阶级：社会的和反社会的……我任由一种社会羞耻感席卷了自己，以至于无法再谴责任何窃贼和讹诈者。[2]

斯彭德在1930—1933年间每年去德国生活6个月，瓦尔特（Walter）

---

[1] Noel Annan, *Our Age: English Intellectuals between the Wars*, New York: Random House, 1990, p. 113.

[2] Stephen Spender, *World within World: The Autobiography of Stephen Spender*, New York: St. Martin's Press, 1994, p. 118.

是他在德国汉堡邂逅的失业工人。奥登和衣修伍德在1928—1933年间经常去柏林逗留，他们也遇到过很多个像瓦尔特那样的底层人士，也经历过被他们欺骗、敲诈和抢夺，同时也因为目睹了他们的遭遇而反思造成这种不公不义现象的深层原因。对于奥登、斯彭德、衣修伍德等"奥登一代"而言，柏林之行促使他们将私人感情和公共诉求结合了起来。如果说他们在大学时代还是"政治白痴"的话，在德国的特殊遭遇则为他们启了蒙。

在柏林，奥登不但喜欢跟工人们待在一块儿，也喜欢上了布莱希特（Bertolt Brecht）的戏剧——"之后,毫无征兆地,／整体经济突然就崩溃了：这时／是布莱希特接手教导了我。"（《答谢辞》；《奥登诗选：1948—1973》504）1929年前后，布莱希特推出了新剧《三分钱歌剧》（The Threepenny Opera），"首场演出作为二十年代最大的成功载入戏剧史"，"这个剧在柏林上演了近乎一年之久"。[①]布莱希特的政治倾向性早在20世纪20年代初期就已经露出端倪，在多位共产党的牵线下逐渐与工人、工会干部和共产党干部建立了稳定的联系。因此，《三分钱歌剧》表现出强烈的社会良知并不会让人感到意外。奥登正是通过观看《三分钱歌剧》喜欢上了这位戏剧家，之后更是与其他人合作翻译了几部布莱希特的戏剧作品[②]。根据奥登在《答谢辞》里对布莱希特感谢的时间点，我们可以推断出那时他更为欣赏布莱希特带给他的思想启迪。在此之后，奥登的日记和作品里出现了马克思、马克思主义、共产党、革命、行动等字眼，对社会现实和公共事件的思考逐渐增多，而欣赏和接触布莱希特是其中一个非常重要的推动因素。

我们看到，奥登和他的伙伴们通过柏林之行真正深入到社会底层民众的生活现实，经济大萧条、秩序坍塌、贫富差距、阶级对立、信仰失落、道德沦丧……这些社会现象不再停留在理性的知识层面，已经进入到他们的感官领域。面对每个个体的"病态"和整个时代的"病态"，奥登不可

[①] 关于《三分钱歌剧》的诞生、演出和热议，可以参看［德］克劳斯·弗尔克尔《布莱希特传》，李健鸣译，中国戏剧出版社1986年版，第177—187页。

[②] 奥登与布莱希特很有可能是在1936年才相见，起初互相欣赏，但在1943年合作改编《马尔菲公爵夫人》（The Duchess of Malfi）时渐生龃龉，都看不上对方的行事方式。尽管如此，奥登从没有否认布莱希特对他的影响。可以参看Humphrey Carpenter, W. H. Auden: A Biography, Boston: Houghton Mifflin Company, 1981, p. 338.

能再停留在弗洛伊德式的个体心理学——"我们不能脱离了当代社会环境的其他面貌（有关能量转换的当代物理观念、当代技术、当代政治）来单独考虑弗洛伊德主义"①，事实上，就连那个"伟大的医生"也捕捉到时代的脉搏，在晚年试图走向社会群体。

在把私人情感和公共诉求结合起来的过程中，奥登的做法类似于赖希，即选择性地"融合"弗洛伊德主义②与马克思主义。在1932年的一篇文章中，奥登真诚地说道："对我而言，要是表示自己知道无产阶级对共产主义的看法，那将非常自以为是；但我的确知道共产主义对资产阶级的吸引与日俱增，这是因为共产主义要求大家向那些迷失在情感汪洋的孤立无援的人伸出援手。"③对他而言，那时候的马克思主义"仿佛成了社会解放、性解放和文学解放的主要手段"，"改造社会和建立民主盛世的传播福音般的使命填补了信仰真空"，而出于对自身阶级的反叛，他倾向于认为"在阶级斗争中站在左翼一方也许会清洗掉中层与上层阶级的那种因袭的负疚感"。④于是，几乎是必然地，奥登需要将自小就深受影响的弗洛伊德主义，与正在席卷全欧的尚武精神和社会主义思潮结合起来。

奥登"融合"弗洛伊德主义与马克思主义绝不是泛泛而谈，而是逐渐形成了自己的理论依据。如果说1929年5月1日在柏林亲历了无产阶级与警察爆发的冲突事件——"此时的夜晚到处都不安分，／街上筑起了路障，传来了枪声"（《1929》；《奥登诗选：1927—1947》30），奥登还仅仅是"模糊地意识到我们以及我们的朋友们属于左派，是社会主义者，但并不试图去界定这个词"⑤，那么伴随着走向社会生活更宽广的舞台和人生历

---

① W. H. Auden, "Psychology and Art To-day", in *The Complete Works of W. H. Auden: Prose*, Vol. I: 1926-1938, ed. Edward Mendelson, Princeton: Princeton UP, 1996, p. 99.

② 需要注意的是，从1929年开始，奥登从广义上理解弗洛伊德主义，不再仅仅局限于弗洛伊德本人的学说，而他理解的"治疗"，也不再仅仅是压抑和升华。这其中最关键的转变因素，对奥登来说，是莱亚德、莱恩、果代克、劳伦斯等人对弗洛伊学说的继承与创新。

③ W. H. Auden, "Problems of Education", in *The Complete Works of W. H. Auden: Prose*, Vol. I: 1926-1938, ed. Edward Mendelson, Princeton: Princeton UP, 1996, p. 28.

④ ［英］安德鲁·桑德斯：《牛津简明英国文学史》，高万隆等译，人民文学出版社2000年版，第827页。

⑤ Humphrey Carpenter, *W. H. Auden: A Biography,* Boston: Houghton Mifflin Company, 1981, p. 103.

程更丰富的体验，他有了融合弗洛伊德主义与马克思主义的思想依据：

> 跟马克思一样，弗洛伊德的研究起点是文明的失败之处：马克思从贫穷出发，弗洛伊德则从疾病出发。二人都发现人类行为并不全然是有意识的，而是由本能需求决定的——饥饿与爱。二人都希望有一个实现我们的理性选择和自我决定的世界。
>
> 他们之间的不同之处，也是不可避免的，毕竟一个研究普罗大众，另一个却在诊疗室接待病人（或顶多是亲人们）。马克思在观察外在和内在世界的关联时避免向内探寻，弗洛伊德的路径正好相反，因而两人对彼此的研究都秉持怀疑态度。社会主义者指责心理学家固守现状，妄图用神经官能症解释制度，却避开了潜在的革命；心理学家针锋相对，认为社会主义者只不过是妄图拽着头发把自己提起来，却并没有认清自己，或并不清楚金钱欲只是权力欲的一个形式，当他通过革命赢得自己的权力后，他将会重新面临之前的问题。
>
> 他们二人都正确。只要文明依旧维持目前的状况，心理学家能够医治的病人就非常有限，等到社会主义赢得权力之后，便应该学会正确引导内在的能力，而这个时候，就需要心理学家大显身手了。①

奥登辨析了弗洛伊德主义和马克思主义的异同点，阐述了"融合"弗洛伊德主义与马克思主义的可行性以及必要性，最后提出了面对当务之急的最佳解决方案——前者治疗个体疾病，后者治疗社会弊病，而后者是前者得以有效开展的基础。这种"融合"的策略，一方面呼应了赖希的思想主张，另一方面也可以在多年后马尔库塞（Herbert Marcuse）的《爱欲与文明》（*Eros and Civilization*，1955）和弗洛姆的《在幻想锁链的彼岸》（*Beyond the Chains of Illusion*，1962）中找到相似的论证思路。由此可见，奥登的"融合"不仅不是心血来潮，还是非常慎重和富有创见的。

---

① W. H. Auden, "Psychology and Art To-day", in *The Complete Works of W. H. Auden: Prose*, Vol. I: 1926-1938, ed. Edward Mendelson, Princeton: Princeton UP, 1996, p. 103. 事实上，奥登在1935年前后不止一次谈到"融合"弗洛伊德主义与马克思主义的必要性，除了上述文字，比较典型的文章还包括篇幅更长的散文《美好的生活》（"The Good Life"，1935）。

第二章 "左派自由主义者":奥登与马克思主义

> 同志们,我们的思想回返之处,
> 兄弟们,我们的同情所向之处
>   当演说完毕。
> 请记住,无论就哪一个方面而言
> 在我们自身无从选择的地方,爱
> 无形之中联结和支撑了我们:
>   哦,永远相信它。
>
> ——奥登《一位共产主义者致其他人》

> 我们希望着;等着那个日子,
> 到那时国家自会彻底消失,
> 我们期盼着,满以为那个理论
> 允诺的千年盛世定会如期发生
>
> ——奥登《新年书简》

在奥登的《诗悼西格蒙德·弗洛伊德》中,这位伟大的精神分析学家"走自己的路","如但丁般来到了迷失者中间"。(《奥登诗选:1927—1947》442)奥登对弗洛伊德的历史功绩的表述,恰恰呼应了犹太民族的另一位文化巨星——马克思。在《资本论》初版序言里，马克思以"走你的路，让人们去说吧"①收尾，暗含了为全人类的事业与资本主义社会的固有偏见奋战到底的决心。

马克思和弗洛伊德无疑是19世纪以来最特立独行的思想家。弗洛伊德从心理学扬帆启程，一把将西方人的思想从文艺复兴以来越来越膨胀的唯理主义中揪了出来，其创立的精神分析学远远超出了医学领域，被广泛地运用到人类生活的各个方面，变成了一种社会文化理论，进而上升为一种"弗洛伊德主义"。在他之前，马克思已经插上了鹰击鹏翔的双翼，从社会学的角度全面阐释人类历史发展进程中的政治、经济、哲学等关键领域的主要脉搏，引发了空前绝后的社会科学革命。

马克思主义和弗洛伊德主义原本是截然不同的两种思想体系，但是自20世纪20年代末以来，西方思想文化界不断有人致力于"综合"马克思主义和弗洛伊德主义，比如奥地利的精神分析学家威尔海姆·赖希、美籍犹太裔哲学家赫伯特·马尔库塞、美籍犹太裔人本主义哲学家和精神分析学家埃里希·弗洛姆。这种潮流的出现，说明第一次世界大战后西方社会的病态现象已经日趋严重，基于个体心理的精神分析学并不能够解决迫在眉睫的文明危机，而将风头正劲的弗洛伊德主义与正在重新席卷欧洲的马克思主义相结合已经成为时代发展的必然趋势。奥登正是在这样一个社会语境之下选择性地接受了马克思主义的部分学说和观点，个性化地融合了马克思主义和弗洛伊德主义，以此层层剥开"焦虑的时代"②人们的心理疾病和社会顽疾。然而，奥登自始至终都不是一个真正意义上的马克思主义信徒，他的左派立场和社会化写作，其实是基于人道主义的社会改良诉求。

---

① ［德］马克思：《资本论》第一卷第一版序言，《马克思恩格斯选集》（第二卷），人民出版社1972年版，第209页。关于这句名言的来龙去脉，不妨参看姜岳斌：《"走自己的路，让人们说去吧"但丁还是马克思？》，《宁波大学学报》（人文科学版），2012年第6期，第32—35页。

② 奥登在1947年出版了长诗《焦虑的时代》（*The Age of Anxiety*），自出机杼地以如此精简的标题对20世纪上半叶西方的精神氛围做了精准概括，该标题后来一再被人引用，1989年出版的第二版《牛津英语词典》（20卷）将其收录在内。

第一节　揭示资本主义社会的"死亡本能"与自毁倾向

据奥登的传记作者卡彭特考证，奥登很有可能在大学时读过马克思的作品，稍后，"在柏林，他显然与共产党接触过"[1]。但是，1929年的奥登在处理自我和本我之间的心理冲突、诗歌的审美价值和时代危机的迫切需求之间的伦理冲突、语言的清晰表达和语义的模糊含混之间的逻辑冲突等问题时，仍然以颇为私密的、个性化的方式为主导，甚至带有一种长期压抑后的个人狂欢色彩——"做任何事情唯一充足的理由是乐趣"[2]。"乐趣"（fun）、"快乐"（pleasure）、"幸福的"（happy），诸如此类表达个体内倾性情感的词语在这一年的日记里反复出现。到了1933年，他的语调变了，听起来更像是一位思想坚定、行事老练的"左派的御用诗人"——"我们正处在一个所有以前的标准都瓦解，同时集中传播思想的技术已经成熟的时代；某种革命是不可避免的，而且少数人势必自上而下地推动这种革命。"[3] 短短几年间，奥登果真沉迷于诗歌的政治和宣传方面的功用了吗？果真成为一位货真价实的共产主义者了吗？

但真实的情况是，朋友们相继加入了共产党，比如戴—刘易斯和斯彭德，奥登却自始至终都没有入党。他后来干脆宣称，自己对马克思主义的兴趣更多的是出于心理上的原因，而非政治上的考量——"我们对马克思产生兴趣，就像我们对弗洛伊德产生兴趣一样，是一种撕开中产阶级意识形态的技术性工具，这么做并不是为了否认我们的阶级，而是希望成为更好的资产阶级……"[4] 究竟奥登在1933年后的表述与行动是真实可靠的，还是这种事后的自我反思才是真实可信的？若要厘清这其中的孰是孰非，我

---

[1] Humphrey Carpenter, *W. H. Auden: A Biography,* Boston: Houghton Mifflin Company, 1981, p. 147.

[2] W. H. Auden, *The English Auden: Poems, Essays and Dramatic Writings, 1927-1939*, ed. Edward Mendelson, New York: Random House, 1977, p. 300.

[3] W. H. Auden, "A Review of *Culture and Environment*", in *The Complete Works of W. H. Auden: Prose*, Vol. I: 1926-1938, ed. Edward Mendelson, Princeton: Princeton UP, 1996, p. 38.

[4] W. H. Auden, "Authority in America", in *The Complete Works of W. H. Auden: Prose*, Vol. III: 1949-1955, ed. Edward Mendelson, Princeton: Princeton UP, 2008, p.524.

们除了要看到奥登主动接受马克思主义带有一种前文所述的个体反叛色彩以外，还要认识到奥登后来的行为选择是逐渐把这种个体反叛推己及人的反应。通过融合弗洛伊德晚期的"死亡本能"理论和马克思关于资本主义必然灭亡的预言，他一度直言不讳地批判自己所在的阶级和所处的时代，而法西斯主义的甚嚣尘上则是这种"病态"的恶劣结果和直观反映。可以说，奥登在20世纪30年代非"左"即"右"的时代大背景下的左派立场和反法西斯主义斗争，既是真诚的也是理想化的，而他在多年后的自我反思，既是真实的也是理性的。

一　中产阶级知识分子的失业与"幻灭"感受

思考的深度和广度总是倾向于在具体的现实环境之中被不断地激活。柏林之行打开了奥登长期禁锢于资产阶级生活环境里的双眼，让他在五光十色的柏林娱乐行业和困顿不堪的底层人民生活场景之间不断转换，从而萌生了坐享其成的羞耻感和加深了挑战资产阶级传统道德的反叛意识，而回到伦敦后，严峻的就业问题让奥登第一次切身体会到自力更生的艰辛。

彼时，奥登的大哥伯纳德已经前往加拿大从事农业生产，二哥约翰也到海外从事地质方面的工作，唯有他依然需要仰赖父母的资助过活。1929年夏，他对莱亚德（John Layard）说："我每周有6便士的零花钱，其中三分之二被要求用来去听布道。"[1]母亲不满意奥登"失去了信仰"，也看不惯他的生活作风（比如他会在早餐时穿着睡衣就上街买烟抽）。与此同时，奥登也感受到了成年后被迫做"寄生虫"的挫败感。门德尔松教授颇为精准地归纳了奥登在这段时期的失意状态：

> 与家人相继在伯明翰和湖区生活了一两个月之后，奥登在1929年9月回到了伦敦，但是他发现自己比以前相隔两地时更孤立无援了。他有22岁青年知识分子的骄傲，却并没有出版的著作来支撑这种骄傲。在伦敦，他除了偶尔才会有的家教工作之外便再无可做之事，靠着父母给的

---

[1] W. H. Auden's letter to John Layard in July 1929, quoted from Humphrey Carpenter, *W. H. Auden: A Biography,* Boston: Houghton Mifflin Company, 1981, p. 108.

零用钱维持生计。新结交的朋友似乎也比他在别处结交的朋友冷淡些。[①]

如果说奥登在过去所见所闻的失业是底层劳动人民失去了生存保障的话，那么经过毕业后的一年游学之旅，他自己也无可奈何地加入到了失业大军中。他给亲朋好友们写信，向他们咨询工作机会。莱亚德的朋友玛格丽特·加德纳（Margaret Gardiner）帮奥登谋得了一份家庭教师的工作，教的是一位年仅 8 岁的小男孩。之后，他还给另一位朋友家的 12 岁男孩子补习拉丁语。这些当然都不是长久之计。他的信中开始出现了类似这样的请求——"你有可能知道适合我的工作吗？""有没有可能安排我去出版公司，干什么都行？"[②]一直到 1930 年初，他才在拉知菲私立学院（Larchfield Academy）谋得了一份教职。这个曾经辉煌过的学校在奥登入职时已经显露出了疲态，只剩下约莫 40 个年龄偏低的男孩子。尽管奥登喜欢教师这份工作，但破旧的校舍和低迷的教学氛围迫使奥登不得不考虑另谋他职。从 1932 年夏开始，他相继向伦敦以外的达廷顿（Dartington）、奥特肖（Ottershaw）等地的寄宿学校投递求职信，与此同时还寄希望于给唱诗班的少年们讲授法语，或者谋求类似的教职，但所有的努力均石沉大海。心灰意冷之下，他转而寻找其他行业的就业可能性。在这一年 7 月底写给友人的信中，他不无沮丧地说："至于工作，要是经商的话，或许很适合我。你知道些什么的话，都告诉我吧。我还能说德语，这可能也管用。"[③]

经商？无论是从奥登的家庭背景、成长环境还是秉性习气来说，奥登的形象都无法与商人勾连在一起。但正是这样一份近乎卑微的诉求，让我们看到了那场经济大萧条对整个资本主义世界的深远影响。政治家丘吉尔（Winston Churchill）在回忆第二次世界大战产生的根源时，以戏剧性的手

[①] Edward Mendelson, *Early Auden*, New York: The Viking Press, 1981, p. 85.
[②] Humphrey Carpenter, *W. H. Auden: A Biography,* Boston: Houghton Mifflin Company, 1981, p. 109.
[③] W. H. Auden's letter to John Pudney in July 1932, quoted from Humphrey Carpenter, *W. H. Auden: A Biography,* Boston: Houghton Mifflin Company, 1981, p. 140.

法凸显了经济危机带来的破坏性：

> 仅在一天以前，成千成万的技师和工人已开始坐小汽车上班，使停车场也成为一个迫切问题。整个社会一直进行着极其活跃的生产活动，制造各种各样的优良产品，供亿万人享受。但在今天，这个社会却陷入工资猛降、失业增加的悲惨境地……华尔街的崩溃波及每一个家庭，不论是贫的还是富的。①

青年奥登已经在德国目睹了穷人们失业的惨状，回到英国后又亲身经历了包括他自己在内的"富人"失业的问题。他后来谈及中产阶级知识分子纷纷向"左"转时，特地提到了中产阶级的失业：

> 中产阶级的失业，虽然不像在德国那样造成恐慌，但一直存在，就像经久不散的难闻气味。竞争比以往更为激烈，屡屡失败带来的后果日益严重，虽然这些损伤都是精神上的，而不是身体上的。无可就业的青年大学毕业生们，尽管不至于挨饿，却不得不住在家里，向家人讨要自己的零用钱，还要忍受来自父母的默不作声的愤懑与焦虑。于是，不安全感从内部和外部同时向他席卷而来：在内部，动摇了他对他自己和他的世界的信心，在外部，影响了他的物质处境。②

结合奥登自己兜兜转转的求职经历和赋闲在家时与父母的紧张关系来看，这段文字显然是他有感而发所写的肺腑之言。共同的失业危机，让中产阶级年轻人与广大劳工的诉求越来越接近，而他们所受的高等教育，又让他们的诉求不仅仅停留在解决饥饿和温饱问题上，他们还想追踪造成整个社会经济生活陷入混乱和瘫痪的根本原因，想要通过实际行动去寻找和

---

① ［英］温斯顿·丘吉尔：《从战争到战争》，吴泽炎、万良炯等译，译林出版社2012年版，第31页。

② W. H. Auden, "The Group Movement and the Middle Class", in *The Complete Works of W. H. Auden: Prose*, Vol. I: 1926-1938, ed. Edward Mendelson, Princeton: Princeton UP, 1996, p. 50.

证明自己的价值。奥威尔在《在巨鲸肚子里》(Inside the Whale, 1940)回顾"奥登一代"作家们的艺术倾向性时,颇为犀利地指出了中产阶级失业对思想文化界造成的冲击:

> 失业不只是意味着失去工作。绝大多数人,即使在最坏的时候,好歹也能找到一份工作。麻烦在于,到1930年时,除了科学研究、艺术和左翼政治以外,一个有思想的人几乎找不到别的可以相信的事做。对西方文明黑暗面的揭露已经达到了顶峰,"幻灭"情绪广泛地扩散开来。①

20世纪30年代的"幻灭",与前一个十年的"幻灭"有着本质性的差别。如奥威尔所言,20年代的"幻灭"带有一种悲观主义的意味——"战争结束了,新的极权国家尚未出现,道德和宗教的禁忌全都消失了,现金则源源不断地流进腰包","每个年收入稳定在五百英镑的人,都把自己训练成了'厌世'派"。②那时候,英国知识界根本不关注欧洲发生的重大事件,他们的写作倾向于保守,纵使掺杂了政治性术语,其目的也不是"左翼"的。但是,"突然之间,在1930年至1935年间,出了大事","文学的气候变了","新的一群作家,奥登和斯彭德等人出现了",尽管"这些作家继承了其前辈人的技巧,但他们的'艺术倾向'全然不同了"——"我们突然之间摆脱了世界末日的情绪,转而进入了光着膝盖、高唱集体歌曲的童子军状态"。③鉴于奥威尔在西班牙内战期间遭受的党内排挤和随后的流亡经历④,我们可以猜测到他何以对这种文学转向"冷嘲热讽",但抛

---

① [英]乔治·奥威尔:《在巨鲸肚子里》,《政治与文学》,李存捧译,译林出版社2011年版,第124页。

② 同上书,第118页。

③ 同上书,第118页。

④ 在西班牙内战期间,奥威尔亲历了由共产国际领导的国际纵队内部的权力斗争和清洗。事后,奥威尔以敏锐的洞察力和犀利的文笔记录、审视了彼时左派内部各派系的争斗。由于历史原因,奥威尔的作品经常被视为反苏、反共的代名词,但根据2007年9月4日英国国家档案馆解密的资料,奥威尔因被怀疑为共产主义者,自1929年至1950年去世,一直被军情五处和伦敦警察厅严密监视。

开这些个人化的、情绪化的甚至是略微片面的表述外衣，奥威尔实际上一针见血地点明了奥登、斯彭德等青年知识分子在思想倾向和艺术创作上具有比前辈作家们更为"严肃"的目的。

那么，当"一个有思想的人几乎找不到别的可以相信的事做"，只好"介入了政治"的时候，为什么会是左派的立场？奥威尔明确给出了两个解释：一是"奥登一代"需要信仰，二是"奥登一代"太年轻了，他们匮乏实际的经历和经验，热情奔放地投向了共产主义革命——"知识分子曾经好像抛弃的忠诚和迷信，转眼之间，又披着薄薄的外衣回来了"，"爱国主义、宗教、帝国和军事荣耀——用一个词说，就是俄国"，"父亲、皇帝、领袖、英雄和救世主——用一个词说，就是斯大林"，于是，"上帝—斯大林"，"恶魔—希特勒"，"天堂—莫斯科"，"地狱—柏林"。[①] 在经历了党派清洗、秘密警察、处决、监禁等遭遇的奥威尔面前，"奥登一代"作家们似乎真的只是政治上的"小学生"，但这些非同寻常的经历和愤世嫉俗的言辞仅仅是将"奥登一代"的政治立场刻意简单化。事实上，奥威尔在遭受了不公正待遇之后立马以洞察者自居的言论，并不是绝对真理。他既没有把马克思主义理论与错综复杂的历史环境和党派纷争区别开来，也没有把"奥登一代"反法西斯斗争的个人出发点和抗争实践考虑在内。

当然，诚如奥威尔所言，"奥登一代"在第一次世界大战之后的信仰真空环境里，的确需要重塑信仰，但为什么不是宗教、传统资产阶级道德或者正在疯狂席卷欧洲的法西斯主义？奥威尔只是说明了"奥登一代"需要左派立场，却并没有阐明这种选择背后蕴藏的时代因素和良善意图。我们应当看到，"奥登一代"之所以选择左派立场，并不是随波逐流，也不是信手拈来，而是反法西斯斗争的必然结果。

二 "危机重重的时代"："行动"的必然性

当第一次世界大战摧毁了欧洲人对传统信仰和道德的信心之后，让我们先来看看丘吉尔对随之而来的法西斯主义盛行的描述：

[①] ［英］乔治·奥威尔：《在巨鲸肚子里》，《政治与文学》，李存捧译，译林出版社2011年版，第125页。

在战后最初的几年中，欧洲文明的基础却显得岌岌可危。希特勒下士在慕尼黑竭力煽动士兵工人疯狂地仇恨犹太人和共产党人，说他们应负德国战败之责，以此来使他自己能够为德国军官阶层效劳；而另一个冒险家本尼托·墨索里尼则为意大利提供了一套新的治理方案，声称它可以把意大利人们从共产主义中拯救出来，并趁机为自己夺取独裁权力。纳粹主义是从法西斯主义发展起来的。于是，这些本属同一血统的运动就开始活跃起来了，很快就把世界推到更为可怕的斗争之中。①

在法西斯主义兴起的最初那些年里，并不是所有人都能够洞悉这种极权主义的极端民族主义、种族主义、独裁主义、军国主义等一系列反人类、反人性的特质。意大利、德国等国家的绝大多数民众被野心勃勃的领袖轻而易举地点燃了仇恨和残忍的火花。在1930年前后的作品里，奥登一再写到那些摇唇鼓舌、煽风点火的领袖——

> 很久以前，你这个头号反派人物
> 就比北方巨鲸更要强悍有力，
> 对促狭生活的缺憾早已了然，
> ……
> 每一天，你都要和崇拜者们交谈，
> 在淤塞的海港，在废弃的工厂，
> 在令人窒息的果园，在那个
> 鸟兽绝迹的寂静山岭。
> 你饬令邪恶立即发动进攻：
> ……
> 而在粗蛮农夫的田地间，

---

① ［英］温斯顿·丘吉尔：《从战争到战争》，吴泽炎、万良炯等译，译林出版社2012年版，第13—14页。

在鼬鼠发炎的鼻窦和眼珠里，
会发动那支潜伏着的强大军队。
准备已毕，开始散布你的谣诼，
轻松而可怕地竭力引发憎厌情绪，
夸大其辞的传播，终会演变成
某种极端风险、某类大恐慌，
散乱无序的民众，如狂风乍起时的
碎纸片、破衣烂衫和瓶瓶罐罐，
顿感无尽的焦虑和恐惧。

（《关注》，"Consider"，1930；《奥登诗选：1927—1947》52）

这里的"头号反派人物"（supreme Antagonist），击败了奥登心目中的"英雄"——"矿主们"[1]，造成了而今荒原般的景象——"淤塞的港口"、"废弃的工厂"、"令人窒息的果园"。富勒先生提醒我们注意这位"头号反派人物"与撒旦的关联[2]，中古英语作品《动物寓言集》和约翰·弥尔顿（John Milton）的《失乐园》都曾将撒旦比作巨鲸，奥登不但将"头号反派人物"与"北方巨鲸"类比，而且强调他更为强悍：一方面，他对我们"促狭生活的缺憾"了如指掌，仿若一位循循善诱的"敌基督"[3]，一再走入人群，与崇拜者们交谈；另一方面，他暗地里发动了"那支潜伏着的强大军队"，散布了谣诼，引发了普遍的憎厌情绪。这样的领袖形象，在后来的诗集《雄辩家》（The Orators，1932）里进一步得到补充，相继出现的学长、头领、英雄、飞行员等人物，他们一方面受困于内在的神经质和惶惑不安，另一方面利用自身"头号反派人物"般巧舌如簧的雄辩口才在他人心里播下了仇恨的种子。当奥登在书中写下"你如何看待英格兰？我们国家没有一个

---

[1] 在没有写下诗行的孩童时期，奥登常幻想自己是一个建筑师或者矿业工程师，沉浸于"构建和经营一片神圣的私人领域，该领域最基本的要素是北方的石灰石地貌和铅矿工业"。奥登多次提及此事，比如《序跋集》和《某个世界：备忘书》。

[2] John Fuller, *W. H. Auden: A Commentary*, Princeton: Princeton UP, 1998, p. 75.

[3] "敌基督"在《约翰一书》《约翰二书》中屡次出现。按照约翰的说法，"敌基督"充满了撒旦的灵，假冒基督，却受众人膜拜。

人是正常的"①的时候,他实际上是指病态的个体组成并影响了病态的社会,而这些病态产生的根源,或许可以再一次通过《关注》找到答案。

在上述诗段中,奥登以时间短语"很久以前"迫使我们将目光从"我们的时代"追溯到过往的历史,点明这类"头号反派人物"一直深藏在文明的内部。这个猜测在紧接其后的诗节得到了印证②,奥登将批判的矛头直指资本家、教师、教士等社会核心阶层,我们借着这些诗行才能解读出随后诗行里"所有人"(all)的指涉对象,才能知晓"头号反派人物"及其崇拜者们带来的恶欲,才能明白正是我们的内在欲望造成了社会政治、经济、文化领域沉疴遍地。所有生活在"我们的时代"的人避无可避:"它已迫近","你"、"你们",全都无法退场(《关注》;《奥登诗选:1927—1947》54)。奥登在此发出的声音,不仅仅是对欧洲经济危机后风云诡谲的历史现实的一份警示,也是对欧洲文明固有缺憾的深刻洞察。

奥登的这份洞察力绝非偶然。事实上,《关注》中精神分析学术语的使用和分崩离析的社会现象的描写,恰恰是融合了弗洛伊德的"死亡本能"理论和马克思关于资本主义必然灭亡的预言。弗洛伊德在1920年前后对他的整个本能学说进行了根本性的修正,在原先的二分法基础上形成了新的二分法——爱欲本能和死亡本能③。新的本能理论强调人的破坏性欲望与性

---

① W. H. Auden, *The Orators: An English Study*, London: Faber and Faber, 1932, p. 14.

② 奥登在编辑1945年的《诗选》时,不但为这首诗加上了标题"关注",还删去了第三诗节起始的八行诗句。在删去的诗行里,奥登表现出明显的社会批判倾向。以下为删去诗行的原貌:

Financier, leaving your little room　　金融家,离开你的小房间
Where the money is made but not spent,　　在那儿滋生了金钱却没法花费,
You'll need your typist and your boy no more;　　你将不再需要打字员和仆役;
The game is up for you and for the others,　　对你来说游戏已结束;其他人亦是如此,
Who, thinking, pace in slippers on the lawns　　那些在大学内廷或教堂入口的草地上
Of College Quad or Cathedral Close,　　穿着拖鞋踱步、一边还思考着的人,
Who are born nurses, who live in shorts　　那些天生的保姆,那些穿着短裤的人,
Sleeping with people and playing fives.　　与人同眠的人,玩英式壁球的人。

③ 弗洛伊德在实践过程中不断修正自己的理论,不少前期的观点和学说被修改甚至是被推翻,出现了理论上的矛盾和不协调之处,而他的用词也经常不一致。他的本能理论如何从"自我本能和性本能"发展为"爱欲本能和死亡本能",恐怕只有专门研究弗洛伊德学说的人才会感兴趣,笔者略过此处。

无关——"我们怎么能忽略了普遍存在的非情欲的攻击性和破坏性呢？又怎么能在我们解释生命时忽略了给它以适当的位置呢？"[1]这份对人类破坏性本能或者说死亡本能的哀叹，源自第一次世界大战揭开了隐匿在脉脉温情的资产阶级生活状态之下的暗黑与恐惧。在此之前的几十年里，欧洲没有大规模的战争，社会稳定地进步，阶级矛盾并不那么尖锐，"如果不关注亚洲、非洲和南美洲大部分人民的生活，不了解他们是在怎样的贫困与屈辱下生活的，则这个世界看起来似乎是和平的，并且比以前文明得多"[2]。人类的破坏性一度被理性和善意掩盖，心理学挖掘出来的幽暗角落也一度被解读为过于严苛的社会道德压制的结果，但残酷的战争将血淋淋的现实一股脑儿地抛掷在弗洛伊德面前，使他不得不深度挖掘人以及人类文明中的破坏性、侵犯性[3]、攻击性和毁灭性。在与爱因斯坦（Albert Einstein）讨论"为什么有战争"的信中，弗洛伊德明确指出战争是不可避免的：一方面，使用"暴力"解决利益冲突是一个普遍现象，另一方面，战争是人的死亡本能的外化，试图排除人的攻击性倾向是徒劳的，人不是在破坏自己就是在破坏他人。弗洛伊德的回信呈现的是一个真实的悲剧性冲突，对共产主义者试图建立物质充足、人类平等的社会的努力抱持了一份怀疑态度，最终希望通过爱欲本能来缓解这种理论上的悲观性——"假如发动战争是毁灭本能的一种结果，那么，最明显的计划是使它的对立物爱欲与它作对"，而对于"在其他人也成为和平主义者之前，我们还要等多久呢"这样一个问题，他给出了一个并不那么悲观但也看不到尽头的答案。[4]按照弗洛伊德的说法，死亡本能和爱欲本能共同存在于每一个人、每一个群体和人类历史之中，我们很难想象在文明的发展历程中死亡本能作为基本的生物学力量会被削弱，因为假设它可以被抑制，那么爱欲本能也同样有可能被削弱，这或许才是

---

[1] ［奥］西格蒙德·弗洛伊德：《文明及其缺憾》，《文明及其缺憾》，车文博主编，九州出版社2014年版，第125页。

[2] ［美］埃里希·弗洛姆：《弗洛伊德的侵犯性与破坏性学说》，《人类的破坏性剖析》，李穆等译，世界图书出版社公司2014年版，第416页。

[3] 弗洛伊德多次把死亡本能用做破坏本能、侵犯本能的同义词，但又明确将死亡本能作为根本性的本能，而后两者是其派生出来的。

[4] ［奥］西格蒙德·弗洛伊德：《为什么有战争？》，《文明及其缺憾》，车文博主编，九州出版社2014年版，第167—170页。

弗洛伊德想要缓解两者之间的冲突但又时常力有不逮的根本原因。

　　与弗洛伊德不同的是，马克思从政治经济学理论出发，在分析资本主义社会产生的根源和发展的实质中揭示了资本主义生产关系的固有矛盾，并且预言这种矛盾必然会导致资本主义的灭亡和共产主义的胜利。第一次世界大战和1929年爆发的资本主义社会经济危机为资本主义自毁倾向提供了强有力的证明，德国和意大利正在兴起的法西斯主义进一步证实了"帝国主义是战争的根源"这一马克思主义的经典论述，而其他大国对法西斯主义采取的姑息纵容的政策再一次呼应了马克思的预言。让我们再来看看丘吉尔是如何描述美、法、英等大国面对咄咄逼人的法西斯主义所采取的绥靖政策：

　　　　在这段时期，美国仍然全神贯注地致力于急速变化的国内事务和经济问题。欧洲和遥远的日本，凝视着德国军事力量的勃兴。斯堪的纳维亚国家、"小协约国"和一些巴尔干国家越来越惶恐不安。法国因得到了关于希特勒活动和德国备战的大批资料，就更为焦虑了。我听说，法国对德国严重破坏和约的情况，有精确的记录，但我问过我的法国朋友，为什么不把这个问题向国际联盟提出，邀请——甚至召唤德国出席，要求它解释它的行动和具体说明它到底在做些什么，他们回答我说，英国政府一定不会赞成这一个惊人的步骤。这样，在一方面，麦克唐纳在鲍德温的政治权威的大力支持下，向法国劝说裁军，而英国更是以身作则，身体力行；在另一方面，德国的实力则可以飞跃增长，公然采取行动的时刻越来越迫近了。①

　　对于广大青年知识分子而言，自由放任的资本主义社会看来真的是要完蛋了，而对于奥登、斯彭德、衣修伍德等穿行于德国和英国之间的青年人而言，这种"完蛋"不仅仅是宗教、经济和生活层面的千疮百孔，更是资本主义制度本身的破灭。斯彭德后来回忆道："在20世纪20年代和30

---

　　① ［英］温斯顿·丘吉尔：《从战争到战争》，吴泽炎、万良炯等译，译林出版社2012年版，第76—77页。

年代，西方文明将要终结的观念似乎已经成为一个基本主题。"① 无论是德国历史学家奥斯瓦尔德·斯宾格勒（Oswald Spengler）的恢宏巨制《西方的没落》(*The Decline of the West*, 1918-1922) 还是艾略特划时代的长诗《荒原》，都对西方文明的荒芜和人类生存的困境洞见入微，思想文化界的集体性沉思潜移默化地影响了青年知识分子的思考路径。在此哀声四起的时代氛围之中，如果说弗洛伊德的"死亡本能"理论能够阐释人类矛盾冲突的根源但并不能提供逻辑严密的解决之道的话，马克思主义则充满信心地坚称共产主义社会将会消除这些矛盾和缺憾，实现人人幸福的生活状态。这样的未来图景才是青年知识分子可以为之梦想、为之奋斗的基本前提。因此，当资产阶级统治者们沉溺一气、资本主义社会颓废不堪之时，奥登在1930年前后发布的指令——"那些不行动的人，将因此而消失"②，带有了一种强烈的政治倾向性。

　　如塞缪尔·海因斯所言，20世纪30年代是一个"危机重重的时代"，以奥登为首的青年诗人们在此期间完成的重要作品，应当被视为"一系列试图回应危机的努力"。③ 奥登及其伙伴们充分认识到"行动"（action）的必然性，"如果对当时的文献做些研究，我们其实不难发现，对那时候的知识分子来说，不左不右的道路选择，几乎是不可能的，因为你不可能真正中立，除非你甘愿当一个异类。"④ 正在寻求文学舞台中心位置的青年知识分子们，势必会采取"行动"，而"行动"必然会与政治挂钩，必然会在各方博弈的政治漩涡中采取一定的立场——"世界正在发生的一桩桩事件将我们卷入各种局势之中，若不表明立场看起来行不通。"⑤ 奥登及其伙

---

① Stephen Spender, *World within World: The Autobiography of Stephen Spender*, New York: St. Martin's Press, 1994, p. xii.

② W. H. Auden, *The English Auden: Poems, Essays and Dramatic Writings, 1927-1939*, ed. Edward Mendelson, New York: Random House, 1977, p. 50.

③ Samuel Hynes, *The Auden Generation: Literature and Politics in England in the 1930s*, London: Faber and Faber, 1976, p. 12.

④ 刘禾：《六个字母的解法》，中信出版社2014年版，第150页。

⑤ Stephen Spender, *World within World: The Autobiography of Stephen Spender*, New York: St. Martin's Press, 1994, p. xiii.

伴们在德国亲历了底层人民的困顿处境，返回英国后又深切地体会到这种危机如病毒一般扩散到全世界资本主义国家，他们逐渐意识到只有参与到正在席卷西方世界的变革浪潮才有可能从根本上杜绝危机和衰亡的蔓延。

三　反纳粹和反绥靖："行动"的历史语境

奥登及其伙伴们的"行动"，一开始只是模糊的意愿和口号，直到1933年之后才旗帜鲜明地亮出了"左倾"立场。在此之前，无论是刘易斯对奥登的殷殷期盼——"威斯坦，孤独的飞鸟和飞行员，我的好男孩……／飞到高处，奥登，让底下的人谨慎小心"[①]，还是奥登对包括自己在内的青年知识分子的警示——"威斯坦，斯蒂芬、克里斯托弗，你们所有人／请翻阅你们的失败篇章"[②]，都仅仅是试图回应外部世界强加给他们的精神焦虑，即便他的那首"最负盛名"的政治诗篇《一位共产主义者致其他人》（"A Communist to Others"，1932），私人性的观点和诊疗性的态度仍然占据支配地位，资产阶级的腐朽与堕落以"溃疡"（ulcer）、"癌症"（cancer）等病症的形式爆发出来，而马克思的共产主义理论在诗中提供了一个代替精神分析的外部视角，对奥登而言是一种思考方式而绝非政治信奉。相较于诗歌当中模棱两可地表达对资产阶级的批判和向工人阶级的靠拢，私下里的奥登要坦荡荡很多。在这首诗刊出后不久，朋友询问他是否成了一位共产主义者，他坚定地回答说："不。我是一位资产者。我不会加入共产党。"[③] 门德尔松教授谈及奥登在这一年的思想倾向时说，奥登自认要"皈依"共产主义信仰了，但也清楚地知道自己是一个地地道道的资产者，不可能真正加入共产党，也不可能与工人阶级亲密无间，"他的政治更多的是一种态度，而非一种行动"[④]。奥登的诗人天性，如约翰·卢卡斯（John Lucas）所言，使他本能地拒绝"把时间浪费在单调短命的宣传册子或者是

[①] C. Day-Lewis, "Letter to W. H. Auden", quoted from John Haffenden, ed., *W. H. Auden: The Critical Heritage*, London: Routledge & Kegan Paul, 1983, p. 12.

[②] W. H. Auden, *The Orators: An English Study*, London: Faber and Faber, 1932, p. 85.

[③] John Fuller, *W. H. Auden: A Commentary*, Princeton: Princeton UP, 1998, p. 163.

[④] Edward Mendelson, *Early Auden*, New York: The Viking Press, 1981, p. 137.

无聊乏味的会议"①。作为一个"孤独的飞鸟和飞行员",奥登仅仅是选择借助马克思主义理论来认清"焦虑的时代"和实现"美好的生活"②。

这种似是而非的态度在1933年突然明朗了起来,历史事件再一次督促这些青年知识分子做出更为明确的选择。这一年1月,希特勒,如丘吉尔所言,"一个具有残暴天性的狂人,前所未见的侵蚀人类心灵的极其刻毒的仇恨的集中代表"③,在垄断资本集团和军界的支持下,将纳粹党发展成为德国国会中的第一大党,如愿以偿成为德国的内阁总理,摩拳擦掌地为建立法西斯独裁政府清扫一切障碍,解散国会、独揽大权、扩军备战,开始实施其称霸世界的计划。一切都朝着不可控的紊乱急速前进着,当疯狂的底层人民为了一小撮心灵紊乱的政治家甘愿去牺牲自己的性命的时候,当狂热的追随者如同宗教信徒般陷入民族主义者鼓吹的虚幻未来中的时候,奥登、斯彭德、衣修伍德等穿行于德国和英国的知识分子最先洞悉了法西斯主义的邪恶本质④。

衣修伍德在半自传体回忆录《克里斯托弗及其类》中清楚地记录了他们在1928年至1933年间亲历的纳粹崛起和社会变迁。他们的商人朋友威尔弗雷德（Wilfrid）因为具有犹太人血统而屡遭威胁,长期被监视,经常被监禁,在多年坚持不懈地抵抗纳粹主义和帮助犹太人流亡之后,最终惨死在纳粹之手。他们经常光顾的同性恋酒吧"科西角"也从繁荣走向关闭,酒吧里的男孩子们纷纷加入由纳粹、共产党或其他党派支持的社会团伙,而随着希特勒的上台,非纳粹团伙或是被"清洗"或是改换了阵营被"吸纳"。希特勒的独裁政府视民主为异见,视其他种族尤其是犹太人为异族,视同性恋为异端,那个曾经为人类思想文化史贡献了璀璨星光的国家,正不可

---

① John Lucas, "Auden's Politics: Power, Authority and the Individual", in Stan Smith, ed., *The Cambridge Companion to W.H. Auden*, Cambridge: Cambridge UP, 2004, p. 153.

② "美好的生活"出自奥登写于1935年的散文《美好的生活》。

③ ［英］温斯顿·丘吉尔：《从战争到战争》,吴泽炎、万良炯等译,译林出版社2012年版,第10页。

④ 奥登及其伙伴们之所以采取"左倾"立场,还有一个秘而不宣的原因。在同性恋仍然被西方正统大加挞伐之时,德国共产党是同性恋运动的盟友。1929年10月,德国共产党在刑法改革委员会上无条件投票支持同性恋免罪。而希特勒在1933年掌权后,德国政府立刻推动了一场反同性恋的镇压运动。

逆转地走向了极权和暴力。那位提出"弗洛伊德主义的马克思主义"的赖希，在其《法西斯主义群众心理学》(*The Mass Psychology of Fascism*, 1933)中控诉法西斯主义无论是在目标和性质上都是"反动的极端代表"，然而在那个阴云密布的时代，恰恰是这种极端代表成了"一个国际现实"，而且在一些国家"不容置疑地压倒了社会主义革命运动"。① 同样"融合"了弗洛伊德主义和马克思主义的奥登，也像他的伙伴们那样早早地看清了法西斯主义的反动本质。如果说在1933年之前，他的"行动"还语焉不详的话，那么伴随着希特勒的上台，"行动"便可以从反对自身阶级的尴尬中掉转矛头，直指更为显而易见的敌人。

纳粹的崛起让奥登的"行动"不再模棱两可地徘徊于马克思主义和自己所处的资产阶级，反法西斯主义在岌岌可危的时代语境里迅速壮大为一个正义的标杆。斯彭德说："法西斯主义催生了一个新的政治团体——反法西斯主义。法西斯分子，或者纳粹，仅仅因为他人的种族（犹太人、吉普赛人）或职业（艺术家、作家、教师）而排斥他们，将他们视为政府的敌人。这就解释了反法西斯主义者往往是法西斯主义真正的或潜在的受害者。法西斯主义禁止自由表达，即便这些言论指出了现实存在的问题，因而法西斯主义是政治化地推行了非政治化。"② 作为诗人，作为同性恋者，作为自由知识分子，奥登及其伙伴们正是法西斯主义的"潜在的受害者"。在这种情况下，他们的反法西斯主义行动，不仅是为时代发声，也是为自己杜绝后患。由此，我们便可以理解奥登何以在1933年后一再批判西方大国对法西斯主义采取的绥靖政策：

> 而温和人士，不愿去弄清楚
> 波兰在哪儿拉开了东方的弓弩，
> 　何种暴力已付诸实践，
> 也不会去问哪个可疑的法案

---

① ［奥］W. 赖希：《法西斯主义群众心理学》，张峰译，重庆出版社1990年版，第2页。

② Stephen Spender, *World within World: The Autobiography of Stephen Spender*, New York: St. Martin's Press, 1994, p. xiv.

赋予了这间英国屋宅里的自由权，

　　许可我们在太阳底下野餐。

　　　　（《夏夜》，1933；《奥登诗选：1927—1947》147）

　　选段出自奥登创作于1933年夏的《夏夜》（"A Summer Night"）第八节，隐射了法西斯势力的粉墨登场和西方列强的姑息纵容。对周边国家虎视眈眈的希特勒，尤其惦记魏玛德国在1919年根据《凡尔赛条约》割让给波兰的一块狭长领土，史称"波兰走廊"。诗中的关键词"波兰"、"东方"和"暴力"，一方面挑明了战争隐患的根源，另一方面也预言了战争风云的走向，因为几年后希特勒正是借口收回德国东部边界的这块"走廊"而进攻了波兰，挑起了第二次世界大战。随后诗行出现的"可疑的法案"、"英国屋宅"、"自由权"，指1933年2月牛津大学俱乐部的学生在一位乔德先生的鼓动下通过了一项丢人现眼的法案："本院绝不为国王和祖国而战"。奥登在讥讽这项法案的同时，也将批判的锋芒刺向了那些推行绥靖政策的政客和安于眼前苟且的"温和人士"。正如丘吉尔在得知此事后所说，英国人或许可以对此类小插曲一笑置之，"但在德国，在俄国，在意大利，在日本，人民已深深感到英国已萎靡不振了，而且这种看法支配了他们的一些谋算"[1]。对暴力的姑息纵容，迟早有一天会酿成滔天大祸。

　　在奥登看来，法西斯主义的勃兴和英法美等国采取的绥靖政策，都一步步印证了弗洛伊德的"死亡本能"理论和马克思关于资本主义必然灭亡的预言。当他在1929年的日记里一再写下"死亡冲动成为最重要的情感"、"死亡的暴政"、"人无法反抗死亡"等句子时[2]，弗洛伊德的"死亡本能"理论仅仅是他潜在的思考对象，更多地表现为个体内在情感的冲突性和悲剧性。如同第一次世界大战对弗洛伊德的精神洗礼，危机重重的时代和愈来愈令人发指的历史事件也推动了奥登从个体的经验走向人类整体的命运。他的批判意识以死亡驱力的模式源源不断地进入诗歌之中，变成了

---

[1] ［英］温斯顿·丘吉尔：《从战争到战争》，吴泽炎、万良炯等译，译林出版社2012年版，第77页。

[2] W. H. Auden, *The English Auden: Poems, Essays and Dramatic Writings, 1927-1939*, ed. Edward Mendelson, New York: Random House, 1977, p. 299.

一种久久回荡在人世间的《死亡的回声》("Death's Echo"，1936)，从"死亡渐至的阴影"(《流亡者》，"The Exiles"，1930；《奥登诗选：1927—1947》63）到"现在解决问题须用到毒气和炸弹"(《死神之舞》，1937；《奥登诗选：1927—1947》205），"死亡本能"不但表现为自虐、疾病和腐朽，更是以攻击性的暴力和毁灭性的战争为基本趋向。

正如没有人能完全摒除内在的"死亡本能"，也没有人能离开他的社会语境，纷纷扰扰的时代毫不留情地撕开了一切个人的屏障。从《关注》开始，奥登诗歌中的"所有人"都在时代的强力之下无所遁形，到了1933年之后，那些流亡、流浪、逃匿之路被诗人悉数堵死，抒情主人公们停下了脚步，"去面对／危险与痛楚"(《见证者》，"The Witnesses"，1934；《奥登诗选：1927—1947》75）。在《三十年代的新人》("A Bride in the 30's"，1934）中，这种个人命运与时代轨迹交织碰撞的必然性被进一步突显了出来："一千万个亡命之徒列队走过，／高五六英尺，或七英尺多，／希特勒和墨索里尼摆出了献媚姿势，／丘吉尔正在感谢选民们的祝贺，／罗斯福对着麦克风，凡·德尔·卢贝[①]大笑着，／而我们第一次相遇了。"(《奥登诗选：1927—1947》166）"我们"，在风雨飘摇的时代相遇，也注定会在时局动荡中饮恨离散。奥登写下这段诗的时候，脑海里可能闪过他与他的情人们的影像，也可能是衣修伍德与德国情人海因茨（Heinz）的不幸遭遇[②]。

是在沉默中被时代的猩红浪潮无情地吞没？还是奋起行动与时代一起摧枯拉朽？奥登及其伙伴们成长为坚定的反法西斯主义者，马克思主义则是他们批判法西斯主义和资产阶级统治者的最佳理论武器。"行动"的"左倾"立场呼之欲出，文明的"死亡本能"不再是悲剧性的衰亡，反而是通往"美好的生活"的前奏。在上述《夏夜》的随后诗节中，奥登以"很快，

[①] 凡·德尔·卢贝：荷兰共产党人。1933年2月27日晚，位于柏林的国会大厦发生火灾，现场发现了未燃尽的纵火燃料和一个嫌疑犯马里努斯·凡·德尔·卢贝。卢贝被捕后经受不住严刑拷打，承认国会大厦是他纵的火，为的是反对纳粹党。纳粹党借此事件大做文章，进一步巩固自身势力。

[②] 奥登见证了衣修伍德与海因茨的恋情过程，在希特勒上台后，帮助衣修伍德"拯救"他的德国情人，设法让海因茨移民英国，但因为移民局官员对同性恋的歧视而宣告失败。衣修伍德不得不带着海因茨在欧洲各国流浪，最终海因茨被揪回德国，被迫结婚生子。

很快"为引导的急切声音呼应了这一年写下的另一行诗——"我们将重建城市,而非梦想海岛"(《寓意之景》,"Paysage Moralisé",1933;《奥登诗选:1927—1947》151)。

相较于诗歌而言,散文更直接地为说教者提供了表达路径。奥登开始撰文表态:"如果我们想要拥有和谐的两性生活,融洽的人际关系,如果我们想要成为真正的人,而不是盲目运作的机器,我们就应该明白,我们的统治者不应该拥有任何个人的或者阶级的剥削之斧,我们必须马上行动起来,否则就会为时太晚。"① 这段文字出现在1933年1月的文学评论季刊《标准》(*The Criterion*)上,"行动"的迫切直抵人心,"行动"的内容直指统治者的压迫与剥削。到了这一年5月,奥登再一次公开声称:"我们正处在一个所有以前的标准都瓦解,同时集中传播思想的技术已经成熟的时代;某种革命是不可避免的,而且少数人势必自上而下地推动这种革命。""行动"已经被替换为"革命"(revolution),语调高昂,措辞犀利,俨然是《共产党宣言》(*The Communist Manifesto*,1848)的传人——

> 在阶级斗争接近决战的时期,统治阶级内部的、整个旧社会内部的瓦解过程,就达到非常强烈、非常尖锐的程度,甚至使得统治阶级中的一小部分人脱离统治阶级而归附于革命的阶级,即掌握着未来的阶级。所以,正像过去贵族中有一部分人转到资产阶级方面一样,现在资产阶级中也有一部分人,特别是已经提高到从理论上认识整个历史运动这一水平的一部分资产阶级思想家,转到无产阶级方面来了。②

显然,奥登在1933年希特勒上台后,比以往更加积极更加主动地套用马克思主义的思想和措辞,这一时期的诗歌也不再停留在揭示西方文明的衰落和资本主义的崩溃,而是在激发读者的批判意识的基础上,激励大家一起参与到"革命"。

---

① W. H. Auden, "A Review of *The Evolution of Sex*", in *The Complete Works of W. H. Auden: Prose*, Vol. I: 1926-1938, ed. Edward Mendelson, Princeton: Princeton UP, 1996, p. 31.
② [德]马克思、[德]恩格斯:《共产党宣言》,《马克思恩格斯选集》(第一卷),人民出版社1972年版,第261页。

从模糊的行动意识到具体的变革意图，奥登即便不是一个坚定的马克思主义者，也同样真诚地寄希望于马克思憧憬的未来：

> 我们希望着；等着那个日子，
> 到那时国家自会彻底消失，
> 我们期盼着，满以为那个理论
> 允诺的千年盛世定会如期发生
>
> （《新年书简》；《奥登诗选：1927—1947》345—346）

几年后，在所有的努力和呼唤都无法改变分崩离析的时局、都不能阻止法西斯主义的膨胀之后，在他惊魂未定地踏上了大西洋彼岸之后，在他享受到了友人的合家团圆和幸福安康之后[①]，他甚至都不愿意说出那个曾经用文字向他"允诺"过这种生活的人，而是试图轻描淡写地用"那个理论"（that theory）来代替。但即便如此，他仍然不得不承认"那个理论"对他们那一代青年人的深远影响：

> ……我们有幸
> 见识了一个罕见的不连续性，
> 旧沙俄突然发生变化，
> 演变成一个无产阶级国家，
> 异常的现象，由质变
> 所导致的一桩离奇事件。
> 有人在臆想，一如学生们那样，
> 它已实现了人类的潜在梦想，
> 一个更高级的物种已孕育生长
> 在地球六分之一的陆地之上[②]，

[①] 奥登到了美国之后，很快就结识了伊丽莎白·梅耶一家人，经常去她家做客，1940年初完成的《新年书简》便是题献给伊丽莎白·梅耶的作品。
[②] 苏联国土面积为2240万平方公里左右，约占世界总面积的1/6。

> 与此同时，其他人定下了心神
> 开始阅读预言了行动的理论
> 在那个德国人① 提出的问题里面
> 找到了他们的人道主义观点；
> 此人，在煤气灯下的伦敦名头不响，
> 为人类意识带来了一个思想，
> 它思考着绝无可能之事，并让
> 另一类观念顿感恐惧惊惶。
>
> （《新年书简》；《奥登诗选：1927—1947》341）

那个曾流亡伦敦的"德国人"，其理论预见了第一个无产阶级政权的诞生，而苏维埃无产阶级政权的出现又让饱受经济危机沉痛打击和法西斯主义粉墨登场的人们"定下了心神"，去思考他的理论，去践行他的预言。虽然有些学者将奥登在20世纪30年代关涉马克思主义的创作贴上了"粗浅的马克思主义"（vulgar Marxism）的标签②，认为他并没有真正阅读过马克思的作品，也没有真正领会马克思主义理论的要旨，但事实的真相却是，一个没有全面阅读过马克思作品的人未必不能够去思考和践行马克思主义允诺的"美好的生活"。看看吧，当奥登在1935年写给衣修伍德的生日献诗里期盼对方以笔"让行动变得迫切，让其本质显露"③之时，当他在散文《美好的生活》里全面比较分析了基督教、心理学和马克思主义理论后宣称"共产主义是唯一能够真正秉持完全平等的基督教立场来看待个体的价值和所有世俗权力的束缚的政治理论"④之时，当他在《每日先驱报》（Daily Herald）上撰文向工人们呼吁"你们必须首先建立一个社会主

---

① 这位德国人指卡尔·马克思。1848年8月，马克思流亡到英国伦敦，度过了一生中最困难的日子。

② John R. Boly, "Auden and Modern Theory", in Stan Smith, ed., *The Cambridge Companion to W.H. Auden,* Cambridge: Cambridge UP, 2004, p. 148.

③ W. H. Auden, *The English Auden: Poems, Essays and Dramatic Writings, 1927-1939*, ed. Edward Mendelson, New York: Random House, 1977, p. 157.

④ W. H. Auden, "The Good Life", in *The Complete Works of W. H. Auden: Prose*, Vol. I: 1926-1938, ed. Edward Mendelson, Princeton: Princeton UP, 1996, p. 122.

义国家，让每个人都安居乐业，然后培养充分的自我认知和常识，确保机器是为你们的需求所用，而不是你们的需求为机器所用"①之时，我们完全有理由相信奥登对马克思主义产生兴趣不仅仅是出于心理上的原因，还有政治上的考量，这与他事后认为自己"并不是为了否认我们的阶级，而是希望成为更好的资产阶级"的表述并不矛盾。

第二节 "奥登同志"："一位自私的老左派自由主义者"

不少批评家认为，"当奥登诗人参与政治时，他们选择政治作为实现社会正义、阻止战争和解决文化价值观破产问题的一个手段"②。文学的社会功能在危机时代被赋予了无与伦比的重要性，作家们野心勃勃地相信可以通过严肃的创作目的来改变社会日益可憎的面目。这种令人振奋的文化氛围在1933年以后愈演愈烈，伴随着法西斯主义彰显出穷凶极恶的本质和资产阶级统治者们表现出不合时宜的懦弱，反法西斯和人民战线暂时达成了统一战线，以至于奥威尔不无感慨地说，"早在1934年或1935年，如果作家不偏于'左倾'的话，会被圈内人视为怪物，一两年后，就发展出了一套'左翼'的正统观念，使某些题材的某些观念成了固定的信条，认为作家必然要么是左派、要么就写不出好东西的观念，越来越占据上风"③。奥登正是在这样一个马克思主义对青年作家产生不可抗拒的吸引力的背景之下步入了文学舞台的中心位置，并且努力调整自己的天性来适应异乎寻常的历史时刻。

当奥登成为整个20世纪30年代英国文坛的现象级人物的时候，奥登与时代似乎处于一种无缝衔接的状态。但事实的真相却是，奥登天生的兴

---

① W. H. Auden, "A Poet Tell Us How to Be Masters of the Machine", in *The Complete Works of W. H. Auden: Prose*, Vol. I: 1926-1938, ed. Edward Mendelson, Princeton: Princeton UP, 1996, p. 37.

② ［美］贝雷泰·斯特朗：《诗歌的先锋派：博尔赫斯、奥登和布列东团体》，陈祖洲译，南京大学出版社2011年版，第173页。

③ ［英］乔治·奥威尔：《在巨鲸肚子里》，《政治与文学》，李存捧译，译林出版社2011年版，第121页。

趣并不在于政治,潜伏着干戈与扰攘的时代却加速推动了他的政治思考。他就像仓促之间被人群挤进政治列车的懵懂青年,疾驰而过的一幕幕景象未及细细咀嚼,便杂糅了医学、矿业、马克思主义等术语,并且辅以象征、隐喻、反讽等艺术手段,发出的声音在众声喧哗之中竟然脱颖而出。奥登的幸运之处在于,文学界及其追随者们普遍认为他是他们那一代人中最优秀的诗人,即便是纯粹言说也许是个人的、私下的微妙感受,也能够让周围的人为之着迷。刘易斯、斯彭德等伙伴成为奥登诗歌的最早阐释者,艾略特、格里格森、莱曼(John Lehman)、罗伯茨(Michael Roberts)等编辑①以预支稿酬的形式向他约稿,作家、批评家、读者们不约而同地从他的作品里解读政治的内涵,而当他公开地选取左派立场之后,他便被自然而然地捧为"左派的御用诗人"(门德尔松教授语)。然而,奥登在20世纪30年代"横空出世"于诗坛自一开始就潜伏着种种隐患。首先,自由的个性与他人的期待形成了矛盾。他的锋芒毕露的才华为他赢得了青年诗人的领袖地位,人们在他身上寄予了厚重的希望。年轻的奥登不堪承受如此巨大的压力,加之其他种种原因,最终选择了离开英国。这无疑成为英国学术界的一个隐痛。其次,奥登的政治选择与他人的期望形成了反差,当他在20世纪30年代末期逐渐从诗歌中抽离了政治的内容时,此举令原先的读者们颇有上当受骗的感觉,关于他动摇易帜的指责直到他去世前夕都没有停息过。

那么,在奥登从象牙塔走到十字街头,积极参与历史变革和重大事件,创造了诗歌界的一个政治取向性运动之时,他在多大程度上"信仰"马克思主义?只有回答了这些基本问题,我们才能够看清并且判断奥登是否真的是"动摇易帜"了。

一 "贴上马克思主义者的标签":时代氛围和真实意图的距离

当历史的车轮行驶到1935年,英国文学的主流呈现出一片"红色",

---

① 艾略特的《标准》、格里格森的《新诗》(*New Verse*),莱曼的《新作》(*New Writing*)、罗伯茨的《新签名》(*New Signatures*)等杂志都大量刊登了奥登作品。

"人们经常会听说某某作家'入了党'"①，奥登却一直没有加入共产党，这是最直接也是最有力的证据。无论他公开表达的左派立场多么洪亮，都无法掩盖他不是一个坚定的马克思主义者的事实。

奥登对于自己的思想倾向一直很清楚。在1932年给友人的信中，他可以毫不含糊地表明自己绝不会入党。在1936年的《致拜伦勋爵的信》中，他预言自己"到死都会是一位自私的老左派自由主义者"（a selfish pink old Liberal to the last）②，也就是说，"左派"③仅仅是一个修饰语、一种倾向，而绝非他对自己的界定。多年后提及收录了这首《致拜伦勋爵的信》的旅行札记《冰岛书简》时，他说：

> 尽管是以"度假"的心情在创作，这本书的两位作者却时时刻刻感受到危险的气息正穿越地平线向他们席卷而来——世界范围内的失业，希特勒势力的日益壮大，一场世界大战越来越在所难免。事实上，第二次世界大战的前奏——西班牙内战，正是在我们待在那儿时爆发的。④

在经济大萧条和大范围失业席卷欧洲之后，奥登结合自身的就业危机向工人阶层靠拢，在批判资产阶级统治者、揭示资本主义社会病态的同时呼吁"诊疗"和"行动"，但他公开表达的左派立场并不是要推翻资产阶级，事实上他从未清晰地宣称过这一点。据贾斯廷·瑞普洛格尔观察："在20世纪30年代，只要是具备社会意识的直言不讳的年轻人，就足以让人给他贴上马克思主义者的标签，或者至少是'左派分子'，奥登满足了上

---

① ［英］乔治·奥威尔：《在巨鲸肚子里》，《政治与文学》，李存捧译，译林出版社2011年版，第121—122页。

② 奥登在20世纪60年代删改了《致拜伦勋爵的信》，尤其是将包含这行诗在内的27个诗节删除了。这行诗在初版中的面貌可以参看W. H. Auden, *The English Auden: Poems, Essays and Dramatic Writings, 1927-1939*, ed. Edward Mendelson, New York: Random House, 1977, p. 190.

③ 需要注意的是，"pink"是一个双关，既可以指"偏左派的"，也可以指"与同性恋有关的"。

④ John Fuller, *W. H. Auden: A Commentary*, Princeton: Princeton UP, 1998, p. 203.

述所有条件。"[①]而事实上，在奥登"融合"弗洛伊德主义和马克思主义的过程中，我们应该看到，"诊疗"性的话语方式仍然在他的诗文中处于主导位置，直接关涉马克思主义的诗篇少之又少。

为了说明这一点，瑞普洛格尔曾对奥登在这一阶段创作的诗歌进行了理性化的定量分析。他发现，在1933年之前，奥登没有创作有关马克思主义的诗歌，即便是《一位共产主义者致其他人》这样一首背负政治化写作盛名的诗歌，也仅仅表现出对无产阶级的同情；1933年，只有一首《莫尔文丘陵》("The Malverns")与马克思主义有关，现代社会的经济失衡和诸种病态的根源不再是现代人的精神疾病，而是现代人失去了对工业发展的掌控能力；在1934年至1936年间，奥登没有一首诗歌是真正传达马克思主义的，那些具有社会批判性内容的诗行只能证明奥登身为知识分子的良知，并不能说明他是一个马克思主义者；1937年，只有《西班牙》("Spain")可以凭借其中有关"自由—必然—选择"的论点而被判定为马克思主义诗歌；之后，奥登的诗歌再也没有马克思主义的内容了。[②]瑞普洛格尔的甄别范畴是奥登公开发表的诗歌，他的甄别标准是显而易见的马克思主义思想或论点，而不是宽泛的社会批判和政治倾向，这样的定量分析很有必要，可以让我们看到批评家们为奥登"贴上马克思主义者的标签"是否合理。我们可以不完全认同他列出的诗歌数目，但一定不可否认的是，奥登的马克思主义诗篇确实不多。这再一次证明奥登并不信仰马克思主义，他远不像批评家们认为的那样"红色"或"粉红色"。

那么，奥登如何成了"左派的御用诗人"？1935年，德国左派文化界的领袖人物布莱希特第一次写信给奥登，抬头是"奥登同志"（Comrade Auden）[③]。这不仅仅是因为布莱希特熟悉并积极使用马克思主义的话语体

[①] Justin Replogle, *Auden's Marxism*, PMLA (Dec 1965), p. 584.

[②] 事实上，贾斯廷·瑞普洛格尔对奥登在20世纪30年代公开发表的诗歌和戏剧都展开了定量分析。他认为，奥登的戏剧《死亡之舞》(*The Dance of Death*, 1933)和《皮下之狗》(*The Dog Beneath the Skin*, 1935)有少量关涉"马克思主义"的内容，其他戏剧则鲜有相关表达。他的考证非常完整和全面，有兴趣的读者不妨查阅原文，可以参看Justin Replogle, *Auden's Marxism*, PMLA (Dec 1965), pp. 584-595.

[③] Peter Edgerly Firchow, *W. H. Auden: Contexts for Poetry,* Newark: University of Delaware Press, 2002, p. 205.

系，更因为布莱希特在此前不久的伦敦之行中充分见识到奥登在英国左派文化界的名声。关于奥登缘何获得了这样的名声，斯彭德提供了一个理由。他回忆说："相比于很多与共产主义组织保持密切联系的作家来说，他对马克思主义的理解更深入，也更能游刃有余地利用这些理论写出好作品。这使得人们以为他经历了一个共产主义阶段。但事实上，《一位共产主义者致其他人》并不是他本人的声音，而是一种转换角度的尝试。"① 这说明奥登即便不信仰马克思主义，也颇有成效地将马克思主义融入诗作之中，哪怕他很少创作这类题材的诗篇，却可以仅凭寥寥几首相关题材的作品就令许多左派人士为之倾倒。

我们不妨看看《一位共产主义者致其他人》，该诗的抒情主人公自一开始就以"同志们"（comrades）发出呼唤，在谴责资产阶级的虚伪和控诉文化界的不作为的时候极尽嘲讽之能事，与其说这是奥登本人发出的声音，不如说是一位共产主义者在向包括奥登在内的所有资产阶级知识分子发表演说：

> 还有你，一个聪明的人，幽默风趣
> 我们的苦难对你而言不过是谣言
> 　　甚至略带滑稽；
> 为自己巧妙平衡的观点洋洋得意
> 你的言论让这一切看起来新奇无比
> 我们的满腹牢骚不过是因为
> 　　手头太紧了。②

这位来自工人阶层的共产主义者随后表示，"在我们列出的敌人中／也包括你"，因为"你"看到了"形形色色的自由主义知识分子"相互抱团嘘寒问暖，却并不为此感到义愤填膺。奥登在此似乎被分解成了两个部分，一部分站在"共产主义者"这一边，以演讲者的权威话语严肃地针砭

---

① Stephen Spender, *World within World: The Autobiography of Stephen Spender*, pp. 247-248.

② W. H. Auden, *The English Auden: Poems, Essays and Dramatic Writings, 1927-1939*, ed. Edward Mendelson, New York: Random House, 1977, p. 122.

时弊，另一部分则化身为资产阶级同道者，任由"共产主义者"指责他们思想和情感中的投机取巧、模棱两可之处。不断转换的人称代词和叙述视角进一步模糊了读者的视线：

> 忧伤的诗人，你唯一
> 真实的情感是孤独
> 　　在夕阳西下时；
> 惊恐万分地从这里一路逃亡
> 奔向隐匿在你个人汪洋中的海岛
> 思想如劫后余生者，在无尽的安抚中
> 　　找到了安宁：
>
> 你比你想象中更需要我们
> 而且你能够帮助到我们，若你愿意。
> ……
>
> 同志们，我们的思想回返之处，
> 兄弟们，我们的同情所向之处
> 　　当演说完毕。
> 请记住，无论就哪一个方面而言
> 在我们自身无从选择的地方，爱
> 无形之中联结和支撑了我们：
> 　　哦，永远相信它。①

演讲者的政治宣传一针见血，"真实的情感"显然反讽了"忧伤的诗人"浪漫主义式的自我沉溺，这种从公共领域溃逃至私人领域的做法虽然可以

---

① 奥登在1936年将这首诗收入《看吧，陌生人》中时，不但将第一行的"同志们"改为"兄弟们"，还删除了六个诗节。这些改动可以参看 W. H. Auden, *The English Auden: Poems, Essays and Dramatic Writings, 1927-1939*, ed. Edward Mendelson, New York: Random House, 1977, p. 422.

让人感受到片刻安宁，但也无比孤独。"你"和"我们"互相需要，这为工人阶级和资产阶级知识分子的合作提供了可能性。但是在诗歌尾声部分，演说的声调一反常态，深谙马克思主义话语方式的演讲者居然号召通过超验的"爱"来形成共同的纽带，而不是具体的行动。这样的抒情主人公，应该不再是开头那位"共产主义者"，或者说奥登在进行"转换角度的尝试"之后，终于亮出了自己真实的声音。如果考虑到奥登在 1936 年将该诗收入《看吧，陌生人》（*Look, Stranger!*）时，将标题"一位共产主义者致其他人"去掉，将开首的"同志们"修改为"兄弟们"，将马克思主义色彩最浓的六个诗节悉数删除，我们应该能够明白奥登其实是试图规避批评家们对他的误读。要是仅仅因为诗中出现了"同志们"就将之作为他致力于马克思主义实践的证据的话，那么，他只有通过后续的修改和删减才能扭转批评的向度。

奥登的传记作者卡彭特发现，《一位共产主义者致其他人》中之所以出现两种声音以及奥登对这首诗做了删改，其实是因为奥登并没有与之相匹配的共产主义信仰。这首诗的"共产主义者"形象和政治倾向，直接借鉴了好友爱德华·厄普华（Edward Upward）的观点和作品。爱德华·厄普华是一位旗帜鲜明的左派小说家，年长奥登 4 岁，经由衣修伍德与奥登结识，在 1932 年加入了共产党。据卡彭特考证，1932 年春，爱德华·厄普华向奥登展示了新创作的短篇小说《礼拜日》（"Sunday"），主要描写了他接受马克思主义的体验。小说中的马克思主义理念和话语，如曾经点亮奥登思想世界的其他学说，转眼就成为他信手拈来的创作素材。事实上，就连《一位共产主义者致其他人》里最循循善诱的那句"你比你想象中更需要我们／而且你能够帮助到我们,若你愿意"，也不过是"挪用"（borrow）了《礼拜日》中的一句话。为此，卡彭特不无戏谑地说道："这似乎是奥登的马克思主义的起点，若可以这么说的话，然而，这显然是二手的。"[①]

证据不只是《一位共产主义者致其他人》，还有稍后创作的《歌》（"Song", 1932）。如同《一位共产主义者致其他人》的"你"，这首诗

---

① Humphrey Carpenter, *W. H. Auden: A Biography*, Boston: Houghton Mifflin Company, 1981, p. 150.

的抒情主人公"我"也在自己所属的阶层和工人阶层之间徘徊：

> 我会在工厂里找个工作
> 我将与工友们住在一起
> 我将在小酒馆与他们玩飞镖
> 我将分享他们的欢乐与哀愁
> 不再生活在过时的世界里。
>
> 他们不会告诉你他们的秘密
> 尽管你为他们支付酒钱
> 他们只会以谎言回报你
> 因为他们清楚你是什么人
> 你生活在已经过时的世界里。[1]

这里描写的"我"与工友的相处模式，多半出自奥登在柏林期间的遭遇。"科西角"的失业工人为了金钱与奥登、衣修伍德等资产阶级青年知识分子厮混在一起，奥登在经历过短暂的失望后简明扼要地承认："我喜欢性，皮普喜欢钱，这是一桩好交易。"[2] 抛开这种短暂的深入工人阶级的尝试（尽管出发点更有可能是性），奥登就像他的抒情主人公那样，很快就放弃寻找解决知识分子与工人阶层之间疏离问题的初衷：

> 变坏没有什么用
> 变好也一样没用
> 你就是你，不管做什么
> 都无法脱离这个困境

---

[1] W. H. Auden, *The English Auden: Poems, Essays and Dramatic Writings, 1927-1939*, ed. Edward Mendelson, New York: Random House, 1977, p. 124.

[2] Humphrey Carpenter, *W. H. Auden: A Biography,* Boston: Houghton Mifflin Company, 1981, p. 90.

无法脱离已经过时的世界。①

这首诗中的"我",更接近奥登本人的声音。他已经融合了弗洛伊德关于资本主义社会"死亡本能"的说法和马克思主义关于资本主义社会自毁倾向的预言,对旧制度的失败持不容置疑的确定态度,但"我"显然没有寻求真正的解决之道,并且对任何的行动都表示怀疑。我们可以确信的是,奥登描写了资产阶级对工人阶级感到不安、对正在变化的世界感到不安,由不安引发了对资产阶级统治者的批判,这更像是一种警醒,一种来自阶层内部的警醒。

这种"不安"和"警醒"几乎贯穿了奥登在1932年前后的创作。比如在《两个世界》("Two Worlds",1932)中,奥登设想了"白军"(the Whites)和"红军"(the Reds)之间的斗争。据考证,诗歌中的"政治演说家"原本是"共产主义演说家","红军"则是"我们的红军"。②或许是认识到自己的真实意图,奥登在定稿时做出了修改,双方的斗争也没有以"红军"的绝对胜利告终。在这种悬而未决之中,似乎双方做出任何选择都有可能滑向不确定的深渊,唯有"爱"发挥了作用——"那时,爱让我们震颤"③。泛化的"爱",再一次越过了马克思主义话语和共产主义理念:"但是,如果我们能信任,便可自由,/尽管我们毗邻不可驾驭的大海/在他们愈发固执己见之中/我们显得形单影只。"④这里的"不可驾驭的大海"(the ungovernable sea),既可以从资产阶级统治者的角度来理解,"大海"指向了不受政府管控的被压迫阶层们,也可以从非政治化的角度来理解,"大海"指向了普遍的社会混乱和理念激烈冲突的大众。无论是哪一种理解,"我们"都仅仅是"毗邻",而不是身在其中。这里的"我们",或者说奥登头脑里的志同道合者,应该是斯彭德、衣修伍德、刘易斯、麦克尼斯等人,他们相互之间结成了小团体内

---

① W. H. Auden, *The English Auden: Poems, Essays and Dramatic Writings, 1927-1939*, ed. Edward Mendelson, New York: Random House, 1977, p. 125.

② John Fuller, *W. H. Auden: A Commentary*, Princeton: Princeton UP, 1998, p. 164.

③ W. H. Auden, *The English Auden: Poems, Essays and Dramatic Writings, 1927-1939*, ed. Edward Mendelson, New York: Random House, 1977, p. 117.

④ Ibid., p. 118.

部的信任。他们肯定不是希望通过暴力革命来打破现有的秩序,他们的"爱"与"信任"也绝不是共产主义社会的那种兄弟情谊。

二 改良主义倾向:反法西斯主义与人民战线被策略性地混为一谈

奥登运用马克思主义话语又不尽信马克思主义思想的尴尬,在希特勒大权在握和法西斯主义露出邪恶本质之后找到了缓冲的落脚点。奥登的"行动"不再悬而未决,而是有了明确的指向。英法美等大国推行的绥靖政策一步步将青年知识分子们推向了左派阵营,反法西斯主义与人民战线被策略性地混为一谈。塞缪尔·海因斯鞭辟入里地指出了历史语境的改变,以及青年知识分子伴随着这种变化而不断重构自己的选择与行动:

> 在30年代初期,绥靖主义抵制战争,认为战争是愚蠢的行为:不打仗仍然是一个公开的选项,绝大多数自由主义者选择了这个方案。到了30年代中期,军事行动真真切切地相继在阿比西尼亚和西班牙发生,战争变成了一种对法西斯主义的英勇抵抗……但这仍然是一种选择……随着30年代末期的临近,战争不再是一种被选择的行动,也不仅仅发生在国外,而是随时有可能发生在此地——英国——的灾难:将会是摧毁文明的末日之灾。[1]

1933年以后,奥登在个人生活和政治上的模棱两可逐渐消散。他塑造的抒情主人公不再是进退两难的间谍(《间谍》,"The Secret Agent",1928)、临危犯险的叛徒(《身处险境》,"Between Adventure",1929)、满身疲惫的流浪者(《流浪者》,"The Wanderer",1930)、逃亡的骗子(《好时光》,"Have a Good Time",1931)、辗转反侧等待命运签文的年轻人(《见证者》,1934),他的诗歌不再用模糊的语言、巧饰的代码和小心翼翼的寓言来装点自己并不成熟的政治想法,他开始大声表达自己的政治观点。但恰恰是在奥登从设想走向了行动,从笔端轻巧地"挪用"马克思主义到认真思考马克思

---

[1] Samuel Hynes, *The Auden Generation: Literature and Politics in England in the 1930s*, London: Faber and Faber, 1976, p. 292.

主义许诺的"美好的生活"的阶段，奥登有关马克思主义的诗篇反而几乎不见踪影了。正如贾斯廷·瑞普洛格尔的分析，这时期恐怕只有戏剧作品《皮下之狗》有一些马克思主义的内容①。奥登安排演员在《皮下之狗》的尾声部分唱到"各尽所能，按需分配"(To each his need: from each his power)②，俨然是化用了马克思在《哥达纲领批判》里对共产主义社会高级阶段的预见③。

　　奥登拒绝以自己最擅长的诗歌形式来反映共产主义理想。最有力的证据莫过于他在诗歌《夏夜》中描述的教书匠生活④。在写给友人的信中，他将这段生活与共产主义社会进行过类比——"我发现这里带有一丝欢腾的气氛。共产主义社会大概就是这样的：人们觉得不充满干劲就浑身不自在。"⑤然而，在《夏夜》中，每个平静的夜晚"与同事们相处亲密无间"的体验却以"初始之光"的形式乍然出现：

很幸运，这个时候这个空间
被选作了我的工作地点，
　这里有夏天迷人的气息，
有海水浴和光裸的臂膀，
还可驾车悠然穿越田地与农庄
　对初来乍到者很有益。

与同事们相处亲密无间
我在每个平静的夜晚

---

　　① 奥登更倾向于用散文而不是文学作品来"说教"，这一时期倒是有不少散文表达了他的政治观点。
　　② W. H. Auden & Christopher Isherwood, *Plays and Other Dramatic Writings, 1928-1938*, Princeton: Princeton UP, 1988, p. 290.
　　③ 马克思在《哥达纲领批判》里指出，只有在共产主义社会高级阶段，"社会才能在自己的旗帜上写上：各尽所能，按需分配。""各尽所能，按需分配"通行的英文翻译为"from each according to his ability, to each according to his need"。可以参看［德］马克思：《哥达纲领批判》，《马克思恩格斯选集》（第三卷），人民出版社1972年版，第12页。
　　④ 1932年前后，奥登几经波折终于在赫里福德郡（Herefordshire）的道恩斯中学（Downs School）谋得了一份教职。
　　⑤ John Fuller, *W. H. Auden: A Commentary*, Princeton: Princeton UP, 1998, p. 150.

如花朵般欣喜异常。
　　那道初始之光离开了藏身处
　　伴随着鸽子般的声声催诉
　　伴随着它的逻辑和力量

（《奥登诗选：1927—1947》145）

这里的声音低沉，节奏轻缓。随着诗文的延伸，小范围的群体内部的"爱"与"信任"，与广阔的群体外部的混乱不堪形成了鲜明的对比，诗人的语调越来越洪亮，节奏也越来越急迫，试图引导我们从一幅安静的画面走向一种激烈的场面，似乎翻天覆地的变化在所难免。这种变化或许是一场蓄势待发的战争，又或许是一场扭转乾坤的革命，但这都不是诗人能够轻易肃清的政治难题。事实上，诗人会比其他任何人都更快地逃离此类错综复杂的政治纠葛。诚如布罗茨基发现的：

沃尔科夫： 奥登的左倾观点不令您吃惊吗？

布罗茨基： 我认识他时这些观点业已荡然无存。但我明白，其时30年代西方自由主义者的意义中产生了什么。最终不可能看到存在，看到人类的生活，满意于您所看到的一切。无论如何。当您把它想象成存在的方式……

沃尔科夫： 非此即彼的抉择……

布罗茨基： 对，非此即彼的抉择——您采用它们，特别是在青年时代，仅仅因为是良心在折磨您："怎么办？"但诗人比起其他人更快地拒绝任何难题的政治结论。于是奥登很早就退出了马克思主义；我想，他严肃地对待马克思主义只有两到三年时间吧。①

奥登的社会化写作，尤其是1935年前后对政治问题的思考，主要源于知识分子的良知。正因为如此，"与同事们相处亲密无间"的共产主义

---

① ［美］约瑟夫·布罗茨基、［美］所罗门·沃尔科夫：《布罗茨基谈话录》，马海甸、刘文飞等编译，东方出版社2008年版，第127页。

生活般的美好体验，化成了他诗文中的一幕幕乌托邦愿景，"把它想象成存在的方式"，自始至终都与暴力革命无关，并且在多年后被定性为"爱邻如己"的典型案例①。《夏夜》直至尾声部分都没有凭借那道"初始之光"催生的力量复归平静：

> 警报已纷纷发出，
> 且让一切未定之数②
> 　去平息国际间的烦忧，
> 让凶手对着镜子自求宽恕，
> 愿他们坚韧的耐力，能胜出
> 　动作敏捷的雌虎一筹。③

（《奥登诗选：1927—1947》148）

"动作敏捷的雌虎"出自死于一战的英国诗人之手，再一次暗示了分崩离析的社会现实，而"他们坚韧的耐力"与其说是一种坚定的希望，不如说是一种诗意的抒情。一系列伴随行动与变化衍生出来的紧张节奏虽然在此处又稍稍放缓了，却留下了无尽的悬念。这个悬念，或许正是20世纪30年代中期留给绝大多数欧洲人的悬念。

准确地说，奥登就像他在《致拜伦勋爵的信》中对自己的预言——"到死都会是一位自私的老左派自由主义者"，这也是上文中布罗茨基回答沃尔科夫的问题时对奥登的界定。在现代政治哲学的基本概念中，大概没有比自由主义更显得"带有歧义和引起争议的了"，不同时代、不同派别的

---

① 《夏夜》中有几处明显的宗教隐喻。时隔多年后，奥登在散文《新教神秘主义者》（"The Protestant Mystics"，1964）里再一次详述了当时的场景，明确指出这是自己第一次体会到"爱邻如己"。

② 原文为"All unpredicted led them calm"，因存在同位关系，选择了简洁的译法；需注意的是，"them"在初版时是"it"，暗指了"那股力量"，改为"them"后，一般理解为上一诗节第一行出现的"快乐"（delights），也有人解释为心中有爱之人。

③ 末尾这行，奥登改写了威尔弗雷德·欧文（一战时期的英国诗人，死于大战结束前）的《奇怪的会面》中的诗句"他们将敏捷迅速如雌虎"。

人对自由主义的理解差异很大，基本态度上的褒贬也是大相径庭。①自由主义作为一种观念甚至可以追溯到古希腊罗马时期，但绝大多数研究者都认为自由主义的真正起源应该是在近代，到了启蒙运动时期才得到系统完善，在19世纪成为西方意识形态的主流。自由主义思想形成过程的复杂性和主要内涵的歧义性恐怕不是三言两语可以辨清的，诸如波普尔（Kail Popper）、哈耶克（Friedrich August von Hayek）、罗尔斯（John Rawls）等现代思想家更是为自由主义继续迎风成势注入了活力。②关于自由主义的核心精神，我们不妨看看美国思想家乔纳森·海特（Jonathan Haidt）在《正义之心》（*The Righteous Mind*，2012）中提到的一个现象："1789年，法国议会的代表们分成两派，思想保守的一派常坐在议院右边，而偏向改革的一派坐在议院左边。这就是右派表示保守主义，左派代表自由主义的起源。"③在自由主义思想系统化的早期，"左派"就已经成为自由主义的标签之一。约翰·格雷（John Gray）在《后自由主义》（*Post-Liberalism: Studies in Political Thoughts*，1993）中将自由主义的构成要素归结为"普遍主义、个人主义、平等主义及改良主义"④，这应该是大家通常接受的观点，其中"改良主义"可以算是温和版的"左派"。

奥登的自我认知——"左派自由主义者"，点出了他的自由主义思想中的改良主义倾向，这与我们前面谈到奥登运用马克思主义话语又不尽信马克思主义思想的论点基本一致，他主要把马克思主义当成一种哲学和社会运动，一种剖析西方文明、揭示时代弊病和改良资产阶级的基本方法。贾斯廷·瑞普洛格尔在定量分析了奥登的马克思主义文学作品之后，指出了奥登的这种倾向性：

---

① 顾肃：《自由主义基本理念》，中央编译出版社2003年版，第1页。
② 关于西方自由主义思想的渊源与传统，可查考的资料非常多，中国学者在这方面也有不少出彩的概述，可以参看江宜桦《自由民主的理路》，新星出版社2006年版，第6—11页。
③ ［美］乔纳森·海特：《正义之心》，舒明月、胡晓旭译，浙江人民出版社2014年版，第300页。
④ John Gray, *Post-Liberalism: Studies in Political Thoughts*, New York: Routledge, 1993, p. 284. 转引自江宜桦《自由民主的理路》，新星出版社2006年版，第4页。

奥登的马克思主义是什么？他的马克思主义有两个层面，分别源自马克思和恩格斯的两类身份。一方面，马克思和恩格斯都是德国经验主义哲学传统中举足轻重的人物，他们在19世纪40年代旗帜鲜明地反对黑格尔的唯心主义哲学。另一方面，他们都是政治经济学家、社会改革家和论辩宣传家。奥登从作为政治经济学家的马克思那里借鉴了芜杂零星的材料和学说，诸如造成封建主义衰亡的理由、有关劳资矛盾的理论、文化"上层建筑"的理念、资本主义蕴藏自毁倾向的说法等，诸如此类，不一而足……种种迹象表明，奥登意识到自己无法严肃地接受这个层面的马克思主义……让奥登真正感兴趣的马克思是作为哲学家的马克思。[①]

贾斯廷·瑞普洛格尔认为，正因为奥登无法真正认同作为社会改革家、政治经济学家的马克思，他才会在为数不多的作品里把玩马克思主义话语，这种游戏的态度甚至一度引起了好友刘易斯的指责。然而，即便是作为哲学家的马克思让奥登产生了兴趣，他在这方面的理论水平与当时的大多数左派并无差别，除了读过《共产党宣言》和一些宣传册子之外，恐怕再无深入的接触。不过，正如致力于融合弗洛伊德主义和马克思主义的埃里希·弗洛姆所揭示的，"怀疑、真理的力量和人道主义是马克思和弗洛伊德著作中的指导原则和动力"，其中尤其是"人道主义和人性的思想乃是马克思和弗洛伊德的思想赖以产生的共同土壤"。[②]熟悉弗洛伊德主义的奥登，尽管政治意识非常薄弱，但的的确确敏锐地察觉到马克思主义中的人道主义力量。

这种洞察力甚至可以追溯到1926年。尽管奥登在1926年英国大罢工时选择为工会开车有叛逆的因素存在，但不可否认的是，时为牛津大学劳工俱乐部主席的大卫·埃尔斯特（David Ayerst）对他产生了潜移默化的影

---

① Justin Replogle, *Auden's Marxism*, PMLA, 1965 (December), p. 593.
② ［美］埃里希·弗洛姆：《在幻想锁链的彼岸：我所理解的马克思和弗洛伊德》，张燕译，湖南人民出版社1986年版，第17、26页。

响。那时候的大学校园并不像今天这样宁静，美国学者刘禾在她的以牛津、剑桥大学为核心场景的实验小说里描绘了20世纪二三十年代的英国大学校园——"是一个充满激烈理念冲突的地方，思想与思想的交锋几乎把校园变成一个战场。"① 奥登自认英国的公学生活让他学会了辨认三类人——政治的、非政治的、反政治的，而他自己属于天生反政治的那一类人——"我喜欢独处，写写诗歌，选择自己结交的朋友和自己中意的性生活。"② 正是这样一个"反政治"的年轻人，却在思想激烈交锋的大学生活里选择了大卫·埃尔斯特这样一位左派人士作为自己的朋友，而不是其他亲右翼、亲法西斯的人士，这种选择本身就是一种倾向性。然而，即便选择了左派立场，奥登在学生时代没有加入劳工俱乐部，在非"左"即"右"的时代大背景下也没有加入共产党。卡彭特认为，奥登顶多是采取了"自由主义者"或者说"社会主义者"的立场，他站在了"人民"这一边，但"人民"是谁就不那么清楚了。③ 奥登的"反政治"性，促使他在接触马克思主义思想时或有意或无意地避开了政治色彩浓烈的因素，而主动汲取了契合他的自由主义教育背景和弗洛伊德主义接受史的人道主义成分。

第三节 "必要的谋杀"：基于人道主义的左派立场

早期奥登的人道主义，主要是从自身出发，关心人的幸福问题。在1929年的日记里，奥登专门探讨了"人道主义"，认为人只有弥合了善与恶的二元性才能获得幸福，但弥合的途径不是一味抵抗恶。他援引霍默·莱恩的话说服自己——"与恶作战并不明智，只会招致恶的奋起反击，没有余力创造新认知"，甚至还把"良善，你才能幸福"改成了"幸福，才能良善"。④

---

① 刘禾：《六个字母的解法》，中信出版社2014年版，第36页。

② W. H. Auden, *The Prolific and the Devourer*, in *The Complete Works of W. H. Auden: Prose*, Vol. II: 1939-1948, ed. Edward Mendelson, London: Faber and Faber, 2002, p. 416.

③ Humphrey Carpenter, *W. H. Auden: A Biography*, Boston: Houghton Mifflin Company, 1981, p. 52.

④ W. H. Auden, *The English Auden: Poems, Essays and Dramatic Writings, 1927-1939*, ed. Edward Mendelson, New York: Random House, 1977, p. 300.

对于经济尚未独立、事业还不明朗的年轻人来说,幸福首先是一种自我选择的权力,而不是按照资产阶级道德传统来安排自己的人生方向和行为方式。当然,奥登希望获得的自我选择还包括性向自由的成分。随着柏林之行打开了视野的疆域、冲破了阶级的樊篱,奥登的人道主义,不再是抽象的个人幸福问题,他开始关心更多的人,更多像他那样经历着经济危机的人。在谈到失业的中产阶级青年时,他说,他们像其他所有人一样也"渴望获得安全感":"信仰的保障,社会的保障,有朋友可以促膝而谈,感觉到自己是一个有价值的人,还有物质的保障,确保每一餐都有饭吃。"[①]

仅仅过去了五年,幸福已经不是个体颠覆权威的快感和感官上的快乐享受,而是整整一代人在经济、社会、道德诸多层面的"安全感"。然而,在奥登"严肃地对待马克思主义"的若干年后,他的人道主义内涵和随后的政治选择又有了很大的变化。

一　继续与左派人士并肩作战,但不是"不知道火会烧伤的人在玩火"

塞缪尔·海因斯将奥登及其伙伴们的转向时间追溯到 1936 年。那一年 3 月,希特勒出兵占领了莱茵兰[②],废除了 1919 年签署的《凡尔赛条约》,国际调解以失败告终;那一年 8 月,以弗朗哥为首的叛军在德、意的干涉军帮助下,向西班牙共和政府发起了猛烈的进攻,国际形势不容乐观;那一年 10 月,德国与意大利达成了协调外交政策的同盟条约,形成了"罗马—柏林"轴心。塞缪尔·海因斯写道:"政治的参与没有产生任何重要的艺术,也似乎没有产生适合读着艾略特的散文和瑞恰兹的书成长起来的那一代人的美学;那些年里,任何重要的事情都是挑衅正统和个人主义的。"[③]贝雷泰·斯特朗则认为,塞缪尔·海因斯将奥登诗人们的政治与文学的转向划定在 1936 年为时过早,他的看法是"在 1936 年历史的潮流开始转变时,

---

[①] W. H. Auden, "The Group Movement and the Middle Class", in *The Complete Works of W. H. Auden: Prose*, Vol. I: 1926-1938, ed. Edward Mendelson, Princeton: Princeton UP, 1996, p. 50.

[②] 莱茵兰,莱茵河左岸地带。

[③] Samuel Hynes, *The Auden Generation: Literature and Politics in England in the 1930s*, London: Faber and Faber, 1976, p. 206.

除了麦克尼斯外，直到西班牙内战爆发，奥登诗人们都没有从他们对左翼事业的信念中转变过来"①。

是什么造成了塞缪尔·海因斯和贝雷泰·斯特朗不同的划分标准？塞缪尔·海因斯判定，奥登诗人们在1936年以后的政治化写作产生了糟糕的诗歌，因为他们的思想远比他们的作品更快地抽离了政治性的内容，因而是一个重要的转折点。贝雷泰·斯特朗在全面考察了奥登诗人们的创作活动后抛出了这样一个问题："我们应该问，奥登诗人是否真的想实现革命性的东西？1939年，当他们的笔端轻易地写出有关改变信仰的陈述的时候，事实上他们很少改变信仰。"②按照贝雷泰·斯特朗的说法，马克思主义是青年知识分子在第一次大战之后信仰真空环境里的一种重塑信仰的选择，但他们中的绝大多数人都没有采取有效的行动去改变他们与社会的相互关系，也没有弥合他们与无产阶级的世代鸿沟，事实上他们从来都不是真正的马克思主义信徒。我们应该看到，塞缪尔·海因斯的划分过多地考虑了文学审美方面的因素，这在20世纪30年代文学与政治密不可分的大背景下显得略微偏狭。贝雷泰·斯特朗的划分更接近真实的情况，奥登的不少结合重大历史事件和个人沉思的优秀诗篇正是在1936年以后完成的。我们可以接着贝雷泰·斯特朗的问题继续发问——"既然奥登不是真的想实现革命性的东西，那么他的政治化写作又是出于何种目的？"

不可否认，奥登严肃地对待马克思主义确实发生在1933年以后的两三年时间里。然而，他之后的行为似乎仍然是"左派"的，突出地表现为1937年奔赴西班牙战场、1938年又漂洋过海去了中国战场。他的想法与大多数马克思主义信徒是类似的，"一旦战争爆发，西方文明将濒临毁灭"，但要说有什么后果比这更糟糕的话，那就是"法西斯主义世界"。③阻止法西斯势力的蔓延成为有识之士的共同目标，这种目标的一致性让推崇人道主义的奥登继续与左派人士并肩作战，甚至在西班牙内战时期并不拒绝左

---

① ［美］贝雷泰·斯特朗：《诗歌的先锋派：博尔赫斯、奥登和布列东团体》，陈祖洲译，南京大学出版社2011年版，第161页。

② 同上书，第166页。

③ Samuel Hynes, *The Auden Generation: Literature and Politics in England in the 1930s*, London: Faber and Faber, 1976, p. 292.

派人士将他当成文化明星加以宣传。但恰恰是在这场战争中的经历预示了奥登今后的转变,或者说,他重新发现了自己。

虽然奥威尔对奥登诗人们存在误解,并对以奥登为代表的资产阶级知识分子提出了严厉批评,但他的不少观点犀利地指出了问题的实质。奥威尔认为他们"除了知道自由主义以外",对英国共产党的变化无常、苏联共产党以及共产国际的大清洗、西班牙内战期间人民阵线内部的权力斗争没有直接的、具体的经验。[①]他两次以奥登轰动了诗坛的名篇《西班牙》(《奥登诗选:1927—1947》295—300)为例说明这种"无知":

明天属于年轻人,诗人们会像炸弹般冲动,
湖畔的漫步,数星期的融洽交流;
　明天会有自行车比赛
在夏日黄昏穿行于郊外。但今天只有斗争。

今天,死亡的机率有预谋地倍增,
在必要的谋杀中清醒接受了罪恶;
　今天,力量都消耗在了
无趣短命的小册子和令人生厌的会议里。

奥威尔曾在发表于1938年12月的文章《危机时刻的政治思考》("Political Reflections on the Crisis")里对上述选段的道德立场提出了质疑,又在发表于1940年的文章《在巨鲸肚子里》里再一次发起了控诉。在他看来,选段概述了一个"优秀党员"的一天:早上发生了几起政治谋杀案,然后是十分钟的间歇,强化小资产阶级的悔恨,之后匆忙吃完午饭,整个下午和晚上都忙着刷标语、散传单……但是,"必要的谋杀"这样的字眼说明诗人根本不懂得什么叫谋杀——"如果在谋杀发生的时候,你是在其他的地方,那么,

---

① [英]乔治·奥威尔:《在巨鲸肚子里》,《政治与文学》,李存捧译,译林出版社2011年版,第125页。

奥登先生的那种无道德感才有可能产生。"①奥威尔指责奥登诗人们是温室里的花朵，他们的生活模式不过是公学、大学、大游学②、国外旅行，然后再回到伦敦，他们对饥饿、艰辛、孤独、流放、监狱、迫害、苦工无法感同身受，因此他们轻易说出的"必要的谋杀"不过是"不知道火会烧伤的人在玩火"③。

应当承认，奥登诗人们的出身和经历确实限制了他们投身左派事业时的精神诉求。由于没有坚定的马克思主义信仰的支撑，他们可以在左派热潮之中纷纷加入共产党又在政治热情遇到阻碍时集体性地退党。他们看似动摇易帜的行为，恰恰是因为他们自始至终都仅仅是以人道主义者的立场支持反法西斯战争，请注意衣修伍德曾一针见血地指出了奥登对待共产主义事业的敷衍态度（halfhearted）④，而他也自认是出于私人的并不体面的原因才亲近左派⑤，斯彭德短暂地加入过共产党，刘易斯的共产党员身份也仅仅维持了三年（1935年至1938年间）。

---

① ［英］乔治·奥威尔：《在巨鲸肚子里》，《政治与文学》，李存捧译，译林出版社2011年版，第126页。

② 大游学（the Grand Tour），也译"壮游"，典故出自杜甫的《壮游》一诗。文艺复兴以来，欧洲上流社会子弟通常会在青年时期去欧陆旅行。到了19世纪，此风已经变为欧洲精英们的"成年礼"，尤其在英国颇为流行。这既是一场文化寻根之旅，也是一场摆脱了传统束缚的兴味盎然的自我认知之旅。

③ ［英］乔治·奥威尔：《在巨鲸肚子里》，《政治与文学》，李存捧译，译林出版社2011年版，第126页。

④ Christopher Isherwood, *Christopher and His Kind*, London: Vintage, 2012, p. 345.

⑤ 衣修伍德坦承，他亲近左派是因为苏联在1917年宣称个人拥有性向选择的自由，但斯大林政府在1934年宣布同性恋为犯罪，这使得很多左派知识分子感到失望（比如纪德）。衣修伍德写道："作为同性恋者，克里斯托弗曾在难堪与反抗之间徘徊。当他感觉到自己正在一个以群体事业为重的时刻表达一种有利于个人权益的自私诉求时，他变得颇为难堪。当他以政府和党派对同性恋的立场来作为考量的标准时，他变得富有反抗精神了。他对这些政府或党派的挑战是：'好吧，我们已经听到了你们在谈论自由。这是否包括我们在内，还是将我们排除在外？'"他继续表达了自己在得知苏联反对同性恋后的复杂感受："反同性恋的律法在大多数资本主义国家都存在，包括英国和苏联。的确如此，但是，既然共产主义者声称他们的制度比资本主义更加公正，那么他们对同性恋者的不公是否更让人不能原谅呢？他们的虚伪显得更加卑劣呢？他明白，他现在必须与共产主义者保持距离，即使是作为同路人也不行。他可能在某些情况下接纳他们为同盟，但他绝不可能将他们视为同志。他绝不会重新陷入迷惘，绝不会否认他们这类人的权力，绝不会为它的存在而感到抱歉，绝不会以受虐的方式在虚假的极权主义上帝、最大多数人的最大福祉（只有他们的祭司拥有决定什么是"好"的权力）的祭坛上牺牲自己。"衣修伍德的心路历程，可以参看Christopher Isherwood, *Christopher and His Kind*, London: Vintage, 2012, pp. 345-346.

斯彭德曾叙述过自己在 1936 年末至 1937 年初的短短几个星期的"共产党员"经历，非常具有代表性。他在 1936 年出版了《自由主义前言》（*Forward from Liberalism*）一书，认为自由并不是个人的无限发展，传统的自由主义观念对此存有误解，尤其在 20 世纪 30 年代这样一个经济大萧条、失业形势严峻、法西斯主义横行的时期，自由主义者应该在探索社会正义的前提下理解自由的本质。他所倡导的自由主义者，"必须支持工人，必须接受反法西斯主义的必要性"，与此同时也要"捍卫个体自我表达的自由"。[1] 斯彭德的书引起了时任英国共产党总书记的哈里·波立特（Harry Pollitt）的注意，后者虽然欣赏斯彭德的观点，也敏锐地指出像斯彭德这样的资产阶级知识分子对马克思主义的理解与接受是基于知识而非生活实践，这导致他们的内心无法真正产生对资产阶级的恨意，而"工人运动的情感驱动力恰恰是恨"[2]。尽管他们所理解的马克思主义以及他们走向马克思主义的路径并不相同，但他们都认同共产主义者应该以实际行动支援西班牙共和政府。为此，哈里·波立特诚挚邀请斯彭德加入共产党，同时保证他拥有自我表达权，可以从内部监督共产党的工作。然而，正如斯彭德自己承认的，"促使我早先成为共产党的行动，也使我疏远并脱离了共产党"[3]，他之所以支持西班牙共和政府是因为他相信共和政府更能捍卫个体的自由，但他认为苏共和共产国际在西班牙内战中的所作所为，更多的是追逐权力、打压异己，而不是追求共产主义理想。[4] 斯彭德的幻灭来得如此之快，甚至都没赶上交党费的时间。

斯彭德的自我陈述有很好的参考价值。奥登和斯彭德，当然也包括刘易斯、衣修伍德等伙伴们，他们有着相似的家庭出身、教育背景，有着类似的文学追求和生活经历，甚至在性取向上也有惊人的共同诉求。他们都

---

[1] Richard Crossman, ed., *The God That Failed*, New York: Harper & Row, 1963, p. 230.
[2] Ibid., p. 231.
[3] Ibid., p. 247.
[4] 斯彭德对当时的苏共和共产国际争夺权力的描述比较简单，奥威尔在《向加泰罗尼亚致敬》（"Homage to Catalonia"，1938）和《在巨鲸肚子里》里都有详细描述。斯彭德和奥威尔基于自己的立场表述战争经过，不一定全面和客观，我们不妨将之看成是了解西班牙内战的一个视角。

认为人类历史编织的时代之网已经极为凶险，都认为通过告诉人们相信什么或者反对什么能够让人们做出理性的判断，都相信通过反法西斯主义的宣传和活动能够在一定程度上影响历史的走向，也都希望未来的社会是进一步捍卫个体的自由而不是剥夺个体的权利。事实上，哈里·波立特早已发现他们与工人阶级出身的马克思主义者有本质区别，烙印在他们骨子里的是资产阶级的自由主义思想，推动他们支持工人、支持共和政府的力量是人道主义。斯彭德不无清醒地指出，关于西班牙内战的最好作品——安德烈·马尔罗（Andre Malraux）、海明威（Ernest Hemingway）、乔治·奥威尔等人的作品，其实都是从自由主义者的视角撰写的。[1] 其实，斯彭德的这个判断放在奥登身上也成立。

然而，奥登诗人们又不同于一般意义上的资产阶级青年自由主义者。对奥登诗人们而言，"必要的谋杀"绝不仅仅是书面上的话语。西班牙内战爆发后不久，奥登在写给友人道兹（E. R. Dodds）的信中说："我并不喜欢整天跟政治活动打交道，肯定不会参与这些事，但此时此刻，我可以作为一个公民而不是一个作家去做点事情。我现在了无牵挂，我想我应该去那里。"[2] 与此同时，他在写给"妻子"艾丽卡·曼（Erika Mann）[3]的信中说："我

---

[1] Richard Crossman, ed., *The God That Failed*, New York: Harper & Row, 1963, p. 248.

[2] Auden's letter to E. R. Dodds in December 1936, quoted from Edward Mendelson, *Early Auden*, New York: The Viking Press, 1981, p. 195. 这段引文在卡彭特的《奥登传》中也出现了，但内容却略有出入。在《奥登传》中，"I can do as a citizen and not as a writer"中的"not"变成了"now"，因而意思也大相径庭，可以参看Humphrey Carpenter, *W. H. Auden: A Biography,* Boston: Houghton Mifflin Company, 1981, p. 206. 鉴于门德尔松教授是奥登文学遗产的受托人，以及上下文的含义，笔者倾向于门德尔松教授的版本。

[3] 艾丽卡·曼是德国文豪托马斯·曼的长女，既是演员、作家，也是一位同性恋者。艾丽卡的弟弟克劳斯·曼与衣修伍德相识多年。1935年5月，克劳斯将姐姐艾丽卡介绍给衣修伍德。那时，艾丽卡被纳粹德国剥夺了公民身份，她大大方方地询问衣修伍德可否与她结婚，以便她可以获得英国护照。衣修伍德虽然倍感荣幸，但担心与艾丽卡结婚会伤及他的德国情人海因茨的情绪，于是在征得艾丽卡同意的前提下，写信询问奥登是否愿意帮忙。奥登很快就回信说"乐意之至"。1935年6月15日，他们在英国举行了简单的婚礼，成为名义上的夫妻。奥登刚到美国后，与托马斯·曼一家人时有接触，20世纪50年代以后便很少会面了。1969年8月27日，艾丽卡去世，留下了一笔钱给奥登，感谢他曾经的善意之举。1973年9月29日，奥登去世，人们在他的遗物中发现了一份小心收藏的结婚证书影印件。

要去西班牙。口头支持我们的西班牙同志并不够。我想与他们站在一起。"①道兹回信表达了疑虑，他很快又写信解释说：

> 我并不是那种认为诗歌需要甚至应该直接与政治挂钩的人，但是处在特殊的历史时期，比如我们这样的时代，我相信诗人对重大的政治事件应该有直接的认知。
>
> 在某些时期，诗人或许可以吸收并感知日常生活中的所有经验，那些卓越的大师总是能够做到。但是，对于更深层次的经验，尤其是在现今，诗人只能写下他自己体验过的东西。纸上谈兵远远不够。②

暂且不论奥登写给其他人的信③，仅从他在短短一个星期内写给道兹的两封信来看，他去西班牙前线的初衷似乎自相矛盾：前者以一个公民的身份为正义而战，后者却是从一个诗人的角度奔赴前线。也就是说，一个关心公共领域的重大事件，另一个关注私人领域的写作经验。考虑到在20世纪30年代公共领域对私人领域的不断侵蚀，我们或许可以认为这两个初衷并不矛盾，而是奥登结合诗人和公民身份的一次"行动"。更进一步说，奥登的西班牙之行证明了他绝不是停留在奥威尔指控的事不关己的层面。

衣修伍德在得知奥登要去西班牙后，一开始并不认为奥登会真的死在战场上，但想起诗人拜伦（George Byron）曾经也为自由而战，却在希腊前线一病不起最后一命呜呼了，转而严肃地对待奥登接下来的西班牙之行，在分别时刻竟然生出了"只要对方活着就好"④的念头。在战地，一个人即便不一定死于刀枪和炮火，却很有可能死于各种意外。因此，奥登绝不像奥威尔指责的那样,对"必要的谋杀"仅仅是"不知道火会烧伤的人在玩火"。

---

① Auden's letter to Erika Mann, quoted from Humphrey Carpenter, *W. H. Auden: A Biography,* Boston: Houghton Mifflin Company, 1981, p. 206. 奥登这封信的内容出现在艾丽卡和克劳斯出版于1939年的《逃离生活》（*Escape of Life*），卡彭特怀疑这封信的真实性。

② Auden's letter to E. R. Dodds on 8 December 1936, quoted from Humphrey Carpenter, *W. H. Auden: A Biography,* Boston: Houghton Mifflin Company, 1981, p. 207.

③ 奥登曾给不少亲朋好友写信，告知他们自己将要去西班牙前线了。

④ Christopher Isherwood, *Christopher and His Kind*, London: Vintage, 2012, p. 273.

1937年1月至3月，奥登在西班牙各地辗转了近两个月时间。一开始，他去了巴塞罗那，想要为共和政府开救护车，结果却被安排在电台的政治宣传部门干了一阵子，后来又想方设法去了阿拉贡前线。奥登原本计划在西班牙待上四五个月时间，却在3月2日便早早地踏上了返回伦敦的旅程。

英国文化界早在奥登动身去西班牙之前，就大肆报道他的出行计划。如衣修伍德所观察的，即便之前对他的评价并不友善的编辑们，也乐于公开报道他即将践行的"英雄之举"。对于广大年轻人来说，奥登俨然成了一位"拜伦式的英雄"[1]——"为人类造福是豪侠业绩，/ 报答常同样隆重；/ 为自由而战吧，在哪儿都可以！/ 饮弹，绞死，或受封！"[2] 左派人士充分运用奥登的国际名声作为宣传的一个手段，这恐怕正是奥登没有如愿以偿驾驶救护车反而被安排在了电台工作的原因。对于他们来说，诗人奥登远比战士奥登更有用武之地。

奥登的诗歌《西班牙》在这一年3月底写成后，费伯出版社旋即将它印成了5页的小册子，在5月20日发行了约3000册，又在7月追加发行了2000册，所得版税捐献给了英国左派人士建立的"西班牙医疗救助委员会"。或许因为奥登的"善举"，《每日工人报》高调登载了如下谎言——"奥登的进步，包括斯彭德在《维也纳》表现得不那么突出的进步，几乎完全是因为他们一直与群众斗争保持联系"，甚至推举奥登为"第一位革命的英国诗人"（the first revolutionary British Poet）。[3] 共产党员刘易斯也借机展开了说教，认为奥登"意识到我们正处于历史的关键时期"，"诗歌可以帮助人们选择自己的使命、塑造未来"。[4]

---

[1] Christopher Isherwood, *Christopher and His Kind*, London: Vintage, 2012, p. 272.

[2] ［英］乔治·拜伦：《本国既没有自由可争取》，《拜伦诗选》，杨德豫译，外语教学与研究出版社2011年版，第129页。

[3] Richard Goodman's review for "Spain", *Daily Worker* (2 June 1937), in John Haffenden, ed., *W. H. Auden: The Critical Heritage*, London: Routledge & Kegan Paul, 1983, p. 238.

[4] C. Day-Lewis' review for "Spain", *Listener* (26 May 1937), in John Haffenden, ed., *W. H. Auden: The Critical Heritage*, London: Routledge & Kegan Paul, 1983, p. 236.

二 西班牙内战与"述说的道德":"我即是你的选择,你的决定"

奥登本人对西班牙之行的态度却透露着一丝耐人寻味的古怪。他在西班牙期间很少写信给朋友,这与他以往的分享欲和表达欲形成了鲜明的对比。回到伦敦后,他仅仅创作了一首《西班牙》,尽管连奥威尔也不得不承认这是"关于西班牙内战为数不多的好作品之一"[①],但实际上这首以"西班牙"为名的诗歌充满了似是而非之处。

初版的《西班牙》由 26 个诗节组成[②],大致内容和结构如富勒先生的概括:

(1) 昨天……但今天	第 1-6 诗节
(2) 向"生命"祈求答案	第 7-12 诗节
(3) "生命"的回答	第 13-14 诗节
(4) 奔赴西班牙前线	第 15-19 诗节
(5) 明天……但今天	第 20-25 诗节
(6) 总结	第 26 诗节[③]

开篇第一句"昨天的一切已消逝",为全诗定下了基调。"昨天"(yesterday)和"消逝"(the past)是一组关于死亡的名词,"度量衡"、"贸易航线"、"算盘"、"环形石柱"、"测量投影"……一系列古代文明的文化成就随着诗行的节奏逐渐铺展,决定了全诗的走向。于是,"昨天"和"消逝"就不仅仅是死亡,还是历史中的死亡,虽死犹生。这种"昨天……但今天"的句式从第二十节开始被替换为"明天……但今天","明天,也许就是未来"中的副词"也许"(perhaps)表达了一种不确定性,未经证实

---

① [英]乔治·奥威尔:《在巨鲸肚子里》,《政治与文学》,李存捧译,译林出版社2011年版,第125页。

② 1939年底,奥登对这首诗做了些局部修改,删除了3个诗节,变成23个诗节,标题也改为《西班牙:1937》,将之收入诗集《另一时刻》中。奥登后来对这首诗非常反感,将它从各种选本中删去了。

③ John Fuller, *W. H. Auden: A Commentary*, Princeton: Princeton UP, 1998, pp. 283-284.

的"未来"很有可能会是人们"重新发现浪漫的爱情"（the rediscovery of romantic love）、诗人们"融洽交流"（perfect communion）、"所有的欢乐都会得到／自由的巧妙庇护"（all the fun under ／ Liberty's masterful shadow）。在消逝的昨天和可能的未来之间，一再响起的是"但今天只有斗争"。请注意奥登用的是"斗争"（the struggle）而不是战争，这意味着，今天发生的一切冲突、矛盾、纷争乃至战争，都是可以被选择的，而不是注定的。为了突出这种选择性，奥登直到诗歌中间部分才安排了"今天"，即被认为是20世纪30年代斗争高潮的西班牙内战。

斯彭德后来回忆这场战争时说："对于世界其他地方而言，西班牙成为上演法西斯主义和反法西斯主义殊死角逐的剧场。墨索里尼和希特勒率先进来干预，苏联也插上了手，随后是国际纵队的组建，这些都使西班牙内战变成了当时欧洲精神的角斗场中心。"[1]但是，奥登刻意避开了政治性的内容和权力斗争的阴暗面，安排世界各地的人们都听到了"生命"（the life）对他们的召唤：

"哦，不，我不是倡议者；
今天不是；我不是你想的那样。对你来说，

我是应声虫，是酒吧陪客，是容易受骗的傻子；
我是你做的每件事。我是你立志从善的
　　誓言，是你的幽默故事。
我是你生意上的代言人。我是你的婚姻。

你有何建议？建一座正义之城？我愿意。
我同意。或是立一份自杀协议，那罗曼蒂克的
　　死亡？很好，我接受，因为
我即是你的选择，你的决定。是的，我是西班牙。"

---

[1] Richard Crossman, ed., *The God That Failed*, New York: Harper & Row, 1963, p. 244.

"生命"的这番说辞，显然不同于上帝或者上帝代理人惯常表达的决定论。"生命"把选择的自由权交到每一个凡人手中，同时也让每一个人肩负起自我选择的后果——"我即是你的选择，你的决定。"这个摆在1936年欧洲人面前不得不进行的选择，就是西班牙。丘吉尔回忆希特勒从1936年3月强占莱茵兰到1938年3月兼并奥地利的两年时间里的变化时慨然指出：

> 直到1936年中期，希特勒在推行侵略政策和破坏条约时，并不是凭它的实力，而是凭借英法两国的不团结和怯懦，以及美国的孤立状态。他初次采取的每一个步骤，无不是孤注一掷，他知道他是经不起对方认真反抗的。强占莱茵兰和在莱茵兰设防是最大的赌博。结果都非常成功。他的对手太优柔寡断，不敢接受挑战。当他在1939年采取第二个步骤时，他的恐吓就不再是虚张声势的了。这时他的侵略行为是以武力为后盾的，而且很可能是优势的武力。当法英两国政府发现这种可怕的变化时，已经太迟了。[1]

但是在1936年，反法西斯主义和支持西班牙共和政府仍然只是一个"选择"和"决定"，在其中起到主导作用的是我们在进行选择行为时的良知。而良知是什么？奥登对此有过清晰的界定——"我们的良知是对我们的行为的后果的认知。良知并非我们与生俱来的——婴儿没有良知——而是经验的果实。"[2] 奥登及其伙伴们根据1928年至1933年断断续续旅居柏林的经验有了自己的判断，他们洞察到法西斯主义反人性、反人类的本质，他们深知希特勒这样"一个精神错乱的神祇"（《一九三九年九月一日》；《奥登诗选：1927—1947》302）一朝得势，必将千方百计地推行他的极权主义政策。面对英法美等大国政府的"不团结"、"怯懦"和暧昧不明的态度，他们只能把希望寄托在看起来更有所作为的共产主义运动。当我们翻看奥

---

[1] [英] 温斯顿·丘吉尔：《从战争到战争》，吴泽炎、万良炯等译，译林出版社2012年版，第197页。

[2] W. H. Auden, *The Prolific and the Devourer*, in *The Complete Works of W. H. Auden: Prose*, Vol. II: 1939-1948, ed. Edward Mendelson, London: Faber and Faber, 2002, p. 427.

登在1935年前后公开发表的文章，会惊讶地发现希特勒、纳粹、法西斯主义、马克思、马克思主义、共产主义等术语和概念经常作为对立的双方出现，而在1937年以后，民主、自由、自由主义等字眼的出现频率逐步增加，这反映了西班牙内战不仅仅是关系到全欧人的历史事件，也是奥登人生轨迹中的一个重大事件。

值得注意的是，无论是在西班牙期间还是返回伦敦后，奥登都闭口不谈他在西班牙的所见、所闻和所感。衣修伍德回忆说："威斯坦在3月4日从西班牙回来了，比原计划提前了很多。他不愿意谈论自己的经历，显然在那里过得并不愉快；他觉得自己并没有得到机会真正帮上忙。此外，还有一些负面的印象让他感到不安。"[①] 各种资料显示，西班牙内战的真实状况远比他之前想象得更为暧昧和复杂。他在西班牙看到了文明被摧毁、百姓被屠戮、国家被覆灭，但是，面对狼烟四起、满目疮痍的现状，对权力的争夺、对人性的践踏仍然在不断上演，千千万万的生命正在为人类的贪欲陪葬：

……因为那些促使我们对药品广告
和冬季游轮宣传册作出反应的恐惧
　　已然变成了入侵的军队；
而我们的脸庞、建筑的外观、连锁商店和废墟

正投射着它们的贪欲如同行刑队和炸弹。
马德里是心脏。我们的片刻温情
　　如救护车和沙袋般蓬勃发展；
我们数小时的友谊成就了一支人民军队。

这是诗歌《西班牙》的第十八、十九节。在这首诗歌中，奥登延续了他对西班牙之行的缄默态度，只字未提西班牙内部的社会矛盾、党派纷争、权力争夺和武装斗争。在直接描写西班牙的六个诗节中，我们只看到国际志愿者从遥远的半岛，从沉寂的平原，从自给自足的海岛，从城市的中心，

[①] Christopher Isherwood, *Christopher and His Kind*, London: Vintage, 2012, p. 278.

一路颠簸而来——"前来奉献自己的生命"。而等他们在漫长的跋涉之后终于踏上了西班牙，一场关于正义和非正义、社会主义和法西斯主义的战争，竟然演变成了人类与自身的"恐惧"和"贪欲"的战争。政治性的内容被大幅度地缩减，人道主义的色彩愈发浓烈，尤其是从诗歌第二十节开始关于"明天"的设想，与西班牙共和政府无关，与社会主义和法西斯主义无关，而仅仅关涉爱情、欢乐和自由。这种写法，让"西班牙"再一次表现为内在良知的一种"选择"。

1937年春，奥登在西班牙之行后接受了一位名叫南希（Nancy）的姑娘的关于西班牙内战的问卷调查，其中有一个必答的问题——"您支持还是反对西班牙的合法政府和共和党人？您支持还是反对弗朗哥和法西斯主义？"奥登尽管质疑这个问题的合理性，却依然给出了自己的答案：

> 我支持西班牙的巴伦西亚政府，一旦它被国际法西斯主义势力击败，欧洲必将面临灭顶之灾。一场欧洲范围内的大战更有可能蓄势待发。到目前为止，法西斯意识形态在各地的散播和推行还未成规模，但若是巴伦西亚政府失败了，西班牙境内的法西斯主义势必会取得全面胜利，随之而来的后果不堪设想，从事创造性活动的艺术家以及所有关心正义、自由和文化的人将会发现这里不再适合工作，甚至无法继续生活下去。[①]

奥登的回答谴责了法西斯主义，表达了反法西斯主义立场，却没有只言片语关涉西班牙共和政府的"优势"，仿佛比起法西斯主义的胜利，西班牙共和政府的存在只是一个相对不那么糟糕的选择。

事实上，奥登避谈他在西班牙的真实经历和负面感受，正是一种"良知"的选择。多年后，他才向人披露说："我从西班牙回来后不愿意提起在那里的经历，看到的、听到的很多事情都让我心绪不宁。奥威尔的《向加泰罗尼亚致敬》已经写了一些事情，要是换作我去写，肯定没办法比他

[①] Humphrey Carpenter, *W. H. Auden: A Biography,* Boston: Houghton Mifflin Company, 1981, p. 220.

第二章 "左派自由主义者"：奥登与马克思主义

写得更好。还有一些让我不安的事情，我了解到牧师的遭遇。"① 西班牙内战涉及的共产主义内部的派系斗争，曾让奥威尔对苏共和共产国际彻底幻灭，奥登对政治的兴趣远远低于奥威尔，但他的幻灭一点都不比他少。与令人心寒的政治斗争相比，目睹教堂被烧毁、被摧毁，这让他在"失去了信仰"那么多年后，头一次意识到教堂和宗教信仰在他心中潜藏的分量。他后来陈述自己的信仰之旅时说："到了巴塞罗那，我发现这座城市里的所有教堂都关闭了，甚至连一个牧师都没有。"② 他轻描淡写地用了"关闭"（were closed）这样一个比较中立色彩的情感表述方式，但根据卡彭特的调查，巴塞罗那原本矗立着58座教堂，几乎所有的教堂都被焚烧过，一些"劫后余生"的教堂损毁严重，甚至被愤怒的工人们进一步洗劫一空。③真实的情况远比奥登的表述更触目惊心。

奥登之所以避谈他在西班牙的经历，是因为他虽然对于某些共产党员的所作所为和某些共产党派系的权力斗争并不认同，但他始终相信弗朗哥以及法西斯主义是错误的，而共产党和共产主义社会是更为正确的选择。直到1963年接受《时代》（Time）杂志采访时，他才公开袒露了自己当时的微妙感受：

> 我十分震惊，也幻灭了。但我的任何幻灭都只会助长弗朗哥的势力。无论如何，我都不希望弗朗哥赢。述说，其实一直是一个道德问题。在错误的时间述说会造成严重的后果。弗朗哥已经赢了。我的述说还有什么用？要是共和政府赢了，那就有理由去大声说出他们犯了什么样的错。④

---

① Humphrey Carpenter, *W. H. Auden: A Biography,* Boston: Houghton Mifflin Company, 1981, p. 215.

② W. H. Auden's contribution to *Modern Canterbury Pilgrims*, in *The Complete Works of W. H. Auden: Prose*, Vol. III: 1949-1955, ed. Edward Mendelson, Princeton: Princeton UP, 2008, p. 578.

③ Humphrey Carpenter, *W. H. Auden: A Biography,* Boston: Houghton Mifflin Company, 1981, p. 210.

④ W. H. Auden's unpublished interview for *Time* by T. G. Foote in 1963, quoted from Humphrey Carpenter, *W. H. Auden: A Biography,* Boston: Houghton Mifflin Company, 1981, p. 215.

这番话恰恰证明了他自始至终都是以人道主义为出发点进行道德选择，他的"说"与"不说"，都是为了成为更好的人、实现更好的社会。如果说在西班牙之行前他对共和政府有什么幻想的话，那也仅仅是马克思描绘的共产主义社会给了他关于"美好的生活"的想象蓝图。其实，奥登早在1939年完成的生前未曾公开发表的散文《丰产者与饕餮者》里就探讨过"述说的道德"：

> 一位作家述说的内容以及何时何地述说这些内容，当然是一个十分艰难的问题……我自辩的正当理由恰恰是我相信社会主义是正确的，但是，我不相信它能够战胜法西斯主义并建立社会主义国家，从这个角度而言，它的革命理论和实践是错误的。[①]

奥登左派立场和反法西斯主义行动，都是为了阻止战争的发生，而不是通过社会主义革命实现社会主义国家。他的伙伴斯彭德也曾幻想，解决资本主义世界弊病的"唯一非战争方式就是建立一个国际社会，世界的资源根据这个世界的所有人的利益加以开发利用"[②]。从这一点可以看出，奥登诗人们后来或是退出政治舞台或是避走他乡，与奥威尔在西班牙内战后散播反苏反极权言论没有本质上的区别，他们原本的左派立场都掺杂了太多不符合历史语境和社会发展规律的乌托邦想象。

三 "在必要的谋杀中清醒接受了罪恶"：正义战争与内心抉择

奥登对自己的幻灭保持了一定程度的缄默，这是因为他相信马克思主义本身并没有错。在诗歌《西班牙》中，"我们数小时的友谊成就了一支人民军队"是良知推动的道德选择，而被一些人士误读的"必要的谋杀"，恰恰体现了奥登对历史的深刻认知。

奥威尔紧紧揪住"谋杀"（murder）不放，指控奥登为极权主义辩护，却闭口不谈奥登对"谋杀"的限定——"必要的"（necessary）。1963年，

---

① W. H. Auden, *The Prolific and the Devourer*, in *The Complete Works of W. H. Auden: Prose*, Vol. II: 1939-1948, ed. Edward Mendelson, London: Faber and Faber, 2002, p. 452.

② Richard Crossman, ed., *The God That Failed*, New York: Harper & Row, 1963, p. 234.

在写给门罗·斯皮尔斯的信中，奥登直指奥威尔对他的指控有失公允，并且进行了自辩：

> 我绝不是为极权主义罪行辩护，显然，我是在试图说出每一位无法采取绝对的和平主义立场的正派人士的心声。(1) 夺取他人性命必然是谋杀，没有任何其他称谓方式。(2) 在战争时期，敌我双方会想尽办法杀掉他们的对手。(3) 既然有所谓的正义战争，那么为了实现正义，谋杀可以是必要的。[①]

谋杀是以夺取他人性命为基本特征的行为，因而任何情境之下的谋杀都在客观上剥夺了他人的生命权，造成了无法挽回的损失。正是在这个意义上，奥登认定"必要的谋杀"是一种罪恶——"在必要的谋杀中清醒接受了罪恶"（the conscious acceptance of guilt in the necessary murder）。通过观察完整的诗行，我们会发现奥登为"guilt"也加了一个限定——"the conscious acceptance"，这就回到了奥登的自辩——为捍卫正义而战："从绝对意义上说，杀戮总是错误的，但并不是所有的杀戮都一样恶劣；问题在于是谁被杀戮。"[②]

奥登的战争观基本上延续了马克思对战争性质的论述。他在《丰产者与饕餮者》中设置了一组关于战争的对答，虚拟的提问者说了这么一段话：

> 你并不认为革命能够解决问题，当然，它不会。但是，如福斯特所言——"生命不会成功"。和平主义者总是以神秘性的绝对来解决问题。战争是恶的：因此历史上任何阶段的任何战争都一样恶劣，不管它们是造成了一千还是一千万的伤亡，带来了百年的落后还是文化复兴的机遇。战争是恶的：因此作为战争双方的中国和日本政府都一样恶劣，不管哪一方获胜，带来的后果都必然是恶。这些都是拙劣的

[①] W. H. Auden's letter to Monroe K. Spears in 1963, quoted from Edward Mendelson, *Early Auden*, New York: The Viking Press, 1981, p. 322.

[②] W. H. Auden, "Morality in an Age of Change", in *The Complete Works of W. H. Auden: Prose*, Vol. I: 1926-1938, ed. Edward Mendelson, Princeton: Princeton UP, 1996, p. 486.

> 废话：首先假定了一个死板的绝对，称之为"善"；然后假定了另一个，称之为"恶"；接着非常有逻辑性地断言两者是水火不容的关系。但真正的现实并不存在绝对的善和恶。马克思主义者认为，有两种战争——反动的、进步的。1914年的那场战争是第一种，中国抵御日本的战争是第二种。一切受压迫的阶级或民族抵御压迫者的战争，都是正义的战争，被压迫者获胜远比压迫者获胜更有利于人类发展。
>
> 要是你认为被压迫者不可能通过抗争改善生存处境，我觉得我们完全没有共同语言。
>
> 你知道我是厌恶暴力的，我肯定不会是一个优秀的革命者。我知道这是一个弱点，我不想为此开脱。[1]

"提问者"不相信这个世界存在绝对的"善"和"恶"，否定了和平主义者的论证前提。他的战争观，浓缩地体现了以马克思、恩格斯和列宁为代表的马克思主义者的战争论。马克思和恩格斯在创立马克思主义学说的过程中，根据无产阶级革命运动的需要，对战争的起源和消亡、战胜的性质和基本规律等问题进行了全面考察，形成了马克思主义战争观。列宁在领导俄国无产阶级革命的实践中继承和发展了马克思主义战争观，他的一系列讲话和论述为系统地认识战争问题提供了完整的科学理论，比如这两段话：

> 我们马克思主义者并不无条件地反对一切战争。我们说，我们的目的是要建立社会主义社会制度，消灭人类划分为阶级的现象，消灭人剥削人和一个民族剥削另一个民族的现象，从而使得战争根本不能发生。但是在争取社会主义社会制度的斗争中，我们必然会遇到一个民族内部的阶级斗争有可能同它引起的民族之间的战争发生冲突的情况，因此我们不能否认革命战争的可能性，即由阶级斗争所产生、由革命阶级所进行并具有直接革命意义的战争。[2]

---

[1] W. H. Auden, *The Prolific and the Devourer*, in *The Complete Works of W. H. Auden: Prose*, Vol. II: 1939-1948, ed. Edward Mendelson, London: Faber and Faber, 2002, p. 453.

[2] ［苏联］列宁：《战争与革命》，《列宁选集》（第三卷），人民出版社1972年版，第70—71页。

如果是剥削者阶级为了巩固自己的阶级统治而进行战争，这就是罪恶的战争，这种战争中的"护国主义"就是卑鄙行为，就是背叛社会主义。如果是已经战胜本国资产阶级的无产阶级为了巩固和发展社会主义而进行战争，那么这种战争就是正当的和"神圣的"。①

马克思主义者认为战争是人类社会一定历史阶段的产物，同社会生产力与生产关系的矛盾运动有着密切联系，在消灭阶级之前，战争不可避免。我们对战争的态度，要以弄清战争的性质为基本前提。战争是政治的延续，战争双方的政治目的不同，战争的性质也就不同，有正义和非正义之分：一切为摆脱阶级剥削、民族压迫和抵御外敌入侵的战争，都是正义战争，反之则是非正义战争。马克思主义者支持正义战争，反对非正义战争，而不是笼统地否定战争。

奥登设置的"提问者"看似是一个马克思主义者，但对战争的暴力似乎又有所犹豫，言辞之间有消极悲观之态。针对"提问者"的表述，奥登设置的"回答者"基本上认可了"提问者"的观点，而且对正义战争在社会发展中的必然性有更强大的信心：

我赞同你说的每一句话，我刚才表达的，也是这个意思。要是从绝对意义出发指控所有战争都是恶的，人类或许早就荡然无存了。但是你否认生命会成功，这一点我不敢苟同。我觉得这与你信奉的马克思主义是相违背的。马克思主义的核心要义，显然是古往今来历史运动的方向不会因为个人或某个阶级的干涉与阻挠而发生偏离：换言之，生命会成功。完美，也可以算是神秘性的绝对事物，它不会真正存在，但马克思主义教导我们，历史发展是一个逐渐接近完美的过程。这个发展过程不会一帆风顺：它是螺旋式前进的，尽管蜿蜒曲折，但总的方向十分明晰。

是中国还是日本获胜，这当然很重要；被压迫者当然能够通过成

---

① ［苏联］列宁：《论"左派"幼稚性和小资产阶级性》，《列宁选集》（第三卷），人民出版社1972年版，第537页。

功的抗争来改变自己的处境；然而，即便中国失败了、被压迫者的抗争遭到镇压了，历史也不会就此止步，只不过发展速度较之于中国或者被压迫者获胜来说会慢一些。不管怎么说，要是能够避免战争的话，总归是更好的。如果取胜或者战败是绝对不可避免的，如果除了暴力以外不可能存在其他行之有效的抵抗行动：也就是说，如果非暴力行动无法产生历史效果，那么拒绝战斗的做法站不住脚。

你说自己对暴力的厌恶是不可原谅的弱点？为什么？因为你觉得这种厌恶不过是矫揉造作的表现，仅仅因为不喜欢做某个势在必行的事情就否定了它？要是你真这么觉得的话，我想你是在欺骗自己……当你说厌恶暴力的时候，实际上你是想说没有人会认为暴力可以给他们带来什么益处，你怀疑暴力并非像你的领袖们说的那样有效。

你的疑虑也许是错误的，但无论如何都需要解决：想要通过称呼它们为不可原谅的弱点来打发它们并不是诚实的解决方法。[1]

虚拟的"提问者"就像是写《西班牙》时期的奥登。他认为西方的自由主义民主（Liberal Democracy）正在走向衰亡，他们口口声声倡导自由，却忽视了正义，导致社会不平等、阶级矛盾、良知泯灭、社会凝聚力涣散等诸多问题在第一次世界大战之后集中爆发了出来。他相信终结自由主义民主的替代物有两类：一类是作为"现今世界各国的头号问题"的法西斯主义，其极权主义本质要求个体的绝对忠诚和服从，智慧和创造力就此被严重边缘化；另一类是社会民主主义（Social Democracy），较之于无所作为的自由主义民主，社会民主主义不再相信人类天性是注定的，而是通过教育的手段让人们知善恶、辨是非，最终实现社会正义。[2] 自由主义民主显然已经病入膏肓了，法西斯主义应该被坚决地抵制，而他对暴力的厌恶又让他不可能成为真正的马克思主义信徒，在社会发展趋势和个体情感导

---

[1] W. H. Auden, *The Prolific and the Devourer*, in *The Complete Works of W. H. Auden: Prose*, Vol. II: 1939-1948, ed. Edward Mendelson, London: Faber and Faber, 2002, pp. 453-454.

[2] W. H. Auden, "Democracy's Reply to the Challenge of Dictators", in *The Complete Works of W. H. Auden: Prose*, Vol. I: 1926-1938, ed. Edward Mendelson, Princeton: Princeton UP, 1996, pp. 463-465.

向的双重驱动之下，奥登选择了"社会民主主义"作为济世良方。因此，"必要的谋杀"的背后伴随着深层的罪感意识，无力解决的缺憾并不能够通过自欺欺人的方式加以掩饰。

与此同时，虚拟的"回答者"更像是一位鞭策奥登内在良知的理性导师，一针见血地指出了"提问者"的疑虑源自并不真诚的信仰：

> 我认为，你的态度，你所谓的私人生活和政治之间的分离，首先是因为你对历史朝着社会主义方向前进没有信心，一种你作为马克思主义者不应该缺乏的信仰，其次是因为你高估了政治行动的历史作用、低估了私人生活的历史作用，而事实上，私人生活才是历史迄今为止最恢宏的篇章，这一点马克思主义的唯物主义理论已经证实了……我并不是要求你不作为，只是希望你能够全身心投入到你完全信仰的行动当中……[1]

奥登越来越相信，"诚实的解决方法"要么是真正相信"领袖们"、相信他所践行的信仰，要么是转身离开。事实上，早在动身前往美国以前，奥登就已经从马克思主义当中撤退。甚至在诗歌《西班牙》中，在被奥威尔讥讽为概述了一个"优秀党员"的一天的诗节里，奥登就已经流露出了对政治生活的厌倦——"今天，力量都消耗在了／无趣短命的小册子和令人生厌的会议里。"如果说反法西斯主义的活动让他暂时与马克思主义者并肩作战，从而搁置了内心对行动和信仰的不一致性的拷问，西班牙之行则激活了他一直试图避而不见的"疑虑"。

正是在此之后，奥登不再像 1935 年那样鼓吹建立社会主义国家（即便在那时，他也不是真的想要通过暴力革命的手段来实现这一切）。他发出的公共声音，听起来更加理性，也更加趋向一种人道主义者的改良意图。在 1938 年的散文《变动时代的道德》（"Morality in an Age of Change"）中，他这样说道："没有任何一个社会是绝对健全的，但某些社会比其他社会

---

[1] W. H. Auden, *The Prolific and the Devourer*, in *The Complete Works of W. H. Auden: Prose*, Vol. II: 1939-1948, ed. Edward Mendelson, London: Faber and Faber, 2002, p. 457.

更健全"，"就社会观念而言，我认为社会主义者是正确的，而法西斯主义者是错误的"。① 奥登的这篇文章仅仅谈到了社会主义者的理想，而不是社会主义实践。同样是在这一年撰写的《牛津轻体诗选》(*The Oxford Book of Light Verse*，1938）导言中，他给出了自己对未来社会的设想：

> 将来的社会形式不会自动发展成熟，如果它们不是有意识建立起来的，它们就会衰亡。在过去，只有少数富有者才会有意识并有能力做出理性的选择，将来，只有让每个公民都做到这一点的社会才有望长久存在下去。②

奥登设想的社会形式，是他稍后在《对独裁者挑战的民主回应》("Democracy's Reply to the Challenge of Dictators"，1939）中明确提出的社会民主主义。社会民主主义的概念起源于19世纪40年代法国的社会主义民主党，"人们曾用它来表明资产阶级民主派在民主的旗帜下把政治改革和社会改革结合起来所取得的成就"③，他们提出的改革措施不是为了走向共产主义，而是用以消除贫困和社会弊病。恩格斯在1888年英文版的《共产党宣言》里专门为法国的社会主义民主党添加了注释——"这个名称在它的发明者那里是指民主党或共和党中或多或少带有社会主义色彩的一部分人"④，简洁明了地为社会主义民主党定了性。到了19世纪六七十年代，欧洲一些相继成立的马克思主义工人政党定名为社会民主党，其成员自称为社会民主主义者，马克思和恩格斯认为把这个名称用在共产主义者身上不够确切，但由于当时更重要的是看到共产党的发展，所以并没有明确反对这个名称。然而，到了19世纪90年代末，社会民主党的一些政策引发

---

① W. H. Auden, "Morality in an Age of Change", in *The Complete Works of W. H. Auden: Prose*, Vol. I: 1926-1938, ed. Edward Mendelson, Princeton: Princeton UP, 1996, pp. 481, 486.
② ［英］W. H. 奥登：《牛津轻体诗选·导言》，收入［美］哈罗德·布鲁姆等《读诗的艺术》，王敖译，南京大学出版社2010年版，第133页。
③ 蓝瑛主编：《社会主义政治学说史》（上），上海人民出版社2014年版，第545页。本章关于社会民主主义的起源和发展的概述，主要参考了这套书。
④ ［德］马克思、［德］恩格斯：《共产党宣言》，《马克思恩格斯选集》（第一卷），人民出版社1972年版，第284页。

了马克思主义政党内的改良主义倾向，否认通过暴力革命推翻资产阶级政权，主张用民主主义的方法实现社会主义。在这种情况下，以列宁为首的革命左派毅然抛弃了社会民主党的"衬衣"："我们不得不更改党的名称的主要原因，是希望尽可能明确地同流行的第二国际的社会主义划清界限。"[1]马克思主义政党内的右翼则决定保留这一名称，以此强调政策的延续性。于是，社会民主主义从根本上改变了含义，成了社会主义运动中改良主义和机会主义的代名词。第一次世界大战爆发后，以科学社会主义理论为指导思想的第三国际（共产国际），与以修正派理论为指导思想的第二国际[2]形成了尖锐的对立。奥威尔在西班牙内战中的经历促使他选择了第二国际的立场——"1936年以后，我所写的每一行严肃的文字，都是直接或者间接地为反对极权制度、为实现我心目中的民主社会主义而作。"[3]与奥威尔相似的是，奥登的政治立场也在西班牙内战之后变得更为清晰；而不同的是，奥登对政治的兴趣要小很多，他不可能走奥威尔的民主社会主义[4]的道路，他只会选择看起来更温和也更容易实现的社会民主主义。

但事实上，即便奥登在文章中倡议了社会民主主义，他对社会民主主义的理论和党派活动的认知，不会超过他对传统民主的理解范畴。他在西班牙内战之后的两三年时间里，谈论更多的是民主，而不是社会民主主义。比如，他在《牛津轻体诗选》导言中描绘未来社会生活场景时，用的术语是"民主"——若说未来的民主有什么令人可期的地方的话，那便是全体

---

[1] ［苏联］列宁：《关于星期六义务劳动》，《列宁选集》（第四卷），人民出版社1972年版，第140—141页。

[2] 第二国际，即社会主义国际，1889年7月14日在巴黎召开了第一次大会，在其成立初期基本上保持了革命的立场。1895年恩格斯逝世后，机会主义大肆泛滥，进而发展为从理论上系统修改马克思主义革命原理的修正主义派，导致第二国际蜕化变质，趋于瓦解。第二国际并未正式宣布解散，但列宁在1914年8月4日宣布"第二国际已死，第三国际万岁"。1919年，恢复活动的第二国际已经完全蜕变为主张改良主义并与革命的第三国际相对抗的组织。

[3] ［英］乔治·奥威尔：《我为什么写作》，《政治与文学》，李存捧译，译林出版社2011年版，第415页。

[4] 民主社会主义（Democratic Socialism）是一种主张在民主体制里进行社会主义运动的政治意识形态。在政治立场上，自称为民主社会主义者的人士或团体一般都要比社会民主主义者更为"左倾"。

公民都能够"通过意志和智力"积极培养美德，从而有意识地"做出理性的选择"。① 这种将改善社会生活的希望寄托在每一位公民的觉醒的想法，在《思想和行动的人》("Men of Thought and Action"，1938)、《钢铁厂和大学》("Ironworks and University"，1938)、《变动时代的道德》等文章里一再出现——"民主要求我们每一个人都变得理性并积极参与其中。"② 哪怕是在《对独裁者挑战的民主回应》里提出了社会民主主义，他的理解也更像是简单地将马克思主义的社会理论与自由主义的民主体制相结合，绕开了马克思主义者倡议的阶级斗争理论和通过暴力革命消灭阶级压迫的做法，寄希望于全民教育和人类良知，因而全文几乎有一半的篇幅都在谈论教育而非政治。

或者说，由于对政治缺乏必要的兴趣，奥登事实上一直都是从最广泛的含义来理解政治。对他而言，"政治"一词不仅是围绕国家权力而展开的活动，更是对世界和社会发展走向的朴实想法。西班牙之行的经历，让他本能地厌恶政治活动，但没有让他停止对世界的发展走向和社会的奋斗方向展开设想。他知道反法西斯主义一定是正确的，所以即便西班牙之行让他留下了负面印象，他也愿意为了反法西斯主义战争再一次奔赴西班牙前线③，后来又辗转去了中国抗日前线。但是，当这些活动与各种各样的会议、宣传和演说联系在一起的时候，奥登的政治热情也终于走到了尽头。1938年秋，在一场关于中国反法西斯主义斗争的演讲之后，奥登写信对友人说"厌倦了日复一日奔波各地一遍又一遍地说着中国"，他觉得自己多

---

① ［英］W. H. 奥登：《牛津轻体诗选·导言》，收入［美］哈罗德·布鲁姆等《读诗的艺术》，王敖译，南京大学出版社2010年版，第133页。奥登在描写未来社会时写到"A democracy in which each citizen..."，王敖先生仅译为"社会"，在一定程度上减弱了这部分的政治含量。原文可以参看 W. H. Auden, "Introduction to *The Oxford Book of Light Verse*", in *The Complete Works of W. H. Auden: Prose*, Vol. I: 1926-1938, ed. Edward Mendelson, Princeton: Princeton UP, 1996, p. 436.

② W. H. Auden, "Ironworks and University", in *The Complete Works of W. H. Auden: Prose*, Vol. I: 1926-1938, ed. Edward Mendelson, Princeton: Princeton UP, 1996, p. 463.

③ 1937年夏，他与斯彭德等英国作家决定去瓦伦西亚和马德里参加7月将举办的国际作家大会（International Writers' Congress），会议的主要议题是知识分子在西班牙内战中的立场。后来由于签证问题，英国作家代表团的很多人（包括奥登）都没能前去参加会议。

年来参与政治活动的行为简直就是骗子（sham）的行径。①

那么，奥登是骗子吗？或许正如他在《丰产者与饕餮者》中借虚拟的"回答者"之口所说的，他应该是感受到了公共领域对私人领域的一次次侵害，他察觉到了自己并没有与公共名声相匹配的政治信仰。

---

① W. H. Auden's letter to A. E. Dodds in Autumn 1936, quoted from Humphrey Carpenter, *W. H. Auden: A Biography,* Boston: Houghton Mifflin Company, 1981, p. 245.

第三章 "我开始思考上帝"：奥登与基督教信仰

> 我不是基督徒，而且不幸的是，我也能证明，其他人也都不是基督徒——实际上，他们比我更不是基督徒。这是因为他们把自己想象成基督徒，或者采取欺骗的手段成为基督徒……在我之前唯一的类比就是苏格拉底。我的任务就是苏格拉底式的任务，去修正成为基督徒的定义。
>
> ——克尔凯郭尔《瞬间》

真正的同道兄弟，
不会整齐划一地高歌，
而是会唱出和声。

——奥登《短句集束》

移居美国是奥登倾听内在声音后的第一个重要选择，而翌年皈依基督教是奥登又一个经过深思熟虑后的理性选择。诚如门德尔松教授所言，在奥登的艺术生活与思想谱系中，基督教神学占据了中心位置。[①] 即便精神分析学和马克思主义曾一度是青年奥登思考的重点，但他并没有因此摒弃宗教性视角看待人世与生活。在1935年写成的《美好的生活》中，他试

---

① Edward Mendelson, "Auden and God", *The New York Review of Books*, 2007 (19), see https://www.nybooks.com/articles/2007/12/06/auden-and-god.

图回答这样一个问题——"如果我们的需求相互矛盾,我们该作何选择?也就是说,我们的需求和行动应该是什么,我们的需求和行动不应该是什么",这个问题引发了不同的解决之道:

(a) 骤变的,惨烈的。

(b) 缓慢进行的演变。

(x) 自发的——仰赖于绝大多数个体的意愿,换言之,这种完善也有可能被否决。

(y) 决定的——个体依然可以接受它,也可以否决它。如果选择了否决,他便站在了注定失败的一方。

基督教对(a)和(b)没有表态,但可以肯定的是,秉持(y)而不是(x)。

社会民主主义秉持(b),对(x)和(y)没有表态。

心理学,总体上而言,秉持(b)和(x)。

共产主义秉持(a)和(y)。[1]

面对现代社会的诸多危机,奥登试图将精神分析学、马克思主义、社会民主主义和基督教放在一起讨论。(a)和(b)描述的是解决的进程问题,(x)和(y)描述的是解决的力量来源,每一种致力于帮助人们认识自我和世界的关系、指引人们做出特定选择的主张、学说或理论,都不可避免地涉及其中一二。奥登的可贵之处在于,他虽然成长于基督教背景深厚的家庭,却可以博采众长,而不是轻信一家之言。在20世纪30年代,动荡的局势尤其是法西斯主义的日益猖獗,促使青年奥登倾向于做出(a)而不是(b)的选择,他的家庭出身和教育背景又使得他对(a)引发的暴力性后果产生了深层的怀疑,当他在20世纪30年代末逐渐滑向了(b)的时候,他应该会为自己曾经表达的如下观点感到羞愧——"美好的生活在此地、

---

[1] W. H. Auden, "The Good Life", in *The Complete Works of W. H. Auden: Prose*, Vol. I: 1926-1938, ed. Edward Mendelson, Princeton: Princeton UP, 1996, pp. 109-110.

此刻是可能实现的。进入这一王国的召唤具有即时性，而不是某些死后才会生效的附加信息。"①30 年代发生的一系列历史事件和一桩桩失败的"行动"让他最终明白，"美好的生活"不可能是近在眼前的图景。在通往"美好的生活"的漫长且渺远的路程中，在个体的可能性生活和历史的必然性未来②之间，奥登试图通过重拾基督教信仰来搭建一种可以在今生今世实现的道德生活，寻求一种"在世"的综合。

第一节 "哦，告诉我爱的真谛"：信仰皈依之旅

奥登在 1940 年皈依基督教的选择让很多人困惑不解。诗人兼诗评家兰德尔·贾雷尔一度是奥登诗歌的狂热追随者，自认"熟知奥登诗作"③，对青年奥登的诗坛影响力给予过充分的肯定，但对奥登皈依基督教后的思想与创作完全无法理解，甚至认为他的转变毫无逻辑可言④。面对兰德尔·贾雷尔一再发文批判他的"倒退"，奥登曾在 50 年代中期以戏谑的口吻对斯彭德说："我猜贾雷尔是爱上我了。"⑤或许是天性使然，也或许是半生的漂泊与追寻让奥登养成了向内审视自我而不是向外寻求理解的生活态度，这使得他更为诚实也更为真挚地思考自己存在的意义。

在不少人眼中，弗洛伊德主义和马克思主义都是基督教的"异端"。作为西方人文社科学者，马克思和弗洛伊德在构建各自的理论体系时都不可避免地论及宗教。马克思从政治角度批判"宗教是人民的鸦片"，认为宗教的本质是"精神慰藉"，具有欺骗性，而且与反动的社会政治力量结

---

① W. H. Auden, "The Good Life", in *The Complete Works of W. H. Auden: Prose*, Vol. I: 1926-1938, ed. Edward Mendelson, Princeton: Princeton UP, 1996, p. 113.

② 这里涉及奥登的线性历史观，无论是马克思主义还是基督教历史观，都指向了一个明确的未来图景，所以奥登认为两者都相信（y）。

③ Stephen Burt, ed., *Randall Jarrell on W. H. Auden*, New York: Columbia UP, 2005, p. 3.

④ Randall Jarrell, "Freud to Paul: Stages of Auden's Ideology", *Partisan Review* (Fall 1945), pp. 437-457.

⑤ Humphrey Carpenter, *W. H. Auden: A Biography,* Boston: Houghton Mifflin Company, 1981, p. 378.

合在一起时，会成为欺骗人民大众的工具和手段。①他呼吁大家"从宗教的妖术中"解放出来。②弗洛伊德则把宗教当成了精神分析的对象，从分析宗教观念的心理起源入手，认为宗教观念"并不是经验的沉淀物、也不是思维的最后结果：这是一些幻觉，是人类的一些最古老、最强烈和最迫切愿望的满足"③。按照弗洛伊德的说法，"整个人类在各个时代的发展过程中曾陷入类似于神经症的状态"，宗教就是人类幼年时代的强迫性神经症，"宗教的安慰作用非常酷似麻醉剂的作用"，而科学是比宗教更为可靠的替代性满足方式。④马克思和弗洛伊德对宗教的否定性认知，可谓殊途同归。

那么，一个知识分子何以在短短十年间就从弗洛伊德和马克思的"信徒"，转向了他们批判并且反对的基督教？奥登在1955年为即将出版的《现代坎特伯雷朝圣者》(*Modern Canterbury Pilgrims*, 1956)撰写了一篇文章，开门见山地说道："基督教教义中有关人格化上帝的说法，意味着每一个人与上帝的关系都是独特的、历史的，因此任何人谈及信仰都必然会从自传开始。"⑤根据奥登在文中倾情自述的"信仰之旅"，再结合相关文献资料，笔者归纳出奥登皈依基督教大致有六个层面的原因，前两个原因根源于家庭背景和传统教育，后四个原因则与他在20世纪30年代后期的经历密切相关。

一 家庭宗教背景和中产阶级教育背景

第一个原因关涉奥登的家庭宗教背景。奥登出生在一个与基督教有千丝万缕关系的家庭，他的祖辈都是英国国教的神职人员，他的父母都是英国国教教徒。虽然父亲在成年后以一种更为冷静和理智的态度对待宗教信仰，但

---

① [德]马克思：《黑格尔法哲学批判》导言，《马克思恩格斯选集》(第一卷)，人民出版社1972年版，第1—2页。

② [德]马克思：《哥达纲领批判》，《马克思恩格斯选集》(第三卷)，人民出版社1972年版，第24页。

③ [奥]西格蒙德·弗洛伊德：《一个幻觉的未来》，《文明及其缺憾》，车文博主编，九州出版社2014年版，第33页。

④ 同上书，第48、54页。

⑤ Auden's contribution to *Modern Canterbury Pilgrims*, in *The Complete Works of W. H. Auden: Prose*, Vol. III: 1949-1955, ed. Edward Mendelson, Princeton: Princeton UP, 2008, p. 573.

他的母亲始终保持着宗教热情，是一个虔诚的基督徒。每天，母亲都会督促家庭成员进行祷告仪式。每个星期天，她都要带孩子们去教堂参加晨祷和晚祷。她信仰的是高教会派①，常常不辞辛劳地带着孩子们去较远的高教会派教堂，参加那里举行的大弥撒②。根据卡彭特的描述，高教会派的弥撒往往通过仪式的庄重感传递信仰的神秘力量，小奥登经常在这类宗教活动中扮演"持船男孩"的角色，穿上红色的长袍，罩上白色亚麻质地的短法衣，手持装有禾穗子和乳香的船形法器，在烛光摇曳的祭坛旁进行各种仪式性的操作。③

成年后，回忆起儿时跟着母亲去教堂的情景，他表示正是因为"最初的宗教记忆是令人兴奋不已的神秘仪式"④，基督教才会在他心中根植了许多美好的感受，才会让他一直对伴随着"音乐、烛光、贡香"⑤的礼拜仪式念念不忘。对他而言，布道远没有仪式来得重要："我必须承认，聆听布道从未让我获得任何精神上的启迪。绝大多数布道都是告诉我应该比以往更加热爱上帝、热爱邻人，但我早就知道这些了。"⑥相较于劝诫性的布道，宗教仪式更能在潜移默化中实现"爱邻如己"："这首先是一个群体活动，一件大家合力完成的事情，其次才涉及个人的感受与思考。"⑦无论是年幼时期扮演宗教仪式中的"持船男孩"，还是上学后加入唱诗班，随后凭借自身的好嗓子和音乐天赋成为唱诗班的领唱，在无法自主选择信仰的早期

---

① 高教会派（High Church）：英国国教的一个支派，注重宗教仪式（与罗马天主教十分相似），强调牧师的地位和作用。

② 大弥撒（High Mass）：由地区最高神职人员举行的整套宗教仪式，包括焚香、祈祷、唱诵等隆重仪式。

③ Humphrey Carpenter, *W. H. Auden: A Biography,* Boston: Houghton Mifflin Company, 1981, pp. 6-7.

④ Auden's contribution to *Modern Canterbury Pilgrims*, in *The Complete Works of W. H. Auden: Prose*, Vol. III: 1949-1955, ed. Edward Mendelson, Princeton: Princeton UP, 2008, pp. 573-574.

⑤ W. H. Auden, *The Prolific and the Devourer*, in *The Complete Works of W. H. Auden: Prose*, Vol. II: 1939-1948, ed. Edward Mendelson, London: Faber and Faber, 2002, p. 414.

⑥ Auden's Notes on *Religion and Theology* in 1966-1967 holograph notebook, quoted from Arthur Kirsch, *Auden and Christianity*, New Haven & London: Yale UP, 2005, p. 2.

⑦ Auden's contribution to *Modern Canterbury Pilgrims*, in *The Complete Works of W. H. Auden: Prose*, Vol. III: 1949-1955, ed. Edward Mendelson, Princeton: Princeton UP, 2008, p. 574.

生活里，奥登的宗教体验无疑是审美性的。

　　第二个原因关涉奥登的中产阶级教育背景。在小奥登生活的年代，英国中上层阶级在宗教信仰、精神价值、道德理想和生活方式等方面都延续了维多利亚时代的基本风貌，阶层之间的固有壁垒尚未被打破。根据奥登后来的回忆，那时候中产阶级孩子们都熟知一种"数数游戏"——他们一边数着盘子里的李子果核，一边唱着"陆军、海军、法律、教会"，[1]歌唱的内容正是当时被主流认可的中产阶级职业。照此说法，奥登的祖辈都是体面人士，但奥登父亲所从事的医生职业直到19世纪末期仍然受到一定程度的"歧视"：在父母亲订婚那年，也就是1898年，母亲的那位嫁给牧师的姐姐抱怨道："如果你嫁给这个人，以后就不会有人上门拜访你了。"[2]奥登觉得这种典型的中产阶级言论带有自命不凡的势利味道，但正是这种势利让我们看到了中产阶级信奉的人生价值观。那么，这些观念是如何灌输给他们的呢？奥登将之归结为中产阶级教育，而其中最为重要的便是宗教熏陶。[3]

　　无论是初期的预备教育阶段，还是之后的中学、大学阶段，学校的课程都包含了宗教思想的灌输。奥登在圣爱德蒙德学校接受预备教育期间，受校方牧师的影响，迷上了宗教忏悔，尤其是1920年那会儿，他觉得自己"偏好基督教会"。[4]进入中学后，大约在1922年，奥登"发现自己失去了信仰"。[5]但学生的意愿显然是次要的，学校的培养目标涵盖了这样一项内容——学生应该将《圣经》烂熟于心，只有通过了神学考试才能如愿拿到毕业证书。因此，无论一个人信不信教，《圣经》都是必读书目。

---

[1] ［英］W. H. 奥登：《依我们所见》，《序跋集》，黄星烨译，上海译文出版社2015年版，第645页。

[2] 同上。

[3] W. H. Auden, "The Group Movement and the Middle Class", in *The Complete Works of W. H. Auden: Prose*, Vol. I: 1926-1938, ed. Edward Mendelson, Princeton: Princeton UP, 1996, p. 48.

[4] ［英］W. H. 奥登：《依我们所见》，《序跋集》，黄星烨译，上海译文出版社2015年版，第675页。

[5] 同上。

这种宗教教育模式虽然刻板僵化,但也让很多人受用无穷,因为《圣经》不仅是一部宗教经典。在失去了信仰的青少年阶段,奥登视《圣经》为"一部文学巨著,一部引人入胜的人类学文献"①,书中关于基督教初创时期的各类事件和传说的记载,如同格林童话一样家喻户晓。皈依基督教后,他怀着更大的热情翻阅《圣经》:"《圣经》是一本很好看的书,/我总是会饶有兴味地研读。"(《巡回演讲》;《奥登诗选:1948—1973》273)由此可见,奥登阅读并熟悉《圣经》,如果说一开始是因为家庭环境和教育背景的客观影响的话,那么后来纯粹是一种个人的自主选择。道友厄休拉·尼布尔(Ursula Niebuhr)注意到,奥登对神学中的意象和神话颇为着迷,这不仅滋养了他的想象空间,也使他"比很多神学研究专家都更像是神学家"。②天生的诗性修养使得奥登关于《圣经》的最初体验是文学性的,这与他最初关于宗教仪式的审美性感受结合在一起,如人生篇章中的草灰蛇线,在多年后终于显山露水,构成了他思想转折的重要前提。

二 西班牙之行和"新闻短片事件"

第三个原因关涉奥登在西班牙前线目睹一座座教堂被摧毁后的复杂心绪,这是他重新发现信仰的转折点。1937年春,奥登带着满脑子疑惑奔向了西班牙战场——"假若如我所思考的,纳粹错了,我们对了,那么,我们凭什么说他们的价值观错了而我们对了?"③他还没来得及找到确切的答案,就在不期然间撞见了巴塞罗那街头今非昔比的教堂,惊讶地发现儿时的信仰生活已经在他的生命轨迹里留下了不可磨灭的印记:"我不得不承认,尽管我有意识地忽视甚至拒绝教堂长达16年之久,但教堂的存在以

---

① Auden's contribution to *Modern Canterbury Pilgrims*, in *The Complete Works of W. H. Auden: Prose*, Vol. III: 1949-1955, ed. Edward Mendelson, Princeton: Princeton UP, 2008, p. 576.

② Ursula Niebuhr, ed., *Remembering Reinhold Niebuhr*, San Francisco: Harper San Francisco, 1991, p. 280, quoted from Arthur Kirsch, *Auden and Christianity*, New Haven & London: Yale UP, 2005, p. 3.

③ W. H. Auden's contribution to *Modern Canterbury Pilgrims*, in *The Complete Works of W. H. Auden: Prose*, Vol. III: 1949-1955, ed. Edward Mendelson, Princeton: Princeton UP, 2008, p. 578.

及过往在教堂的经历对我来说一直很重要。"① 这个发现犹如平静的心湖被一块石子激荡起了涟漪阵阵，也迫使他开始认真审视宗教在他人生历程中的真正意义。

与此同时，法西斯主义的迅速崛起和不断甚嚣尘上的恐怖行径也迫使奥登"开始思考上帝"（《答谢辞》；《奥登诗选：1948—1973》504）。青年奥登一度基于反法西斯主义的立场成为左派知识分子的中坚，但实际上西方世界直到1939年以前都没有形成真正有效的力量去遏制法西斯主义的蔓延，以纳粹为代表的极权主义势力的倒行逆施和大行其道引发了奥登的深层忧虑。晚年接受采访时，奥登特地提到了1939年冬的"新闻短片事件"，这次非同寻常的观影体验刷新了他对人性、暴力和恶的认知。

奥登观看的"新闻短片"涉及第二次世界大战的起点——波兰战役。1939年9月1日，德国入侵波兰，发动了世界战争史上臭名昭著的"闪电战"，而苏联根据1939年8月23日签订的《苏德互不侵犯条约》的秘密条款，加之对1921年3月18日与波兰和乌克兰签订的《里加和约》早有不满，在9月17日也入侵了波兰，至10月6日，德苏两国占领了波兰的全国领土。针对这一历史事件，奥登写有著名的《一九三九年九月一日》：

  我在一间下等酒吧坐着
  就在第五十二号街②，
  心神不定且忧惧，
  当狡猾的希望终结了
  一个卑劣欺瞒的十年：
  愤怒与恐惧的电波
  在地球光明和晦暗的
  陆地间往来传送，

---

① W. H. Auden's contribution to *Modern Canterbury Pilgrims*, in *The Complete Works of W. H. Auden: Prose*, Vol. III: 1949-1955, ed. Edward Mendelson, Princeton: Princeton UP, 2008, p. 578.

② 第五十二号街位于纽约第五和第六大道之间，汇集了很多爵士酒吧。奥登研究者富勒先生指出，奥登光临的那间酒吧是同性恋酒吧。

纠缠着我们的私生活；
死亡那不堪提及的气味
侵扰了这九月之夜。①

(《奥登诗选：1927—1947》301)

  对于这段精彩的开头，布罗茨基已经从诗艺的角度做过精彩分析，我们此刻关注的是以波兰战役为帷幕的纳粹崛起和第二次世界大战爆发对奥登的精神世界的影响。诗歌开头交代奥登已经身处大西洋"新"岸，但随后的内容却无不是关涉大西洋"旧"岸。"狡猾的希望"（the clever hopes）以复数的形式出现，意味着有多重对象，可以是绥靖主义、和平主义，也可以是西班牙内战、《慕尼黑协定》，所有这些主张和事件，都为法西斯主义铺平了向外扩张的道路。随后一行的"卑劣欺瞒的十年"（a low dishonest decade）②，是对那些"狡猾的希望"的盖棺定论，具有一股严肃判断的效果。这不只是奥登一个人的看法，事实上一直以来大家都操持类似的观点，比如丘吉尔在回忆希特勒的崛起和法西斯主义势力的膨胀时也一再批判了西方大国的姑息养奸。在这里，奥登的尾韵处理很是匠心独运，"忧惧"（afraid）与"十年"（decade），"光明"（bright）与"夜"（night），"陆地"（earth）与"死亡"（death），这些韵脚暗讽了那些"狡猾的希望"在忧惧之中等来的是骇人听闻的"九月之夜"。

  当我们考虑到奥登在这十年为反法西斯主义事业做出的诸多努力以及随后发生的信仰皈依时，便会发现这节诗中还有一个音调很高的关键词——"侵扰"（obsessing）。在表层含义上，"侵扰"人们生活的是"愤怒与恐惧的电波"，我们可以想象全世界必然会对这次入侵波兰的战争做出反应，包括英国和法国在9月3日对德国宣战，也包括官方新闻广播之外的各种小道消息。而从奥登本人的角度而言，历史进程和私人生活所遭

---

  ① W. H. Auden, *Selected Poems*, ed. Edward Mendelson, London & Bostan: Faber and Faber, 1979, p. 86.

  ② 奥登在《新年书简》中再一次写到了两次世界大战之间的欧洲，表述非常类似："两个伪善的十年／压迫着每个英国人的良知，／也没有一个德国人可自鸣得意／为他已漠然许可之事。"（《奥登诗选：1927—1947》373）

受的"侵扰",已经在他的精神世界里投下了挥之不去的阴影,以至于他在这一年12月[1]看到阿契尔·温斯顿(Archer Winsten)刊登在《纽约邮报》(*The New York Post*)上的一篇影评后心绪不宁。

阿契尔·温斯顿的影评从一部德国喜剧片谈起,然后重点提到了插播的德国入侵波兰的新闻短片。这段短片按照编年史的方式详述了纳粹逐步侵吞波兰的整个过程,并将之描述为德国民族和国家的胜利。阿契尔·温斯顿以极为克制的笔触沉思道:

> 最后出现了希特勒阅兵的场面。一组组士兵昂首走过,他们踏着正步,腿踢得极高[2],机械般整齐的操练步伐形成了震撼人心的效果,位于第86大街的花园剧场顿时爆发出一阵阵轰鸣的掌声。我之所以写下这些,是因为这样的掌声发人深思,迫使我们不得不去思考。似乎只要条件充分,人们就会相信任何事情,可以为死亡欢呼,也可以因一只老鼠而感到恐惧。在现今社会环境里,这种现象并不只是出现在花园剧场的观众之中。[3]

根据奥登的回忆和门德尔松教授的悉心调研[4],我们可以推断奥登一定是看到了阿契尔·温斯顿的影评后有所触动,才会特意到现场看个究竟。当时,奥登住在纽约布鲁克林高地的一所公寓,而花园剧场位于纽约曼哈顿约克维尔街区,两者相距至少有5英里以上,一般情况下是不太可能大老远跑过去看电影的。此外,花园剧场所在的街区多为德裔住户,院方通常播放德语影片,基于民族心理的考虑插播了这样的新闻短片,但肯定

---

[1] 卡彭特在《奥登传》里指出"新闻短片事件"发生在11月,或许是因为奥登写给朋友的信中提及此事发生在11月。但是,门德尔松教授根据多方调研,认为此事发生在12月初。

[2] 按照纳粹正步走法,大腿需僵直地向前踢出90度。

[3] Archer Winsten's review, *The New York Post* (4 Dec. 1939), quoted from Edward Mendelson, *Later Auden*, London: Faber and Faber, 1999, p. 90.

[4] 奥登的口述,请参看an unsigned "Interview with W. H. Auden", *Concern* (Winter 1971), p. 12. 门德尔松教授的叙述请参看Edward Mendelson, *Later Auden*, London: Faber and Faber, 1999, pp. 89-91.

没有大张旗鼓地宣传排片计划。因此，恰如门德尔松教授指出的，奥登在看了阿契尔·温斯顿的影评后决定去现场看看，而他真正想看的，不是新闻短片，而是现场的观众们。那些平日里表现得颇为正常的德国观众们，居然在观影时激动了起来，不仅为谋杀喝彩，还齐声发出震耳欲聋的呐喊声——"杀光波兰佬！"

一直以来，无论是采纳精神分析学还是马克思主义的视角，奥登都不曾怀疑过人性的善良质地。这两类学说都认为，只要某一方面的压迫被解除，异化状态便会得到消除，人类也将重获幸福。然而，那一声声"杀光波兰佬"的喊叫，无疑成为刺痛奥登的天真信念的利刃。他慨然指出：

> 纳粹带给人的冲击和震撼在于他们从不假装相信有什么全人类的正义和自由，他们给了基督教精神致命一击，认为"爱邻如己"的教义不过是适用于无能的弱者，而不是"流着健康血液的优等民族"。更糟糕的是，这种对我们原先所相信的全面自由主义的彻底否定，居然引发了狂热的追随激情，不是发生在那些相距遥远的蛮荒之地，而是就在欧洲大陆的一个文化教育程度很高的国家，一个我们大家都知道并且都有些朋友在那里的国家。面对这种现象，我们不可能再简单地相信自由人道主义的价值观是不争的事实。[①]

传统的自由主义观点告诉人们，所有人都是自由和平等的，人与人之间应该和睦相处、互相尊重，但是纳粹的出现却给了启蒙主义以来深入人心的人文关怀和自由主义精神一记响亮的耳光。他们许诺的和平与昌盛一直都没有实现，而且也无力阻止两次世界大战的爆发。奥登自西班牙内战伊始便悬而未决的那个疑问——"假若如我所思考的，纳粹错了，我们对了，那么，我们凭什么说他们的价值观错了而我们对了"——进一步深化。除非一个人秉持相对主义的观点，认为任何价值判断都只关涉个体经验，否则的话，他不可避免地想要弄清楚价值判断的依据究竟在哪里。正是对这个标准和依据的思索，扫清了奥登皈依基督教的最后屏障。

---

① W. H. Auden's contribution to *Modern Canterbury Pilgrims*, in *The Complete Works of W. H. Auden: Prose*, Vol. III: 1949-1955, ed. Edward Mendelson, Princeton: Princeton UP, 2008, p. 578.

20世纪40年代初，故交安妮·弗里曼特尔（Anne Fremantle）曾询问奥登回归信仰的原因，奥登给出的理由不外乎是我们上面提及的几个要点，除此之外，他还特地提到了希特勒带来的负面影响：

> 16岁时，人人都持有自由主义的观点，我也不需要为这个看起来还不错的观点寻找一个神学基础。然而，希特勒崛起了，那么，肯定存在着某种理由，让我们确定希特勒彻头彻尾错了。[①]

奥登不止一次地提到希特勒崛起、纳粹雄霸一时、"新闻短片事件"等一系列历史现象对传统自由主义观点的冲击。同样是在20世纪40年代初，他为英国工党领袖人物哈罗德·拉斯基（Harold Laski）的那本具有感染力的畅销书《我们由此走向何方？》（Where Do We Go From Here?）撰写了书评。他认同哈罗德·拉斯基的基本观点——"如他所言，社会基本准则是'契约必须得到遵守'，也就是说，一切条约、协议、协定都必须信守，并非因为它们是合理和公正的——事实上恰好相反——而仅仅是因为已经许下了诺言，即便不是在心甘情愿的情况下。"[②]哈罗德·拉斯基的解决之道是民主社会主义，一种调和自由主义和社会主义的改良式路径。奥登毕竟不是一个政治家，即便是在他与社会政治事件接触最为密切的20世纪30年代，他的政治理论和思想倾向也都是模棱两可的，更偏向于传统自由主义的人文关怀。因此，尽管欧洲的共产党是最先积极反对法西斯主义的重要力量，奥登也一度支持他们的政策和主张，但实际上他们无法解答盘亘在他心中的那个疑问。欧洲共产党规划的路线，在奥登看来，无异于"为了让未来世界里的每一个人都会自发地热爱他的邻人，我们需要在今天仇恨并且摧毁一些邻人"[③]，这对于自由人道主义者奥登来说并不是上上之策。

[①] Anne Fremantle, "Reality and Religion", in Stephen Spender ed., *W. H. Auden: A Tribute,* London: Weidenfeld & Nicolson, 1975, p. 89.

[②] W. H. Auden, "Where Are We Now?", in *The Complete Works of W. H. Auden: Prose*, Vol. II: 1939-1948, ed. Edward Mendelson, London: Faber and Faber, 2002, p. 105.

[③] W. H. Auden's contribution to *Modern Canterbury Pilgrims*, in *The Complete Works of W. H. Auden: Prose*, Vol. III: 1949-1955, ed. Edward Mendelson, Princeton: Princeton UP, 2008, p. 578.

奥登此时也在思索"契约",不同于哈罗德·拉斯基的是,他关注的"契约"已经不再是政治形式的:

要么我们遵从绝对的前提
要么留白给希特勒式的野兽
让他们以残酷的信条遍撒邪恶。①

这段写于1940年圣诞节前后的诗行,以克尔凯郭尔式的"Either-Or"为基本句式,认为我们要么遵从"绝对的前提"(the Unconditional)②,要么只能接受以希特勒为代表的邪恶。在"非此即彼"制造的颇为紧张的选择关系中,奥登实际上已经引导我们去选择那"绝对的前提",即诗尾处直言不讳宣称的"爱"——"在现代虚空之中,只有爱尚有分量,/由信仰主导的命运不言而喻,/信徒必会找到我们的天父。"同样的手法也运用在《一九三九年九月一日》中被引为经典的一行诗——"我们必须相爱要么就死去"③(《奥登诗选:1927—1947》306)。"爱","相爱",奥登所指的,应是宗教性的爱,他期盼大爱能够成为人们普遍遵守的"绝对的前提",如他为《我们由此走向何方?》撰写的书评中所期许的那样:"我们不能违背契约;但它可以被新的契约取代。换言之,文明生活的约束力是绝对的、宗教的。"④

---

① W. H. Auden, *The English Auden: Poems, Essays and Dramatic Writings, 1927-1939*, ed. Edward Mendelson, New York: Random House, 1977, p. 460.

② 基督教语境里有"the Unconditional love"(无条件的爱)、"the Unconditional election"(无条件的拣选),但几乎查不到"the Unconditional"单独使用的情况,笔者根据奥登多次使用该术语的语境,翻译成"绝对的前提"。

③ 这一行的原文是"We must love one another or die"。据说,因为这行诗,奥登后来将整首诗从其诗选中删除。普遍的说法是,他认为这行诗是冒昧的、不真实的,因为无论如何我们都是要死去的。他试着改为"We must love one another and die",但效果不符合他的预期,之后便"丢弃"了这首诗。可以参看[美]约瑟夫·布罗茨基《析奥登的〈1939年9月1日〉》,《文明的孩子》,刘文飞译,中央编译出版社2007年版,第180页。另外,对这句诗感兴趣的读者,不妨参照多恩的名诗《成圣》("The Canonization")里的一行——"Wee can dye by it, if not live by love"。

④ W. H. Auden, "Where Are We Now?", in *The Complete Works of W. H. Auden: Prose*, Vol. II: 1939-1948, ed. Edward Mendelson, London: Faber and Faber, 2002, p. 105.

根据奥登在1939年前后对人性、暴力与恶的思考，我们发现奥登对人的天性秉持一种类似于"存在先于本质"①的看法，认为人并不是生来就是善或恶的，而是成为善或恶的。诚然，人类若天生良善，便不可能在动物凶猛的原始大地上幸存下来，并逐渐霸占整个地球。人类若全然是魔鬼，则早已自相残杀，共同消弭于时间的缝隙。人类最不可思议的地方就在于他似乎可以成为任何人、做任何事。面对这样的人类，我们根据具体的、偶然的事件判断善恶并不困难，因为只要设身处地去思考，我们每个人都可以说出个究竟。但是，这种相对主义的价值观在面临穷凶极恶的世界性罪恶的时候显得多么苍白无力！

这个曾宣称自己"到死都会是一位自私的老左派自由主义者"的诗人的作品里，马克思主义的政治思想和社会变革理论无声无息地消失了，甚至都没有出现过"争吵"和"反思"。忽视，或者说轻描淡写地一笔勾销，这本身就很好地说明了我们之前对他与马克思主义之间的关系的判断。与之形成对比的是，他对传统自由主义的批判却是一而再、再而三的，而批判的焦点就在于自由主义容易滋生相对主义的观点②。不难想象，在思考这个世界（至少是西方世界）有没有"绝对的前提"、有没有绝对的善良与邪恶、有没有普遍接受的度量衡的时候，在设想冲突与纠纷之中我们能否斩钉截铁地判定孰对孰错的时候，奥登倾向于选择他熟知也为众人熟知的基督教——"对这个问题的回答将我带回了教堂。"③

---

① "存在先于本质"是哲学家萨特的存在主义思想体系中的一个基本原则，强调道德和灵魂是人在存在过程中逐渐创造出来的。当然，萨特的存在主义观点是无神论的，认为人没有义务受某个道德标准或宗教信仰约束，人有选择的权利，因此要承担自由选择带来的一切后果。

② 这方面的内容，可以参看W. H. Auden, "Where Are We Now?", in *The Complete Works of W. H. Auden: Prose*, Vol. II: 1939-1948, ed. Edward Mendelson, London: Faber and Faber, 2002, pp. 105-106. 也可以参看W. H. Auden's contribution to *Modern Canterbury Pilgrims*, in *The Complete Works of W. H. Auden: Prose*, Vol. III: 1949-1955, ed. Edward Mendelson, Princeton: Princeton UP, 2008, p. 578.

③ An interview with Auden on *New York Times Magazine* (8 Aug. 1971), quoted from Humphrey Carpenter, *W. H. Auden: A Biography,* Boston: Houghton Mifflin Company, 1981, p. 282.

西班牙之行和"新闻短片事件",让奥登发现信仰不仅在他的个人生活中有着重要地位,而且对我们的现代生活也具有重要意义。这个认识促使他持续撰文宣称我们离不开信仰,比如他在1941年公开表明:"我想,最近的历史已经充分说明了这一点,而且尼布尔教授也处处表明他会认同我的这个观点,离开了对'绝对的前提'的认识,人类不可能生活下去:如果他不是有意识地生活在对上帝的敬畏之中,那么他的潜意识便会起作用,让他惧怕一些别的什么东西,比如飞机或是秘密警察。"①在晚年的诗体小结《答谢辞》里,奥登写道:"希特勒和斯大林 / 所做的令人发指的事情 / 迫使我开始思考上帝。"(《奥登诗选:1948—1973》504)虽然只有短短三行,却艺术性地呈现了他在20世纪三四十年代对人性的多重思考以及由此产生的思想易辙。

三 "狂热的克尔凯郭尔、威廉斯和刘易斯 / 引领我回返了信仰"

然而,从"思考上帝"到回归信仰,还需要一些附加因素才能实现真正的"跳跃"。奥登在回忆自己的"信仰之旅"时,特地提到了英国作家、神学家查尔斯·威廉斯(Charles Williams)在这个过程中起到的关键作用。查尔斯·威廉斯自1908年起就供职于牛津大学出版社,后来成为该社重要的编辑。1937年夏,奥登与他洽谈《牛津轻体诗选》的出版事宜,两人有了多次交流,彼此都留下了良好印象。②尽管他们的谈话不外乎公事,却让奥登受益匪浅。奥登认为,查尔斯·威廉斯是他平生遇到的第一个"神圣的人",如果说以前交往的优秀人士只会让他感觉到相形见绌的话,查尔斯·威廉斯完全不会令他产生这种感受。他觉得自己在查尔斯·威廉斯面前"变成了另外一个人","无法再去做那些卑鄙的、毫无爱心的事情,连想都不会去想"③。乍一看,奥登的印象似乎夸大其词了,但真实的情况

---

① W. H. Auden, "Tract for the Times", in *The Complete Works of W. H. Auden: Prose*, Vol. II: 1939-1948, ed. Edward Mendelson, London: Faber and Faber, 2002, p. 109.

② 关于奥登初识查尔斯·威廉斯的情景,可以参看Humphrey Carpenter, *W. H. Auden: A Biography*, Boston: Houghton Mifflin Company, 1981, pp. 223-224.

③ W. H. Auden's contribution to *Modern Canterbury Pilgrims*, in *The Complete Works of W. H. Auden: Prose*, Vol. III: 1949-1955, ed. Edward Mendelson, Princeton: Princeton UP, 2008, p. 579.

第三章 "我开始思考上帝":奥登与基督教信仰 | 183

却不得不让人惊叹。据不少人回忆,查尔斯·威廉斯的确是一个与众不同的人,他的眼神睿智而具有穿透力,他的性情活跃而具有感染力,他的口才雄辩而具有逻辑性,更为重要的是,他浑身散发着爱的光辉,充满了灵性,包括T. S.艾略特、C. S.刘易斯(C. S. Lewis)、托尔金(J. R. R. Tolkien)在内的一些知名人士都曾受惠于他。① 因此,我们完全有理由相信奥登对查尔斯·威廉斯的陈述。

查尔斯·威廉斯的人格魅力对奥登在精神动荡中最终选择皈依基督教产生了重要影响,不仅如此,他的有关基督教会历史的专著《堕落的白鸽》(*The Descent of the Dove*,1939),很有可能是奥登认真研读的第一本神学著作。读完这本书后,奥登旋即在1940年初写了一封感谢信给查尔斯·威廉斯,后者将信的内容如此转述给妻子:"他写信,主要是为了告诉我《白鸽》让他颇为触动(其实他并不是基督徒),随信附上了他的新著② 作为'可怜的回报'。他还说,他再一次想起了'一件奇怪的事,尽管我只见过你两次,但此后每每遭逢困惑和疑虑,只要想起你便会雨过天晴。'"③ 可以说,查尔斯·威廉斯是奥登成年后皈依基督教的引路人。在他的影响下,奥登顺藤摸瓜,进一步迈入了基督教神学的奥秘世界,开始着重阅读克尔凯郭尔、莱茵霍尔德·尼布尔(Reinhold Niebuhr)④、保罗·蒂里希(Paul Tillich)等基督教作家和神学家的作品。

当然,要论将奥登重新领进基督教世界的人,当属奥登在晚年的《答谢辞》中一连点到的三个人——"狂热的克尔凯郭尔、威廉斯和刘易斯/引领我回返了信仰"(《奥登诗选:1948—1973》504)。这三人中,查尔斯·威廉斯和C. S.刘易斯都是奥登在现实生活中有过接触的前辈。如果说查尔斯·威

---

① [美]哈罗德·布鲁姆:《西方正典》,江宁康译,译林出版社2005年版,第57页。另外,关于查尔斯·威廉斯对T.S.艾略特、C.S.刘易斯等人的影响,还可以参看Richard Davenport-Hines, *Auden*, New York: Vintage Books, 1999, pp. 169-170.

② 奥登寄给查尔斯·威廉斯的书,是新出版的诗集《另一时刻》。

③ Charles Williams to Michal Williams on 12 March 1940, quoted from Humphrey Carpenter, *W. H. Auden: A Biography,* Boston: Houghton Mifflin Company, 1981, p. 285.

④ 莱茵霍尔德·尼布尔及其夫人后来与奥登私交甚好,奥登特意将宗教色彩浓厚的诗集《午后课》题献给他们夫妇。

廉斯是引路人的话，C. S. 刘易斯则可以算是成年后皈依基督教的一个典型。刘易斯于1898年出生在北爱尔兰的一个清教徒家庭，15岁时失去了信仰，33岁时在好友托尔金的影响下皈依基督教[1]，最终成为20世纪最为重要的基督教作家之一。尽管托尔金并不喜欢查尔斯·威廉斯，暗示后者过于"沉迷于神秘学"，刘易斯却显然受到了查尔斯·威廉斯的"深刻而持久的影响"，发展出一段不同寻常的友谊。[2] 奥登虽然在诗歌和散文作品中很少提及刘易斯，却在《答谢辞》中表达了一份谢意，之所以出现了这种反差现象[3]，很有可能是因为他通过查尔斯·威廉斯重新认识了这位昔日的师长，也很有可能是因为他从刘易斯的信仰皈依旅程中得到了一种感同身受的启示。

与前两位不同的是，克尔凯郭尔是一位早已离世的丹麦宗教哲学家，他在奥登皈依基督教的信仰历程中起到了一个类似于精神导师的作用。在回忆自己的"信仰之旅"时，奥登着重表明自己是经查尔斯·威廉斯的启迪，"开始阅读一些神学著作，尤其是克尔凯郭尔的作品"[4]。作为牛津大学出版社的编辑，查尔斯·威廉斯自20世纪30年代末开始便积极促成英语译者系统地翻译克尔凯郭尔的作品[5]，包括《恐惧与颤栗》、《致死的疾病》、《基督教的训练》、《非此即彼》等一系列主要著述，不仅如此，他还在自己的神学专著《堕落的白鸽》中用了足足6页的篇幅概述克尔凯郭尔的思想。

---

[1] 刘易斯和托尔金均自1925年起成为牛津大学的教员。奥登在牛津大学念书时修习过托尔金的中古英语诗歌课程，后来两人结成了亦师亦友的关系，奥登曾专门作诗向他致敬《致一位语言学者的短颂歌》（1961）。刘易斯对奥登的影响则更多地体现在信仰皈依上。

[2] 托尔金、刘易斯和威廉斯都是牛津的文学同人团体"吉光片羽社"的重要成员。关于三人的关系，可以参看［英］科林·杜瑞兹《魔戒的锻造者：托尔金传》，王爱松译，黑龙江教育出版社2015年版，第177—178页。

[3] 奥登的传记作者们、批评家们几乎都没有论及C.S.刘易斯对奥登的具体影响。或许正因为如此，约翰·富勒在为《答谢辞》作注的时候，指出这首诗歌里的"答谢"透露着一丝古怪，该出现的人没有出现，相对影响不那么深远的人却被答谢了。奥登留下的这个悬念，虽然不可能再有确切的答案，但可以在每一位读者心里自行耕耘。关于约翰·富勒对该诗的评注，可以参看John Fuller, *W. H. Auden: A Commentary*, Princeton: Princeton UP, 1998, p. 551.

[4] W. H. Auden's contribution to *Modern Canterbury Pilgrims*, in *The Complete Works of W. H. Auden: Prose*, Vol. III: 1949-1955, ed. Edward Mendelson, Princeton: Princeton UP, 2008, p. 579.

[5] 1923年以来，克尔凯郭尔的一些文章已经出现了英译，但主要是一些选译和节译，未成体系。

卡彭特认为，奥登很有可能是读了《堕落的白鸽》后才开始对克尔凯郭尔刮目相看的，在 1940 年 3 月写给友人的信中，奥登如此表达了自己的阅读感受和景仰之情："我正在阅读克尔凯郭尔的日记，太让人着迷了。"[①] 也正是在他全神贯注地沉浸于查尔斯·威廉斯和克尔凯郭尔的作品时，大致在 1940 年初，奥登重返教堂了，而且很快就发展为经常性地去教堂参加礼拜仪式，尽管他称之为"一种尝试性的、试验性的方式"[②]。

四 "致切斯特／你让我明白了真谛"

促成奥登最终重返教堂的原因里，还有一位至关重要的人物，那就是切斯特·卡尔曼。奥登在自述"信仰之旅"的那篇文章中是如此暗示的：

> 然后，机缘巧合之下（轻薄浮佻是诗人的职业病），命运迫使我亲自体会到自己成为古希腊和基督教意义上的那种恶魔力量的猎物，被剥夺了自我控制力和自我尊严，表现得宛如斯特林堡剧作中的一位蹩脚演员。[③]

短短几行字，奥登以浮云过影般的抽象表述来暗指切斯特·卡尔曼带给他的那么多"过往"：这其中有幸福也有痛苦，有快乐也有哀怨，有得意也有失意，有希望也有失望，还有的，是从情感生活领域的匮乏深渊里一跃而起，走向思想信仰领域的丰沛充盈。

切斯特·卡尔曼是一位比奥登年轻 14 岁的美国大男孩。1939 年 4 月 6 日，奥登、衣修伍德，连同出访美国的麦克尼斯，受邀为美国读者举办了一场题为"英语诗歌和散文的现代趋势"的品读会，观众中有一位来自布鲁克林学院（Brooklyn College）的 18 岁文科大学生对奥登产生了浓厚

[①] W. H. Auden's letter to E. R. Dodds on 11 March 1940, quoted from Humphrey Carpenter, *W. H. Auden: A Biography,* Boston: Houghton Mifflin Company, 1981, p. 285.

[②] W. H. Auden's contribution to *Modern Canterbury Pilgrims*, in *The Complete Works of W. H. Auden: Prose*, Vol. III: 1949-1955, ed. Edward Mendelson, Princeton: Princeton UP, 2008, p. 579.

[③] Ibid.

的兴趣①，他在品读会散场后跟伙伴一起主动上台，表达了对奥登的钦慕之意，也希望能够进一步采访奥登。奥登漫不经心地对待这两位热心的粉丝，倒是衣修伍德友好地提供了住址。两天后，切斯特独自一人前去拜访奥登，起初奥登颇感失望②，但经过一番长谈后旋即改变了想法。很快，两人便坠入了爱河。③

这是奥登在经历了近两年的情感空窗期后的爱情觉醒。早期奥登的作品往往"写的是热烈而短暂的爱欲"④，卡彭特干脆给出了实例——"这挚爱的一个面前／那些人一个个地出现"（《这挚爱的一个》，"This Loved One"，1929；《奥登诗选：1927—1947》14）⑤。这些都是青年奥登的爱欲现实的生动写照，此类诗篇还有《这月色之美》（"This Lunar Beauty"，1930）、《那晚当快乐开始》（"That Night When Joy Began"，1931）、《梦》（"The Dream"，1936）、《摇篮曲》（"Lullaby"，1937）等，比较典型地体现了唐璜式的"肉性之爱"⑥。比如，在《摇篮曲》（《奥登诗选：1927—1947》209—210）里，抒情主人公的爱欲观念是"一夜之情"，他让爱人枕着自己的手臂安眠，同时又发出警告，明确告诉他这是"不忠的臂弯"，甚至祝愿爱人享受"每一个人类之爱"，也就是毫无私心地让爱人在今宵之后与更多的人共度良宵。乍看之下，这位抒情主人公非常体贴、毫无私心，但实际上他只是现代人泛爱论的一个代表。在一系列"热烈而短暂的爱欲"之后，奥登陷入了情感的囹圄。在1938年乘船前往中国的旅途中，他写了一首《旅客之歌》（"Passenger Shanty"，1938），其中有这么几行——"克

---

① 卡彭特指出，切斯特当时是跟一位22岁的诗人结伴去品读会的，而且他俩对奥登、衣修伍德的性取向心知肚明。这个提示或许告诉我们，切斯特主动示好奥登并非偶然。

② 卡彭特指出，奥登一开始对那位22岁的诗人更感兴趣。

③ 关于奥登初识切斯特的过程，可以参看Humphrey Carpenter, *W. H. Auden: A Biography,* Boston: Houghton Mifflin Company, 1981, p. 257.

④ Edward Mendelson, *Early Auden*, New York: The Viking Press, 1981, p. 22.

⑤ Humphrey Carpenter, *W. H. Auden: A Biography,* Boston: Houghton Mifflin Company, 1981, pp. 96-97.

⑥ 克尔凯郭尔曾在《非此即彼》中借唐璜的例子归纳了"肉性之爱"，认为它在本质上是不忠实的："它之所爱，不止一个，而是全部，也就是说，它谁都勾引。它仅仅存在于瞬间，但此瞬间就其概念而言，乃许多瞬间之总和"，"它实际上只是持续不断的重复"。

里斯托弗空邮了几封信件，／他思念那位不在身边的情人，／威斯坦却说：'爱实在是稀罕。'"① 那位邮寄了情书的衣修伍德，以日记的形式记录了奥登因"缺爱"产生的焦虑："威斯坦哭述道，不会再有人爱他了，他也不可能赢得如我这般的情爱体验。"②

那时候，不仅衣修伍德有了稳定的爱人，就连斯彭德也已经步入了婚姻的殿堂。奥登、衣修伍德、斯彭德，这三位志同道合的朋友，一度在柏林的同性恋文化圈如鱼得水，却在1933年后各自走向了小径分叉的人生。衣修伍德与那位来自德国底层的俊美少年海因茨爱得难舍难分，为了帮助海因茨逃脱盖世太保的追捕，衣修伍德带着他在欧洲各地游走，去过希腊、葡萄牙、丹麦等国，甚至到过北非。③ 奥登带着善意娶了艾丽卡·曼，帮助她逃出了纳粹的魔爪，却也让自己在婚姻问题上陷入了一个十分尴尬的窘境。斯彭德与一位同样支持西班牙共和事业的女子仓促地结了婚，在向衣修伍德解释自己的婚姻选择时，他写道："我确信你会理解的，若想维持一段长久而稳定的关系，这很有必要。一直以来，你也强烈地感受到这一点。"④ 衣修伍德有思慕的爱人，斯彭德有稳固的婚姻，而1938年前后的奥登却孑然一身。正是在这一段情感的空窗期，奥登创作了一首后来流传甚广的谣曲，主题句"哦，告诉我那爱的真谛"以叠句的形式反复出现，萦回缭绕之中凸显了诗人渴求爱情、探寻真爱的恳切之心。这说明奥登已经厌倦了早年的"肉性之爱"，但又苦于无法拥有一段真正的感情。

切斯特的出现，可谓恰逢其时。奥登渴望一种更为恒久的伴侣关系，而他初来乍到美国便遇到了切斯特，不可谓不是一种缘分。然而，为什么

---

① W. H. Auden, *The English Auden: Poems, Essays and Dramatic Writings, 1927-1939*, ed. Edward Mendelson, New York: Random House, 1977, p. 234.

② Christopher Isherwood, *Christopher and His Kind*, London: Vintage, 2012, p. 315.

③ 1933年，衣修伍德本想带海因茨去英国，但英国移民局官员因为质疑两人的同性恋关系，拒绝海因茨留下。此后，衣修伍德带着海因茨四处流浪，渴望找到一个可以让两人相守的地方。1937年5月，海因茨在德国边境被盖世太保逮捕，被判三年半劳役加兵役。起初，衣修伍德和海因茨还能书信往来，后来彻底失去了联系。直到1952年，两人才在柏林重逢，而海因茨早已结婚，并给自己的儿子取名为克里斯蒂安（Christian），显然有纪念克里斯托弗·衣修伍德之意。

④ Christopher Isherwood, *Christopher and His Kind*, London: Vintage, 2012, p. 269.

偏偏是切斯特？一方面，中产阶级出身的切斯特家教良好，在音乐、文学、戏剧方面多有涉猎，更为重要的是，他思维敏捷，奥登甚至表示"他是一个远比我聪明的人"[①]，颇为相投的志趣和旗鼓相当的头脑激发了谈话的火花，也增进了相处的乐趣。另一方面，切斯特的犹太人身份也带给奥登非比寻常的新奇感受。奥登虽然出生于一个相对开明的家庭，但他一定或多或少地受到英国中产阶级排犹文化倾向的点滴暗示，而接纳和欣赏切斯特则成为他打破古老偏见的一个基石，或者说，是他思考上帝、走向信仰的一个最具决定性的践行。据切斯特的好友（后来成为他的继母）多萝西·法南观察，奥登有意"体验切斯特：他的纽约中产阶级犹太人的背景——这个背景的玩笑话、吸引力、特有的偏狭、诙谐的谈吐，甚至是饮食和语言。当然，威斯坦不可能真正融入其中，但对他来说，这一直是切斯特向他铺展的魅力、神秘和欲望的源泉。"[②]因此，当这位拥有一头金发、一双蓝紫色眼睛的俊美青年不卑不亢地向奥登表达自己的艺术见解时[③]，他成了那"爱的真谛"，迅速俘获了奥登的那颗本已寂灭的心。

奥登自一开始便视切斯特为自己的婚姻伴侣。在相识之初，奥登送给切斯特一本布莱克诗集，扉页上题赠了自己一年前写下的诗行："当它到来，会事先没提个醒，／而我正好在挖鼻子？"（《哦，告诉我那爱的真谛》，"O Tell Me the Truth about Love"，1938；《奥登诗选：1927—1947》190）这首诗的结尾处留有一个疑问——"它会彻底改变我的人生？／哦，告诉我那爱的真谛。"在随后送给切斯特的诗集《在这座岛上》（*On This Island*，1937）里，奥登对这个疑问做出了肯定的回答。他在扉页中写下了这样的赠言："致切斯特／你让我明白了真谛／（我那时是正确的；它的确如此）。"[④]在切斯特身上，奥登第一次看到了超越爱欲欢愉的灵魂相契，也看

[①] Humphrey Carpenter, *W. H. Auden: A Biography,* Boston: Houghton Mifflin Company, 1981, p. 260.

[②] Dorothy Kallman's letter to Humphrey Carpenter on 7 July 1979, quoted from Humphrey Carpenter, *W. H. Auden: A Biography,* Boston: Houghton Mifflin Company, 1981, p. 260.

[③] 据多位相熟之人回忆，切斯特阅读广泛，性情通达，毫不扭怩造作，可以直观地表达自己的观点，哪怕对谈的人是一位经验和资历都比他丰富得多的人。

[④] Humphrey Carpenter, *W. H. Auden: A Biography,* Boston: Houghton Mifflin Company, 1981, p. 259.

到了死生契阔的持久相依。仅仅过了一个月，他就给自己戴上了婚戒。这一年6月，他写信给二哥约翰，透露了自己的感情状态以及精心策划的蜜月旅行。到了7月，他跟好友解释道："近些年来我逐渐确信，我真正需要的是婚姻，我想我的阅历也足以让我相信，这段关系会是婚姻，包含了婚姻会存在的一切琐碎、麻烦以及回报。"①

翻阅奥登创作于1940年前后的诗歌，比如《谜语》("The Riddle"，1939)、《预言者》("The Prophets"，1939)、《若我能对你说》("If I Could Tell You"，1940)、《疾病与健康》("In Sickness and in Health"，1940)等，我们会发现诗中的情感基调已经发生了明显的变化。在这些诗篇中，奥登不但像从前那样继续认为爱情是结束混乱、重构秩序的途径——"情侣们向对方跑去／畏怯中燃烧着梦想……"（《谜语》；《奥登诗选：1927—1947》416），还赋予了爱情以现实的恒久意义。这种爱情，用克尔凯郭尔的话来说，就是"灵性之爱"。与"肉性之爱"不同的是，"灵性之爱"内含辩证法：一方面，"灵性之爱"包含着疑问和不安——会不会幸福，能不能得到回报，愿望能否得到满足等，而"肉性之爱"却总是草草地结束；另一方面，"灵性之爱"的对象是有着细微差异的个体，"肉性之爱"则把一切都堆到一处，其基质在于抽象的男人或女人，至多不过是肉感程度的差异。所以，克尔凯郭尔总结说，"肉性之爱"是时间的弃儿，或者说，它消灭了时间，而"灵性之爱"是时间的延续。②

切斯特让奥登从"肉性之爱"走向了"灵性之爱"，让他经历了情感与信仰的双重"跳跃"，让他幻想以"婚姻之爱"的形式践行人爱与神爱的结合。门德尔松教授说，奥登的中后期诗歌献给了"婚姻"③。多萝西·法南也曾明确指出："奥登对婚姻有着持久的兴趣，包括婚姻的形式和促成婚姻的方式。"④ 奥登后来在《克尔凯郭尔导读》("A Preface to Kierkegaard"，

---

① Auden's letter to A. E. Dodds on 11 July 1939, quoted from Edward Mendelson, *Later Auden*, London: Faber and Faber, 1999, p. 47.

② ［丹麦］索伦·克尔凯郭尔：《非此即彼》，封宗信等译，中国工人出版社2006年版，第34—35页。

③ Edward Mendelson, *Early Auden*, New York: The Viking Press, 1981, p. 22.

④ Dorothy Farnan, *Auden in Love*, New York: Simon and Schuster, 1985, p. 168.

1944）这篇文章里引述过克尔凯郭尔表述的"婚姻之爱"："浪漫之爱可以在瞬间得到完美地诠释，婚姻之爱却不行，因为一位理想的丈夫体现于生活中的每一天，而不是某个瞬间。"① "浪漫之爱"同"肉性之爱"一样，都是时间的弃儿，唯有"灵性之爱"和"婚姻之爱"可以消弭了时间的缝隙，走向永恒之经验。所谓永恒，并非是恒定不变，而是指相爱的两个人在给出婚姻的誓言之后，凭借各自的意志力抵御花样繁多的诱惑、克服纷繁复杂的磨难，持续不断地赋予誓言以现实的实在意义。这种婚姻生活，类似于一个虔诚的基督徒把信仰灌注到每一天的日常琐事里，或者说，"婚姻之爱"与宗教信仰是一体的。

奥登与切斯特的这段"婚姻之爱"，减轻了奥登长久以来因为自身的同性恋行为而产生的负疚感，扫清了他在信仰皈依旅程中的戒律障碍。奥登之所以成为同性恋者，如前文所述，有天性上的原因，有特殊家庭环境的原因，有英国男子公学体制的原因，也有英国上层阶级和知识界在20世纪二三十年代的亲同性恋气候②带来的影响。然而，那时候，无论是人世的法律还是上帝的律法都视同性恋为犯罪行为。奥登虽然并不刻意迎合社会的主流道德，却也在一定程度上受到主流文化的耳濡目染，在接受了自己的性倾向的同时却又质疑其合理性。大约1933年，奥登在给友人的信中写道："从某方面来说，同性恋跟吃手指一样，都是坏习惯。"③ 据他的密友衣修伍德观察，至少在1939年前后，奥登仍然对于自己的同性恋行为有一种自惭形秽的感觉——"他的宗教反对同性恋，他也认同这是有罪的，不过，他执意要继续错下去"④。

这种罪感意识甚至影响了他早期作品中隐射同性恋时的措辞。比如，

---

① W. H. Auden, "A Preface to Kierkegaard", in *The Complete Works of W. H. Auden: Prose*, Vol. II: 1939-1948, ed. Edward Mendelson, London: Faber and Faber, 2002, pp. 217-218.

② 弗洛朗斯·塔玛涅通过大量一手资料和实地调研指出，英国在1919—1933年间有一个明显的亲同性恋时期，同性恋在公学、大学、知识分子圈中传播，成为一种时尚，或者说一些阶层和圈子的一种认同手段。相关内容可以参看［法］弗洛朗斯·塔玛涅：《欧洲同性恋史》，周莽译，商务印书馆2009年版，第134—190页。

③ Humphrey Carpenter, *W. H. Auden: A Biography,* Boston: Houghton Mifflin Company, 1981, p. 105.

④ Christopher Isherwood, *Christopher and His Kind*, London: Vintage, 2012, p. 346.

在《某晚当我外出散步》("As I Walked Out One Evening",1937)中,抒情主人公热泪盈眶地站在窗前感慨"你该去爱你扭曲的邻人/用你那颗扭曲的心"(《奥登诗选:1927—1947》175),这里的"扭曲的",对应的原文为"crooked",而该词在与"straight"对读的语境下指向了"同性恋"①,这一双关用法恰恰表明了奥登对于自身性倾向的双重态度。因此,无论奥登在现实生活里如何频繁地陷入同性爱欲之中,他在主观上仍然认为同性恋行为是坏习惯,甚至是扭曲的、畸形的。切斯特的出现,改变了他的情感生活模式,使他得以用"婚姻之爱"的稳定形式赋予他们的恋情以神圣的意义,在一定程度上不亚于每一对世俗夫妻缔结的婚姻关系。

这一点,还可以从奥登创作于1940年秋的《疾病与健康》中找到印证。这首诗可谓奥登赞颂"婚姻之爱"的代表性作品。诗题"疾病与健康"源自西方人在婚礼仪式中常用的致辞,通常敦促新婚夫妇在生病和康健的不同际遇里都应该彼此关切。诗体沿用了弥尔顿、拜伦、雪莱(Percy Shelly)、济慈(John Keats)、叶芝等诗人擅用的八行体,通常表现严肃的主题。诗歌的内容则受到玄学派鼻祖多恩(John Donne)的《连祷文》的影响(奥登曾向朋友们竭力推荐过),探讨了爱与婚姻的神学意义。门德尔松教授将之称为奥登阐释婚姻神学的诗体论文②,可谓中肯。此外,富勒给出了一个细节:该诗虽然题献给了曼德尔鲍姆夫妇(Maurice and Gwen Mandelbaum),实际上写的是奥登与切斯特的爱情,只是后来应曼德尔鲍姆太太的请求才增加了题献。③这说明了该诗的私人性,委实是奥登对他与切斯特之间"婚姻之爱"的祝祷,也进一步证实了这段胜似婚姻的伴侣关系促成了他的信仰皈依。

值得注意的是,奥登曾对不少朋友说,母亲离世是他皈依基督教的

---

① 奥登不止一次用"crooked"、"crook"来指代同性恋。比如,衣修伍德曾回忆,奥登给过他一本罗伯特·布里吉斯(Robert Bridges)的书,上面写着四行诗:"他不像我们/他不是同性恋者/一个异性恋者/写下了这本书。"这里的第二行用到了"crook",与下一行的"heter"形成了对比。可以参看Christopher Isherwood, "Some Notes on the Early Poetry", in Stephen Spender, ed., *W. H. Auden: A Tribute,* London: Weidenfeld & Nicolson, 1975, p. 79.

② Edward Mendelson, *Later Auden*, London: Faber and Faber, 1999, p. 153.

③ John Fuller, *W. H. Auden: A Commentary*, Princeton: Princeton UP, 1998, p. 391.

一个主要原因①，这里有一个时间差的问题。奥登大约是在1941年8月底获悉母亲离世的消息，而他早在一年前就已经重返教堂了，并且自1940年10月开始每个星期日一大早都会留出时间去参加教会活动。这种时间差，一方面说明了信仰皈依旅程的复杂性，另一方面也再一次说明了情感生活对信仰皈依的影响力，因为正是在此前不久，即1941年7月，奥登与切斯特的"婚姻"遭遇了重大危机②，让他一度"成为古希腊和基督教意义上的那种恶魔力量的猎物，被剥夺了自我控制力和自我尊严"，母亲的离世进一步将他推向了精神的炼狱，促使他在理性和感性的双重层面上完成了皈依。

在奥登的皈依时间轴上，家庭背景、传统教育、1937年的西班牙之行、1939年的"新闻短片事件"、以查尔斯·威廉斯为代表的神学家们的信仰启迪，以及切斯特带来的情感体验，使奥登有意在1940年初就试探性地重返教堂。这个时期的作品，尤其是创作于1940年1月至4月的长诗《新年书简》，就是一首承前启后的作品，表达了力求从生活到艺术"安顿有序"、"谨守秩序"（《奥登诗选：1927—1947》311，355）的意愿，诗中单单是表达秩序概念的"order"就反复出现了十余次。

如果说1940年的主旋律是"秩序"，是情感生活（与切斯特的关系十分稳固）、物质生活（在纽约安顿了下来）、艺术生活（创作灵感迸发）、信仰生活（去教堂变得常规化）等各个层面的整顿有序的话，那么，1941年的主旋律则是"变化"，是切斯特的背叛和母亲的离世双重夹击下的精神困局。或许只有到了此时此刻，奥登才切身体会到克尔凯郭尔所谓的"弃绝"（resignation）③，在内心的狭促之地真正实现了"信仰的跳

---

① Humphrey Carpenter, *W. H. Auden: A Biography,* Boston: Houghton Mifflin Company, 1981, p. 314.

② 切斯特向奥登摊牌，他恋上了其他人。

③ 克尔凯郭尔在《恐惧与颤栗》的"亚伯拉罕颂"这一章节里指出，信仰不是心灵的直接本能，而是以"弃绝"为前提。一个人首先通过无限弃绝的行动而放弃了对有限事物的要求，然后充满信赖地投身于荒诞之中，并且重新获得了有限的事物。亚伯拉罕向上帝献祭以撒的故事，可以参看《旧约·创世记》第22章。克尔凯郭尔的创造性解读可以参看［丹麦］索伦·克尔凯郭尔《恐惧与颤栗》，刘继译，贵州人民出版社1994年版，第1—10页。

跃"（leap of faith）①。

第二节 "信仰的跳跃"：在世俗时代寻找"绝对的前提"

自尼采（Friedrich Wilhelm Nietzsche）惊世骇俗地喊出"上帝已死"以来，人们以各种各样的方式频繁使用这句话，不再轻易地相信任何超越人类经验领域的东西。加拿大哲学家查尔斯·泰勒（Charles Taylor）在他的鸿篇巨制《世俗时代》（*A Secular Age*，2007）中指出，"上帝已死"所捕捉到的一个基本观念就是"在现代世界，信仰上帝的条件提高了"，"我们不可能在没有困惑、敷衍或心有保留的情况下就诚实地、理性地信仰上帝"。② 他的解释恰好说明了奥登的信仰之旅中非常关键的一个过渡时期——从失去信仰到经过反思重新皈依信仰。

一 "失去了信仰"：不可避免的"没有信仰的阶段"

奥登曾结合自身经历谈到，每个基督徒都会经历"童年时'我们还有信仰'到成年时'我又有信仰了'的转变"：

> 在任何时候这种转变都不容易做到，在我们这个年代似乎只有经历了一段没有信仰的阶段才能达到这种转变。回顾往事，我们不禁扪心自问：为什么会这样呢？我们可以避免没有信仰的那个阶段吗？或

---

① "信仰的跳跃"是克尔凯郭尔有神论存在主义哲学中的另一个核心概念。克尔凯郭尔认为，在人生道路的三个阶段（审美、伦理和宗教）中，宗教阶段是最为理想的生活境界，而要进入这个阶段人必须做出非此即彼的选择，要么在伦理阶段做一个理性的人，要么经过痛苦的抉择由伦理阶段跳跃进宗教阶段。进入宗教信仰的"跳跃"是无限"弃绝"的运动，亚伯拉罕为此牺牲了以撒。在经历痛苦的弃绝之后，凭借信仰的力量，人又重新获得了一切，亚伯拉罕重新得到了以撒。事实上，鲜有人能够拥有亚伯拉罕那样的勇气和激情投入"荒诞"而重新赢得一切，比如，克尔凯郭尔本人放弃了家庭生活，向恋人蕾琪娜求婚后又不顾一切地取消了他们的婚约，最终永远地失去了蕾琪娜、失去了爱情。

② ［加拿大］查尔斯·泰勒：《世俗时代》，张容南、盛韵等译，上海三联书店2016年版，第634页。

者至少缩短那个阶段？①

奥登说，哪怕那时候读到了有关基督教哲学的书或者遇到了兼具坚定的信仰、高尚的情操和美德的生活的圣徒，失去信仰的阶段恐怕也是不可避免的。在另外一些时候，他又谨慎地宣称，若说进入中学之后他"失去了信仰"，这种话带有夸张的成分，也不够确切，更严格的说法应该是他"失去了兴趣"②。

无论是失去了宗教信仰，还是失去了对宗教的兴趣，我们难免会有一问——是什么原因促使奥登从对宗教仪式的审美性感受和对宗教经典的文学性体验当中抽离了出去？关于这个问题，奥登言简意赅地谈到过："一个作为基督徒成长起来的人，无论是在哪个年龄阶段失去了信仰，最根本的原因莫过于他想要走自己的路，享受世俗世界和感官生活带给自己的愉悦。"③显然，奥登的肺腑之言，隐射了他自己在青春期面临的宗教苛律和世俗享受之间的内在冲突。

青春期性意识的觉醒令奥登充满了羞愧感，不受上帝的律法和人间的法律承认的同性恋性取向又让他陷入了无边的焦虑与不安之中。据记载，奥登大约是在1920年对男性萌生了不同寻常的好感。这一年，他自认"偏好基督教会"，却在与学校的纽曼牧师（Revd Geoffrey Newman）的接触中产生了异样情愫④。从圣爱德蒙德学校毕业后，奥登去了格瑞萨姆学院，

---

① ［英］W. H. 奥登：《依我们所见》，《序跋集》，黄星烨译，上海译文出版社2015年版，第676页。

② 奥登有时宣称自己在1920年（即13岁）失去了宗教兴趣，有时又宣称是在1922年（即15岁）失去了宗教信仰。关于前者，参看 Auden's contribution to *Modern Canterbury Pilgrims*, in *The Complete Works of W. H. Auden: Prose*, Vol. III: 1949-1955, ed. Edward Mendelson, Princeton: Princeton UP, 2008, p. 574；关于后者，参看［英］W. H. 奥登《依我们所见》，《序跋集》，黄星烨译，上海译文出版社2015年版，第675页。

③ Auden's contribution to *Modern Canterbury Pilgrims*, in *The Complete Works of W. H. Auden: Prose*, Vol. III: 1949-1955, ed. Edward Mendelson, Princeton: Princeton UP, 2008, p. 574.

④ 奥登在20世纪40年代初列了一个名单，记录曾让他陷入爱河的男性，第一位便是纽曼牧师，最后一位是卡尔曼。可以参看 Richard Davenport-Hines, *Auden*, New York: Vintage Books, 1999, p. 39.

对一位名叫罗伯特·麦德雷的学长产生了浓厚兴趣。一头黑发的麦德雷在很多方面影响了奥登的人生道路。他是将奥登的理想从矿业工程师转向诗人的关键性人物——"我常常想，如果 1922 年 3 月的某一个周日，我的朋友罗伯特·麦德雷没有建议我写诗，那么我现如今的生活会是怎样的呢？"①他也是导致奥登失去原生家庭带给他的宗教信仰的关键性人物——"麦德雷抨击了教会，奥登的信仰悄然发生了变化，尽管他义正词严地宣告自己是信徒的举动让麦德雷大吃一惊。"②可以想象，相对封闭的寄宿生活为奥登提供了更多的自主选择权，母亲施加的宗教影响力在他的个人成长中节节败退。

除了这个至关重要的内在原因以外，成年人的宗教生活也无法为他提供一个值得托付信仰的理由。在寄宿学校（尤其是格瑞萨姆学院），奥登逐渐发现，许多教员的基督徒身份不过是一种循规蹈矩的选择，教义之于他们，如同日常生活中恰如其分的着装和合乎规矩的言行。还有一些教员在主观意识上根本不信仰基督教，只是借此谋得一份教职而已。这些并不虔诚的基督徒，让小奥登看到了成年人宗教生活的虚伪性面目。比虚伪更让他难以忍受的是，在假期跟随母亲去参加礼拜仪式时，他发现人群中最为虔诚最为狂热的基督徒，往往是那些在生活中并不幸福的人。这些现象，恰如德国现代神学家迪特里希·冯·朋霍费尔（Dietrich Von Bonhoeffer）在一首诗中所揭示的：

> 当人处境维艰，人们便走向神，
> 向神祈祷，要求救助、抚慰和食粮，
> 要求怜悯，为那些病人、罪人和死难的人——
> 人人都这么做，基督徒与不信者都一样。③

---

① ［英］W. H. 奥登：《依我们所见》，《序跋集》，黄星烨译，上海译文出版社 2015 年版，第 677 页。

② Humphrey Carpenter, *W. H. Auden: A Biography,* Boston: Houghton Mifflin Company, 1981, p. 28.

③ ［德］迪特里希·冯·朋霍费尔：《狱中书简》，高师宁译，新星出版社 2011 年版，第 197 页。

教堂里虔诚的信徒们，不是在身体上便是在精神上患有疾病，不是婚姻不幸便是难以觅到婚配对象。这令少年奥登仓促地得出了一个可怕的结论——"只有不被人所爱了，人们才会爱上帝。"[1] 奥登的此番认知存在一定的真实性，神学家们普遍承认"危机"（crisis）对人们成为信徒的重要促进作用，比如克尔凯郭尔关于"信仰的跳跃"一说，便是建立在身心危机的前提之上的。然而，对于少年奥登而言，成年人的虚伪的、不幸的宗教生活，非但不能构成他深思宗教神学的义理和宗教实践的衰落的契机，反而合拢为一座拒绝他人靠近的幽暗森林，将他过往关于宗教的美好体验打消得一干二净。他本能地想要逃离这样一个并不快乐的宗教世界。

伴随上述的内在和外在的原因，基督教在世俗时代的日渐式微也是少年奥登远离信仰的重要原因。在过去的五百年间，尤其是19世纪以降，宗教在西方社会生活中的地位发生了显著而深刻的变化。西方从一个不可能不信仰上帝的社会，变成了一个对上帝的信仰不再是不证自明的社会，这种转变不仅改变了人们的自我认知，也改变了他们的公共生活和社会想象。人们普遍认为这是西方社会生活的世俗化，关于这一点，查尔斯·泰勒精准地道出了三种意义上的"世俗时代"：首先，宗教不再"无所不在"，它从我们的各种公共空间中脱离了出来，成为一个单独的"领域"；其次，宗教信仰与实践衰落，人们远离了上帝，不再去教堂做礼拜；第三，信仰上帝被理解为多种选项之一，而且"常常还是并非最容易被接受的那种选项"。[2] 在少年奥登生活的20世纪初，英国社会的世俗化已经是一种清晰可辨的现象。有些人没有什么信仰，有些人的信仰仅仅是一纸进入特定职场的通行证，有些人的信仰与实际生活领域所遵循的规范和原则完全脱节，即便是最坚定的信徒，也可能会感慨在世俗时代坚守信仰是一个艰难的选项。重返教堂以后，奥登回忆起他在寄宿学校里遇到过的那些并不虔诚的教员时，并不像寻常人那样给他们贴上"虚伪"标签，而是颇为宽厚地指出，

---

[1] Auden's contribution to *Modern Canterbury Pilgrims*, in *The Complete Works of W. H. Auden: Prose*, Vol. III: 1949-1955, ed. Edward Mendelson, Princeton: Princeton UP, 2008, p. 575.

[2] ［加拿大］查尔斯·泰勒：《世俗时代》，张容南、盛韵等译，上海三联书店2016年版，第3—5页。

这种现象委实是"公开的秘密"（an open secret）[1]。整个社会已经处于世俗时代，人们甚至没有试图去掩盖这种并不真诚的行径。在这样一个世俗时代，成年人坚守信仰已然是一个具有挑战性的问题，更何况是绮纨之岁的不羁少年。

奥登进一步指出，基督教会、教堂和神职人员故步自封，他们所使用的语言和宣传的义理在很多情况下是不合时宜的。少年奥登参加的宗教仪式和敬拜活动，祈祷文和关键用语是拉丁语，在他看来，普通的礼拜者根本不理解这样一门"死语言"，不可能对整个仪式有直抵精神层面的切实感受，甚至"还不如一出喜剧带给他们的震撼"[2]。但是，如果用英语表达这些意象和术语，其后果又是一种祛魅，将原本的神秘性和神圣性消解殆尽，在现代生活语境里格格不入。为此，奥登举了一个例子：做弥撒时要唱诵《羔羊颂》[3]，如果用的是拉丁语"Agnus Dei"的版本，在场者多多少少会受到吸引，至少会被其中的神秘因素和音乐魅力所吸引；如果用的是英语"Lamb of God"的版本，对没有用牲畜献祭的真实体验的现代城市人而言，无疑会勾起一种古怪的情绪和引发一串滑稽的联想。

除了"官方"用语的问题，基督教典籍因为形成于早期奴隶制时代和父权制时代，存留了大量在而今看来经不起推敲的表述。比如，在过去称上帝为"Lord"（主人）并不会引起歧义，但是在自由、平等和民主的观念已经深入人心且在各个领域大力推行的现代社会里，这个词语已经失去了它原初的力量。再比如，在过去称上帝为"our Father"（我们的父、天父），这样一个简洁明了的隐喻体现了上帝和我们之间的关系，然而，在女性意识已经觉醒的现代社会里，这个含有男性中心主义色彩的隐喻事实上颇为直观地揭示了基督教话语体系的沉疴。奥登认为，成年人或许可以调动自己的想象力和学识来"转换"这种不合时宜，将基督教的语言和意象"调试"

---

[1] Auden's contribution to *Modern Canterbury Pilgrims*, in *The Complete Works of W. H. Auden: Prose*, Vol. III: 1949-1955, ed. Edward Mendelson, Princeton: Princeton UP, 2008, p. 574.

[2] Ibid., p. 575.

[3] "羔羊"，即上帝的羔羊，指耶稣基督作为理想的"为全人类赎罪"的祭品的角色，源自古犹太教在逾越节时屠宰小羊并将羊血涂在门户上的献祭仪式。

得符合时代语境,可是对于少年来说"完全是另外一回事"[①]了。这是一个无法解决的困境。

从奥登的经历和自述来看,失去对基督教的兴趣,乃至失去了信仰,是那个时代几乎所有成长于基督教家庭背景的青少年无法回避的人生阶段。他发现,"教会让他用以思考上帝的术语(当然,与她[②]期望他思考的术语不同),他和他的同龄人,不管是不是基督徒,都不可能由衷地去细想、精准地去把握"。[③]与此同时,他在父亲的书房里阅读到的心理学著作,尤其是弗洛伊德的精神分析学作品,很好地解答了他关于人类身体与情感的诸多困惑。这一整套心理科学话语体系显然更容易被人接受,更加切合时代语境,其诊疗方式也比传统宗教的祈祷和告解更加行之有效。

大约正是在他对基督教失去了兴趣的阶段,哈代、豪斯曼等"异端"诗人取代了丁尼生(Alfred Tennyson)、霍普金斯等传统诗人,成为奥登吟诵、模仿和学习的对象。作为一个无神论者,哈代不相信有无所不能的上帝主宰这个世界,反而是一种残酷无情、任意妄为的"命运"在冥冥之中操纵了一切:

>……为什么欢乐遭杀戮,
>为什么播下的美好希望从未实现?
>——是纯粹的偶然遮住了阳光雨露,
>掷骰子的时运不掷欢欣却掷出悲叹……
>这些盲目的裁判本能在我的旅途
>播撒幸福,并不比播撒痛苦更难。[④]

[①] Auden's contribution to *Modern Canterbury Pilgrims*, in *The Complete Works of W. H. Auden: Prose*, Vol. III: 1949-1955, ed. Edward Mendelson, Princeton: Princeton UP, 2008, p. 575.

[②] 奥登此处应该是指他的母亲。

[③] Auden's contribution to *Modern Canterbury Pilgrims*, in *The Complete Works of W. H. Auden: Prose*, Vol. III: 1949-1955, ed. Edward Mendelson, Princeton: Princeton UP, 2008, p. 575.

[④] [英]托马斯·哈代:《偶然》,飞白译,《世界诗库·第2卷》(英国、爱尔兰),花城出版社1994年版,第550页。

第三章 "我开始思考上帝"：奥登与基督教信仰 | 199

　　盲目的命运、非理性的偶然，像海浪冲击沙滩，将沙子堆成的信仰堡垒夷为平地。现代概率论①代替了神话时代的宿命论，披着一件理性外衣的科学剥夺了人类将罪过和不幸推诿给神祇的自我宽慰。诗歌中流露出的遗憾与哀伤，投射了一种伴随着失去信仰同时也失去了天真而美丽的世界的悲伤。这种痛彻心扉但又不可逆转的失落，正是少年奥登的精神世界曾经历的骤变。因此，笔者认为哈代之所以能够成为奥登"诗歌上的父亲"②，除了他在《文学传承》（"A Literary Transference"，1940）里提到的四点诗歌创作上的教诲③以外，更重要的原因在于哈代写出了他彼时的困惑和挣扎，揭示了一个不信教者在传统价值体系崩塌之后的艰难摸索。

　　很快，豪斯曼的独特经历和蕴含着性反抗因素的诗篇让正在构筑自我价值的奥登找到了共鸣。虽然豪斯曼吸引奥登（包括20世纪20年代的其他年轻人）的原因很有可能是他的那些偏向于青少年性质的诗歌主题——谋杀、自杀、夭折、不幸的爱情等，但豪斯曼的同性恋倾向和对上帝的抱怨，恰巧是少年奥登伴随着青春期而萌生的诸多烦恼的焦点。奥威尔在谈到豪斯曼的影响力时，特地指出"他那渎神的、反律法的、'冷嘲热讽的'特点"④，在第一次世界大战之后强烈吸引了年轻人。如果说年轻人从豪斯曼的略带悲观主义倾向的诗文中读出了反抗传统信仰和主流道德的精神脉络的话，那么奥登应该能够对他的这种反抗性有更加深入的切身体会，否则他不会另辟蹊径地将豪斯曼感受到的"羞愧"与"罪恶"归因于他的情感生活⑤。多年后，即便

---

① 晚年奥登在多篇诗文中抨击了"科学主义"和现代随机论、概率论、偶然论，比如诗歌《忒耳弥努斯颂》（"Ode to Terminus"，1968）、《不可测的天意》（"Unpredictable but Providential"，1972）等。

② W. H. Auden, "A Literary Transference", in *The Complete Works of W. H. Auden: Prose*, Vol. II: 1939-1948, ed. Edward Mendelson, London: Faber and Faber, 2002, p. 48.

③ 四点教诲分别是鹰的视域、爱与理性的关系、诗歌技艺、口语化措辞。

④ [英]乔治·奥威尔：《在巨鲸肚子里》，《政治与文学》，李存捧译，译林出版社2011年版，第112页。

⑤ 奥登认为，豪斯曼确实觉得羞愧、罪恶，但原因不是批评家们所说的——"他有强烈的传统道德观"，而是他的同性恋倾向以及在性关系中的被动倾向，因为在古希腊罗马的男同性恋文化语境中，被动的成年同性恋者被认为是滑稽下贱的一方。可以参看[英]W. H. 奥登《伍斯特郡少年》，《序跋集》，黄星烨译，上海译文出版社2015年版，第424页。

奥登认为豪斯曼的诗歌主题和表达的情感范围都比较狭窄，但依然感谢他的作品曾经给予他很多慰藉。这里的"慰藉"，当然不是诗歌艺术上的，而是情感上的共鸣。

在哈代、豪斯曼等"异端"诗人的诗文里，"上帝已死"了，纯粹的偶然和易逝的韶光支撑起一个支离破碎的世界，人类像是一粒粒随机飘落下来的种子，需要依靠自己的力量才能生存下去。查尔斯·泰勒缓缓讲述了启蒙时代以降不信教者所秉持的这种逻辑："宗教产生于幼稚般的缺失勇气。我们需要像一个男子汉那样挺立，去面对现实……不信者有勇气采取一种成熟的姿态去面对现实。他知道人类只能靠自己。但这并不会使他屈服。相反，他决意去承认人的价值和人的善，并且在没有错误幻想和慰藉的情况下为此奋斗。"①查尔斯·泰勒的故事说得很生动。从历史的角度来看，不信教者与人文主义齐头并进，而从个人成长的角度来看，失去信仰与自我认同也相伴而生。

家庭、学校以及社会灌输给奥登的教义，看上去总是漏洞百出，甚至背离了他的正在萌发的情感倾向和逐渐积累的生活经验。在基督教的信仰伦理里，人类自始祖亚当、夏娃开始就背负了原罪，而同性恋行为更是罪加一等。大诗人但丁（Dante Alighieri）将同性恋者的亡灵安排在地狱第七层第三环里接受惩罚，让他们在火雨纷飞的贫瘠沙地上不断奔走，"只要停留片刻，以后就要躺一百年，火雨打在他身上，他也不能挡开"②。罪感削弱了人的尊严，不被宗教认可的情感倾向进一步将"罪人"推向了分裂、负疚、苦恼和绝望的深渊之中。奥登四方寻找，设法重新赋予自己作为人的全部尊严，赋予生活全新的意义。对于自始至终都保持着宗教热情的母亲来说，奥登已经变得不可理喻，不再是那个会做祷告、会去教堂的乖孩子。而奥登的种种行为，包括性向选择、信仰选择和职业选择，都是在确立自我价值和生成自我意义，使自己成为完全独立自主的主体的人。

---

① ［加拿大］查尔斯·泰勒：《世俗时代》，张容南、盛韵等译，上海三联书店2016年，第636页。

② ［意］但丁：《神曲·炼狱篇》，田德望译，人民文学出版社2007年版，第92页。

二 不信教者的宗教情怀：作品中的基督教元素

正是在成长与重构的过程中，"异端"让他产生了强烈的兴趣，而不是基督教正统。他承认，那时候能够吸引他的观点往往出自"对基督教信仰怀有敌意的人"[①]。这些"异端"人士，除了众所周知的弗洛伊德和马克思以外，还有一些人在他的理性王国里充当了一段时间的"英雄"。门德尔松教授是如此概述的：

> 在接下来的15年里，奥登用心理学和经济学为自己也为朋友们解释这个世界，显然，他多多少少是将它们当成了宗教的最佳替代品。他为自己建构了一个不断变化的智识框架，而思想养料来自博大庞杂的知识宝库，包括弗洛伊德、D. H. 劳伦斯、马克思，还有一些不甚知名的人（如人类学家约翰·莱亚德和神秘博物学家杰拉尔德·赫德）在其中充当了临时英雄。1934年，他将列宁和T. E. 劳伦斯列为"自由的强效代言人"；然而，两年后，他在《攀登F6》中，把以T. E. 劳伦斯为局部原型的主人公刻画成了一个自我毁灭的自大狂，并且开始修改他的早期诗歌，剔除了所有关于共产主义的正面表述。[②]

门德尔松教授的这段话大致勾勒了奥登自1922年"失去了信仰"到1937年西班牙之行期间的思想历程。心理学、经济学、人类学、政治学等领域的思想、观点和理念，仿佛真的成了"宗教的最佳替代品"，将奥登儿时烙印的信仰印记一笔勾销。

然而，果真如此吗？关于这一点，奥登从另一个角度解说过：

> 我在二三十岁时，与我们那一代大多数中产阶级知识分子一样，

[①] Auden's contribution to *Modern Canterbury Pilgrims*, in *The Complete Works of W. H. Auden: Prose*, Vol. III: 1949-1955, ed. Edward Mendelson, Princeton: Princeton UP, 2008, p. 575.

[②] Edward Mendelson, "Auden and God", *The New York Review of Books*, 2007 (19), see https://www.nybooks.com/articles/2007/12/06/auden-and-god.

关注过布莱克、劳伦斯、弗洛伊德、马克思的各式"福音传道",它们有一个共同点。它们都是基督教的异端;也就是说,一个人若想理解它们产生的土壤,就必须在宗教层面上相信我们的文明建立在如下基础之上:圣言鲜活生动,就在我们中间,因此,物质,即自然秩序,是真实的,也是可救赎的,并不是虚无的表象,也不是罪恶的根源;历史时间是真实的,也是意义深远的,并不是毫无价值的,也不是一系列周而复始的循环。①

这是奥登皈依基督教后的一段自述。此时此刻,他曾兼收并蓄过的那些思想、观点和理念,不再是"宗教的最佳替代品",而是从基督教文化土壤中滋生出来的异端学说。也就是说,哪怕他们(包括弗洛伊德、马克思等名家在内)再怎么质疑、否认、诋毁基督教,他们的话语体系都离不开基督教传承下来的圣言和义理。1941 年,在为莱茵霍尔德·尼布尔的《人的本性及其命运》(*The Nature and Destiny of Man*)撰写的书评中,奥登开门见山地转引了尼采的观点来宣称"基督教是一个系统,一种对事情的看法,一直以来都是全面而完整的。如果我们剥离了它的根本观念,抽离了对上帝的信仰,便是将整体撕扯成了碎片"。②

从这个角度而言,无论人们是否信靠,基督教都作为西方文明的精神内核而存在,若选择了信靠,则可以更为全面而完整地从这个系统出发做出整体性的理解。关于这一点,同为英国国教高教会派信徒的艾略特,在一次公开演讲中宣称宗教与文化是不可分割的,他真挚地总结道:

> 我的演讲不是宗教演讲,我也并不准备改变任何人的宗教信仰,而只是简单地陈述一个事实。我甚至也不很关心当今基督徒之间的交往;而只想谈谈造就了现代欧洲基督教的共同传统。如果亚洲明天改

---

① W. H. Auden's contribution to *Modern Canterbury Pilgrims*, in *The Complete Works of W. H. Auden: Prose*, Vol. III: 1949-1955, ed. Edward Mendelson, Princeton: Princeton UP, 2008, p. 577.

② W. H. Auden: "The Means of Grace", in *The Complete Works of W. H. Auden: Prose*, Vol. II: 1939-1948, ed. Edward Mendelson, London: Faber and Faber, 2002, p. 131.

信基督教，它并不会因此而成为欧洲的一部分。我们的艺术正是形成于和发展于基督教中；欧洲的种种法律甚至时至今日也仍然根植于基督教里。我们的一切思想也正是由于有了基督教的背景才具有了意义。一个欧洲人可以不相信基督教信念的真实性，然而他的言谈举止却逃不出基督教文化的传统，并且必须依赖于那种文化才有其意义。①

艾略特的说法，是对尼采的"基督教是一个系统"的现代化阐释。人们往往大谈伏尔泰（Voltaire）和尼采如何攻击基督教，艾略特却提醒我们注意这两位文化斗士思想中的基督教因素和渊源——"只有基督教文化，才能造就伏尔泰和尼采。"② 在他看来，欧洲文化共同的根基和特征就在于基督教。同样是诗人，同样是在成年后自主地选择皈依，同样是"欧洲—美国"跨大西洋旅居者，奥登显然颇为认同这位前辈的看法。在选择重返教堂却未曾公开之前，奥登只向为数不多的几个人透露了自己的信仰倾向，艾略特就在其内，未尝不是出于一种"所见略同"的内在原因。

基督教文化构成了西方文明的根基，而基督教信仰也是奥登个人成长中不可磨灭的一部分印记。因此，在"失去了信仰"的那些年，奥登的生活和创作里也难免会渗透着基督教元素。门德尔松教授指出，青年奥登在创作思路不太顺畅的时候，往往会从宗教中撷取素材和灵感。③ 他没有进一步举证这个现象，后来亚瑟·柯尔奇在《奥登与基督教》中为我们简单梳理了早期奥登诗作中的基督教元素④。根据他的提示，奥登的少年习作《纳喀索斯》（"Narcissus"，1927）以古罗马天主教神学家奥古斯丁（Saint Augustinus）的《忏悔录》（*The Confessions*）第九卷中的一则铭文为题引，反复修改的《耶稣今日死去》（"Jesus Died Today"，1928）以基督教节日"耶稣受难日"为基本背景，组诗《1929》的整

---

① [英] T. S. 艾略特：《基督教与文化》，杨民生、陈常锦译，四川人民出版社1989年版，第205页。

② 同上。

③ Edward Mendelson, *Early Auden*, New York: The Viking Press, 1981, p. 197.

④ 可以参看Arthur Kirsch, *Auden and Christianity*, New Haven & London: Yale UP, 2005, pp. 9-21.

体架构以复活节为基本线索,《哦,那是什么声音》("O what is that sound…",1932)的灵感来自于他在伦敦国家艺术画廊里看到的一幅有关耶稣在最后的晚餐之后前往客西马尼园祈祷的画作,等等。20世纪30年代中期以后,奥登对基督教的兴趣越发浓烈了起来,基督教元素不再只是创作中的素材,其基本教义已经透过表层元素浸入到诗歌文本之中,影响了诗歌的主旨和内涵。

好友衣修伍德也多次提到早期奥登与基督教的关系,为我们提供了更为有力的证据。在《克里斯托弗及其类》中,衣修伍德谈到了他在20世纪30年代中后期与奥登合写戏剧的经历,认为奥登时常表现得"昏了头"(woozy),而这些不被他认可的思想和行为多半与奥登的宗教态度有关:

> 威斯坦仍然受到母亲的影响。他现在公开支持马克思主义,或者说,至少是在大家宣传马克思主义的时候没有提出反对意见,但实际上他并非真心实意,不过是迁就克里斯托弗以及一些其他朋友们而已。克里斯托弗显然觉察到了威斯坦的基督教倾向。为了避开这些严肃的宗教话题,他常常打趣奥登,有时难免会引来一场争论。"我们合作时,"他写道,"我必须密切盯牢他——稍不留神,角色们就被写得面目全非;还有一个隐患是,合唱部分总会插入天使的声音。"[①]

衣修伍德不仅在这部半自传体小说里调侃了奥登创作时倾向于使用基督教元素,更是点明了奥登在"失去了信仰"期间依然严肃地对待基督教话题,甚至不惜为此与朋友发生口角。奥登去世后,衣修伍德饱含深情地回忆了奥登的早期创作,再一次提及了上述与奥登合作的情景,末了还加上一句——"要是让奥登得逞的话,他铁定会把每一部戏都变成大歌剧[②]和大弥撒的结合体。"[③] 衣修伍德对奥登彼时的基督教倾向的描述显然有夸

[①] Christopher Isherwood, *Christopher and His Kind*, London: Vintage, 2012, pp. 249-250.

[②] 大歌剧(grand opera):全剧没有念白,即只唱不说的戏剧。

[③] Christopher Isherwood, "Some Notes on the Early Poetry", in Stephen Spender, ed., *W. H. Auden: A Tribute,* London: Weidenfeld & Nicolson, 1975, p. 74.

张的成分，对于秉持无神论的他来说，哪怕奥登已经失去了宗教兴趣而仅仅是在创作中融入了基督教元素，也是不可忍受的事情。这种不同的立场，恰恰说明青年奥登不是一般意义上的不信教者，他与基督教的渊源远比我们想象的更为深厚。因此，他在西班牙街头意外醒悟到教堂的重要性也就有迹可循了，他的信仰复苏便不再是唐突的，而是必然的。

1937年西班牙之行以后，奥登的诗作里增添了一份宗教情怀。《某晚当我外出散步》[①]是最早表现这种精神转变的诗歌之一。该诗以歌唱人间爱欲开始，随后时钟发出了警示，告诉我们爱欲在时间面前的虚妄，但诗歌收尾部分却让我们看到了诗人对一种可以与时间抗衡的"爱"的期盼：

"哦，看哪，看着镜子，
　　哦，看着你的痛苦烦忧；
生活保留了一点幸运
　　虽然你无法祈求。"

"哦，站着，站在窗前
　　当热泪已情难自禁；
你该去爱你扭曲的邻人
　　用你那颗扭曲的心。"

天色已晚，夜正深沉，
　　恋人们已走远；
时钟停止了它们的奏鸣，
　　而深彻的河水奔涌向前。

（《奥登诗选：1927—1947》175）

面对"痛苦烦扰"，抒情主人公仍然相信"生活保留了一点幸运"（a blessing），这实际上也是奥登本人的生活态度。亚瑟·柯尔奇在谈到这个

[①] 亚瑟·柯尔奇将这首诗的生成时间标注为1938年，应该是基于这首诗的发表时间，但门德尔松教授和富勒教授都明确指出该诗创作于1937年。

细节的时候,特地援引了汉娜·阿伦特(Hannah Arendt)关于奥登的回忆作为例证,我们不妨看看这个片段:

> 当他无力再去维持这个样子,当他的寒酸公寓冰冷得连水都罢工了,而他不得不跑去街角的酒类商店上厕所,当他的西服套装布满了污迹而且磨损得不能穿了,裤子可能会一不注意就从裤腰裂到了裤脚口(我劝了他多年都不成功,每每总是引来无尽的争议:西服至少要备两套,一套送去干洗店时还能穿另一套;鞋子也至少要备两双,一双送去修理了还能穿另一双),总之,但凡是遭遇不幸了,他便郑重其事地用一种颇为古怪荒谬的语调吟诵出一个怪诞版的"数算恩典"①。②

奥登与阿伦特的友谊始自1958年秋③,此时奥登早已皈依了基督教。根据阿伦特的观察,奥登每次都非常认真地说出"数算恩典"(count your blessings),而不是戏谑或者玩笑的口吻。如果说这是信仰加持所催生的乐观心态的话,那么1937年的奥登自认还无法"祈求"(cannot bless),那更像是一种交织在天性和信仰之间的过渡状态。

在随后的诗节里,"爱邻如己"的基督教戒律几乎就要呼之欲出了,门德尔松教授也强调了"你该去爱你扭曲的邻人/用你那颗扭曲的心"的宗教指涉④。但是,正如我们在前文分析过的,奥登在此又埋藏了一个关于"crooked"的双关,"扭曲的"既可以喻指有罪的凡人,也可以暗指不被宗教认可的同性恋行为,如此一来,这里的宗教指涉也呈现出一种不确定

---

① "数算恩典"是基督教的一个基本概念,强调上帝给予信徒恩典,信徒要常怀感恩之心。在非基督教语境里,这个术语可以翻译为"往好处想"。

② 亚瑟·柯尔奇选择性地引用了部分内容。完整的段落可以参看Hannah Arendt, "Remembering Wystan H. Auden", in Stephen Spender, ed., *W. H. Auden: A Tribute,* London: Weidenfeld & Nicolson, 1975, p. 182.

③ 奥登与阿伦特相识于1958年,两人的友情始终不渝。阿伦特喜欢奥登的诗,常说奥登的诗能"拔去心头的塞子",奥登则是阿伦特著作的忠实读者。1970年底,阿伦特的丈夫去世不到一个月,奥登去阿伦特家提议与她组建新家庭,相互帮扶共度晚年,但阿伦特以厌恶怜悯为由拒绝了他的求婚。1973秋,得知奥登的死讯后,阿伦特难以抑制自己的悲伤,特地去奥地利出席了奥登的葬礼,后又参加了在纽约举行的追悼会。

④ Edward Mendelson, *Early Auden,* New York: The Viking Press, 1981, p. 237.

性，而这一次的不确定性源自奥登对于自身同性恋行为的矛盾态度。或许，我们可以进行这样的猜测：宗教意识复苏后的奥登，一方面认为自己的"扭曲"是罪上加罪，另一方面也试图用宗教教义来自我宽恕，既然上帝创造了世间万物并认为"一切所造都甚好"①，那么自己作为造物是否也可以像其他有罪的凡人那样得到救赎？如同上一个诗节，这里也透露出一定程度的乐观与希望。

最后一个诗节的时钟意象将我们拉回到现实生活，也呼应了该诗前半部分时钟对恋人之间海誓山盟的讪笑。早期奥登确实经历了一系列"热烈而短暂的爱欲"，动荡的社会环境和不受家庭责任约束的同性之爱恋，将这种喜新厌旧、朝三暮四的爱欲进一步推向了人性放纵的极致。在欢愉与分离之间、坦诚与背叛之间，奥登不得不在一系列不安之中审视爱。1969年为英国同性恋作家阿克莱（J. R. Ackerley）的著作《我的父亲与我自己》（*My Father and Myself*）撰写书评时，奥登对阿克莱的"肉性之爱"表达了一份理解：

> 如果性关系以"差异性"为基础，那么其他永久性的人际关系则以共同的利益为基础。无论一开始他们的偏好性情多么大相径庭，夫妻双方在父母这一身份上获得了共同关心的对象。同性恋者则没有这种经验。结果，同性恋长期忠于一个伴侣的情况少之又少，说来也奇怪，年长的知识分子一方比起工人阶级男友在性态度方面可能更加随性。事实很残酷，那就是知识分子更容易感到厌烦，尽管他们通常会否认这一点。②

这与其说是在解读阿克莱，不如说是对自己早年经历的粗线条勾绘。在20世纪二三十年代，奥登选择的性伴侣无非两种，一种是同阶层的知识分子，另一种是底层的工人乃至无业人士。比如，他与衣修伍德的短暂

---

① 根据《旧约·创世记》第1章所载，上帝在创世的第三、四、五日都表示"看着是好的"（God saw that it was good），到了第六日天地万物都造齐了后，上帝"看着一切所造的都甚好"（God saw everything that he had made, and indeed, it was very good）。

② ［英］W. H. 奥登：《老爸是个聪明的老滑头》，《序跋集》，黄星烨译，上海译文出版社2015年版，第587页。

结合是为了缓解外部压力，双方都没有天长地久的企图心，而他本人的柏林之行更是很好地说明了他并没有建立持久关系的意图。我们且看他的一段日记内容，记录了1928年至1929年间在柏林与之发生过性行为的男孩子的名单：

>   Pieps
>
>   Cully
>
>   Gerhart
>
>   Herbert
>
>   Unknown from Passage
>
>   Unknown from (semi-illegible name of bar)
>
>   Unkown in Köln
>
>   Unknown from (semi-illegible name of bar)
>
>   Otto.[①]

十多年的情爱漂泊，是奥登对"肉性之爱"的实践与书写。然而，这并不意味着他赞同这种情爱观。露西·迈克蒂安米德（Lucy McDiarmid）曾指出，奥登的早期诗歌创作有一个明显的倾向，虽然他认为面对"疏离的、不幸的社会"，"两人的结合是一种调解方式"，但是这种努力往往以失败告终。[②] 正如马尔库塞在考察压抑性文明中的爱欲时所言："性欲的这样一种释放为不堪忍受的挫折提供了周期性的必要贯注的机会，它加强了而不是削弱了本能压抑的基础。"[③] 因此，奥登在"焦虑的时代"越是追逐"热烈而短暂的爱欲"，便越是深陷情感的囹圄。1938年创作的《哦，告

[①] Humphrey Carpenter, *W. H. Auden: A Biography,* Boston: Houghton Mifflin Company, 1981, p. 97.

[②] Lucy McDiarmid, *Auden's Apologies for Poetry*, Princeton: Princeton UP, 1990, p. 47, quoted from Rachel Wetzsteon, *Influential Ghosts: A Study of Auden's Sources*, New York & London: Routledge, 2007, p. 91.

[③] ［美］赫伯特·马尔库塞：《爱欲与文明》，黄勇等译，上海译文出版社2012年版，第184页。

诉我那爱的真谛》中,"哦,告诉我那爱的真谛"作为叠句重复出现了多次,萦回缭绕之中加重了诗人探寻爱之真相的恳切,仿佛那是发自他灵魂深处的最真挚的呼唤。由此可见,奥登只是对产生爱欲的现代土壤深表怀疑,却对真正的爱怀有期待,或者说,他对"未选择的路"①怀有一种美好的期盼。从这个角度而言,《某晚当我外出散步》以恋人们走远、时钟停止了奏鸣收尾,或许正是奥登向荒唐岁月的告别,而"深彻的河水"会奔涌向何方?这是奥登在经历了1929年的艰难抉择之后,再一次来到了人生的十字路口。

三 "绝对的前提":并不是上帝需要我们,而是我们需要上帝

到了1938年,奥登对人之本质和人类历史的思考开始不加掩饰地披上了一层宗教的外衣。组诗《战争时期》的前三首直接取材于《旧约·创世记》中上帝创造万物、人类始祖偷食禁果、亚当为万物命名的基督教故事,揭示了人类因面临选择而善变的本性,这个诊断构成了后续篇章的共同旋律。几个月后,奥登创作了名诗《美术馆》("Musée des Beaux Arts",1938),大致勾画了圣子耶稣在人世间的生命历程:从"神迹降世"开始,紧接着是"可怕的殉道",最后只留下伊卡洛斯"无助的叫喊",而这声叫喊,隐射了殉道者的哭喊——"我的神,我的神!为什么离弃我?"(参看《新约·马太福音》第27章)。值得注意的是,这首诗在开篇第一行就亮出了题旨——"苦难"(suffering),既是世人在有罪的生活里承受着苦难,也是上帝派出他的独子来救赎世人的苦难。从《战争时期》到《美术馆》,奥登事实上延续了一个关于人的命题:人能够"选择",可能选择善,也可能选择恶,因而必会承受选择之"苦难"。

那么,如何才能弃恶从善?青年奥登虽然借助弗洛伊德主义、马克思主义等人类文化遗产来探寻解决之道,甚至在一定程度上力图"融合"弗洛伊德主义和马克思主义来建构一张理想社会的蓝图,但纳粹主义的崛起和人类民主事业的节节败退使他对人类选择善的能力产生了深刻的

---

① 美国诗人罗伯特·弗罗斯特写有一首名诗《未选择的路》,诗人选择了一条人迹稀少的道路,同时又遗憾"鱼与熊掌"不能兼得,多年以后只留下轻叹和遗憾。这首哲理诗展现了人们在现实生活中的两难抉择。

质疑。他带着这份质疑开始思索一种"绝对的前提",一种能够让人选择善的推动力,并因此逐渐走向了弗洛伊德主义和马克思主义都曾贬斥过的宗教。

马克思主义者认为,一切宗教都不过是日常生活的外部力量在人们头脑中的幻想的反映,而在这种反映中,人间的力量往往采取了超人间的力量的形式。人们在面对外部世界时感受到了自身的局限和无力,便采用祷告和仪式等手段来向超人间的力量求助。马克思主义的观点强调了宗教的反映性质,弗洛伊德主义者则用主观过程的说法来解释宗教的产生。在他们看来,上帝其实是原始的父亲形象,"以此为基础,子孙后代们便塑造了上帝这个人物,从此以后,宗教的解释就成了真理"[1]。综合来看,人类就像儿童寻求父亲的庇护一样,依赖一种超人间的力量对自己的生活加以保护和指导。因此,信徒们往往以一种夸张的言辞表现他们对这种力量的崇拜,在基督教语境里,上帝就成了"天父",是全能的、全知的,也是严厉的、慈爱的。

对于人类的这种"幼稚病",马克思主义者认为要"废除作为人民幻想的幸福的宗教",就是要"实现人民的现实的幸福",[2] 把人从隶属、异化和奴役的锁链中解放出来。那么,运用什么方法呢?马克思当然认为真理是最重要的武器,亦即用真理揭示种种幻象和意识形态掩盖下的现实。当真理作为社会变革的一种武器遇到阻碍的时候,才需要运用暴力。弗洛伊德对宗教现象的祛魅则是为了"创造一个运动,以争取人的伦理解放",建立"一个新的、世俗的、科学的宗教,让杰出人物指引人类"。[3] 显然,在弗洛伊德类似无神论的思想体系里,人类在童年时代因"恋父情结"而创造的上帝应该退出历史舞台了,取而代之的是"理性的逻各斯"。当弗

---

[1] [奥]西格蒙德·弗洛伊德:《一个幻觉的未来》,《文明及其缺憾》,车文博主编,九州出版社2014年版,第47页。

[2] [德]马克思:《黑格尔法哲学批判》导言,《马克思恩格斯选集》(第一卷),人民出版社1972年版,第2页。

[3] [美]埃里希·弗洛姆:《弗洛伊德的使命:对弗洛伊德的个性和影响的分析》,尚新健译,生活·读书·新知三联书店1987年版,第112、123页。

洛伊德自信地宣称宗教是幻觉,而"我们的科学绝不是幻觉"①时,他应该是相信理性和科学能够带给人们真正的幸福。从这个角度而言,马克思主义和弗洛伊德主义对于宗教的见解是互为补充的,而有关人类摆脱"幼稚病"、实现幸福的方法,他们都强调人类只能通过自身理性的努力,获得对现实的正确认识,才能创造出此在的幸福,而不是一个幻想的彼岸。

按理说,长期浸润于弗洛伊德主义又深受马克思主义影响的奥登,应该很清楚他们对宗教本质的揭示。事实也的确如此。在1935年的散文《美好的生活》中,奥登对心理学、马克思主义和基督教展开了两两比较分析,清楚地指出精神分析学家认为上帝是一种类似于父母亲角色的替代,而共产主义者视宗教为人民的精神鸦片。②当然,奥登彼时更多的是站在马克思主义的立场思考人与社会的关系,法西斯主义的日益猖獗推动他做出了倾向于政治化的思想选择。然而,恰恰是这篇文章让我们看出,即便是在他最接近马克思主义无神论的时期,基督教都没有从他的思想库房里销声匿迹,反而一直是他思考问题的角度和选项之一。到了20世纪30年代后期,奥登渐渐认为,仅仅依靠理性和真理的力量并不能够带给人们美好的生活、现世的幸福,因为掌握着理性和真理的人,有可能选择善,也有可能选择恶。人们从宗教教义的束缚之下解放了出来以后,又迅速地跌进了不受控制的需求和欲望的圈套,成为野心和权利的奴仆。理性和科学层面的真理改变了我们的生活,但不必讳言的是,恰恰是这些理性和真理催生了科学主义、物质主义,同时也增强了人类的破坏力、强化了作战手段,战争武器随之多样化发展且杀伤力越来越强大,给人类自身带来了巨大的灾难。两次世界大战的恶果再一次在人类惴惴不安的世界里敲响了伦理的警钟。

正如历经了两次世界大战的伟大科学家爱因斯坦所言,科学是一种强有力的工具,如何使用它,它是给人赐福还是给人降祸,取决于人本身,而不是取决于工具。理性、科学、自由、正义乃至真理,这些字眼体现了

---

① [奥]西格蒙德·弗洛伊德:《一个幻觉的未来》,《文明及其缺憾》,车文博主编,九州出版社2014年版,第61页。

② W. H. Auden, "The Good Life", in *The Complete Works of W. H. Auden: Prose*, Vol. I: 1926-1938, ed. Edward Mendelson, Princeton: Princeton UP, 1996, pp. 119, 123.

人类追求的最高价值,但是在20世纪却日益遭到心怀叵测之人的滥用。难道希特勒、墨索里尼、日本军国主义者之流不是以这些最高价值来鼓噪他们的人民么?难道他们的人民不曾发现这些字眼一经独裁者说出便成了谎言么?1939年1月,正从欧洲辗转去往美国的奥登,在旅途中心怀忧愤地写下了一首小诗:

  他所追求的,是某种完美典范,
  而他杜撰出的诗篇也不难领会;
  他了解人类的愚蠢如熟悉自己的手背,
  对军队和战舰抱有莫大的兴趣;
  当他大笑,可敬的参议员们笑成一片;
  当他大叫,小孩子们就会在街头死去。

  (《暴君的墓志铭》;《奥登诗选:1927—1947》251—252)

  即便是最惨无人道的暴君,也会洋洋自得为"完美"(perfection)的追求者。对于他们而言,一切都可以沦为实现这种"完美"的工具。"大笑"和"大叫",两种截然不同的情绪被并置在一起,突出地反映了暴君的反复无常的人格缺陷。弗洛姆在谈到希特勒的破坏性人格时,不无反讽地写道:"这个伟大的建筑者,新的维也纳、林茨、慕尼黑和柏林的热忱计划者,同时也是要毁灭巴黎、夷平圣彼得堡,最后要毁灭整个德国的人。"[1] 就在此前的5月,在中国的战争前线,奥登和衣修伍德读着三卷本的《荷兰共和国的兴起》[2],为书中一连串有关"刑讯拷打、大屠杀和战役"的描写而分外沮丧,"现在完全一样啊,"奥登说道,"说真的,文明丝毫没有进步!"[3] 揭示文明止步不前的奥登,或许也会同意,现代人比起他们的先祖,并没有更为高尚,也并没有更为理性。

---

  [1] [美]埃里希·弗洛姆:《人类的破坏性剖析》,李穆等译,世界图书出版社公司2014年版,第374—375页。
  [2] 作者是19世纪美国作家、历史学家和外交官约翰·默特里(John Motley)。
  [3] [英]W. H. 奥登、[英]克里斯托弗·衣修伍德:《战地行纪》,马鸣谦译,上海译文出版社2012年版,第176页。

理性、科学、民主的有限，使它们不能从根本上托起荒野中身陷囹圄的人类。在海明威的作品中，我们感受到的是一种徘徊的孤独、迷惘的苦涩。在加缪（Albert Camus）的西绪福斯的神话里，我们看到的是一个在荒诞世界里无奈前行的抗争者。他们幸福吗？无论是硬汉还是局外人，他们的生命仿佛在吟唱一曲含笑的悲歌。奥登就像海明威、加缪一样，曾是左派知识分子的中坚力量，满怀希望地投身到共产主义事业中，甚至一度在烽火连天的西班牙内战之中"共事"①，但是自由人道主义的立场和基督教文化的耳濡目染使他们无法真正接受以暴力革命为基础的解决路径，而共产国际领导的国际纵队内部的权力斗争也使他们对马克思主义的理解出现了误区，乃至最终丧失了信心。进入20世纪40年代以后，文学左派们又纷纷向"右"转，这几乎成了一个十分明显的倾向，比如海明威笔下宛若耶稣基督化身的老人桑迪亚哥、加缪笔下堕落与忏悔的律师克拉芒斯，②等等，或多或少都转向了基督教伦理的探讨。

　　人类似乎已经无法自救。在现有的物质生活之外，人类需要更为强大的精神寄托才能找到存在的根基。于是，奥登逐渐产生了这样的念头：并不是上帝需要人类，而是我们需要生活在对上帝的敬畏之中，只有在"绝对的前提"之下，我们才更有可能选择善、才有可能面向善。事实上，尽管弗洛伊德主义、马克思主义贬斥宗教，但这三者都相信作为个体的人并不是完美的，人类需要一种更为强大的力量作为精神纽带，才能缔造出更为完善的生活状态；只不过弗洛伊德主义和马克思主义认为这种力量蕴藏于人类自身的理性和对真理的追求，而基督教认为这种力量来自"天父"的爱。此言虽然有简化之嫌，但未尝不是奥登处于思想过渡期的心理映射。

---

　　① 1937年，海明威以"国际纵队"成员的身份奔赴西班牙前线。当时的西班牙战场可谓"明星济济"：海明威、罗素、毕加索、奥威尔、聂鲁达、奥登、加缪等知识分子都云集于此，成为西班牙共和国武装的重要力量。
　　② 海明威在《老人与海》中的宗教影射，已经有不少国内外学者探究过，比如G. R. Wilson Jr.的文章"Incarnation and Redemption in *The Old Man and the Sea*"。加缪后期的中篇小说《堕落》也有明显的宗教指涉。

第三节　信仰的实践:"我不是基督徒",而是"潜在的基督徒"

奥登仿佛是自带检索系统地穿梭于各种理论和观念之中,创造性地找到了一条沟通、融合和转换的道路。关于这一点,加雷思·里维斯颇为形象地说,奥登喜欢借鉴各类思想体系,但又明白"一切体系和类别都自成一统,创建者与他自己的体系或类别紧密相连,从中透露出的观念,一方面帮助我们无障碍地向自己和他人表达自我,另一方面也会让我们桎梏于这种表达","没有人可以站在一旁观看(除了上帝)"。[①] 这种理性的批判精神,恰好体现出奥登吸纳了弗洛伊德主义和马克思主义的精髓。弗洛姆在谈到弗洛伊德和马克思的学说赖以产生的共同土壤时,强调了这两位对人类生活图景产生了深远影响的犹太知识分子的批判精神。如他所言,"对一切思想体系、观念和理想持一种谨慎的、怀疑的态度正是马克思的特点",弗洛伊德也以同样的批判精神展开思考,"他的整个精神分析的方法可以说就是'怀疑的艺术'"。[②] 我们每个人(除了全知全能的上帝)的思想都是特定的社会环境和心理结构的产物,有限地体现了理性,局部地揭示了真理。奥登汲取了这些伟大思想家及其思想体系的有益成分,承继了他们辩证的怀疑、理性的批判,却并不固守于他们的思想和学说。

一　未经反思的信仰是没有价值的:理性思考和主观经验

卡彭特在谈到奥登的信仰回归时,特地强调了他的基督教信仰背后蕴藏着深层的理性思考——"他的皈依显然是一个智性过程,而不是精神体验"[③]。我们不妨以衣修伍德的经历作为参照。奥登与衣修伍德有着相似的家庭出身、宗教熏陶和教育背景,两人在20世纪30年代几乎相伴走过了

[①] Gareth Reeves, "Auden and Religion", in Stan Smith, ed., *The Cambridge Companion to W.H. Auden,* Cambridge: Cambridge UP, 2004, p. 188.

[②] [美]埃里希·弗洛姆:《在幻想锁链的彼岸:我所理解的马克思和弗洛伊德》,张燕译,湖南人民出版社1986年版,第17页。

[③] Humphrey Carpenter, *W. H. Auden: A Biography,* Boston: Houghton Mifflin Company, 1981, p. 298.

很多个国家地区、阅览了很多种风土人情，甚至在大致相同的时期遭遇了十分类似的精神危机。据衣修伍德自述，他在少年时期失去了信仰，不再相信有什么永恒的东西，也不再认可有什么绝对的价值，但大约到了1937年，他开始觉得自己可以信仰一些东西了，比如说"非人格化的永恒存在"，只不过其他人可能采用另外一套命名法来指称这个"永恒存在"。[1] 他一度认为，要是有人正确地引导过他的话，或许他早已接受了某类信仰。衣修伍德想要为自己徘徊、彷徨的精神自设樊篱，但又无法从内心深处滋养出纯粹的信念，无法带着种种怀疑和困惑心甘情愿地融入一种信仰体系里。时过境迁之后，他反省到，一个人不可能在感觉到自己需要信仰时就能轻易地接受了某类信仰，这个过程远比想象得要更为复杂。[2] 他的反省，说明了他一度在无神论和基督教信仰这两极之间的求索，而他最终的精神走向也说明了基督教信仰并不是贴合他生命感受的生存经验。

人与信仰之间的关系，不应该仅仅是一种需求，还暗藏了价值选择和生活准则，是人在苍茫大地上为自己确立的一个意义和秩序的基石。因此，信仰的旅程不是一个简单的精神接受过程，还涉及实际生活层面的灵性探索和经验反思。从出生在宗教信仰家庭，到耳濡目染那些宗教文化，再到经过思考之后，或者坚持不懈地相信那股神秘的力量，或者在失去信仰之后又选择回归，诚如奥登所言，这是每一个成长于宗教家庭的人都会经历的精神历程。我们或许可以套用伟大的精神导师苏格拉底的那句名言——"未经反思的生活是没有价值的"[3]，也就是说，未经反思的信仰是没有价值的。

从1937年西班牙之行催生的信仰复苏，到1940年初试探性地重返教堂，奥登一直在理性的反思和主观的体验的双重推动下辩证地前行。他在

---

[1] Christopher Isherwood, *Christopher and His Kind*, London: Vintage, 2012, p. 316.

[2] Ibid.

[3] 据柏拉图记载，苏格拉底在被雅典法庭判处有罪之后，表示接受判决并作最后陈述，这些话栩栩如生地刻画了他的为人，其中"未经反思的生活是没有价值的"成为苏格拉底的一句名言，也是他关于"好的生活"的学说的一个核心说法，即只有爱智的生活才是好的生活，而爱智的过程，就是对生活的不断省察的关心灵魂的过程。这句名言有多种翻译版本，比如"未经反思的生活是不值得过的"、"一个未经省察的生活是不值得人过的生活"、"不经受这种考察的生活是没有价值的"等。相关内容，可以参看[古希腊]柏拉图《申辩篇》，《柏拉图全集》（第1卷），王晓朝译，人民出版社2002年版，第27页。

探索信徒和非信徒的生活会有什么样的差异、在世俗时代为什么要选择信仰，以及信徒们真正相信和践行的是什么。《丰产者与饕餮者》是这一时期的"沉思录"，既包含了他的成长经历和艺术追求，也涵盖了他对马克思主义和基督教信仰的态度。在这部"沉思录"的最后部分，奥登设置了这样一组自问自答：

问：坦白说，你相信有上帝和超自然的存在吗？

答：如果你所谓的上帝是一位超然独立于创造之外的无所不能、自由意志的无形的代理人，那么，我不信。我想，我所信的，与一般人无异：

(1) 我们必然认为存在之物存在着，我们置身于一个宇宙，个人的意识在其中不过是沧海一粟。

(2) 人类对存在的认知迫使我们相信存在有本质、形态和运动，这些都是在各种各样的经验中提炼出来的抽象概念。一切本质都蕴藏于形态之中，一切形态又都在运动之中。比如，要是说形态是单独存在的，这就跟说时间单位"秒"是独立存在的一样，是非常抽象的。

(3) 我们对于存在的认知是自发形成的：我们必然看到了存在之物运行时的规律和法则，它们的形态在运动时相互之间产生了联系。

(4) 我们必然认为真理是一个不可分割的整体，不会自相矛盾。（如果有人选择将我们关于存在的认知化为对上帝的认知，把本质看成是圣父、形态看成是圣子、运动看成是圣灵，我对此并不介意：命名法纯粹是为了方便起见……）

(5) 作为人类，我们的成就取决于我们的情感、智性还是物质的生活？这依赖于

(a) 我们对这些法则的认知的精确性，

(b) 我们的行为与我们的认知的相合性。[①]

[①] W. H. Auden, *The Prolific and the Devourer*, in *The Complete Works of W. H. Auden: Prose*, Vol. II: 1939-1948, ed. Edward Mendelson, London: Faber and Faber, 2002, p. 448.

第三章 "我开始思考上帝":奥登与基督教信仰

这是奥登初到美国时关于上帝和信仰的思考。很明显,奥登此时还仅仅是将宗教信仰看成是众多选项之一,认为基督教是自成一派的体系,有区别于其他认知系统的命名法。这与衣修伍德当初的观点十分类似,仿佛各类信仰和理论不过是对那个"永恒存在"的不同命名。这种认识带来了一个必然的后果,即我们现有的一切知识和认知都是有限的。因此,奥登在接下来的文章中继续写道:"我们关于宇宙的知识永远不可能全面","我们的知识是有限的,但可以得到扩展"。①

然而,随着奥登对人性、暴力与恶的持续性思考,随着恶进一步张开了漫天大网,似乎要将整个北半球收拢在内,而且还作势侵吞人类文明的一切善意果实,奥登的思考重心转向了"绝对的前提",而不是相对主义的价值论。如前文所述,在奥登陷入无神论和基督教信仰的两极拉锯之时②,他幸运地遇到了查尔斯·威廉斯。或许,这正是奥登和衣修伍德在精神困境中走向了小径逐渐分叉的命运的关键点之一。奥登在回归信仰之前,已经形成了与查尔斯·威廉斯十分类似的世界观:

(1) 并没有"善"的存在或"恶"的存在。凡存在皆合理,也就是说,他们享有同等的自由,也享有同等的存在权利。一切事物的存在都是神圣的。
(2) 一切存在都与其他存在之物产生联系,并相互施加影响。
(3) "恶"并不是一种存在,而是存在之间的不和谐状态。
(4) 道德上的"善"并不是一种存在,而是一种行为,也就是说,是一种解除了存在之间的不和谐状态的重组……③

奥登的此番见解,与查尔斯·威廉斯在《堕落的白鸽》中提出的观点

---

① W. H. Auden, *The Prolific and the Devourer*, in *The Complete Works of W. H. Auden: Prose*, Vol. II: 1939-1948, ed. Edward Mendelson, London: Faber and Faber, 2002, p. 449.
② 应当注意的是,《丰产者与饕餮者》中大量出现了奥登关于马克思主义和基督教信仰的比较性内容,这再一次证明奥登的信仰回归是一个漫长的理性探索过程。
③ W. H. Auden, *The Prolific and the Devourer*, in *The Complete Works of W. H. Auden: Prose*, Vol. II: 1939-1948, ed. Edward Mendelson, London: Faber and Faber, 2002, p. 426.

不谋而合。查尔斯·威廉斯将之称为"内在联结性"（co-inherence）——"所有人都由一张存在之网联结为一体……这种内在联结性可以回溯到人类之初始，也可以延伸到人类之末世……无论我们距离亚当的世界多么遥远，我们都存在于他，也都是他。"[①] 这里的"他"，显然指的是"上帝"。查尔斯·威廉斯将人类历史看成是一张由因果关系编织的网，其间发生的所有事情，无论是"善"的还是"恶"的，都是上帝意志的体现。我们之前提到过，奥登在读完《堕落的白鸽》之后，激动地向查尔斯·威廉斯表达了自己的阅读感受和景仰之情，这说明他已经不单单钦佩于查尔斯·威廉斯的人格魅力，还折服于他的系统化的宗教阐释。

我们的现代生活由许多社会、亚社会和环境单位组成，它们之间各不相同。在这些越来越多的社会单位中，存在着很多大相径庭的解说，哪怕是那些明智的、善意的解说，彼此也很有可能持有相互分歧的观点。然而，到了1939年，正如奥登亲口对伊丽莎白·梅耶承认的，这一年"对我来说是一个关键性的年份"，摆在他面前的实际上是一种非此即彼的选择：是走向"善"、解除"恶"的不和谐状态，过一种更完全的敬虔生活，还是与道德感情的完全状态一直保持着距离，继续过一种"凡夫俗子"的生活？由于有了查尔斯·威廉斯这样一个近在咫尺的楷模，而且他提供的解说非常贴近奥登本人的经验，宗教信仰便逐渐从众多选项之中脱颖而出，不再是一些抽象的概念，而是有了践行的可能性。

二 克尔凯郭尔的启示："有如天命"

在奥登试探性地重返教堂之初，克尔凯郭尔的作品带给他狂风骤雨式的精神洗礼。他在克尔凯郭尔的作品中读出了他自己，正如他之前在查尔斯·威廉斯的文字中找到了共鸣一样。如果耐心地比对克尔凯郭尔和奥登的人生经历，我们可以发现两人的早年生活有很多相似的地方。

在奥登和克尔凯郭尔的早年生活里，双亲中都有一位与他们相处得亲密无间（在奥登，是母亲；在克尔凯郭尔，是父亲），这位亲人不仅让他

[①] Charles Williams, *The Descent of the Dove*, quoted from Humphrey Carpenter, *W. H. Auden: A Biography*, Boston: Houghton Mifflin Company, 1981, p. 284.

们从小就耳濡目染了宗教信仰,还把他们带去了教堂参与到具体的宗教仪式之中。据克尔凯郭尔研究者描述,克尔凯郭尔是一个有些柔弱和受到保护的孩子,经常与父亲待在一起,而父亲"使得整个家庭充满了浓郁的宗教氛围,而且还不断地向索伦灌输一种情绪性的、焦虑型的宗教信仰"①。父亲的有关基督教"原罪"的故事和他那可怕的忧郁天性,深深地刺激了年幼的儿子,让他逐渐产生了痛苦、抗拒的心理。克尔凯郭尔后来在日记里写道:"我的一切都要算在父亲的账上。他从各个方面尽可能令我不幸,使我的青年时代悲惨无比,使我对于基督教产生了由衷的反感……"②奥登的青少年时代也大抵如此,只不过生活的主调不像克尔凯郭尔父子那样郁郁寡欢和沉闷无趣。作为家中最年幼的孩子,母亲总是把奥登带在身边,潜移默化之中培养了他的宗教情感。但随着智性和理智的大门逐渐开启,奥登也如克尔凯郭尔一样,对宗教生活、对亲人略带神经质的陪伴产生了强烈的逆反情绪。

有了更多的生活自主权之后,他们都在宗教信仰的反向道路上越走越远,经历了一个"失去了信仰"的阶段。进入大学之后,新的环境让克尔凯郭尔展现出了与少年时代完全不同的特质,发展出了许多原来在家中、在父亲的严厉管束之下不可能实现的兴趣爱好,并且开始追逐生活的逸乐。过了几年在物质上十分富足、在精神上分外空虚的放浪形骸的生活之后,家庭的"大地震"和父亲的坦诚相待让他在痛定思痛之后重新投回了上帝的怀抱③。在1850年的日记里,克尔凯郭尔不无感慨地写道:

> 在宗教方面,对于一个孩子最险恶的环境并不在于其父亲或教育者是一个自由主义的思想家,还是一个伪君子。不,最险恶的环境在

---

① [美]苏珊·安德森:《克尔凯郭尔》,瞿旭彤译,中华书局2004年版,第3页。
② [丹麦]索伦·克尔凯戈尔:《克尔凯戈尔日记选》,晏可佳、姚蓓琴译,上海社会科学院出版社2002年版,第29页。
③ 从1832年开始,克尔凯郭尔家遭受了一连串打击,在两年内一共失去了四位家庭成员,庞大的家庭只剩下老父亲、长子和幼子(克尔凯郭尔)。老父亲觉得这是上帝对他年轻时所作所为的惩罚,在深层的恐惧中惶惶不可终日。失去至亲的打击和宗教情怀所带来的恐惧,让克尔凯郭尔把这一时期遭遇的变故形容为一场"大地震",一度迷失了生活的方向。他最终在1838年与老父亲和解,回归基督教。

于,他是一个虔诚的敬畏上帝的人,并且,对于这一点那孩子虽然打心眼里深信不疑,但仍然不免感受到他父亲灵魂深处潜藏着一种不安分,似乎对上帝的敬畏和虔诚都不足以使它平静下来。真正的危险便在这样一个事实:在这种情形下,孩子不得不得出一个结论:就是,上帝之爱毕竟不是无远弗届的。①

克尔凯郭尔倾向于认为,并没有"继承的"(inherited)基督教信仰,"体会到对基督教的需要是要上一定的年纪的","青少年本质上正属于'心灵'的范畴,基督教则属于灵魂的范畴",如果强行把属于"灵魂"范畴的基督教信仰硬塞给青少年,"只会把他逼疯"、"无异于置他于死地"。②这不仅适得其反,还会让信仰失去了它原本净化人心、照亮人世的力量。奥登之所以在少年时代"失去了信仰",也部分地始于对"上帝之爱"的怀疑。他同样以敏锐机智的洞察力发现信仰并不能够让那些大人们获得内心的平静和生活的幸福,他同样无法理解抽象的宗教概念和现实的宗教生活之间形成的巨大反差,他同样只能以自己能够理解的方式来寻求便捷的体悟,在无拘无束的放纵中过起了一种与之前接受的严苛的、守旧的、压抑的教育并不相称的生活。因此,多年后,当奥登为英文版的克尔凯郭尔日记撰写书评时,特地引用了这位不幸天才有关基督教信仰背景下孩子的艰难处境的言论,颇为同情地叹息道,"有哪个理智健全的基督徒父母会对孩子讲述基督教里的上帝接纳罪人这样的事","跟孩子谈论罪过或罪感是缺德的",等等。③

尽管如此,克尔凯郭尔和奥登却不算是传统意义上的纨绔子弟,他们聪慧强健的灵魂一直在进行着苏格拉底式的爱智活动,通过持续的自我省察和深层反思探索"好的生活"。克尔凯郭尔在他的第一部引起广泛反响

---

① [丹]索伦·克尔凯戈尔:《克尔凯戈尔日记选》,晏可佳、姚蓓琴译,上海社会科学院出版社2002年版,第27页。
② 同上书,第204页。
③ [英]W. H. 奥登:《愁容骑士》,《序跋集》,黄星烨译,上海译文出版社2015年版,第241—242页。

的天才之作《非此即彼》①中提出了著名的"人生的三个阶段"（又称为"生存的三个境界"）理论，托名为维克多·埃里默塔的编者在序言中声称："甲的论文多次试图勾画出人生的一种审美哲学。对生活的一种单一、连贯、审美的观点是难以实现的。乙的论文里有对人生的一种伦理学观点……当他读这本书时，他也许会去想这个书名。这会使他从一连串的问题中解脱出来，不去问甲是否真的信服自己的错误并且为之懊悔过，也不去问乙是否战胜了甲，或者说是否乙最终超越了甲的看法。在这一方面，这些论文是没有终结的。"②实际上，克尔凯郭尔并没有按照从审美阶段到伦理阶段的顺序来写作这本书，而是先完成了乙部分的手稿，再接着创作了甲部分，而在全书尾声的《最后的话》中，克尔凯郭尔又暗示了伦理生活的缺陷，以及找寻一种更完满的生活方式的可能性，这说明克尔凯郭尔写作此书时已经超越了审美和伦理的阶段，开始探讨第三个阶段，即宗教阶段。奥登通过查尔斯·威廉斯的启迪，开始如饥似渴地阅读克尔凯郭尔的作品。早在20世纪20年代，英国已经出现了克尔凯郭尔作品选，到了30年代，查尔斯·威廉斯独具慧眼地组织了一批译者系统翻译克尔凯郭尔的作品。随着英文版克尔凯郭尔著述相继面世，奥登成了这些作品的最初读者。值得注意的是，克尔凯郭尔惊世骇俗的处女作《非此即彼》是他的系列作品里较晚被译成英文的，直到1944年才出了英文版。即便如此，我们完全有理由相信，奥登很有可能已经从查尔斯·威廉斯等人的介绍文字、克尔凯郭尔的其他作品当中了解到他的"人生的三个阶段"理论③。

---

① 1843年出版的《非此即彼》并没有署上克尔凯郭尔的本名，他用托名维克多·埃里默塔（在拉丁语中，这个名字意味着"在孤独中胜利的人"）作为全书的编者发表，用一系列假名作为书中某些篇章的作者。

② ［丹］索伦·克尔凯郭尔：《非此即彼》，封宗信等译，中国工人出版社2006年版，原序第16页。此中译本并没有译完原文，中国社会科学出版社于2009年出版了京不特翻译的完整版《非此即彼》（上下卷）。

③ 克尔凯郭尔一再提到"人生的三个阶段"理论，比如他的《人生道路诸阶段》（1845）、《致死的疾病》（1849）等。奥登显然对这个理论熟稔于心，多次在文章中提及，比如，在1952年为大卫·麦凯（David McKay）所著的《克尔凯郭尔的现存思想》（*The Living Thoughts of Kierkegaard*）撰写的序言里，他专门列出了一部分内容谈这个理论，可以参看［英］W. H. 奥登《索伦·克尔凯郭尔》，《序跋集》，黄星烨译，上海译文出版社2015年版，第218—224页。

如果说克尔凯郭尔是从自己的生存体验和对人们生活的细致观察而得出了这个理论的话，那么奥登的生活经历几乎是在现实中复刻了该理论。克尔凯郭尔认为，审美阶段耽于感官享乐，人们往往只顾当下的、偶然的快乐，而这种快乐并不具有持续性，最终会让人在马不停蹄地重复当中感到身心疲惫。奥登在大学毕业前后，的确经历了这样一个唐璜式的"审美生活"阶段，也的确如克尔凯郭尔所言，这种恣意的、不稳定的生活让他感到厌倦，从而有了更高的"伦理生活"的追求。在伦理阶段，人们运用理性约束自己的情感和欲望，并且将个人感受与社会义务联系在一起，采取的行动会关注相关的全体成员。奥登在20世纪30年代中期以来的反法西斯主义立场和政治化诉求，的确是一种"为他人"的伦理生活，他所考虑的，已经不仅仅是自己的喜怒哀乐，还有普遍的道德准则。然而，正如克尔凯郭尔所指出的，这种看似崇高的伦理生活也存在缺陷，因为普遍的道德准则与个人具体的生存处境会产生冲突，个人也并不总是能够遵循那些普遍的道德准则。奥登在20世纪30年代末期已经意识到了克尔凯郭尔所论及的伦理生活的未尽之处，这个阶段所依仗的人的"理性"，恰恰经不起普遍化的推敲，他在人的有限性和"绝对的前提"的永恒性之间展开了深层的探索。

"伦理生活"不一定会自然而然地延伸为"宗教生活"[①]。在克尔凯郭尔看来，"伦理是具有普遍性的，而作为普遍性的东西它适用于一切人……而只要个人在与普遍性相对的个别性之中维护自己，他就是犯罪……"，信仰则与之不同，它要求"个体性比普遍性为高……致使作为个体的个人在进入了普遍性之后又将自己作为更高的东西与普遍性分离开来"。[②] 只有认识到道德上的缺陷和感受到来自上帝的更高诫命的呼唤，人才能通过非理性、非持续性的"信仰的跳跃"进入宗教生活。如同苏珊·安德森（Susan

---

① 克尔凯郭尔把宗教生活分为两个阶段，有时候称为宗教A和宗教B，也有人总结为"内在的宗教"和"先验的宗教"。宗教A以人们共同的宗教经验为前提，以生存论的立场或角度对宗教作一般性的表述，具有思辨性和内在性；宗教B是克尔凯郭尔想要达到的阶段，是与上帝建立关系的阶段，具有吊诡和荒谬性。

② ［丹］索伦·克尔凯郭尔：《恐惧与颤栗》，刘继译，贵州人民出版社1994年版，第30—31页。

Anderson）的发问——"如果信仰上帝是非理性的，而且可能与伦理的生活方式发生冲突，为什么还有人愿意信仰上帝呢"[①]，这说明人们在自己的尘世生活中并不全然感到快乐。奥登在《丰产者与饕餮者》中的思辨与求索，就像是一个站在精神旷野中苦苦寻找答案的人，已经感受到了对"绝对的前提"的需要，但偏偏还没有形成一股非理性的力量来化解感性和理性带来的绝望[②]，让他在非理性中回归本真的、具体的、特殊的自我。

说水到渠成也可，说因缘际会也可，最终，查尔斯·威廉斯的启迪、克尔凯郭尔带来的精神洗礼、切斯特催生的稳定关系，合力促成奥登实现了"信仰的跳跃"。奥登很有可能读到过克尔凯郭尔的这段话——"对于基督教真理的一切世俗—历史的争吵、辩论和证明必须统统抛弃；惟一的证明只是一个信字。如果我信（诸君知道，这是灵魂的一种内在的决定），那么就我而言，信总比理性为强；事实上，信念是支撑理性的，而不是相反……"[③]，即便他没有看到这段话，也必定看到过其他类似的语句和观点，因为克尔凯郭尔存在主义哲学的核心精神就在这里，人需要的不是理解，而是去体验生活，不是思辨，而是去纯粹相信。当奥登在《丰产者与饕餮者》自述——"你接受或者拒绝，事关信仰，无关超自然"[④]的时候，我们完全有理由相信这是奥登在转述克尔凯郭尔的哲学精神，或者说，他在用这位宗教导师的启示来战胜自己积蓄已久的理性思辨和满腹怀疑。信仰不是一种验证，而是一种期待，克尔凯郭尔的虔诚和狂热，让奥登逐渐克服了自己的踌躇和疑虑，与过去接受的思想、理念和观点分道扬镳。

克尔凯郭尔的身影，除了出现在奥登未曾公开发表的个人沉思式作品

---

① ［美］苏珊·安德森：《克尔凯郭尔》，瞿旭彤译，中华书局2004年版，第56页。

② 克尔凯郭尔在《致死的疾病》中提出，任何不想与上帝产生联系的人，或多或少都处于绝望之中，因为他没有认识到自己和存在与极致（即"永福"）之间的可能关系。可以参看［丹］索伦·克尔凯郭尔：《致死的疾病》，张祥龙、王建军译，中国工人出版社1997年版，第9—18页。

③ ［丹］索伦·克尔凯戈尔：《克尔凯戈尔日记选》，晏可佳、姚蓓琴译，上海社会科学院出版社2002年版，第214页。

④ W. H. Auden, *The Prolific and the Devourer*, in *The Complete Works of W. H. Auden: Prose*, Vol. II: 1939-1948, ed. Edward Mendelson, London: Faber and Faber, 2002, p. 449.

《丰产者与饕餮者》以外，自 1939 年开始频繁地出现在其他诗文里。这一时期创作的长诗《新年书简》、《在此时刻》（"For the Time Being"，1941—1942）和《海与镜》"The Sea and the Mirror"，1942—1944），明显地体现了克尔凯郭尔宗教哲学的精髓，短诗《有如天命》（"Like a Vocation"，1939）、《疾病与健康》、《纵身一跳》（"Leap Before You Look"，1940）等，在有限的篇幅里也时不时地撷取了克尔凯郭尔的常用术语。以《有如天命》为例，诗人雷切尔·韦茨斯提恩（Rachel Wetzsteon）在分析《有如天命》这首诗时，强调了克尔凯郭尔对奥登的影响。[①] 奥登在诗中花费了大量笔墨告诉我们，诗人不应该像"空想的拿破仑"，不应该像"讨喜而多嘴的游客"，也不应该像"那些总是广受欢迎的人"，也不要认为有了"礼貌和自由"就足够了，因为远距离的欣赏其实是"一种俗气的病症"。直到诗歌最后部分，奥登才为我们绘制了一幅诗人应该铭记在心的图景：

> 一个需要你的人，只有那个
> 惊恐而充满奇想的孩子才了解你
> 恰如长者们所说这是个谎言，
> 但你知道他正是你的未来，只有
> 温顺的人必承受地土，既不迷人，
> 也不成功，更没有围聚的人群；
> 在夏天的噪音和律令中孑然一身，
> 他的眼泪渐渐蔓延你的生活有如天命。
>
> （《奥登诗选：1927—1947》413—414）

雷切尔指出，这里的"惊恐"（terrified）化用了克尔凯郭尔的术语"恐

[①] 与雷切尔·韦茨斯提恩不同的是，门德尔松教授将这首诗解读为奥登献给切斯特·卡尔曼的情诗。可以参看 Edward Mendelson, *Later Auden*, London: Faber and Faber, 1999, pp. 44-48.

惧"①，而"人群"（crowd）②也是克尔凯郭尔惯用的指涉。③除了这两个术语，笔者认为，奥登笔下的诗人，不是一个在人群中讨巧的角色，而是一个向内聚焦的审视者，他就像是克尔凯郭尔式的"孤独的个体"的具象化呈现，间接反映出克尔凯郭尔的主体性意识对奥登的深刻影响。

克尔凯郭尔在《致死的疾病》中给"孤独的个体"下过这样一个定义：

> 人是精神。但什么是精神？精神是自我。但什么是自我？自我是一种自身与自身发生关联的关系，或者是在一个关系中，这关系自身与自身所发生的关联；自我不是这关系，而是这关系与它自身的关联。人是一个有限与无限、暂时与永恒的综合、自由与必然的综合，简言之，是一个综合体。综合是一种二者之间的关系；以这种方式思考，人就还不是一个自我。④

克尔凯郭尔眼中的"人"，是个体的人，属于精神的范畴。当然，这里并不是说人没有肉体，而是肉体趋向于精神，纯粹的精神只有上帝。在克尔凯郭尔看来，"个体"是唯一重要的实体，存在于个体内心的主观心理体验是人的真正存在。有学者指出，他的所有作品"都在试图帮助生存个体过上一种有意义的、[自我]得到实现的生活"，他否认了集体性地、社会性地解决如何生活这个问题的可能性，而是强调"每一个孤独的个体必须选择自己的道路、走自己的路"。⑤在1847年的一篇日记里，他写道："人们指责我促成年轻人对主观性的默认。也许有时的确如此。但是，不强调

---

① 在克尔凯郭尔作品中，"恐惧"是一个十分重要的概念，这种情绪的产生和存在与罪感意识有必然的联系。

② 克尔凯郭尔的哲学有一个基本模式——"个—群对立"，他认为黑格尔哲学是用国家、共同体、民族、公众、民众等群体性概念表达一种虚伪的客观性，把个体的个性淹没在人海之中，而他强调的是生存的个体。

③ Rachel Wetzsteon, *Influential Ghosts: A Study of Auden's Sources*, New York & London: Routledge, 2007, p. 86.

④ [丹] 索伦·克尔凯郭尔：《致死的疾病》，张祥龙、王建军译，中国工人出版社1997年版，第9页。

⑤ [美] 苏珊·安德森：《克尔凯郭尔》，瞿旭彤译，中华书局2004年版，第36页。

孤独个体的范畴，又怎能消除种种作为看客的客观性的幻影呢？以客观性的名义追求客观性的目标已经完全牺牲了个体。这便是事情的症结所在。"①克尔凯郭尔式的"孤独的个体"，并不是现代社会思潮里流行的个人主义，而是在宗教和存在论意义上的向内性、主体性，从建立与自己的关系开始，进而建立与上帝的关系。奥登几乎全盘接受了克尔凯郭尔的"孤独的个体"概念，自1939年以来，他行文中的"个体"（an individual）已经变成了克尔凯郭尔式的存在个体——"上帝和所有人都是有联系的，对于他们中的每个人，他是独一无二的存在个体，也就是说，上帝是全人类而不单是某个被选中民族的父亲，所有人都是独特的存在……"②

当我们从这样一个背景重新解读《有如天命》时，便会发现最后一个诗节事实上是一个诗人重新与自己发生关联的关系，而那个未来的"他"，是"必承受地土"的温顺的人。奥登在此引用了《新约·马太福音》第5章第5节的一句话："温柔的人有福了，因为他们必承受地土。"《旧约·诗篇》第37章第11节也有类似的语句："但谦卑人必承受地土，以丰盛的平安为乐。"在通行的《圣经》③里，"温柔的人"和"谦卑人"对应的原文都是"the meek"，奥登诗中的"温顺的人"也是这个单词，强调个体对上帝的信靠，一种充满了无限激情的绝对的信靠。此诗写于1939年5月，正是奥登对克尔凯郭尔发生浓厚兴趣的起始阶段，也是他与切斯特·卡尔曼陷入热恋的最初时光，无论从哪一个角度来解读，最终都预示了奥登想要摆脱暂时性去拥抱永恒性的意图，因为他们的出现"有如天命"。奥登一直都相信冥冥中自有安排，多年后为该诗添上"有如天命"这个标题时，或许他脑海中闪现的"他"，已经是"有限与无限、暂时与永恒的综合"。

需要注意的是，奥登皈依基督教，不是简单地回到儿时的信仰，回到时间意义上的过往体验，不是偷梁换柱地复刻某位"临时英雄"来搭建某

---

① ［丹］索伦·克尔凯戈尔：《克尔凯戈尔日记选》，晏可佳、姚蓓琴译，上海社会科学院出版社2002年版，第135页。

② ［英］W. H. 奥登：《索伦·克尔凯郭尔》，《序跋集》，黄星烨译，上海译文出版社2015年版，第225页。

③ 笔者参考的中英文对照圣经，英文采用的是新修订标准版圣经（New Revised Standard Version，缩写为NRSV），中文采用的是简体版《新标点和合本》。

个具体的系统、方案或理念①,更不是让精神和灵性的生活陷入一劳永逸的停顿或偷懒的状态。不,奥登的皈依,绝不是机械地拿起宗教教义作为生活指南书,他期望能够在与自己、与他人、与永恒的渐进关系中找到一条"在世"的综合,一条鲜活的践行道路。因此,在皈依的最初几年时间里,奥登的表现既是非理性的,也是理性的,是一个颇为慎重的反思过程。

从弗洛伊德主义和马克思主义的无神论,到基督教的上帝,1940年前后,奥登已经接受了克尔凯郭尔的"信",沿着他的足迹呼应"绝对的前提"。但是,根据门德尔松教授的观察,奥登起初绝口不提自己重返教堂一事,即便在1940年秋已经开始领受圣餐了,也依然向亲友们保留了这个秘密。他第一次向外人透露自己的信仰转变,是在1940年12月17日写给艾略特的一封信中:"我经常想起您,担心您的安危,特别是我在查尔斯·威廉斯和克尔凯郭尔的影响下几乎跟您一个[信仰]处境之后,不管怎么说,我是受这方面的教育长大的。(请务必不要向他人提及此事。)"②奥登刻意隐瞒自己的信仰过渡期,一方面可能是因为一种尴尬的情绪,毕竟基督教信仰与他曾经热衷的弗洛伊德主义和马克思主义有很多南辕北辙之处,另一方面可能是出于天性上的谨慎,在过去十年被推举为"左派的御用诗人"的不堪经历让他更加慎重地对待自己的言论,他并不希望再一次因为公开表达并不成熟的信仰或观点而被贴上标签。无论如何,这都进一步说明了他非常认真地对待信仰皈依这一问题。此间公开发表的作品,比如诗作《一九三九年九月一日》和《新年书简》,奥登有意为信仰披上了一层哲学性思考的外衣,前者的"但愿,同他们一样／由爱和尘土构成、／被同样的否定和绝望／所困扰的我,能呈现／一支肯定的火焰"(《奥登诗选:1927—1947》306)和后者的"而爱又一次照亮了城市和／狮子的巢穴,也照亮了／这个怒气冲冲的世界和年轻的旅行者"(《奥登诗选:1927—1947》389),都以一种广义的"爱"为诗篇提供了希望的尾声,却都没有将此"爱"确切地指向"上帝之爱"。

---

① 如前文所述,奥登在失去信仰之后,不少"异端"人士充当了他的"临时英雄",帮助他探索和理解这个世界,比如弗洛伊德、马克思等人。

② W. H. Auden's letter to T. S. Eliot on 17 December 1940, quoted from Edward Mendelson, *Later Auden*, London: Faber and Faber, 1999, pp. 158-159.

这种秘而不宣的状态很快就被奥登自己打破了。自1941年初开始，奥登公开发表了一些有关宗教信仰的文章，以学者的身份介入神学问题的探讨，这在一定程度上表明他已经不介意公众将他与基督教信仰联系在一起了。他在一篇关涉信仰和社会政治的文章《大众社会的批评》("Criticism in a Mass Society", 1941）中宣称："我们的生活，须得相信一些价值是绝对的。这些价值存在着，尽管我们对它们的认知是不完善的，而且还因为我们有限的历史进程和个性特点而被歪曲。即便如此，只要我们认识到这一点，就有机会改善我们的认知。"① 很快，奥登已经不满足于从时代之弊端、人性之复杂的角度谈信仰对人类行为选择的规训和指引，而是直接为心仪的神学著作撰写书评。最先出现在公众视野中的神学类书评是发表于1941年1月的《书写我们的时代》("Tract for the Times"），他高度评价了莱茵霍尔德·尼布尔的著作《基督教与强权政治》(Christianity and Power Politics），文末强调自己与莱茵霍尔德·尼布尔的观点一致，都认为人离不开"绝对的前提"（即上帝）②。这一年6月，他又为莱茵霍尔德·尼布尔的另一本书《人的本性及其命运》(The Nature and Destiny of Man）写了题为《恩典的途径》("The Means of Grace"）的文章，进一步透露出自己的信仰选择。几乎同时，他为丹尼·德·鲁格蒙（Denis de Rougemont）的《西方世界的爱》(Love in the Western World）写了一篇书评，文中详细说明了他对"爱欲"（Eros）和"大爱"（Agape）的看法，间接表达出他对"浪漫之爱"（romantic love）和"婚姻之爱"（conjugal love）的态度③，也预示了他后半生在情感生活领域最为艰难也最为"浪漫"的选择。

三 "活出我们的信仰"："信仰只是一种过程，而不是一个状态"

正如上文所述，奥登的信仰回归，不是简单地将信仰看作一个终点，

---

① W. H. Auden, "Criticism in a Mass Society", in *The Complete Works of W. H. Auden: Prose*, Vol. II: 1939-1948, ed. Edward Mendelson, London: Faber and Faber, 2002, p. 97.

② W. H. Auden, "Tract for the Times", in *The Complete Works of W. H. Auden: Prose*, Vol. II: 1939-1948, ed. Edward Mendelson, London: Faber and Faber, 2002, p. 109.

③ 奥登的"浪漫之爱"和"婚姻之爱"的观点，在一定程度上受到了克尔凯郭尔的影响，可以参看克尔凯郭尔的《非此即彼》。

而是开启了一条颇为务实的践行道路。苏格拉底，这位让克尔凯郭尔深深服膺的质朴哲学家，认为没有一个固定的"好的生活"。克尔凯郭尔化用了苏格拉底的思想，认为信仰的生活也是一个经过不断实践和反思的过程，并不存在无条件接受的信仰。这个观点至少可以衍生出两个让奥登产生了共识的想法：一，奥登认同每个成长于宗教背景家庭的人都会经历一个"失去了信仰"的阶段，信仰需要被自己发现，而不是外界通过各种方式灌输给自己；二，奥登同样认为宣誓入教并不意味着就是信徒了，真正的基督徒需要在世俗生活里践行自己的信仰。关于第一点，如同苏格拉底强调的"认识你自己"，克尔凯郭尔强调信仰应该"由自己把它从深陷的被歪曲的状态中发掘出来"[1]，奥登也不承认"天真的信徒"[2]，因此克尔凯郭尔和奥登不约而同经历的"失去了信仰"的阶段，委实是一个内在的本体需求。而当他们自主选择皈依基督教后，便会涉及第二点的内容，即如何成为基督徒。

克尔凯郭尔的作品几乎都围绕着如何成为基督徒这个问题，但是，他又公开表明自己不是基督徒。他曾写道："我不是基督徒，而且不幸的是，我也能证明，其他人也都不是基督徒——实际上，他们比我更不是基督徒。这是因为他们把自己想象成基督徒，或者采取欺骗的手段成为基督徒……在我之前唯一的类比就是苏格拉底。我的任务就是苏格拉底式的任务，去修正成为基督徒的定义。"[3] 在他看来，基督教和人的冲突根源在于基督教是"绝对"——"基督教认为存在着某种绝对的东西，要求基督徒的生活表现出某种绝对的东西的存在"[4]，但在世俗生活里，他不曾看到任何人的

---

[1] ［丹］索伦·克尔凯戈尔：《克尔凯戈尔日记选》，晏可佳、姚蓓琴译，上海社会科学院出版社2002年版，第193—194页。

[2] 奥登笔下的"天真的信徒"（a naïve believer），指的是"他所做的不过是相信他父母所说的，也就是说，如果他们信奉的是伊斯兰教，他就会成为伊斯兰教徒"。可以参看［英］W. H. 奥登《索伦·克尔凯郭尔》，《序跋集》，黄星烨译，上海译文出版社2015年版，第213、229页。

[3] ［丹］索伦·克尔凯郭尔：《瞬间》，转引自易柳婷《克尔凯郭尔》，陕西师范大学出版社2017年版，第126页。

[4] ［丹］索伦·克尔凯戈尔：《克尔凯戈尔日记选》，晏可佳、姚蓓琴译，上海社会科学院出版社2002年版，第195页。

生活表现出这样一种存在。人们由宣誓入教、拥护正统、反对异端等行为成为基督徒，他们的生活却与异教徒没有多少差别，都生活在相对性之中，而不是在"绝对"里。正是在这层意义上，他认为自己不是基督徒，当然他也不是异教徒，而是一个意欲成为"信仰的骑士"[①]的基督徒。

受到克尔凯郭尔的启发，奥登也认为信仰是纯粹的个人事件，成为基督徒需要凭借个人无比的热情和坚强的决断去信靠，并以此安排实际的生活。但事实上，"除了基督以及临终前的圣徒们，没有人是真正的基督徒，当我们说'我是一名基督徒'的时候，我们其实表达的是'我这个罪人被要求成为基督一样的人'"[②]，也就是说，他将按照基督的足迹在人间生活。为此，奥登把自己界定为"潜在的基督徒"（a would-be Christian）："哪怕是自称为基督徒，也是一种非基督徒式的骄傲行为。"[③] 在1945年的一篇书评文章中，奥登直言不讳地写道：

> 如果他要成为基督徒……他选择公共场所进行告解的教堂，不应该局限于他的教派所认可的那类教堂，不应该局限于他生来就习以为常的那类教堂。因为，在教堂里，我们不会做出犹太人和德国人、东方人和西方人、男孩和女孩、聪明人和傻瓜蛋、老板和工人、流浪汉和资产者的区别，也不存在任何形式的社会精英；实际上，那里甚至没有基督徒，因为基督教信仰只是一种过程，而不是一个状态，一个人不可能是基督徒，他只能祈望成为基督徒……[④]

---

① 克尔凯郭尔认为，在宗教层面上的最高生存形式是"信仰的骑士"（knight of faith），与伦理性的"悲剧英雄"（tragic hero）、宗教层面上较为低一级的"无限弃绝的骑士"（knight of infinite resignation）形成了区别。可以参看［丹］索伦·克尔凯郭尔《恐惧与颤栗》，刘继译，贵州人民出版社1994年版，第44—56页。

② ［英］W. H. 奥登：《索伦·克尔凯郭尔》，《序跋集》，黄星烨译，上海译文出版社2015年版，第229页。

③ Edward Mendelson, "Auden and God", *The New York Review of Books*, 2007 (19), see https://www.nybooks.com/articles/2007/12/06/auden-and-god.

④ Auden's foreword to *The Flower of Grass*, in *The Complete Works of W. H. Auden: Prose*, Vol. II: 1939-1948, ed. Edward Mendelson, London: Faber and Faber, 2002, p. 250.

这段话透露出来的讯息，是一种类似于克尔凯郭尔的基督徒概念，但又不仅仅是克尔凯郭尔的身影。从 1937 年的信仰复苏到 1940 年的重返教堂，奥登一直在用自己的方式去审视灵魂最深处的情操和信仰。他关注的，不再是弗洛伊德式的"病态"个体，而是一个个"正常"人——他"并不憎恨他的父母"，"是一个好丈夫和好父亲"，"喜欢周围的人"。[①] 他聚焦的，也不再是马克思式的群体解决之道，而是普通人层面的实际生存活动。克尔凯郭尔的"孤独的个体"的个体性意识，与奥登自身的诗性情怀和人道主义立场融合在一起，让他看到的是一个又一个的个体，而不是千千万万人构成的群体。当然，他依旧真诚地感谢弗洛伊德和马克思曾经给予过的启迪，比如，在上述引文的文章中，他感慨与书评对象共同经历过的那个 20 世纪 30 年代，那个弗洛伊德和马克思灌溉了一代人思想花园的时代。即便是为英文版的《非此即彼》撰写序言时，奥登也在一定程度上力图梳理基督教神学和弗洛伊德、马克思的观点。他特地指出，弗洛伊德、马克思和克尔凯郭尔都试图解答人的基本问题，即人对时间的焦虑，但他们的出发点和侧重点并不相同：

> 他与他的过去和父母的关系形成了他现在的焦虑（弗洛伊德），他与他的未来和邻人的关系形成了他现在的焦虑（马克思），他与永恒和上帝的关系形成了他现在的焦虑（克尔凯郭尔）。[②]

人的焦虑，构成了人的不完满性，因此，无论是弗洛伊德、马克思，还是克尔凯郭尔，都试图从各自的角度帮助人们走向完满，同时又认为这是一个处于变化的渐进过程。当奥登说出"基督教信仰只是一种过程，而不是一个状态"、"一个人不可能是基督徒，他只能祈望成为基督徒"时，

[①] Auden's foreword to *The Flower of Grass*, in *The Complete Works of W. H. Auden: Prose*, Vol. II: 1939-1948, ed. Edward Mendelson, London: Faber and Faber, 2002, p. 248.

[②] W. H. Auden, "A Preface to Kierkegaard", in *The Complete Works of W. H. Auden: Prose*, Vol. II: 1939-1948, ed. Edward Mendelson, London: Faber and Faber, 2002, p. 214.

他脑海里不可能不存在克尔凯郭尔以身殉道的孤独身影,与此同时,弗洛伊德和马克思的影响余韵仍然分立两侧。只不过,奥登的思想已经易辙,他看到弗洛伊德纠缠于"过去",马克思关注"未来",惟有克尔凯郭尔式的信仰实现了"有限与无限、暂时与永恒的综合",让每一个实践者在纷纷扰扰的世俗生活里投入到自身的存在根源,即作为存在本身的上帝的怀抱。

克尔凯郭尔在他那个时代感受到的信仰沦丧、精神缺失的物化现象,在20世纪以来的西方社会乃至全球范围内只会更为普遍、更为严重。在1914年以前,官方的基督教王国一直存在,也就是说,"地球上有许多地区,在那里尽管人们对基督教有着不同程度的理解,但多数民众都真诚地信奉基督教,并在主日和节日时参加公共礼拜";而在此之后,"今天,在我们这儿,社会对一个人的信仰漠不关心;信奉基督在多数人看来是一种相当愚蠢却又无伤大雅的怪癖,古怪程度堪比支持莎剧是培根写的或者认为地球是平的"。[①]世界自克尔凯郭尔的时代以来,已经发生了巨大的变化,经历了两次世界大战以及无数大大小小战争的血雨腥风,人们更加迫切地追寻个体生命的真实意义以及个体存在的实际价值。有人延续了克尔凯郭尔的关于个体、信仰、存在的神学思想,从个人存在的角度思考宗教问题,发展了存在主义神学,比如主张转向个人的直接经验的神学家保罗·蒂里希。有人撷取了克尔凯郭尔的存在主义思想但抛弃了其中的宗教神秘主义成分,强调人的绝对自由以及在选择和行动中形成自我的本质,比如第二次世界大战以来风靡世界的无神论存在主义。奥登的外在经历和内在精神的发展,促使他从上帝存在的宗教角度思考个体的存在,包括他后来密切关注莱茵霍尔德·尼布尔、保罗·蒂里希等偏重宗教实践的新教神学家的作品,事实上就是一种个体的、主动的、灵性的选择。

作为克尔凯郭尔式的"潜在的基督徒",奥登的宗教思想和信仰活动都与一般意义上的基督徒不同。门德尔松教授谈起奥登的信仰时,曾开宗明义地说:

---

① [英] W. H. 奥登:《愁容骑士》,《序跋集》,黄星烨译,上海译文出版社2015年版,第246—247页。

那些认为宗教是官方组织、超自然信仰、祖传的身份认同、道德禁律、教义正统性、宗派纷争、虔敬之情、精神意志、圣经权威的人，或者那些对个人的、有组织的宗教怀有任何其他传统看法的人，在他们眼里，奥登的基督教信仰多少有些不可解。①

这说明，虽然克尔凯郭尔惊世骇俗、哲思隽永的呐喊被越来越多的人听见了、理解了、接受了，但人们对基督徒和宗教的传统认知并没有发生本质性的变化，仿佛在世俗社会里那仍然是一个表面化的、身份性的标签，而不是一种有真正的生命体验、真实的精神感受的信仰。奥登在这样一个基督教信仰不再是顺理成章的社会里选择成为一个基督徒，他寻找的，与其说是一个宗教，不如说是一份关系，是信徒在对自己、对他人、对世界的关系中建构的一连串的实践活动和一种特殊的生活形态。

诚如奥登在皈依前夕所著长诗《新年书简》里引用的那句拉丁名言"我信故而我知"②（《奥登诗选：1927—1947》329）所揭示的，"信"（believe）为"知"（understand）提供了一个必要前提。这句话本是圣奥古斯丁所言，到了圣安瑟伦这里才将主语"你"换成了"我"。奥登选用后者而非前者，除了诗歌上下文的考量外，还透露出他的个人倾向性：《新年书简》是一首个人转折期的内在沉思，不但以新年书信的诗体形式写成，而且选择在1940年1月1日新年这一天去信给伊丽莎白·梅耶说"我准备写首诗献给您"③，这些都预示了一个新的开始。果不其然，没过多久，奥登就重返教堂了。因此，"我信故而我知"不仅仅是圣安瑟伦所言，同时也是奥登的自我宣誓。信仰，虽然如克尔凯郭尔所言是非理性的，但却可以提供一整套有关人类存在的阐释，此为"知"也。

---

① Edward Mendelson, "Auden and God", *The New York Review of Books*, 2007 (19), see https://www.nybooks.com/articles/2007/12/06/auden-and-god.

② 奥登引用的是基督教神学家圣安瑟伦的话，原文"credo ut intelligam"是对圣奥古斯丁的名言"crede, ut intelligas"（你信故而你知）的改写。两句话的主语发生了变化。

③ W. H. Auden's letter to Elizabeth Mayer on 1 January 1940, quoted from Humphrey Carpenter, *W. H. Auden: A Biography,* Boston: Houghton Mifflin Company, 1981, p. 286.

"我信",故而"我知"。世易时移,当人们把宗教分解成了艺术、哲学、伦理、法律、政治、文学等彼此独立的进程时,奥登却一直在进行着系统化的努力。出于种种原因,他无法在弗洛伊德主义、马克思主义等理论系统中找到能够让他完全服膺的阐释,却从古老的基督教系统中重新发现了一个综合性的阐释。然而,在奥登看来,成为基督徒,不必非要相信存在着一个脱离了身体的不朽灵魂,也不必非要相信诸如基督复活的教义,更不必去相信那些违反了物理定律的奇迹。他对朋友说,"我并不是神秘主义者",而且他还表示,"人们得注意了,千万别把狂喜感受说成是神秘体验"。①进一步说,他的信仰,并不停留在"信",因为"信仰的跳跃"是非理性的,也是非连续性的,"信"对他来说更像是一种抽象表征。"知"才是"信"的走向,不仅仅是意识层面的理解,还有行为领域的实践。

这有点类似于当代神学家查尔斯·泰勒提出的"活出我们的信仰"——在世俗时代,"我们不禁要不时地前后打量、左右观望,在充满怀疑与不确定性的境况中活出我们的信仰。"②显然,奥登就是如此,他经历的精神危机实际上是一种内在转机,他选择的信仰皈依则是一种主体性的存在实践。经过"打量",经过"观望",有过怀疑的历程,有过不确定性的挣扎,拨开诡谲的时代迷雾,走出复杂的思想困境,奥登从道德和伦理的角度出发,持守着"绝对的前提",甘愿在"爱邻如己"的戒律中真诚地"祈望成为基督徒"、真正地实践信仰的生活、真实地在存在的状态中体验生命的价值。

四 "爱邻如己":"此世性"和"即使上帝不存在"的存在

在1946年的一篇文章里,奥登颇为真挚地写道:"有一件事,而且只

---

① Anne Fremantle, "Reality and Religion", in Stephen Spender ed., *W. H. Auden: A Tribute,* London: Weidenfeld & Nicolson, 1975, pp. 90-91. 奥登当然不是反对神秘体验,事实上他自己就有些相信神秘元素和不可预知之事,但他绝不是神秘主义者,这里有一个程度上的差别和个体性的差异。关于他对基督教神秘主义者的反驳,可以参看[英]W. H. 奥登《新教神秘主义者》,《序跋集》,黄星烨译,上海译文出版社2015年版,第88—91页。

② [加拿大]查尔斯·泰勒:《世俗时代》,张容南、盛韵等译,上海三联书店2016年版,第15页。

有这一件事，是严肃的，那就是爱邻如己。"① 门德尔松教授后来在《奥登与上帝》（"Auden and God"，2007）一文中指出："奥登认为宗教源自'爱邻如己'的诫命——这是一种对他人的责任（尽管他人和自己都不完美），一种对这个无从逃避的现实世界的责任，而并非一个不知存在于何方的难以触及的虚幻世界。"他还补充道："奥登十分重视他的英国圣公会成员的身份，并从两千多年发展而来的基督教教义中推衍出自己的伦理思想和美学观念，但他仅仅在这一意义上看重教会及其教义：它们能够为实现'爱邻如己'提供助力。"② 由此可见，奥登宗教思想的核心内容是"爱邻如己"，这条诫命俨然已经成为他皈依基督教后为人处世的基本行为准则。

"爱邻如己"的诫命在基督教中十分重要，《圣经》中多有提及，常见的有《旧约·利未记》《新约·马太福音》《新约·马可福音》《新约·路加福音》等。根据《旧约·利未记》的记载，上帝通过摩西教导以色列人该如何生活得像神的子民，第19章的内容大量关涉信徒与邻人的相处模式，其中第18节明确提出了"爱人如己"③的诫命。在《新约》中，耶稣多次阐述了上帝的这个诫命，比如，《马太福音》第22章"最大的诫命"（the Greatest Commandment）如此写道：

> 内中有一个人是律法师，要试探耶稣，就问他说："夫子，律法上的诫命，哪一条是最大的呢？"耶稣对他说："你要尽心、尽性、尽意，爱主你的神。这是诫命中的第一，且是最大的。其次也相仿，就是要爱人如己。这两条诫命是律法和先知一切道理的总纲。"④

根据耶稣的回答，"爱主你的神"毋庸置疑是"最大的诫命"。同样的

---

① W. H. Auden, "Address on Henry James", in *The Complete Works of W. H. Auden: Prose*, Vol. II: 1939-1948, ed. Edward Mendelson, London: Faber and Faber, 2002, p. 302.

② Edward Mendelson, "Auden and God", *The New York Review of Books*, 2007 (19), see https://www.nybooks.com/articles/2007/12/06/auden-and-god.

③ 和合本《圣经》有时将"love your neighbor as yourself"译成"爱邻如己"，有时译成"爱人如己"。

④ 《新约·马太福音》第22章第34—40节。

回答在《马可福音》第 12 章里再一次出现，中译文虽然也是"最大的诫命"，但英文原文为"the First Commandment"。如此来看，爱上帝的诫命是最初的也是最大的诫命，是人与上帝的恒久关系，爱邻如己则是爱上帝的必然要求，是人与人的世俗关系。

《圣经》将"爱上帝"和"爱邻如己"的关系阐释为"相仿"（a second is like it），奥登在《某个世界：备忘书》里引用了神学家迪特里希·冯·朋霍费尔的话来解释"上帝"这个词条，间接反映出他对这两条诫命的认知：

> 我的意思是，我们应该永远全心全意地爱上帝，但不能因此损害或贬低我们的尘世感情，而应将之作为生命这一乐曲的定旋律，该乐曲的其他旋律是它的复调。尘世感情是这些复调主题之一，一个享有独立地位、不受其他旋律干扰的主题。①

朋霍费尔认为，复调在音乐中之所以重要，是因为它是以基督论为基础的上帝观在音乐上的真实反映，是基督生活的完美映射。基督徒仅仅爱上帝是不够的，还要承认我们的尘世感情，而在我们尘世感情中，爱始终是最大的支柱。朋霍费尔在《伦理学》（*Ethik*，1949）一书中的论述核心便是"爱"，上帝对人的爱与关怀表现为他所给予的昂贵的恩典，即让圣子耶稣降临到尘世替人赎罪，而人对上帝的爱与信仰理应是效法耶稣基督，过一种爱他人、为他人的生活，即爱邻如己。这两条诫命在基督徒生活里的表现形式，应该犹如音乐中的复调：爱上帝是基督徒的全部生活的中心，是一种坚定而清晰的定旋律；没有了它，就不可能产生饱满而完美的旋律，有了它，才有可能不跑调也不出差错，才有可能发展出生活的其他旋律；这样的定旋律和其他旋律合奏而成的复调，构成了一曲完整而丰富的基督徒生活的交响乐。因此，爱上帝和爱邻如己，是相仿的，而不是相悖的，两者缺一不可。

---

① W. H. Auden, *A Certain World: A Commonplace Book*, New York: Viking Press, 1974, p. 175. 这段话出自朋霍费尔的《狱中书简》，可以参看［德］迪特里希·冯·朋霍费尔《狱中书简》，高师宁译，新星出版社2011年版，第150页。

那么，在我们的现实生活中，如何爱上帝和爱邻如己呢？朋霍费尔神学思想的核心落在了他引用的一句拉丁语"etsideus non daretur（即使上帝不存在）"。这是一个虚拟句，表层含义为上帝看起来是不存在的，但绝不代表上帝不存在，而是宗教性的上帝消失了，我们必须学会"作为没有他也能过得很好的人而生活"，因为"让我们在这个世界上不用他作为其作用的假设而生活的那位上帝"，就是"我们永远站在他面前的那位上帝"。①只有在这样的"此世性"中，我们才能与真正的上帝相遇：

> 大约在去年，我开始前所未有地赏识起基督教的"此世性"来了。基督徒不是homo religiosus（宗教性的人），而是人，纯粹的、单纯的人，正如耶稣与施洗者约翰相比是人一样。我的意思不是指有知识、忙碌、舒适或色情等等浅薄的此世性。而是指一种深刻得多的东西，在其中，对死亡与复活的认识是须臾不离的。我相信，路德过的就是这种意义上的世俗生活……只有通过完全彻底生活在这个世界上，一个人才能学会信仰。人必须放弃每一种要把自身造就为某种人物的企图，不论是一位圣徒，还是一个皈依的罪人，不论是一位教会人士（所谓教士型的！），还是一个正直或不正直的人，抑或一个生病的人或健康的人。我所说的世俗性指的是：以自己的步伐去接受生活，连同生活的一切责任与难题、成功与失败、种种经验与孤立无援。正是在这样一种生活中，我们才完全投入了上帝的怀抱，参与了他在此世的受难，并在客西马尼园与基督一起警醒守望。这就是信仰，这就是metanoia②，这就是造就一个人和一个基督徒的东西。③

在我们有限的"此世性"中，我们用自己的步伐去打开生活，承担生活的一切责任与难题，拥抱每一次的成功与失败，接受种种经验与孤立无

---

① ［德］迪特里希·冯·朋霍费尔：《狱中书简》，高师宁译，新星出版社2011年版，第192页。
② 希腊文，意为"自新""皈依"。
③ ［德］迪特里希·冯·朋霍费尔：《狱中书简》，高师宁译，新星出版社2011年版，第198—199页。

援。正是在这样一种"世俗性"的生活里，我们才踏上了基督启示的道路，背负起自己的十字架。这是做门徒的代价，也是上帝的恩典所在。任何一种企图借助恩典逃避追随基督的行为都是自欺欺人的，因为这是把昂贵的恩典变成了廉价的恩典①的行为。朋霍费尔相信，信仰不是一种僵死的教条或概念，而是一种鲜活的生命实践，不是为了逃避世界画地为牢，而是凭借信仰能够超越这个世界但又必须在世界上生活。他把路德视为门徒的榜样，这位昔日的宗教改革家，离开了世界，进入了修道院，又走出了修道院，回到了世界的生活中。朋霍费尔自己，不仅从学理上将基督带回了人间，而且在行动上走下了神学讲坛，用自己的良知、责任和生命参与了那场对纳粹暴力的抗争。诚然，朋霍费尔绝不怀疑任何一种暴力的使用都是罪，但他坚信基督徒出于对邻人的爱，无法坐视不理国家政权合法性外衣下的暴力，因而必须奋起反抗并承担相应的罪。追随基督，也就是在我们的生活中奉行爱上帝和爱邻如己的诫命。正如朋霍费尔在生命最后阶段所写的："我们对自己的局限和责任逐渐有了更加清楚和更加严肃的估计，这就使得我们真正地去爱我们的邻人成为可能。"②他对纳粹主义的反抗、对尘世感情的认可、对此在生活的投入，都是在爱上帝的诫命启示下，以爱邻如己的诫命为生活准则，在实践中"活出我们的信仰"。

　　后期奥登显然认同朋霍费尔的神学思想。诚如门德尔松教授所观察的，奥登在进入20世纪五六十年代以后，开始与朋霍费尔的宗教思想渐渐趋同③。或者说，奥登从内心生根发芽的务实又朴实的神学观念，在朋霍费尔的文字里找到了理论依据。又或者说，朋霍费尔的言与行，不是启迪了奥登，而是两人达到了惊人的共鸣。对照奥登自1933年以来便坚持不懈地反纳

---

　　① 朋霍费尔在《做门徒的代价》中指出："廉价的恩典宣扬的是无须悔罪的赦免，是没有教会约束的洗礼，是没有忏悔的圣餐，是没有亲自忏悔的赦免。廉价的恩典是不以门徒身份为代价的恩典，是没有十字架的恩典，是没有活生生的和道成肉身的耶稣基督的恩典。昂贵的恩典是藏在地下的财富：为了它，人们会愉快地卖掉他所有的一切……它是耶稣基督的呼召，为了它，门徒甘愿舍弃渔网而追随耶稣基督。"可以参看［德］迪特里希·冯·朋霍费尔《做门徒的代价》，隗仁莲译，新星出版社2012年版，第33—36页。

　　②［德］迪特里希·冯·朋霍费尔：《狱中书简》，高师宁译，新星出版社2011年版，第136页。

　　③ Edward Mendelson, "Auden and God", *The New York Review of Books*, 2007 (19), see https://www.nybooks.com/articles/2007/12/06/auden-and-god.

粹主义的言行，以及他皈依基督教后的情感选择和爱邻如己的行为，我们完全有理由相信，若是朋霍费尔没有被纳粹绞死在集中营，而是继续讲道着、生活着，他们不但会有更多的生命交集，也会成为至交好友。这个揣测并非没有依据。奥登自1940年起，便与莱茵霍尔德·尼布尔夫妇相交甚好，常常互相拜访，一起探讨神学问题。莱茵霍尔德·尼布尔，这位将基督教伦理思想广泛地应用于社会问题研究从而形成了系统的基督教应用伦理学[①]的美国神学家，也曾是朋霍费尔的朋友，他们在基督教信仰介入现实生活、政治局势的问题上，几乎有着异曲同工的理念。既然奥登在移居美国后很快就与莱茵霍尔德·尼布尔建立了深厚的友谊，那么曾作为莱茵霍尔德·尼布尔的朋友的朋霍费尔，没有理由不会成为他们共同的道友。相近的思想，可以催生可贵的友谊，即便是生死相隔的友谊。奥登在1958年特地写了诗歌《礼拜五的圣子》（"Friday's Child"）题献给朋霍费尔，悼念他的以身殉道。

如同朋霍费尔，奥登认为信徒们不必拘泥于教会与教义。1947年9月，有学生问到他的信仰，奥登如此回答：

> 我是英国国教教会的成员，也就是说，是安立甘教会信徒。我本人并不觉得教派之间有什么差异，毕竟都一丝不苟地采信相同的教旨（即他们都诵读尼西亚信经和亚他纳修信经，都相信圣事）。要是我生来是一个其他国家的人，比如说法国人，我肯定会皈依罗马天主教了。而我生来是英国人，我皈依的教派脱离了罗马教廷，那不过是一个历史事件。因此，既然我诵读信经时会说"我信圣而公教会"，那我完全可以说自己是天主教徒[②]了。[③]

在奥登的表述中，我们看到了一个信仰的民主派，或者说，奥登真正做到了基督教信仰的本质——"爱"。门德尔松教授对此解释说："若教会

[①] 基督教应用伦理学，又被称为基督教现实主义伦理学。

[②] 《使徒信经》里有一句"I believe in the Holy Catholic Church"，国内圣公会版一般翻译为"我信圣而公教会"，奥登自言"a Catholic"其实是一个双关。

[③] Edward Mendelson, *Later Auden*, London: Faber and Faber, 1999, pp. 279-280.

和教义让其自身成为目的，或是轻易地让信徒们自我隔离与提升，那么它们就变为——用奥登形容基督世界的词来说——非基督的。教会教义与人类的一切创造物一样，都将受到审判。"① 这一点，还可以从他晚年写下的这首俳句里找到印证："真正的同道兄弟，／不会整齐划一地高歌，／而是会唱出和声。"（《短句集束》，1972—1973；《奥登诗选：1948—1973》499）

当然，朋霍费尔和奥登的基督教思想里最富有践行意义的就是"爱邻如己"：

无罪的生活就像纯粹的艺术。你必须为之奋斗，同时深知不可能实现。如果你忘记了这一点，生活就不再是生活，诗歌亦是如此。（顺便说一下，这就是我不喜欢蒙德里安②的原因。）永恒存在于"现在"的决定，存在于"现在"的行动，存在于"此在"的邻里关系。③

进入20世纪40年代以后，奥登一再抒写他对"此在"的邻里关系的体验。他声称自己第一次体会到"爱邻如己"是在1933年的一个夏夜，并先后两次抒写了当时的情景：一次是在事后不久创作的诗歌《夏夜》里④，另一次是在事隔多年后写成的散文《新教神秘主义者》（1964）里⑤。鉴于散文的表述更为清晰，我们不妨节录于此：

---

① Edward Mendelson, "Auden and God", *The New York Review of Books*, 2007 (19), see https://www.nybooks.com/articles/2007/12/06/auden-and-god.

② 皮特·蒙得里安（Piet Mondrian），荷兰现代画家，作品以交错的三原色为基色的垂直线条和平面为特点，对抽象艺术的发展产生了深远影响。

③ Auden's letter to Clement Greenberg on 16 December 1944, quoted from Arthur Kirsch, *Auden and Christianity*, New Haven & London: Yale UP, 2005, p. xviii.

④ 奥登在20世纪60年代编辑出版《短诗合集：1927—1957》时，特意将《夏夜》摆在了突出的位置。这本诗选分为四个部分，分别是"1927—1932"、"1933—1938"、"1939—1947"和"1948—1957"。用奥登在前言部分的话来说，这四个部分对应了他人生旅程的特定篇章，而《夏夜》恰恰是"1933—1938"那部分的开篇之作，足见其重要性。

⑤ 这篇文章将神秘体验分为四类，分别是自然异象（Dame Kind或nature）、情色异象（Eros）、博爱异象（Agape）和上帝异象（God）。在"博爱异象"中，奥登描写了自己在1933年那个夏夜的亲身体验。

第三章 "我开始思考上帝":奥登与基督教信仰　241

　　1933年6月的一个清朗夏夜,晚饭后我和三个同事(两女一男)坐在草坪上。我们彼此十分欣赏,但肯定谈不上知己,我们当中也没有人对其他人有性兴趣。顺便说一下,那天我们滴酒未沾。就在我们闲聊日常琐事时,突然出乎意料地发生了一件怪事。我感到一股难以抗拒(尽管我屈从了它)又绝非来自我本人的力量向我袭来。我平生第一次体会到爱邻如己的确切含义,因为——多亏这股力量——这正是我当时在做的。虽然谈话照常进行着,但我确信三位同事正在经历同样的感受。(我后来跟其中的一位证实了这点。)我对他们的个人感情没有发生任何变化——他们仍然是同事,不是知己——但我感到他们作为自我的存在无可比拟,并为此喜不自胜。

　　我不无羞愧地回想起我曾经在诸多场合表现出恶意、势利和自私,但是当下的喜悦盖过了羞耻,因为我知道只要我被这个灵魂附体,我就绝对不可能故意伤害他人。我也知道,这股力量迟早会消退,那时我的贪婪和利己又会卷土重来。在我们互道晚安、上床睡觉后,这一体验以其最大强度持续了约莫两小时。当我第二天早晨醒来时,它的影响仍然存在,只是有所减弱,直到大约两天之后才完全消失。对该体验的记忆并未阻止我经常不择手段地利用他人,但它让我在如此行事时很难再对自己的险恶意图自欺欺人。若干年后我重新皈依了我自小耳闻目染的基督教信仰,对这一体验的记忆和关于其意义的反思是最关键的因素之一——尽管在它发生时,我以为我从此和基督教绝缘。[①]

　　这段文字至少为诗歌《夏夜》做了两点注解:其一是那晚的当事人,其二是那股令人难以抗拒的"力量"。我们从文中得知,他们四个人虽然相处亲密无间,但彼此之间仅仅是同事关系:既不是知己好友,也没有对任何一方产生性兴趣,更没有酒精作祟。这些陈述为那股突如其来的"力量"的纯正性做了铺垫,并且通过其中一位同事的感受进一步证实了那股"力量"绝非奥登自己的凭空臆想,而是他们的共同感受。

[①] [英] W. H. 奥登:《新教神秘主义者》,《序跋集》,黄星烨译,上海译文出版社2015年版,第84—85页。

与散文类似的是，奥登在诗中也刻意营造和凸显了一种神圣氛围。诗歌第三节的"与同事们相处亲密无间"（《奥登诗选：1927—1947》145）对应的原文是"equal with colleagues in a ring"，本意为奥登与那三位同事在草坪上围坐成一圈，但我们不能忽视"in a ring"在这里的隐藏含义。奥登将那晚的体验作为博爱异象（Agape）的经典案例写入了《新教神秘主义者》，而"博爱"的最初形态便是爱宴，是早期基督徒通过围坐一圈举办会餐来增进兄弟姐妹情谊的方式。据此，奥登与同事们的饭后小聚，委实是呼应了基督徒共进晚餐、共浴主爱的爱宴①。随后诗行对"那道初始之光"如"鸽子般"（dove-like）乍现的形容，也是借和平之鸟所承载的文化寓意来渲染这种和睦、友好、平等的体验。

需要指出的是，奥登的神圣体验混杂了基督教的"爱邻如己"和马克思的"各尽所能、各取所需"的共产主义理想。彼时，他已经放弃了儿时的宗教信仰，"爱邻如己"更可能是一种惯性表达方式，而他正在认真思考的是马克思主义。1929年5月在柏林亲历的暴力冲突事件，令青年奥登模糊地意识到自己和朋友们属于左派，从而开始了他为世人熟知的"左"的时期。在道恩斯中学的美好经历，尤其是"与同事们相处亲密无间"的神圣体验，以"初始之光"的形式乍然出现，点燃了他对人类和谐相处的生活模式的信心。不过，这道"初始之光"，真正在信仰层面上点亮他的生活已经是时隔多年以后的事情了。

后期奥登对"爱邻如己"的理解，体现在他对四类神秘体验的分析中。奥登认为，与自然异象不同的是，博爱异象不是一个人与世间非人类的万物的互动，而是人与人之间的互动行为；与情色异象不同的是，博爱异象不是两个人之间的情感交流，而是人与人之间的普世联结；与上帝异象不同的是，博爱异象不是一方对另一方的顶礼膜拜，而是平等的、无差别的共有关系。如果我们要给博爱异象设定关键词，那就是这三个词——多元性（plurality）、平等性（equality）和相互性（mutuality）。② 博爱异象的

---

① 奥登读过有关早期基督徒爱宴的文献资料，皈依基督教后还专门写了一首题为《爱宴》（"The Love Feast"，1948）的诗歌。

② ［英］W. H. 奥登：《新教神秘主义者》，《序跋集》，黄星烨译，上海译文出版社2015年版，第85—86页。

本质，按照奥登的理解，是一种"爱邻如己"。奥登在人生中后期的生活实践，实际上正是在"爱邻如己"这一诫命指引下寻求一种多元、平等和相互的"邻里"关系。

笔者认为，他创作于1965年的诗歌《对场域的爱》（"Amor Loci"①；《奥登诗选：1948—1973》355—357）是这条诫命的诗意呈现。该诗撇开了英国诗人惯常使用的重读音节韵律，乍看之下，除了视觉上的长短行收放有度之外，似乎无韵可言。但是，我们知道，奥登一向是反对自由诗的，这首承载了他心中的"圣地"②的诗歌，更不可能一反常态。我们若是细细诵读每一行诗，便能从呼吸般的音节节奏中体会到这是一首音节诗，每个诗节由八行组成，音节数大致按照"7"和"5"轮替的方式排列，唯有第二诗节开头两行是一个例外，变成了"8"和"4"。为什么会有这样的变化？又为什么在变化中依然保持了统一性，两行诗的音节数始终是"12"？奥登想通过这样的诗体形式传达什么主旨？

变化出现在这两行——"Its dead too vague for judgement, / Tangible only"，废弃的北方石灰岩和铅矿工厂被形容为"dead"，由此进入"对场域的爱"的隐喻层面。奥登认为遍布着溶洞和暗流的石灰岩地区，就像人的身体，有外在的轮廓形体和内在的隐秘系统，而石灰岩地区的铅矿工业，预示了"必会死去的人"的命运（参见第五诗节）。他曾反思自己之所以对铅矿着迷，一是因为"lead"（铅）与"dead"（死）押韵，铅板也被用于棺材制作行业；二是因为采矿行为从根本上来说是有限度的——"早在矿井开采之初，人们就已了然于心，无论储藏量多么丰富，迟早会被采尽，然后被弃用。"③从真实的采矿行为，到抽象的人类行为，由"dead"引发的"贫瘠石灰岩"（the Jew Limestone）问题是一个至关重要的转折点。

对于奥登来说，"场域"首先是他儿时徜徉的石灰岩地区和废弃的铅矿，

---

① 拉丁语，意为"love of place"，试译为"对场域的爱"。笔者原本译为"爱的场域"，本书书稿提交国家社会科学基金项目成果鉴定后，有一位认真负责的专家指出了此处翻译的不妥之处，在此深表谢意。

② 《对场域的爱》关涉幼年奥登的"圣地"，也就是一片"北方石灰石的风景"，这里首要的经济活动是铅矿业。

③ W. H. Auden, "Phantasy and Reality in Poetry", in *The Complete Works of W.H. Auden: Prose*, Vol. VI: 1969-1973, ed. Edward Mendelson, Princeton : Princeton UP, 2015, p. 711.

随后变成了他心目中的"圣地",承载了他的各种幻想和白日梦。当情感与理性的大门逐渐开启,年岁的齿轮咯吱咯吱地为他呈现了更多的喜怒哀乐,"圣地"的影像非但没有消失,反而化作了一片迷人的风景。而在这片风景之中,人类的采矿行为,成为他的创作、情感、信仰等一系列核心事件的本体性存在。正如矿藏终有一天会被采掘殆尽,"必会死去的人"也会消耗掉自己的生命能量。在"死亡"的魔咒之下,一切都有可能从餍足走向匮乏,最终被"弃绝"(请注意"abandon"是全诗最后一个单词)。

然而,对于触目所及皆是荒凉,奥登甩出了一个由"How…could I…"引导的疑问句,与开篇处出现的"I could…"形成了一个对照和呼应。奥登在此使用了一个"照此类推"(by analogy)的手法:既然他能对废弃铅矿产生一种永久的热爱,那么能否"构想出/一种永不弃绝的爱"?显然,"场域"又发生了变化。富勒先生提醒我们,这首诗可以与奥登早年创作的《预言者》(《奥登诗选:1927—1947》411—413)展开对读[1],两首诗的写作手法都是一种"类推":首先描写石灰岩风景和废弃铅矿,那是他的"美好乐土"(《预言者》),比"任何一个白日梦/都更美好也更为可靠"(《对场域的爱》);随后表达人物情感,"在那面容里我已找到了答案"(《预言者》),"构想出/一种永不弃绝的爱"(《对场域的爱》)。景观与情感,并列平行,相互之间形成了绵长的类比关系,颇有"引譬连类"的"兴"之意味。不仅如此,两首诗的主导情感都指向了切斯特·卡尔曼。写《预言者》时,奥登初识卡尔曼,认定他为自己的终身伴侣。曾经寻寻觅觅不得解的"爱的真谛",在卡尔曼那里找到了答案。而多年后写《对场域的爱》时,卡尔曼已经化身为"享乐之徒"(Mr Pleasure)、"浅薄的世人"(a frivolous worldling),"愿意为冲浪、/红葡萄酒和一夜之欢买单",却不愿意与他恪守"爱的真谛"。爱以欢欣的面目自《预言者》的第一诗节扑面而来——"爱是它们从未大声说出的词",却以艰辛的面貌颤颤巍巍地出现在《对场域的爱》的最后诗节。有意思的是,前者诗行较长,视觉上是丰沛的效果,后者诗行很短,视觉上是贫瘠的效果。时间留给奥登的,是戏剧性的人生

---

[1] John Fuller, *W. H. Auden: A Commentary*, Princeton: Princeton UP, 1998, p. 514.

况味,也是充满挑战的精神炼狱。

面对卡尔曼带给他的"触目所及皆荒凉"的爱,奥登如何能"构想出/一种永不弃绝的爱"?《对场域的爱》有个细节值得我们深思。第二诗节出现了一个容易让人产生误会的术语——"贫瘠石灰岩"。这个采矿业术语带有明显的反犹倾向,"Jew"在这里用作形容词,淋漓尽致地反映出基督徒对犹太人的固有偏见(比如,侮辱性地认为犹太人是贪婪、阴险、吝啬之人)。但奥登显然不是像安东尼奥那样站在基督徒的立场嘲讽夏洛克[①],相反,他异常严肃地借此表达了自己的"爱"的立场。这样的"爱",正如诗歌尾声部分出现的"爱"(Love),是一种首字母大写的"大爱"。当夏洛克在威尼斯法庭上声声控诉基督徒对犹太人的迫害时,福音书的教诲"要爱你们的仇敌"[②]似乎成了一个巨大的讽刺。奥登不止一次地以戏谑的态度来化解这种宗教偏见带来的民族敌意,未尝不是卡尔曼激发的"爱的真谛"。因为,卡尔曼正是一个犹太人。在1941年圣诞节写给卡尔曼的一封信中,奥登饱含深情地写道:

> 因为你,在你这个犹太人身上,我这个非犹太人,一个继承了
> 一种文雅的反犹太主义的人,找到了我的幸福所在:
>   正如今天清晨,我想到了伯利恒,我想到了你。[③]

在这样一个事实背景之下,我们再来看看奥登的那些关涉基督教的"笑话",会有更深的体悟。晚年奥登写过一首诗,询问"基督从哪里获得了/那个特殊染色体"(《疑问》,"The Question",1973;《奥登诗选:1948—1973》513),而在《某个世界:备忘书》中,他单独列出了词条"无玷成胎"(The Immaculate Conception):"我禁不住怀疑,这则巧妙的教义背后暗藏了一个不太见得光的企图,想要杜绝圣母玛丽亚与犹太人扯上关

[①] 莎士比亚的《威尼斯商人》展现了威尼斯富商安东尼奥与犹太高利贷者夏洛克之间的矛盾,而夏洛克在法庭上的自辩揭示了商业利益背后的宗教(民族)冲突。

[②] 《新约·马太福音》第5章第44节。

[③] Arthur Kirsch, *Auden and Christianity*, New Haven & London: Yale UP, 2005, p. 24.

系。就好像我们不知道圣灵和圣母说的英式英语，前者带牛津腔，后者则带有犹太腔①。"②类似的"疑问"和"猜想"，实际上源于他对卡尔曼真挚的爱恋，也源于由这场爱恋引发的信仰追问。

奥登研究专家们普遍会提到奥登恋上卡尔曼与其皈依基督教之间的内在联系，而我们似乎更应该看到，奥登实际上是在用这场爱恋践行自己的信仰。爱，如同采掘。热恋时，显而易见的矿藏激动人心。《预言者》中的那句"在那面容里我已找到了答案"，"面容"（the face）本身就是一个双关，既可以指卡尔曼也可以指表层矿藏。而到了恋爱的瓶颈期，逐渐消磨的热情，就像采矿时遇到了"贫瘠石灰岩"，不再被人珍视。那么多人，轻易就转身离开了；唯有真正的爱，可以让人在看似毫无希望的事实面前坚持下去，继续采掘，不管对方"如何一而再再而三地 / 诋毁它、遗弃它、/ 对它抱以冷眼与怀疑"，他都"永不弃绝"。

如果，爱，不能爱那些已经背弃我们的爱的人，不能爱我们的仇敌，那么，我们与那些"浅薄的世人"又有何异？于是，"对场域的爱"又不仅仅是人类之爱，更是信仰之爱。我们在信仰的道路上辛苦采掘夜夜日日，真实的图景既不是过去的伊甸园也不是未来的新耶路撒冷（参看第五诗节），而是伴随着两次世界大战日益甚嚣尘上的信仰危机。在这样一个荒原般的"贫瘠石灰岩"，真正的信徒行走在"浅薄的世人"（worldling 还可以指一类人）中，坚信永不弃绝的"大爱"必会"保佑这个王国和他的子民"，"保佑这个绿意盎然的俗界"（《祷告时辰·赞美经》，"Lauds"，1952；《奥登诗选：1948—1973》179）。这个层面的"场域"，可以与奥登辞世前不久创作的《考古学》（"Archaeology"，1973）展开对读。同样涉及采掘的行为，留给我们的，不再是一个问号（《对场域的爱》），而是一个坚定的回答——"正是我们 / 内在的恶创造了它：/ 善是超越时间的"（《考古学》；《奥登诗选：1948—1973》517）。

该诗的音节安排进一步烘托了奥登的精神诉求。西方人自文艺复兴以

---

① 原文为"Yiddish"，犹太人使用的意第绪语，这个称呼本身可以代表犹太人。
② W. H. Auden, *A Certain World: A Commonplace Book*, New York: Viking Press, 1974, p. 87.

来发展了一整套关于数字的寓意系统,"7"被认为是上帝创世的天数,是变化世界的象征,"5"被认为是婚姻和正义的象征,而"12"是完美、秩序和稳定性的象征。这些核心数字的寓意与《对场域的爱》的内容和主旨巧妙地关联了起来:我们在凡尘俗世里的坚守可以造就"完美",即便遇到了"贫瘠石灰岩","永不弃绝的爱"也能引领我们穿越荒芜通往重生(请注意"8"是"7+1",象征着复活和再生)。

这样一首英文诗,唯有在标题处出现了拉丁语"Amor Loci"。奥登用"死语言"(已经不再有人以之为母语的语言)描写、类推并进而期待一个充满爱的"场域",未尝不是一种最深情的确信、最动人的等待、最恒久的信仰。巧合的是,"场域"在奥登特定生活阶段的不同内涵,呼应了克尔凯郭尔的人生三个阶段之说(审美、伦理和宗教)。这或许也是一个重要的隐喻——"必会死去的人",在践行"爱邻如己"的诫命中,无限地去靠近那"永不弃绝的爱"。

下 篇

"染匠之手"：奥登诗学的艺术伦理

要做个更出色的诗人、更完美的人；
这次我真会付诸行动，必竭尽所能。

——奥登《致拜伦勋爵的信》

　　一首诗可以被称为一个虚拟的人。它就像一个人，是独一无二的，亲自向读者开口说话。不过，它又像一个自然物，而不是一个历史的人，它不会撒谎。我们或许会频繁地误解一首诗的意义或价值，但是引起我们误解的根源，并不在于诗歌本身，而在于我们自身的无知和自欺。

——奥登《圣母与发电机》

　　一首诗，首先是一个用语言写成的文本。它被诗人赋予了特定的结构和形式，从措辞的选择、意象的斟酌、节奏的安排、修辞的考量，到诗行在哪里结束以及如何结束，这一切都由诗人而不是印刷者来决定。

　　一首诗，还不仅仅是一个完整的语言世界，它取材于真实的生活又不同程度地反映了生活，必然与它所存在的世界发生一定的关系。若是离开了世界，诗歌便成了无源之水，立见其涸。

　　如果从诗歌的创作来看，它一定会处于"世界 — 文本 — 语言"这样一个横坐标体系内。然而，正如张德明先生所言，"光有作者而没有读者参与阅读，作品的意义也无法显示出来，只能停留在潜在的可能性状态"，因此，我们还需要在上述横坐标的基础上再加一个纵坐标——"作者 — 读者"，完整的坐标体系才更能说明诗学的基本问题。[①] 借助于张先生的启示，我们可以为诗歌这一特殊的文类绘制如下的图示：

---

① 张德明：《批评的视野》，上海社会科学院出版社2004年版，第8—9页。

```
           诗人
            │
  内容 ─── 诗歌 ─── 形式
            │
           读者
```

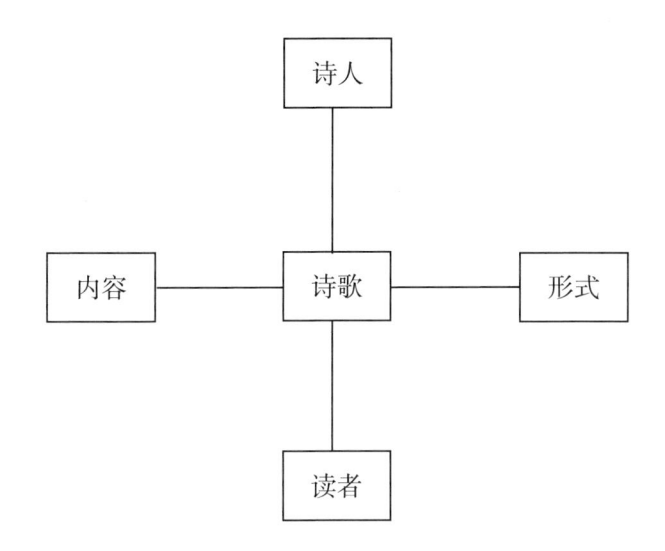

作为诗人，奥登在年轻时曾写道，创作就像是精神分析，是一个在崭新的情境之中重新体验的过程。这个过程包含三个要素：

（1）艺术家：在一个特定的时间里，一个特定的人守着他自己有限的矛盾、幻想和兴趣。
（2）素材：他从外在世界感知到这些素材，再经由自身本能的天分进行拣选、存储、铺展，赋予它们价值和意义。
（3）艺术媒介：新的情境并不是私人财产，而是族群共有的财产（精神分析深入研究了特定象征物的普遍性意义，充分证实了这一点），这使得交流具有了可能性，艺术便不仅仅是自传式的记录。[①]

早期奥登将艺术创作行为与精神分析类比，强调了创作过程涉及到的三要素：艺术家、素材和艺术媒介。他认为特定的艺术媒介可以帮助艺术家驾驭不受控制的幻想，让它们在被说出的同时显现出价值和意义。在他

---

① W. H. Auden, "Psychology and Art To-day", in *The Complete Works of W. H. Auden: Prose*, Vol. I: 1926-1938, ed. Edward Mendelson, Princeton: Princeton UP, 1996, p. 99.

的表述中，我们可以看到他对诗歌的创作者（诗人）、诗歌的素材（内容）和诗歌的艺术媒介（形式）尤为关注。

人到中年以后，奥登从自己的实际经验出发，在散文《创作、认知、判断》（"Making, Knowing and Judging"）[①] 中详述了他对于诗歌创作的理解，并且表示他对诗歌作品的两个层面最感兴趣：其一是技术层面（technical）——"这里有词语的精妙联动。它是怎么实现的？"其二是最宽泛意义上的道德层面（moral）——"这首诗中栖居着一个什么样的人？他对美好的生活或场所有什么样的想法？他对邪恶的生活或场所有什么样的看法？他向读者遮蔽了什么？甚至，他对自己遮蔽了什么？"[②] 他所关心的技术层面，指向了上述图示的"形式"，而宽泛意义上的道德层面指向了"诗人"、"内容"和"读者"。

到了人生暮年，奥登又从读者角度出发，在为布罗茨基的诗选撰写序言时谈到了读者对诗歌的两个基本要求——"首先，它必须是做工精致的词语造物，诗人借此为语言增添光彩。其次，它必须从一个独特的视点去理解我们大家共有的事实，并呈现特定意义的话语。诗人所说的话是此前从未被说过的，但是，一旦诗人说出了它，读者就会意识到它对他们是有效的。"[③] 读者的第一个要求，与诗人关心的技术层面别无二致，都指向了诗歌之所以是诗歌的本质属性——将语言以特定的形式创造出来，成为"精致的词语造物"。而读者的第二个要求，与诗人关心的道德层面是类似的，指向了诗歌传达的内容。

由此可见，奥登的诗学观念，不是狭隘地将诗歌限定在语言艺术的内部空间唱着与世隔绝的形式主义之歌，也不是撇开了诗歌这门艺术的形式特质而去简单地复刻外在世界的因缘际会。在他看来，包括语调（tone）、音高（pitch）、措辞（diction）、音量（volume）、格律（metre）、节奏（rhythm）、

[①] 这篇文章后来收入1962年出版的散文集《染匠之手》。

[②] W. H. Auden, "Making, Knowing and Judging", in W. H. Auden, *The Dyer's Hand and Other Essays,* New York: Vintage, 1989, pp. 50-51.

[③] W. H. Auden's foreword to *Selected Poems* by Joseph Brodsky", in *The Complete Works of W. H. Auden: Prose*, Vol. VI: 1969-1973, ed. Edward Mendelson, Princeton: Princeton UP, 2015, p. 417.

速度（pace）、情调（mood）、声音（voice）、腔调（address）、结构（structure）、句法（syntax）、标点（punctuation）、视点（point of view）等在内的形式性要素，与包括意义（meaning）、观点（argument）、观念（idea）、道德观（moral vision）等在内的内容性指涉，必须高度地统一起来。这既是诗人对自己创作的要求，也是读者对诗歌作品的要求。

奥登一定会同意当代文学理论家伊格尔顿（Terry Eagleton）对诗歌的定义——"诗是虚构的、语言上有创造性的、道德的陈述。"[①] 这位年过古稀的英国老学者依然辛勤耕耘，进入新世纪以来几乎保持了每年皆有一两本佳作问世的创作激情。在他的《如何读诗》（How to Read a Poem，2007）、《文学事件》（The Event of Literature，2012）、《文学阅读指南》（How to Read Literature，2013）等一系列引导我们回归阅读的本质层面的著作中，"道德"是其中最为重要的关键词。他在《文学事件》里试着给"文学"做界定，总结了文学的五个特质——虚构性、道德性、语言性、非实用性、规范性，而文学作品的"道德"，在伊格尔顿这里指的是"人类关于意义、价值和品质的领域"，而不是"义务论以及后康德主义意义上贫血虚弱的责任、法律、义务、职责"。[②] 隐藏在伊格尔顿独有的机智和幽默之下的，是他对"后宗教"时代（即世俗时代）的人类精神生活的反思。而且，作为一个写了《理论之后》（After Theroy，2003）的理论家，伊格尔顿更希望我们从文学批评的"低理论"（Low Theory）热潮中逆流而上，回到"理论之前"，即"高理论"（High Theory）的研究范式。[③] 他的"宏大叙事"，让他对文学的"道德"阐述不仅停留在内容的层面上——"一部作品的道德观点在形式和内容上都有所体现"，"道德真理需要展示出来，而不是

[①] ［英］特里·伊格尔顿：《如何读诗》，陈太胜译，北京大学出版社2016年版，第32页。

[②] ［英］特里·伊格尔顿：《文学事件》，阴志科译，河南大学出版社2017年版，第66页。

[③] "高理论"是20世纪前半叶以文本为核心的理论群，如俄国形式主义、新批评、心理分析、结构主义等。"低理论"以20世纪八九十年代兴盛起来的文化批评为代表，如性别研究、后殖民主义等。伊格尔顿认为这种文学批评的文化转向导致了学术的琐碎化，甚至让文学研究沦为其他人文社会学科的附庸和衍生品。

陈述出来"。① 也就是说，诗歌的"道德的陈述"，需要通过语言艺术的形式和内容被"创造性"地展示出来。

在自由诗当道的现代诗坛里，奥登一直以来都坚决地捍卫诗歌这门艺术的独有临界。他年纪轻轻就立志要成为大诗人——"我的意思是大诗人"②，多次阐述成为"大诗人"应当具备的条件，以及小诗人和大诗人的区别，③ 这既说明了奥登的诗学抱负，从中也可以看出奥登对诗歌艺术的尊重。本篇从诗人的社会位置、诗歌的"道德层面"和"技术层面"三个极具奥登个性化色彩的角度展开，既推敲奥登在诗人观、题材观、创作观、技艺观、语言观等诗学方面的深思熟虑，又铺演这些诗学理念在具体的文化语境和时代境遇中的生成、变化和发展，力图全面而客观地勾绘出奥登诗学的基本图景和艺术伦理。

---

① ［英］特里·伊格尔顿：《文学事件》，阴志科译，郑州：河南大学出版社，2017年，第73、74页。

② Nevill Coghill, "Thanks before Going, for Wystan", quoted from Humphrey Carpenter, *W. H. Auden: A Biography,* Boston: Houghton Mifflin Company, 1981, p. 54.

③ 奥登在1939年的散文《公众与已故的叶芝先生》（1939）中借公众之口指明一位大诗人必须具备的条件，后来又在《十九世纪英国次要诗人选集》（1966）的序言里谈到成为大诗人的条件。他还多次谈到小艺术家和大艺术家的区别。

第一章 "公共领域的私人面孔"：诗人的社会位置

我徒然妄想去发现
宇宙的终极和中心，
不知名的火眼已近，
我感到了翅膀折断；

为了爱美而被烧焚，
我没有无上的体面，
把我的名给予深渊，
它将成为我的墓坟。

——波德莱尔《伊卡洛斯的哀叹》

公共领域的私人面孔
显得更明智也更亲切
相比私人领域的公共面孔。

——奥登《雄辩家》献诗

萨义德（Edward Said）曾应邀发表系列演讲，侃侃而谈现代知识分子的自处之道。在他看来，我们有关知识分子的研究"不但范围惊人，而且研究细致深入"，"现成可用的有数以千计有关知识分子的各种历史和社会学,以及有关知识分子与民族主义、权力、传统、革命等无穷无尽的研究"。①林林总总、莫衷一是的研究,一方面是因为近现代以来知识分子总是与社会历史进程中的重大事件紧密相连,甚至成为某些运动的"父母"或者是"子女",历史有多复杂,知识分子在其中扮演的角色就会有多复杂;另一方面,知识分子这一特殊群体,如周宪先生所言,恐怕是"最敏于思考自己的身份、角色和作用了",这"也许是知识劳作本身的特性使然,也许是人类反思自己的内在倾向在他们身上最为显著"。②不同的历史语境、身份背景和个性特征,造就了不同的知识分子。他们当中的每一个人都必定在个人的私人领域和社会的公共领域、生活的一己感性和艺术的审美表达之间徘徊过、游走过,留下了特殊的身影。

奥登的文学生涯和创作轨迹,生动地体现了他对艺术与人生、诗人与社会、私人领域与公共领域这些基本范畴的探索。20世纪末,布罗茨基与沃尔科夫谈到奥登时,有过如下的对话:

> 布罗茨基:诗人是唯一能够接近的圣人。社会强加予诗人的圣人角色,是他完全不能胜任的。奥登之所以更有吸引力、更杰出,是因为他总是拒绝这个角色。
>
> 沃尔科夫:但扮演的结果,在我们看来,较之他所有的同时代人要更灿烂、更杰出。
>
> 布罗茨基:完全正确。但我想,不是社会也不是读者将这个角色强加给他,而是时代。所以他拒绝这个角色与否,归根结底并不重要。③

以什么样的身份和姿态介入真实的历史语境,这很有可能是一项需要终身研修的课题。参与或者旁观,审视或者见证,辩护或者批判,天秤的

---

① [美]爱德华·萨义德:《知识分子论》,单德兴译,生活·读书·新知三联书店2013年版,第16页。
② 周宪:《审美现代性批判》,商务印书馆2005年版,第471页。
③ [美]约瑟夫·布罗茨基、[美]所罗门·沃尔科夫:《布罗茨基谈话录》,马海甸等编译,东方出版社2008年版,第136—137页。

两端从来不可能达到真正的平衡，它们被不断地加上经验的砝码，一会儿左边高，一会儿右边高，在晃动中寻求相对的制约。正如他们所言，奥登之所以更杰出、更加吸引人，是因为他总是拒绝社会赋予他的角色，拒绝以虚假的公共面孔示人。然而，诗人又不可避免地与时代之种种变迁发生着某些必然的联系，他不可能对它们的存在无动于衷。当时代的悲剧"纠缠着我们的私生活"（《一九三九年九月一日》；《奥登诗选：1927—1947》301）时，诗人发出的声音，既是个人的，也是公众的，既是当代的，也是历史的。

第一节　诗人与私人领域：警惕浪漫主义式的"自我表达"

奥登在为《牛津轻体诗选》撰写导言时，谈到了艺术创作者在进行创造性活动背后的动机，将之归纳为三个层面的愿望：

> 在任何创造性的艺术家的作品背后，都有三个主要的愿望：制造某种东西的愿望；感知某种东西的愿望（在理性的外部世界里，或是在感觉的内部世界里）；还有跟别人交流这些感知的愿望。那些在制造东西方面没有兴趣或才能的人，也就是说，在一种特殊的艺术媒介里没有一技之长的人，不会成为艺术家；他们外出聚餐，他们在街角闲聊，他们在咖啡馆里大发议论。对交流没有兴趣的人也不会成为艺术家，他们成为神秘主义者或疯子。①

简而言之，艺术家的创作动机源于制造的愿望、感知的愿望和交流的愿望。"感知"某种东西的愿望，只有通过"交流"的意愿才能真正被"制造"出来，最终的指向是受众。因此，艺术的表达与交流，必然涉及受众问题。

一　"对交流没有兴趣的人"不会成为艺术家

在《六十岁的开场白》（"Prologue at Sixty"，1967）中，奥登把语

---

① ［英］W. H. 奥登：《牛津轻体诗选·导言》，收入哈罗德·布鲁姆等《读诗的艺术》，王敖译，南京大学出版社2010年版，第125页。

言看成是一种可以消除分歧、克服疏离的工具，而写诗无异是借助于这种工具来传达信息。传达的首要目的，自然是沟通和交流了。在这首诗中，他不仅希望自己能够在岁月暗自流逝的沙漏中传达那些"福音"（the Gospel）、"希腊的法典"（the Greek Code）等凝结了历史和永恒的东西，还希望自己能够与年轻一代有着某些共同的纽带：

> 十六岁出头的少年能理解六十岁的老人么？
> 仙钮，长髯客，露天聚会，①
> 我的野营地与他们有何相似之处？
> 我希望有很多……
>
> （《奥登诗选：1948—1973》414）

"十六岁出头的少年"和"六十岁的老人"，这样的组合虽然牵扯到了某种代际关系，但奥登肯定不是以日益衰败的身体絮絮叨叨着边缘化的煎熬。该诗的最后两行为我们提供了信息——"生命的赐予者，请为我解释／直到我最后骨化形销之时。"（《奥登诗选：1948—1973》414）诗行中的"请为我解释"，对应的原文为"translate for me"，"translate"在此有解释、传达之意，这表明奥登直到人生暮年仍然有表达和交流的意愿。

艾略特在认真研究了戏剧独白诗的基础上，指出诗歌有如下三种声音：

> 第一种声音是诗人对自己说话的声音——或者是不对任何人说话时的声音。第二种声音是诗人对听众——不论是多是少——讲话时的声音。第三种是当诗人试图创造一个用韵文说话的戏剧人物时诗人自己的声音；这时他说的不是他本人会说的，而是他在两个虚构人物可能的对话限度内说的话。第一种和第二种声音之间的区别，亦即对自己说话的诗人和对旁人说话的诗人之间的区别，构成了诗的交流问题……②

---

① 仙钮（button）指咀嚼后能产生幻觉的仙人掌芽或仙人球花；嬉皮士常留着长胡须，故译作"长髯客"。兴奋剂、留须、露天聚会是20世纪六七十年代年轻嬉皮士的典型做派。

② ［英］T. S. 艾略特：《诗的三种声音》，收入王国衷编译《艾略特诗学文集》，国际文化出版公司1989年版，第249页。

我们耳熟能详的一些浪漫主义诗人，倾向于采用第一种声音来直抒胸臆：华兹华斯认为，"诗是强烈情感的自然流露"；约翰·斯图亚特·穆勒（John Stuart Mill）认为："诗就是情感，在孤独的时候自己对自己表白……"；雪莱认为，"诗人是一只夜莺，栖息在黑暗中，用美妙的歌喉唱歌来慰藉自己的寂寞……"；济慈更是毫不客气地说，"我生平作的诗，没有一行带有公众的思想阴影。"[1]他们在说这些话的时候，轻而易举地陷入了对自身情感的研究之中，变得内省而晦涩，甚至带有些许的自视甚高。

我们在观察奥登的少年习作时，可以发现他一度受到19世纪浪漫主义诗歌传统的影响。在《加利福尼亚》（"California"，1922）[2]中，山道尽头低矮的天空里，悬挂着一轮动人心魄的皓白月亮，"可怜之人"慢慢步入了山冈，抬头望向皎洁的圆月自惭形秽，发出了一阵类似于华兹华斯的感慨，随后转身向山下走去。在《阅读济慈的颂歌之后》（"After Reading Keats' Ode"，1922或1923）中，抒情主人公"我"躺在床榻上辗转难眠，但求窗口的夜莺不要用对济慈歌唱的方式来向自己歌鸣，因为他的灵魂无法承受这无与伦比的歌喉发出的绝妙哀歌。在《故事》（"A Tale"，1923）中，抒情主人公"我"依然是彻夜难眠，沃尔特·德·拉·梅尔（Walter de la Mare）笔下的翩翩精灵飞到了"我"的窗前，邀请"我"到森林深处与之共舞，"我"虽然以成人般的理性质疑了精灵的存在，但又在精灵绝尘而去之后饱尝揪心的懊悔。初涉诗坛的奥登，想要进入浪漫主义诗人和后浪漫主义诗人勾绘的那种世界，却无奈地发现自己并不具备他们那样的"幻想性想象"（visionary imagination）[3]，善解人意的仙女、调皮捣蛋的精灵、

---

[1] 上述这些诗论，可以参看［美］M. H. 艾布拉姆斯《镜与灯：浪漫主义文论及批评传统》，郦稚牛、张照进等译，北京大学出版社2004年版，第23—24页。

[2] 诗歌中的加利福尼亚，有可能是英格兰伯明翰附近的一个小村庄的名字，也有可能是奥登曾就学的格瑞萨姆学校的一座建筑的名字。

[3] 浪漫主义诗歌强调幻想（vision）和想象（imagination），尤以布莱克、华兹华斯和柯勒律治为代表。奥登在《新教神秘主义者》里区分了幻想的不同层次。可以参看［英］W. H. 奥登《新教神秘主义者》，《序跋集》，黄星烨译，上海译文出版社2015年版，第66—93页。

憨厚勤劳的矮人、变幻无常的魔法以及各种充满幻想性质的景象，全都与他务实的性格和偏于理性的思维方式格格不入。

这一点，我们可以从他的儿童幻想模式中寻找到蛛丝马迹。在没有写下诗行的孩童时期，奥登常常幻想自己是一个建筑师，或者是矿业工程师，沉迷于这样的白日梦中："从六岁一直到十二岁，我醒着的时候，有很大一部分时间都在构建并加工一个私有的神圣世界，其中的基本元素包括北方石灰石的风景和铅矿工厂。"[1]在《染匠之手》之中，他将幻想中的"北方石灰石的风景"描述为"奔宁山脉[2]的石灰岩高地，一小块至少拥有一座死火山的火成岩区域，一条险峻的、锯齿状的海岸"，这里首要的经济活动正是铅矿业。[3]他拜托亲朋好友为他搜集相关的课本、地图、目录、参考手册和照片等资料，沉迷于《金属矿井机械》（*Machinery for Metalliferous Mines*）、《诺森伯兰郡和阿尔斯顿沼泽地的铅矿与锌矿》（*Lead and Zinc Ores of Northumberland and Alston Moor*）这类书籍，一旦有机会，就跟随父母去奔宁山脉北部的矿场和矿井进行实地探险。少年奥登的调研活动，说明他非常认真地对待自己的幻想领域，而不是天马行空地肆意畅想。他后来多次表示，在构建自己的"圣地"时，他必须遵循两个原则：

> 其一，我可以随心所欲选择这个世界的组成要素，选择这个，拒绝那个，只要这两个都是真实的物件（比如说掘矿机械课本或制造商手册上的两种水力涡轮机）；其二，我不能虚构一个物件。在决定我的世界如何运行时，我面临两种可能性（耗尽矿藏的做法有两种，平坑或者用泵），但是必须选择实存的方式，不能使用魔法。[4]

---

[1]　[英]W. H. 奥登：《依我们所见》，《序跋集》，黄星烨译，上海译文出版社2015年版，第654页。

[2]　奔宁山脉：英格兰北部的主要山脉和分水岭，南北走向，石灰岩裸露，溶岩地形遍布。

[3]　W. H. Auden, "Reading", in W. H. Auden, *The Dyer's Hand and Other Essays,* New York: Vintage, 1989, pp. 6-7.

[4]　[英]W. H. 奥登：《依我们所见》，《序跋集》，黄星烨译，上海译文出版社2015年版，第654页。

换言之，奥登要求幻想世界里的要素必须真实存在，而且其中的运作必须符合物理原理，杜绝一切非现实的手段和魔法的方式。在为自己的幻想图景选择矿石冲洗设备的时候，奥登一度陷入了两难的抉择之中：第一种设备看起来更典雅、更完美，第二种设备用起来更高效、更素朴。他最后选择了第二种。正是从这一段经历开始，奥登意识到审美原则有时候需要让位给现实原则。[①]这种倾向性也在一定程度上表明奥登的天性使他不可能沉溺于自身的情感、自我的想象。随着智性和阅历的大门逐步开启，他对诗人与社会、艺术与人生的理解多了一份自觉性。在经历了短暂且不成功的浪漫主义"蜜月期"之后，奥登迅速向哈代和艾略特寻求创作上帮助，并称前者为自己"诗歌上的父亲"[②]。这种转向具有深层的诗学取向意义，表明奥登对于诗歌的受众和诗人的位置有了全新的认识。

二 哈代的启示：用"鹰的视域"替代"浪漫主义视域"

奥登大约是在1923年开始阅读哈代的作品，迅速从这位"将英国维多利亚时代的传统文学与20世纪现代文学紧密联系起来"[③]的诗人身上找到了创作的新方向。恰如他在《答谢辞》中所坦承的，"当我开始写诗，／我马上就迷上了哈代"（《奥登诗选：1948—1973》504）。他后来回忆说："一年多时间里，我不再阅读其他人的作品，而是时时刻刻手里揣着本装帧精美的威塞克斯版：上课时偷偷地看，星期天散步时随身带着看，大清早捧着去宿舍看，尽管在床上阅读如此大部头的书实在是很不方便。"[④]与此同时，奥登的少年习作里出现了哈代的影子，比如他对北方荒野和废弃矿井的描写就明显带有哈代的"埃格敦荒原"的色彩。成年后，他在《文学传承》里详细解说了哈代对于他诗歌创作的深远影响，感谢这位"诗歌

[①] 奥登多次提到这段内容，比如《依我们所见》和《某个世界：备忘书》。另外，他在1972年8月接受《巴黎评论》采访时也有论及，足见其重要性。

[②] W. H. Auden, "A Literary Transference", in *The Complete Works of W. H. Auden: Prose*, Vol. II: 1939-1948, ed. Edward Mendelson, London: Faber and Faber, 2002, p. 48.

[③] 吴笛：《哈代新论》，浙江大学出版社2009年版，第4页。

[④] W. H. Auden, "A Literary Transference", in *The Complete Works of W. H. Auden: Prose*, Vol. II: 1939-1948, ed. Edward Mendelson, London: Faber and Faber, 2002, pp. 43-44.

上的父亲"给予的四方面教诲①,其中最为重要的教诲是"鹰的视域"(hawk's vision),借此他可以"站在极高的位置俯瞰生活":

> 迄今为止,我在哈代那里最受神益的,是他的"鹰的视域"。他站在极高的位置俯瞰生活……他观察个体生命的时候,不仅将之放置于时代性的、地方性的社会背景下,而且还与人类的漫长历史、地球上的所有生命、头顶的满天繁星联系在一起,让我们同时感受到自信和谦卑。此种观照视角,让个体和社会之间的分歧无限缩小,因为两者在此视角下都变得微不足道;后者不再表现得像是一位拥有绝对权力的令人敬畏的神祇,倒是变成了与前者类似的存在,同样遵从于成长与消亡的定律;由此可见,个体与社会的调和并不是不可能的。②

诗人雷切尔·韦茨斯提恩在谈到奥登的这段内容时表示,虽然"让我们同时感受到自信和谦卑"和"个体与社会的调和并不是不可能的"这两句话更多地关涉到奥登个人对"鹰的视域"的理解,但哈代的启示不容忽视。③用哈罗德·布鲁姆的话来说,哈代便是奥登的"前驱诗人",他对"鹰的视域"的理解和运用是为了廓清自己的想象空间而进行的有效"误读"④,因而极具个性化色彩。

关于哈代的"鹰的视域",奥登除了在《文学传承》中指出《列王》(*The Dynasts*)和《还乡》(*The Return of the Native*)是典型的例子以外,并未进行过详述。我国哈代研究专家吴笛先生在其研究专著《哈代新论》中专门辟出了一个章节探讨"哈代创作中的自然意象及其文化内涵",着重分析了鸟类意象在哈代作品中的重要地位:

---

① 分别是鹰的视域、爱与理性的关系、诗歌技艺、口语化措辞。
② W. H. Auden, "A Literary Transference", in *The Complete Works of W. H. Auden: Prose*, Vol. II: 1939-1948, ed. Edward Mendelson, London: Faber and Faber, 2002, pp. 46-47.
③ Rachel Wetzsteon, *Influential Ghosts: A Study of Auden's Sources*, New York & London: Routledge, 2007, p. 4.
④ [美]哈罗德·布鲁姆:《影响的焦虑》,徐文博译,江苏教育出版社2006年版,第5页。

鸟的意象出现的频率是非常高的，不仅大量使用泛指的鸟类，而且还具体涉及多种鸟类，如云雀、鸫鸟、知更鸟、夜鹭、苍鹰、芦雀、红隼、飞燕等。在哈代的作品中，很难寻到更为频繁使用的自然意象了。①

以奥登极为看重的《还乡》的片段为例：

潜伏在荒原上的飞鸟，要是在其他地方被人看见，会成为奇观。一只鸭鸟常常飞到这块地方，早几年，这种鸟儿在埃格敦荒原一次就可以看到二十五只。靠着韦狄住所的那个山谷里，白头鹞抬头仰望。过去曾有一只乳色走鸻常到这座小山来，这种鸟非常罕见，全英格兰所能看到的也从未超过十二只。但是有一个野蛮人，白天黑夜都不肯休息，直到把这非洲鸟打下来。自那时起，乳色走鸻就觉得还是不到埃格敦来为好。

要是一个旅行者像维恩那样在路上观察那些飞鸟，现在可以感觉到自己是在与荒无人烟的地区进行直接交流。眼前是一只绿头鸭——刚从北风呼啸的家乡赶到。这只鸟装满了大量关于北方的知识，翩翩而来。冰川崩裂，雪暴凶猛，极光闪烁，天顶上的北极星，富兰克林脚下的北国——这些对于它来说是普普通通的事物都令人惊叹。但是这只鸟像其他哲学家一样，看着红土贩子时似乎在想，眼下舒适景象的片刻抵得上十年往事的回忆。②

埃格敦荒原的景象与"像其他哲学家一样"的飞鸟一起组成了富有寓意性质的画面，我们可以下意识地觉察到这些描写别有深意。吴笛先生为我们筚路蓝缕地挖掘出了个中内涵：首先，哈代笔下的鸟类意象对揭示主题、塑造形象起到了画龙点睛的神奇作用，它们有时候甚至表现出与主人公的"一体性"关系，从而突出了主人公的自然属性；其次，鸟类意象

---

① 吴笛：《哈代新论》，浙江大学出版社2009年版，第44页。
② ［英］托马斯·哈代：《还乡》，王守仁译，译林出版社1999年版，第78页。

是人类慰藉与苦难的双重承受，它们一方面是人类苦难的化身，另一方面是"与人类社会现实以及大自然中的阴暗完全相对的充满希望和乐观精神的形象"；此外，鸟类意象还体现了哈代的悲观主义命运观，鸟与人类都被命运盲目地作弄。[1] 由此可见，鸟类意象在哈代的创作中，除了提供了一个更为广阔的高空视角以外，也不可避免地打上了他本人的个性气质和所处时代的集体风潮的烙印，倒更像是他个人的思想感情得以尽情展露的"客观对应物"。或许正是基于此，奥登才会在《致拜伦勋爵的信》里写道："我依然服膺托马斯·哈代／将神性向一只飞鸟转移……"（《奥登诗选：1927—1947》136）

美国杰出的自然文学作家约翰·巴勒斯（John Burroughs）对鸟与诗人的独特关系有过非常精彩的论述。他认为，在所有生灵中，鸟与诗人最为有缘，也最为相通。在上古时代，行吟诗人更心仪那些"咆哮着俯冲而下的掠食鸟、飞鹰、凶禽、秃鹫、鹳、鹤"，或者"声音宏亮的海鸟和尖叫的老鹰"，它们与诗人本身的质朴强劲的心态以及所处时代的粗犷、好战的风气非常贴近。而文人诗人和处于相对平和时代的行吟诗人则偏向于描写声音婉转的鸟类，尤其是被誉为"欧洲大陆的作曲家"的夜莺和云雀。[2] 奥登与鸟的互动，显然更偏向于前者。尽管哈代作品里的鸟并不总是以"鹰"的形象出现，而往往直接冠以统称的"鸟"，奥登却将之概括为"鹰的视域"，这或多或少体现了他本人的脾性和旨趣。与此同时，他的作品里很少出现普遍受宠的甜美之鸟，倒是随处可见带有挑衅意味的野性之鸟：

　　一只突然掠过的飞鸟
　　迎着风暴大声鸣叫……
　　　　（《信》，"The Letter"，1927；《奥登诗选：1927—1947》3）

　　自红隼盘旋的巉岩，

---

[1] 吴笛：《哈代新论》，浙江大学出版社2009年版，第44—56页。
[2] ［美］约翰·巴勒斯：《鸟与诗人》，杨向荣译，人民文学出版社2006年版，第3—6页。

首领俯瞰着下面
……
一只沙锥鸟鼓点般的
咕咕声，突然响彻了
这片雨雪肆虐之地
　　（《迷失》，"Missing"，1929；《奥登诗选：1927—1947》5-6）

红腿的小鸟守护着布满
斑点的鸟蛋，定睛俯看
每一座流感侵袭的城市。
　　（《罗马的衰亡》，"The Fall of Rome"，1947；《奥登诗选：
　　　　　　　　　　　　　　　　　　　1927—1947》536）

乌鸦落停在火葬场的烟囱上
（《城市的纪念》，"Memorial for the City"，1949；《奥登诗选：
　　　　　　　　　　　　　　　　　　　1927—1947》93）

而在《家族幽灵》（"Family Ghosts"，1929）、《关注》、《两个世界》等早期诗作里，"鹰"（hawk）干脆直接现身了，时常穿梭于诗歌的长短句中，不是从空中"直直地俯身而下"（《家族幽灵》；《奥登诗选：1927—1947》22）的鹰，就是在空中"俯瞰我们所有人"的鹰（《两个世界》）[1]。这些猛禽展开雄健的翅膀翱翔于无边无际的苍穹，盘旋时咆哮着带给我们事关自由、力量、宏大的心灵冲击，显然与栖息在林间枝桠或者躲藏在黑夜幕布下吟唱优美小调的玲珑鸟儿不太一样。当然，奥登也写过那些歌声婉转的夜莺类鸣禽，比如《致伞菌》（"To a Toadstool"，1922或1923）和《读济慈的颂歌之后》等少年习作，但那些颇有"为赋新词强说愁"意味的抒情调子仅仅存在于他的短暂且不成功的浪漫主义蜜月期，此后便再难在他的诗歌里寻觅到踪迹了。

---

[1] W. H. Auden, *The English Auden: Poems, Essays and Dramatic Writings, 1927-1939*, ed. Edward Mendelson, New York: Random House, 1977, p. 117.

奥登对于鸟类意象的选择，已经表明他更为看重鸟类飞翔的高度而非它们歌唱的能力，看重它们广阔的视野而非具有穿透力的灵性。

凯瑟琳·巴克奈尔（Katherine Bucknell）在分析奥登的少年诗作时指出，鹰的视域"是对浪漫主义视域的替代，其优势也从亲密无间转换成了远距离、全景视角和具有判断力的直觉。"① 这段内容指出了"鹰的视域"迥异于浪漫主义视域（Romantic vision）的特点。远距离的高空意味着全景视角，可以囊括地面上丰富的景象以及景象之间的相互关系，可以根据这种了然于胸的全面接收而做出更为冷静的判断。这种倾向性，实际上已经与艾略特式的现代主义诗学路径非常接近了。

三 艾略特的启示：诗人"与他自身的情感保持距离"

奥登视叶芝、艾略特等诗坛前辈为第一代现代主义诗人，称他们为"开创新范式的勇敢拓荒者"②，而他自己是第二代现代主义诗人。早在1926年夏，奥登就跟自己在牛津大学的导师奈维尔·柯格希尔（Nevill Coghill）有过这样的对话：

> 奥登："我把自己以前写的东西都撕掉了。"
>
> 柯格希尔："真的？为什么？"
>
> 奥登："它们都不是好的作品。它们以华兹华斯式的创作手法为基础，而这对当今时代来说，已经没有意义了。"
>
> 柯格希尔："哦……"
>
> 奥登："你应该去读读艾略特的作品。我最近一直在读他。现在，我找到写作的方向了……"③

---

① W. H. Auden, *Juvenilia: Poems, 1922-1928*, ed. Katherine Bucknell, Princeton: Princeton UP, 2003, p. xxxv.

② ［英］W. H. 奥登：《奥登诗选：1927—1947》，马鸣谦、蔡海燕译，上海译文出版社2014年版，前言第3页。

③ Humphrey Carpenter, *W. H. Auden: A Biography*, Boston: Houghton Mifflin Company, 1981, p. 57.

彼时，他刚刚读了艾略特的《诗集：1909—1925》(*Poems*)，并因为诗文中所呈现的现实与希望的角力、传统与现代的冲突而激动不已。哈代的"鹰的视域"，更确切地说，奥登眼中的哈代的"鹰的视域"，与艾略特倡导的"去个人化"、"个性的逃避"等反对主观情感的滥觞的诗学取向，在一定程度上有异曲同工之妙。少年奥登沿着哈代、艾略特的脚步，开始走上了一条反浪漫主义的诗学路子。

据好友斯彭德回忆，奥登在牛津大学期间就已经表现出鲜明的诗人特质，斩钉截铁地向他表达过一些如下文所列的诗学观点：

> 一个诗人不应该在诗歌中强行塞入他自己的主观意见和明确观点。

> 最重要的是，诗歌绝不能专注政治。

> 政客们不过是当差的公仆，我们不必留意他们。

> 一首诗歌的主题，仅仅是一枚固定诗歌的钉子。

> 一个诗人必须对生活采取诊疗的、客观的态度。与其他人相比，诗人对事物的情绪反映必须要冷静。

> 诗歌不应该有标题。

> 不要用感叹号，避免使用抽象概念。①

这些观点，有些反映出奥登在读书期间确实是一个"政治白痴"，"对政治话题也漠不关心"；有些反映出精神分析学对他的价值观和诗学观的

---

① Stephen Spender, "W. H. Auden and His Poetry", in Monroe K. Spears, *Auden: A Collection of Critical Essays*, Englewood Cliffs: Prentice-Hall, Inc., 1964, p. 27.

影响，以至于"诊疗"、"冷静"等精神分析学术语成为他自觉采用的标准；从总体上而言，奥登此时的诗学认知是艾略特式的"非个性化"。上述的第四句观点，其实还有一个加长版，斯彭德后来在个人回忆录里写过："一首诗歌的主题，仅仅是一枚固定诗歌的钉子。诗人类似于化学家，用语词调剂出他的诗歌，同时却与他自身的情感保持距离。"[①] 如果斯彭德的记忆没有出错的话，那么我们可以说，奥登其实是仿效艾略特的做法，借用化学术语来阐释这位前辈在《传统与个人才能》里提出的"非个性化"理论：

> 我请你们（作为一种发人深省的比喻）注意：当一条白金丝放到一个贮有氧气和二氧化硫的瓶里去的时候所发生的作用……
>
> 我用的是化学上的催化剂的比喻。当前面所说的两种气体混合在一起，加上一条白金丝，它们就化合成硫酸。这个化合作用只有在加上白金的时候才会发生；然而新化合物中却并不含有一点儿白金。白金呢，显然未受到影响，还是不动，依旧保持中性，毫无变化。诗人的心灵就是一条白金丝。它可以部分地或全部地在诗人本身的经验上起作用；但艺术家愈是完美，这个感受的人与创造的心灵在他的身上分离得愈是彻底；心灵愈能完善地消化和点化那些作为材料的激情。[②]

艾略特用化学反应做比喻，认为优秀的诗人在创作时会让自己的心灵只起到催化剂的作用，在该文的后面部分，他提出了发人深省的观点："诗不是放纵感情，而是逃避感情，不是表现个性，而是逃避个性。"[③] 艾略特用他炫目的诗歌作品和缜密的诗歌理论推行了"非个性化"，在大西洋两岸的英美国家发起了一场以"去个人化"与客观呈现为特征的现代诗歌运动。我们在这样一个大的背景下细看青年奥登并不成熟的诗人论和诗歌创

---

① Stephen Spender, *World within World: The Autobiography of Stephen Spender*, New York: St. Martin's Press, 1994, p.51.

② ［英］T. S. 艾略特：《传统与个人才能：艾略特文集·论文》，卞之琳、李赋宁等译，上海译文出版社2012年版，第6—7页。

③ 同上书，第10—11页。

作观，应该能够发现他所受到的启示来源。

随着诗歌创作实践的深入，奥登对"非个性化"理论有了更多的切身体会。20世30年代后期以降，他持续批判浪漫主义式的个人表现论，尤其反对诗人们沉溺于自我的小世界、无视外在听众的现象。他在《牛津轻体诗选》的导言里直言，浪漫主义诗人生活在一个没有真正的公共纽带的混乱社会里，他们面对社会的丑陋和复杂无能为力，也无法确认自己的听众，于是从他们自己时代的生活转向了对自己情感的沉思和对想象世界的创造。比如说，华兹华斯转向了自然，济慈转向了纯诗，荷尔德林（Friedrich Holderlin）转向了过去，雪莱转向了黄金时代。我们不妨看看这篇导言中的一段话：

> 当他过于孤立的时候，尽管他可以观察得足够清楚，他观察到的东西在数量和重要性上都会减小。他"对越来越少的东西知道得越来越多"。令人深思的是，有太多这样的诗人有这样的下场：或者像济慈那样夭折，或者像荷尔德林那样发疯，或者像华兹华斯那样江郎才尽，或者像兰波那样完全放弃写作……"我必须为我的自欺请求宽恕，让我们走吧……我们必须绝对现代。"（见兰波的《地狱一季·告别》）私人的世界是迷人的，但也是会被耗尽的。①

"私人的世界"尽管迷人，却总是要被耗尽的。奥登在1944年为《阿尔弗雷德·丁尼生勋爵诗选》（*A Selection From the Poems of Alfred, Lord Tennyson*）撰写导言时，分析了包括丁尼生在内的诗人们为何会创造出糟糕作品的原因：

> 抒情诗人总是面临一个问题，即在为数不多的灵感时刻之余该做什么的问题。丁尼生和许多诗人一样，从五十岁开始一直到七十来岁，都忙着写史诗和戏剧形式的诗歌，而这些诗歌形式他完全不擅长，如

---

① ［英］W. H. 奥登：《牛津轻体诗选·导言》，收入［美］哈罗德·布鲁姆等《读诗的艺术》，王敖译，南京大学出版社2010年版，第131页。

果说把这完全或者主要地归咎为一种要与弥尔顿和莎士比亚一比高下的傲慢与野心,是有失偏颇的;其中一个绝对不容忽视的原因当然是他不想在下半生依然像上半生那样无所事事,这样的想法值得嘉许。我们都了解过其他一些抒情诗人的生平,他们要么潜心创作枯燥的长诗,要么就是失了无邪天真,整日沉湎酒色,寻欢作乐,完全称不上度过丰富充实的人生。①

在奥登看来,丁尼生自然是有诗才的,他的诗总是与人类最原始的情感紧密相连,笔下几乎都是一些寂寞、恐惧以及对死亡的渴望之类关涉"私人的世界"的忧伤话题,而在他一再向这个并不丰富的世界索取素材之后,"他观察到的东西在数量和重要性上都会减小",难免会遭遇创作上的瓶颈。这是奥登反对浪漫主义式的个人化写作的重要理由之一。

除此之外,奥登认为抒情诗人过多地沉浸在"私人的世界"里,有闭门造车、忽视听众的倾向。在为《英语诗人》(Poets of the English Language,1950)第四卷"从布莱克到坡"撰写的导言里,奥登毫不客气地指出,浪漫主义诗人"歌颂的主人公是他自己,因为他所感知到的唯一对象就是他自己"②。在后来的《新教神秘主义者》中,奥登更是对华兹华斯式的专注于自我领域和想象世界的诗学倾向提出了警告:"一味沉湎其中只会使主体对他人的存在和需求变得日益冷漠。"③也就是说,此类浪漫主义诗人④作为自我领域的体验主体,很有可能因为过于沉溺在自身的狭促空间而不愿意抬眼去看看世界,而且即便他们真的环顾四周了,他们关

---

① [英]W. H. 奥登:《丁尼生》,《序跋集》,黄星烨译,上海译文出版社2015年版,第287页。

② Auden's introduction to *Poets of the English Language, Vol. IV*, in *The Complete Works of W. H. Auden: Prose*, Vol. III: 1949-1955, ed. Edward Mendelson, Princeton: Princeton UP, 2008, p.139.

③ [英]W. H. 奥登:《新教神秘主义者》,《序跋集》,黄星烨译,上海译文出版社2015年版,第76页。

④ 需要注意的是,奥登并不是反对所有浪漫主义者。欧文·白璧德在《卢梭与浪漫主义》里界定了三类浪漫主义:"感情的浪漫主义"、"理智的浪漫主义"和"行动的浪漫主义"。奥登反对的,主要是"感情的浪漫主义"。

心的也不是这个世界,而是他们自身情感和意志的投射。

德国二战时期的法学家卡尔·施米特(Carl Schmitt)形象地将浪漫主义作家的这种态度概括为"机缘"。他指出,"浪漫派是主体化的机缘论(subjektivierter Occasionalismus)","在浪漫派中间,浪漫的主体把世界当作他从事浪漫创作的机缘和机遇","整个世界及其万物不过是供他单独利用的一个机缘"。① 这种主体意识虽然可以帮助浪漫主义者投身于无限和不可把握之境,却也往往因为这种投入而不停地遁入"不真实的幻觉"②,不再具有社会性和客观性。他发出的告诫——"没有超越主体性限制的感情不可能成为共同体的基础"③,实际上是提醒我们谨慎地对待自我主体。应该说,奥登的观点与之出奇地一致。在晚年撰写的《某个世界:备忘书》里,奥登直言不讳地说道:

> 诗人不应该在作品里"自我表达",而应该通过独特的视角,传达自己对于人类普遍处境的看法。这不仅是他的职责所在,也是他乐于与他人分享的内容。④

直到人生暮年,奥登仍然反对浪漫主义式的个人化和表现论。在他看来,诗人是社会的一员,写诗不是闭门造车,更不是孤芳自赏,而是一种与公共交流的行为。诗人在从事创作活动的时候,不仅要警惕"自我表达",还要善待诗歌的交流功能。去世前不久,奥登在接受《巴黎评论》采访时说:"当然,我们每个人都有独特的观点希望与他人交流。"⑤ 他要交流的"独特的观点",或者说,他希望通过诗歌传达出来的信息,乃是"在某种程度上揭示我们的生活,展现生活的真正面貌,让我们从自我迷惑和自我欺骗

---

① [德]卡尔·施米特《政治的浪漫派》,冯克利等译,上海人民出版社2004年版,第15页。
② 同上书,第17页。
③ 同上书,第154页。
④ W. H. Auden, *A Certain World: A Commonplace Book*, New York: Viking Press, 1974, p. 425.
⑤ W. H. Auden & Michael Newman, "The Art of Poetry XVII: W. H. Auden", in George Plimpton, ed., *Poets at Work: the Paris Review Interviews*, New York: Penguin Books, 1989, p. 292.

的束缚中挣脱出来"①。这恰恰是强调"幻想性想象"的浪漫主义诗歌传统无法允诺的。

第二节 "威斯坦,孤独的飞鸟":"飞到高处"与社会化写作

奥登与华兹华斯式的浪漫主义诗歌传统的分歧,主要在于他们对诗人的位置和诗歌的题材有着不同的界定。奥登的心智和脾性使他不可能满足于有限的"自我表达"和狭小的个人空间,他寻求的是更为广阔的"公共领域"里的传达与交流,认为"诗歌的首要功能在于让我们对自身以及周围的世界有着更为清醒的认识"②。他虽然早在20世纪30年代初就已经开始使用"公共领域"(public places)这样的表达方式,但并没有对之做过具体的说明,倒是其好友汉娜·阿伦特在20世纪50年代首次对"公共领域"和"私人领域"做出了学理上的辨析③。随后,哈贝马斯(Jurgen Habermas)对"公共领域"进行了更为系统的阐释。在他看来,公共领域"意指我们的社会生活的一个领域",是一种用于交流信息和观点的网络,以此形成公共舆论和公共判断。④自此之后,"公共领域"在社会学、政治学、传媒学等领域受到高度重视,相关的专题性著作和研究论文层出不穷。综观如此众多的界定和讨论,我们可以发现这个概念主要涉及以下两类最为重要的含义:一类是放在专制主义背景中,反抗意味显而易见,偏重政治性;另一类指向人类的共同利益和共同幸福,更具伦理性。奥登在20世纪30年代的诗歌探寻之路,显然更偏重于第一类。

---

① W. H. Auden, "Robert Frost", in W. H. Auden, *The Dyer's Hand and Other Essays,* New York: Vintage, 1989, p. 338.

② Auden's introduction to *Poems of Freedom*, in *The Complete Works of W. H. Auden: Prose*, Vol. I: 1926-1938, ed. Edward Mendelson, Princeton: Princeton UP, 1996, p. 470.

③ 奥登与阿伦特相识于1958年,而阿伦特论及"公共领域"和"私人领域"的重要著作《人的境况》恰恰是在1958年出版,这或许是纯粹的巧合,也或许是阿伦特受到了奥登的某种启迪。

④ [德]尤尔根·哈贝马斯:《公共领域》,收入汪晖等编译《文化与公共性》,生活·读书·新知三联书店2005年版,第125—126页。

一 "请关注这一幕":全景视域与社会警示

奥登在 1930 年前后创作的两组诗《1929》和《关注》,都是关于"危机"的作品。如果说《1929》更多地关涉奥登个人的身心危机,以及伴随着行为选择所预示的诗学转向的话,创作于翌年春天的《关注》,则直观地体现了奥登从"小世界"走向"大世界"后对社会危机的"关注",而且这种关注的目光通过娴熟地调整空间和时间的视距增强了艺术表现力,成功地引导我们去审视彼时的时代之症候。

我们首先来看《1929》(《奥登诗选:1927—1947》27—35)。该组诗由四首诗组成,整体架构虽与四季变迁相呼应,但主题并不止于状物抒情。诗题暗示了组诗与奥登个人生活的关联:虽然四首诗分别写于 1929 年的不同月份,创作初衷也是独立成篇,直到 1930 年收入《诗集》(*Poems*)时才合为一组,但奥登以"1929"命名,恰恰说明了这四首诗的组合绝非仓促之举。诚如约翰·富勒在分析这组诗时所强调的,我们需要格外注意 1929 年在奥登个人生涯中扮演的重要角色[1]。正是在这一年,奥登确认了自己的性取向,与未婚妻解除了婚约[2]。伴随着这一重大决定,是奥登与母亲的期望、家庭的责任、社会的主流价值观分道扬镳的痛苦过程,同时也是奥登的自我意识蓬勃发展并逐步强大起来的成长过程。

组诗第二首里的一个细节已经预示了奥登之后的诗路选择:"此时的夜晚到处都不安分,/街上筑起了路障,传来了枪声。"这里指的是 1929 年 5 月 1 日发生在柏林的左派支持者和警察爆发的冲突,前后持续了近一周,各有伤亡。奥登当时正旅居柏林,亲历了这一事件。正如他晚年在《依我们所见》里所坦白的,学校生活使得他们那群年轻人"太过与世隔绝,陶醉于自我",在某种程度上"都是政治白痴,对政治话题也漠不关心",因此他要走出牛津大学,走出狭窄的私人生活场景,走向社会生活更宽广的

---

[1] John Fuller, *W. H. Auden: A Commentary*, Princeton: Princeton UP, 1998, p. 60.
[2] 奥登在1928年启程前往柏林之前,与一位名叫希拉(Sheilah Richardson)的女护士订了婚,但在1929年7月29日写给友人的信中,他声称自己要与希拉解除婚约,并且言语之间表现得非常雀跃。这场婚约乌龙事件可以证明奥登已经正视了自己的同性恋身份。

舞台和人生历程更丰富的体验，寻找"自己的声音"。①由此可见，1929年前后经历的身心分歧（主要是性向选择和婚姻问题），对奥登的心理结构产生了深刻的影响。《1929》所表现的，既是奥登的生活自传和精神副本，也让我们看到一位自觉的诗人在面对身心危机和社会危机的双重压迫时所做出的价值判断和理性选择，也预示了他在20世纪30年代的社会化写作。

这种诗学转向，很快就体现在他翌年创作的《关注》里。约翰·布莱尔曾言简意赅地指出："在《关注》这首诗中，他使用了鹰和戴头盔的飞行员的遥远视角投射出一幅人类文明的全景图。读者被要求超越自己的本土居住地，去囊括更宽广的'领域'。"②富勒先生则直接点明了这种"遥远视角"的灵感源头——哈代。③正如本章上一节所述，奥登用"鹰的视域"替代"浪漫主义视域"，用远距离的全景视角俯视社会生活，以期发出警示，让人们做出更为冷静的判断。与早期诗作里偶尔出现的"鹰"类飞禽不同的是，《关注》是一首由表及里渗透着俯瞰的精神和全新的视野的诗作，可以被视为奥登拉开了社会之帷幕的重要代表作品。以下内容为该诗的第一诗节：

在我们的时代请关注这一幕
如鹰鸷或戴头盔的飞行员般将其审视：
云层突然分开——看那儿！
闷燃的烟头在花坛上冒着青烟，
时值本年度的第一场游园会。
往前移步，正可一览山峦的景致，
透过度假酒店的玻璃窗；
走入那边意兴阑珊的人群，
凶险的，安逸的，穿裘皮大衣的，着制服的，
三三两两围坐在预定桌位旁，

---

① [英] W. H. 奥登：《依我们所见》，《序跋集》，黄星烨译，上海译文出版社2015年版，第667、671页。
② John Blair, *The Poetic Art of W. H. Auden,* Princeton: Princeton UP, 1965, p. 82.
③ John Fuller, *W. H. Auden: A Commentary*, Princeton: Princeton UP, 1998, p. 74.

表情木然地听着乐队情绪激昂的演奏，
<u>转往别处</u>，却见农夫和他们的狗
端坐厨房里，在风雨交加的沼泽地。

(《奥登诗选：1927—1947》51—52)

该诗的写作背景值得我们注意：从1929年开始，资本主义世界遭遇了全球性的经济大萧条，它造成的影响比历史上任何一次经济危机都要来得更为深远。奥登回应危机的方式是"飞"到高空，而且并不满足于我们消极地接受他的警示。他接连使用了"关注"（consider）、"审视"（see）、"看那儿"（look there）、"往前移步"（pass on）、"走入"（join there）、"转往别处"（relayed elsewhere）等动词引导我们的观看行为，让我们跟随鹰鸷或者飞行员的移动转换视线。"鹰鸷"（hawk）和"戴头盔的飞行员"（the helmeted airman）被有意识地押了头韵，奥登或许是借此暗示了两者所具有的共性——高空的视角，并且能够调节视距。

在带有祈使语气的观看动词的指引下，奥登首先给了我们一个近距离的特写：在路边花坛闷燃的烟头。这一行出现的"border"，是一个含义很广的单词。一方面，我们可以对应下一行的"游园会"，将"border"翻译成"花坛"，于是这两行诗构成了一幅近景画面。另一方面，"border"也有"边界"的意思，这种隐藏的含义同样可以在下一行找到逻辑上的呼应。从字面上而言，"第一场游园会"（the first garden party）中的"第一场"，意味着年份之间的交界，而"游园会"则是季节之间的交界。如此看来，闷燃的烟头出现在"边界"，绝不仅仅是一幅画面，还有蓄势待发的动态意味。我们可以结合诗歌的创作背景，对这种"边界"做出猜想，将之理解为1929年前后欧洲社会繁荣与萧条、和平与革命、维持现状与发生改变之间的过渡。

随后，奥登调整了视距，让我们的视线随着鹰的飞翔稍稍拉高、拉远。那些站在玻璃窗后面观赏山峦风景的人，显然是有权、有势、有钱的资产阶级了，奥登却形容他们为"意兴阑珊的人群"（the insufficient units）。"unit"这个词既可以指"个体"，也可以指"（军队的）部队单位"，在这里具有了一种双关性。若取"个体"的含义，那么这些个体的"意兴阑珊"便是

一种精神上的匮乏，任由乐队填塞他们的情绪。比较巧妙的是，奥登在行间韵的处理上也支持了这种讽刺意味，请注意看"情绪激昂的"（efficient）与"意兴阑珊的"（insufficient）之间的押韵关系。若取"（军队的）部队单位"的含义，那么这些上层军事力量的"意兴阑珊"便是一种体能上的疲弱：他们生活富足，安于享乐，却不足以抵抗眼前的危险。这种危险来自"转往别处"时看到的"农夫和他们的狗"。当富人们端坐在室内玩乐的时候，"农夫"所代表的底层劳动者却在"风雨交加的沼泽"忍饥挨饿。奥登在此用到了"风雨交加"（stormy），它与先前的"闷燃"（smouldering）类似，内含的紧张态势很耐人寻味。

奥登用词高度浓缩、语义却无限膨胀的戏剧化特色在此表现得淋漓尽致。但即便我们做了上述剥洋葱般的分析，该节诗的内涵仍然有值得推敲的广度和深度。"意兴阑珊的人群"除了指向英国资产阶级以外，他们有没有可能是西方资产阶级的总象征？或者，他们有没有可能是正在粉墨登场的法西斯势力？又或者，他们有没有可能是对法西斯势力姑息纵容的各国政客们？我们在"鹰的视域"的帮助下，跳出自身的囹圄和局限，从近景移向全景，如临一出活灵活现的情景剧。只要细细思量，我们所做的种种猜想都能够在诗歌语境里得到圆满的解答。

如前所述，此前不久，奥登像他的英国前辈们那样，刚刚进行了为期约一年的欧洲大陆游学之旅，也就是通常意义上的"大游学"。如果说奥登选择出游柏林的初衷是因为尚处于"黄金20年代"（Golden Twenties）的柏林既是先锋文化的摇篮，也是同性恋者的天堂（与奥登同游柏林的衣修伍德干脆直呼"柏林意味着男孩子们"[①]），那么旅居柏林不仅令他进一步确认了自己的同性恋诉求，也让他在亲历柏林的贫富悬殊、阶层分化、时局动荡乃至柏林警察残酷镇压劳工示威的流血冲突中逐渐明确了自己的政治倾向。因此，诗歌抒情主人"飞到高处"后发出的警示，让我们看到了欧洲经济大萧条时期的核心社会矛盾，也看到了20世纪30年代前后笼罩在欧洲上空的战争风云。

但《关注》不仅仅使用了空间上的"鹰的视域"，"飞"到高处的奥登

---

① Christopher Isherwood, *Christopher and His Kind*, London: Vintage, 2012, p. 3.

似乎还具有了穿越时间的能力。到了诗歌第二节,奥登以时间短语"很久以前"迫使我们将目光从"我们的时代"投向了过去,开首处出现的"头号反派人物",似乎自带时光穿梭机的功能,在人类历史的不同时期发动了一系列危险的行径,该诗节结尾处以"终会演变成"(shall come to be)引导的内容,传达出了一股浓烈的警示意味,俨然是末日景象与欧洲经济危机后的恐慌场面的诗化结合。第一诗节的空间跨度和第二诗节的时间纵深,折射出了一幅人类文明的全景图,而奥登借助"鹰的视域"穿梭于时空之间,发出的声音洪亮且颇具分量,其目的是在读者心中催生一股有力的回音。

或许,正是因为奥登娴熟地借用"鹰的视域"来关注时代之症候,好友刘易斯才会在20世纪30年代初的诗中对他表达了这样一种殷殷期盼——"威斯坦,孤独的飞鸟和飞行员,我的好男孩……/飞到高处,奥登,让底下的人谨慎小心。"[①] 刘易斯期望奥登继续以"鹰的视域"警醒世人,奥登对此做出了积极的回应。他频繁地化身为一双犀利而热忱的双眼,从高处俯瞰我们置身其中的生活,表达了他对"站在极高的位置俯瞰生活"的信任。

二 俯瞰的目光:想象的高度,批评的激情

事实上,若深究起来,"鹰的视域"虽然直接受益于哈代的启迪,但它的源头却可以追溯到人类文明之初。自古以来,人类乐于赋予高空视域极为重要的内涵。荷马(Homer)时代的神祇能够在云端或者山巅之上俯瞰大地:"人类和诸神之父"宙斯"把那明亮的眼光向远处移展",一会儿看看"好养马的色雷斯人"和"擅长近战的密西亚人",一会儿看看"杰出的喝马奶的希佩摩尔戈斯人"和"公正无私的阿比奥斯人",将那场惊天动地的古代战争尽收眼底;"绕地和震地之神"波塞冬则会浮出海面,高踞"林木覆盖的萨摩色雷斯的峰巅","清楚地看见整个伊达山",惊讶

[①] C. Day-Lewis, "Letter to W. H. Auden", quoted from John Haffenden, ed., *W. H. Auden: The Critical Heritage*, London: Routledge & Kegan Paul, 1983, p. 12.

于战斗的激烈程度。[1]古人往往将这种俯视大地的目光神圣化，无论是希腊诸神，还是耶和华神，抑或我们的华夏诸神，他们在无限延伸的空间里遨游，偶尔向人类世界投下一道善意的神性目光。

如果说神祇俯瞰大地的目光彰显了人类对于未知领域无尽的想象的话，那么人类的技术一直试图将这种想象现实化。日常生活中的攀登山峰和寻找高地，让人类自身有了更为宽广的视野，恰如我国唐代诗人王之涣登鹳雀楼时发出的感慨——"欲穷千里目，／更上一层楼。"攀登地势高处所获得的俯瞰目光，很早就被应用于人类的休闲娱乐、军事战争和航海探险等领域，与人类文明的发展息息相关。而能工巧匠代达罗斯的故事，进一步折射出人类渴望跳出肉身之累、获得更高远、更广阔、更无穷的空间视野和精神疆域的内在需求。人们设想，在神秘的克里特岛，代达罗斯及其子伊卡洛斯建完囚禁牛头怪的迷宫之后，面对陆路和水路皆被封锁的绝境，想到了畅通无阻的高空，于是通过收集散落的鸟羽来制造人工翅膀，飞到了上空，飞离了屏障。这种"天空还有路，我何不升天而去"[2]的飞行欲求，伴随着热气球、飞机、宇宙飞船的发明与使用，让人类的肉身暂时脱离了尘世的迷宫，上升到高空俯瞰万物，获得了独特的目光和全新的视野。因此，古老的克里特岛迷宫神话，实际上就是人类际遇和跳出自身有限性的一个寓言。

在1940年完成的诗歌《迷宫》（"The Maze"；《奥登诗选：1927—1947》488—489）中，奥登以代达罗斯父子的迷宫神话为原型，戏剧化地呈现了人类在地上生活的捉襟见肘和视域受限的尴尬处境。诗歌开篇映入我们眼帘的希腊语"Anthropos apteros"（wingless man，无翼的人类），暗示了它的古希腊出身，而紧随其后的那位"吹着口哨"，"日复一日围着迷宫兜绕"的人类形象，呼应了建成迷宫却反受其累的代达罗斯父子。他们把"通路和死路搅乱，造了许多歧路"[3]，盘桓交错的路径令他们自己也

---

[1] ［古希腊］荷马：《荷马史诗·伊利亚特》，罗念生、王焕生译，人民文学出版社2006年版，第285页。

[2] ［古罗马］奥维德：《变形记》，杨周翰译，人民文学出版社2008年版，第158页。

[3] 同上书，第157页。

几乎找不到出口了。迷宫深处的牛头怪是人类情欲和罪恶的果实，迷宫藏污纳垢的血腥气是人世混乱和残暴的象征，蹉跎且荏苒的光阴为这则克里特岛的迷宫神话披上了重重外衣，现代人却依然能够透过它的影影绰绰窥见他们自己所处的时代和社会。在同年完成的《黑暗岁月》("The Dark Years"，1940）里，奥登直言我们的现代生活"挤满了粗鲁的恶棍"：

> 神父挥舞破帽子也没法将他们赶走，
> 而耽于幻想的后果已将我们全体
> 　　带回了迷宫，在那儿，
> 　我们要么被发现，要么就永远迷失。
>
> 　　　　　（《黑暗岁月》；《奥登诗选：1927—1947》457）

现代人恰如昔日进贡给牛头怪解馋的雅典童男童女，在"耽于幻想"的无所作为中沉沦，除非出现一个如忒修斯般智勇双全的雅典英雄，否则摆在他们面前的命运就是"迷失"。相较于《黑暗岁月》里等待上帝拯救的现代人，《迷宫》中的"无翼的人类"表现得更为积极和主动。他们在迷宫里绕圈兜转，相继向形而上学、神学、感官、数学、历史、美学、理性推理以及实证主义寻求帮助，却无奈地发现"自我认知一开始就用不到；／一道篱笆要比一个人高"。然而，在寻找出口的过程中，他至少清醒地认识到了"这座迷宫并非由神力建成，／却因自我的负罪感悄然滋生"，而且深知"我没有理由灰心丧气，／因为我已身在此地"。

克里特岛迷宫是掩饰王室丑闻的幽暗场所，勇武的弥诺斯国王自欺欺人地以为将牛头怪关进迷宫深处就可以消除了家丑，欲盖弥彰的行为反而加速了王室的败坏和克里特文明的衰落。古老的神话在人类历史进程中持续回魂，交织着危机和战争的现代人类生活场景无疑是克里特岛迷宫的惊人再现。成长于史无前例的第一次世界大战期间、正在经历惨绝人寰的第二次世界大战的奥登，感喟于现代人的作茧自缚：

> 无翼的人类，困惑又无助，
> 想知道该如何迈出下一步，

仰头看天，他希望自己是一只飞鸟，

而在鸟儿看来，这些疑问必也荒唐可笑。

奥登给出的解决方案，是像飞鸟那样腾空而起，将一切错综复杂的迂回尽收眼底，改变眼下"荒唐可笑"的处境，恰如代达罗斯父子在海陆皆被封锁的绝境之下"飞到高处"，重获了自由。

地面上的有限视域往往限制了人类的思考方式和解决能力，使芜杂的心灵在蝇营狗苟的欲望之中算计、争夺和厮杀，而高空的全景视域让人摆脱了尘世之累的羁绊，恍然间明白地球的渺小、疆界的微不足道和私利的无足轻重。这一点，为我们保存了克里特岛迷宫神话大致蓝本的古罗马大诗人奥维德（Ovid），在《变形记》的尾声处借毕达哥拉斯之口宣称过：

我喜欢离开沉浊的人寰，翱翔于万点星空，足乘青云，凌驾阿特拉斯之上而俯视尘世，望着众人浮游其间，全无理性，惶惶不可终日，惟恐寂灭；我要劝告他们，我要把命运的究竟展示给他们看看。①

奥维德的俯瞰，既是他笔下的代达罗斯和伊卡洛斯的"飞到高处"，更像是一种想象力的延伸，具有了一种批评的态度。类似的情怀，后来的奥勒留（Marcus Aurelius Antoninus Augustus）也表达过：

应当这样来审视人类的图景，仿佛从高处俯瞰尘世间的林林总总：人群、军队、耕种、婚嫁、离弃、出生、死亡、法庭的喧嚣、荒凉之地、各色蛮族、饮宴、恸哭、集市等等，这一纷繁交错却又不失秩序地混杂在一起。(VII：48)

试着从高处俯瞰那无穷无尽的人群，他们没完没了的仪式，他们在或狂暴或宁静的海面上航行，也看那些形形色色的人是如何出世、生活，然后死去……（IX：30）②

---

① [古罗马]奥维德：《变形记》，杨周翰译，人民文学出版社2008年版，第318页。
② [古罗马]马可·奥勒留：《沉思录》，李娟、杨志译，北京理工大学出版社2009年版，第84—85、118页。

奥勒留以古罗马皇帝的博大胸怀和斯多葛派哲学家的伦理视野思考个体在广袤尘世里的位置和德行，他的俯瞰目光具备了想象的高度和批评的激情，在帕斯卡尔（Blaise Pascal）的著作《思想录》（1658）、伏尔泰的小说《微型巨人》（1750）、歌德的诗歌《在地球上空翱翔的精灵》（1825）、波德莱尔的诗歌《高翔远举》（1857）等作品里余风不止。可以说，高空的全景视域帮助我们打开了关于宇宙时空和人类生命的意想不到的前景，并且引发了一种消弭了边界、抛弃了欲望的整体性视野。因此，无论是面对克里特岛法典与怪兽共存的原始混乱，还是古罗马帝国内忧外患的江河日下，抑或20世纪遍地硝烟的惨淡境况，人类从来没有停止过对于高空和全景视域的向往——"他希望自己是一只飞鸟"。这种心情，恰如卡尔维诺（Italo Calvino）在《美国讲稿》里的描述：

> 当我觉得人类的王国不可避免地变得沉重时，我总想我是否应该像珀尔修斯那样飞向另一个世界。我不是说要逃避到幻想与非理性的世界中去，而是说我应该改变方法，从另一个角度去观察这个世界，以另外一种逻辑、另外一种认识与检验的方法去看待这个世界。"[1]

从这个角度而言，奥登在早期诗歌中频繁使用"鹰的视域"，兼具了调整诗人的位置、转换观看的视角、增强批判的力度的多重功能，是在特定历史条件下的诗学应激反应。如同塞缪尔·海因斯所言，紧随1929年之后的20世纪30年代，是"危机重重的时代"，以奥登为首的青年诗人们在此期间完成的重要作品，应当被视为"一系列试图回应危机的努力"。[2] 因此，从个体上看，奥登，这位飞到高空的鸟儿，的确是孤独地翱翔在时代的上空；但是，从整体上看，奥登的飞翔之举并不是个别现象，只不过他飞得更高。

由于突出的诗学素养和个性魅力，奥登往往被当作"奥登一代"的领

---

[1] ［意］伊塔洛·卡尔维诺：《卡尔维诺文集·寒冬夜行人等》，萧天佑译，译林出版社2005年版，第322页。

[2] Samuel Hynes, *The Auden Generation: Literature and Politics in England in the 1930s*, London: Faber and Faber, 1976, p. 12.

袖人物来看待，而"奥登一代"又被称为"红色的一代"，这个特定的称谓已经表明批评家们倾向于从他们作品中的社会因素和政治维度来讨论他们的影响力。关于这一点，"奥登一代"的关键人物斯彭德表达过如下观点：

> 1932年，迈克尔·罗伯茨编了一本诗选，取名为《新签名》，由霍加斯出版社出版。第二年他又编了一本，收录了诗歌和散文，取名为《新国家》。这两个集子的出现，对于绝大多数人来说，意味着一个崭新的年轻作家团体业已形成……要是你知道这些作家中的许多人彼此并不相熟的话，你肯定会惊讶于他们的作品所透露出的近乎一致的论调，即他们都相信现存的社会已经行将就木，一场变革势在必行。①

奥登一代作家们不断表明，社会生了病，急需被诊断和治疗。在这种情况下，文学创作与实际"行动"挂钩，意味着作家们的公共职责，也反映出他们的价值观和道德感。奥登在1935年对诗歌的一番界定可以视为奥登诗人们的集体发声："诗歌并不是告诉人们应该做什么，而是向我们展现美好、揭露邪恶；它可能让我们的行动变得更为迫切，让我们对于行动的本质理解得更为透彻；它引导我们达到一种可以做出合乎理性、道德的选择的境界。"②表现在"行动"上，奥登诗人们一度相信个人的努力能够改变时代的局面：奥登在西班牙内战时奔赴西班牙战场，中国抗日战争期间奔赴中国前线，并且在左派报刊上发表诗歌和文章，用马克思主义理论解读社会弊端；戴—刘易斯于1935年加入共产党，积极从事宣传活动，诗歌内容极具政治色彩；斯彭德在西班牙内战期间随国际纵队奔赴前线，为新生的共和政府而战，并于1937年加入共产党；麦克尼斯的左派热情虽然没有像他的伙伴们那样高涨，但同期的作品也折射出他对社会、经济、政治等问题的思考和对社会变革的期待。在充满危机的20世纪30年代，奥登诗人们有意识地充当时代的喉舌、预言家、领导者，而社会也选择了奥登诗人们成为文化英雄。

---

① Stephen Spender, *World within World: The Autobiography of Stephen Spender*, New York: St. Martin's Press, 1994, p. 138.

② W. H. Auden and John Garrett, *The Poet's Tongue*, London: G. Bell & Sons, 1935, p. ix.

第三节　诗人与公共领域：拒绝成为诗人英雄

奥登在20世纪30年代的社会化写作为他赢得了永久的名声，这种名声余韵悠长，直到20世纪五六十年代仍然是学术界阐释其诗作时的一个重要出发点。莫顿·塞弗（Morton Seif）写道："奥登总是具有深远的社会关怀，致力于艺术家的责任问题。"① 新批评界的克林斯·布鲁克斯也同意，早期奥登是"努力帮助重建公正社会"的"杰出的文明诗人"②。弗雷德里克·布埃尔（Frederick Buell）干脆直接将他定义为"社会诗人"③。这些表述从客观上证明了奥登在初登诗坛的十年里，的确偏重于公共领域范畴的社会化探索。但事实上，奥登与社会的联系并非像这些表述所渲染得那样亲密无间。诗人及其作品的复杂性恰恰在于人性本身并不是绝对的非此即彼，如何确认自己的听众，如何在"公共领域"里找到一个属于自己的位置，对于奥登而言，始终是一个艰深的课题。

法国社会学家布尔迪厄（Pierre Bourdieu）认为，"知识分子是一个二维的人"，既属于"一个自主的知识界（一个场）"，又"必须赋予自己在知识场以政治行动所需要的某种能力和权威"，而这不管怎么说都是"在知识场之外来运作的"。④ 这种矛盾性被认为是知识分子的本性，使得他对社会公共事务（包括政治）的态度总是处于一种摇摆之中："或是退守到自律的学术或艺术领域实现某种理想，或是进入社会层面履行政治活动者角色。"⑤ 奥登在探寻社会化写作后不久，就已经对诗人的身份、责任和位置产生了深层的困惑与焦虑。他就像布尔迪厄所描述的，一度

---

① Morton Seif, "The Impact of T. S. Eliot on Auden and Spender", in *South Atlantic Quarterly* (January 1954), p. 64.

② Cleanth Brooks, "Auden as a Critic", in *Kenyon Review* (Winter 1964), p. 173.

③ 弗雷德里克·布埃尔著有《社会诗人奥登》（*W. H. Auden as a Social Poet*, 1973），认为正是奥登诗作的社会性内容确保了他在20世纪重要诗人当中占据了一个持久而中心的位置。

④ Pierre Bourdieu, "Universal Corporatism: The Role of Intellectuals in the Modern World"，转引自周宪《审美现代性批判》，商务印书馆2005年版，第497页。

⑤ 周宪：《审美现代性批判》，商务印书馆2005年版，第498页。

在对社会公共领域的热心和冷漠两种态度之间举棋不定，面临着介入社会实践的矛盾。

一 伊卡洛斯式的飞行：从波德莱尔到奥登

出版于1932年的诗集《雄辩家》，率先揭示了这种困境。《雄辩家》第二部分的《飞行员日记》(Journal of an Airman)，以波德莱尔的《私人日记》(Journaux Intimes) 为仿写对象，而波德莱尔的这本散文作品恰恰是奥登力荐给衣修伍德翻译成英文的，1930年由布莱克默出版社（Blackamore Press）出版，诗坛前辈艾略特撰写了一篇导读，落笔洋洋洒洒，认为波德莱尔代表了他那个时代，"对时代的创新很敏感，但同时也容易受到时代所犯的错误的影响"[①]，包括承继了浪漫派对神灵的亵渎和风靡一时的黑弥撒现象。时隔多年后，也就是1947年，衣修伍德翻译的这本《私人日记》在美国再版，此次奥登干脆亲自操刀撰写导读，开篇第一句就让重心落在了"一个艺术家和他生活其间的时代有着重要且复杂的联系"[②]。虽然奥登同艾略特一样，都考虑到波德莱尔与他的时代的关系，但奥登的思考角度有别于艾略特的基督教伦理视野，更侧重于个人在社会中的位置，也就是说，在一个公众社会里，一位像波德莱尔一样有天赋的人该如何成为一个"个体"。奥登的总结，而今听来依然分外动人：

> 在波德莱尔这里，人性的音符之所以听起来真实可靠，是他并没有打算在职业上做出什么惊人的改变，并没有从诗歌中隐退进而消失在公众之群：他没有这么做——他只是希望他能够更好地使用他的天赋，而且认为尽管拥有天赋，但他，一个浪荡子，却与一个女人、普吕多姆先生[③]

---

① ［英］T. S. 艾略特：《现代教育和古典文学：艾略特文集》，李赋宁、王恩衷等译，上海译文出版社2012年版，第188页。

② W. H. Auden, "Introduction to Intimate Journals", in The Complete Works of W. H. Auden: Prose, Vol. II: 1939-1948, ed. Edward Mendelson, London: Faber and Faber, 2002, p. 307.

③ 普吕多姆先生（M. Prudhomme）是法国19世纪的漫画人物，其形象是一位矮胖、愚蠢、墨守成规的巴黎中产阶级人士。

或者比利时人①一样脆弱。

在自然的眼里，他太迟了。他一开口，飞鸟就俯冲而下并开始攻击了。然而在精神的眼里，我们完全有理由相信，他正当其时——因为，尽管精神需要时间，但一瞬已经足够。②

奥登认为，波德莱尔在苦痛中追求纯粹的精神生活，他的精神一再渴望飞翔，他的肉身却被自主意识放逐在熙熙攘攘的巴黎城市。他虽然如艾略特所说是"病态的"，"不能逃避苦难，也不能超越苦难，因此他就自己寻找痛苦"③，但与兰波（Jean Rimbaud）从诗人变为商人、从一种浪荡状态转向另一种同样骄傲且刻意维持标新立异的浪荡相比，波德莱尔的痛苦与坚持更具有真实性和启迪意义，尤其是《私人日记》中"敞开我的心扉"部分，奥登盛赞那是"文学中最骇人和凄怆的篇章"，"展示了一个人与时间的殊死搏斗，为的是根除思想和情感上的终身积习，使自己恢复正常并且获得历史。"④这样的波德莱尔，为青年奥登提供了一种参照，一种"飞到高处"后如何降落而不至于坠毁的思考。

如同奥登在表达"飞到高处"的欲求时，以古老的克里特岛迷宫神话为原型创作了《迷宫》，波德莱尔在思考诗人与社会的关系时也曾借助过这则神话，只不过叙述的重心放在了飞行故事里的另一位不可或缺的人物——代达罗斯的儿子伊卡洛斯。离开迷宫前，代达罗斯苦口婆心地传授飞行的技术："伊卡洛斯，我警告你，你不要飞得太低，也不要飞得太高。太低了，翅膀沾水就会变重；太高了，太阳的热就会把它烧坏。你飞行的

---

① 波德莱尔曾在比利时首都布鲁塞尔住过一段时间，演讲遭到冷遇，比利时出版商对他也并不友好，为此他写下《可怜的比利时》一文，从习俗、教育、政治、环境等方方面面嘲骂比利时人，发泄他对比利时资产者的憎恶。

② W. H. Auden, "Introduction to *Intimate Journals*", in *The Complete Works of W. H. Auden: Prose*, Vol. II: 1939-1948, ed. Edward Mendelson, London: Faber and Faber, 2002, pp. 314-315.

③ ［英］T. S. 艾略特：《现代教育和古典文学：艾略特文集》，李赋宁、王恩衷等译，上海译文出版社2012年版，第191页。

④ W. H. Auden, "Introduction to *Intimate Journals*", in *The Complete Works of W. H. Auden: Prose*, Vol. II: 1939-1948, ed. Edward Mendelson, London: Faber and Faber, 2002, p. 314.

时候，要介乎高低之间。"①飞出迷宫后，充满好奇心的少年径直翱翔，离太阳太近，失去了翅膀，掉进了茫茫大海，不幸溺亡。代达罗斯和伊卡洛斯，相携飞出迷宫，结局却截然不同。岁月如梭，世易时移，人神交互交欢却又等级分明的神话时代已经成为远去的雷声，点点滴滴的雨水化作隐喻符号滋养后世善感的心灵。作为寓意性人物，代达罗斯父子的形象在此后的泱泱尘世里不断重现。相较于经常被视为工具理性典范的父亲，少年伊卡洛斯冲向太阳的激情和陨落大海的悲剧更能引发文人骚客的共鸣。画界有勃鲁盖尔（Bruegel Pieter）古朴的《伊卡洛斯坠落之风景》（1558）和毕加索（Pablo Picasso）简练的《伊卡洛斯之坠落》（1957）遥相应和，从伊卡洛斯坠落万顷碧波只露出一截垂死挣扎的白腿，到伊卡洛斯悬浮于天空和海洋之间痛苦下坠的肉身，画家们直观地向我们传达了"飞得越高、跌得越惨"的讯息。诗界的伊卡洛斯同样回声不止，歌德、波德莱尔、斯彭德、威廉·卡洛斯·威廉斯（William Carlos Williams）、安妮·塞克斯顿（Anne Sexton）都曾对他的坠落唏嘘不已。有趣的是，诗人们笔下的伊卡洛斯并非总是技术的参与者和受难者，倒是一改往日不堪的形象，成为诗人的自命，颇有摆脱地球之万有引力、生命之循规蹈矩、生活之乏善可陈的诗性意味。比如，歌德在《浮士德》中将浮士德与海伦的孩子欧福里翁塑造成一个叫嚷着"我要越跳越高，／我要越望越远"②的角色，既是伊卡洛斯的变形，也是英国浪漫主义诗人拜伦的模拟。自此之后，欧福里翁成为诗歌的人格化表达，而伊卡洛斯的飞行俨然是诗人观察麇集众生的重要观照视角。

值得注意的是，代达罗斯对伊卡洛斯的那句警告——"不要飞得太低，也不要飞得太高"，真正有可能付出惨痛代价的是"飞得太高"。当伊卡洛斯"愈飞愈大胆，愈飞愈高兴，面前是广阔的天空，心里跃跃欲试，于是抛弃了引路人，直向高空飞去"③时，他获得了普通人穷极一生都无法想象的视野。然而，正是他冲向太阳的惊天举动，使他背负了傲狂（hubris）

---

① ［古罗马］奥维德：《变形记》，杨周翰译，人民文学出版社2008年版，第158页。
② ［德］约翰·沃尔夫冈·歌德：《浮士德》，绿原译，人民文学出版社2007年版，第333页。
③ ［古罗马］奥维德：《变形记》，杨周翰译，人民文学出版社2008年版，第160页。

的名声，在古希腊神话的辐射圈里警醒世人切莫狂妄自恃、蔑视神祇，否则只会落得魂飞魄散的毁灭下场。波德莱尔在《伊卡洛斯的哀叹》("Les Plaintes d'un Icare"，1862）中，正是以伊卡洛斯的傲狂为出发点，我们不妨看看该诗的最后一节：

> 我徒然妄想去发现
> 宇宙的终极和中心，
> 不知名的火眼已近，
> 我感到了翅膀折断；
>
> 为了爱美而被烧焚，
> 我没有无上的体面，
> 把我的名给予深渊，
> 它将成为我的墓坟。①

上了年纪的波德莱尔一心要成为拥抱白云、追求至美的伊卡洛斯，他的诗"在第二帝国的天空上闪耀，像一颗没有氛围的星星"②。"没有氛围的星星"是从尼采那里借来的意象，后者经常寄情于高空意象，比如高山之巅的伞松、浩瀚长空的星星（参看尼采的诗歌《伞松和闪电》和《星的道德》），甚至撰文说："我必须极冷漠、极清醒地远离所有属于我这个时代的一切，当代的一切。作为最高愿望，让我有一双查拉图斯特拉的眼睛，从遥远的天际俯视人间万象，俯视其自身。"③ 卓尔不群的尼采，"注定走向星的轨道上面"（《星的道德》）④。波德莱尔也把诗人从地面抬升到了空中，

---

① ［法］夏尔·波德莱尔：《恶之花》，郭宏安译，上海译文出版社2013年版，第350—351页。
② ［德］瓦尔特·本雅明：《发达资本主义时代的抒情诗人》，张旭东、魏文生译，生活·读书·新知三联书店1992年版，第8页。
③ ［德］弗里德里希·尼采：《尼采反对瓦格纳》，陈燕茹、赵秀芬译，山东画报出版社2002年版，第16页。
④ ［德］弗里德里希·尼采：《尼采诗选》，钱春绮译，漓江出版社1986年版，第109页。

不仅是后期借助伊卡洛斯的羽翼飞行，早期干脆自拟为信天翁、百灵鸟，"飞过池塘，飞过峡谷，飞过高山，／飞过森林，飞过云霞，飞过大海，／飞到太阳之外,飞到九霄之外,／越过了群星灿烂的天宇边缘"(《高翔远举》),但与此同时，他深知诗人终究会从空中跌落,"一旦落地，就被嘘声围得紧紧，／长羽大翼，反而使它步履艰难"(《信天翁》)。[1]

波德莱尔力图用自己的全部经验去换取诗之体验的勇气，这种诗学精神在奥登的《雄辩家》第二部分《飞行员日记》里留下了痛苦的印记。奥登在此杂糅了波德莱尔的"病态"、约翰·莱亚德关于非洲特罗布里恩德群岛的飞行女巫的人类学论文以及沃尔夫冈·柯勒（Wolfgang Kohler）的格式塔心理学,戏剧化地呈现了"英雄"（飞行员）和"敌人"的复杂境况。他笔下的飞行员，既是一个拥有全景视域的超然观察者，也是一个敏感病态的心理扭曲者，在经历了一系列的自我分裂、自我与群体的分裂、自我与敌人的分裂之后，飞行员终于恍然大悟：

  1. 敌人的力量与我们的抵抗呈函数关系，因此——
  2. 唯一有效的制敌策略——自毁，放弃任何抵抗，使他成为一个仿佛是行走在毫无阻力的平面上的人。
  3. 征服只能以兼收并蓄（即渗透）被征服者的方式进行。[2]

飞行员意识到了分裂的危机——"他现在明白了，把自己与敌人分隔开来，也便把整合的希望堵死了；事实上，是他引出了自己的敌人。完全是他自己的问题，是他绘制了边界，设置了一系列的关卡和限制，这些恰恰是敌人得以蓬勃发展的食粮。"[3] 这里的"敌人"，已经不再是表面意义上的敌对方，他可以是我们内心中的分裂自我，也可以是我们难以融合的群体或社会的具象表征，而个体在群体或社会中的位置，恰恰是青年奥登面临的重要课题。如本章上一节所示，奥登借助鹰的视域"飞到高处"，其目的

---

[1] ［法］夏尔·波德莱尔：《恶之花》，郭宏安译，上海译文出版社2013年版，第15、14页。
[2] W. H. Auden, *The Orators: An English Study*, London: Faber and Faber, 1932, p. 80.
[3] Edward Mendelson, *Early Auden*, New York: The Viking Press, 1981, p. 109.

并非远离尘世，而是转换探寻的目光，继续向这个世界致以深情的注视。

二 质疑"鹰的视域"：空间距离与情感疏离

自 20 世纪 20 年代末以来，奥登乐此不疲地借鉴和运用哈代的"鹰的视域"，但正如奥登并没有全盘接受哈代的悲观主义世界观，他在信任"鹰的视域"不受羁绊地俯瞰地上世界的同时，也对这种远距离的全景视角产生了怀疑。凯瑟琳·巴克奈尔在比较浪漫主义视域和"鹰的视域"时指出，浪漫主义视域的优点在于亲密无间。奥登在经历了短暂的浪漫主义蜜月期之后，迅速走向了它的对立面。①

当涉世未深的奥登游走在柏林、巴黎、布鲁塞尔等大城市的街头时，未尝不是波德莱尔式的漫游者，冷静且孤独。但奥登毕竟不是波德莱尔，他渴望的，不是"高翔远举"，而是像"小说家"那样感同身受：

> 身披才能的盔甲如一套制服，
> 每个诗人的等级都众所周知；
> 他们如暴风雨会让我们惊讶侧目，
> 要么长年孤独，要么青春早逝。
>
> 他们会像轻骑兵般向前猛冲：可是
> 他却得努力摆脱孩子气的天赋，
> 要练就平凡与笨拙的技艺，
> 无人看重时亦须学会如何自处。
>
> 因为，要达成他最低微的心愿，
> 他整个人必得变得无趣，要服从
> 粗言恶语如服从爱情，在正义中间
> 扮演正义，在污秽中就同流合污，

---

① 奥登视自己为第二代现代主义诗人，走上了一条艾略特式的反浪漫主义路子。当然，他反对的，主要是"感情的浪漫主义"，认为继续沉迷于"自我表达"和狭小的个人空间只会让人对现存世界越来越冷漠，对其他人的真正需求漠不关心。

而在他虚弱的自我中，若是可以，
他必得默默隐忍人类的所有过失。

（《小说家》，"The Novelist"，1938；《奥登诗选：1927—
1947》246—247）

在奥登笔下，"诗人"和"小说家"虽然都是艺术创作者，但在社会中的位置截然不同。"诗人"的才能犹如一身盔甲般的制服。所谓制服，其实是人为地设定界线，区别职能，也区别身份。"诗人"穿戴上才能的"制服"，带着一份纯真的孩子气在人生的大舞台里横冲直撞，要么时值青葱岁月就匆匆离开了人世，要么孑然一身孤独到老，却绝无可能像"小说家"那样，在普通的日子里练就平凡而持重的技艺，在公众的空间里生活得一如他描写的对象。

在这个层面上，奥登毫不掩饰自己对"小说家"的羡慕。早在一年前，他写了一首生前未曾公开发表的谐趣诗，在赞美好友衣修伍德的小说才华之余，留下了类似于《小说家》里的感慨——"化身为小人物，彻头彻尾地平凡与无害"[①]。与此同时，在为小说家威廉·普洛默（William Plomer）的诗集撰写书评中，奥登再一次表达了他对于小说家和诗人的认知："小说家必须勤勉谨慎、客观中立，否则只会令自己丑态百出。优秀的抒情诗则仰赖与之截然不同的品质，需要不顾一切地豁出去，需要如有神助般的主观性，需要纵情地表达自己的立场，事实上，就是如同叶芝先生所说的'一个愚蠢的感性之人'。"[②]而在稍早的《致拜伦勋爵的信》中，奥登已经直接给小说和诗歌这两门艺术做了高低之分：

……我不知道你
　是否会赞同，但写小说
照我看来完全是一种比写诗
　更高等的艺术，而成功之作

---

① Charles Osborne, *W. H. Auden: The Life of a Poet*, New York: Harcourt Brace Jovanovich, 1979, p. 145.

② W. H. Auden, "A Novelist's Poems", in *The Complete Works of W. H. Auden: Prose*, Vol. I: 1926-1938, ed. Edward Mendelson, Princeton: Princeton UP, 1996, p. 167.

意味着更好的品性与才具胆魄。
也许这是为何，真正的小说几近绝种
如同冬天里的惊雷或一头北极熊。

一般水准的诗人与之相比
　就毫无章法，不成熟，且懒惰。
你必须承认，归根结底，
　他对他人的感知非常模糊困惑，
　其道德判断常常过于狂热造作，
一种娴熟又简便的归纳伎俩
太过彻底地诉诸他的幻想。

（《奥登诗选：1927—1947》87—88）

在1936年去往冰岛的船上，奥登如饥似渴地捧读拜伦的长篇叙事诗《唐璜》，"除了吃饭、睡觉，或者身体不舒服"（《奥登诗选：1927—1947》85）的时候。事实上，在奥登随身携带的行李箱中，不仅有拜伦的《唐璜》，还有简·奥斯汀（Jane Austen）的小说。我们很难确定奥登果真发自肺腑地认为写小说是比写诗"更高等的艺术"，单就他以崇拜者的身份向拜伦询问"是否赞同"这个观点而言，我们至少可以认为他在那段时期对于自己的诗人身份和诗歌创作并不满意。

从上述诗行的举隅来看，奥登对诗人的"毫无章法，不成熟，且懒惰"的指控，偏重于诗艺层面，而更严重的指控来源于随后的诗行——"对他人的感知非常模糊困惑"："小说家"做具体的描写，"诗人"则是进行抽象的归纳；"小说家"往往身临其境，"诗人"则停留在自己的幻想层面；"小说家"是社会生活的体验者，"诗人"满足于旁观者的位置。在诗歌《小说家》的末尾处，奥登眼中的"小说家"俨然成了耶稣基督的化身——"默默隐忍人类的所有过失"，而"诗人"固执地囿因于"制服"的牢笼，对于人类苦难的理解无异于隔靴搔痒。

显然，并不是所有诗人都是囿因于"制服"的牢笼。奥登笔下的诗人形象，更确切地说，是他对自身的反思，是他在"飞到高处"后感受到"诗人"与公共社会的隔阂,以及由此带来的精神疏离和情感焦虑。因此,"诗人"和"小说家",在奥登20世纪30年代中后期的诗文中承担了一个重要的相互参照功能。

在"小说家"的映衬下,"诗人"的确成了刘易斯口中的"孤独的飞鸟",成了社会生活的局外人。这一时期,即便在没有出现"小说家"的诗文中,奥登的"诗人"也带有一种孤独个体游弋在人群中的疏离感:

> 然而,在通常毫不起眼的某处,
> 在流水和房屋的风景里,在他的哭声
> 被车流或鸟群的喧嚣淹没的
> 几乎每一个地方,总会站着
> 一个需要你的人,只有那个
> 惊恐而充满奇想的孩子才了解你
> 恰如长者们所说这是个谎言,
> 但你知道他正是你的未来,只有
> 温顺的人必承受地土,既不迷人,
> 也不成功,更没有围聚的人群;
> 在夏天的噪音和律令中孑然一身,
> 他的眼泪渐渐蔓延你的生活有如天命。
>
> (《有如天命》,1939年;《奥登诗选:1927—1947》414)

那个"需要你的人"躲在毫不起眼的地方,很有可能是高空视点的盲区。即便他在啜泣,他的哭声也被"车流或鸟群的喧嚣"所掩盖。在此情境之下,"飞到高处"的全景视角,已经从优点变成了缺点,因为鹰或者飞行员再怎么调整视距,他们的视点也仍然悬在空中,无法落实到地面上,更别提钻进普通人的生活里了。关于这一点,乔治·赖特(George Wright)明确指出:"鹰的视角可以赋予距离优势,但与此同时,奥登也希望强调个体内部的问题。"①因此,由距离产生的疏离,由疏离带来的焦虑,由焦虑引

---

① George Wright, *W. H. Auden*, Boston: Twayne Publishers, 1981, p. 65.

发的怀疑，是奥登对"鹰的视域"做出的辩证思考。

奥登在质疑"鹰的视域"的时候，往往以地球外的天体作为视点的发出者，入诗比较多的意象有月亮、星星、银河系等。以 1933 年创作的《夏夜》为例：

> 此刻，无论南北，无论东西
> 那些我爱的人已躺下歇息；
> 　月光俯照着他们全体，
> 江湖郎中和机智的空谈家们，
> 怪人和默不作声散步的人，
> 　矮胖墩和高个子。
>
> 她在欧洲的天空缓缓升起；
> 教堂和发电站如固定装置
> 　铺展于地球的表面：
> 她窥视着画廊的内部，
> 目光茫然如一个屠夫
> 　瞪着一幅幅奇妙画面。
>
> （《夏夜》；《奥登诗选：1927—1947》146）

诗中的月亮意象比鹰的位置更高远，视域所及也更宽广。随着月亮缓缓地在欧洲上空攀升，作为月亮的自然属性的月光，遍布的范围也在绵延伸展。月光就像是月亮目光的投射，她不计较东西南北，不区分高低贵贱，地面上的万事万物都无一例外地被纳入到她的光辉之下。当我们正要为月光之皎洁、慷慨和公平发出赞叹的时候，奥登却突然甩出了一个比喻，将月光同"茫然如一个屠夫"（blankly as a butcher）的目光相提并论。值得注意的是，这个比喻在初版时为"茫然如同一个孤儿"（blankly as an orphan）。如果说"孤儿"面对外部世界的"茫然"是一种因为孤苦无依而产生的情绪失衡和情感障碍的话，那么当"屠夫"举起屠宰刀的时候，他眼神里的"茫然"便纯粹是意识上的迟钝、行为上的机械，或者干脆就是麻木无感。如此看来,"屠夫"的茫然更加令人不寒而栗。这样的比喻已然向我们宣告,月亮虽然拥有全景视域,却只是视若不见、漠不关心。

高空意象的这种视域缺陷在奥登诗歌里绝非特例,比如《伏尔泰在费尔内》("Voltaire at Ferney",1939)的结尾部分:

> 于是如一个哨兵,他无法入眠。夜晚充斥了
> 罪恶、动乱与处决。很快,他也将丧命,
> 而整个欧洲,可怕的保育员们无声伫立
> 渴望去煎熬他们的孩子。唯有他的诗
> 或能制止他们:他必须继续工作。头顶
> 毫无怨言的星辰谱写着明澈的歌。
>
> (《伏尔泰在费尔内》;《奥登诗选:1927—1947》404)

在宗教迷信仍然钳制世道人心的18世纪,在自由民主被专制剥夺的昏聩时代,"罪恶、动乱与处决"此起彼伏。经历了被攻击、被流放和被投入监狱的颠沛流离的生活之后,迟暮的伏尔泰定居于日内瓦的荒僻村镇费尔内,仍然与欧洲各国的进步人士保持频繁的通信联系,并且以犀利的笔锋战斗不息,撰写了大量宣扬启蒙思想的檄文。他如"一个哨兵"般长久地保持警惕,同样的"哨兵"零星地散落在地球的各个角落,凭借骁勇而坚毅的精神力量做着"反抗谬误与不公正的斗争"(《伏尔泰在费尔内》;《奥登诗选:1927—1947》403)。然而,对于地球上正在发生的这一切,星辰却是"毫无怨言的"(uncomplaining),它们独善其身,自顾自地"谱写着明澈的歌",既不数落昏聩,也不赞叹勇士。

此类"视若不见"的高空意象时有出现:

> 这个喜好谈论的城市的上空,如其他地方一样,
> 无所归依的天使们在哀泣……
>
> (《牛津》,1937;《奥登诗选:1927—1947》194)

> 一轮满月高悬于法国上空,冷感而惹人,

犹如我们邂逅的某个讨喜而危险的献媚者

  （《多佛港》，1937；《奥登诗选：1927—1947》196）

季节合法地继承了垂死的季节；
那些行星，被太阳广阔的和平所庇护，
继续周而复始地运行；而银河系

永远自由不拘地旋转，如一张巨大的饼：
置身于所有机器引擎和夏日花丛的包围中，
这小小地球上的小小人类凝望着

  （《诗体解说词》，1938；《奥登诗选：1927—1947》278）

而同一个太阳的中立的眼睛
正从空中观察着地球的运行

  （《新年书简》，1940；《奥登诗选：1927—1947》310）

  从天使到日月星辰，再到银河系以及宇宙，高空意象们或因自身"无所归依"（non-attached）而烦恼，或因过于遥远而注意不到"小小地球上的小小人类"。在《西班牙》的末尾，这样的高空意象干脆被描述为"已死去"（The stars are dead），只留下人类"孤独打发着时日"（《奥登诗选：1927—1947》300）。即使在晚年的抒情名篇《爱得更多》（"The More Loving One"，1957）里，日月星辰也失去了传统抒情诗的迷人光泽，成为"最熟悉的陌生人"的化身。这或许正如尼采所言——"星啊，黑暗跟你有什么相干"，"你的光辉属于极远的世界"（《星的道德》，钱春绮译）。

  高空意象的缺陷不仅仅体现在视若不见和漠不关心，它们还有无法看见或者无法看清的时刻。在《夏夜》这首诗里，奥登描写了月光"茫然如一个屠夫"之后，进一步指出了月光的本质性问题：

留心着地心引力，
她已无暇顾及此地，可是

>   不受欲望影响的我们，
>   从令人安心的座座花园里
>   抬头仰望，以一声叹息
>   忍受着爱的暴政：
>
>   而温和人士，不愿去弄清楚
>   波兰在哪儿拉开了东方的弓弩，
>   何种暴力已付诸实践，
>   也不会去问哪个可疑的法案
>   赋予了这间英国屋宅里的自由权，
>   许可我们在太阳底下野餐。
>
> （《奥登诗选：1927—1947》147）

奥登在开篇脉脉温情地描写了月华之夜的恬谧、静美和空明，乍看之下颇有浪漫主义诗人借景抒情的意味。但从月亮的目光"茫然如一个屠夫"开始，诗歌的基调已经发生了逆转，可即便如此，她始终是看见了、看清了。可是到了这两节诗，月亮的视域已经不再具有如此辽阔、澄明的属性。科学家告诉我们，月亮是不发光、不透明的天体，靠反射太阳光发亮，她在自转的同时受到地心引力的作用围绕着地球旋转。太阳、地球和月亮三者之间的相对位置持续地变化，月亮直接被太阳照射的部分随之改变。因此，对于地球上的特定区域来说，月亮的"目光"并非恒常如一。在极端的情况下，比如月全食时，她极有可能短暂地"失明"，"无暇顾及此地"（can notice nothing here）。助动词"can"用在此处，强调了她进入地球的本影后完全感应不到太阳光的能力匮乏状态。而在较为通常的情况下，比如白日里，她被太阳光的强度迷蒙了双眼，变得"不愿去弄清楚"（do not care to know）。助动词"do"和动词"care"的联合使用，并没有否认她对太阳光的接收，却暗示了她无法与太阳共光辉的尴尬处境。这个时候的月亮，就像那些身处"令人安心的座座花园"里的人们那样，受"爱的暴政"驱使，局限于自我的、小范围的温情，对周遭发生的一切缺乏感知力和辨识力。她不明白1933年正在发生的民生百态，不清楚战祸的弓弩悄然拉开，不知晓非人的暴力四处上演，对公正、公平、正义更是一知半解。由此可见，月亮的视域远非全知全能，她也有天然的缺陷，不但本体与地球相隔遥远，而且还会出现视域受阻的情况。

三　切勿"飞得太高"：似近实远的尴尬处境

正如冲向高空的伊卡洛斯背负了傲狂的名声，"飞得太高"的诗人们同样容易陷入孤芳自赏的离群状态。波德莱尔在孤独中感慨"一旦落地，就被嘘声围得紧紧，／长羽大翼，反而使它步履艰难"，艾略特一针见血地指出，这无非是浪漫主义的残渣，无法使人信服[①]。奥登虽然赞叹波德莱尔对诗歌的坚持，但并不希望像他那样永远处于一种对立的自我分裂之中——"一方面是浪荡子，或者说英雄式的个体，另一方面则如粗鄙大众，是女人、商人和比利时精神"[②]。

在《飞行员日记》里，飞行员的恍然大悟和最终结局可以从一个侧面说明青年奥登的立场：

> 第 28 天
> 　　清晨 3 点 40 分。脉搏和反射，正常。
> 　　气压表读数：30.6。
> 　　平均温度：34 华氏度
> 　　晴。一万英尺空中有积云。东风，微风。
> 　　双手非常正常。[③]

一直操控不灵的双手居然"正常"了。冷静而客观的飞行日志，恰恰暗示了飞行员的决绝之心，比他以往任何一次的暴力幻想和惊骇梦魇都更

[①] ［英］T. S. 艾略特：《现代教育和古典文学：艾略特文集》，李赋宁、王恩衷等译，上海译文出版社2012年版，第191页。

[②] W. H. Auden, "Introduction to *Intimate Journals*", in *The Complete Works of W. H. Auden: Prose*, Vol. II: 1939-1948, ed. Edward Mendelson, London: Faber and Faber, 2002, p. 310.

[③] W. H. Auden, *The Orators: An English Study*, London: Faber and Faber, 1932, p. 82.

加令人唏嘘不已。在明白了"我们"和"敌人"的冲突根源之后，飞行员的再度起飞实际上是一次"自毁"之旅，奥登写给友人的一封信很好地印证了我们的猜想——"飞行员的结局不是自杀，就是像兰波那样转向。"[①] 前者是自杀式的自我毁灭，后者是投降式的自我放弃。无论哪一种结局，都是对过去的否定和终结，都没有真正解决飞行员的忧虑——"至关紧要的问题——团队组建"（group organisation）[②]。当诗人假托飞鸟、飞行员、日月星辰等高空意象为目光的发出者时，他通过俯瞰获得了全景视域，延伸了想象力，加强了批评力度，与此同时也不得不承受视点悬在高空带来的诸多限制。青年奥登不会选择自我毁灭，也不愿意做商人兰波，因此他必须解决飞行员没有彻底解决的问题，必须去弥合诗人与人群的疏离。

门德尔松教授指出，在奥登认识到自己是疏离于人群的"局外人"（outsider）的初始阶段，他尝试着自我说服，坦然接受了这样的位置，并以"局外人"的视角发出警示，"让底下的人谨慎小心"。然而，到了1933年前后，他真切地感受到了身为"局外人"的痛苦[③]，"飞到高处"并没有让他获得视域的自由，反而令他置身于极端的疏离窘境。除了《雄辩家》中的精神分裂的飞行员，创作于这个时期的《夏夜》也是这一精神状况的浓缩表达。《夏夜》处处彰显了"里"（in）与"外"（out）的对应关系，开篇第一句就是典型的例子——"我躺在床上就在那室外草坪"（《奥登诗选：1927—1947》145），"Out on the lawn"和"in bed"两个词组中的介词形成了鲜明的对比。而在诗句延伸的过程中，小范围的群体内部与广阔的群体外部又形成了对应关系，即便此刻"与同事们相处亲密无间"，浸润于"爱邻如己"的大爱之中，但抒情主人公（也就是奥登本人）心下明白，他们会"就此睽违分别"，属于他们的"如许良夜"仅仅存在于回忆之中。（《奥登诗选：1927—1947》145—146）在这里，月亮意象承担了重要的表征作用，她似近实远，委实是地球的"局外人"，可谓诗人"飞得太高"的真实写照。

我们可以看到，奥登在采用"鹰的视域"又质疑该全景视角的同时，

[①] John Fuller, *W. H. Auden: A Commentary*, Princeton: Princeton UP, 1998, p. 112.
[②] W. H. Auden, *The Orators: An English Study*, London: Faber and Faber, 1932, p. 73.
[③] Edward Mendelson, *Early Auden*, New York: The Viking Press, 1981, p. 169.

也在做出积极迎合社会、努力成为"小说家"那般人物的尝试。他有意识地转变诗歌风格,力求在语言和措辞上减少"晦涩",甚至有过这样的看法——"语言的美德是力量和清晰。"① 他如此转换诗学策略的目的很明显,是打算紧跟社会和时代的强音,将诗歌的读者群扩展到更为广大的"无产阶级",此间创作的诗歌《一位共产主义者致其他人》和散文《美好的生活》都极具代表性。然而,奥登为自己选择的社会位置并不安全。他向公众示好和靠拢,但显然他的作品并不可能真正地被他们阅读。这里既涉及到公众的受教育程度问题,也关涉奥登本人的诗歌风格。同时期的戴维·达契斯鞭辟入里地指出,20世纪30年代阅读奥登的人,是受过良好教育、同情无产阶级革命或者站在左派阵营的中产阶级,而不是广大无产阶级。② 奥登自己也坦白地说:"就我个人而言,我想写但没有能力写的一类诗是'用普通人的语言书写智者的沉思'。"③ 还有研究者基于大量调研指出:"奥登诗人声称,他们希望自己的诗歌拥有大量的读者,但他们从未创作那种能够拥有大量读者的诗歌。"④

当奥登终于觉察到自己身为诗人的尴尬处境的时候,他发现英国人已经普遍视他为左派诗人的领袖了。卡彭特的这段话富有启示意义:

> 他在那个社会[英国]的位置使他感到越来越难以承受。他的社会角色,类似于爱德华·门德尔松教授所说的"左派的御用诗人"。这个角色自然有其吸引人的地方,他一开始也很配合地扮演起这个众望所归的角色。但是在《攀登F6》里,他已经觉察到社会成就带来的危险,并对此感到恐惧。到了1938年,他觉得这个角色已经难以为继

---

① W. H. Auden, "The Public v. the Late Mr William Butler Yeats", in *The Complete Works of W. H. Auden: Prose*, Vol. II: 1939-1948, ed. Edward Mendelson, London: Faber and Faber, 2002, p. 7.

② 戴维·达契斯在《诗歌与现代社会》(*Poetry and the Modern World*, 1940)指出,奥登创作生涯头十年面临的关键问题是他无法确定自己诗歌的受众。

③ W. H. Auden, "Poetry, Poets, and Taste", in *The Complete Works of W. H. Auden: Prose*, Vol. I: 1926-1938, ed. Edward Mendelson, Princeton: Princeton UP, 1996, p. 165.

④ [美]贝雷泰·斯特朗:《诗歌的先锋派:博尔赫斯、奥登和布列东团体》,陈祖洲译,南京大学出版社2011年版,第190页。

了，理由很简单，因为他没有与之相匹配的政治信仰来支撑它。①

《攀登F6》是奥登与衣修伍德合作的音乐剧，该剧的核心事件是主人公迈克尔·兰塞姆攀登一座名为F6的山峰。兰塞姆的攀登行为被大众赋予了极高的政治意义：F6巍然耸立在帝国和敌对势力的边界地区，当地人相信，谁最先攀登到峰顶，谁代表的国家就能够征服世界。然而，对兰塞姆本人而言，他的攀登，既不是为了帝国，也不是为了探险，而是为了他的母亲。在攀登过程中，他逐渐忘记了初衷，被傲慢和征服两大魔鬼驱动，把自己想象成了"拯救人类"的英雄，仓促地承担起民族英雄的角色，这意味着他已经无法中止这场注定要失败的攀登。他的野心将他埋葬在了山巅，最后化为一堆尘土。关于这部音乐剧，门德尔松教授敏锐地指出，兰塞姆身上集中体现了两个层次的矛盾：其一是艺术家的作品与艺术家的信仰之间的矛盾，其二是追求公共领域的名望地位与探索私人领域的精神面貌之间的矛盾。②而这些矛盾，正是奥登在20世纪30年代中期真切感受到的困惑。

兰塞姆的悲剧在于他拔高了自我，迷失了位置，混淆了私人领域与公共领域的界线。这样的人如果出现在诗歌领域，很容易变得自我膨胀，用私人领域替代公共领域，或以民族的灵魂、时代的歌手自居，或摇身一变成了"天才"（卡莱尔语）、"圣人"（济慈语）、"教育者"（华兹华斯语）、"世间未经公认的立法者"（雪莱语）。奥登在迅速崛起于英国诗坛之后，无疑也曾被这样的观点蛊惑过，有意无意地充当起诗人英雄的角色，但他后来的自我反思和自我清洗也是十分彻底的。比如，他的文章《浪漫主义：从卢梭到希特勒》("Romanticism from Rousseau to Hitler"，1940），从标题到内容都直指浪漫主义最为危险的一种倾向，即把艺术家等同于上帝的使徒、人类的预言家、时代的急先锋。奥登认为，这种诗人定位跟纳粹主义者把希特勒和墨索里尼视为民族的精神领袖如出一辙，不仅容易出现"诗

---

① Humphrey Carpenter, *W. H. Auden: A Biography,* Boston: Houghton Mifflin Company, 1981, p. 245.

② Edward Mendelson, *Early Auden*, New York: The Viking Press, 1981, p. 285.

人与刽子手联合统治"的"特定的历史时期"①，还会影响到诗人自身的创作活动——"对艺术家来说，跟社群联系得越紧密就越难超然地观察。"②

第四节　代达罗斯式的飞行：走向"安全的位置"

1938年8月至9月，奥登寓居比利时首都布鲁塞尔，上午收敛心神，提笔斟酌《战争时期》组诗，下午舒展筋骨，会会朋友，逛逛皇家美术博物馆。在8月底写给友人的信中，他表示自己迷上了鲁本斯（Peter Ruberns）的画作，"那些无畏大胆、栩栩如生的艺术表现形式令人屏息赞叹，但它们都在述说什么？"③有意思的是，这句话的重心最后落在了"ABOUT"上，大写的五个字母在一定程度上表明奥登已经对绘画作品的叙述功能产生了浓厚的兴趣。这一年12月，他再一次回到了布鲁塞尔，直到一个月后返回英国，再从南安普顿港口出发，漂洋过海去了美国。在布鲁塞尔逗留的短短几个星期，他诗情迸发，写下了十余首十四行诗，其中的不少篇章被认为可以在他的最好作品里占有一席之位，比如关于艺术家的《兰波》（"Rimbaud"）和《A. E. 豪斯曼》（"A. E. Housman"），关于艺术身份的《小说家》和《作曲家》（"The Composer"）。这些题材揭示了他在20世纪30年代末的思考重心，也预示了他后期的诗学转向。

一　"随意的语气"与"孤独的艺术家"

1938年冬，奥登再一次徜徉在皇家美术博物馆慷慨呈现的艺术作品之间时，他的目光从鲁本斯移向了勃鲁盖尔，并且对几个月前深感疑惑的"ABOUT"有了新的感悟。在最终写成的《美术馆》（《奥登诗选：1927—1947》244—245）中，奥登有意识地将"About"放在了诗歌开门见山的位置，

---

① 参看米兰·昆德拉为英文版《生活在别处》撰写的序言。在这部小说里，昆德拉塑造了一位将不成熟的抒情付诸于政治实践的诗人，他因为自我膨胀和自我陶醉而混淆了诗人与革命者的职能区别，酿造了不必要的悲剧。

② ［英］W. H. 奥登：《牛津轻体诗选·导言》，收入［美］哈罗德·布鲁姆等《读诗的艺术》，王敖译，南京大学出版社2010年版，第131页。

③ Humphrey Carpenter, *W. H. Auden: A Biography,* Boston: Houghton Mifflin Company, 1981, p. 240.

既突出了他几个月来徘徊于美术馆得出的结论——请注意这个介词后面紧跟的是"suffering"（苦难），也点明了《美术馆》的主旨是苦难的发生和人们对苦难的态度，以及诗人（艺术家）面对苦难应持有的态度，或者说，诗人在苦难（社会和时代）中的位置。

作为奥登的代表作，《美术馆》没有明显的诗体格律，但每节的诗行分配和韵脚格式都刻意迎合了十四行诗的模式（abca ｜ dedb ｜ fgfge ‖ hhij ｜ kkij）。第一诗节13行，第二诗节8行，可以视为彼特拉克体的冗长版。诗行长短句交错，伴有大量跨行现象，乍看之下颇为松散。不过，正如富勒先生所言，这种"长且不规则的诗行制造出一种听起来颇为随意的语气"[①]，而那些穿插其间的"漫不经心"的韵律和节奏，则强化了这种语气。如果我们将目光移近，仔细诵读每一行诗，便会发现奥登往往在诗行起首处采用含有短元音的单词，而在诗行末尾处采用含有长元音的单词，[②]张弛之间留下的拖长尾音，营造了一种娓娓道来的述说语调，进一步模拟了闲话人间百态时的随意。

诗中描写的人间生活场景，也应和了这种看似轻松的"随意"。诗歌第一节涉及勃鲁盖尔的三幅画作，画中的一些细节被奥登融合成三组对照性的场景：一边是苦难的发生，另一边是人们的日常作息；一边是老人虔诚等待神圣时刻的到来，另一边是孩子们兀自嬉戏玩耍；一边是可怕的殉道，另一边是狗继续"狗的营生"，马继续磨蹭"无辜的后臀"。随后的第二节具体描述勃鲁盖尔的名画《伊卡洛斯坠落之风景》，一边是伊卡洛斯一飞冲天却陨落大海的苦难，另一边却是农夫、太阳、船等人间物事继续按部就班地生活。即便是述说如此充满悖论和反讽的悲剧性场景，奥登也刻意地自一开始就运用"譬如"（"for instance"）来化解其中的严肃意味。

那么，如此一味地渲染随意，奥登意欲何为？我们不能忽视诗歌标题

[①] John Fuller, *W. H. Auden: A Commentary*, Princeton: Princeton UP, 1998, p. 150.
[②] 我们以开首四行为例：
　　About suffering they were never wrong,
　　The Old Masters: how well, they understood
　　Its human position; how it takes place
　　While someone else is eating or opening a window or just walking dully along;

第一章 "公共领域的私人面孔"：诗人的社会位置 | 303

的提示。"美术馆"是保存、展示艺术作品的公共设施，是人们驻足"观看"的场所。奥登作为"旁观者"（bystander），在鲁本斯、勃鲁盖尔等古典大师的画作前的品鉴行为，更多的是一种私人体验。因此，勃鲁盖尔画作里的马臀未必被特写为"无辜"，农夫未必"听到"了伊卡洛斯落水的声音，船也未必"目睹"了那个怪异的景象，一切都是奥登的私人解读。德国文艺批评家莱辛（Gotthold Lessing）在论证造型艺术与诗文艺术的界线时曾指出，造型艺术是空间的艺术，在并列的构图中只能运用最富于孕育性的某一顷刻，来使前前后后的动作都可以被清楚地理解；而诗文艺术是时间的艺术，在持续性的模仿里只能通过抓住事物最生动的感性形象的属性，来使它与其他事物的种种样子和关系被充分地传达。① 从古典大师们的画作到奥登的诗歌，那些最富于孕育性的顷刻、最生动的感性形象的属性，已经经过了一系列私人性的辗转，是故苦难发生的私人性和对苦难态度的私人性被一步步放大，而承载这种私人性的最佳表现回路已经不再是凝重，而是轻松。

这种轻松，正是奥登在1938年思考的诗学命题。这一年，他另辟蹊径，选编了《牛津轻体诗选》，在导言里洋洋洒洒又入木三分地谈论了艺术家与公众的关系。他认为，"一个社会的同质性越强，艺术家与他的时代的日常生活的关系就越密切，他就越容易传达自己的感受，但他也就越难做出诚实公正的观察，难以摆脱自己时代的传统反应所造成的偏见"；反之，"一个社会越不稳定，艺术家与社会脱离得越厉害，他观察得就越清楚，但他向别人传达所见的难度就越大"。② 在英国文学最伟大的那些时代里，尤其是伊丽莎白时代，艺术家充分地立足于他们所处时代的生活，与公众的纽带十分密切，与读者的兴趣和见闻大体一致，他们"不但能够确认写诗的目的就是取悦读者，而且能确认需要取悦的读者是谁"③，同时社会也处在足够动荡的状态里，传统已经无法再随心所欲地左右艺术家的视野了，因此产生了强大的"张力"，艺术家的创作充分展现了他们的自由和才智。

---

① ［德］戈特霍尔德·莱辛：《拉奥孔》，朱光潜译，商务印书馆2013年版，第90—91页。
② ［英］W. H. 奥登：《牛津轻体诗选·导言》，收入［美］哈罗德·布鲁姆等《读诗的艺术》，王敖译，南京大学出版社2010年版，第127页。
③ 同上书，第128页。

这种创作环境的"张力"随着工业革命的到来迅速瓦解。财富的增长和读者的增多致使审美趣味越来越花样百出，阶层间的差别也越来越尖锐和繁多，在这样一个"没有真正的公共纽带的混乱社会里"[①]，艺术家瞠目结舌于复杂的现实，无法确认自己的听众，只能从自己时代的生活转向私人的世界，比如，华兹华斯转向了自然，济慈转向了纯诗，雪莱转向了想象世界，波德莱尔转向了过去。

后来，奥登为托马斯·曼（Thomas Mann）的英译本小说集撰写了一篇名为《跛足的影子》（"Lame Shadows"，1970）的书评，再一次详述了艺术家与公众的关系。托马斯·曼的这本小说集包含了《托尼奥·克律格》、《特里斯坦》、《小丑》等述说艺术家困境的故事，他们在艺术与社会的夹缝中艰难地寻找着平衡点，付出了惨痛的生活代价。奥登借这些故事提出了"孤独的艺术家"（the alienated artist）的概念，并且指出这类群体的人数自19世纪下半叶以降越来越多了，在20世纪已经发展成为一个普遍现象。奥登在这篇文章中表达的观点，基本上与《牛津轻体诗选》导言里的论述保持了一致，只不过时隔多年后，他又筚路蓝缕地罗列了个中原因：

> 首先，随着赞助人体制的消失，艺术家不再享有职业赋予的社会地位。作为个人的艺术家也许能成为著名的公众人物，但作为整体，他们不再像医生、律师、商人和农民那样（无论出名还是无闻，成功或者失败）有地位。
>
> 其次，十九世纪——事实上，一战以前——的欧洲社会仍然是阶级分化的社会，在这样的社会，几乎所有人生来就拥有一个可识别的"身份"并终身不变……换言之，艺术家是个特例……
>
> 最后，在工业革命前，作家、作曲家和画家不是仅有的艺术家。鞋匠、铁匠、木匠等同样是艺人，他们注重在给予他们制作的物品必要的实用价值的同时赋予它们"不必要的"审美价值。在这样一个社会，即使那些从不读书、赏画或听音乐的人也理所当然地认为美和实用一

---

① ［英］W. H. 奥登：《牛津轻体诗选》导言，收入［美］哈罗德·布鲁姆等《读诗的艺术》，王敖译，南京大学出版社2010年版，第130页。

样有价值。然而，到了十九世纪末，机器生产使大多数手工艺人的地位降为体力劳动者，他们对劳动的唯一兴趣便是把它当作维持生计的手段，而美则越来越被视作一种社会奢侈品，这使得美丽事物的创造者和它们的特定受众成了公众怀疑的对象。[1]

工业革命带来的世易时移，已经在生活的各个领域改变了人们的生存状况。在文学领域，前有浪漫主义作家们的集体发声，后有批判现实主义作家们的苦心剖析，几乎成为每一个被时代裹挟着前行的人都必然感受到的真实变化。克尔凯郭尔曾对19世纪以来人的物化、异化现象进行过深刻地反思，他抨击那是一个疯狂追求物质而极端蔑视精神的时代——"我们这个时代的不幸，正是因为它什么都不是，它只是'暂时'，是'俗世'，它全然没有耐心去听取有关永恒的任何事物。因此（最善意与愤恨地），它要用最狡诈的骗局把永恒变成多余的东西。"[2] 卡夫卡（Franz Kafka）笔下的"饥饿艺术家"，经历了一个从风靡全城的荣光到被人厌弃的落寞的变化，他"一激动，竟忘掉了时代气氛"，他的言辞和抱负"显然不合时宜，在行的人听了只好一笑置之"。[3] 强大的社会力量扭曲了艺术家的命运，不解真意的观众以麻木和诋毁将这位苦恋艺术的艺术家送上了殉道的祭台。无独有偶，契诃夫（Anton Chekhov）、托马斯·曼等一大批正在经历旧社群解体的作家们，都多多少少描写过艺术家与公众的生活走向分离、艺术家成为公众的局外人的作品。

艺术家与公众的脱节，会让艺术家萌生两类情绪——愧疚和自大。奥登认为，当艺术家发现自己是一个局外人的时候，"他很容易在愧疚——我肯定是哪儿不对劲——和自大——我是个怪人的事实证明我能力超群——

---

[1] ［英］W. H. 奥登：《跛足的影子》，《序跋集》，黄星烨译，上海译文出版社2015年版，第528—529页。

[2] ［丹］索伦·克尔凯郭尔：《对我著作事业的看法》，转引自易柳婷《克尔凯郭尔》，陕西师范大学出版社2017年版，第105页。

[3] ［奥］弗朗茨·卡夫卡：《饥饿艺术家》，叶廷芳译，收入韩瑞祥、全保民选编《外国中短篇小说藏本·卡夫卡》，人民文学出版社2010年版，第141页。

这两种情感中间徘徊"[1]。愧疚感，促使艺术家笨拙地去靠近公众却总是得不偿失，而自大心理，则会进一步拉大艺术家与公众的距离。用他早些年的话语来说，这便是艺术家在公共社会里缺少"安全的位置"（a secure place in society）——"诗人在社会里没有一个安全的位置，没有跟听众之间的亲密联系……他在到达某种程度之后就很难超越。"[2]

那么，何为"安全的位置"？在《牛津轻体诗选》导言里，奥登指出，面对19世纪以降的社会变迁，农民诗人彭斯（Robert Burns）和贵族诗人拜伦是艺术家们中的例外，他们直接、轻松地描写生活的所有方面，包括严肃和琐碎；他们写下的诗篇，既是私人的，也是时代的。他们给予奥登的启迪，化为《美术馆》中看似轻松的"随意"。但是，彼时彼刻，1938年的奥登是否找到了"安全的位置"？《美术馆》的最后一个诗节留下了沉重的印记：

> 譬如在勃鲁盖尔的《伊卡洛斯》中：一切
> 是那么悠然地在灾难面前转过身去；那个农夫
> 或已听到了落水声和无助的叫喊，
> 但对于他，这是个无关紧要的失败；太阳
> 仍自闪耀，听任那双白晃晃的腿消失于
> 碧绿水面；那艘豪华精巧的船定已目睹了
> 某件怪异之事，一个少年正从空中跌落，
> 但它有既定的行程，平静地继续航行。
>
> （《奥登诗选：1927—1947》245）

根据奥维德的记述，代达罗斯引领伊卡洛斯飞上了天空之后，"下面垂竿钓鱼的渔翁，扶着拐杖的牧羊人，手把耕犁的农夫，抬头望见他们都惊

---

[1] ［英］W. H. 奥登：《跛足的影子》，《序跋集》，黄星烨译，上海译文出版社2015年版，第529页。

[2] ［英］W. H. 奥登：《牛津轻体诗选·导言》，收入［美］哈罗德·布鲁姆等《读诗的艺术》，王敖译，南京大学出版社2010年版，第131页。

讶得屹立不动,以为他们是天上的过路神仙"①。勃鲁盖尔的名画《伊卡洛斯坠落之风景》为我们呈现的却是一派悠闲的世俗景象:落日的余晖洒在碧波之上,衣着鲜亮的农夫在耕地,牧羊人抬头望着前方,渔翁正欲挥动鱼竿,一艘双桅航船平静地前行。他们按照平凡生活的常规节奏各行其是,但主人公伊卡洛斯哪儿去了?我们找了又找,才在画面右下角寻见两条无助挣扎的赤裸白腿。"灾难"的表现比重被勃鲁盖尔压缩到了几乎可以忽略的程度,仿佛人类飞到高空的惊天举动在普通人的生活里不过是一个附带的故事——"一切／是那么悠然地在灾难面前转过身去"。这正是诗人奥登和画家勃鲁盖尔共同表达的主题,正如飞白先生在评析此诗时说的:"人们对人世间的苦难、对探索者的失败、对殉难者的牺牲,竟是如此视若无睹,麻木不仁。"②从奥维德的文字,到勃鲁盖尔的画作,再到奥登的诗歌,我们掀去那些围绕着艺术作品的斑斑驳驳的时代印记,确实能够触摸到一根张弛失衡的弓弦——伊卡洛斯与底下的人们,也即艺术家与人群。

不难想象,苦苦思索自身位置的奥登,该是从伊卡洛斯的孤独坠海中解读出了艺术家们的命运轨迹,诗句最后的那艘"平静地继续航行"的船,应是他痛定思痛后的一种领悟。此前不久,奥登在写给友人的信中不无感慨地指出,诗人"总是稍稍站在人群之外",但是"离开了人群,他们也便失去了素材"。③这意味着,奥登明确地知道自己需要公众,但又发现自己无法真正地融入公众。

伊卡洛斯式的艺术家们飞离了地面、飞到了高处、越飞越远以至于"飞得太高",摆在他们面前的结局只会是坠落,恰如歌德在《浮士德》第二部里以父亲般的慈爱塑造的美少年欧福里翁——"我要越跳越高,／我要越望越远":

海伦、浮士德和合唱队 危险加莽撞,
注定要灭亡!

---

① ［古罗马］奥维德:《变形记》,杨周翰译,人民文学出版社2008年版,第158页。
② 飞白:《世界名诗鉴赏辞典》,漓江出版社1990年版,第894页。
③ Edward Mendelson, *Early Auden*, New York: The Viking Press, 1981, p. 116.

```
欧福里翁     的确！——一双翅膀
             伸展舒张！
             飞到那儿去！我必须！我必须！
             请允许我飞去！
          〔他跃入空中，瞬间有衣裳支持他，他的头放光，光尾拖在后面。〕
合唱       伊卡洛斯！伊卡洛斯！
          真够伤心！①
```

作为美和艺术的结晶，欧福里翁天性酷爱自由，他的跳跃和飞翔宛若伊卡洛斯再世。青年奥登也曾插上了伊卡洛斯的翅膀，在"焦虑的时代"迎风高翔，借助俯瞰的目光获得了人类大家园的整体图景，留下了意味深长的沉思和颇有预言性的启示。而伊卡洛斯的悲剧性命运恰恰在于"飞得太高"，他颇为严肃的飞翔冲动并不能够影响和改变普通人的生活轨迹，反而使自己背负了骂名。在1933年的《雄辩家》里，飞行员的悲惨结局是奥登事后的补充，是画面之外的猜测，而在1938年的《美术馆》里，伊卡洛斯的的确确坠落了，恰如哈罗德·布鲁姆在《读诗的艺术》中引用的一段话："神圣的人落进了大海，而这大海是一个属于爱、睡眠和死亡的宇宙：当此人在水中看到像他自己的形体，就像天然生长的一样，他爱它而且想占据它……自然抓住了她的爱人，把他完全抱在怀里，因为他们是爱人。"②伊卡洛斯离开了人群，一头扎进了永恒之母——自然——的怀抱，从此不再有音讯。

此诗写于第二次世界大战爆发前夕，写于奥登厌倦了自己在英国诗坛的"左派的御用诗人"地位的踯躅时期，写于奥登已经做出了离开英国前往美国的重大决定之后。联想至此，不禁令人唏嘘。奥登定是从勃鲁盖尔画作中那艘兀自航行的"豪华精巧的船"，解读到了自己的轨迹和使命。

---

① 〔德〕约翰·沃尔夫冈·歌德：《浮士德》，绿原译，人民文学出版社2007年版，第333、336页。

② 〔美〕哈罗德·布鲁姆：《读诗的艺术》，收入〔美〕哈罗德·布鲁姆等《读诗的艺术》，王敖译，南京大学出版社2010年版，第38页。

他把观画的感悟融进了这首充满视觉性效果的诗歌中，看似轻松的语调，却无法掩盖他彼时凝重的心思。在一年后写成的《新年书简》中，奥登有意无意地回想起冬天的布鲁塞尔，回想起"欧洲的无眠客们"或颤栗，或不安，回想起太阳仍自闪耀地保持"中立的眼睛"，一艘船却"突然改变了它的航向"。(《奥登诗选：1927—1947》309—311)这些表述，可以视为借物言志。船，在《美术馆》中按照行程继续前进，到了《新年书简》却改变了航向，不同的姿态宣示了一个共通的诗学选择，即重新确定诗人在社会中的位置。

二 一艘船"突然改变了它的航向"：通过移居改变社会位置

与少年伊卡洛斯不同的是，作为父亲的代达罗斯一直表现得更为成熟稳重，既没有"飞得太高"，也没有"飞得太低"，而是在天空与大地之间进退有度。尼采的箴言诗《生活准则》，为这样的飞行做了现代注脚："为了乐于过你的生活，／你要置身于生活之上！／因此要学习抬高自己！／因此要学习——向下俯望！"[①]然而，尼采发疯了，与其说是因为他无法忍受长时间不被人理解而精神崩溃了，毋宁说他虽然知晓生活的"准则"但仍要一意孤行地"飞得太高"。奥登不是尼采，经历过人生的跌宕起伏之后，他对现代社会的特征和现代诗歌的风格都了然于心。

在他看来，如果说工业革命的推进导致了艺术家与公众的分离的话，那么到了20世纪三四十年代，这种状况非但没有改变反而愈演愈烈：

> 到了1942年，公众已经拥有了强大的购买力，在许多情况下，才赋意味着它的自我发展不过是去学习如何把自己训练有素地推销给公众，诗人真正的歌唱，已经和夜莺的歌吟完全不同了，诗人身份的变化使他的作品也不断发生变化，他再不能随心所欲地创作那些根植于自己天性的诗歌，这种状况渐渐变成了习以为常的事情，倒不是他接受了自己的改变，而是他接受了公众变幻莫测的品位——换言之，他

[①] [德]弗里德里希·尼采：《尼采诗选》，钱春绮译，漓江出版社1986年版，第53页。

最终变成了新闻记者般的人物了。[1]

奥登随后对"公众"（a public）和"社群"（a community）进行了区分。他说公众是乌合之众，而社群是理性的人们凭借对某些事物的共同热爱而组建团结起来的群体。公众只有表面上的松散的联合，他们对一些事情感到畏惧，尤其是一想到自己要作为理性的人对自我发展担负起责任就担惊受怕。因此，公众对艺术会滋生出一种矛盾的心理：在理论上需要艺术，但是在实际上又拒斥艺术；他们需要艺术，是因为艺术作品的确能够帮助人们走上自我发展的道路；他们拒斥艺术，是因为艺术只能够帮助那些有能力自我拯救的人。艺术不可能平白无故地提供一双观看之眼或一颗需求之心，可惜公众就是不可理喻地想要索取这两样东西，而且自以为用金钱和掌声就能轻而易举地获得。

奥登不止一次谈起现代社会的"公众"。他的"公众"概念虽然杂糅了很多社会学者的观点，但底子却是克尔凯郭尔的。在稍后的《诗人与城市》（"The Poet and the City"，1962）中，他直接引用了克尔凯郭尔的"公众"概念来表达他对现代社会的看法：

> 公众不是一个民族、一代人、一个社群、一个社团。不是这些特定的人，因为所有这些都实实在在地是他们自身。在公众中，没有哪怕一个人会真正有所承担；一个人在一天中的某些时候或许会从属于公众——这些时候他什么都不是，因为一旦成为他之所是，他便不再是公众的一部分了。公众正是由这些在特定时候什么都不是的个人组成，它是某种庞然大物，某种抽象而荒芜的虚空，它既是一切，又什么都不是。[2]

这个看法一直延续到他生命的暮年。在同样是探讨艺术家与社会的

---

[1] W. H. Auden, "The Rewards of Patience", in *The Complete Works of W. H. Auden: Prose,* Vol. II: 1939-1948, ed. Edward Mendelson, London: Faber and Faber, 2002, p. 154.

[2] W. H. Auden, "The Poet and the City", in W. H. Auden, *The Dyer's Hand and Other Essays,* New York: Vintage, 1989, p. 82.

关系的《跛足的影子》里，奥登表示现代社会的"公众"无法给人归属感——"属于任何一方并不意味着成为某个社群的成员，而只是克尔凯郭尔所谓的'公众'中的一员。如今，一切可见因而属于社交层面的认同迹象都是可疑的。"①这样的公众，不再是莎士比亚使用"人群"（crowd）时所代表的群体，而是大众传媒时代里那些保持"他们自己的面孔"（a face of his own）的独立个体的松散联结。他们不会因为煽动性的演说而群起激昂，不会轻易地被愤怒或恐惧的情绪所点燃，他们倾向于移开视线，袖手旁观。换句话说，一个"人群"拥有特定的群体气味，而"公众"没有任何气味。奥登不无感慨地指出，诗人在公众社会里举步维艰——"他的自我发展得不到外部环境的滋养，结果是，如果他不是有意识地用自己的意志来代替过去由社群肩负的指导人生方向的责任，他的成长连同他的诗歌就只能任由个人事件、风流韵事、疾病之苦、丧亲之痛等经验来摆布。"②

如前文所述，奥登曾将艺术家的创作动机归结为三点，即制造的愿望、感知的愿望和交流的愿望，在这三个动机中，制造的愿望是一个相对独立于时空之外的个体性常量，真正发生变化的是他感知的媒介以及他想与之交流的听众。既然旧的社群和文化已经一去不复返了，奥登略带戏谑地说道，"我们也不想让它们重现"，"它们太不公正，太肮脏，太受制于习俗"，现代诗人的问题，当然也是所有艺术家面临的问题，在于"如何找到或建立一个真正的社群，让每个人都能在其中找到受尊重的位置，并且感到如鱼得水"。③在1938年的《美术馆》中，伊卡洛斯坠亡了，一艘船有了自己的航向，而在同一年的《牛津轻体诗选》导言里，奥登强调诗人在社会中应该找寻一个"安全的位置"、"受尊重的位置"。这样的位置，既不能离公共领域太远——那样做只会沉溺于"自我表达"，也不能离私人领域太远——"飞得太高"只会重重跌落。

---

① ［英］W. H. 奥登：《跛足的影子》，《序跋集》，黄星烨译，上海译文出版社2015年版，第533页。

② W. H. Auden, "The Rewards of Patience", in *The Complete Works of W. H. Auden: Prose*, Vol. II: 1939-1948, ed. Edward Mendelson, London: Faber and Faber, 2002, p. 154.

③ ［英］W. H. 奥登：《牛津轻体诗选》导言，收入［美］哈罗德·布鲁姆等《读诗的艺术》，王敖译，南京大学出版社2010年版，第133页。

这个"安全的位置",不在故国,而在他乡。1938年6月底中国之行后,奥登从美国纽约中转返回欧洲,产生了移居美国的想法。当时的英国社会氛围对他而言,就像是一个大"家庭",卡彭特说他"喜欢这个家庭但并不希望待在那里"①。奥登自己后来也谈过英国社会的"家庭氛围":

> 英国人比其他国家的人更擅长于营造一种亲近的家庭生活;这对他们的艺术家和知识分子的生活造成了威胁。要是氛围不那么舒心的话,就不会有那么多诱惑了。在战后的英国,兄弟姐妹们的着装、口音和措辞也许改变了,但是,根据我的经验而言,岛国人民令人窒息的安乐劲一点都没变。十之八九的艺术家都感觉到透不过气来……②

英国大家庭,一方面是舒适的、安全的,对艺术家而言又难免是束缚性的、约束性的。奥登曾在1929年的日记里宣称"真正的'生的希望'是分离的欲望,与家庭分离,与文学先辈分离"③,然而经过了近十年的文海漂泊,他依然没有实现离开家庭④、离开英国文学大家庭的愿望。他成了公众眼里的"左派的御用诗人",但他真正的意图却是从"飞得太高"的公共事务和政治活动当中撤退。他把改善社会生活的希望放在每一个人的道德良知和理性选择上,而不是艺术家用并不成熟甚至并不熟悉的理论来进行宣传:

> 被迫政治化即被迫承受一种双重生活。对于那些可以在主观上将

---

① Humphrey Carpenter, *W. H. Auden: A Biography*, Boston: Houghton Mifflin Company, 1981, p. 243.

② W. H. Auden, "One of the Family", in W. H. Auden, *Forewords and Afterwords*, ed. Edward Mendelson, New York: Vintage, 1989, p. 382.《序跋集》的中译本已经在2015年由上海译文出版社出版,这篇《家庭一员》也包含在内,但文章最后几页的内容并没有被译出来。

③ W. H. Auden, *The English Auden: Poems, Essays and Dramatic Writings, 1927-1939*, ed. Edward Mendelson, New York: Random House, 1977, p. 299.

④ 在英国期间,青年奥登要么是住在父母家里,要么是住在教职工宿舍里,一直都没有一套真正属于他自己的房子。

两者分离并且知道哪一种生活是真实需求的人来说，这或许不是什么问题。然而，若想取得成功，一个人便需要全心投入这种生活，至少在当时的情况下必须如此，结果往往是错误的公共生活吞噬并毁灭了真正的私人生活。几乎所有的公众人物都会变成闷声闷气讨人嫌的老家伙。

妄图同时过公共的和私人的两种生活的想法是愚蠢的。没有人可以同时侍奉两位主人。

在公共生活和私人生活的矛盾冲突中，公共生活往往会占上风，因为前者才能维持生计。[1]

他过去的社会化写作，正是用公共生活替代私人生活的一种写作。不明真相的公众抬举他为诗人英雄，却并不关心他是否具备与之匹配的信仰和精神。他在这样一个公众社会里得不到滋养，不再有成长。

对于奥登而言，他在这种困局中能够做出的最有可行性的变化就是通过移居来重新定义自己在社会中的位置，从而发现新的媒介和听众。寻觅他乡，相较于改变现有社会而言，自然会容易得多。与英国相似背景的欧洲列国不会成为他的首选，大西洋彼岸的美国才是扭转向度的新世界。奥登曾直言不讳地用旧世界指代欧洲，用新世界指代美国，而且还形象地用两位文学人物——《雾都孤儿》的奥利弗和《哈克贝利·费恩历险记》中的哈克——来说明新旧文化之间的差异。英国孤儿奥利弗最终被有教养的布朗洛先生收养了，美国孤儿哈克却拒绝了收养。哈克的结局，在一定程度上隐射了美国社会的流动性。迁移，或者说在别处从头再来，成为美国人面对不满或失败的正常反应，他们"在任何时间可以与过去决裂，迁移并持续迁移，不仅削弱了过去的意义，而且削弱了未来的意义，未来被降低为最近的未来，并极度轻视政治行动的重要性"[2]。在这样的社会里，没有什么失败是不可挽回的，没有什么成功是最终的圆满，未来不一定是悲

---

[1] W. H. Auden, *The Prolific and the Devourer*, in *The Complete Works of W. H. Auden: Prose*, Vol. II: 1939-1948, ed. Edward Mendelson, London: Faber and Faber, 2002, p. 418.

[2] W. H. Auden, "American Poetry", in W. H. Auden, *The Dyer's Hand and Other Essays*, New York: Vintage, 1989, p. 360.

观的,也不一定是乐观的,人们对未来最深切的感受是不可预测。

当欧洲诗人们试图在未曾断裂的历史时空里占据自己的一席之地,同时痛苦地感受到分裂的自我在旧社群的废墟上举步维艰的时候,生活在美国的诗人不过是忙于写出独一无二的作品来证明自己身为诗人的合理性。他们不会盲从于某一种特殊的文学或某一个特定的文化团体:

> 每一位诗人都孑然行世。这并不是说他们摆出神秘的面孔蹲在角落里钻营自己的小世界,相反,他们很有可能过着比以往更为紧密的社群生活。他们同他们的邻人一样,仅仅是寻常人,而不是诗人。当他们面对自己的创作才华的时候,他们只会独自写作,不会参与到其他人当中,更不会与同时代的其他诗人拉帮结派。①

美国诗人的处境,实际上是一种预示。诗人在其中可能会找到一个"安全的位置",一个兼顾了公共领域和私人领域的位置。奥登认为,古时候,人们的私人领域乃是生活的领域,它为谋生的必要性所支配;而公众领域则是自由的领域,人们可以将自己呈现在他人的面前。到了现代社会,公共生活"是必需的非个人的生活,是人实现其社会功能的地方",私人生活才是"自由地体现其个性和自我的地方"。因此,"农民可能会在夜晚打扑克,而诗人则在夜晚写诗",他们在私人领域里的活动才体现了自身的自由。② 我们从中可以看到后期奥登对"公共领域"的理解,已经与20世纪30年代社会化写作时期不同了,他不再侧重于它的政治性的一面,而是将之视为由一个个独特的个体集合而成的类似于公众的领域,是个体的利益和梦想的叠加投射,更倾向于"公共领域"的伦理性。

三 现代诗人的方向:"创作艺术作品本身便是一种政治行为"

奥登深信,美国诗人的处境,将会在未来蔓延到我们生活的各个角

---

① W. H. Auden, "Squares and Oblongs", in *The Complete Works of W. H. Auden: Prose*, Vol. II: 1939-1948, ed. Edward Mendelson, London: Faber and Faber, 2002, p. 347.

② W. H. Auden, "The Poet and the City", in W. H. Auden, *The Dyer's Hand and Other Essays,* New York: Vintage, 1989, pp. 80-88.

落，给诗人的创作带来崭新的命题。为此，他在《美国诗歌》（"American Poetry"）借助法国人托克维尔（Alexis de Tocqueville）访美之后写下的《论美国的民主》来谈现代诗人的方向：

> 我深信，民主最终会将想象力从人之外的一切转向人，并专注于人本身。民主国家的人可能为一时的自娱而关注自然物，然而他们只有通过审视自己才能着迷于现实……
>
> 生活在贵族时代的诗人，在描绘一个民族或一个人生活中的特定事件时显得得心应手；但是他们中没有人敢于将人类命运纳入自己的创作，而在民主时代写作的诗人可能会尝试这一任务……
>
> 同样地，可以预见，生活在民主时代的诗人将会偏爱描绘激情和思想，而不是人本身和他们的成就。民主社会的语言、着装和日常行为，与各种有关理想的设想相去甚远……这迫使诗人不断地透过外在的表面深入探寻感知，从而解读内在灵魂；只有对隐藏在人的非物质天性深处的东西进行审视，才能引导诗人去描述理想……人类的命运，抽离出国家和时代的人，处于自然和上帝的存在之中的人，及其激情、疑惑、难得一见的繁盛和触目惊心的不幸，都将成为诗歌的首要主题，甚至可以说是唯一主题。①

民主生活，或者用奥登的其他表述来说，现代生活，促使诗人将想象力从国家、时代、政治等传统命题转向了人类自身，转向了拥有一张张独立面孔的个体以及人类共同体。这使得现代诗歌的风格势必发生变化：

> 现代诗歌的风格特征是一种亲密的语调，一个人面向一个个体而不是一大群听众谈话；当一名现代诗人提高声调的时候，他的声音听上去就会虚假。现代诗歌特有的主人公既不是"伟人"，也不是浪漫主义式的反抗者，这两种人的事迹都不同寻常，现代诗歌的主人公是

---

① W. H. Auden, "American Poetry", in W. H. Auden, *The Dyer's Hand and Other Essays*, New York: Vintage, 1989, pp. 367-368.

日常生活中的男人或女人，尽管处于现代社会的非人重压之下，他们都试图获得并保持他们自己的面孔。①

奥登曾区分过两类文明：一类文明在神圣事物和世俗事物之间做出了社会性的区分；而另一类文明，比如世俗时代的文明，并没有区分神圣事物和世俗事物，诗人在这样的文化中处于一种业余的状态，也就是说，他是作为一个单独的个体写诗，他的读者也是一个个单独的个体。②在这样的现代生活里，诗人若是"提高声调"，难免陷入"虚假"。因此，后期奥登非常排斥诗人的预言家和公共演说家的角色。

移居美国后不久，奥登收到了父亲的一封信，希望他继续通过写诗来担当时代的代言人。奥登的回答是非常坚决的："要说像其他作家那样，成为时代的代言人，这肯定是他最后才考虑的事情。以丁尼生为例，当他想着哈勒姆和自身的悲痛的时候，他凭借《悼念集》成了维多利亚时代的代言人，而当他决心成为维多利亚时代的抒情诗人而写下《国王叙事诗》的时候，他已经不再是个诗人了。"③同样的观点，在1944年为纽约道布尔戴—杜兰出版社出版的《阿尔弗雷德·丁尼生勋爵诗选》撰写的导言中，奥登也曾毫不客气地表达过："若有人妄图用写诗的方式来完成其他诸如实践、研究或者祈祷之类方法才能完成的事情，那么毫无疑问写下的必然是垃圾。"④

由此可见，早期奥登反对"情感的浪漫主义"式的"自我表达"（比如华兹华斯），不赞成诗人过多地沉溺于私人领域。后期奥登旗帜鲜明地反对"行动的浪漫主义"式的"世间未经公认的立法者"（比如雪莱），认

---

① W. H. Auden, "The Poet and the City", in W. H. Auden, *The Dyer's Hand and Other Essays,* New York: Vintage, 1989, p. 84.

② W. H. Auden, "Making, Knowing and Judging", in W. H. Auden, *The Dyer's Hand and Other Essays,* New York: Vintage, 1989, p. 54.

③ Auden's letter to George Augustus Auden in February 1939, quoted from Edward Mendelson, *Later Auden,* London: Faber and Faber, 1999, p.18.

④ ［英］W. H. 奥登：《丁尼生》，《序跋集》，黄星烨译，上海译文出版社2015年版，第286页。

为这不是诗人该干的事儿①。由于他一度"误入歧途",成为公共领域的文化英雄,他对此做出的批判也更为激烈、更为持久。后来,在散文《诗人与城市》里,他把这种艺术界定为"介入的艺术"(l'art engagé),并且一针见血地指出其虚伪性:"当诗人陷入其中,其原因恐怕更多的是他们的虚荣心,而不是他们的社会责任感;他们在怀念过去,那时他们拥有举世闻名的地位。"②

后期奥登的诗歌语调逐渐变得和缓,不再是飞到高处的"鹰的视域"击破长空的嘶喊,而是如邻人般闲话人生的喜怒哀乐和所思所感。他逐渐向内聚焦,这使得他的诗歌素材倾向于他的精神世界,而不是外部世界。这些都在一定程度上构成了批评家诟病后期奥登的重要原因。然而,对于奥登本人来说,他做出这样的改变却更有利于他的创作,也更契合他的脾性。熟知奥登的人会发现,他更喜欢一个人待在房间里创作,而且窗帘是一定要拉上的——"我一直觉得小房间最是适宜,/凝神专注时窗帘要拉下、台灯要开着;/这样我能从九点工作到下午茶时间,好极了……"(《致拜伦勋爵的信》;《奥登诗选:1927—1947》130)他颇为严谨的作息时间,杜绝了与他人进一步社交的可能性。他喜欢阅读、写作、听古典乐、玩纵横填字游戏,这些娱乐活动都是相当私人性的癖好,而不是与他人合作类型的爱好。因此,陌生的异乡,那个远在大西洋彼岸的纽约,的确更适合像奥登这样孤独的艺术家。

然而,尽管诗人藏匿在具体可感的私人生活里,静静地通过审视自己来解读人类的命运,他们的写作却在客观上构成了一种具有政治意义的公共行为:

> 在我们的时代,创作艺术作品本身便是一种政治行为。只要有艺术家存在,创作着他们喜欢的作品,沉思着他们应该创作的作品,即便这作品并非那么出色,或者只能吸引很少一部分人,也能够提醒那

---

① W. H. Auden, "Writing", in W. H. Auden, *The Dyer's Hand and Other Essays,* New York: Vintage, 1989, p. 27.

② W. H. Auden, "The Poet and the City", in W. H. Auden, *The Dyer's Hand and Other Essays,* New York: Vintage, 1989, p. 76.

些经纶世务者去注意他们原本就应该铭记在心的东西——他们面对的乃是有着面孔的人，而不是无名的数字……①

哈贝马斯曾明确指出，在现代生活里，文学公共领域和政治公共领域已经完全渗透到了一起，前者为后者的形成奠定了重要基础。②这个观点，充分肯定了文学创作与公共性的关联——"与公众相关的私人性的经验关系"通过文学公共领域进入了政治公共领域，从而影响、巩固或改变我们的公民社会。作为诗人，奥登的表述方式或许更富有诗意。他认为诗人不仅在现实的层面上通过独特的视角传达了自己对人类普遍处境的看法，提醒经纶世务者去注意他们面对的乃是有着独特面孔的活生生的人，还在未来的层面上为更适宜的变化留出了可能的空间，提醒我们这个世界"是一个可堪拯救的世界"，"过往的不自由和混乱在未来都会得到调解"。③

现在，我们可以回过头来看看奥登在出版诗集《雄辩家》时，写给好友斯彭德的三行献诗：

公共领域的私人面孔
显得更明智也更亲切
相比私人领域的公共面孔。④

"明智"（wiser），很容易让我们想到奥登提到过的"安全的位置"；而"亲切"（nicer），则与他曾经羡慕的那类"小说家"的本质特性紧密相连。奥登既不愿意像华兹华斯式的浪漫主义诗人那样"自我表达"，将诗歌演

---

① W. H. Auden, "The Poet and the City", in W. H. Auden, *The Dyer's Hand and Other Essays,* New York: Vintage, 1989, p. 88.

② ［德］尤尔根·哈贝马斯：《公共领域的社会解构》，收入汪晖等编译《文化与公共性》，生活·读书·新知三联书店2005年版，第161页。

③ W. H. Auden, "The Virgin & The Dynamo", in W. H. Auden, *The Dyer's Hand and Other Essays,* New York: Vintage, 1989, p. 70.

④ W. H. Auden, *The Orators: An English Study*, London: Faber and Faber, 1932.

化为"小小的孤独练习"①,也不愿意变成雪莱式的"世间未经公认的立法者",把自己想象成类似于上帝的存在,提高了"声调"走向虚空。1959年,在为梵高书信全集撰写的书评文章中,奥登毫不客气地指出:"十九世纪创造了艺术家即英雄的神话:他为了艺术牺牲自己的健康和幸福,作为补偿,他声称自己有权豁免一切社会责任和行为规范。"②这些艺术家们无法虚怀若谷地处理普通的生活,自视甚高地远离了真正的人群,也远离了他们标榜的初衷。奥登在批判浪漫主义传统和清洗自身的浪漫主义因素的过程中,逐渐认清了自己早年主观促成的社会化写作是一种虚伪的行为,一种站错了位置的选择。而他曾经为自己设定的社会位置——"公共领域的私人面孔",终于在人生的中后期逐渐得以实现。比如,在晚年的诗集《有关寒舍》(*About the House*,1965)里,他从建筑的诞生写到山洞的寓意,从卧室写到厨房,从客厅写到浴室,私人化场景如画卷般逐一铺展,内中又承袭了他一贯对历史文明的深思,娓娓道来的同时夹杂了几分顽童般的戏谑。那位于奥地利基希施泰腾镇(Kirchstetten)的乡间小舍,经他卓绝的智慧和纯熟的诗艺的精雕细琢,一下子具有了包含万象生机的空间之感和凝练万物荣枯的历史之感,在平易亲切的面纱之下自有一份波澜壮阔的诗情画意。

查尔斯·罗森(Charles Rosen),一位生活在美国纽约的钢琴家和作家,与后期奥登有过一些私交。他曾以《大众与个人》("Public and Private")为题撰写了一篇纪念奥登的短文,详述了公共生活与私人生活的合理距离对奥登的重要意义。他认为,尽管奥登的诗歌总会"蒙上一层公共面孔",但对奥登来说,"没有一首诗歌是彻头彻尾地公共性"。③ 如前文引述的,诗人"总是稍稍站在群体之外",但离开了群体,他们"便失去了素材"。诗人需要"在群体之外略微感觉到疏离,在群体之中又稍稍感觉到自在",

---

① [波兰]切斯瓦夫·米沃什:《诗的见证》,黄灿然译,广西师范大学出版社2011年版,第34页。

② [英]W. H. 奥登:《大难面前的平静》,《序跋集》,黄星烨译,上海译文出版社2015年版,第380页。

③ Charles Rosen, "Public and Private", in Stephen Spender, *W. H. Auden: A Tribute*, London: Weidenfeld & Nicolson, 1975, p. 218.

用奥登后期惯常的比喻而言，诗人没有必要跨出群体的屋子，只要站在门口就好了。[①]那样一个位置，是他"可以自由进出的一个地方"（《栖居地的感恩·创作的洞穴》，"The Cave of Making"，1964；《奥登诗选：1948—1973》211），听听屋内的美谈，看看屋外的风景，总得耐得住寂寞。

奥登为自己选择的"安全的位置"，让他能够在认真与胡闹、选择社会性问题作为自己的素材与对爱的持久的逆政治化之间游刃有余地穿梭。是代达罗斯不高不低的飞行也罢，是"公共领域的私人面孔"也罢，是"站在门口"以便"自由进出"的位置也罢，总之，所有的譬喻都是语言的能指，而实质是他基于现代社会生活的具体语境和个人文学生涯的孜孜求索阐发的诗人论。

---

① Edward Mendelson, *Early Auden*, New York: The Viking Press, 1981, p. 116.

第二章 "将诅咒变成一座葡萄园"：诗歌的"道德层面"

苦难没有认清，
爱也没有学成，
远在死乡的事物

没有揭开面纱。
唯有大地上的歌声
在欢庆，在颂扬。
——里尔克《致奥尔弗斯的十四行诗》第十九首

用诗句的耕耘奉献
将诅咒变成一座葡萄园，
歌唱人类的不成功，
苦中来作乐；

在心灵的荒漠中
让治愈的甘泉开始流涌，
在他岁月的囚笼中
教会自由的人如何去称颂。

——奥登《诗悼叶芝》

"道德"（moral）这个词，在传统语境里常常令人联想到规范与禁忌、好与坏、对与错等泾渭分明的严肃表征，伴随着文明发展而不断附加其上的责任和义务，让渴望自由的人们为之绘制了一道颇为令人生厌的樊篱，似乎只有冲破了这道陈旧的樊篱才有机会寻求愉悦和圆满。作为"不道德"（immoral）反义词的"道德"，经过罗斯金（John Ruskin）、阿诺德（Matthew Arnold）、王尔德（Oscar Wilde）、亨利·詹姆斯等19世纪英语文学家和批评家的共同推动，逐渐从僵硬的法则和规范转向了柔韧的价值、品质的层面。而且，据当代文化批评家伊格尔顿观察，这项工程经由巴赫金（Mikhail Bakhtin）、利维斯、特里林（Lionel Trilling）、雷蒙·威廉斯（Raymond Williams）等20世纪最负盛名的批评家之手达到了顶峰。[1] 被誉为"文学批评家的批评家"的美国学者韦恩·布斯（Wayne C. Booth），专门写了一篇文章谈论文学批评的道德向度。他梳理了西方文学批评对作品的道德探究的简史，将之概括为"从肯定到否定再到肯定的钟摆运动"[2]，认为我们已经向"道德"的基本价值和品质层面重开大门，尽管他们为自己贴上了琳琅满目的标签——马克思主义、新历史主义、种族问题、性别问题、后殖民问题，等等，但透过这些表层语言我们可以看到他们的共同指涉——道德的重要性。

强调文学作品的"道德"维度的伊格尔顿，在新世纪写出了这样一段话——"对于一个'后宗教'世界来说，文学已然成为道德的范式。在文学作品当中有对人类行为细微差别的精准感受，对价值煞费苦心的辨别，对如何活得丰富且勤于反思的深入思考，它是道德实践的最佳范例。"[3] 他还写了一本书谈如何读诗，声称"诗是道德的陈述"——"不是因为它会根据某种规范做出严格的评判，而是因为它处理人的价值、意义和目的"。[4] 因此，这个层面的"道德"，其反义词不再是"不道德"，其对照语境也

---

[1] ［英］特里·伊格尔顿：《文学事件》，阴志科译，河南大学出版社2017年版，第66页。

[2] ［美］韦恩·布斯：《"论道德趣味的标准"：作为道德探究的文学评论》，《修辞的复兴》，穆雷、李佳畅等译，译林出版社2009年版，第244页。

[3] ［英］特里·伊格尔顿：《文学事件》，阴志科译，河南大学出版社2017年版，第66—67页。

[4] ［英］特里·伊格尔顿：《如何读诗》，陈太胜译，北京大学出版社2016年版，第37页。

不再是"历史的""科学的""美学的""哲学的"等人类经验中的特定领域，而是从某个角度去思考这些经验的总体。

　　奥登认为诗人和读者都关心诗歌的"道德层面"。对于诗人而言——"这首诗中栖居着一个什么样的人？他对美好的生活或场所有什么样的想法？他对邪恶的生活或场所有什么样的看法？他向读者遮蔽了什么？甚至，他对自己遮蔽了什么？"对于读者而言——它"必须从一个独特的视点去理解我们大家共有的事实，并呈现特定意义的话语。诗人所说的话是此前从未被说过的，但是，一旦诗人说出了它，读者就会意识到它对他们是有效的"。在奥登看来，诗歌的"道德"，与"想法"/"看法"（notion）、"意义"（something significant）、"独特的视点"（unique perspective）等相连，显然类似于伊格尔顿所说的"道德"维度，是人类有关价值、意义和目的的鲜活经验。

　　在一篇书评文章里，奥登曾引用了英国作家安东尼·特罗洛普的一段有关艺术作品伦理责任的描述："小说的目的应该是在娱乐读者的同时给予道德上的指引……小说家对我们潜移默化的影响甚于老师、父亲，乃至母亲对我们的影响。他是被拣选的指引者，年轻弟子为自己选择的导师。"①奥登表示，他希望更多的现代小说家能够赞同他的观点。事实上，不仅仅是小说家，在奥登的观念里，成为"道德的见证者"的诗人，与小说家一起承担了"被拣选的指引者"的使命②，通过"见证真相"给予读者深远的影响。

---

　　① ［英］W. H. 奥登：《一个务实的诗人》，《序跋集》，黄星烨译，上海译文出版社2015年版，第344页。

　　② 笔者的推测来自于这篇书评文章的标题《一个务实的诗人》，该书评的谈论对象是小说家安东尼·特罗洛普，他"不只是小说家"，还写过戏剧、散文和传记，而且如奥登所言，"他还是一个实干家，一个相当成功的实干家"，但偏偏不是一个诗人！奥登不但阅读了詹姆斯·波普·亨尼西为特罗洛普撰写的传记，而且还读过特罗洛普的巴彻斯特郡系列小说以及其他几部作品，对特罗洛普不可谓不熟悉，怎么可能在界定特罗洛普的身份问题上闹乌龙？更何况《序跋集》的编者还有门德尔松教授。最合理的推测，莫过于认为奥登是借评论特罗洛普的传记来抒写自己，而对于奥登来说，诗人身份无疑是第一位的，其次才是书评家、批评家，等等。由此推导，奥登在阐述特罗洛普的文艺观时，实际上也传达了自己的文艺观。可以参看蔡海燕《导读：亲爱的A先生》，收入奥登《序跋集》，黄星烨译，上海译文出版社2015年版，第11页。

需要注意的是，奥登在关心诗歌的"道德层面"的时候，始终在叩问诗人的"道德层面"——"他向读者遮蔽了什么？甚至，他对自己遮蔽了什么？"当诗人举起诗歌这面虚拟的镜子观看世界的时候，他在多大程度上忠实于现实的经验，又在多大程度上诚实地面对自己？因此，诗歌的"道德层面"，源于诗人对诗歌功能的独特认知，这直接影响了他的创作题材和借此表达的核心主题。

第一节 "艺术并不等同于生活"——诗歌的"无用"

1939年1月26日，奥登和衣修伍德在美国纽约上岸，惊魂未定之际听闻佛朗哥占领了巴塞罗那[①]，共和军最后一线希望已然破灭。两天后，也就是1月28日，百病缠身的叶芝死在了法国的一家旅馆，噩耗很快就传到了这两位纽约的异乡客。奥登奋笔疾书，不但写下了他移居美国后的第一首诗歌《诗悼叶芝》，很快又完成了一篇讣文《公众与已故的叶芝先生》("The Public v. the Late Mr. William Butler Yeats"，1939）。评论界常常将这一诗一文对读，从中挖掘奥登在生活和信仰发生骤变时的诗学倾向，诗中的名句"诗歌不会使任何事发生"一度成为不少人拒绝对艺术作品进行道德判断的有力依据[②]，讣文中的论点"艺术是历史的产物，而不是历史的根源"[③]进一步强化了艺术的非功利性和否认了艺术的现实功用。

我们在此从文本语境和历史语境的双重角度出发，对奥登潜藏在诗文中的深层意图进行抽丝剥茧，从而挖掘他在20世纪30年代末提出的诗歌"无用"论的实质。

[①] 1939年1月26日，佛朗哥军队进入巴塞罗那，标志着西班牙独裁统治正式确立。

[②] 可以参看［美］韦恩·布斯《修辞的复兴》，穆雷、李佳畅等译，译林出版社2009年版，第245页。

[③] W. H. Auden, "The Public v. the Late Mr. William Butler Yeats", in *The Complete Works of W. H. Auden: Prose*, Vol. II: 1939-1948, ed. Edward Mendelson, London: Faber and Faber, 2002, p. 7.

第二章 "将诅咒变成一座葡萄园":诗歌的"道德层面"

一 否认"介入的艺术":"诗歌不会使任何事发生"

奥登为什么要说"诗歌不会使任何事发生"?这句诗的背后潜藏了什么样的主体意识,以及隐含了什么样的诗学观念?要回答这个问题,我们首先要从诗歌文本出发。

《诗悼叶芝》[①](《奥登诗选:1927—1947》393—396)是一首悼亡名诗,表面上看是一个诗人为另一个诗人抒写的哀歌,不少研究者从哀歌的漫长传统去考察该诗的现代性[②]。若我们细加衡量此诗的写作背景,便会发现诗歌中的哀悼对象,不仅有一代大师(即叶芝)生命的消逝,还有年轻诗人(即奥登)欧洲生活的暂时终结,更有"介入的艺术"在社会现实面前(以巴塞罗那的陷落为典型)的粉碎。因此,奥登选择的悼亡对象和书写时采用的诗学策略,都服务于"悼亡"面纱之下的另一张面孔——深奥精微的诗论。

悼诗第二部分中的一句"你像我们一样愚钝",帮我们勾连起叶芝与奥登的千丝万缕的联系,也帮我们厘清了奥登为什么要在踏上美国后旋即写下这首诗。奥登早年崇拜并学习叶芝,在《以叶芝为例》("Yeats as an Example", 1948)中,他自我剖析道:

> 我们中的那些人,比如我自己就是,都曾经尽自己所能而且是尽最大力气学习过叶芝,过后竟以为自己对从他诗歌中学习到的一些要素了如指掌到可以妄加菲薄的地步,其实,我们本不应该如此刻薄。有时候,我们的批评言论在客观上而言或许是正确的,但我们借此表达主观情绪的不满显然有违公正。[③]

---

① 这首诗最先发表在1939年3月8日的《新共和》,只包含现在的第一和第三部分。这一年4月,他增加了第二部分,对第一、第三部分的措辞有所修改。在1966年版的《短诗合集》中,奥登删除了第三部分的第2、3、4诗节。

② 门德尔松教授揣测奥登写作该诗时的"前驱诗人"是约翰·弥尔顿,甚至不惜花费笔墨对读该诗与弥尔顿悼念亡友的名篇《黎西达斯》之间的诸多应和之处。可以参看 Edward Mendelson, *Later Auden*, London: Faber and Faber, 1999, pp. 7-8, 13.

③ W. H. Auden, "Yeats as an Example", in *The Complete Works of W. H. Auden: Prose*, Vol. II: 1939-1948, ed. Edward Mendelson, London: Faber and Faber, 2002, p. 384.

他承认自己曾真诚地学习过叶芝，也曾在时过境迁之后刻薄地对待过叶芝。这种学习、质疑、理解、对话的"接受史"脉络，在1939年9月写成的《诗悼西格蒙德·弗洛伊德》中也有所体现：奥登几乎以同样的口吻提及弗洛伊德"一点不聪明"。同样是悼亡诗，同样是影响他至深的大师，奥登的语调越是故作轻松，越是透露出一条百转千回的情感处理方式。

"愚钝"（silly）一词让很多人误以为奥登是要与叶芝划清界限了。然而，奥登并不是第一个也不是最后一个用"愚钝"来形容叶芝的人。据说，叶芝终生爱慕爱尔兰女演员、独立运动者茅德·冈，后者曾经说叶芝"愚钝"。作为性格刚毅的被追求者，茅德·冈诟病的"愚钝"或许更偏重于叶芝的爱情冲动。当奥登在这一年4月增加了悼诗第二部分，以第二人称直呼逝去的诗人并且与叶芝展开诗人之间的对话时，叶芝的"愚钝"摇身一变为一种浪漫主义式的想象和激情——"疯狂的爱尔兰刺激你沉浸于诗艺"，这一点可以在同期写下的讣文《公众与已故的叶芝先生》中找到线索——"但是，你或许会说，他那时年轻；年轻总意味着罗曼蒂克；年轻时的愚钝恰恰是其迷人之处的组成部分。"[1] 在此之后，"愚钝"似乎成了叶芝的一个重要标签[2]：传记作家理查德·艾尔曼（Richard Elmann）一方面著书肯定叶芝的重要贡献（比如《叶芝：其人其面具》《叶芝的身份》），另一方面又指责他在思想和生活中的"愚钝"；诗人批评家伊沃·温特斯（Yvor Winters）干脆以"叶芝的愚见"为题撰写文章，收入在麦克米兰出版社的《叶芝诗选》之中。然而，奥登说叶芝"愚钝"，其角度显然不是针对叶芝至死不渝的爱情和生活领域的执着，而是有关叶芝和后辈诗人们都遭遇过的某种"愚钝"，毕竟完整的语境是——"你像我们一样愚钝"。也就是说，奥登其实是借叶芝之"愚钝"来反思自己的"愚钝"。

回到诗歌文本，我们可以在接下来的诗行里找到蛛丝马迹——"疯狂的爱尔兰刺激你沉浸于诗艺"，这与悼诗第三部分的两行诗有所呼应——

---

[1] W. H. Auden, "The Public v. the Late Mr. William Butler Yeats", in *The Complete Works of W. H. Auden: Prose*, Vol. II: 1939-1948, ed. Edward Mendelson, London: Faber and Faber, 2002, p. 4.

[2] ［英］弗兰克·史德普：《叶芝：谁能看透》，傅广军、马欢译，大连理工大学出版社2013年版，第74—76页。

第二章 "将诅咒变成一座葡萄园"：诗歌的"道德层面"

"让这爱尔兰的器皿躺下／倾献出他的全部诗艺","器皿"（vessel）和"倾献"（emptied）的巧妙搭配，精准地喻指了叶芝的诗学观点和政治立场。作为爱尔兰诗人，叶芝长期参与爱尔兰民族主义政治运动，并且一度让诗歌艺术服务于他的政治立场。这两行诗之后，早期的版本中紧跟着如下三节诗：

> 时间对勇敢和天真的人
> 可以表示不能容忍，
> 也可以在一个星期里，
> 漠然对待一个美的躯体，
>
> 却崇拜语言，把每个
> 使语言常活的人都宽赦，
> 还宽赦懦弱和自负，
> 把荣耀都向他们献出。
>
> 时间以这样奇怪的诡辩
> 原谅了吉卜林和他的观点，
> 还将原谅保尔·克劳德①，
> 原谅他写得比较出色。

（穆旦译）

作为"爱尔兰的器皿"，叶芝与吉卜林（Rudyard Kipling）、克洛岱尔一样，在某种程度上都是雪莱的信徒——"诗人是世间未经公认的立法者"。他们莽撞地让诗歌直接卷入了疯狂的时代和激进的政治，天真地以为诗歌可以改变正在发生的历史事件甚至左右历史进程发展的方向，从而混淆了私人领域和公共领域的界线，让诗歌沦为某种宣传的工具。此为叶芝、吉卜林、克洛岱尔等诗人的"愚钝"。

叶芝的"愚钝"源于"疯狂的爱尔兰"，奥登及其伙伴们的"愚钝"

---

① 现在通常译为保罗·克洛岱尔（Paul Claudel）。

则源于20世纪30年代特殊的时代语境。正如奥登在1939年的回顾:"我们不幸或幸运地生活在一个伟大的关键历史时期,在这个时期,我们的整个社会结构及其文化和形而上学的价值观正在发生激烈的变化。这种情况以前在罗马帝国瓦解时发生过,在宗教改革时发生过,也许在未来还会发生。"① 时代正在发生着惊人的变化,而这是上一辈诗人们不曾遭遇过的全新境况。

据奥威尔观察,1910年至1925年间,英国诗歌的主流是表达价值失落的战争诗和远离尘嚣的自然诗,而在20世纪20年代中晚期,以乔伊斯、艾略特、庞德、劳伦斯为代表的作家们虽然各不相同,骨子里却都有悲观主义倾向,表达的是"生命的悲剧性"。② 也就是说,在"奥登一代"崭露头角之前的十年里,英国作家们并不真正关注当下存在的紧迫问题,并不谈论严格意义上的政治话题:

> 如果我们回头去看二十世纪二十年代,最为奇怪的事情,莫过于这一点,即英国的知识界根本不注意欧洲所发生的所有重大事件。比如,在列宁去世和乌克兰饥荒这十年间的俄国革命,就全然逃脱了英国人的注意。在那段时间,俄国就意味着托洛茨基、陀思妥耶夫斯基和开出租车的俄国流亡者。意大利则意味着画廊、遗迹、教堂和博物馆——而不是黑衫党。德国意味着电影、裸体和心理分析——而不是希特勒(在1931年之前,几乎没有人听说过他的名字)。在"有教养"的圈子里,"为艺术而艺术"实际上发展成了对无意义的崇拜。文学被认为仅仅是摆弄词语。根据题材去判断一本书的优劣,被认为是不可原谅的罪过;仅仅想到题材,就被看成是不上档次。③

进入20世纪30年代以后,"文学的气候变了",随着奥登和斯彭德等

---

① W. H. Auden, *The English Auden: Poems, Essays and Dramatic Writings, 1927-1939*, ed. Edward Mendelson, New York: Random House, 1977, p. 379.
② [英]乔治·奥威尔:《在巨鲸肚子里》,《政治与文学》,李存捧译,译林出版社2011年版,第109、113—114页。
③ 同上书,第116—117页。

年轻一代步入诗坛，文学的关键词已经演变为"严肃的目的"。[①] 也就是说，在信仰和价值观的危机日益威胁着时代的精神生活的时候，文学界见证了文学主要发挥道德作用而非审美作用的尝试。

可以说，奥登诗人们面对的世界，是第一次世界大战喧嚣而过之后交织着绝望与希望的动荡不安的世界。很多人认为，艾略特的《荒原》成功描绘了这样一个信仰缺失、道德沦丧的世界，奥登则偏重于阐释艾略特对信仰的坚持。他后来回忆道："瑞恰兹博士曾说过，《荒原》标志着诗歌与所有信仰的分离。此番描述在我看来未必准确。这是一首有关信仰的缺失及其令人不快的后果的诗歌，它意味着从头到尾狂热地相信天谴，即没有信仰便会迷失。"[②] 奥登的见解，折射出他们那代人对战后信仰真空的清醒认识，但是与艾略特和叶芝等前辈诗人有所不同的是，他们"对于现代社会的看法已不再是如何让分崩离析的社会回复常轨，而是必须直面这个分裂且日趋多元的社会，并在其中找到自己的出路"[③]。

英国学者马修·沃利（Matthew Worley）在充分考证当时的社会环境和政治气候的基础上指出："对于奥登来说，共产主义最便捷地提供了一个切实且远大的理想；而对于其他人来说，法西斯主义给出了答案。"[④] 第一次世界大战之后，虽然随着政治左派的成长，马克思主义日趋活跃，知识分子纷纷"向左转"，但尚未建立独裁体制的希特勒以其法西斯主义吸引了不同层面的人口支持，甚至在高等学府都存在着法西斯主义小组，比如牛津大学当时就并存着"法西斯社团"（Fascist Club）和"十月社团"（October Club）。

在此思潮迭起、流派纷呈的历史当口，政治与文学的的结合已经是大势所趋，而奥登早在20世纪20年代后期就已经意识到文学创作与外部世

---

① ［英］乔治·奥威尔：《在巨鲸肚子里》，《政治与文学》，李存捧译，译林出版社2011年版，第118—119页。

② W. H. Auden, "Criticism in a Mass Society", in *The Complete Works of W. H. Auden: Prose*, Vol. II: 1939-1948, ed. Edward Mendelson, London: Faber and Faber, 2002, p. 96.

③ 王守仁、何宁：《20世纪英国文学史》，北京大学出版社2006年版，第104页。

④ Matthew Worley, *Communism and Fascism in 1920s and 1930s Britain*, in Tony Sharp, *W. H. Auden in Context*, New York: Cambridge UP, 2013, p. 142.

界的联系，并逐渐沉迷于诗歌的拯救性力量。1929年，奥登在诗歌《请求》（"Petition"）中迫切地希望有"神效之方"，"治疗"各种社会疾病，然后"欣然观看""建筑的新风格，心灵的改变"。[①]同年，他在组诗《1929》中写道："时间流逝，现在情形已不同"，"消灭错误现在正当其时"（《奥登诗选：1927—1947》34）。这些诗句透露出青年奥登对时代病症的预见，到了1930年的《关注》中，奥登干脆化为一双犀利而热忱的双眼，从高处俯瞰我们置身其中的生活，以"关注""审视""看那儿""往前移步""走人"和"转往别处"等一系列动词引导我们去洞察资本主义世界经济大萧条时期的核心矛盾和笼罩在欧洲上空的密布浓云。诚如罗伯特·布鲁姆所言，"奥登对他所处时代中发生的事件、问题和痛苦有着极为浓厚的兴趣"，"这是奥登崇拜者所不能否认的，在与他同时代的诗人们中，他参与时代的程度最广，也最为突出"。[②]正因为如此，奥登成为那一代人的"愚钝"的杰出代表。

事实上，在奥登清算自己的"愚钝"之前，同道之人威廉·燕卜荪已经先他一步作诗批评他的"愚钝"——《给奥登的一击》（"Just A Smack at Auden"，1937），发表在杰弗里·格里格森主编的《年度诗歌：1938》上。燕卜荪虚长奥登几个月，年纪轻轻就写出了震惊西方文学界的批评著作《朦胧的七种类型》（Seven Types of Ambiguity，1930），开创了"细读"批评的范例。一个是毕业于剑桥大学英姿勃发的文艺青年，一个是毕业于牛津大学崭露头角的诗坛明星，他们互有耳闻，却并无太多私交。燕卜荪何以要给他们时代的代言人"一击"？我们不妨看看这首诗：

> 要咱们编个故事，乖乖，
> 说形势必然会变好，
> 讲得神气活现，乖乖，等末日来到？
> 它一出生就是死胎，乖乖，

[①] W. H. Auden, *Selected Poems*, ed. Edward Mendelson, London & Bostan: Faber and Faber, 1979, p. 7.

[②] Robert Bloom, "W. H. Auden's Bestiary of the Human", *The Virginia Quarterly Review* (spring, 1996), p. 208.

发出恶臭，令人难熬，
未衰先死，乖乖，等末日来到。

要咱们都疯疯癫癫，乖乖，
全成废物，让他们来亡羊补牢，
学孩儿嬉戏，乖乖，等末日来到？
一切皆已编排好，乖乖，
历史自有它的风潮，
咱个个都是座孤岛，乖乖，等末日来到。

马克思说什么来着，乖乖，
他作了什么思考？
当花花公子并不好，乖乖，等末日来到。
知识阶级背叛了，乖乖，
帷幕就要下垂了，
灯熄光灭，乖乖，等末日来到。

等末日来到，乖乖，等末日来到，
再没有调和的机会，乖乖，局势可得注意了，
想想贩卖政见者，想想咱如何走道好，
等末日来到，乖乖，等末日来到。①

  袁可嘉先生将这首诗的标题译为"掴奥登一个耳光"，译诗语言生动活泼，将原诗的戏谑与讽刺淋漓尽致地展现了出来，从"要咱们编个故事"说"形势必然会变好"开始，每一个诗节都直戳奥登被视为"左派的御用诗人"时期的社会化写作，字里行间毫不掩饰自己的嬉笑怒骂，仿佛这位剑桥高才生真的举起了诗歌的"大手"狠狠地扇了奥登一个大耳光。多年后，

---

① ［英］威廉·燕卜荪：《掴奥登一个耳光》，袁可嘉译，收入飞白《世界诗库·第2卷》（英国、爱尔兰），花城出版社1994年版，第663—664页。

燕卜荪从英国的谢菲尔德大学退休之时，奥登特地写了一首《祝酒辞》（"A Toast"，1971）庆祝他的荣休，开篇第一节就是对那个"耳光"的回应：

> 出于对你迷人诗歌的报复心理，
> 每回经过谢菲尔德时，一开始我总会想
> 是不是要写首《给燕卜荪的一击》，
> 　　可最终什么都没有发生。
>
> 　　　　　　　　（《奥登诗选：1948—1973》441）

时隔三十多年，奥登仍然想起那一记"耳光"，若就此断章取义，倒是显得诗人心胸狭窄了，但真实的情况恰恰相反，燕卜荪与奥登的交情绝没有止步于此。1937年至1939年间，燕卜荪先后在北京大学西语系和西南联合大学执教[①]，为中国学子讲授英国文学，尤其是英国现代诗歌。他的诗歌课堂，不仅讲授成就斐然的大诗人，还有崭露头角的新诗人，尤其是奥登的诗歌，这从当年的西南联大学子的回忆里可见一二。因此，燕卜荪虽然写诗批判奥登的"介入"的诗歌，但依然欣赏奥登的诗才，不吝在自己的诗歌课堂上为中国学子们介绍这位同道中人。

对于燕卜荪作诗批判他一事，奥登显然也没有记恨在心。两人虽没有多少私交，但在智识和才情上可谓旗鼓相当，几次旅途上的"偶遇"更是让他们惺惺相惜。在"耳光"风波后不久，1938年2月中下旬，这两位英国青年才俊在中国香港意外相逢。彼时，奥登与衣修伍德由纽约蓝登书屋和伦敦费伯出版社出资，结伴从英国维多利亚火车站起程，先到巴黎，后南下马赛，改乘法国邮轮横渡地中海，经苏伊士运河进入印度洋，兜兜转转终于来到了香港，他们打算择日乘坐内河航船前往广州，开始中国之旅。燕卜荪则是因为北京大学南迁，一时空闲了下来，便随恩师瑞恰兹（I. A. Richards）乘船去了香港。据燕卜荪观察，奥登才华横溢、意气风发，让

[①] 1937年，燕卜荪乘坐跨西伯利亚列车来到中国，原本打算去北京大学西语系执教，但因为北平、天津相继沦陷，北大、清华、南开的师生去了长沙成立临时大学，他便辗转来到长沙报到。1938年，长沙临时大学迁往昆明，更名为西南联合大学，燕卜荪又继续跟随中国师生来到昆明。1939年1月，他启程返回英国。

身旁的衣修伍德都有些相形见绌了。[1] 一年以后，燕卜荪取道美国返回英国时，不幸遭遇了抢劫，一时之间捉襟见肘支付不了余下的旅费。恰巧奥登已经在美国定居，听到消息后立刻慷慨解囊，资助他购买返程船票。燕卜荪始终铭记奥登的善心，说奥登此举"实为高尚"[2]。的确，若奥登果真因为那一记诗歌的"耳光"而心有怨怼的话，绝不会在紧接其后的几次"偶遇"中善意相待。或许，他心下明白，燕卜荪作诗批判他的社会化写作，正是为了提醒他千万不要让诗歌沦为宣传的工具。诗人，作为社会的一员，他的诗歌必然来自社会又在一定程度上反映社会，但诗歌不应该妄图僭越语言艺术跑到其他领域指手画脚。诗人在社会生活中的位置，应该是代达罗斯不高不低的飞行，而不应该是"立法者"——"'世间未经公认的立法者'，描述的是秘密警察，而不是诗人。"[3] 诗人创作的作品，应该是兼顾了"道德层面"和"技术层面"的艺术品——"身为作家，必须学会区分艺术与宣传。"[4]

燕卜荪的那一记"耳光"，无疑深深地戳中了奥登的"愚钝"。他无力反驳燕卜荪对他的指控，正如叶芝也不可能理直气壮地反驳奥登对他的批判。时间已经有所证明，叶芝的"愚钝"并没有从根本上改变爱尔兰的面貌，奥登诗人们的"愚钝"也遭遇了同样的失败。我们在分析奥登的信仰皈依之旅时，已经梳理了奥登在1937年之后的思想转变和诗学困境，这种令人尴尬的局面迫使他不得不做出远渡重洋、移居他乡的选择。而刚刚踏足美国，连一个安定的居所都尚未落实之际，故乡就已经传来了巴塞罗那沦陷的消息，这不仅意味着西班牙民主事业的彻底失败，也意味着反法西斯主义斗争和左翼事业的暂时性失败。在此情境之下，"诗歌不会使任何事发生"，与其说是对叶芝"介入"诗学的盖棺定论，倒不如说是对

---

[1] Humphrey Carpenter, *W. H. Auden: A Biography,* Boston: Houghton Mifflin Company, 1981, p. 238.

[2] Ibid., p. 279.

[3] W. H. Auden, "Writing", in W. H. Auden, *The Dyer's Hand and Other Essays,* New York: Vintage, 1989, p. 27.

[4] W. H. Auden, *The Prolific and the Devourer*, in *The Complete Works of W. H. Auden: Prose*, Vol. II: 1939-1948, ed. Edward Mendelson, London: Faber and Faber, 2002, p. 452.

自己在过去十年的诗学策略的总结。

后期奥登多次否认"介入"的诗歌、"介入的艺术"①。1969 年 7 月,当被问及为何要删除和修改 20 世纪 30 年代创作的"左派"诗歌时,他是这样回答的:

> 我不再相信"介入"的诗歌。即使但丁、米开朗琪罗、拜伦没有来过这个世界,社会政治历史也不会发生任何变化。艺术在这方面无济于事。只有政治行动和直接报道事实才能有所作为。
>
> 对于我在 20 世纪 30 年代写下的一些作品,现在想来有些惭愧。我声讨希特勒的那些文字并没有使任何一位犹太人免于丧命。我写过的那些东西并没有让任何一场战争消停片刻。②

同样的立场,在去世前不久接受《巴黎评论》采访时也有类似的表达:"艺术在此无能为力。即使但丁、莎士比亚、米开朗琪罗、莫扎特等人从没有来到过这个世界,欧洲的社会史和政治史还是一成不变地按照这个模样呈现。"③

过去的写作经历不断在奥登的文字和谈话里回魂,只不过这些"昨日重现"勾起的是失败的教训和痛苦的回忆。这使得他渐渐变成了一个因为自己犯过错就孜孜不倦地向后辈们发出警戒的过来人。他不断地重复着一个相似的观点:诗歌不是宣传,艺术不是介入,强调语言文字艺术对社会现实没有直接的功用。既然"艺术家的身份是艺术家,而非改革家"④,而

---

① 比如,在散文《诗人与城市》里,奥登一针见血地指出"介入的艺术"(l'art engagé)的虚伪性。可以参看 W. H. Auden, "The Poet and the City", in W. H. Auden, *The Dyer's Hand and Other Essays,* New York: Vintage, 1989, p. 76.

② Charles Osborne, *W. H. Auden: The Life of a Poet*, New York: Harcourt Brace Jovanovich, 1979, p. 291.

③ W. H. Auden & Michael Newman, "The Art of Poetry XVII: W. H. Auden", in George Plimpton, ed., *Poets at Work: the Paris Review Interviews*, New York: Penguin Books, 1989, p. 289.

④ W. H. Auden, "The Prolific and the Devourer", in *The Complete Works of W. H. Auden: Prose*, Vol. II: 1939-1948, ed. Edward Mendelson, London: Faber and Faber, 2002, p. 421.

且"艺术并不等同于生活／当不了社会的接生婆"(《新年书简》;《奥登诗选：1927—1947》312)，那么，对于奥登而言，包括诗歌在内的语言艺术又有什么存在价值？

二 诗歌的存在法则：在"自造的山谷里得以存续"

众声喧哗的时代让诗人们陷入了混乱不堪的诗歌评价体系，一类诗歌强调美学感受，要求诗人专注于诗歌本身的艺术价值，另一类诗歌强调现实功能，要求诗人的作品能够与社会行动相联系并且救助破碎的人生。它们之间的冲突豁开了一个巨大的悬念，让诗人们在诗歌的纯粹审美和"介入"功能的两极之间摇摆不定。青年奥登初登诗坛时，追求的是诗歌事业的成功，而时代却裹挟着他向诗歌注入了太多不能承受之重，他的名声连同他的创作都被社会舆论和政治斗争所"绑架"，公共事务和私人感情就此胡搅蛮缠，严重侵害了诗人的独立品格和艺术创作。

美国学者贝雷泰·斯特朗谈到奥登诗人们在那个特殊时代的创作时曾鸟瞰式地写道："诗人们充满激情地相信信仰本身，重要的是，20世纪30年代的思想意识发挥了宗教替代物的作用。这些诗人在信仰之间徘徊，从美学到政治到教会，好像信仰是可以互相转变的。"[①]贝雷泰·斯特朗的话，听起来颇有几分奥威尔的表述语气："在1935年至1939年间，共产党对所有四十岁以下的作家有着几乎不可抗拒的吸引力。人们经常会听说某某作家'入了党'，就好比几年前罗马天主教吃香的时候，经常会听说某某人入了教一样。"[②]这两种表述，虽然都是时过境迁之后做出的极为简略的考察，但从一个侧面让我们看到了两次世界大战之间被称为"奥登一代"的年轻人力求在诗学和行动之间建立桥梁的努力。

事实上，在学术界还没有大范围地审视"奥登一代"经典地位的时候，奥登诗人们就已经迫不及待地清算他们当年的文学创作与政治激情。如前文所言，奥登初到美国就写下了一首悼诗和一篇讣文，借叶芝之死向

[①] [美]贝雷泰·斯特朗：《诗歌的先锋派：博尔赫斯、奥登和布列东团体》，陈祖洲译，南京大学出版社2011年版，第123页。

[②] [英]乔治·奥威尔：《在巨鲸肚子里》，《政治与文学》，李存捧译，译林出版社2011年版，第121—122页。

过去的"介入的艺术"告别。这个告别仪式一直在延续，至少在1939年之后的数年里依然时有出现。1939年夏，他在自己的笔记里深刻地反思道：

> 1931年左右，绝大多数艺术家开始将政治作为令人兴奋的创作新主题，却几乎没有意识到他们让自己陷入了什么样的境况。他们被卷进一波猛浪之中，那浪潮的速度快得让他们无暇思考自己正在做什么、去哪里。然而，要是他们不想毁掉自己、不想伤害他们信奉的政治立场的话，他们必须停下来，重新思考他们的位置。他们在过去8年的愚蠢行径会为他们提供充足的思考食粮。①

奥登坦承，他和他的伙伴们在过去受到自己并不熟悉的政治环境的诱使，仓促地将政治写进了文学，而不成熟的政治信仰又促使他们走上了一条险象环生的道路，在解决私人感情和公共事务之间的冲突中采取了不谨慎的做法，从而站错了位置，留下了"愚蠢"（follies）的行径。由于深受"介入的艺术"所害，奥登在激烈地剔除自身对艺术的功利性认知的过程中，借品评叶芝的文学生涯和诗歌成就来清算"介入"的诗学。

这应该就是他在1948年的散文《以叶芝为例》中所说的"刻薄"阶段——"竟以为自己对从他诗歌中学习到的一些要素了如指掌到可以妄加菲薄的地步"。作为一位有教养的英国绅士，奥登深知悼亡诗的传统，因而在《诗悼叶芝》中小心翼翼地收起了自己的"刻薄"，却在同期的讣文《公众与已故的叶芝先生》中将已故诗人安放在了一个虚拟法庭的审判席上，自己则身兼起诉方和辩护方的双重角色，对叶芝在诗歌领域的是非功过展开论辩。起诉方首先亮出了主流的观点——"逝去的诗人颇有才情，这一点毋庸置疑"，但对于辩护方声称"他是一位大诗人，是本世纪最伟大的英语诗人"提出质疑。② 也就是说，起诉方和辩护方争论的焦点在于叶芝

---

① W. H. Auden, *The Prolific and the Devourer*, in *The Complete Works of W. H. Auden: Prose*, Vol. II: 1939-1948, ed. Edward Mendelson, London: Faber and Faber, 2002, p. 420.

② W. H. Auden, "The Public v. the Late Mr. William Butler Yeats", in *The Complete Works of W. H. Auden: Prose*, Vol. II: 1939-1948, ed. Edward Mendelson, London: Faber and Faber, 2002, p. 3.

是不是一位大诗人。

大诗人。是的，大诗人。奥登入读牛津大学后不久就立志要成为大诗人。他一直都清楚地知道，他的诗歌事业理想不是成为"诗人"，而是成为"大诗人"。当生活的环境让他感觉到这个理想难以为继的时候，他就主动选择"他乡"作为新的创作环境。当创作的主题让他察觉到自己难以产生共鸣的时候，即便要在痛苦中承认自己的失败，他也要在痛定思痛之后重新思考自己的位置。因此，在与过去的诗学经验告别的同时，盘踞在奥登心中的首要问题是成为大诗人的条件。

在《公众与已故的叶芝先生》中，奥登借起诉方之口第一次明确列出了成为"大诗人"必须具备的三个条件[①]：

> 一位大诗人。诗人通常需要做到如下三个方面才能配得上这个美誉：第一，在语言方面有极高的天赋，写出令人难忘的诗行；第二，对他所生活的时代有透彻的理解；第三，对时代的先进思想具有基本的认知，并且持支持态度。[②]

起诉方认为，叶芝在语言方面的天赋毋庸置疑，但他主编的《牛津现代诗选》(*The Oxford Book of Modern Verse*)显示出他的语言品味并不总是保持超高水准。随后，起诉方指出，叶芝对他所处的时代并没有透彻的理解。起诉方颇为"刻薄"地嘲讽道，叶芝骨子里充满了封建意识，他称颂农民的高尚情操，实质是称颂他们的逆来顺受，而他自己却一门心思地攀附权贵。起诉方承认叶芝在爱尔兰民族独立运动中起到了一定的作用，但怀疑他并不是真的了解这项运动，而仅仅是借助民族主义的大旗表达自己的义

[①] 奥登在牛津大学读书期间就立志要成为"大诗人"。在笔者所接触的资料范围内，这是奥登第一次公开罗列大诗人的条件。他后来也谈到过大诗人必须具备的条件，比较有名的是在《十九世纪英国次要诗人选集》(1966)的序言里谈到的五个条件（只需满足五之三四即可）。

[②] W. H. Auden, "The Public v. the Late Mr. William Butler Yeats", in *The Complete Works of W. H. Auden: Prose*, Vol. II: 1939-1948, ed. Edward Mendelson, London: Faber and Faber, 2002, p. 3.

愤。在他看来，叶芝有关复活节起义[①]的作品《一九一六年复活节》，是一首既不会冒犯爱尔兰共和派也不会惹恼英军的模棱两可的诗歌，这种模糊立场的根源在于他本身暧昧不明的态度，在于他的民族主义激情不过是一种温和的调剂品。至于第三个条件，起诉方认为叶芝沉迷于非理性的神秘主义，显然有违时代发展的新思想和新方向。

在辩护方看来，起诉方的看法或许正确，但需注意的是，"我们在此审判的是诗歌，而不是人"[②]。他虽然认同艺术与社会、艺术家与历史之间的关系确实如起诉方所言有着千丝万缕的联系，但对其中的密切程度持保留态度。他指出，诗人的职责不是创造一个整合的、公正的社会，那是政治家为之奋斗的目标。随后，他给出了一段话，可以视为"诗歌不会使任何事发生"的注释版：

> 艺术是历史的产物，而不是历史的根源。艺术不像其他产品（比如科技发明），它不会成为一个有效工具重返历史，因此，关于艺术应不应该作为宣传工具的讨论是不切实际的。起诉方的论据建立在错误的信仰上，认为艺术能让任何事情发生。然而，先生们，真正的事实却是，假如没有一首诗被写出来，没有一幅画被画出来，没有一段音乐被谱出来，人类历史在本质上依然是这副样子。[③]

这与奥登后期多次否认"介入的艺术"的语调是类似的，就连提供的论据都没有发生多大变化。我们据此可以判断，奥登本人在这场虚拟审判中的立场，应该是站在辩护方的一边。奥登连同他们那代人都曾受惠于叶芝，当时的广大读者都渴望阅读叶芝的诗歌、了解他的思想，但众人对叶

[①] 20世纪初，爱尔兰人民与英国政府的矛盾日益加剧。1916年复活节期间，由于英国政府借口第一次世界大战的爆发而拒绝实施早前通过的爱尔兰自治法案，致使爱尔兰人民多年的希望成为泡影，他们奋起反抗，发动武装起义。起义当天刚好是复活节，因而被称为"复活节起义"。

[②] W. H. Auden, "The Public v. the Late Mr. William Butler Yeats", in *The Complete Works of W. H. Auden: Prose*, Vol. II: 1939-1948, ed. Edward Mendelson, London: Faber and Faber, 2002, p. 5.

[③] Ibid., p. 7.

芝的批评很有可能过多地关注作品的"外围"——比如宗教、政治、神秘学、社会运动，由此产生了一系列偏见，这些解读集中体现在起诉方的各项控诉里。奥登多年后在《以叶芝为例》中自我坦承的"刻薄"，多半是反思自己一度随波逐流、以偏概全地"注解"叶芝。

然而，正如前文所说，在1939年，奥登对叶芝的"刻薄"还带有深层的自我清算的意图。在艺术的审美和"介入"的两极功能之间，他迅速从介入和宣传当中撤退，强调艺术虽然来自于世界，但千万不要指望艺术能够去改变和影响世界。这种对艺术的无济于事、无能为力的片面强调，确实很容易被人们误解，仿佛奥登已经将一切现实的意图以及艺术对世界作用力的期待都贬斥到了天秤的另一极，转身就轻而易举地投入了一个审美的特殊世界——"一个纯粹艺术享受的高雅世界，一个免受低俗世界中种种纷扰的世界。"① 可是，我们不应该遗忘的是，奥登自小在构建自己的幻想世界时就没有耽于审美原则，他为幻想图景选择的矿石冲洗设备是更为高效和素朴的，而不是更为典雅和漂亮的，这说明他本身的性情旨趣从来不可能是"为艺术而艺术"的纯粹美学。若是我们细加观察《公众与已故的叶芝先生》和《诗悼叶芝》，便会发现奥登在划定艺术之"无用"的同时，也为艺术之"用"圈出了可能性的范畴。这一点，我们可以在《公众与已故的叶芝先生》尾声部分找到蛛丝马迹。在这篇讣文的结尾处，辩护方如此总结道：

> 在一个领域内，这位诗人是一个行动派，那就是语言领域。已逝诗人的伟大之处在此领域是毫无争议的。无论他的思想是多么错误或者有违民主，他对语言的驾驭却显示出一种不断演化、趋向可以称之为真正的民主风格的过程。民主社会的真正美德是互爱和智慧，与此对应的语言美德是力量和明晰，这些品质在已逝诗人后期接连出版的诗集里表现得更为明显。
>
> 《盘旋的楼梯》体现的是一个正直之人的语言驾驭，因此，正直

---

① ［美］韦恩·布斯：《修辞的复兴》，穆雷、李佳畅等译，译林出版社2009年版，第245页。

的人们一定能够从中发现它的作者是一位大师。①

这位辩护方,就像是《诗悼叶芝》里的哀悼者,两者都避开谈论叶芝的生活与思想——"诗人之死与他的诗篇泾渭分明"。在成为大诗人的三个条件中,即语言天赋、时代意识和革新意识,只有语言领域的天赋和贡献能够穿越时代的波诡云谲、历史的大浪淘沙,在活人的肺腑间代代流传。因此,辩护方,也就是奥登,希望读者们能够回归语言艺术本身、回到叶芝的诗作中欣赏他的语言美德——力量(strength)和明晰(clarity),这才是语言艺术之所以存在的法则,也是叶芝作为诗人为我们留下的宝贵遗产。

奥登自始至终都对叶芝在诗歌"技术层面"的探索颇为激赏——"优秀的抒情诗……需要不顾一切地豁出去,需要如有神助般地保持主观性,需要纵情地表达自己的立场,即如同叶芝先生所说的'一个愚蠢的感性之人'。"②奥登认为这才是叶芝之所以为大师的根源,此后在诸如《叶芝:文辞的大师》(1940)、《客观的传记:叶芝和他的世界》(1943)、《以叶芝为例》等散文中持续称颂他倾献而出的"全部诗艺"③,去世前不久在诗篇《答谢辞》里饱含深情地宣称他是一个"帮手"(《奥登诗选:1948—1973》504)。

讣文《公众与已故的叶芝先生》,以肯定叶芝作为"文辞的大师"收尾,让我们看到了语言艺术相对于思想来说充满自律的生命和独立的品格。与此对应的,《诗悼叶芝》的整体架构也着意为诗歌的这种自律性的存在法则加以辩护。初版的悼诗由两部分组成,第一部分写诗人之"死":一派肃杀的冬日景象渲染了凄凉氛围,长短不一的不规则诗行进一步模拟了哀悼时的非理性情绪。奥登从自然界的森林、河流写到人世间的城市、人群,在人类赖以生存的双重属性构成的世界里,诗人的身体在"知觉的脉

---

① W. H. Auden, "The Public v. the Late Mr. William Butler Yeats", in *The Complete Works of W. H. Auden: Prose*, Vol. II: 1939-1948, ed. Edward Mendelson, London: Faber and Faber, 2002, p. 7.

② W. H. Auden, "A Novelist's Poems", in *The Complete Works of W. H. Auden: Prose*, Vol. I: 1926-1938, ed. Edward Mendelson, Princeton: Princeton UP, 1996, p. 167.

③ 此处化用奥登《诗悼叶芝》中一行诗——"倾献出他的全部诗艺"。

流"停止涌动之后化成了一座座以行省为单位的政体,现代性的隐喻暗示了奥登对于诗人成就的认识——诗人"汇入了他的景仰者"。悼诗第二部分写诗人之"活",以"大地,请接纳一位尊贵的客人"为首的诗行充满了献祭仪式感,引出诗人短暂的生命与诗歌不朽的生命力之间的转换关系。"死"去的,是诗人的身体,"活"下来的,是诗人的诗歌。奥登一方面重复了古老的"人以文存""人以文传"的信心——这既是莎士比亚式的"只要一天有人类,或人有眼睛／这诗将长存,并且赐给你生命"(《十四行诗》第十八首,梁宗岱译),也是普希金式的"不,我不会完全死亡——我的灵魂在圣洁的诗歌中,／将比我的灰烬活得更久长"(《纪念碑》,戈宝权译),另一方面又深度挖掘了"文何以存(传)人"的根源,即诗文在一定程度上的生命力、自律性和独立性。

如前文所引,在初版的悼诗第二部分中,奥登在呼吁大地接纳叶芝之后,尚有三节诗从时间的角度探讨了诗歌作为语言艺术的生命力。在一年前写成的《某晚当我外出散步》中,城里的座钟提醒深陷爱河的恋人"你无法征服时光"(《奥登诗选:1927—1947》173),而在这被删去的三节诗歌里,时间似乎网开了一面。时间以人格化的形式出现,对人的死亡"漠然"——"在一个星期里,／漠然对待一个美的躯体",却"崇拜语言"——对"每个／使语言常活的人都宽赦"。这是奥登为前辈诗人奉上的绝佳丰碑,也透露了他对于"人以文传"的信心。在奥登看来,时间是优秀诗篇的最佳检验官,出色的诗人连同他们的语言艺术杰作都必然能够在时间的长河里历久弥新,而他们生前的思想意识和社会活动则变得不那么重要了。因此,尽管叶芝、吉卜林、克洛岱尔曾留有不同程度的"错误"(尤其是政治错误),但因为他们"写得比较出色",时间仍然宽恕了他们、膜拜着他们。按照这个观点,诗歌(尤其是杰出的诗歌)不但具有了生命力,而且获得了某种豁免权,写诗的人似乎可以就此免除了世俗的道德判断和普通的伦理准则。

时间,的确"崇拜语言",但若诗人因此变得骄纵,像被过分宠溺的小孩,像道德退化的纨绔子弟,或者像任意妄为的自我中心主义者,那就与雪莱式的诗人预言家相去不远了,其实质都是夸耀诗人的特殊身份和在人世间的特殊权力。这与奥登一贯以来对诗人和诗歌的谨慎态度背道而驰。正因为如此,1939年4月再度公开发表这首诗时,奥登去掉了这三节诗,在"大地,请接纳一位尊贵的客人"之后直接跟上了"在黑夜的梦魇里"引导的两节诗,把焦点从叶芝的死亡转向当前欧洲如黑夜般的社会时局,然后从第四节诗"跟着,诗人,跟着走"开始,以祈使语态揭示了诗人的使命和诗歌的功能。

为了加强这方面的诗学探讨,奥登在删除了上述带有歧义的三节诗之后,又在两个部分之间增加了一个由短短十行诗句组成的内容。新版的第二部分起到了一个过渡的作用,奥登以诗人身份与已故诗人展开了直接对话,渐趋规整的诗行和韵律暗示了诗人情绪的收拢,也做出了理性探讨的姿态。我们在此不妨看看这新增的十行诗:

> 你像我们一样愚钝;你的天赋挽救了一切:
> 贵妇人的教区,肉身的衰败,你自己。
> 疯狂的爱尔兰刺激你沉浸于诗艺。
> 而今爱尔兰的癫狂和天气依然如故,
> 因为诗歌不会使任何事发生:它在官吏们
> 从未打算干预的自造的山谷里得以存续,
> 从那些与世隔绝的忙碌而忧伤的牧场、
> 从那些我们信任且将终老于斯的阴冷市镇
> 一路向南方流淌;它将幸存,
> 以偶然的方式,在某个入海口。

前半部分的核心在于否认"介入的艺术",但奥登的立意并不是就此滑向"为艺术而艺术"。事实上,即便在所谓的"介入"时期,奥登也一直在探索诗人与社会、艺术与人生之间的动态平衡。1937 年的西班牙之行后,奥登看到了艺术被迫卷入政治并且沦为宣传工具的尴尬境地,这迫使他重新思考诗人的身份和作用、诗歌的价值和功能。在备受争议的"诗歌不会使任何事发生"之后,奥登使用了一个冒号,这说明接下来的内容都是对这句话的补充说明。

诗歌虽然不会直接作用于社会与人生,不会实用地、即时地达成某件事情,但是诗歌具有一股犹如天道运行般的自然力量,在"自造的山谷"

里依据自己的法则得以存在。这个"自造的山谷",可以比照悼诗第一部分里出现的"另一种树林"[①],都是强调诗歌生存的领域乃是语言世界。在这个世界里,诗歌就像符号学所说的那样,以"能指"巧妙地支配着"所指",勾绘了一个充满了可能性的虚构世界。它们来源于现实世界,但经过语词、时态、语态等一系列艺术手段而从原初的语境中分离了出来,一经说出便已经产生了各种形态的"朦胧"[②],可以比诗人本身的意图更飘忽不定,甚至可以超越了诗人所处的时代和所生活的地域而转化为万千形态。诗歌,因为语言的特性,避开了直陈式的平庸,拥有了被理解、被阐释、被更多人接受的旺盛的生命力。奥登将文学(包括诗歌)的这一特性描述为"寓言艺术"(parable-art)——"你不能言明如何行事,只能述说寓言;这正是艺术的本质,以独特的故事讲述独特的人物和经历,读者根据自己的即时感受和特有需求形成了他自己的结论。"[③] 由此可见,诗歌作为语言艺术的生命力,部分地来自其虚构性,或者说寓言性,从而使它们具有了可读性、可流传性,即便诗人离开了人世,其作品却可以"在活人的肺腑间被改写",而且经得起一代又一代、一遍又一遍地"改写"。

诗歌的生命力,不仅来自于其虚构性催生的阐释空间,还来源于其虚构性衍生的保护色。伊格尔顿在谈论"什么是文学"这个话题时说,文学具有神秘的自律性和独立性——"不受外部强制,自由地决定一切",在此意义上,"艺术作品可谓人类自由的实用模型"。[④] 作为语言艺术,文学(诗歌)不必屈服于外部世界的暴政和强权,它们忠实于自己的存在法则,因聚焦于语言上的创造和"技术层面"的探索而有了非功利性、去实用化的

---

① 富勒先生指出,"另一种树林"喻指以纸张为媒介的语言文化领域,"异域良知法则"指其他国家和地区的评论界。马克·特洛伊安在《哀歌之现代化:试读奥登<诗悼叶芝>一诗》中做出了另一种解释,他认为"另一种树林"譬喻了地狱的开端,恰如但丁在地狱之行之前发现自己"处在一片黑暗的树林中",而"异域良知法则"可以理解为亡灵世界的法律。笔者在此倾向于富勒先生的阐释。可以参看John Fuller, *W. H. Auden: A Commentary*, Princeton: Princeton UP, 1998, p. 287.

② 此处的"朦胧",采用的是燕卜荪的《朦胧的七种类型》中的概念。

③ W. H. Auden, "Psychology and Art To-day", in *The Complete Works of W. H. Auden: Prose*, Vol. I: 1926-1938, ed. Edward Mendelson, Princeton: Princeton UP, 1996, p. 103.

④ [英]特里·伊格尔顿:《文学事件》,阴志科译,河南大学出版社2017年版,第67页。

一层外衣，又因其内容上的虚构性和多元阐释性而有了非真实、非现实的一层面纱。从一般意义上而言，经纶世务者并不会于百忙之中抽出时间去干预这片看起来并无实用价值的领域，官吏们也不会在这里劳神费力捕风捉影。即便现实世界的极权魔爪伸向了语言艺术世界，文学仍然可以凭借其特殊的存在法则源远流长——请注意原文，诗歌在"自造的山谷里得以存续"之后，其生命力"一路向南方流淌"（flows on south），动词"flow"生动地表明了奥登此处的隐喻。

诗歌的生命力，像流水一样坚韧又谦逊（这与被删除三节诗所表达的诗歌生命力完全不同），哪怕是在最恶劣、最紧缩的时局之下，它也一定能通过语言变幻莫测的表达方式和理解角度为自己赢得生存的空间，找到幸存的机会。

第二节 "教会自由的人如何去称颂"：诗歌的"无用"之"用"

如果仅仅因为奥登写下了"诗歌不会使任何事发生"就断定他否认文学作品的现实功能以及拒绝对文学作品进行价值判断的话，未免过于片面和草率。韦恩·布斯在引用奥登的这句诗时，强调这不过是某些反对以道德为中心的批评家们断章取义的行径。他还特地为这句话附加了长长的注释，让我们不要忽视了奥登在提倡优秀的文学作品必须要关涉道德和伦理时"是怎样地热情洋溢"[①]。确如斯言。单单拎出"诗歌不会使任何事发生"，在实用主义者看来，这真的是在表达诗歌虽然与人类的情感和行为密切相关，却与我们的生活和时代的命运毫无干系。但诗歌果真"无用"吗？诗歌自文明诞生之日起便与人类共生共存，它之所以能够在漫长历史长河的涤荡中仍然充盈着我们的生活，显然是因为它"有用"，即便最巧言善辩的实用主义者也找不出否认这一点的事实逻辑。我们在此通过深度剖析奥登的相关诗文来看清他寄予诗歌"无用"之"用"的厚望。

---

① ［美］韦恩·布斯：《修辞的复兴》，穆雷、李佳畅等译，译林出版社2009年版，第366页。

一 诗歌的"调停能力":"以偶然的方式"汇入读者

在1940年创作的《新年书简》第一章里,奥登再一次谈到了诗歌的"无用"和存在法则,核心观点几乎是《诗悼叶芝》的重唱:

> 模仿正是艺术的目的所在
> 但它已觉悟,相似性已不再;
> 艺术并不等同于生活,
> 当不了社会的接生婆,
> 因为艺术是一个既成事实。
>
> (《奥登诗选:1927—1947》312—313)

艺术无法成为社会的接生婆,当不了历史的接生婆,因为艺术是一个"既成事实"——原文"a fait accompli"源自法语,强调事物的完成性,奥登在此显然是指艺术作品乃是一个封闭的语言世界,这与他在《诗悼叶芝》中说"诗歌不会使任何事发生"的语境是类似的,其实质都是试图纠正自己以及整整一代人的"愚钝",让艺术远离浮躁的功利和激进的宣传,回到艺术之所以为艺术的本源。

或许是为了避免类似于"诗歌不会使任何事发生"那句诗引起的误会,奥登此次为"艺术并不等同于生活,/当不了社会的接生婆"增添了长长的注释。他认为,"艺术家在社会的特殊位置,连同艺术作品的特殊性质,都致使艺术家比大多数人更不适合思考政治问题。"[1] 在他看来,那些在社会中如鱼得水的艺术家们,骨子里都是无政府主义者,他们敌视一切政府的钳制,而且会推己及人认为公众也乐于在一个开放社会里生活。至于那些或是因为人生失意或是因为曲高和寡而义愤填膺的艺术家们,他们对社会的认知不可能做到完全公正,他们成了艺术的封闭世界(戏剧和建筑艺术不包括在内)里的独裁者,由此产生的政治思考往往过于"理想主义",走向了民主的反面。奥登在写这两类艺术家的时候,脑海里各有一个典型。

---

[1] W. H. Auden, *New Year Letter*, London: Faber and Faber, 1941, p. 82.

前一类艺术家，应当是隐射了他自己，而在描述后一类艺术家的时候，他提醒我们希特勒原本是一位画家。这段注释，再一次强调了艺术家的身份和艺术作品的性质都不适合直接参与社会政治问题。

然而，奥登在开始陈述之前，还引用了契诃夫的话："你或许会说：'那么政治呢？国家利益呢？'其实，大作家之所以书写政治，完全是出于一种捍卫人民反抗政治的需要。"① 从这个角度而言，虽然奥登反对"介入的艺术"，拒绝艺术沦为宣传的工具，但这并不意味着他反对一切以社会和政治为题材的艺术。伟大的艺术家，不同于混迹于社会的寻常艺术家，也不同于与社会格格不入的孤独艺术家，他们找到了私人的语言和公共的事务混合在一起的经验，他们的作品不仅仅讲述了他们自己，也讲述了人民大众，不仅仅聚焦主观性的感受，也反映了时代的特征。这个观点，或许奥登此时只有模糊的概念，但日后他会明确地表达出来——"在我们的时代，创作艺术作品本身便是一种政治行为。"这里的政治，当然不是局限于管理公共事务的权力活动，更应该是一种让人类和社会趋向完美的理想追求。

那么，作为"既成事实"的艺术，如何成就了这种宽泛意义上的"政治行为"？奥登认为，读者和听众在其中起到了关键作用。也就是说，艺术作品在现实世界里的"用"，离不开流传环节。

奥登不止一次地感怀："我所有的诗歌，都是为爱而写；每写完一首诗，我自然会将它推向市场，但是它的市场前景在我写诗时不会扮演任何角色。"② 也正是在这篇序言中，奥登再一次强调一首诗"必然是一个封闭的系统"③。这些表达，连同诗句"艺术是一个既成事实"，都是在强调艺术创作过程的完成性。然而，"对交流没有兴趣的人"不会成为艺术家，艺术作品一定会走向公众，哪怕只能吸引到一小部分人，也会在流通和传播的过程中产生影响力。因此，从艺术流传的视角出发，诗歌又是一个半成品，而且在人类文明的进程中永远维持着未完成的面貌。

诗歌从封闭性的创作走向开放性的流通，就像一枚硬币从铸币厂走向

---

① W. H. Auden, *New Year Letter*, London: Faber and Faber, 1941, p. 82.

② W. H. Auden, "Foreword", in W. H. Auden, *The Dyer's Hand and Other Essays,* New York: Vintage, 1989, p. xi.

③ Ibid.

了人类生活场景，在支出和使用的同时实现了其价值。因此，奥登在《新年书简》第一部分的尾声部分写道：

> 语言也许毫无价值，只因
> 人类的文字无法让战争消停，
> 也不具备缓解功用
> 可减轻它的无尽悲痛，
> 但如同爱情与睡眠，真理
> 憎恶那些过于激烈的方式……
>
> （《奥登诗选：1927—1947》323）

此处，奥登在宣称语言文字"毫无价值"（useless）的时候，用的是情态动词"may"和动词原形"be"结合的谓语形式，表达了一种不确定。这意味着，奥登并不是真的认为语言艺术"毫无价值"。这个推测在接下来的诗行里得到了明确的印证：

> 这样的心灵和智慧
> 此刻若聚在一起开会，
> 任何时候当陷入了僵持
> 或可运用诗歌的调停能力；
> 也许会达成共识，也许这份记述
> 他们会中所谈内容的备忘录，
> 这份写给一个朋友的私人文稿，
> 就是我打算发送的通讯报道；
> 尽管收件人地址写的是白厅，
> 这封装入开口信封里的信
> 所有人要是想读都可把它接下，
> 若他们展读，完全就是明码①。
>
> （《奥登诗选：1927—1947》324）

---

① "明码"（En Clair），原文为法语，指电报、公文等不用代码（或密码）。

奥登将诗歌的功能表述为"调停能力"（the Good Offices of verse）。"the Good Offices"的本意是扮演斡旋角色的人或机构，后来引申为具有"调停"功能的人或物，或者干脆是一种抽象的"影响力"。因此，诗歌的"调停能力"，指的是诗歌的影响力，其根源并不是诗歌对社会人生的直接作用力，而是诗歌作为语言艺术的生命力。

这种"调停能力"，在《诗悼叶芝》的第二部分有一个动态的展示过程。在短短几行诗内，奥登将诗歌的生命力比作流水，因其发端于"自造的山谷"而具备了自律和独立的坚韧品格，又因其"不会使任何事发生"而保持了谦逊的品质。诗歌的流传，如同生命之水的流淌，它流过牧场，流过城镇，汇入了某个"入海口"。"a mouth"在这里是一个双关：一是"入海口"，用作隐喻，生动地体现了叶芝的诗歌如流水般穿过爱尔兰的牧场和城镇，一路向南涌向大海的过程，符合爱尔兰四面环海的地理形态；二是"嘴巴"，用作提喻，叶芝的诗歌流向特定读者的"嘴巴"，流入他的内心之海，从爱尔兰和英国一北一南的相对位置而言，这个"嘴巴"应当喻指奥登本人，即叶芝的诗歌流淌在奥登这位"南方人"的心里。"a mouth"的两种解读角度，都将诗歌之流的影响力表现为一种坚韧而谦逊的力量——请注意，奥登还用了一个修饰语"以偶然的方式"（a way of happening），也就是说，诗歌影响力的发生是不可控制、不可计算、不可预设的，但一旦被特定的读者阅读和接纳，便会与他们过往的经验融汇合一，持久地润泽他们的思想和感情。

诗歌以这种特殊的存在法则和调停能力产生了"无用"之"用"。无论是1939年初的《诗悼叶芝》，还是1940年初的《新年书简》，奥登都以"辞旧"的姿态对过去的生活历程（个人的，也是时代的）和诗学策略做出总结，表现出的人文关怀和诗学理念是一脉相承的，都对诗歌作为语言艺术的"无用"之"用"寄予了厚望。

二　诗歌的"称颂"："倾其所能去赞美存在和发生"

在《诗悼叶芝》里，奥登以叶芝诗歌的流传为典型，最后三节诗直指诗人的使命和诗歌的价值：

第二章 "将诅咒变成一座葡萄园"：诗歌的"道德层面"

跟着，诗人，跟着走
直至暗夜的尽头，
用你无拘无束的声音
让我们相信犹有欢欣；

用诗句的耕耘奉献
将诅咒变成一座葡萄园，
歌唱人类的不成功，
苦中来作乐；

在心灵的荒漠中
让治愈的甘泉开始流涌，
在他岁月的囚笼中
教会自由的人如何去称颂。

"暗夜的尽头"与之前两节诗描写的欧洲社会的"黑夜的梦魇"相呼应，奥登毫不掩饰他对紧张的欧洲时局的忧心忡忡。尽管为了尊重诗歌这门艺术的独有规律，诗人要稍稍站在"门口"，寻觅一个"安全的位置"，但诗人毕竟是社会中的一员，必然会与时代休戚相关。真正的大诗人不仅聚焦自己的喜怒哀乐，还关心人类的命运和大众的福祉。因此，尽管奥登反对诗歌的"介入"，但他从不反对诗歌揭示人类生存的真实境况。事实上，奥登自始至终都分外强调诗歌让人更为清醒地看待生活的功能——当然，这个功能不是通过直陈式的教诲来实现的，而是奥登所谓的"寓言艺术"，即艺术通过寓言让读者形成自己独特的感受和结论。

《诗悼叶芝》中的"寓言"，既有叶芝和他的时代，也有奥登从叶芝和他的时代的千丝万缕的联系中感悟到的经验与教训。叶芝在"黑夜的梦魇"里仍然勇于担当，以他的"愚钝"发出"无拘无束的声音"，给同样身陷时局囹圄的人们带去希望，让他们相信"犹有欢欣"，让他们在面对人类文明的诸种失败的时候仍然可以"苦中来作乐"，让他们在心灵的荒漠、岁月的囚笼中学会"如何去称颂"。在这里，奥登对叶芝的态度又发生了一次逆转。如果说，在悼亡诗的前两个部分和讣文中，奥登避开谈论叶芝的思想与生活，让我们专注于叶芝在诗歌"技术层面"的贡献的话，那么，到了悼亡诗的尾声部分，奥登回到了叶芝诗歌的"道德层面"，也就是叶芝的"介入的艺术"给予后辈的启迪和教诲。

我们看到，奥登虽然激烈地反对叶芝在一定程度上把诗歌当成了一种宣传手段，但非常认可叶芝对民族命运的忧心、对人类生活的关注，而这也正是他多年后在散文《以叶芝为例》中表达的核心主题。他在文中宣称自己阅读和思考叶芝时关心如下问题：

> 更确切地说，我思考的是，叶芝作为一位诗歌先驱者，一位其重要性没有人会也没有人能否定得了的诗人，我关心这样一些问题："与我们相比，叶芝作为一位诗人在他自己生活的那个时代曾面临过怎样的困难？这困难与我们自己的困境相比，有多少相似之处？它们的相异之处又在哪里？对于两者的差异而言，我们在处理自己的难题时，可以从叶芝在他那个时代处理他自己的难题中学习到什么？"[①]

在奥登看来，叶芝那代人成长于理性和感性、客观真理和主观真理、宇宙和个人相冲突的时代，进一步而言，理性、科学和大众居于主导地位，意象、艺术和个人处于下风，因而造成了以叶芝为代表的多数艺术家倾向于采取审美的态度介入生活的艺术价值观。但是，到了20世纪30年代，时代的矛盾不再是理性与想象的对抗，而是善与恶之间的斗争，不再是主观与客观的对抗，而是情感与思想之间的或整合、或分裂的矛盾，不再是个体与大众的对抗，而是社会性的个人和非个人的国家之间的距离。因此，以叶芝式的审美激情介入当前的社会和生活是不合时宜的，新时代的艺术不仅要表现"完美的善"，还要揭露"极端的恶"，艺术家对此应该立场鲜明。

虽然时代已经不同，叶芝在面对现代性困境时采取的积极态度仍然值

[①] W. H. Auden, "Yeats as an Example", in *The Complete Works of W. H. Auden: Prose*, Vol. II: 1939-1948, ed. Edward Mendelson, London: Faber and Faber, 2002, p. 385.

得后辈诗人学习。奥登认为，他们与叶芝那代人一样，依然生活在一个传统被割裂、信仰被遗弃的社会里，孤立无援的现代人必须凭借自己的感觉、情感和思想才能理解发生在自己身上和周边领域的经验，必须在失去了"上帝之手"这一强有力的精神支柱的情况下坦然接受现实并将之转化为工作的条件。叶芝，无疑为大家提供了一个很好的榜样力量。他用神话和神秘学将私人经验变成了公共事件，同时也可以从个体角度出发阐释对公共事件的看法，在诗性精神和审美感受的观照下进行度量、判断和选择。后辈诗人即便在价值观上无法完全认同他的做法，但也一定会看到他在诗歌领域持续地发展自己、不断地探寻新的主题和形式的努力。这是叶芝在创作方面保持的"愚钝"，也是叶芝对人世生活和诗歌事业至死不渝的参与热情和进取精神。

正是这样的叶芝，让奥登躬身致敬，而且直至暮年都认为他是"一个帮手"。《诗悼叶芝》的第三部分，在内容和形式都表达了奥登对叶芝的敬意。在这里，奥登不仅写出了诗人之"活"，也写出了诗人何以"活"以及诗歌之生命力，掀起了全诗的高潮。为了突出这份敬意，奥登非常慎重地换上了规整的四行体，诗行大多采用四音步扬抑格，其中第四个音步只有一个重音（即第七个音节）且用韵（押随韵，每两句换一韵），也就是通常所说的强韵，诵读起来颇为铿锵有力。如此一来，语句和语义的重心都实实在在地落到了诗行尾部的韵脚，最后一个单词"称颂"（praise）无疑承载了全部的力量和内核，凸显了奥登从叶芝那里获得的灵感与启示——诗歌"教会自由的人如何称颂"。

奥登过世后，汉娜·阿伦特曾写文评述奥登的诗歌贡献。她特地援引了《诗悼叶芝》第三部分的诗行来说明她对奥登诗学思想的理解：

> 以历时的顺序阅读奥登的诗歌，而且知晓他在生命后期越来越多地被那些难以承受的痛苦和不幸所包围，我便不会仅仅惊佩于他的天赋异禀和运用这些才能的天资，而是比以往更加确信他"被刺激沉浸于诗艺"，这一点比叶芝有过之而无不及——"疯狂的爱尔兰刺激你沉浸于诗艺"——也相信，尽管他有一颗恻隐之心，但公共的政治环境并不一定会"刺激他沉浸于诗艺"。促使他成为一位诗人的，是他

> 对语言无与伦比的驾驭和矢志不渝的热爱，但让他成为一位大诗人的，是他心甘情愿地面向"诅咒"——这种"诅咒"，是从生存诸多层次而言的"人类的不成功"的脆弱性；是欲望的畸变、心灵的扭曲和人世的不公。①

在汉娜·阿伦特看来，奥登之所以成为大诗人，是他面向"诅咒"（curse）的勇气和为之付出的沉重的生活代价。她揣测，青年奥登决意要成为大诗人的时候，不一定会知道他将要付出什么样的代价，笔者对此不敢苟同。阿伦特与奥登相熟之时，他们都已经走过了人生的大半光华，她一定不会知道奥登年纪轻轻就立志要成为"大诗人"时的坚定，也一定不会明白他在牛津大学时就多次表示艺术家要以生活的疼痛祭奠艺术的成功。但是，有一点阿伦特说对了，那就是奥登主动地、甘愿地面向人类的"诅咒"，相信人们能够从自己的畸变、扭曲和不公的现实沉疴中学会"称颂"。她也认同，"称颂"是《诗悼叶芝》尾声部分的核心关键词。

门德尔松教授提醒我们，奥登在1938年前后频繁使用"praise"这个词，其实是在呼应前辈诗人里尔克。②里尔克以"praise"的方式抵制世界的贫乏，进入那些无名、失名的事物之中，揭示它们隐藏的真实和存在的意义。尽管奥登认为里尔克对人类的苦难和人世的不公其实是漠不关心的，但他欣赏里尔克对人类平等互爱的无限憧憬以及对诗人天职和诗歌功能的认知。《战争时期》第十三首开篇第一句"当然要赞颂：让歌声一次又一次地升腾"（《奥登诗选：1927—1947》264）便是向里尔克的致敬，模拟了后者在《致奥尔弗斯的十四行诗》第七首的写法——"赞美，只有赞美！一个受命赞美者，／他像矿砂一样诞生于／岩石的沉默……"③ 不仅如此，奥登在同期的谣曲《风平浪静的湖心……》（"Fish in the unruffled lakes"，1936）里也强调了"称颂"的必然性——"因愚蠢言行而生的悲叹／扭曲了我们有限

---

① Hannah Arendt, "Remembering Wystan H. Auden", in Stephen Spender, ed., *W. H. Auden: A Tribute,* London: Weidenfeld & Nicolson, 1975, pp. 185-186.

② Edward Mendelson, *Later Auden,* London: Faber and Faber, 1999, p. 6.

③ ［奥］赖内·里尔克、［德］K. 勒塞等：《〈杜伊诺哀歌〉中的天使》，林克译，华东师范大学出版社2005年版，第65页。

的时日，／但我必须祝福，必须赞美"(《奥登诗选：1927—1947》180)。因此，《诗悼叶芝》以"称颂"（即赞美、赞颂等，是 praise 的不同翻译方式）收尾，委实是奥登诗论的一个基点。

那么，何为诗之"称颂"？这里的"称颂"，当然不是指诗人对着人世间的美好唱赞歌。我们不妨以奥登文论中一段话作答——

> 诗歌可以做很多事，使人欢愉、令人忧伤、扰乱心智、逗人开心、给人教诲——它可以表达情感的每一种可能的细微差别，描述每一种可以想象的事件，然而，所有诗歌都必须做的，只有这么一件事；倾其所能去赞美存在和发生。[1]

"存在"（being）和"发生"（happening），涵盖了人类生活场景的一切面貌。诗人不仅要描述生活中美好的一面，也要深入我们的不成功、不完美和不完善，从伤痛和脆弱当中汲取教训和力量，如此才能"用诗句的耕耘奉献"，"将诅咒变成一座葡萄园"。"葡萄园"（vineyard）的隐喻，一方面喻指诗人躬身耕作诗歌之田地，另一方面暗指诗歌作品如葡萄酒般具有抚慰人心、给予希望的力量。在西方文化语境里，酒神狄奥尼索斯正是葡萄种植业和酿酒业之神，按照尼采在《悲剧的诞生》中的总结，酒神代表的精神和文化，与日神阿波罗讲究原则和秩序的理性截然不同，他虽然与狂热和不稳定联系在一起，但以他为代表的力量积极地赞美生活，勇敢地接受生命的反复无常。尼采歌颂酒神精神，艺术家们也在一定程度上都是酒神的信徒，比如荷尔德林借朋友之口吟唱的这首歌：

> 诗人如同酒神的神圣祭司，
> 在神圣的黑夜里走遍大地。[2]

---

[1] W. H. Auden, "Making, Knowing and Judging", in W. H. Auden, *The Dyer's Hand and Other Essays,* New York: Vintage, 1989, p. 60.

[2] 转引自［德］马丁·海德格尔《诗人何为？》，《诗·语言·思》，彭富春译，文化艺术出版社1991年版，第84页。

作为诸神中最年轻的神灵,酒神狄奥尼索斯带着半人半神的血统长期在人间漫游,后来才成为"十二主神"之一。他的祭司们一开始只有妇女,后来美惠三女神、潘神、小林神们也逐渐加入到他的祭祀庆典里。在酒神祭祀仪式里,追随者们常常头戴常春藤冠、身披野兽皮、手持缠着常春藤或葡萄藤的手杖,敲着铙钹打着鼓,成群结队地游荡于山林间。奥维德在《变形记》里描述过酒神的追随者们"又是唱、又是尖叫"的狂欢场面①,人们在纵情欢畅的气氛中暂时忘却了森严的等级和繁重的劳作。酒神是自然力和生命活力的象征,后世文人墨客视他为艺术中的非理性、神秘性和狂欢性的源头。荷尔德林之所以将诗人比作酒神的祭司,用海德格尔(Martin Heidegger)的阐释来说,是因为他认为酒神将诸神的踪迹"带给在他们世界之夜的黑暗之间的失去神的人们",贫乏时代的诗人们也通过创作"去注视、去吟唱远逝诸神的踪迹",②如同酒神的祭司们欢唱着神圣的歌。

当然,奥登眼中的诗人,虽然也是大地的漫游者,但绝不是神圣的祭司和先知。他们的歌唱和"称颂",是一种直面生活、相信生活的积极态度。诗歌不是让人逃遁,而是让人在饮完艺术的佳酿之后又重新投入到生活中去。诗歌的生命力,也正是通过这样一种"偶然的方式"对生活、对时代、对世界产生了影响力。

这个观点,在《新年书简》第一章的尾声部分也有生动的体现,只不过叶芝诗歌的流传被替换为奥登本人的诗体书信。写信的缘起,是因为"陷入了僵持"的时局——就在这一节诗歌之前,奥登大量描述了时代的形势:"亚洲的痛苦哭泣""西班牙的枪击""阿比西尼亚人手脚起泡""多瑙河畔人们的绝望""犹太人毁灭在了德国的监牢中""平坦的波兰如地狱般天寒地冻""沮丧的失业大军""迫害者们尖声叫喊"……诗人并不回避这些正在发生的"人类的不成功",也不会因为人类生活的这些"诅咒"而黯然消沉,而是在世界的暗夜里继续前行——"直至暗夜的尽头"。

---

① [古罗马]奥维德:《变形记》,杨周翰译,人民文学出版社2008年版,第64、66页。

② [德]马丁·海德格尔:《诗人何为?》,《诗·语言·思》,彭富春译,文化艺术出版社1991年版,第84、85页。

第二章 "将诅咒变成一座葡萄园"：诗歌的"道德层面" | 355

诗人要运用诗歌的"调停能力"，教会人们如何去"称颂"。而在这个"教"（teach）的过程中，诗人扮演的角色，不是趾高气扬的时代的代言人，也不是技高一筹的急先锋，更不是目空一切的预言家，而是如同你、我、他/她一样，是生活中的人。因此，诗人发出的声音、写下的诗篇，如同一封普通的家书——请注意，奥登特地告诉我们"收件人地址写的是白厅"。"白厅"是英国政府所在地，笔者认为这个收件地址至少有两层隐藏含义。"白厅"首先指代奥登的祖国，他漂洋过海来到了美国，在异国他乡度过了第一个圣诞节之后，很快又迎来了1940年的新年，在此辞旧迎新之际，他颇为感怀，给家乡人写了一封书信。从这个角度而言，这一封"新年书简"，如同一年前刚到美国时写下的《诗悼叶芝》，都是一种告别，又都是一种展望，两者在诗歌内容的处理和诗学理念的表达上因而有了一脉相承之处。除此之外，"白厅"的政治指向性非常明显，奥登除了在《新年书简》第一章里具体描述了时代的局势以外，第二章开头部分也以洗练的笔法勾绘了时代的困境：

> 今夜，一个纷扰十年已终结，
> 站在路标下，在贫瘠的荒野，
> 陌生人、敌人和友朋
> 又一次地困惑迷昏，
> 在此分岔的崎岖山路
> 通往了各处的寂静丘谷……
>
> （《奥登诗选：1927—1947》324）

"一个纷扰十年"（a scrambling decade），也是《一九三九年九月一日》里的"一个卑劣欺瞒的十年"，更是《诗悼叶芝》里的"黑夜的梦魇"。在这些创作时间相近的诗歌里，奥登不断表示"十年"终结了，暗夜也走向了尽头。我们应该明白，对于欧洲乃至全人类而言，纳粹主义带来的毁灭性打击在1939年才刚刚开始，奥登之所以在战争彻底拉开遮羞布之初反复强调"终结"，其实是借诗歌的"调停能力"来"教会自由的人如何称颂"——于是，他的《一九三九年九月一日》"仅是一个声音"（《奥登诗选：

1927—1947》306），愿意听到这个声音的人自然会听到；他的《新年书简》，也仅是一封"装入开口信封里的信"，愿意阅读这封信的人可以随手拆开来展读。

第三节 "道德的见证者"：诗歌题材的伦理责任

奥登曾说，写诗，是要成为"道德的见证者"——"与人类的行为一样，人类创作的诗歌也无法免除道德判断的约束，但两者的道德标准不同。诗歌的责任之一是见证真相。道德的见证者会尽最大能力说出真实的证词，因此法庭（或者读者）才能更好地公平断案；而不道德的见证者证词则是半真半假，或者根本谎话连篇，但如何判案则不是见证者的分内事。"这里的"真相"（truth）和"真实"（true），不仅指诗人描绘的生活或场所具有真实性，还指诗人渗透在诗歌字里行间的自我具有真实性。

当奥登在年轻时写下"在我看来，生活总意味着思索，／思想变化着也改变着生活"时，似乎已经预示了他那思索着、变化着的自我和人生，而这些思考和变化来自于他强烈的现实感和实践性，也来自于他对诗歌这门语言艺术的尊重和热爱。他在实际的生活与创作中发现，艺术并不能够直接地、即时地救赎世界，因此我们对艺术应该持有谦逊的态度。但是，艺术却可以施展"调停能力"，通过它们独特的述说和表达"去赞美存在和发生"，在见证生活各个层面的"真相"的同时承担起了一定的伦理责任，因此艺术对我们来说又格外重要。

一 线性历史观影响下的诗歌题材论："一个可堪拯救的世界"

1955年6月，奥登做客BBC，以《染匠之手》为题录制了三期谈话，分别围绕着"诗歌关于什么"（What is Poetry About）、"诗歌创作过程"（The Poetic Process）和"当代诗歌写作"（On Writing Poetry Today）展开。在谈到"诗歌创作过程"时，奥登认为，无论是有意识地还是下意识地，任何诗人都无一例外地为自己预设了一些条件作为创作准则，其中至少有如下三条：

（1）存在着一个充满了独特的事件和独特的个体的历史世界，这个世界的存在是善。

(2) 这个历史世界是一个堕落的世界，充满了不自由和无序。它的存在本身是善，但是它的存在方式却是恶。

(3) 这个历史世界是一个可堪拯救的世界。过往的不自由和无序可以在未来得到消解。因此，每一首成功的诗作都展现了天堂般的景象，自由和法则、体制和秩序得到联结，矛盾得到调和，罪得到宽恕。每一首好诗呈现的景观，都无限地接近乌托邦。①

世界的存在本身是善的，但存在方式却为恶，这样的论调，基本上与他早年撰写《丰产者与饕餮者》时的认知保持了一致：

(1) 并没有"善"的存在或"恶"的存在。凡存在皆合理，也就是说，他们享有同等的自由，也享有同等的存在权利。一切事物的存在都是神圣的。

(2) 一切存在都与其他存在之物产生联系，并相互施加影响。

(3) "恶"并不是一种存在，而是存在之间的不和谐状态。②

"善"（good）和"恶"（evil）、"一个堕落的世界"（a fallen world）和"一个可堪拯救的世界"（a redeemable world），这些成对出现的概念和场景，为我们清晰地勾绘了奥登的基督教历史观。这种历史观其实是一种线性意识，指向了独特而确定的终极。早在古罗马时期，基督教神学家奥古斯丁就曾对承载历史的时间做出精彩的分析："时间分过去的现在、现在的现在和将来的现在三类……过去事物的现在便是记忆，现在事物的现在便是直接感觉，将来事物的现在便是期望。"③ 在这条线性时间链上，奥古斯丁

---

① W. H. Auden, "The Dyer's Hand", in *The Complete Works of W. H. Auden: Prose*, Vol. III: 1949-1955, ed. Edward Mendelson, Princeton: Princeton UP, 2008, p. 557.

② W. H. Auden, *The Prolific and the Devourer*, in *The Complete Works of W. H. Auden: Prose*, Vol. II: 1939-1948, ed. Edward Mendelson, London: Faber and Faber, 2002, p. 426.

③ ［古罗马］奥古斯丁：《忏悔录》，周士良译，商务印书馆2010年版，第247页。

把人类历史的起点定为该隐创造"地上之城"之时,而未来的终结便是"上帝之城"取代"地上之城"之时。奥古斯丁的历史阐释论证了上帝与基督教的合理性,他的写作范式和思想观念被后世的神学家们继承并发展了下去,成为基督教历史观的重要组成部分。20世纪颇具影响力的哲学家汉娜·阿伦特在《过去与未来之间》一书中谈到了这种基督教历史观对普通人的影响:"不仅因为它的线性时间概念,还因为它的神圣天意观为人类的整个历史时间赋予了一种统一性,这种统一性通过救赎计划而实现。"① 由此可见,基督教历史观不但是线性的,而且还有一个明确的未来指向性。

事实上,奥登不仅是在信仰之旅的皈依过程中持有这种线性历史观。门德尔松教授谈到早期奥登的历史观时说:"奥登对历史的思考是理性的、经验的。他的线性历史意识基于坚信历史事件是独一无二的。然而,这样的历史意识也有充满神秘色彩的基本面目(或者说30年代偶尔出现了此类现象),那就是他认为历史可以改良,未来的社会必然比现在更为公正。"② 他的措辞十分谨慎,认为早期奥登的历史意识是线性的,而且在20世纪30年代偶尔带有一种"神秘色彩"。显然,"神秘色彩"指的是基督教的唯心主义历史观,这说明奥登在"失去了信仰"的青少年时期也秉持着线性历史意识。

奥登虽然深受前辈诗人叶芝的影响,但他的历史意识表现出一种非叶芝式的质地。叶芝在其诗作《基督重临》("The Second Coming")和著作《幻象》(*A Vision*)里探讨了人类历史的奥秘,认为历史每过两千年就会出现一次循环。奥登则自一开始就倾向于认为历史发展是一个单向延伸的线性过程,存在其中的历史事件是不可重复的,也是不可逆转的。在与马克思主义的"蜜月期",奥登一度使用左派小说家爱德华·厄普华的"目的性历史"(purposive history)这个术语及其概念。爱德华·厄普华曾与奥登过从甚密,他的言传身教和小说作品直接影响了奥登的政治立场和唯物主义历史观。1932年春,他向奥登展示了新创作的短篇小说《礼拜日》。该小说以主人

---

① [美]汉娜·阿伦特:《过去与未来之间》,王寅丽、张立立译,译林出版社2011年版,第60—61页。

② Edward Mendelson, *Early Auden*, New York: The Viking Press, 1981, p. 229.

公最终决定参加共产党集会为尾声,其中穿插了很多有关历史的表述:

> 历史在这里,在公园,在乡镇……它曾经位于悬崖峭壁上的城堡,乌黑尘诟中的教堂,以及你的脑子里;但是它抛弃了它们,只给它们留下了充满绝望的衰退之力,然后去了别处。它已经停驻在别处。它停在你的沉闷而匆忙的工作里,你的破败而孤绝的宿处里……
>
> 但历史不会一直留在这里……正如历史已经抛弃了城堡里残酷的父爱,它也会抛弃"礼拜日"和办公部门的压迫。它将去往别处……一个人与其自杀或者疯掉,不如起来抗争……将与那些人为伍……[1]

唯物主义历史观认为,历史发展的推动力是人、物和环境等社会有机体所有要素作用的总和,或者说生产力;伴随着生产力的发展,人类社会从原始社会、奴隶社会、封建社会、资本主义社会走向社会主义社会,并最终实现共产主义社会。这种社会变化历程符合线性系统排序上的链式特征,而以全人类解放为目标的共产主义社会则被设想为这条时间轴上的最终形态。唯物主义历史观试图解读历史发展的内在逻辑,同时又关注到历史境遇中的不确定性和偶然性,统一了偶然与必然,也统一了合规律性与合目的性,是一种历史生成论[2]。包括厄普华在内的左派作家们,在历经资本主义社会的政治鱼烂、经济萧条之后接受了马克思主义的核心观点。他们从中看到了历史发展的线性流向,认为若不追随历史的脚步"起来抗争"的话,便只能被历史抛弃,"自杀或者疯掉"。

奥登初登诗坛时,即便他主要聚焦于诗歌事业的成功,但由于他对时代症候敏锐的洞察力,其诗作很早就体现了个人性与社会性的融合。他的改变现有社会的诉求,经厄普华、布莱希特、托马斯·曼等人的影响,逐渐与马克思的唯物主义历史观相合,因而他也将社会变革视为线性历史发

---

[1] Edward Upward, *Sunday*, quoted from Edward Mendelson, *Early Auden*, New York: The Viking Press, 1981, pp. 308-309.

[2] 有学者认为,"历史生成论揭示了马克思对人与历史关系的理解的全部内涵。"关于历史生成论的内容,可以参看郭艳君《历史与人的生成:马克思历史观的人学阐释》,社会科学文献出版社2005年版,第220页。

展的必经之途，尽管他对"革命"的态度打了折扣。

　　这种带有"目的性"的线性历史观直接影响了奥登的诗歌题材。他接连不断地创作出一些带有历史回溯色彩的诗篇，其中最为突出的是写于1933年的《寓意之景》(《奥登诗选：1927—1947》149—151)。门德尔松教授指出，在这首诗里，奥登将目光投向了人类文明的整个发展历程，写出了人类在特定历史时期所处的状况和所做的努力：在第二诗节中，先辈们跋山涉水、缔造城镇的过程，象征着古代人类征服自然、发展城市的历史；在第三诗节中，人们躺在"小床上想象着海岛"，黎明到来之后又不得不面对迫在眉睫的残酷现实，隐射了身处18世纪封建专制统治、呼吁创建资本主义理想国的启蒙思想家们；在第五诗节中，"朝圣者"渴望逃离自身的城镇、奔向遥远的海岛的心情，与19世纪浪漫主义者渴望回归自然的天真理想如出一辙。[①] 从先辈们征服自然、建设城市到启蒙思想家们呼吁民主、创建道德理想国，再到浪漫主义者们逃离自身的环境、奔向遥远的彼岸，线性回溯的方式恰恰反映了奥登的线性历史意识，而他在诗篇最后提出的"我们将重建城市，而非梦想海岛"，指向了时间轴上的未来愿景。

　　如果说《寓意之景》的历史回溯手法还比较隐晦的话，那么他之后创作的组诗《战争时期》及其附录《诗体解说词》，简直就是检视人类文明史的沉思录了。在收入《战地行纪》的初版中，组诗共有27首十四行诗[②]，前十二首的灵感源于《圣经》和古希腊神话，各自借用了历史记忆中的神话或人物原型。前三首关涉《创世记》中的上帝创造万物、人类始祖偷食禁果、人类始祖为万物命名的神话，揭示了人类因面临选择而善变的本性。在接下来的诗篇中，奥登分别借用农夫、骑士、学者（古代占星师）、诗人、城市缔造者（商人、赞助人、建筑师）等人物原型来隐喻历史上不同阶段的主导力量，他们虽然凭借非凡的技能成为各自时代选择的"结果"，但面临历史的新变化却变得束手无策：农夫逐渐显得"吝啬而头脑简单"，骑士在突然间拥挤起来的大地上"已不被待见"，占星家"看到了自己，

---

　　① Edward Mendelson, *Early Auden*, New York: The Viking Press, 1981, p. 155.
　　② 奥登在1966年版的《短诗合集》中，将组诗重新命名为《来自中国的十四行组诗》(*Sonnets from China*)，收录的诗歌删减为21首，诗篇顺序和细节也做了调整。1973年的平装本《战地行纪》延续了最新的删减版本。

凡夫俗子中的一个",诗人因吟诵不出诗篇而只能"拼凑瞎蒙",城市建造者"感觉不到爱"。(《奥登诗选：1927—1947》256—260)第九、十首描绘的是中世纪基督信仰的衰落。第十一首借用古希腊神话里宙斯与美少年盖尼米德的故事揭示了人类本性中暴力的一面,为组诗后半部分的战争与杀戮嵌入了一个人性观察的支点,即人类弃善从恶的错误选择。第十二首是奥登的一篇旧作,为中世纪的结束唱了一曲挽歌,对文艺复兴以来"经济人"的崛起充满疑虑。事实一再证明人类的历史是一系列错误选择的结果,经历了古罗马帝国的灭亡和基督信仰教的衰落这两次大幻灭之后,人类并没有吸取到足够多的教训,新的谬误继续产生,愚昧和野蛮无休无止,终于导致了"第三次大幻灭"[①]。

从第十三首开始,组诗才真正切入到近在咫尺的中日战争,对中国遭受的屈辱给予了理解和同情,对侵略者的野蛮行径进行了批判和谴责。他在中国旅行期间的亲身经历和真切感受,一步步以诗性的语言转化为理性的声音,与其说旨在报道中国的战争实况,不如说试图唤醒西方读者的良知[②]。组诗最后一首呼应了开篇三首奠定的人性论,强调我们必须认识到自身的独特性,在"选择的山岭间"找到一个结束所有谬误的契机,呼应了《诗体解说词》末尾发出的那句"人类的声音"——"摆脱我的疯狂"(《奥登诗选：1927—1947》294)。奥登的人道主义情怀以回溯历史的犀利方式找到了独特的表达,现代社会的战争、纷乱、危机等众生相与人类文明进程中的行为选择密切相关,这使得他在建立起一种历史与现实的道德联系的同时,留下了强有力的自证逻辑和伦理信心。因此,组诗被富勒先生称为"奥登的《人论》"[③],可谓切中肯綮。

对比《寓意之景》《战争时期》和《诗体解说词》,我们可以发现诗篇

[①] 奥登在《诗体解说词》中明确指出,人类经历了"奴隶制帝国的瓦解"和"普世教会"的衰落这两次大幻灭,而第二次世界大战是人类经历的"第三次大幻灭"。"解说词"原文为"commentary",是评论、评注的意思,既然奥登安排《诗体解说词》阐释组诗《战争时期》,那么我们在此可以直接用《诗体解说词》中的内容加以解说了。

[②] 奥登在《战地行纪》前言里已经开宗明义地表明,他们对东方语言和文化不甚了解,因而对消息来源的可靠性和精确性缺乏甄别能力,他们的文字表述的真实性也有待商榷。这份坦诚,进一步说明了奥登将中国战争放置在人类文明史中考察的深层原因。

[③] John Fuller, *W. H. Auden: A Commentary*, Princeton: Princeton UP, 1998, p. 235.

整体布局中的线性历史观是一脉相承的，但蕴含的基调正在悄然发生变化。不同于前者的"我们将重建城市，而非梦想海岛"，后者的宗教性指涉已经显山露水。在1937年的《西班牙》中，历史面对以西班牙为代表的欧洲局势采取了旁观的态度——"历史或会对失败者鸣呼哀叹，／却既不能救助，也无法宽恕。"（《奥登诗选：1927—1947》300）"西班牙之行"在奥登人生历程和精神历练中的重要性自不待言，前文探讨他的信仰皈依之旅时已经详细辨析过。《西班牙》中的昨天、今天和明天，也呈现了一种线性历史意识的特征，但是"历史"仿佛回到了一个遥远而神圣的地方，它不站在任何人的一边，而是在星辰、动物和人类的另一边，一种仿佛是平行结构的时空里。这种带有基督教宿命论色彩的论调，在《战争时期》和《诗体解说词》里进一步发展。从欧洲战场转向了远东战场如火如荼的紧张局势之后，奥登的焦虑和疑惑似乎是找到了一个出口。历史，虽然仍然表现为一种看客的姿态，"人类的声音"却变得异常嘹亮：

> 直到它们最终建立了一种人类正义，
> 呈献于我们的星球，在它的庇护下，
> 因其振奋的力量，爱的力量和制约性力量
> 所有其他的理性都可以欣然发挥效能。
>
> （《诗体解说词》；《奥登诗选：1927—1947》294）

爱、正义、理性等关键词的出现，表明奥登与马克思主义的"蜜月期"已经结束了。我们知道，到了20世纪30年代末，尽管他仍然认为社会主义是正确的，但不再相信"它能够战胜法西斯主义并建立社会主义国家"。他开始把改善现实沉疴的责任放在每一个普通人的肩上，希望通过每一个人的爱、理性和心智的内明来实现整个社会的改良、走向人间的正义，基督教信仰在此时成了他最好的也是必然的选择。表现在诗歌创作上，他以基督教神学阐释人类历史，相继创作了《迷宫》（1940）、《探索》组诗（"The Quest"，1940）、《城市的纪念》（1949）和《祷告时辰》组诗（1949—1954）等名篇。巧合的是，基督教历史观虽然是唯心主义历史观，却同马克思的唯物主义历史观一样，都为线性历史设定了一个终点——在前者是"上帝

之城",在后者是"共产主义社会"。我们可以把这种共性称为线性历史的矢量特质。在数学上,"矢量"通常被标示为一个带箭头的线段,箭头所指的方向即矢量的方向,因而线性历史的终极指向就是矢量上的那个箭头。

奥登对线性历史的矢量认识,虽然暗含了未来拯救的观点,但并不意味着每时每刻的未来都要比它们的过去更完善、更公正。也就是说,进步并不是绝对的。《1929》里的一行诗句值得我们注意——"做出选择看来是一个必要的错误"。我们再来看看他在1956年写下的这些话:"生活,如我个人所经历,从根本上而言是由一系列非此即彼的选择构成的集合体,有些选择是目光短浅的,有些选择则高瞻远瞩";"时间并非在我身外循环运作,而是由独特的瞬间组成的不可逆转的历史,我自身的选择决定了这些瞬间。"[1]"选择"这个词在奥登诗作里出现的频率极高:个人的"选择"构建了个人的生活,或者说历史;群体的"选择"也莫过如此,只不过范围扩大了、情况复杂了。

奥登认为历史是由人类的"选择"构成的不可逆转的集合体。既然有"选择",那么必然有选项。这些选项可能是正确的,也可能是错误的,可能是"目光短浅的",也可能是"高瞻远瞩",但无论结果如何,"选择"必得进行:

> 而时间作为行为的场域,
> 需要一种复合的语法,
> 带有很多语气和时态的变化,
> 而祈使语气最为紧要。
> 我们可以任意选择自己的道路
> 但不管它们通往何方,
> 我们都必须做出选择,我们
> 所讲述的过去也必须真实。
> 人类的时间是一座城市,
> 其中的每一位居民

---

[1] Edward Mendelson, *Later Auden*, London: Faber and Faber, 1999, p. 392.

都负有他人无法履行的

某种政治责任……

(《晨歌》,"Aubade",1972;《奥登诗选:1948—1973》

496—497)

如同乔治·赖特所言,奥登有时候试图驾驭那些最为宏大的议题,借此理解他自己和他所处的时代,进而对西方文明做出正确的观察。他认为奥登有一双"自由人道主义者"(liberal-humanist)的眼睛[1],随着年龄的增长和阅历的加深,奥登越来越倾向于用这双俯瞰的眼睛慎重地审视人类文明的整个发展史,这与我们之前分析过的"鹰的视域"极为相似。

为此,他在1955年6月做客BBC畅谈诗歌话题时,第一期节目"诗歌关于什么"着重论述了诗人的历史意识以及由此产生的诗歌题材。在他看来,我们的文明在很长一段时间里都是由诗人和历史学家协作记录的,他们曾经长期相伴,后来却逐渐分道扬镳,一个写韵文,另一个写散文。当然,选择不同的文体只是表面上的差异,关键还在于他们的关注对象和思维方式发生了分歧。亚里士多德(Aristotle)认为"诗歌更接近哲学而更高于历史"[2],因为历史学家处理的是已经发生的事情,描述的是现实事件,而诗人不仅处理已经发生的事情——存在,还处理将会发生的事情,描述的是一般真理。他在谈话节目中形象地通过具体的境遇表现出两者之间的差别:

历史学家与诗人最显著的差异在于历史学家对自然没有兴趣,他们仅仅关注人类。他们之所以关注人类是因为他们不相信人的生活是命定的,相反,他们认为人类的未来取决于他们自身做出的选择,这正是他们的职责所在。因此,当一个诗人遇见某人的时候,他只是根据当时的瞬间思考,他会问:"他是谁?他是怎样一个人?他是干什么的?"历史学家若是对当下感兴趣,那不过是因为当下联结了过去

---

[1] George Wright, *W. H. Auden*, Boston: Twayne Publishers, 1981, p. 65.
[2] 转引自史成芳《诗学中的时间概念》,湖南教育出版社2000年版,第65页。

与未来，他会问："他来自哪里？他将去往何方？"①

奥登显然没有参与两者之间的长期争鸣并判断孰高孰低的意图。作为诗人，他更为看重历史学家迥异于诗人的特点以及从中获得的启示：其一，历史学家认为人类的未来取决于自身做出的选择，也就是说，人类对自身的发展具有不可推诿的责任；其二，历史学家能够将时间的过去、现在和未来构成一个同时存在的整体，也就是说，我们不仅停留在当下的瞬间，还要感觉到时间的流动和我们自身的位置。这两点是奥登对历史学家的职能特点的概括，也是奥登本人感受最深、受用最多的历史意识。他从第一点得到启示，洞悉了历史对人类当下生活的积极意义，因而频繁地在诗歌作品里运用了历史的视角。在具体的诗歌创作手法上，他则从历史学家的第二个特点中受益匪浅，经常将各个阶段的历史世界并置在同一诗篇里，通过回溯和对照的修辞策略描写"大的变动"②，使诗篇具有史诗般的壮阔。

如前所述，早在30年代，奥登就有意识地在诗歌作品里以凝练的文字和高度的抽象来回溯漫长的人类文明发展史，比如《寓意之景》和《战争时期》。到了后期，奥登的历史沉思更为深沉和哲理化，不但随处可见具体的历史事件，还有对历史这一概念的哲学思考。比如1955年，奥登在这一年创作的主要诗篇——《历史的创造者》("Makers of History")、《向克里俄致敬》("Homage to Clio")、《老人的路途》("The Old Man's Road")、《厄庇戈诺伊》("The Epigoni")、《科学史》("The History of Science")等，写下的重要散文——《染匠之手》③、《一位历史学家的历史》("The History of an Historian")等，无不关涉历史。在这些诗篇和散文里，《向克里俄致敬》(《奥登诗选：1948—1973》125—130)可谓典型，从题目到内容都表达了对历史的礼赞。克里俄是古希腊神话中的九位缪斯女神之一，司掌时间和历史——"唯一历史事实的／缪斯女神"，"你总会原谅我们的吵闹／并引导我们去回忆"，这构成了奥登向克里俄致敬的根本缘由：

---

① W. H. Auden, "The Dyer's Hand", in *The Complete Works of W. H. Auden: Prose*, Vol. III: 1949-1955, ed. Edward Mendelson, Princeton: Princeton UP, 2008, p. 538.
② 王佐良：《英国诗史》，译林出版社1997年版，第451页。
③ 这里的《染匠之手》指的是1955年奥登做客BBC时的讲说稿。

……你看上去如此可亲，
　　　我却不敢问你是否会庇护诗人，
　　只因你看似从来没有读过他们的作品，
　　　而我，也看不出你必须如此的原因。

　　克里俄女神的"引导"，难免令人想起弗洛伊德给予青年奥登的教诲——"他只是吩咐/不幸的'现在'去背诵'过去'"，让我们从"过去"寻找"现在"之所以是现今面貌的根源，然后"得以像一个朋友般去接近'未来'"。弗洛伊德的经验和启迪，也是在线性时间轴上充分挖掘人的历史性。

　　无独有偶，还有一位对奥登诗歌事业产生重要影响的前辈也非常看重历史视角：

　　历史的意识又含有一种领悟，不但要理解过去的过去性，而且还要理解过去的现存性，历史的意识不但使人写作时有他自己那一代的背景，而且还要感到从荷马以来欧洲整个的文学及其本国整个的文学有一个同时的存在，组成一个同时的局面。这个历史的意识是对于永久的意识，也是对于暂时的意识，也是对于永久和暂时结合起来的意识。就是这个意识使一个作家成为传统性的。同时也是这个意识使一个作家最敏锐地意识到自己在时间中的地位，自己和当代的关系。①

　　艾略特在《传统与个人才能》里写到了诗人的历史意识。他主要从诗人对文学传统的把握来谈历史意识，但他关于过去的"过去性"和"现存性"的提法，关于"永久"和"暂时"的说法，却显然还有延展的空间。如果换成奥登来写的话，他或许强调的是文学传统和文明历史共同构成了诗人的传统。相比较而言，奥登的历史意识要更强烈一些，这从艾略特更多地谈论"时间"而奥登更多地谈论"历史"可见一斑。门德尔松教授十

---

　　① ［英］T. S. 艾略特：《传统与个人才能：艾略特文集·论文》，卞之琳、李赋宁等译，上海译文出版社2012年版，第2—3页。

分形象地解说到，奥登的内心仿佛被分解成了两个部分，一部分是诗人，另一部分是历史学家，两者非但不冲突，还常常有效地融合在一起。[①] 这便是奥登在线性历史意识影响下持续地思考人类文明发展史和人类生活处境的深层原因。而他的创作题材，之所以常常或抽象或具体地围绕着历史话题，是因为他相信"这个历史世界是一个可堪拯救的世界"。

二 诗歌题材的伦理向度："诗歌的责任之一是见证真相"

奥登的诗歌题材有明显的伦理向度。1962 年，奥登出版散文集《染匠之手》时，将做客 BBC 的第二期谈话"诗歌创作过程"进行了一定程度的改写和修润，最终发展为第二辑第二篇《圣母与发电机》（"The Virgin & The Dynamo"）。这个标题乍看起来颇为怪异，却生动地体现了奥登对于世界的存在方式和诗歌的创作准则的理解——他化用了美国历史学家和小说家亨利·亚当斯（Henry Adams）的自传《亨利·亚当斯的教育》（*The Education of Henry Adams*,1918）中一个章节的题目"发电机与圣母"。在相应章节里，亨利·亚当斯描述了他在 1900 年参观以"新世纪发展"为主题的巴黎世界博览会的情景。面对琳琅满目的展出品，亨利·亚当斯独独在发电机大厅前长久驻足[②]。作为历史学家，亨利·亚当斯倡导从历史的角度看待人类文明的经验和教训，奥登曾为他写了一首轻体诗，收录在《学术涂鸦》（*Academic Graffiti*，1971）里：

> 亨利·亚当斯
> 非常害怕女生：
> 在一间乱七八糟的房子
> 他坐着安静如一只耗子。[③]

---

① Edward Mendelson, *Later Auden*, London: Faber and Faber, 1999, p. 390.

② 亨利·亚当斯在参观之后创作了长诗《向沙特尔大教堂圣母祈祷》（"Prayer to the Virgin of Chartres"），包含一个名为《向发电机祈祷》（"Prayer to the Dynamo"）的诗章。法国沙特尔大教堂是著名的天主教堂，一直是重要的朝圣中心，同时也是祭祀圣母玛利亚的圣地，因此，笔者倾向于将相关的"the Virgin"翻译为圣母，而不是贞女。

③ ［英］W. H. 奥登：《学术涂鸦》，桑克译，古吴轩出版社2005年版，第4页。

《学术涂鸦》里的60首小诗，当属轻体诗的范畴，以有限的篇幅幽默而又精准地指向了写作对象的一两个特点。奥登在描绘亨利·亚当斯时，脑海里浮现的应当是他站在巴黎世界博览会发电机展厅时的情形。在亨利·亚当斯看来，圣母玛利亚（Virgin Mary）是旧世界的绝佳象征，发电机则是现代社会的最佳代表，面对现代工业文明带来的混乱和无序，他实际上倾向于向旧世界的道德和传统的文明寻求解决之道。奥登虽然并不完全认同亨利·亚当斯的见解[1]，但是化用了亨利·亚当斯对圣母、发电机的象征含义的理解。

在《圣母与发电机》开篇部分，奥登首先讲述了"两个真实的世界"：一个是"发电机的自然世界"（the Natural World of the Dynamo），另一个是"圣母的历史世界"（the Historical World of the Virgin）。发电机的自然世界，是一个由大量的东西、恒等的关系、复发性的事件组成的世界，无法用语言却可以用数字（或者更确切地说，用代数）加以描述。在这个世界里，自由是关于必然性的认识，正义是自然法则面前一切物事的平等。与之不同的是，圣母的历史世界，是一个由大量的面孔、类比的关系、独一的事件组成的世界，只能用话语加以描述。在这个世界里，必然性是关于自由的认识，正义是将邻人视为独特的、不可替代的存在来爱。奥登认为，由于一切人类经验都属于有意识的人，人们总是首先认识到圣母的世界的存在，随后才认识到发电机的世界，一个事件自行发生、艺术不起作用的世界。在此基础上，有着分类癖的奥登进一步讲述了"两个空想的世界"：一个是由美学幻想所创造的充满魔力的多神崇拜的自然，认为世界上的东西都拥有一张张面孔，而且，美学宗教向发电机祈祷；另一个是由科学幻想所创造的机械的历史，认为世界上的面孔是大量云集的东西，相对应的，科学宗教视圣母为一个统计数据，而科学政治是翻了个的泛灵论。在奥登看来，要是没有艺术，我们将无法理解自由和神圣；要是没有了科学，我们将无法理解平等，还会膜拜错误的神祇；两者都很重要，缺少了任何一个，

---

[1] 奥登在《圣母与发电机》一文中指出，亨利·亚当斯关于维纳斯和圣母是同一类人的说法是错误的，其实维纳斯是伪装的发电机。相关内容可以看看W. H. Auden, "The Virgin & The Dynamo", in W. H. Auden, *The Dyer's Hand and Other Essays,* New York: Vintage, 1989, p. 63.

都会影响我们对正义的理解。①

人开始于对"圣母的历史世界"的认识,成长于对"发电机的自然世界"的认识,又不可避免地走向"两个空想的世界"。虽然科学与艺术在人类文明发展中缺一不可,但作为艺术家,奥登主要是以科学分类和客观语言娓娓而谈艺术的重要性。他认为,人类生活的爱的共同体只能存在于"圣母的历史世界",而不是"发电机的自然世界",诗人的创作是以历史意识获得情感和素材为依托,将它们转变为共同体。请注意,奥登在这篇文章说"共同体"时,强调"爱是共同体的存在之理由",这里的"爱",是基督教层面的"大爱",或者说,"爱邻如己"。正是在这个意义上,奥登指出,任何一位诗人在创作时都会有意或无意地为自己设立一些假设作为艺术准则。他在《圣母与发电机》列出的艺术准则,与他做客 BBC 时谈到的三条创作准则几近相同:

(1) 存在着一个历史世界,这个世界充满了独特的事件和独特的个体,他们之间彼此相似,但并不完全相同。事件和相似关系的数量可能是无限的。这样一个世界的存在是一种善,而且,在数量上每增多一个事件、个体和关系,都是增多了一种善。

(2) 这个历史世界是一个堕落的世界,尽管它的存在本身是善,但是它的存在方式却是恶,充满了不自由和无序。

(3) 这个历史世界是一个可堪拯救的世界。过往的不自由和无序,在未来会得到消解。②

显然,诗人立足的世界是"圣母的历史世界"。从这三条创作准则阐发开来,我们看到诗人的创作活动首先是一种创造性行为,他为这个历史世界增加了一个事件、增多了一种善。其次,诗人的创作题材是这个堕落

---

① W. H. Auden, "The Virgin & The Dynamo", in W. H. Auden, *The Dyer's Hand and Other Essays,* New York: Vintage, 1989, pp. 61-62.

② Ibid., pp. 69-70.

的历史世界。最后，诗人的作品呈现了这个历史世界可堪拯救的可能性。因此，诗人写诗时，他面向的不是"发电机的自然世界"，而是"由一个回忆起来的情感境遇的群体组成"。其中最为重要的是，诗人与"神圣的存在或事件"邂逅时，试图用"语言的社群"（a verbal society）将这些情感境遇的群体转变为共同体。① 从这个角度而言，诗人的创作本身就是一种公共的、伦理的行为。

在这篇文章中，奥登从第二条创作准则中推导出如下内容：

> 一首诗是一个见证，对人关于恶与善的认知的见证。见证者的职责，不是对必须提供的证据进行道德判断，而是必须提供清晰、准确的证据；见证者自觉惭愧的唯一罪行就是提供伪证。当我们说诗歌超越善与恶的时候，我们仅仅是指一个诗人无从改变他感受到的事实，就像父母在自然的律令中无从改变他们遗传给孩子的生理特征那样。善与恶的判断，仅仅适用于意志的主观运动。在既定处境中作为主观意愿产物的情感，以及在上述处境中对外部因素的反应，它们都是被给定的，我们只能表示它们是恰如其分的还是并不恰当的。然而，对于回忆起来的情感，我们不能说它是恰如其分的还是并不恰当的，因为引起这种情感产生的历史处境已经不复存在。②

在奥登看来，诗人虽然"无从改变他感受到的事实"，但他写的诗却可以在道德层面上承担起"见证者"的作用，见证我们这个世界的善与恶。因此，奥登旗帜鲜明地认为"一首诗是一个见证"，而见证者的职责在于"提供清晰、准确的证据"，这与之前阐释过的"诗歌的责任之一是见证真相"并无二致。

"见证真相"对应的英语原文为"to bear witness to the truth"，而"truth"在奥登的诗歌和散文中出现的频率极高。首先，"truth"是一种真实，遵循

---

① W. H. Auden, "The Virgin & The Dynamo", in W. H. Auden, *The Dyer's Hand and Other Essays,* New York: Vintage, 1989, p. 67.

② Ibid., pp. 70-71.

的是现实原则，是这个历史世界里的"独特的事件和独特的个体"的存在方式，是每一位诗人在创作时面临的第二条艺术准则。其次，"truth"也是一种真理，遵循的是伦理原则，是这个存在着善与恶的历史世界的"调解"，是每一位诗人在创作时面临的第三条艺术准则。因此，诗歌虽然有很多功能和责任，但其中最为重要的一点就是为真相见证，在真实和真理的双重层面上构筑艺术的广厦。

事实上，诗歌自一开始就是人类的友伴，对我们的现实世界有着真实的见证作用。波兰诗人米沃什（Czesław Miłosz）在《诗的见证》中，借用一位远亲的文字表达他对诗歌见证历史之责任的认识：

> 那神圣的文字艺术，仅仅因为它从宇宙生命的神圣深处涌出，在我们看来便比任何其他表达形式都要紧密地与那精神和物质的运动联系在一起，它是那运动的催生者和指导者。恰恰是基于这个理由，它使自己与音乐分离，后者是一种自泛希腊主义的黎明以来就基本上有效的语言。分离之后，它便参与了宗教思想、政治思想和社会思想持续不断的变化，并主宰它们。在原始时代以司铎的形式，在希腊殖民扩张时刻以史诗形式，在酒神节衰落时以心理和悲剧形式，在中世纪以基督教、神学和感伤形式，自第一场精神和政治改革——也即文艺复兴——开始以来以新古典主义形式，最后以浪漫主义也即一七八九年之前和之后既是神秘的又是社会的浪漫主义形式，诗歌始终紧跟着人民那伟大灵魂的种种神秘运动，充分意识到自己那可怕的责任。[①]

诗歌不是纯粹的个人游戏，它还赋予"人民那伟大灵魂"的种种历史时刻以具体的形状，参与并表现"宗教思想、政治思想和社会思想持续不断的变化"，因而是"对真实的热情追求"[②]。

作为见证人，奥登的诗作力求提供"真实的证词"。这一点，我们可以从他的儿童幻想模式中找到蛛丝马迹。前文说过，奥登在幼年时期曾幻

---

① ［波兰］切斯瓦夫·米沃什：《诗的见证》，黄灿然译，广西师范大学出版社2011年版，第32页。

② 同上。

想自己是一个建筑师或者矿业工程师，沉浸于构建一片融合了北方石灰石风景和铅矿工厂的幻想领域。虽然这有点儿像儿童们的白日梦，但奥登十分认真地为自己的幻想图景设了两个限定条件：一是图景中的物质必须真实存在；二是图景中的运作必须符合物理原理，杜绝一切非现实手段和魔力方式。他在为自己的幻想图景选择矿石冲洗设备的时候，选择的是效率更高的设备，而不是外观更美的设备。奥登在人生暮年的一次讲座中再度谈到了他的"圣地"风景，以精神分析学的态度自我剖析道："在我想要成为诗人之前很久，我对写诗的基本认知，或者至少是我写诗的偏好，就已经形成了。"[1] 这个"偏好"，就是"见证"真实的历史世界的偏好。

进入牛津大学后的第二年，奥登阅读了艾略特的《诗集：1909—1925》后备受震撼，并向导师奈维尔·柯格希尔宣称自己从中"找到写作的方向了"。他所谓的写作新方向，不再是华兹华斯式的浪漫主义想象，而是艾略特式的现实沉思。面对新的社会真相，"一些人关注大城市的腐败堕落，及大城市里文化人的厌倦心理；一些人寻求解脱，想要回归自然，或者回归孩童时代，回到古风古典时代；还有一些人期待更光明的未来，那里有自由、平等和兄弟友爱：这些人运用潜意识的能力，或者祈求上帝的恩典来介入他们的灵魂以获得拯救，他们召唤被压迫的人们起来拯救世界。"[2] 以华兹华斯为代表的诗人远离了现实生活，他们带来的魅惑早已令他厌倦。在经历了短暂且不成功的浪漫主义时期之后，奥登通过各种渠道如饥似渴地阅读新诗新作，最后选择了艾略特。对于他而言，那一刻的意义非同寻常。

艾略特的那位披着现实"荒原"面纱的缪斯女神，带给奥登的不仅仅是震撼，还有持续的汲取和消化。从20世纪20年代末开始，他们就一直维持着亦师亦友的良好关系。艾略特称赞奥登为近年来出现的最优秀的诗人，他的提携和帮助对于早期奥登诗歌事业的成长无疑有着重大的促进作用。而奥登，对艾略特始终怀有一份敬意，即使在已经走向了艺术的成熟期之后，他对我们生活其中的世界的理解也仍然带有一丝艾略特的痕迹。

---

[1] W. H. Auden, "Phantasy and Reality in Poetry", in *The Complete Works of W.H. Auden: Prose*, Vol. VI: 1969-1973, ed. Edward Mendelson, Princeton: Princeton UP, 2015, p. 704.

[2] ［英］W. H. 奥登：《被包围的诗人》，《序跋集》，黄星烨译，上海译文出版社2015年版，第461页。

第二章 "将诅咒变成一座葡萄园"：诗歌的"道德层面"

比如，他在20世纪40年代的一篇文章里写道："1907年，我出生的那一年，无论英国在本质上是什么，它在外观上都还是丁尼生风格的；1925年，我进入牛津大学的那一年，无论英国在外观上是什么，它在本质上都是'荒原'性的。"[1] 然而，奥登之所以为奥登，必有其独到之处。他们都选择离开自己的祖国、漂洋过海到异国他乡定居，但他们的航线刚好是交错的。不同的人生航向，恰似一个生动的隐喻：奥登面向了"新世界"，艾略特却选择回到"旧世界"。换句话说，奥登更坦然、更现实、更世俗地接受了现代生活的新方向，而不是在揭示了现代文明的"荒原"之后试图艺术化地重建旧秩序。

在《海与镜》的跋诗里，奥登曾借助莎士比亚的《暴风雨》(*The Tempest*)中的戏剧角色，让阿里尔（Ariel）为卡利班（Caliban）吟唱了一曲难分难舍的咏叹调，我们从中可以看到他对真实的现实生活和想象的艺术生活的态度：

> 永不欲与君作别，
> 我俩若是相隔疏离
> 既不蒙上天之福佑
> 亦无地上鼓声轰响；
> 此乃前定的命数，
> 我俩全都知晓因由，
> 也能够，唉，预知，
> 当缪舛的我俩缘尽，
> 彼此都将幻化为，
> 一声叹息消散无影
> ……我[2]

---

[1] W. H. Auden, "A Literary Transference", in *The Complete Works of W. H. Auden: Prose*, Vol. II: 1939-1948, ed. Edward Mendelson, London: Faber and Faber, 2002, p. 46.

[2] W. H. Auden, *Collected Poems*, ed. Edward Mendelson, New York: Vintage Books, 1991, p. 445.

阿里尔是一位能够呼风唤雨的精灵，在某种程度上代表了艺术想象，而卡利班是一位兽性极强的土著，固执地依附于尘世的现实。阿里尔明白，他们二者的"缪舛"在于本是一体，却双生于世，一旦彼此相隔疏离，便会消散无影。卡利班虽然对阿里尔依依不舍，却远没有感觉到分离即消亡。相较于阿里尔而言，卡利班更为自信。他滔滔不绝地分析起艺术家的尴尬处境，言语之间表现出惊人的循循善诱的特质。我们可以通过他们之间的关系勾勒出一幅逻辑图：阿里尔是爱的发出者，卡利班则是爱的接收者，虽然他们共同构成了"爱"的咏叹调，但依附关系有明显区别。奥登对《暴风雨》的改写，事实上是借助文化符号表达自己的诗学思想——"诗歌不是魔法。假如诗歌，或者说所有的艺术，都有一个隐藏的目的，那么这个目的就是通过展现真相，让人清醒，避免沉醉。"[1] 这里的"真相"（truth），显然更偏重于现实的真实层面。

在见证现实的基础上，优秀的诗歌还有一个重要的见证作用，即见证真理，惟其如此才能构成完整的"真相"。诗歌不是现实的堆砌，它需要对事实材料进行加工整理，以艺术的手段呈现这个历史世界"可堪拯救"的面貌，这涉及到奥登所说的创作准则的第三条，对诗人的艺术悟性和探索精神提出了更高的要求。奥登的探知真理欲是与生俱来的，我们不妨看看《新年书简》里的一段诗：

> 坑道是通往地下非法界域的
> 入口，也通往他者，通往
> 那可怕、那仁慈、母神群像；
> 独自一人，在一个大热天，
> 我跪在升降机井的边沿
> 感到了那个深层的原母恐惧[2]
> 是它推动了我们毕生探索知识领域，

---

[1] W. H. Auden, "Writing", in W. H. Auden, *The Dyer's Hand and Other Essays,* New York: Vintage, 1989, p. 27.

[2] 原文为"Urmutterfurcht"，字面意思为"原母恐惧"，也可译为"原生恐惧"，这也是奥登诗作中反复出现的一个隐性主题。

探索我们命运的内在隐秘，
去追求文明与创造力，
也是它命令我们回返了永恒母性[①]
去认知我们所逃避的是何种处境。
我往井里投下了卵石，侧耳细听，
但闻黑暗中的贮水池蓦然惊醒。

(《奥登诗选：1927—1947》362—363)

《新年书简》写于辞旧迎新之际，带有一定的自我回溯色彩。奥登在上述选段里回忆了铅矿遗迹在他的童年生活里扮演的重要角色。只消翻看奥登少年时期的诗歌习作，我们可以轻而易举地找到很多直接与矿井相关的地名、术语和事件，比如《旧时的铅矿》("The Old Lead-mine"，1922)、《矿工的妻子》("The Miner's Wife"，1924)、《铅是最好的东西》("Lead's the Best"，1926)等。进入诗歌创作成熟期后，专门写矿产工业的诗篇虽然不多见了，但矿井仍然是一个十分突出的意象，我们可以在《家族幽灵》《预言者》《石灰岩颂》("In Praise of Limestone"，1948)、《六十岁的开场白》等诗歌里发现它们的踪迹。在某种程度上，矿井在奥登的智性启蒙阶段承担的作用，既是现实层面上的玩乐空间，又是隐喻层面上的人生况味。这种抽象出来的"况味"，在上述选段里被表现得淋漓尽致。

选段里的矿井，位于奔宁山脉的鲁克霍普村（Rookhope）。过去，这里蕴藏着大量的金属矿，还发现过方铅矿的矿脉，是一个矿产工业的基地。在该选段之前，奥登已经着笔描写了矿井周遭的景象：一座高高的烟囱孤独地叩问天穹，一堆堆锈迹斑斑的采矿机器七零八落地趴在露天矿口的野地里。在一片铅矿的废墟中，幽深的矿井向四周发散出一种古老而神秘的气息，小奥登趴在矿井口向内探望，却无法窥视到井底深处的景象。他只能采取投石问路的方式，向井里扔下了几颗卵石，井底长年沉睡的积水赫然被惊醒，发出了沉闷的回应。深入地球腹地的矿井，勾连着过去和现在、

---

① 原文为"Das Weibliche"，"Weibliche"在德语里是"女性"的意思，但奥登在此用了中性名词的定冠词"Das"，说明他并不是指女性，而是指向了精神性的源头"the Mothers"（"母神群像"）。

已知和未知，在这位孩童心里根植下了某种超自然的意蕴——"他者"（the Others）、"那可怕"（the Terrible）、"那仁慈"（the Merciful）以及"母神群像"（the Mothers）。根据奥登研究者富勒先生的考证，"他者"很有可能来自海德格尔的"他者自我"（they—self），与本真自我（authentic self）形成了区别；"那可怕"和"那仁慈"隐射了上帝的二元性；"母神群像"与下文出现的"原母恐惧"、"永恒母性"等内容形成了呼应，其基本概念出自歌德的《浮士德》。[①] 在《浮士德》第二部第一幕"阴暗的走廊"，魔鬼梅菲斯特在再三推诿之后终于向浮士德交出了一把有魔力的钥匙，让他借此进入"母亲们"的府第[②]，拿到可以召唤出人类影像的三脚香炉：

梅菲斯特　　泄露天机那可不成。——女神们都幽居在太虚幻境，周围没有空间，时间更用不上；谈起她们来，实在煞费周章。她们就是"母亲"！

浮士德　　（为之愕然）母亲！

梅菲斯特　　你可感到惊异？

浮士德　　母亲！母亲！听起来真有点离奇。

梅菲斯特　　确实离奇。女神不是你们凡人能认识的，我们也不便叫她们的名讳；要钻到最深的深处，才找得到她们的府第；我们现在需要去拜访她们，这个麻烦可是你自己惹的。

……

梅菲斯特　　一只烧得通红的三脚香炉最后会告诉你，你已经到了最深最深的底层。凭借它的微光，你将看见母亲们：有的坐着，有的站着并走动，就看怎样称心。造形也好，变形也好，永恒心灵之永恒颐养也好，周围漂浮着一切造物的图形。她们看不见你，她们只看

---

① John Fuller, *W. H. Auden: A Commentary*, Princeton: Princeton UP, 1998, pp. 331-332.

② 根据艾克曼记录，歌德在1830年10月1日对他说："我只能向你透露这一点，我在普鲁塔克那里发现，在古希腊是把母亲当作女神来对待的……"普鲁塔克（Plutarch）是一位用希腊文写作的罗马传记文学家、散文家、历史学家。所谓"普鲁塔克那里"，是指他的《马尔凯路斯传》，其中提及西西里的古镇"由于被称作母亲的女神们显灵"而著名。可以参看［德］约翰·沃尔夫冈·歌德《浮士德》，绿原译，人民文学出版社2007年版，第417页。

得见幻影。危险不小,你要鼓起勇气来,笔直向那个香炉走去,用钥匙触它一下!①

"母亲们"府第的"一切造物的图形",是一切事物的根源、形态和原始形象,包括已经有的和将会有的,这很容易让人联想到古希腊圣贤柏拉图(Plato)提出的"理念",而根据艾克曼的记录,歌德的"母亲们",其概念确实源自古希腊。富勒先生指出,奥登在写作《新年书简》时,曾将《浮士德》有关"母亲们"的段落抄录下来作为相关诗行的注解,② 由此可见,奥登的"母神群像",承袭了歌德对于"母亲们"的理解,视之为永恒与无限的最高浓缩,同时也视之为一切艺术、理想、真理的最终象征。因此,奥登在下文写到"永恒母亲"时,用的是"das"(中性名词的定冠词),而不是"die"(阴性名词的定冠词),这进一步说明"母亲们"绝非生儿育女的女性角色,而是本源性的精神指涉。

狭长曲折的坑道,幽深黑暗的井底,这些隐匿在地球表面之下的介于已知和未知的世界,因为几颗石子的撞击而向外回馈了声音和意义。关于这种"投石问路",奥登曾在少年习作里描述过:"我凝视着脚下敞开的矿井／幽深且阴暗;投下了一颗石子;／响起一阵水花飞溅,带着私语和笑声。"③ 1930年,他在另一首小诗中也进行过一番重述:"扔下一颗石子,且听底下传来幽暗的水声。"④ 这多少能说明"投石问路"的经历在他的精神世界里的重要角色。他对地表之下的矿井的好奇,并不像寻常孩童那样是出于对超自然力量的惊奇和幻想。事实上,他早已认识到,它们是人为的产物,它们的存在曾是为了满足人类现实的、实际的需求。他之所以对它们充满了兴趣,一再地"投石问路",是一种寻根究底的探索欲求。

---

① [德]约翰·沃尔夫冈·歌德:《浮士德》,绿原译,人民文学出版社2007年版,第225、227页。

② John Fuller, *W. H. Auden: A Commentary*, Princeton: Princeton UP, 1998, p. 332.

③ W. H. Auden, *Juvenilia: Poems, 1922-1928*, ed. Katherine Bucknell, Princeton: Princeton UP, 2003, pp. 29-30.

④ W. H. Auden, *The English Auden: Poems, Essays and Dramatic Writings, 1927-1939*, ed. Edward Mendelson, New York: Random House, 1977, p. 48.

现实生活中的事实是盘根交错的，我们努力追寻的真相也是错综复杂的。无论是真实，还是真理，都像被黑暗层层笼罩的矿井，我们必须经过一番探索才能抵达其腹地，犹如浮士德想方设法深入的"母亲们"的府第。奥登后来在一篇文章里写道："当我待在地下矿坑的时候，真是无与伦比地快乐。"[①] 这种"快乐"的感受，正是他在《新年书简》里所说的，他在矿井里能感受到深层的"原母恐惧"，能看到"我们命运的内在隐秘"，能发现"我们所逃避的是何种处境"，从而"回返了永恒母性"，更加接近我们的本来面目。正如门德尔松教授所说："他从来没有将虚构的想象凌驾于普遍现实之上的想法；他写诗，是为了更好地理解这个世界，认识这个他与读者都存在其中的世界；他写诗，是一种公共的行为，是为了向他所观察到的真相致敬。"[②] 正是在这个意义上，奥登坚持了诗歌之"见证"责任。

三 "但它们在说谎"：批判"鹰的视域"，警惕旁观背后的伦理谎言

诗歌题材的伦理向度和诗歌内容的道德陈述，绝不是从某些经验中抽离出道德判断，那很容易陷入道德家、教条主义者惯常使用的目空一切的把戏。诗是用语言艺术将人类有关价值、意义和目的的经验还原到复杂鲜活的语境之中，让读者借助诗歌之镜重新观看周遭的世界，省思自身的境遇，从而获得崭新的知识。因此，诗歌通过"见证真相"承担起了重要的伦理责任，这是诗歌的"调停能力"在读者心中激发的"无用"之"用"。

诗歌的"调停能力"，归根结底仰赖于一种感觉上的共情和想象力的延伸。然而，艺术领域的感觉和想象始终是有限度的，它们不会像砖瓦山石那样纯粹客观，又不会是天马行空的纯粹主观，若非如此，艺术便不可能从艺术家手中的"既成事实"变成了传播领域的"半成品"。诗人在行使诗歌"见证真相"的责任的时候，一定要注意主观和客观之间的限度。这一点，从奥登用"鹰的视域"处理诗歌题材时的态度变化中，我们可以看出他的伦理反思和创作经验。

---

① W. H. Auden, *The Prolific and the Devourer*, in *The Complete Works of W. H. Auden: Prose*, Vol. II: 1939-1948, ed. Edward Mendelson, London: Faber and Faber, 2002, p. 415.

② Edward Mendelson, *Early Auden*, New York: The Viking Press, 1981, p. xiv.

在奥登成为"孤独的飞鸟"开始社会化写作之时，其诗歌创作的伦理倾向已经显而易见。他不满足于让诗歌停留在主观心理和情感的表达上，而是努力将诗歌融入真实的生活场景。如上一章所述，早期奥登极为信任"鹰的视域"，这种俯瞰的目光让诗人在空间上无限广阔、在时间上无限拉长，形成了一种看似极为客观的整体性视野，其背后的深层机制是诗人想象的高度、批评的激情。但是，"鹰的视域"的缺点，恰恰源自于它的优点，其高空视角带来的空间距离和情感疏离问题，很容易让诗人的道德陈述和诗歌的伦理教诲变成一种谎言。

奥登在 20 世纪 30 年代后期察觉到自己在运用"鹰的视域"时的局限性，后来干脆在《城市的纪念》中旗帜鲜明地批判这种俯瞰目光的伦理缺陷。在此，我们不妨看看该诗第一部分：

> 乌鸦睁开眼睛，摄影机镜头打开，
> 俯瞰着荷马的世界，并未留意我们这里。
> 总体而言，它们推崇大地——诸神和人类
> 永恒不变的母亲；若它们予以关注
> 也只是附带而过：诸神举止得体，人类死去，
> 两者都以各自的渺小方式获得感知，
> 可她什么也不做，什么也不关心，
> 只是独自待在那里。
>
> 乌鸦落停在火葬场的烟囱上，
> 摄影机扫视着战场，
> 它们所记录的这个空间，时间无处容身。
> 右边，一个村庄在燃烧，左边的一个市镇
> 士兵们在开火，镇长痛哭流涕，
> 俘虏们已被带走，而距此很远的地方
> 一艘油轮沉入了冷漠海洋。
> 事情就这样发生了；从亘古到永远
> 洋李花飘落在死者身上，瀑布的喧响掩去了

> 受刑人的哭叫声和恋人们的叹息，
> 那道明亮锐利的光已将一个无意义的
> 时刻就此定格，那个吹着口哨的信使
> 已带着永恒事实遁入隘谷：
> 有人正享受荣耀，有人忍受着屈辱；
> 他或许如此，她必须这样。没有人应该受到指责。
>
> （《奥登诗选：1948—1973》93—94）

我们回想一下1929年《关注》里的"鹰鹫"和"戴头盔的飞行员"，再来看看近20年后创作的这首诗里的"乌鸦"和"摄影机"，同样是"鹰的视域"，同样以俯瞰的目光观看大地，同样看到了人之渺小，前者所见即为真实，后者显然并不具备这样的自信。

正如"鹰鹫"和"戴头盔的飞行员"被有意识地押了头韵，"乌鸦"（crow）和"摄影机"（camera）的韵律关系也暗含了两者之间的共性。与鹰拍击翅膀翱翔于苍穹的文学形象不同的是，乌鸦更像是一个静点的旁观者。在中古时期的苏格兰民谣《两只乌鸦》（"The Two Corbies"）和《三只渡鸦》（"The Three Ravens"）里，鹰被描述为骑士生前的仆人和朋友，"在凶猛地盘旋"和"抓野鸟"，乌鸦则栖于骑士尸体旁的树梢上，不偏不倚、冷静客观地叙述事件的始末，既不浮夸矫情，也不幸灾乐祸。[①] 这样的旁观者形象被奥登移用到了《城市的纪念》的第一部分里，与"摄影机"并置出现，突显了它们的旁观和记录的特性。

《城市的纪念》第一行的"睁开"和"打开"（对应同一个单词 open），虽然不像《关注》里的一系列表示观看的动词那样具有引导作用，却也显然不是字面上睁开双眼和移开镜头盖那般浅显。一个现象值得我们注意：《关注》里的关键动词"consider"放在第一行的开首，以祈使语气直接带出了观看的内容；而《城市的纪念》里的关键动词"open"却被放在了第一行的末尾，没有标点，诗句就此转向下一行。"打开"后的停顿、留白，

[①] 两首民谣的中译文，可以参看飞白《世界诗库·第2卷》（英国爱尔兰），花城出版社1994年版，第89—90页。

不可避免地在观看者和被观看者之间划下了一道隐藏的分割线，其焦点指向了"乌鸦"和"摄影机"的非个性化。在随后的诗行里，无论是"乌鸦"从容地落在"火葬场的烟囱上"，还是"摄影机"悠闲地"扫视着战场"，都以它们熟稔的方式去观看。也就是说，它们充分利用自己的全景视角，望向"大地"，记录"空间"。它们跟大地这个"永恒不变的母亲"一样，"什么也不做，什么也不关心"，"只是独自待在那里"。

然而，如此中立的观看方式是否就意味着触碰到了真相呢？奥登在随后的诗节里给出了答案：

> 乌鸦镇定的目光和摄影机不偏不倚的镜头
> 看似真的洞察一切，但它们在说谎。
> 生活之恶并非由时间造成。恰在此刻，在今夜，
> 在后维吉尔时代的城市废墟中，
> 我们的过去已成一堆乱坟岗，而铁丝网一路向前延伸
> 已抵近我们的未来，直至在视线中消失，
> 我们的悲伤与希腊人的不同：当埋葬了死者，
> 我们知道自己对为何要承受这一切毫无所知，
> 我们并非因遗弃而痛苦，我们既不应自我怜悯
> 也不应怜悯我们的城市；
> 无论探照灯逮到了谁，不管扩音器在叫嚣些什么，
> 我们都不应该绝望。

（《奥登诗选：1948—1973》94）

奥登说，它们在"说谎"（lie）。1933年的《夏夜》里的"月亮"，尽管疏离，却也有看见了、看清了的时候。到了《城市的纪念》，"乌鸦"和"摄影机"不但疏离，而且所见非真。它们"推崇"大地，却对"诸神和人类"的言行举止、生老病死"附带而过"（only in passing）。"推崇"对应的原文"magnify"有"放大"、"颂扬"的意思，奥登将这个动词用在保持中立的"乌鸦"和"摄影机"身上，至少引申出两个层面的含义。

一方面，奥登强调它们的观看方式将一切所见都物化为静止的存在，

也就是说,他们只看到物质的、自然的场景。这一点在稍后的诗歌《盖娅颂》("Ode to Gaea",1954)里有明确体现:

> 拜航空新文化所赐,最终我们领略了
> 如此突出的成就,我们的母亲、
> 　　卡俄斯最出色的女儿,
> 　若她能透过望远镜观看,也会赞叹
> 　　　　　　　(《奥登诗选:1948—1973》27—28)

盖娅是希腊神话里的大地女神,按照赫西俄德(Hesiod)的描述,"最先产生的确实是卡俄斯(混沌)",随后便是盖娅——"宽胸的大地,所有一切(以冰雪覆盖的奥林波斯山峰为家的神灵)的永远牢靠的根基"。[①] 人类先祖们拘囿于眼前之方寸,面对生机勃勃的大地充满了赞叹和感恩,相信那些滋养万物生灵、生产茁壮庄稼的肥力定是来自于神灵的馈赠,而这神灵定是一位慷慨、博大的母亲,是从混沌中诞生的第一位原初神,能够孕育出天空、海洋、山脉、深渊和诸神,并且永世保障繁衍更替、生生不息。这样的盖娅,既是我们赖以生存的地球,又是具有喜怒哀乐的地母。人类膜拜她,小心翼翼地探索她的疆域,为每一次的新发现欢呼雀跃,仿佛探险家以目光串联的景观、冒险家以游走丈量的地貌以及旅行家以语言、文字和绘画描摹的世界是一个秘而不宣的异域,值得我们去驻足体验、凝神细看。但是,"拜航空新文化所赐",我们借助飞机翱翔于蓝天白云之间,俯瞰的目光就像灵巧的绣娘,将地球表面的"北方的海洋"、"固态领域"、"人耳状的湖泊"、"鸟足状的三角洲"、"巴掌大小的平原"、"锯齿状海岸"(《奥登诗选:1948—1973》28—29)等尽收眼底,在脑海里缝纫起一张由各种地形碎片组合而成的世界地图,似乎每个人摇身一变都可以成为插上了翅膀的探险家、冒险家、旅行家,不费吹灰之力就知晓了大地女神的样貌。

---

① [古希腊]赫西俄德:《工作与时日·神谱》,蒋平、张竹明译,商务印书馆2015年版,第30—31页。

第二章 "将诅咒变成一座葡萄园":诗歌的"道德层面"

然而,即使我们可以像荷马笔下的"诸神之父"宙斯那样拥有俯瞰的目光——

> 诱引凡界的人类,是天庭诸神三心二意的爱好,
> 其中一位无聊的雷神,刚还为特洛伊
>   心痛不已,一会儿便又转去观看
>   斯基泰人喝他们的马奶,
>
> 在他看来,这是多么合理:有朝一日当我们
> 面对此番奇景,可能只会晃动一只无力的拳头,
>   我们的短途旅行如命定般很快就返回了
>   坚实的地面,而多年之后天空的魔力
>
>   (《奥登诗选:1948—1973》30—31)

我们却并没有宙斯那样的上天入海、翻云覆雨的神力。人类乘坐飞机产生的充满好奇的俯瞰目光,不过是将大地女神物化为一片又一片袒露于地表的奇景。而在这些景观面前,我们除了蜷缩于机舱里"晃动一只无力的拳头"以外,只剩下日后萦绕心头的记忆残片。如此说来,《盖娅颂》委实是大地之颂歌,我们从机舱投向大地的俯瞰目光,就像"乌鸦"和"摄影机"推崇大地那样,逼得孕育万物的女神慌不择路地奔逃而去,不再对人类施以援手,也不再对人类的自取灭亡痛心疾首;她成了我们的旁观者,"自始至终都习惯独处"(《奥登诗选:1948—1973》33)。

另一方面,"乌鸦"、"摄影机"等俯瞰目光产生的"推崇"大地行为,暗含了一种反讽意味,更确切地说,奥登直指它们匮乏是非判断,难当伦理责任。它们的"镇定"和"不偏不倚",才是疏离且客观的自然的化身,是自在自为的自然场景的组成部分。距离消解了情感,它们对人类的七情六欲匮乏感知能力,"将一个无意义的/时刻就此定格"。死者的尸体被洋李花的落英遮蔽,哭叫声和叹息声被瀑布的喧嚣声盖过,战祸和惨事发生于无动于衷的环境,时间隐退,意义消退,事实的真相不过是瞬间的"定格"。"乌鸦"和"摄影机"的俯瞰目光,仅仅是"看似真的洞察一切",实际

上只能记录碎片化、物化的地面表象。在他们看似客观的目光之下，不可能产生真正有效的是非判断。

在此，我们或许可以戏仿一下奥登的诗句，"关于苦难，他们总是会出错"①。它们的视域，它们引导我们所看到的画面，是事实，也是充满了谎言的假象："摄影机记录了／可见的现实：也即是说，／一切都有可能是假象。"（《我不是摄影机》，"I am not a Camera"，1962；《奥登诗选：1948—1973》430）摄影术公之于世之初，不少人秉持乐观主义的态度盛赞这一技术的真实性——它"提供了现实世界的一个完美的复本（duplication）"②，波德莱尔却在《现代公众与摄影》里谴责它的不加区分的现实主义，认为它"如同一切纯粹物质上的进步一样，错误的应用极大地加剧了本来已经很少的法国的艺术天才的贫困化"③。如果说波德莱尔是从"诗与工业是两个本能地相互仇恨的野心家"④的角度批判摄影术对艺术的戕害的话，那么桑塔格在《论摄影》里筚路蓝缕的剖析则更贴近摄影的本质，而她借助柏拉图的洞穴寓言⑤所批判的影像虚假性——"只要它与某一真物相似，就是真的；由于它仅仅是相似物，所以是假的"⑥——也更契合奥登对"乌鸦"、"摄影机"等俯瞰目光提出的指控。

"鹰的视域"在定格地面事物时，除了带有似是而非的假象特质以外，还有严重的美化倾向。法国学者皮埃尔·阿多（Pierre Hadot）在研究歌德

---

① 《美术馆》被引为经典的第一句为"关于苦难，这些古典大师／从来不会出错"（About suffering they were never wrong），这里的"他们"，指的是诸如勃鲁盖尔的古典大师。

② ［比利时］希尔达·凡·吉尔德、［荷兰］海伦·维斯特杰斯特：《摄影理论：历史脉络与案例分析》，毛卫东译，中国民族摄影艺术出版社2013年版，第15页。

③ ［法］夏尔·波德莱尔：《波德莱尔美学论文选》，郭宏安译，人民文学出版社1987年版，第402页。

④ 同上。

⑤ 柏拉图在《国家篇》第七章设计了一个洞穴寓言，大意是这样的：有一些人从小居住在一个洞穴之中，洞穴有条长长的通道通向外面，人们的脖子和脚被锁住不能环顾，只能面向洞壁。他们身后有一堆火在燃烧，有人拿着器物在火和被囚禁者之间走动，火光将他们的影像投在被囚禁者前面的洞壁上。被囚禁者不知道影像的来源，以为它们就是真实存在的东西。有关这则洞穴寓言的完整内容，可以参看［古希腊］柏拉图《国家篇》，《柏拉图全集》（第2卷），王晓朝译，人民出版社2003年版，第510—514页。

⑥ ［美］苏珊·桑塔格：《论摄影》，黄灿然译，上海译文出版社2010年版，第238页。

的精神修炼方式时指出，歌德惯于使用俯瞰的目光与万事万物拉开距离，以一种全局性的视野摆脱个体的偏狭和视角的局限，而且已经注意到了此类视角美化视域所及之物的弊端。他以《浮士德》第二部中出现的城堡守塔人林叩斯[①]为例加以佐证，我们不妨借鉴一二：

> 天生千里眼，
> 奉命来观测，
> 守塔有誓愿，
> 世界真可乐。
> 纵目望远方，
> 转睛瞧近处，
> 星星伴月亮，
> 树林藏小鹿。
> 万象真美观，
> 永远一华饰，
> 华饰令我欢，
> 我亦悦自己。
> 双眸殊多福，
> 所欲无不备，
> 不论见何物，
> 无往而不美。[②]

林叩斯从高高的灯塔望出去的目光，投向了天空和大地，目睹了星辰、月亮、树林、动物等被歌德称之为"华饰"的景观，感受到美的洗礼，为之心旷神怡。恰恰在赞叹世界之美时，他发现梅菲斯特在菲勒蒙和包喀斯的小屋里纵火。老夫妻遭受的不幸令他震惊不已，而他所能做的，不过是

[①] 林叩斯（Lynceus）的名字源于希腊神话，他本是阿尔戈斯国王，阿尔戈英雄远征记里的舵手，拥有世界上最敏锐的视力。

[②] ［德］约翰·沃尔夫冈·歌德：《浮士德》，绿原译，人民文学出版社2007年版，第374页。

细致地描绘了火灾的场景，并一遍遍地形容那火在熊熊燃烧、烧得通红、发亮。皮埃尔·阿多认为，即便这是灾难，在林叩斯的描述中也具有了"美"的特质："大自然在它的任何形式下都是美的，但是它却忽视了善与恶。"①

无独有偶，奥登创作于第二次世界大战后的《中转航站》("In Transit", 1950)，除了在第四诗节颇为隐晦地向歌德致敬——"那羊肠小道上／一个年轻的创造者因悒郁的童年迟到，服膺于／孩子般的狂喜而热情洋溢，头顶是哥特式的荒凉群峰，／脚下是意大利的骄阳、意大利的躯体"（《奥登诗选：1948—1973》4）②，还在最后一个诗节以林叩斯式的目光进一步展开诗行：

> 声音召唤我再次登机，很快我们就漂浮在一个
> 　疯魔、拥挤的地表上空，俯瞰整个世界：下方的所在，
> 动机和自然进程已被春天唤醒
> 　谬误与坟墓已披上了新绿；采石场的奴隶们
> 违背了自身意愿，因小鸟慵懒的歌声感到了
> 　重获新生的希望，经由无知圣徒的祈祷，
> 卑污的城市已被宽恕，而伴随着河流的解冻，
> 　一个古老的仇怨已再度重启。
>
> （《奥登诗选：1948—1973》5）

随着飞机离开地面，乘客逐渐与他们熟悉的生活场景拉开了距离。"谬误与坟墓"难免令我们想起《盖娅颂》里"飞到高处"时看到的景象："从高空看去，／大规模破坏清楚可辨，／露天农场和港口设施已在第二波攻击中／／被摧毁"（《奥登诗选：1948—1973》31—32）。然而，正如我们的地母"开始了春天的冒险"（《奥登诗选：1948—1973》28），以其丰沃的姿态让我们遗忘了"康德的良知"（《奥登诗选：1948—1973》31），《中

---

① ［法］皮埃尔·阿多：《别忘记生活：歌德与精神修炼的传统》，华东师范大学出版社2015年版，第78页。

② 1786年6月，歌德悄然前往意大利，在那里隐姓埋名生活了近两年之久，20多年后根据这段经历完成了《意大利游记》。

第二章 "将诅咒变成一座葡萄园"：诗歌的"道德层面" | 387

转航站》里指涉第二次世界大战的"谬误与坟墓"，在生机盎然的春之女神的"绿手指"抚摸之下，轻巧地换上了新装，仿佛屠杀者的罪行和放任者的羸弱都可以经由时间和空间的距离一笔勾销。对于俯瞰的目光来说，沥青大道和乡野溪流、繁华都市和穷街陋巷、儿童游乐场和带刺铁丝网、华盛顿五角大楼和奥斯威辛集中营……一切通过视觉系统传递给大脑的画面都具有审美价值，因而"古老的仇怨"没有获得严肃性认知和实质性化解。

关于"鹰的视域"带来的美化倾向，奥登在《我不是摄影机》里也有言简意赅的表述："摄影机或可充分渲染／欢乐，但一定会／削弱悲伤。"（《奥登诗选：1948—1973》430）欢乐与悲伤、美与丑，画面仅仅强化了视觉愉悦，恰如桑塔格所揭示的："摄影的美学化倾向是如此严重，使得传递痛苦的媒介最终把痛苦抵消。相机把经验微缩化，把历史变成奇观。照片创造同情不亚于照片减少同情和疏远感情。摄影的现实主义给认识现实制造了混乱：在道德上麻木（长期而言），在感觉上刺激（长远和短期而言）。"① 伴随着视觉之美的愉悦和遮蔽，我们把恶悉数吞下，却把善哽在了喉咙口。

值得注意的是，后期奥登对"鹰的视域"的批判主要借助摄影机、录像机等后工业时代的摄录设备来实现。在他看来，摄录设备的机械化外表更能突显其"什么也不做，什么也不关心"的特性。以下这段对话很能说明问题：

采访者：你在一首新写的诗里谴责摄影机是一种坏透了的机器。

奥登：是的，它带来了悲伤。通常，当你在街上碰到某个正陷于痛苦中的人时，要么会想办法去帮助他，要么扭过头不加理会。拍下照片并不是人性的决定；你不在那儿；你也不能别过脸；你只是张嘴打个呵欠。②

---

① ［美］苏珊·桑塔格：《论摄影》，黄灿然译，上海译文出版社2010年版，第181页。

② W. H. Auden & Michael Newman, "The Art of Poetry XVII: W. H. Auden", in George Plimpton, ed., *Poets at Work: the Paris Review Interviews*, New York: Penguin Books, 1989, p. 285.

以摄影机为代表的摄录设备，既不是事件的参与者——它们"不在那儿"，而且从伦理角度而言，也不是大地般的无关者——它们"不能别过脸"。它们既是在场，又是不在场；它们留下自以为真实的记录，却只不过是"张嘴打个呵欠"。奥登的立场非常鲜明，要么参与，要么离开，并没有折中的方式。

或许有人会说，"鹰的视域"未必全然否定了参与。以摄录设备为例，拍摄者在选择拍摄对象，处理光线、色彩和角度等问题时，不可避免地会因为个人的价值判断而有所取舍，连坚守"真实"底线的纪实摄影，也常常与摆拍扯上千丝万缕的联系。摄影大师兰格（Dorothea Lange）在拍摄《移民的母亲》（"Migrant Mother"）时的做法很能说明问题：

> 对于一个人像摄影师来说，摆拍对象是无可厚非的，但是对于一张纪实摄影照片来说，这就犯忌了。纪实摄影是要真实再现对象，不应该出现丝毫刻意的行为。那时，多萝西娅一共拍了六张底片。当我们仔细观察这些底片的时候，会发现其中一些细节穿帮了：椅子挪动了位置，有个孩子换了姿势，襁褓中的婴儿并没有出现在每一张底片里，那两个孩子根本没有出现在最后一张底片里。①

这张照片被公认为美国经济大萧条时期的最佳诠释，但只是诠释，而非真实地再现。也就是说，这种先入为主的理念参与，事实上是对真相极为残暴的蹂躏。影像史上很多所谓的纪实摄影和摄像，其实都脱离不了对真实的地点、真实的人物和真实的情景进行摆拍的嫌疑。摄录设备似乎很容易走向非此即彼的假象，要么因为极端地疏离而只能捕捉到"无意义的/时刻"，要么因为人为干预而远离了事实的真相。奥登在《我不是摄影机》里留下了严厉的质疑声音：

> 闪回镜头篡改了过去：
> 它们忘记了

---

① ［美］玛丽·斯特里特：《安塞尔·亚当斯》，蔡海燕、刘云雁译，浙江摄影出版社2009年版，第139页。

应该记住的现在。

在屏幕前，我们只能
为人类行为做目击旁证：
选择权交给了摄制组。

（《奥登诗选：1948—1973》430）

除了理念参与以外，情绪参与也是极为不可取。门德尔松教授认为，《我不是摄影机》的诗题本身便意味着"在我们的时代切莫像鹰或戴头盔的飞行员那样关注此地"[1]。他的表述方式，显然是有意识地与奥登早期创作那首《关注》形成互文。"关注"带有考察、评价之意，比"关注"更为糟糕的是"怜悯"。奥登在《城市的纪念》第一部分的末尾说，"我们既不应自我怜悯／也不应怜悯我们的城市"。尼采批判怜悯（pity）[2]，认为那是情感的混淆，侮辱了对方的尊严，削平了对方的崇高。奥登对"怜悯"的批判，与尼采十分相似。他曾对"同情"（compassion）和"怜悯"（pity）做出了这样的区分："同情的出发点在于平等；怜悯则自视甚高，而且正是因为居于这种高位，刑讯室和劳改所才以令人吃惊的数量出现。"[3]在此，奥登已经将"怜悯"与暴力等量齐观。俯瞰的目光所暗藏的怜悯的心理机制，其实质仍然是疏离，正如桑塔格对摄影艺术一针见血的指控："摄影不可避免地包含以某种居高临下的态度对待现实。世界从'在外面'被纳入照片'里面'……照片中的世界与真实世界的关系也像静止照片与电影的关系一样，根本就是不准确的。生命不是关于一些意味深长的细节，被一道闪光照亮，永远地凝固。照片却是。"[4]奥登在30年代频频以"鹰的视域"发出警示，"迫

---

[1] Edward Mendelson, *Later Auden*. London: Faber and Faber, 1999, p. 324.

[2] 尼采在《反基督》中多次批判"怜悯"，这个词对应的德语为"das Mitleiden"，英译本通常翻译为"pity"。

[3] Auden's note on *The Ministry of Fear*, in *The Complete Works of W. H. Auden: Prose*, Vol. III: 1949-1955, ed. Edward Mendelson, Princeton: Princeton UP, 2008, p. 95.

[4] ［美］苏珊·桑塔格：《论摄影》，黄灿然译，上海译文出版社2010年版，第135页。

切"地呼唤社会变革，未尝不是"怜悯"的某种变体。

现在，让我们来看看奥登在《此和彼》（"Hic et Ille"，1962）中描写的飞行体验：

> 从一万英尺的高空俯瞰，地球在人类眼中的样子与在相机里如出一辙；也就是说，所有的历史都被减缩为自然。这一点产生了实质性的影响，让历史的恶，比如民族差异和政治仇恨，显得荒诞不经。我从飞机上俯视铺展的大地，它似乎连绵不绝。大地上点缀着渺小的山脊或河流，甚至没有任何地理标记，却需要划定边界，生活在一边的人们应该憎恨另一边的人们，或拒绝与他们有贸易往来，相互之间的拜访也被禁止，这一切即刻让我觉得荒谬可笑。然而不幸的是，在获得这些认识的同时，我立刻产生了这样的错觉，即也不存在历史的价值。从同样的高度俯瞰，我无法辨识出一块岩石露出地面和一座哥特式教堂的差别，或者，无法辨识出一家人快乐地在后院玩耍和一群羊之间的差别，因此，我将一枚炸弹扔向其中一个或是另一个，我也无法感觉到其中的差别。①

早期奥登站在极高极远的位置俯瞰大地，感受到"鹰的视域"消弭了个体与社会之间的分歧的独特优势，也体会到疏离、切断和隔绝的苦痛。而现在，他对"鹰的视域"的怀疑已经演变成了否定。个体与社会之间的分歧的确得到了消弭，因为他们在全景视域之下同样微不足道，但与此同时，人性、历史和意义也被消解。距离产生的影响，对观察者和被观察者来说是相互的，奥登给出的解决方案是"我们要么放弃飞行，因为这实在令人痛苦，要么在地上创造一个天堂"②。这个看似非此即彼的选择，实际上都要求我们放弃"鹰的视域"，将视点重新落实到地面上。

在批判"鹰的视域"的伦理谎言时，奥登创作了一首《伊斯基亚岛》

---

① W. H. Auden, "Hic et Ille", in W. H. Auden, *The Dyer's Hand and Other Essays,* New York: Vintage, 1989, p. 101.

② Ibid.

("Ischia", 1948），其中有这么一段内容：

　　……你很好地修正了我们
　　受损的视力，又如此温和地训导我们
　　　　在你恒常不变的光线下
　　去正确地观察事物与人类。

（《奥登诗选：1948—1973》11）

　　伊斯基亚是意大利南部的一座岛屿。1948年，奥登在岛上租了一座带花园的大房子，在那里度过了一段美好时光。此后每年夏天，他都去该岛消夏，一直到1957年在奥地利购置了乡间小舍之后，才改变了消夏地点。他曾在给友人的信中感叹岛上的人们相处融洽、宠辱不惊的生活方式[①]，这对一直游离于社会边缘的诗人产生了巨大的影响。在《伊斯基亚岛》的开篇，奥登立即写出"心灵的改变"这样的词句，而后宣称"任何时候都适宜去赞颂明耀的大地"（《奥登诗选：1948—1973》10）。如果说曾经他"见证真相"的双眼因"鹰的视域"而"受损"（injured）的话，那么伊斯基亚的生活对此做了很好的"修正"（correct），让他学会了正确地去观察并尊重身边的"事物与人类"。

　　由此可见，诗歌的"见证真相"，不仅仅是诗人以什么样的方式去感受它们，还关系到诗人以什么样的方式去观看和呈现它们。青年奥登也曾插上代达罗斯父子的翅膀，在"焦虑的时代"迎风高翔，借助俯瞰的目光获得了人类大家园的整体图景，留下了意味深长的沉思和颇有预言性的启示。而伊卡洛斯的悲剧性命运恰恰在于"飞得太高"，他的惊天呐喊因为远离了现实生活而变得虚妄，不但容易出现所见非"真"的尴尬局面，还因为居高临下催生了一种潜藏的怜悯心理，让诗歌的述说沦为了谎言。奥登在调整自己的诗人观的同时，也在根据更新的思想调整自己观看世界的视角，诗歌见证的真相也随之悄然发生了变化。

---

① Humphrey Carpenter, *W. H. Auden: A Biography,* Boston: Houghton Mifflin Company, 1981, p. 360.

第三章 "耐心的回报"：诗歌的"技术层面"

歌，让他们拿去，
因为要有更大魂力
才敢于赤身行走。

——叶芝《一件外套》

诗人已忘却的过去，静静地，深藏在他的心里，
直到某个细微经验唤醒其生命，催生了一首诗，
词语是它假定的原基细胞，感情是它的感应磁场，
当他开始遣词造句，意义的确定决定了它的生长。

——奥登《短句集束》

根据《旧约·创世记》第11章记载，诺亚的子孙在古巴比伦附近的示拿地安居乐业。他们语言相通，同心协力想要建造一座可以通天的高塔。上帝发觉后，认为自己的誓言遭到了人类的怀疑，决定惩罚这些忘记约定的人，就像惩罚偷吃了禁果的人类始祖一样。他让人类说不同的语言，使人类相互之间不能沟通，从此分散在各处居住。自此之后，半途而废的巴别塔象征了人类狂妄自大的后果。"巴别塔事件"为世上之所以存在不同的种族和语言提供了一个阐释，也让人类语言文化中的翻译现象成为一种必然。

由于"巴别塔的诅咒"，诗歌似乎成了一门颇为狭隘的艺术。雪莱用

一个生动的比喻描述了译诗的困境:"想要把诗人的创作复制到另一种语言中去,就好比把一朵紫罗兰花扔进了坩埚却仍然妄图领略原先的色泽和芬芳——简直是痴人说梦。植物必须从种子里重新抽芽,不然就不会开花——这就是我们背负的巴别塔的诅咒。"诗歌翻译如同被采摘的鲜花,必然会失去原来的魅力。美国诗人罗伯特·弗罗斯特干脆言明——"诗歌就是翻译中失去的东西。"[1]这么多人强调译诗的艰难,反而从一个侧面论证了诗歌这门艺术的特殊性。

奥登在散文《写作》("Writing",1962)中指出,时至今日,文化在世界各地越来越趋向交融和汇通,这导致了文化的单一性和单调性,在这种背景之下再来看诗歌所背负的"巴别塔的诅咒",反而会发现"这不是诅咒而是福音",至少在诗歌中不会出现一种所谓的"国际性风格"。[2]在诗歌里,诗人的个性、诗意的语言、诗歌的规则和诗艺的风格,仍然具有强烈的不可复制性和不可翻译性,这些都造就了诗歌这门艺术的独有临界。正是出于这个原因,奥登才会认为诗人和读者都会对诗歌作品的两个层面最感兴趣,一个是"道德层面",而另一个就是"技术层面"——"这里有词语的精妙联动。它是怎么实现的?"

在技术的层面,诗人并不像普通的工匠,仅仅掌握了一门手艺。工匠可以根据特定的说明书来决定制作的过程,在开工之前就已经知道成果将与他所预期的别无二致,而且这样的成果可以有成百上千。与工匠不同的是,诗人的创作技术却是无法定性的,也是无法预见的。诗人不可能在未下笔之前就已经确切地知道最终的成品,整个创作过程既需要诗人自觉参与的意识活动,也仰赖于诗歌语言在排列组合的过程中碰撞出的奇妙火花。正因为如此,奥登认为诗歌首先是"语言的游戏"(verbal playing)[3],体现

---

[1] 关于诗歌翻译的各方观点,总体上无非是可译和不可译之争,相关内容可以参看包慧怡《巴别塔的诅咒:诗歌翻译中的解谜与成谜》,《上海文化》2010年第3期,第69—75页。

[2] W. H. Auden, "Writing", in W. H. Auden, *The Dyer's Hand and Other Essays,* New York: Vintage, 1989, p. 23.

[3] 出自奥登的诗歌《"至诚之诗必藏大伪"》("The Truest Poetry Is the Most Feigning",1953;《奥登诗选:1948—1973》144)。"verbal playing",既是语言的游戏,也是词语、文字的游戏。

了词语之间的精妙联动；然后是"知识的游戏"（a game of knowledge）[①]，既包含了人类关于存在和发生的集体性知识，也体现了诗人的个体性认知；不仅如此，音调、音高、音长、节奏和韵律等形式上的潜能让诗歌发展出一套自己的体系，每一首诗既是规则的体系，也必然是违反规则的体系，诗与诗之间建立起了相似性，也催生了差异性，于是，一首诗成了"一个仪式"（a poem is a rite）[②]、"一个自然有机体"（a natural organism）[③]，诗人在此基础上构建了一个"语言的社群"。

第一节 艺术"诊疗室"：弗洛伊德文艺观之"补遗"

奥登在散文《心理学与现代艺术》中开门见山地强调了弗洛伊德对现代艺术的重要性："若以校勘者的方式细究弗洛伊德对现代艺术的影响，其难度不亚于细究普鲁塔克对莎士比亚的影响，这不仅需要很少有人能具备的博闻强记，而且即便深入细察一番也未必有实质性的进展。一些作家，尤其是托马斯·曼和 D. H. 劳伦斯，其实已经书写过弗洛伊德；一些批评家也用上了弗洛伊德的术语，比如罗伯特·格雷夫斯的《诗意非理性》和赫伯特·里德的《现代诗歌的形式》都有所体现；超现实主义采用的方法，模拟了精神分析师在诊疗室里的操作流程。然而，弗洛伊德对艺术的重要性，比他的语言、技术和理论推演揭示的真相更为伟大。"[④] 言下之意，弗洛伊德的影响已经是润物细无声了。当然，此文的立意并不是对弗洛伊德歌功颂德，而是着眼于弗洛伊德理论在创作实践领域的启示。弗洛伊德的这种深远影响，同样体现在奥登的诗学观，尤其是创作观部分。

[①] W. H. Auden, "Squares and Oblongs", in *The Complete Works of W. H. Auden: Prose,* Vol. II: 1939-1948, ed. Edward Mendelson, London: Faber and Faber, 2002, p. 345.

[②] W. H. Auden, "Making, Knowing and Judging", in W. H. Auden, *The Dyer's Hand and Other Essays,* New York: Vintage, 1989, p. 58.

[③] W. H. Auden, "The Virgin & The Dynamo", in W. H. Auden, *The Dyer's Hand and Other Essays,* New York: Vintage, 1989, p. 67.

[④] W. H. Auden, "Psychology and Art To-day", in *The Complete Works of W. H. Auden: Prose,* Vol. I: 1926-1938, ed. Edward Mendelson, Princeton: Princeton UP, 1996, pp. 93-94.

一 艺术家的"守护天使":艺术与神经官能症的联系

阅读过弗洛伊德作品的人,肯定会惊讶于他深邃的艺术涵养和丰富的文学知识。有些学者甚至抱怨他不是一个理论严谨的自然科学家,更像是一个想象瑰丽的人文艺术家。为弗洛伊德写过三大卷传记的英国心理学家欧内斯特·琼斯,曾在英文版的《弗洛伊德自传》里简明扼要地概括了他的文化素养:"他对希腊神话极为熟悉,不但经常随口引用,在他的著作中也比比皆是。他有非凡的文学才能,因而被公认为德语的散文大师。在艺术方面他最为欣赏的是诗歌与雕塑,对绘画与建筑也有兴趣……"[①]这种文化素养清晰地反映在他的一系列著述之中。他常常以艺术和文学的例子佐证他的思想,比如他提出的俄狄浦斯情结,名字来源于古希腊神话,例证则以索福克勒斯(Sophocles)的《俄狄浦斯王》和莎士比亚的《哈姆雷特》为灵感线索。他还以精神分析的方法直接考察文学艺术家的创作意图和作品内涵,既有关涉艺术作品分析的《列奥纳多·达·芬奇和他童年时代的一个记忆》(1910)和《米开朗琪罗的摩西》(1914),也有涉入文学作品解读的《〈诗与真〉中的童年回忆》(1917)和《陀思妥耶夫斯基与弑父者》(1928),或者直指创作过程及其本质的《戏剧中的精神变态角色》(1905)和《作家与白日梦》(1908)。

弗洛伊德的文艺观贯穿于他的精神分析理论中,关于这种大胆的跨学科尝试与努力,他自述道:"精神分析学所做的工作,就是找出艺术家的生活印记及意外的经历与其作品间的内在联系,并根据这种联系来解释他的精神素质,以及活动于其中的本能冲动——也就是说,他和所有的人身上都存在的那部分东西。"[②]这说明,弗洛伊德强调文艺的本质是本能冲动的外化与升华,他相信艺术家通过艺术的手段在作品里表达了自身的心理状态和潜意识图景,并且在一定程度上能够激发读者相似的情感,从而唤起读者的共鸣。这种心理美学的观点,受到诸多文学艺术家的盛赞。可

---

① [英]欧内斯特·琼斯:《弗洛伊德生平》,收入[奥]西格蒙德·弗洛伊德《弗洛伊德自传》,顾闻译,上海人民出版社1987年版,第117页。

② [奥]西格蒙德·弗洛伊德:《弗洛伊德自传》,顾闻译,上海人民出版社1987年版,第94—95页。

以毫不夸张地说，20世纪以来的西方文艺批评类书籍十有八九都会出现弗洛伊德的名字，或者看到他的影子。

奥登在弗洛伊德的著述中，首先注意到艺术家与神经官能症的联系。他在《心理学与现代艺术》中引用了一段弗洛伊德的相关论述，我们不妨摘录如下：

> 艺术家从本质上说是内倾者，与神经官能症患者相差不远，他们的内心受到强烈的欲望需求的排挤，一心要追逐名利、财富、权力和女性的青睐，却苦于找不到满足愿望的途经。于是，他们像其他愿望不能得到满足的人一样，脱离现实，将自己所有的兴趣、力比多转移到幻想的世界中，其实一条腿已经迈上了走向神经官能症的道路。他们最终没有患病，肯定是许多因素共同作用的结果；许多艺术家的能力因神经官能症而部分受阻，也是常有之事。或许艺术家的体质天生便能产生很强的升华作用，或是造成冲突的压抑作用不是很强烈。不管怎样，艺术家都不是唯一一群生活在幻想中的人，他们有自己的方法从幻想中回到现实。①

弗洛伊德在此挑明了艺术家的创作起点在于受到压抑的本能欲望，这与神经官能症患者并无二致，差别仅仅在于他们通过艺术的手段升华了这种欲望，找到了一条返回现实的捷径。照此说法，艺术家或多或少都有神经质的倾向，来自身体和精神的创伤经历将会如影随形。奥登似乎认可了这种观点，他在文中写道：

> 自古以来，人们普遍认为艺术家在社交方面存有障碍，这并非没有道理。荷马很有可能是个瞎子，弥尔顿则确凿无疑瞎了，贝多芬聋了，维庸是惯犯，但丁颠沛流离，蒲柏身材畸形，斯威夫特疾病缠身，

---

① W. H. Auden, "Psychology and Art To-day", in *The Complete Works of W. H. Auden: Prose*, Vol. I: 1926-1938, ed. Edward Mendelson, Princeton: Princeton UP, 1996, pp. 94-95. 相关引文出处可以参见［奥］西格蒙德·弗洛伊德《症状形成的途径》，《精神分析引论》，徐胤译，浙江文艺出版社2016年版，第294页。

普鲁斯特有哮喘，梵高有精神病……与此同时，人们都相信艺术家的社会价值。从部落首领豢养吟游诗人到如今壳牌麦克斯英国石油公司资助展会，这些赞助虽然鱼龙混杂，但自始至终都显示出艺术对社会的功用、艺术是值得褒奖的。关于艺术家的神经官能症倾向以及艺术作品的社会价值，精神分析学已经对这两个方面展开了丰富的探讨。[1]

如果说这篇文章化用了精神分析学关于文学艺术是本能冲动的外化与升华的观点的话，那么在翌年写就的诗论《诗歌、诗人与诗品》("Poetry, Poets, and Taste"，1936）中，奥登直接模拟了医生的口吻阐述艺术家的特点："我的诊疗室有太多这类艺术家了，我知道自己的言下之意。他们的健康普遍受损，他们的精神状态十足地不稳定，他们的私人生活上不了台面，而且他们从不会付钱给我。看看荷马吧，像蝙蝠一样眼瞎。看看维庸吧，一个十足的骗子。看看普鲁斯特吧，一个典型的恋母病例。诸如此类，不一而足。"[2]奥登不愧是语言的大师，当弗洛伊德像个侦探家一样潜入达·芬奇、米开朗琪罗、歌德、陀思妥耶夫斯基等艺术家的生活与创作，从言谈举止的蛛丝马迹中找寻创伤的起因与症候的形成时，他用短短数行文字便将这位医生滔滔不绝的长篇大论浓缩地表达了出来，随后不但表示附和，并且直言所有聪明人，包括那位伟大的医生（即弗洛伊德），都是早年心理冲突的产物，多多少少带有一些神经质的特点。

然而，并不是所有的神经官能症患者都能够成长为艺术家。神经官能症之于艺术家，用奥登的话来说，其角色就是艺术家的"守护天使"[3]。在这篇才华横溢、洞见非凡的散文《流浪的犹太人》("The Wandering Jew"，1941）中，奥登不仅深入分析了卡夫卡作品里的探索主题和卡夫卡对世界读者的重要性，而且注意到评论界此起彼伏地聚焦于卡夫卡受到的宗教伦

---

[1] W. H. Auden, "Psychology and Art To-day", in *The Complete Works of W. H. Auden: Prose*, Vol. I: 1926-1938, ed. Edward Mendelson, Princeton: Princeton UP, 1996, p. 94.

[2] W. H. Auden, "Poetry, Poets, and Taste", in *The Complete Works of W. H. Auden: Prose*, Vol. I: 1926-1938, ed. Edward Mendelson, Princeton: Princeton UP, 1996, p. 163.

[3] W. H. Auden, "The Wandering Jew", in *The Complete Works of W. H. Auden: Prose*, Vol. II: 1939-1948, ed. Edward Mendelson, London: Faber and Faber, 2002, p. 113.

理和父亲强权的双重压迫。当大家兴致勃勃地用弗洛伊德的文艺观阐述、评析和论证卡夫卡的创作成因的时候，奥登却倾向于强调卡夫卡的艺术成就更多地取决于生活体验，而非神经官能症。"所谓的精神创伤经历，"他写道，"并不是偶然事件，而是孩子在漫长的翘首以待中把握住的机会，借此可以理解存在的必然、发现生命的轨迹、珍重自身的生活。即使这次没有发生，下次还会有类似的经历发生，尽管都同样的琐碎。他当然也可以选择不承受这样的创伤，但潜意识里却很清楚，仅仅靠他自身的努力不可能成长为卓尔不群之人。"[1]正是在这个意义上，艺术家主动选择了精神创伤（或者说神经官能症），并让它成了自己的"守护天使"。因此，在他眼里，卡夫卡思考的问题和创作的特点，与他拥有什么样的父亲和遭受什么样的创伤并没有必然的关系，如果一定要找出其中的关联，那么，后者只不过"驱使他接受了自己的天命，帮助他抵御了各种各样的诱惑，让他不至于放弃自己的观感，从而陷入轻松又俗套的观念里"[2]。此番说辞，很容易让人联想到不久之后他为路易斯·博根（Louise Bogan）撰写诗评时，颇为动情地形容天分是"身体里的一根刺"[3]。无论是"天命"还是"天分"，无论它们以何种类型存在于不同的艺术家，它们始终表现为与生俱来的才能和持之以恒的探索。真正的艺术家从来都不是慵懒闲适的，他们主动选择艰巨，而不是选择安逸。精神创伤也仅仅是他们选择的艰巨之一。

1971年，当奥登在人生暮年受邀为费城精神分析协会举办的纪念弗洛伊德活动演讲时，他再一次宣读了弗洛伊德的那段类比艺术家与神经官能症患者的文字，尽管提出了诸多质疑，但并没有解构弗洛伊德的观点。奥登指出，人首先分成两类：一类是少数的幸运儿，很早就知道了自己的天职；另一类是大多数人，经过教育和社会的洗礼才逐渐确认自己的职业。而那些发现了自己的天职的人，又可以分为两类：一类偏外向，认为他们的生命在于行动，或是像政治家那样投入到社会活动之中，或是像工程师那样

---

[1] W. H. Auden, "The Wandering Jew", in *The Complete Works of W. H. Auden: Prose*, Vol. II: 1939-1948, ed. Edward Mendelson, London: Faber and Faber, 2002, pp. 112-113.

[2] Ibid., p. 113.

[3] W. H. Auden, "The Rewards of Patience", in *The Complete Works of W. H. Auden: Prose*, Vol. II: 1939-1948, ed. Edward Mendelson, London: Faber and Faber, 2002, p. 155.

第三章 "耐心的回报":诗歌的"技术层面" | 399

在自然环境中钻研;另一类偏内向,他们的兴趣并不在行动,而是喜欢沉思迄今为止尚未被发现的真理,诗人、科学家和心理学家就是这样一类人。基于这样的分类法,奥登认为只有那些"行动派"才会渴求公共领域的权力和名声,"沉思派"则渴望获得真理领域的新发现。[①] 奥登的驳斥,显然是针对弗洛伊德所谓的艺术家"受到强烈的欲望需求的排挤,一心要追逐名利、财富、权力和女性的青睐",因为他在后文中继续质疑了艺术家对"财富"和"女性的青睐"的需求。若从严格意义上的语言逻辑而言,奥登只是质疑了艺术家追逐"名利、财富、权力和女性的青睐",却没有否认艺术家与神经官能症患者的联系。

或许,对于奥登而言,真理层面的追求才是艺术家的真正需求,才是让艺术家主动选择精神创伤并让它成为自己的"守护天使"的"强烈的欲望需求"。这又回到了奥登在1935年的《心理学与现代艺术》一文中引用弗洛伊德这段文字时所认可的两个基本点:"一,无论看起来多么'纯粹'的艺术家,都不可能心无旁骛,他期望通过艺术创作得到一定的回报,尽管他对于回报的认知会发生变化;二,他的艺术起点,与神经官能症患者和白日梦者无异,都源于孩童时期的情感挫折。"[②] 从这个角度而言,弗洛伊德对奥登的启示是终生性的,正因为如此他才会在那场演讲中以弗洛伊德式的自我分析来畅谈诗人与作品的关系。

在不断复述或转述弗洛伊德有关艺术家与神经官能症的言论的时候,奥登事实上已经隐射了他自己作为一位青年艺术家的自我选择与自我养成。一个有趣的例子是他的性向选择。奥登在1928年夏秋之交与一位名叫希拉的姑娘订了婚,一年后又取消了婚约。无论是订婚还是悔婚,这其中都牵扯到错综复杂的个人、家庭乃至社会的因素。奥登本人对是否结婚这个问题很早就产生了动摇。1929年4月13日,他在日记中写道:"鸡奸的乐趣部分来自于过程的艰难和造成的痛苦。异性之间的恋爱过于温和,

---

[①] W. H. Auden, "Phantasy and Reality in Poetry", in *The Complete Works of* W. H. *Auden: Prose*, Vol. VI: 1969-1973, ed. Edward Mendelson, Princeton: Princeton UP, 2015, p. 707.

[②] W. H. Auden, "Psychology and Art To-day", in *The Complete Works of W. H. Auden: Prose*, Vol. I: 1926-1938, ed. Edward Mendelson, Princeton: Princeton UP, 1996, p. 95.

也过于平淡。我与希拉的相处便是如此。我们双方都能捕捉到一股令人绝望的气息。人是多么愿意受苦啊。"[1] 奥登并不是一个天生的同性恋者,在希拉之前,他至少与一位名叫海德薇(Hedwig Petzold)的奥地利女士有过交往[2]。异性恋还是同性恋?摆在青年奥登面前的,并不仅仅是性向选择的困惑,更是人生旅程的问题。

理查德·达文波特—海因斯指出,奥登为了厘清自己的方向,认真阅读了普鲁斯特的小说《索多玛和娥摩拉》(Sodome et Gomorrhe)[3]。根据《旧约·创世记》第18章的描述,索多玛和娥摩拉是摩押平原中的两座城市,前者耽溺男色,后者沉溺女色,他们放荡淫乱,"罪恶甚重",声闻于耶和华,致使耶和华决定派天使毁城。也就是说,索多玛城的罪孽主要是男同性恋行为,娥摩拉则主要是女同性恋行为,普鲁斯特以这两座城市的名字作为《追忆似水年华》第四卷的标题,小说内容已经跃然纸上了,而在他精心刻画的众多同性恋者中,尤以德·夏吕斯先生最为个性鲜明:

> 他这类人,不像看上去那么矛盾,他们的理想是富有男子气概,原因就在于他们天生的女人气质,在生活中,他们只是在外表上与其他男子没有差别;每个人的眸子平面都凹雕着一个身影,绝无例外,它铭刻在人们借以观察宇宙万物的眼睛里,可在他们那一类人的眼睛里,铭刻的不是仙女的倩影,而是美男的形象。他们这些人始终处于诅咒的重负之下,不得不靠自欺欺人和背信弃义过日子,因为他们也清楚,他们的那种欲望实在可耻,会受到惩罚,因此不可告人,然而正是这一矛盾给人创造了最为甜蜜的生活乐趣;他们不得不背弃自己的上帝,因为即使是基督徒,一旦他们出庭受审,便落成了被告,而面对着基督,且以基督的名义,他们必须为自己的一生几乎都受到诽

---

[1] Humphrey Carpenter, *W. H. Auden: A Biography*, Boston: Houghton Mifflin Company, 1981, p. 104.

[2] 卡彭特指出,奥登在1926年去奥地利旅行时,寄居在海德薇家里。奥登后来向哥哥约翰和几位好友坦陈,他与这位太太发生了性关系。可以参看Humphrey Carpenter, *W. H. Auden: A Biography*, Boston: Houghton Mifflin Company, 1981, p. 69.

[3] 《索多姆和戈摩尔》是《追忆似水年华》中的第四卷,英译本在1929年3月出版,标题改为《平原上的城市》(*Cities of the Plain*)。

谤而极力辩解……他们的名声岌岌可危，他们的自由烟云过眼，一旦罪恶暴露，便会一无所有，那风雨飘摇的地位，就好比一位诗人……①

普鲁斯特并不像他的前辈作家们那样满足于从外部描写爱情，而是深入爱情的内部，描写爱情的多样性，包括被基督教国家施以严刑的同性之恋。研究欧洲同性恋史的法国学者塔玛涅认为，普鲁斯特及其小说是一个逝去时代的见证，"他的作品的功绩在于第一次将同性恋生活的错杂，他们的暗号和陷阱，激情和戏剧化，他们的丑恶和美丽都原原本本地展示在读者眼前"，但普鲁斯特本人是一个"感到羞耻的同性恋者"，确信自己属于一个"被诅咒的种族"。②或许正是因为这份罪恶感和羞耻心，使得普鲁斯特将同性恋摆上检验台进行解剖的时候，刻意模糊了产生同性恋行为的根源，将之视为某种猎奇心理和反抗既有权威而催生的产物。

在理查德·达文波特—海因斯看来，这构成了奥登诟病普鲁斯特同性恋观的根本原因，现代医学理论的发展和精神分析学的观点都倾向于表明同性恋成因不在于社会的外部环境，而源于生理和心理的内在因素。③但是，理查德·达文波特—海因斯刻意回避的是，奥登即便并不完全认同普鲁斯特的观点，也不会否认社会禁忌为同性恋附加了乐趣——越是隐秘和危险，越能在艰难、焦灼和痛苦中产生一种额外的快感。这种心理与前文中提到过的日记内容相呼应，那句"人是多么愿意受苦啊"，强调了主动"受苦"（suffer），而不是乐享"温和"与"平淡"，类似于弗洛伊德语境里的神经官能症。

正是这种选择艰难而不是容易的神经质倾向，在很大程度上左右了奥登的性向选择，也影响了他的诗学道路。不过，笔者之所以认为奥登的性向选择是一种主动"受苦"，主要是从社会外部环境施加压力的角度来谈的。奥登肯定明白，同性之爱不会涉及到家庭和繁衍，也就部分地脱离

---

① ［法］马塞尔·普鲁斯特：《追忆似水年华·索多姆和戈摩尔》，许钧、杨松河译，译林出版社1996年版，第13—14页。

② ［法］弗洛朗斯·塔玛涅：《欧洲同性恋史》，周莽译，商务印书馆2009年版，第120页。

③ Richard Davenport-Hines, *Auden*, New York: Vintage Books, 1999, pp. 100-101.

了社会责任的束缚，因而可以获得一种超越传统樊篱的自由。对于艺术家而言，这种自由尤其难能可贵，尽管他同时也需要承担自由带来的动荡和浮沉。

决意要走诗人之路的青年奥登，在那样一个充满了可能性的社会环境里，一定会对家庭和责任的约束嗤之以鼻。他已经准备好了，为理想做出必要的牺牲。曾在牛津大学讲授英国文学的奈维尔·柯格希尔很喜欢讲述他第一次面试奥登的情形：

> 在安排学习计划的时候，为了让课程适应他的需求和兴趣，我询问了他的人生规划。"我要成为诗人。""噢，对哦，"我自以为是地说到（人在 27 岁的时候很容易闹出各种糗事），"那么念英语［文学］是不错的开始，假如你想要写诗，可以帮助你深入这个领域的技术性层面……而且写诗也可以提高你的写作能力。"我洋洋自得地说了一通，但得到的回应却是满脸怒色。"你根本不明白，"他说，"我的意思是大诗人。"[①]

那是 1926 年秋天，奥登已经立志要成为"大诗人"，也逐渐具备了为理想做出必要牺牲的准备。第二年 6 月，他在写给哥哥约翰的信中说："我觉得一个有价值的人需要孑然一身。真正的艺术家并不友好。他们把最好的感情都献给了作品，生活只分配到一些残渣。"[②] 在好友斯彭德的回忆里，牛津时代的奥登已经全身心地投入到诗歌事业的漫长旅程之中——"分析、阐释并且主导自己的生活环境，一种充满智性的努力"[③]。奥登后来描述自己的本科生活时说，"那时候交友或者思考问题都曾带来过乐趣，但回想起来，我却不带半分留恋"，因为"在乐趣之下总有一种持久存在的无趣而又折磨人的焦虑感"，除了学业安排违背了父母的初衷（从自然科学转

---

① Nevill Coghill, "Thanks Before Going, for Wystan", quoted from Humphrey Carpenter, *W. H. Auden: A Biography,* Boston: Houghton Mifflin Company, 1981, p. 54.

② Richard Davenport-Hines, *Auden*, New York: Vintage Books, 1999, p. 65.

③ Stephen Spender, *World within World: The Autobiography of Stephen Spender*, New York: St. Martin's Press, 1994, p. 61.

到英语系）所产生的愧疚，更重要的原因是"野心"——"我从十五岁开始就很确信自己将来的职业。十九岁时，我就充满了自我批判精神，我明白当时自己写的诗歌只不过都是别人的衍生品，我还没有找到自己的声音，我很确信这种声音在牛津无法寻得，而且，只要我在牛津一天，我就只是个未成熟的孩子而已。"①

他骄傲又谦逊地发展他自己，但作为稚气并未完全消退的青年，其锐气和自我还不足以强大到可以与家庭、阶级和社会分庭抗礼的地步。他的订婚是一种无奈的妥协，后续产生的焦虑和迟疑则是妥协的代价。在日记里写下"人是多么愿意受苦啊"后不久，也就是这一年的7月初，奥登听到了来自衣修伍德的反对结婚的声音②。衣修伍德劝阻的立场或许是出于反抗的姿态，只消看看他在半自传体小说《克里斯托弗及其类》中惊世骇俗的表述便能管窥一二：

> 女孩子是国家、教会、法律、新闻界和医学界认可并要求我去渴望的。我母亲也认可她们。她默默地、粗暴地请求我结婚，给她抱孙子。她的愿望几乎是所有人的愿望，而他们的愿望意味着让我去死。我的愿望是按照自己的天性生活，找到一个可以做我自己的地方……但我必须承认，即使我的天性与他们相同，我也要以某种方式打击他们。如果男孩子并不存在，我也会把他们创造出来。③

成长于相似的家庭背景，接受了相似的基础教育，奥登与衣修伍德在很多方面都一拍即合，包括文学抱负和政治倾向。很难说衣修伍德的反抗意识在多大程度上左右了奥登的选择，但他的确很快就返回了英国，并且在7月29日这一天解决了困扰他一年有余的订婚事件。当他对友人说"这

---

① ［英］W. H. 奥登：《依我们所见》，《序跋集》，黄星烨译，上海译文出版社2015年版，第670—671页。
② 奥登与衣修伍德相伴出游柏林，后者曾试图劝阻他结婚，see Humphrey Carpenter, *W. H. Auden: A Biography,* Boston: Houghton Mifflin Company, 1981, p. 104.
③ Christopher Isherwood, *Christopher and His Kind*, London: Vintage, 2012, p. 12.

是我而不是婚姻的问题"①的时候，已经表明奥登自觉地选择了一条更为艰难和孤独的生活道路，这也为他今后固执地维持与切斯特·卡尔曼之间不对等的爱情关系埋下了伏笔。

弗洛伊德曾说："艺术家就像神经症患者一样，他退出无法得到满足的现实世界，进入一种想象的世界；但是，他又不同于神经症患者，他知道如何寻找一条回去的途径，并再在现实中获得一个坚实的立足点。"②奥登即便不是一个典型的神经症患者，也是一个选择模拟神经症从而更自由地穿梭于真实与想象之间的务实的诗人。他早早地为自己的生活装点了诗人的梦想，犹如天命在不期然间植入了他的心扉，此后执拗又执着地清扫沿途的一切障碍，只为了更为匹配他心目中的"大诗人"。

二 创作发生论：从"灵感的器皿"到"观念的幸运冒险"

如果说弗洛伊德有关艺术家与神经官能症之间的联系的说法令奥登心有戚戚，甚至将神经官能症视为艺术家的"守护天使"的话，那么这位精神分析大师关于艺术创作活动的论述则真正切入了奥登熟谙的"技术"领域。

传统的艺术理论已经从神学、文学、社会学等角度阐释过艺术活动，衍生出各种各样的艺术创作理论。奥登在《心理学与现代艺术》中主要区分了西方有史以来的两类创作观，即"灵感论"（as an inspiration）和"技艺论"（as a craft）。③关于前者，奥登引用了柏拉图借苏格拉底之口说出的诗论——"他们的才能决不是来自某一门技艺，而是来自灵感，他们在拥有灵感的时候，把那些令人敬佩的诗句全都说了出来。"④按照此类说法，诗人下笔如有神助，他们的优秀作品并不是凭借技艺取得，而是仰赖

---

① Humphrey Carpenter, *W. H. Auden: A Biography,* Boston: Houghton Mifflin Company, 1981, p. 104.

② ［奥］西格蒙德·弗洛伊德：《弗洛伊德自传》，顾闻译，上海人民出版社1987年版，第94页。

③ W. H. Auden, "Psychology and Art To-day", in *The Complete Works of W. H. Auden: Prose*, Vol. I: 1926-1938, ed. Edward Mendelson, Princeton: Princeton UP, 1996, p. 98.

④ Ibid., p. 98. 相关引文出处可以参见［古希腊］柏拉图《伊安篇》，《柏拉图全集》（第1卷），王晓朝译，人民出版社2002年版，第304页。

于神力的附着才得到了灵感，因此，这类诗人可以被称为"迷狂者"（the Possessed）。至于后者，奥登引用了英国维多利亚时代的艺术家威廉·莫里斯（William Morris）的观点——"那类关于灵感的说法实在是一派胡言：根本不是这么回事，而是技艺的问题。"在这类人眼里，优秀的作品不可能唾手即得，而是在漫长的时间和反复的历练中经过精益求精的打磨才能获得，因而这类诗人可以被称为"制造者"（the Maker）。

在西方诗学史上，"灵感论"因为柏拉图的"迷狂说"而影响广泛。创作的源泉不是诗人，而是超出他的自主意识的"神"。在古希腊罗马语境里，"神"往往指的是司掌文艺的神灵，尤指缪斯女神。赫西俄德在《神谱》中写道："缪斯友爱的人是快乐的，甜美的歌声从他的嘴里流出。如果有人因心灵刚受创伤而痛苦，或因受打击而恐惧时，只要缪斯的学生——一个歌手唱起古代人的光荣业绩和居住在奥林波斯的快乐神灵，他就会立刻忘了一切忧伤，忘了一切苦恼。缪斯神女的礼物就会把他的痛苦抹去。"[1] 在此，我们不妨看看古希腊罗马的诗人们是如何在开篇祈求缪斯女神惠赐灵感的：

《伊利亚特》

女神啊，请歌唱佩琉斯之子阿基琉斯的
致命的忿怒，那一怒给阿开奥斯人带来
无数的苦难……[2]

《奥德赛》

请为我叙说，缪斯啊，那位机敏的英雄，
在摧毁特洛亚的神圣城堡后又到处漂泊……[3]

---

[1] ［古希腊］赫西俄德：《工作与时日·神谱》，蒋平、张竹明译，商务印书馆2015年版，第30页。

[2] ［古希腊］荷马：《荷马史诗·伊利亚特》，罗念生、王焕生译，人民文学出版社2006年版，第1页。

[3] ［古希腊］荷马：《荷马史诗·奥德赛》，王焕生译，人民文学出版社2008年版，第1页。

《工作与时日》

　　皮埃里亚善唱赞歌的缪斯神女，请你们来这里，向你们的父神宙斯倾吐心曲，向你们的父神歌颂……①

《神谱》

　　让我们从赫利孔的缪斯开始歌唱吧，她们是这圣山的主人……②

《埃涅阿斯纪》

　　我要说的是战争和一个人的故事……

　　诗神啊，请你告诉我，是什么原故，是怎样伤了天后的神灵……③

《变形记》

　　天神啊，这些变化原是你们所促成的，所以请你们启发我去说，让我把从世界的开创直到我们今天的事绵绵不断地唱出来。④

　　张德明先生指出，"诗人"（poet）这个词在古希腊语中意为"制作者"（maker），即"那种将一定的材料纳入一定的形式的人，与其他工匠似无多大差别"。⑤这样的诗人，并不是其作品的真正作者，他们不过是传递神的信息的中介，或者说工具。因此，荷马、赫西俄德、维吉尔（Virgil）等诗人都不约而同地在作品开篇处呼吁缪斯女神赋予灵感，奥维德祈求的对象是众天神，自然是包括司掌文艺的缪斯女神在内。

　　中世纪以降，西方诗学中的"灵感论"悄然发生了变化。作为基督徒，但丁在《神曲》三个部分的灵感诉求显示了他的多重影响渊源：

---

　　① ［古希腊］赫西俄德：《工作与时日·神谱》，蒋平、张竹明译，商务印书馆2015年版，第1页。
　　② 同上书，第27页。
　　③ ［古罗马］维吉尔：《埃涅阿斯纪》，杨周翰译，人民文学出版社2000年版，第1页。
　　④ ［古罗马］奥维德：《变形记》，杨周翰译，人民文学出版社2008年版，第1页。
　　⑤ 张德明：《批评的视野》，上海社会科学院出版社2004年版，第60页。

第三章 "耐心的回报"：诗歌的"技术层面" | 407

《地狱篇》

啊，<u>缪斯</u>啊！啊，崇高的<u>才华</u>呀！现在帮助我吧！啊，记载我所看到的一切事物的记忆呀！这里将显示出你的高贵。①

《炼狱篇》

我的<u>天才</u>的小船把那样残酷的大海抛在后面，现在要扬帆向比较平静的水上航行。我要歌唱人的灵魂在那里消罪，使自己得以升天的第二个王国。

啊，神圣的<u>缪斯</u>啊，让死亡的诗在这里复活吧，因为我是属于你们的……②

《天国篇》

……这神圣的王国的事物，<u>凡我所能珍藏在心里的那些</u>，现在将成为我的诗篇的题材。

啊，卓越的<u>阿波罗</u>啊，为了这最后的工作，使我成为符合你授予你心爱的月桂的要求的、充满你的<u>灵感</u>的器皿吧。迄今帕耳纳索斯山的一峰对我已经足够；但现在为了进入这尚未进入的竞技场，我需要这座山的双峰。你进入我的胸膛……替我唱歌吧。③

但丁在写《神曲》时，依照的范例是维吉尔的《埃涅阿斯纪》，因此《神曲》三个部分的开端都是首先点明主题，紧随其后才祈求神灵惠赐"灵感"。在他看来，居住在帕耳纳索斯山尼萨峰的九位缪斯女神的恩赐，帮助他完成了《地狱篇》和《炼狱篇》的创作，但是他接下来要写的是最后的、也是难度最大的《天国篇》，因此不但需要尼萨峰的缪斯女神，更需要契

---

① 但丁在《地狱篇》开始之前还安排了一个"序曲"，笔者在此选取的是《地狱篇》开始之后的部分。可以参看 [意] 但丁《神曲·地狱篇》，田德望译，人民文学出版社2007年版，第10页。

② [意] 但丁：《神曲·炼狱篇》，田德望译，人民文学出版社2007年版，第1页。

③ [意] 但丁：《神曲·天国篇》，田德望译，人民文学出版社2007年版，第1页。

拉峰的阿波罗。在古希腊神话里，阿波罗不仅仅是太阳神，还是文艺之神，赫西俄德说"正是由于缪斯和远射者阿波罗的教导，大地上才出了歌手和琴师"①。但丁祈求阿波罗进入他的胸膛，甘做他的灵感的器皿，这种请愿彰显了古希腊罗马文化对他的潜移默化的影响。

然而，除了向古希腊的司掌文艺的诸神求助于灵感、艺术和学问之外，但丁还多次求助于一份似乎属于他自己的灵感——《地狱篇》的"才华"、《炼狱篇》的"天才"以及《天国篇》的"我所能珍藏在心里的"。《神曲》中有不少诗句表明但丁意识到自己有才华，而且自诩为"崇高的才华"、很高的才赋。②这要是放在古希腊罗马语境里，显然是自视甚高和亵渎神灵了，必然会因为"狂傲"招致自己的毁灭。正如陈中梅先生论及希腊神话时指出："身居高位或有权有势的王公贵族们会在愚狂的驱使下不恰当地膨胀自己的荣誉感，无视自己作为凡人的本分，放纵骄横，侵害或伤损他者的利益，由此铸下大错，激怒神明，导致自己的毁灭。"③

不过,但丁所谓的"才华"，应该放在基督教语境里加以解读。《新约·马太福音》第25章讲述了一个"按才受托的比喻"：主人按照三个仆人的能力把家业交给他们，第一个仆人得到了五千，第二个得到了二千，最后一个得到了一千。等到主人回来的时候，那个领受五千的仆人带来了一万，领受二千的仆人带来了四千，他们都把主人给的银子与自己努力赚来的银子毫无保留地交给了主人，唯有第三个仆人在主人外出期间藏起了银子没有任何作为。主人褒奖了前两位仆人，认为他们是"又良善又衷心"的仆人，同时也责备了第三个仆人，说他是"又恶又懒"的仆人。在这个著名的比喻中，主人交给仆人们的是塔兰特币，一种古代的货币单位，后来"talent"的通用含义被引申为"才干"、"才能"等，指人在某一方面的突出天赋。因此，但丁自诩的"才华"，应该是指上帝恩赐给他的"talent"——"崇高的才华"，而他要在人生的历程中善用这份恩赐，这才是对上帝的虔诚

---

① ［古希腊］赫西俄德：《工作与时日·神谱》，蒋平、张竹明译，商务印书馆2015年版，第30页。

② ［意］但丁：《神曲·地狱篇》，田德望译，人民文学出版社2007年版，第12页。

③ 陈中梅：《神圣的荷马：荷马史诗研究》，北京大学出版社2008年版，第135页。

和衷心。

深受"两希"传统①影响的西方诗人，将创作的源泉追溯为神灵的恩赐，尤其是到了基督教语境里，上帝作为第一个也是最伟大的"创造者"（creator），是艺术家们最为重要的赐福者。这个传统一直延续到17世纪，弥尔顿在《失乐园》开篇如此点明史诗的题材和灵感的源头：

> 关于人类最初违反天神命令
> 偷尝禁树的果子，把死亡和其他
> 各种各色的灾祸带来人间，并失去
> 伊甸乐园，直等到一个更伟大的人来，
> 才为我们恢复乐土的事，请歌咏吧，
> <u>天庭的诗神缪斯</u>呀！您当年曾在那
> 神秘的何烈山头，或西奈的峰巅……②

赐给弥尔顿灵感的神是"天庭的诗神缪斯"（Heav'nly Muse），乍一看会让人误以为是古希腊罗马神话里的缪斯女神，但修饰词"天庭的"让我们的目光从帕耳纳索斯山尼萨峰的缪斯女神那里移开了③。在古希腊罗马神话的空间构成里，并不存在一个远在高空之外的"神圣的天国"，宙斯领导的新一代诸神们主要居住在奥林波斯山巅上，而不是在地球之外的九重天活动。因此，相较于意大利人但丁，英国人弥尔顿的思想和文化的渊源脉络要清晰很多，他这是在向上帝祈求庇佑，何烈山及其别名西奈山也明示了这位神灵的身份。

随着资产阶级个人主义观念的逐步盛行，"作者"的概念也渐渐脱颖

---

① 古希腊文明和古希伯来文明。

② ［英］约翰·弥尔顿：《失乐园》，朱维之译，上海译文出版社1984年版，第3页。

③ 希腊神话中的缪斯女神通常有九位，她们各司其职。有学者认为，"天庭的诗神缪斯"指的是司掌天文的缪斯女神乌拉尼亚（Urania），因为"Heav'nly"指的是"天空"。笔者更倾向于认为，弥尔顿延续了古希腊罗马的诗歌传统，特指史诗女神卡利俄珀（Calliope），而"Heav'nly"恰恰证明了弥尔顿融合两希传统的努力。在选段后面的诗行里，"the God"和"the Muse"的元素时而交织在一起，也很好地说明了这一点。

而出，作者成为其作品的所有者（owner），灵感的源头也不再是神灵，而是奥登所说的"观念的幸运冒险"（the lucky hazard of ideas）——"每一个'原创性'的天才，艺术家也好，科学家也好，都带有几分可疑的神秘色彩，就像赌徒或通灵人。"① 作者，尤其是诗人，不再是"完美的工具"、灵感的器皿，而是一个将"出色的观念"（a good idea）以语言艺术的形式传达出来的人②。

奥登所说的"观念的幸运冒险"以及"出色的观念"，已经不是古典时期的灵感论，也不是基督教的灵感论，而是诗人心灵的产物。几百年来，诗人们为获取"出色的观念"而绞尽脑汁。奥登戏言："一些省力气的方法被引入精神的厨房——酒精、咖啡、烟草、安非他命③，等等——可是这些方法都比较草率，经常失灵，而且很容易让下厨的人受到伤害。公元20世纪的文学创作，与公元前20世纪比起来并没有多少差别：一切都几乎仍然需要手动操作完成。"④ 为了表明这种相似性，奥登特地提到了手写稿和打字稿。显然，打字机的发明也没有改变"手动操作"（by hand）这一事实，而"by hand"的隐含意思为"亲自操作"，进一步证实了诗人是"出色的观念"的主人。

即便如此，"出色的观念"却不是主观意愿可以随时调取的。"艺术家不可能仅仅凭借意志行为来进行创作，而必须等待他所确信的出色的观念'降临'到自己身上才可以动笔，从这个意义上而言，一切艺术作品都是被授意而写。"⑤ 这里的"降临"（comes），带有一丝奥登所说的"可疑的神秘色彩"，但又因为这是"原创性"的，所以不是神意惠临或者被神附体，而是诗人想要把内在的诗性经验主动表达出来的激情和抱负。因此，奥登不会同意柏拉图式的"灵感论"，也不会认同威廉·莫里斯式的"技艺论"，

---

① W. H. Auden, "Writing", in W. H. Auden, *The Dyer's Hand and Other Essays,* New York: Vintage, 1989, p. 13.

② Ibid., p. 15.

③ 安非他命（Benzedrine）：精神类药物，可以提神，防止疲劳。

④ W. H. Auden, "Writing", in W. H. Auden, *The Dyer's Hand and Other Essays,* New York: Vintage, 1989, p. 17.

⑤ Ibid., p. 15.

前者剔除了诗人的个性和创造性,后者否认了诗人的天赋和独特性。

在奥登看来,离开了灵感,"技艺"只能是无米之炊,而离开了"技艺",灵感也只能是虚无缥缈。"出色的观念"之所以最终生成了优秀的作品,需要诗人的"手动操作",此为"观念的幸运冒险"。

三 创作过程论:"密探和长舌妇的结合体"

以"世俗时代"的观念来审视创作过程时,我们会发现"灵感论"和"技艺论"实际上是思维活动在不同阶段的体现。这两类创作观,一个强调创作起点,另一个聚焦创作过程,剥离了其中的任何一个都会显得过于偏狭。

每一个诗人都是自身灵感的所有者,而灵感,它又是什么? 1956年,时任牛津大学诗歌教授的奥登为学生们开设了题为《创作、认知与判断》的讲座,以自身经历为例畅谈了诗歌创作的一系列问题,包括灵感的那几分"神秘色彩":

> 除非他大体上有了什么"需要被写下"的感受,否则的话,他不可能会知道他自己"能够写出"什么。
>
> ……
>
> 他作为诗人的生涯无可期许。他永远不可能说:"明天我要写一首诗,感谢我接受的训练和经验,我已经知道自己可以写得很好。"在别人眼里,如果一个人写下了一首好诗,那么他就是一个诗人。而在他自己眼里,只有在为一首新诗做最后修订的时刻,他才是一个诗人。在这一刻之前,他还只是一个潜在的诗人;在这一刻之后,他是一个停止了写诗的普通人,而且或许会永远停了下来。①

"潜在的诗人"(a potential poet, a would-be poet)的说法,乍听起来有些类似于"潜在的基督徒"。两者的区别在于,信仰是一生的践行过程,而诗人需要通过一次次创作的经历来加以体现。只有当拥有了那个"需要

---

① W. H. Auden, "Making, Knowing and Judging", in W. H. Auden, *The Dyer's Hand and Other Essays,* New York: Vintage, 1989, pp. 39, 41.

被写下"的感受时，诗人才能够真正下笔。在这个创作的过程中，他成了一个"潜在的诗人"，直到进行最后阶段的修订时才成为名副其实的诗人，而一旦诗篇写毕，他又变回了一个普普通通的寻常人，不是"潜在的诗人"，更不是诗人。

在奥登的表述里，每一首诗的创作都始于那份"需要被写下"的感受，或者说"出色的观念"。用西方诗学研究的一般话语而言，这是一种剔除了"神祇的灵气"、"神异的感应"等神启因素的灵感，一种不可琢磨、不可预期、不可名状的突发性思维状态。正因为灵感不是一个人可以把控的稳定性元素，所以当诗人完成了一首诗之后，他永远也不会知道他的下一首诗会在什么时候写成，也不会知道他能够写出的下一首诗会是什么模样。

灵感不可能通过"训练和经验"获得，所以即便是剔除了这个概念的神启因素，奥登在描摹灵感时还是多次使用了"降临"这个动词，就像古典时期的诗人们在祈求灵感的恩赐时常常运用的表达方式。灵感，这类突发性的"观念"，从幽闭的黑暗中忽然显现，诗人是能够抓住它们的模糊影像并且创造性地用语言艺术加以观察、体悟、思考的人。在1940年撰写的一首短诗中，奥登凝练地为我们写下了他抓住"观念"从而写下诗歌的过程：

> 诗人已忘却的过去，静静地，深藏在他的心里，
> 直到某个细微经验唤醒其生命，催生了一首诗，
> 词语是它假定的原基细胞，感情是它的感应磁场，
> 当他开始遣词造句，意义的确定决定了它的生长。
>
> （《短句集束》，1940；《奥登诗选：1927—1947》475)

在这首小诗里，灵感的不可名状和异于常态有了些许改观。它化身为隐匿在诗人内心深处的"过去"（the past），被生活中的某些微妙的"经验"（experience）触发而苏醒，催生了诗人的创作欲望。而在写作的技术性层面中，"词语"（words）是基础，"感情"（feeling）是磁场，"意义"（meaning）是在遣词造句时逐渐生成的形态。奥登的描述，让我们看到了"灵感论"和"技艺论"的结合，即一首诗如何从创作发生的起点走向创

作过程的完成，而把突发性的灵感与"过去"勾连起来的做法，显然带有一丝弗洛伊德文艺观的影子。

精神分析学家认为艺术家与神经官能症有诸多联系，他们的"诊疗室"里出现了大量症状突出的艺术家。在他们对莎士比亚的戏剧《哈姆雷特》、刘易斯·卡罗尔（Lewis Carroll）的童话《爱丽丝漫游奇境》（Alice in Wonderland）等作品的解读中，我们看到灵感化身为被长久压抑的本能欲望，以幻想的形式进入艺术的世界信马由缰，从而使艺术家获得了极大的心理满足，读者则在欣赏这些艺术作品的过程中分享了艺术家的幻想，暂时沉浸于让自己舒服又安适的潜意识汪洋里。弗洛伊德对此过程有十分精彩的描述：

> 幻想是所有人的避风港，所有未能得到慰藉的满足，都可以在这儿得到宽慰。可是，不是艺术家的人从幻想中获得快乐的能力十分有限。受压抑作用的无情影响，他们的快乐来源仅限于进入意识中的白日梦，艺术家则自有一套手段。首先，他们能对白日梦进行加工，剔除个人色彩和让人感到陌生的事物，将它拿出来与他人共享。还有办法巧妙地掩饰作品那遭人唾弃的灵感来源。此外，艺术家具备惊人的能力，可将自己的作品打磨得与幻想中的观念完全一致。通过对外展现自己潜意识中的幻想，他们获得许多快感，并得以暂时摆脱压抑作用的束缚。如果艺术家能完成这一切，他便能用自己潜意识中的快乐源泉给他人带去慰藉，享受他人的感激和崇拜，并终于通过幻想得到自己梦寐以求的事物：荣耀、权力和女人的爱。①

弗洛伊德认为，受压抑的本能欲望会转变为进入意识层面的白日梦，普通人的快乐止步于这些幻想，而艺术家能够对这些幻想进行加工处理，将它们转化为艺术创作的灵感。照此说法，灵感来源于潜意识，而创作的过程就是向外展现被潜意识幽闭的幻想。艺术家在解除压抑的同时也获得

---

① ［奥］西格蒙德·弗洛伊德：《症状形成的途径》，《精神分析引论》，徐胤译，浙江文艺出版社2016年版，第294页。

了暂时性的快乐，并且在精神上有所升华。

奥登部分地认同弗洛伊德有关灵感源泉的描述。艺术家的创作，确实与过往经历的一点一滴积累的本能欲望有关，它们静静地深藏在艺术家的心里，直到"某个细微经验唤醒其生命"，让它们从潜意识的黑夜之中苏醒了过来。然而，以弗洛伊德为代表的精神分析学家们对艺术家的"行当"并没有直接的经验。他们因为专业所长，倾向于将视线投向那些潜意识发挥鲜明作用的作品。荣格非常诚实地承认道："心理学家和文学批评家在考察一部文学作品时，两者之间在研究方法上存在着根本的区别。文学批评家认为有决定性意义和价值的东西，可能与心理学家毫不相干。具有高度模糊性的文学作品，常常引起心理学家极大的兴趣。"① 尽管荣格的精神分析学理论较其前辈弗洛伊德而言有更为广泛的考察证据，但他关于艺术创作活动的讨论仍然没有规避过于简化和片面的弊端。

奥登从自身的创作实践出发，对这种倾向性提出了质疑。他认为，精神分析学家们往往只关注作品的象征符号，却忽略了作品的技术加工，或者说艺术家对象征符号的处理。因此，"当面对两部基于相同潜意识题材的作品时，他们无法解释哪一部作品在审美层面上更为优秀"②。奥登的反驳，主要针对的是艺术的审美层面，而不是艺术创作的起点。也就是说，奥登论述的焦点并不是精神分析学家所谓的"幻想"是否进入了艺术作品，关于这一点精神分析学家们已经有诸多讨论，而且他也基本上持赞成态度。作为诗人，他关注的是艺术家对"幻想"的艺术处理。

在散文《诗歌、诗人与诗品》中，奥登从弗洛伊德文艺观的基本点出发，指出一个神经官能症患者通常会有三种表现形式：

一，我们可以假装并不在场，比如，我们可以变得痴呆或者干脆病倒了；二，我们可以假装那些精神创伤或者心理危机并不存在，比如，我们可以陷入白日梦里；三，我们可以小心翼翼地审视它，尝试去理

---

① ［瑞士］卡尔·荣格：《心理学与文学》，《心理学与文学》，冯川、苏克译，译林出版社2014年版，第90页。

② W. H. Auden, "Psychology and Art To-day", in *The Complete Works of W. H. Auden: Prose*, Vol. I: 1926-1938, ed. Edward Mendelson, Princeton: Princeton UP, 1996, p. 98.

解它，发现圈套的机制。艺术是后两者结合的产物，这其中有逃遁的成分，也有科学的成分，要说有什么差异，仅仅在于我们通常习惯于如此指称，而且也因为后者的研究素材是另一种排列方式。①

这段推导里出现的"圈套的机制"，是奥登惯用的表达方式，总体上指向了个人的精神困境。上述的第一种和第二种表现形式是不同程度、不同层面的生病，第三种表现形式则是一种智力活动。奥登曾说过，"疾病与智力活动都是反应行为，它们的根源是一致的，但价值却不同"②。换言之，寻常人止步于病患的状态，艺术家则能够从幻想的世界返回到现实的世界，以艺术的手段加工处理成作品。因此，奥登认为，艺术的创作活动可以被表述为这样两个阶段：

艺术的前一个阶段是感知。艺术家是这样一类人，他可以站在一旁打量，甚至可以站在他自己身旁去观察他自己的白日梦。

艺术的后一个阶段是述说。你随便逮住一位艺术家问问，几乎每一位都会承认他的创作是为了"赚点钱和娱乐朋友"。③

通过"感知"（perceiving）和"述说"（telling），艺术家将"幻想"转化为个性鲜明的艺术作品。关于艺术家的这种"感知"和"述说"，奥登形象地将之类比为"密探和长舌妇的结合"④。在"感知"的层面上，每一位艺术家都会像"密探"一样细心观察和探寻那些"幻想"（包括他自己的），而在"述说"的层面上，又会像"长舌妇"一样具有源源不绝的表达欲望。

艺术家和精神分析学家在"感知"的层面上具有共通性，却在"述说"的层面上分道扬镳。这种差别，就仿佛福楼拜（Gustave Flaubert）的《包

---

① W. H. Auden, "Poetry, Poets, and Taste", in *The Complete Works of W. H. Auden: Prose*, Vol. I: 1926-1938, ed. Edward Mendelson, Princeton: Princeton UP, 1996, pp. 163-164.

② W. H. Auden, "Psychology and Art To-day", in *The Complete Works of W. H. Auden: Prose*, Vol. I: 1926-1938, ed. Edward Mendelson, Princeton: Princeton UP, 1996, p. 102.

③ W. H. Auden, "Poetry, Poets, and Taste", in *The Complete Works of W. H. Auden: Prose*, Vol. I: 1926-1938, ed. Edward Mendelson, Princeton: Princeton UP, 1996, p. 164.

④ Ibid.

法利夫人》(Madame Bovary)与报刊杂志上的桃色新闻之间的距离。"感知"仅仅为艺术创作提供了把灵感转化为素材的条件,"述说"才是艺术作品的独特存在形式。以弗洛伊德为代表的精神分析学家们偏重于强调艺术创作的"感知"阶段,夸大潜意识在其中扮演的角色。奥登却认为,"精神分析学促使艺术家对梦境、记忆碎片、儿童艺术、信笔涂鸦等内容产生了更多的兴趣",但这种兴趣是"有意识的"艺术加工,[①] 即便是超现实主义的代表作和乔伊斯(James Joyce)的作品,都没有任何征兆表明它们是下意识地自动创作出来的。

为了表明诗歌的创作必然是一个从潜意识到意识的生成过程,奥登多次质疑柯勒律治(Samuel Coleridge)有关《忽必烈汗》("Kubla Khan",1797)的自述。柯勒律治说,他因为神经痛服了鸦片酊,随后坐在椅子上睡着了。入睡前,他正在读忽必烈汗营建宫殿的记载。入睡后,他灵感迸发,毫不费力地在梦中做了至少两三百行的诗。一觉醒来,诗句仍然历历在目,于是他立即奋笔疾书,试图把梦中诗行记录下来,不料中途被人打断,耽误了一个多小时,等到他回到房间打算继续记录的时候,才惊觉梦境已经烟消云散了,不论怎么苦思冥想也续写不下去。如此一来,《忽必烈汗》就只剩下已经写在纸上的54行了。[②] 柯勒律治的自述,可以用一整套心理学的术语加以解释。按照弗洛伊德的理论,这是潜意识幻想的"升华";用荣格的理论来说,这是来源于无意识的创造性冲动出其不意地俘获了诗人——"奴役他去完成他的作品"[③],而呈现出来的作品是典型的"内倾的"艺术[④],即艺术家在无意识命令刚开始发出就给以默认。

在《创作、认知与判断》的讲座上,奥登指出"《忽必烈汗》是我们

[①] W. H. Auden, "Psychology and Art To-day", in *The Complete Works of W. H. Auden: Prose*, Vol. I: 1926-1938, ed. Edward Mendelson, Princeton: Princeton UP, 1996, p. 98.

[②] 飞白:《世界名诗鉴赏辞典》,漓江出版社1989年版,第158页。

[③] [瑞士]卡尔·荣格:《论分析心理学与诗歌的关系》,《心理学与文学》,冯川、苏克译,译林出版社2014年版,第78页。

[④] 相较于弗洛伊德,荣格对艺术创作活动做了更为细致的观察。他借鉴了席勒的"感伤的"和"素朴的"概念,用心理学术语"内倾的"和"外倾的"代替它们,对艺术作品和创作方式进行了分类。可以参看[瑞士]卡尔·荣格《论分析心理学与诗歌的关系》,《心理学与文学》,冯川、苏克译,译林出版社2014年版,第76—79页。

拥有的关于出神之际写作的诗的唯一有文可循的记录"①，但是在同期的散文《写作》中，他却声称柯勒律治在自述中撒了谎：

> 如果无需诗人清醒的参与就能在出神之际创造出一首诗歌，那么，写诗将是一件令人乏味甚至不快的活动，这样的话，只有诸如金钱和社会名望的物质报酬才能诱使人去成为一个诗人了。目前，根据《忽必烈汗》的原稿来看，柯勒律治对创作这首诗的叙述是一个小小的谎言。②

奥登认为诗歌不可能在"出神之际"（in a trance）写成，"诗人清醒的参与"（the conscious participation of the poet）在创作过程中不可或缺。表现为潜意识的灵感或观念，与表现为意识的创作才华和技艺，共同参与了诗人的创作。以下这段话可谓奥登对自己熟悉的"行当"的清晰表述：

> 我相信，对于任何诗人而言，当他写一首诗时，不可能极其精确地表述正在发生的创作，也不可能确切无疑地解释有多少最终结果可以归因于他无法掌控的潜意识活动，又有多少可以归因于有意识的技巧。他能够确切无疑的，只有否定，而不是确定。一首诗在诗人的头脑中酝酿，并不像孩子在母亲的子宫里那样成长；诗人的"某种"程度的自觉参与是必要的，并且总是需要用到"某些"技艺。然而，写诗并不像木工，不仅仅是一门手艺；木匠可以根据特定的说明书决定制作一张桌子，还未开工，便已经知晓最终的效果将与预期别无二致，但是诗人在写下一首诗以前，不可能预测到这首诗会变成什么样子。③

奥登的创作过程论与精神分析学的创作观形成了潜在的对话关系。他

---

① W. H. Auden, "Making, Knowing and Judging", in W. H. Auden, *The Dyer's Hand and Other Essays,* New York: Vintage, 1989, p. 33.

② W. H. Auden, "Writing", in W. H. Auden, *The Dyer's Hand and Other Essays,* New York: Vintage, 1989, p. 16.

③ W. H. Auden, "The Virgin & The Dynamo", in W. H. Auden, *The Dyer's Hand and Other Essays,* New York: Vintage, 1989, p. 67.

无法确切地回答"灵感"和"技艺"在诗歌创作活动中的比重。他就像是"灵感论"和"技艺论"的折中派，以务实的态度融合了两者之间的重心落差，认为诗人的创作会同时涉及到"他的潜意识和意识的活动"，也会同时调动"他的缪斯和智慧"。①

除了直接运用现代心理学的术语解释创作活动以外，奥登还经常性地用文学性意象装扮这些理论，将它们过于简单化和片面化的心理科学面目粉饰一新，导演出一场活灵活现的创作心理剧：

> 当诗人写诗的时候，仿佛有两个人被卷入其中：他清醒的自我，以及他身心以求的缪斯或者与之较量的天使，然而，犹如在通常的求爱或摔跤比赛中，他的作用与对方同等重要。缪斯，就像《无事生非》中的贝雅特丽齐，一个性格刚毅的女人，对卑鄙的求婚之人和粗俗的好色之徒都无动于衷。她欣赏侠士的风度和优雅的举止，却蔑视不是她对手的人，她带着残忍的愉悦，与他们说些废话和谎言，那些可怜的家伙们却乖乖地把这些话都记录了下来，自以为是"灵感"的真理。②

在奥登的表述里，缪斯女神仅仅是一个指称，或者说，灵感的代名词。比如，众所周知，但丁的缪斯是贝雅特丽齐，彼特拉克（Francis Petrarch）的缪斯是劳拉；他们在呼唤缪斯的时候，也许是祈求远方的诗神，也许是思慕他们爱而不得的女子。现代诗人们说到缪斯的时候，往往纯属偶然，他们每天都在更新缪斯的形象，正如他们面对的是日新月异的生活。在这种情况下，缪斯这个名称本身，就是最美的文字，蕴藏了最复杂、最多变、最意犹未尽的诗意。

奥登笔下的缪斯，应该是这样一位身着现代衣衫的诗神，褪去了古老传说中的神性，增添了一丝飘忽不定的物性。她被冠以一个更为日常化、口语化的名称，即灵感。一方面，奥登尊崇灵感，正如古往今来诗人们潜

---

① W. H. Auden, "The Virgin & The Dynamo", in W. H. Auden, *The Dyer's Hand and Other Essays,* New York: Vintage, 1989, p. 67.

② W. H. Auden, "Writing", in W. H. Auden, *The Dyer's Hand and Other Essays,* New York: Vintage, 1989, p. 16.

心乞求缪斯的天籁之音。另一方面,奥登强调诗人必须具备与灵感相匹敌的创作技艺,以便赢得缪斯女神的尊重,如此才能够将诗歌的"情景剧"完美地演绎出来。

缪斯女神,即潜意识层面的创作灵感,无法凭借意识活动进行主观性地强求——"没有任何东西是一个潜在的诗人知道自己必须知道的。他对当下的时刻束手无策,听凭它的摆布,因为他并没有具体的理由不屈服于这一时刻的要求,而且由于他所知晓的一切,他将发现屈从于即时的欲望其实是他所能做的最好选择。"[1]然而,尽管他无法掌控"身心以求的缪斯或者与之较量的天使",却可以驾驭"清醒的自我"。诗人的"清醒的自我",是"密探和长舌妇的结合",对"出色的观念"细细打量和探寻,形成了自己独特的感知,然后再以特定的方式将这些感知的内容表达和述说出来。"感知"的能力既是一种得天独厚的天分,也是一种内在诗性经验的积累。同样,"述说"的能力至少有两个层面:一是与生俱来的天分,二是经过千锤百炼获得技艺的精进。天分是先天的,内在诗性经验的积累和创作技艺的精进却是后天可以修炼的。

第二节 "语言的游戏":探索诗歌技艺

当奥登说诗歌是"语言的游戏"的时候,他指出了诗歌作为语言艺术的根基。有趣的是,奥登在孩童时期曾幻想自己是一个建筑师,或者是一个矿业工程师。此类幻想模式,预示了他日后在诗歌创作上必然面临的核心问题,以及将会坚持的基本原则。虽然建筑师和工程师从角色上而言属于实业领域,但他们与诗人有一个共通之处——他们都需要在现存条件的基础上开展工作。建筑师和工程师从数学、力学、物理学等科学角度精工细算,选择合适的物质材料和运作方式来创造事物,要是他们的计算和设计超出了给定材料的承载限度,最终便很难实现设想。诗人则从"道德层面"和"技术层面"出发精雕细琢,选择"最好的文字"进行"最好的排列"

---

[1] W. H. Auden, "Making, Knowing and Judging", in W. H. Auden, *The Dyer's Hand and Other Essays,* New York: Vintage, 1989, p. 41.

（柯勒律治语），使用"最精妙的语言"表现"最精妙的观感"（朱光潜语），要是做不到这些，最终便很难产生为人称道的诗作。可以说，诗人应该像建筑师和工程师熟谙他们的材料那样，熟悉每一个词语的纹理，摸清词语与词语之间结构，探索它们组合在一起的无限可能。

诗人就像是伊格尔顿所说的"语言的物质主义者"[①]，因为诗歌必须依赖"自造的山谷"的物质性得以幸存。诗人需要特别注意语言自身的规律，将词语作为物质加以体验，在各个方面调动这一物质的意义和潜能，让词语与词语之间的精密联动创造出令人意想不到又令人心悦诚服的特殊效果，充分发挥诗歌作为语言艺术在"技术层面"上的独特魅力。

一　追求"语言学夫人"："诗歌的母亲是语言"

奥登曾写有一首诗《言辞》（"Words"，1956），让我们看到语言在人际交流关系中的重要作用：

说出一个句子就会让一个世界呈现，
预言过的一切都会产生预期的结果；
我们会怀疑讲话的人，而非听到的语言：
言辞对不诚实的言辞完全无话可说。

（《奥登诗选：1948—1973》134—135）

语言是一种人类用来交流的特殊工具。要是没有了语言，我们能够想象的人类生活将会黯然失色。海德格尔说到语言时，强调语言与人类生活习性已经密不可分："无论如何，语言属于人之存在最亲密的邻居。我们处处遇到语言。所以，我们将不会惊奇，一旦人思考地环顾存在，他便马上触到了语言，以语言规范性的一面去规定由之显露出的东西。"[②] 我们通过语言交流、感受和思考，无论是有声的还是无声的。

[①] ［英］特里·伊格尔顿：《如何读诗》，陈太胜译，北京大学出版社2016年版，第64页。

[②] ［德］马丁·海德格尔：《语言》，《诗·语言·思》，彭富春译，文化艺术出版社1991年版，第165页。

第三章 "耐心的回报"：诗歌的"技术层面" | 421

诗歌是人类的独特而古老的存在方式。伊格尔顿在给诗歌下定义的时候，尤其点明了"语言上的创造性"，认为诗歌是"以把注意力转向自身，或聚焦于自身的语言为特征"，或者说，诗歌是"以能指支配所指的语言为特征"。① 就诗歌的本质而言，语言是其最为根本的媒介。因此，奥登颇为生动地说：

> 诗人不仅要追求自己的缪斯，还要去追求"语言学夫人"，而对于初学者来说，后者更为重要。一般而言，一名初学者具有创造性才华的迹象，就在于他对语言游戏的兴趣大于表达独创见解的兴趣……追求过"语言学夫人"并赢得了她的欣赏之后，他才能全身心地奉献给他的缪斯。②

在奥登看来，只有赢得了"语言学夫人"（Dame Philology）的尊重，才能求得缪斯女神的青睐，这是走向诗歌创作的第一步，也是最为基础的一步。奥登用了一个颇为形象的类比来说明语言的重要性——"诗歌的父亲是诗人；诗歌的母亲是语言。"他甚至开玩笑说，人们可以像标识赛马一样标识诗作："来自 L，骑手 P。"③ 这里的"L"是"语言"（Language）的首字母，"P"则是"诗人"（Poet）的首字母，如此一来，诗人与语言的密切关系已经不言而喻。作为骑手的诗人，除了接受日常语言的训练以外，还需要修习"诗意地运用语言"（the poetic use of language）④，如此才能更好地驾驭他的坐骑。驾驭诗歌语言的能力并非一朝一夕可以获得，赢得比赛的骑手往往是在灵感与汗水的双重助力之下才成为了佼佼者。

奥登认为，要想赢得"语言学夫人"，要成功驾驭语言，诗人必须首先是一个热爱语言的人，一个对"语言的游戏"感兴趣的人：

---

① ［英］特里·伊格尔顿：《如何读诗》，陈太胜译，北京大学出版社2016年版，第57页。

② W. H. Auden, "Writing", in W. H. Auden, *The Dyer's Hand and Other Essays,* New York: Vintage, 1989, p. 22.

③ Ibid.

④ W. H. Auden, "The Virgin & The Dynamo", in W. H. Auden, *The Dyer's Hand and Other Essays,* New York: Vintage, 1989, p. 67.

无论我们如何定义诗人，他首先是一个热爱语言的人。我并不确定这种热爱是他的诗歌才华的表征还是诗歌才华本身（因为热爱是注定的，而不是可选择的），但是我确信这是我们判断一个年轻人是否具有诗人潜能的标志。[①]

热爱语言是诗人潜能的标志，以至于要求诗人就像对待自己的血肉一样与它保持亲密，并且带着一心一意的激情去爱它。年轻的时候，奥登在《诗歌、诗人与诗品》中颇为老成地谈论自己的诗学观点，认为真正的诗人会对语言产生强烈的兴趣[②]，因而"如果一个人同时对词语和象征感兴趣，那么他必然会成长为一位诗人"[③]。步入中年以后，多年的诗歌创作经验给了他反思和实践的基础，他为一位青年诗人的选集撰写导言时，几乎是以夫子自道的口吻强调成为诗人必须具备的两个天赋之一是"热爱语言"[④]。到了晚年回顾自己的创作生涯时，他不无感慨地表示："如果你问我，诗人与其他人的显著区别是什么，我认为不是弗洛伊德宣称的那种强烈的本能需求，而是对语言的无与伦比的热爱和熟谙。"[⑤]

奥登很小就喜欢诗意地运用语言，尽管那时他未必意识到这一点。后来回顾孩童时代的喜好时，他自认是以一种十分独特的方式阅读那些他自以为喜欢的科学类和采矿类的书籍。从表面上来看，小奥登对地质、矿产、机械、隧道等实用领域表现出浓厚的兴趣，但长大后他发现自己实际上是对那些领域里的专有名称感兴趣，觉得这些术语背后蕴藏了一些不可言说

[①] W. H. Auden, "squares and Oblongs", in *The Complete Works of W. H. Auden: Prose*, Vol. II: 1939-1948, ed. Edward Mendelson, London: Faber and Faber, 2002, p. 343.

[②] W. H. Auden, "Poetry, Poets, and Taste", in *The Complete Works of W. H. Auden: Prose*, Vol. I: 1926-1938, ed. Edward Mendelson, Princeton: Princeton UP, 1996, p. 165.

[③] W. H. Auden, *The Prolific and the Devourer*, in *The Complete Works of W. H. Auden: Prose*, Vol. II: 1939-1948, ed. Edward Mendelson, London: Faber and Faber, 2002, p. 415.

[④] W. H. Auden's foreword to "A Beginning", in *The Complete Works of W. H. Auden: Prose*, Vol. II: 1939-1948, ed. Edward Mendelson, London: Faber and Faber, 2002, p. 332.

[⑤] W. H. Auden, "Phantasy and Reality in Poetry", in *The Complete Works of* W.H. Auden: Prose, Vol. VI: 1969-1973, ed. Edward Mendelson, Princeton: Princeton UP, 2015, p. 708.

的神秘意蕴。比如说,

> 一个像"pyrites"[硫化铁矿]这样的词语,对我来说,并不是一个简单的指示符号,而是一个"神圣事物"的专有名称。所以,听到一位姨妈将它念成了"pirrits"的发音时,我倍感震惊。她的发音不仅有误,而且十分难听。无知是一种亵渎。①

由此可见,奥登在童蒙养正之时就自发地对语言、象征和想象感兴趣,这促使他走上了一条远离实用领域的诗歌道路。凭借这份经验,奥登判定塞缪尔·巴特勒(Samuel Butler)所说的话是正确的——"真正能够检验想象力的是命名一只猫的能力。"②他认为,《旧约·创世记》亚当命名万物的时候,事实上扮演了诗人的角色。之所以认为亚当是第一位诗人,而不是第一位散文家,根本原因在于他给了每一样事物一个专有名称,而专有名称不仅需要指涉,还必须是恰当的指涉,这种恰如其分能够被公众辨认出来。也就是说,专有名称让词语与观念紧密地联系了起来,这是诗歌语言的特性。

为此,他引用了瓦雷里的一段话加以论证:

> 诗歌的力量,源于诗之言说与诗之所是之间的不可名状的和谐。难以名状是定义的基础。和谐不应该是可定义的;如果它可被定义,那就是伪造的和谐,并不是真正的和谐。无法定义诗之言说与诗之所是之间的联系,以及无法否认这种联系,使诗行的精髓得以确立。③

诗歌的力量正是在"诗之言说"(what it says)与"诗之所是"(what it is)之间充满诗意的和谐,无法界定,无法分割。为此,奥登又借用马拉美(Stephane Mallarme)的话来进一步论证——诗人就是"将一些词语

---

① W. H. Auden, "Making, Knowing and Judging", in W. H. Auden, *The Dyer's Hand and Other Essays,* New York: Vintage, 1989, p. 34.

② Ibid.

③ Ibid., p. 35.

组合成一个词"的人。① 从这个角度而言，奥登相信最富有诗性的学科是语言学：从事语言学的人，在远离了实用性的层面对语言细加探究，于是一个个词语变成了一首首专注于语言本身的小小抒情诗。

诗人热爱语言，知晓语言联结在一起的诗意属性和神秘力量，这似乎是一种天生的潜能。不过，潜能还需要被激发出来才能有效发挥所长。奥登多次强调，他自己在热爱语言的时候，渐渐喜欢上了那些擅用语言的诗人们。飞白先生曾饱含深情地写道：

> 诗是人的特殊存在方式。它包含着无限的天地，包含着"人"的全部含义。而诗歌语言又是一种特殊而神秘的符号系统，它不但含有已经抽象化系统化的理性意蕴，更含有情感的、美感的以至非理性的深层意蕴；它意在言外，以悟性代知性，其表现力远非日常使用的"指称性语言"可比。如果说指称性语言是单义性的，低密度的；那么诗歌语言就是复义性的，高密度的。前者是静态系统，像玻璃镜般映出清晰平直的映象；后者则是动态系统，其意义随角度而变，从诗的多面晶体中熠熠生辉。②

诗歌语言的复义性和高密度形成了"意在言外"的效果，正如瓦雷里所说的"诗歌的力量"。一个天生热爱语言的人，必定是一个能够精细入微地体察诗歌语言所蕴藏的那种微妙而难以穷尽的魅力的人。理查德·达文波特—海因斯注意到，奥登最初喜欢的诗人包括丁尼生、爱伦·坡（Allan Poe）、克里斯蒂娜·罗塞蒂（Christina Rossetti）和理查德·巴勒姆（Richard Barham）等语言风格突出的诗人。③ 随后，在模仿他的第一位大师哈代时，奥登从中获得的重要教诲之一就是语言的训练，尤其是口语化措辞的诗意使用。等到奥登的诗性经验积累得足够丰富的时候，他的语言敏感性让他可以清晰地分辨出每一位诗人的"个性化"语言：他说有些诗人与语言的

---

① W. H. Auden, "Making, Knowing and Judging", in W. H. Auden, *The Dyer's Hand and Other Essays,* New York: Vintage, 1989, p. 35.

② 飞白：《世界名诗鉴赏辞典》，漓江出版社1989年版，前言第5—6页。

③ Richard Davenport-Hines, *Auden*, New York: Vintage Books, 1999, p. 30.

关系令人想起了教官，比如古卜林——"词语被要求清洗了耳后根，立正站直，完成复杂的操练，其代价是从来不允许它们独立思考"；而有些诗人的语言风格让人想到了斯文加利①，比如史文朋（Algernon Swinburne）——"在他们的催眠术蛊惑下，一场华丽的演出粉墨登场，参与演出的不是新兵，而是低能的学童们。"②语言是诗歌的载体，语言风格则是诗人个性的体现。奥登之所以能够从诗歌语言当中辨明诗人们的个性化特征，最为重要的原因就在于他天生热爱语言，而且持之以恒地追求"语言学夫人"。

诗的语言，不仅可以看，还可以歌、可以吟、可以诵。奥登自小喜欢读诗，背诵了大量诗篇。在写下自己的诗篇之后，他吟诵和背诵的内容也就包含了自己的作品。语言经过声音的处理，有了表情，有了情感，也有了动作。正因为如此，奥登创作的诗歌当中，有不少是谣曲、歌词和歌剧剧本。

奥登对语言的听觉效果的重视，离不开儿时在教堂受到的熏陶，这段早期的经历有助于培养他对语言的敏感性。在晚年的《某个世界：备忘书》中，他专门列了一个关于"唱诗班男孩"的词条：

> 作为唱诗班男孩，我不仅要学会视唱③，还要字正腔圆地发音——《颂赞天主》中有一段内容出了名的绕嘴——"因为是他创造了我们，而不是我们自己"。此外，在朗诵和唱歌的时候，我必须留心不同的节拍。如此一来，早在我对诗歌产生兴趣之前，我就已经对语言形成了一定的敏感性，这是我在其他渠道无法获得的。④

他在圣爱德蒙德预科学校的同窗哈罗德·史密斯（Harold Smith）回忆说，奥登那时候虽然对科学尤其是采矿业兴趣浓厚，但已经表现出对语

---

① 斯文加利（Svengali）：英国作家乔治·杜·莫里耶（George Du Maurier）的小说《软帽子》（*Trilby*，1894）中的主人公；他是一位阴险的音乐家，用催眠术把巴黎一位画家的模特变成了著名的歌手。由于小说的成功，"斯文加利"成了那种具有神秘邪恶力量的人的代名词。

② W. H. Auden, "Writing", in W. H. Auden, *The Dyer's Hand and Other Essays,* New York: Vintage, 1989, p. 22.

③ 视唱（sight-read），事先没有练习，直接看着乐谱演唱。

④ W. H. Auden, *A Certain World: A Commonplace Book,* New York: Viking Press, 1974, p. 73.

言日渐痴迷的状态。① 正因为如此，1920 年从圣爱德蒙德预科学校毕业时，奥登已经预感到自己将来的选择会是人文学科而不是自然学科。尽管如此，后来在专业选择上，奥登依然经历了一段曲折之路。1925 年春，在格瑞萨姆学院就读的最后一个学期，奥登主动申请了牛津大学基督教堂学院自然科学学科方向的奖学金。成功通过了考试后，在这一年秋天被录取为生物学专业的新生。然而，命运似乎注定要让他走向文学、走向诗歌。他很快就发现自己如果继续留在生物学专业必将一事无成——"我没有成为科学家的天分"②。一个立志要成为"大诗人"的人，在一群擅长自然科学的学生中间显得格格不入。他后来在说明现代诗人的处境时用到了一个十分形象的比喻，我们可以从中管窥他在大学第一年时的境况："当我与科学家在一块儿的时候，我觉得自己就像是一个迷途的教区小牧师，误闯了到处是王公贵族的休息室。"③ 奥登在 1926 年春就开始思考转专业事宜，但最初考虑的专业是哲学、政治和经济，他说"不想把英语文学当作专业来读"，但事实证明文学才是最适合他的专业——"但是我喜欢阅读，到了英文系，我就可以名正言顺地读书了"。④ 奥登的自述，说明这位未来的诗人最为感兴趣的，其实是语言，而且不管他如何绕开这个路径，语言始终对他具有一种难以捉摸、不可抗拒的吸引力，以至于他兜兜转转终将以此为业，并且还奉献出全部的热情和专注力。

不少学者注意到，奥登自 1939 年移居美国后，诗歌的创作题材和语言风格都发生了较为明显的变化。奥登将这种改变归结为年齿渐长，即随着生活和经历的改变自然而然发生的变化。英式英语是奥登的母语，而美式英语是他后半生接触最为频繁的语言。热衷于追求"语言学夫人"的奥登，在新大陆生活了几个月之后，迅速捕捉到了当地的语言特色。我们不妨看

---

① Harold Smith, "At St Edmund's 1915-1920", in Stephen Spender, ed., *W. H. Auden: A Tribute,* London: Weidenfeld & Nicolson, 1975, p. 36.

② ［英］W. H. 奥登：《依我们所见》，《序跋集》，黄星烨译，上海译文出版社 2015 年版，第647页。

③ W. H. Auden, "The Word and the Machine", in *The Complete Works of W. H. Auden: Prose,* Vol. III: 1949-1955, ed. Edward Mendelson, Princeton: Princeton UP, 2008, p. 426.

④ ［英］W. H. 奥登：《依我们所见》，《序跋集》，黄星烨译，上海译文出版社 2015 年版，第669页。

看《一九三九年九月一日》开头两行：

> 我在一间下等酒吧坐着
> 就在第五十二号大街①
>
> （《奥登诗选：1927—1947》301）

这两行精准地表明奥登去了美国纽约第五十二号大街的一间下等酒吧，而不是欧洲的某个场所。布罗茨基在分析这节诗的时候指出，"奥登在这里想扮演的是一个新闻记者的角色"，"也可以说是一个战地记者的角色"，美国词语"下等酒吧"（dives）和"第五十二号大街"（Fifty-Second Street）的加入使得诗行溢出了一股异国情调。②奥登清楚地知道，他的听众既有故乡的，也有美国的，而这种横跨大西洋两岸的语言融汇方式，为他的创作提供了崭新的艺术张力。在之后的艺术生涯里，奥登兴致勃勃地把美国词语和不列颠词语交织在一起，诗集也往往在大西洋两岸同步发行，甚至在诗歌《创作的洞穴》里自我期许要做"大西洋的小歌德"（a minor atlantic Goathe；《奥登诗选：1948—1973》216）。值得注意的是，奥登为"小歌德"添加的修饰语"atlantic"，本身就是一种跨越大西洋的表述，这表明他对大西洋两岸的语言秉持了一种兼收并蓄的开放态度。

晚年接受采访时，奥登在被问到自己的语言风格是否发生转变时，持一种否认的立场：

采访者：你是否觉得，你到美国后使用的语言，和你在英国时使用的语言截然不同？

奥登：不，不是这样的。显然，你注意到了一些细节，特别是在

---

① 第五十二号大街位于纽约第五和第六大道之间，集中了很多爵士酒吧。富勒先生指出，奥登去的是一间同性恋酒吧。

② ［美］约瑟夫·布罗茨基：《析奥登的〈1939年9月1日〉》，《文明的孩子》，刘文飞译，中央编译出版社2007年版，第136—137页。

写诗①的时候：一些很琐碎的细节。在英国，有些押韵方式是不被认可的。在这里，你可以用"clerk"押"work"的韵，而在英国不行。但是，这都是一些无关紧要的小事——说"twenty of"而不是"twenty to"，说"aside from"而不是"apart from"。②

在奥登看来，这些只不过是语用习惯上的极小差别，甚至是微不足道的。但显然，读者们并不接受这种否认。布罗茨基，这位他曾极力提携和照拂的后辈，不仅筚路蓝缕地分析了奥登融汇两岸语言的写作倾向，还坚持认为他的语言风格是一种基于英式语言的"跨越大西洋的倾向"：

布罗茨基：……实际上跨越大西洋的倾向显然是置于英式本身之上的。这种语言最实在，因而也最帝国性，仿佛包揽了全世界。奥登对语言非常用力。我想，正是后一个原因，促使他来到这儿，美国。结果，他获得了一个语言学的赢利。显然，他注意到英语的美国化。请注意——在战前和战争年代，奥登已在努力地将美国的熟语放到自己的诗作中。

沃尔科夫：奥登就此不断发言反对语言的腐化，这不有点奇怪吗？

布罗茨基：不是全部美国词语都分解语言。恰恰相反。美国词语虽然有一点粗俗，但我认为，它们极富表现力。富于表现力的最大容量的形式总吸引着诗人。对吧？对生于约克郡、在牛津受教育的奥登来说，美国就是真正的旅行。就像阿赫玛托娃所说，他的确左右逢源：从古物，从辞典，从职业用语，从演变成少数民族的笑话，从流行小调到类似的东西。③

---

① 原文为"writing prose"，但根据上下文所示，奥登显然在谈诗歌写作问题。因此笔者译为"写诗"。

② W. H. Auden & Michael Newman, "The Art of Poetry XVII: W. H. Auden", in George Plimpton, ed., *Poets at Work: the Paris Review Interviews*, New York: Penguin Books, 1989, p. 288.

③ [美]约瑟夫·布罗茨基、[美]所罗门·沃尔科夫：《布罗茨基谈话录》，马海甸、刘文飞等编译，东方出版社2008年版，第143页。

在布罗茨基看来，奥登移居美国的原因，包含了一个追求语言创新的目的。早期奥登已经注意到英语的美国化，也在力图学习和了解美国的语言。随着美国的崛起，不断产生和变化着的美国语言更能呼应时代的气息，比一些不合时宜的老旧词语更富有表现力。这一点，显然会吸引到奥登。在美国的生活，让他获得了"一个语言学的赢利"，即在新时代创造性地使用语言时可以更加得心应手。

门德尔松教授在为中译本《奥登诗选：1927—1947》撰写前言时指出："奥登对英语语言的热爱始终不渝。他有意识地使用了几乎不可传译的词汇和修辞效果。"[①]这句话点出了两个层面的含义：一是奥登热爱语言，终生都在追求"语言学夫人"；二是奥登善于诗意地运用语言，这让他的诗歌产生了一种瓦雷里所说的不可界定的力量，因而无法完全对等地传译出来。关于这两点，我们不妨用奥登晚年的好友奥利弗·萨克斯的一段话加以总结："他以语言本身的恰到好处为乐，词语与思想之间配合得无懈可击，短语与短语之间嵌套得天衣无缝，每一个词语都被安放在合适的、恰当的位置，被体现、被包含、被包容，如同它本来就属于那里，仿佛惬意地回到了诗歌之身体的家园。"[②]如此看来，奥登天生就是诗歌的骑手，而他也通过一生对语言的热爱证明了他是一个好骑手。

二 反对语言的败坏，"捍卫语言的神圣性"

语言是诗歌的"母亲"，但并非诗人的私有财产。诗人不可能自己创造语言，它是人类社会生活发展到一定阶段的产物，是世世代代集体无意识积累的能量催生和演化出来的独特艺术形态。每一种语言，都是特定群体的集体表达，彰显了这个群体共同的审美因素，包括语音和节奏的感知，也包括象征和形态的意蕴。

诗人首先是特定语言群体当中的一个人，其次才是运用这种语言从事创造性活动的人。因此，诗人必须充分利用大家共享的资源——语言。恰

---

① ［英］W. H. 奥登：《奥登诗选：1927—1947》，马鸣谦、蔡海燕译，上海译文出版社2014年版，前言第4页。

② Oliver Sacks, "Dear Mr A...", in Stephen Spender ed., *W. H. Auden: A Tribute,* London: Weidenfeld & Nicolson, 1975, p. 189.

如卡尔·克劳斯（Karl Kraus）所言，语言是"人尽可夫的妓女"，语言工作者的使命在于"将它改造成处女"：

> "我的语言是人尽可夫的妓女，而我必须将它改造成处女。"（卡尔·克劳斯语）这既是诗歌的荣耀也是耻辱：诗歌的媒介不是私有财产，诗人不能创造自己的词语，这些词语不是自然的产物，而是人类社会为了千差万别的使用目的而创造的产物。在现代社会里，语言总是被贬损、降低为"非语言"，诗人因为耳朵持续遭受败坏而处于危险的境地。对于画家和音乐家而言，他们的媒介属于私有财产，不存在诗人面临的危险。不过，换个角度而言，诗人不易受到另一种现代危害——唯我论的主观主义——的侵扰，他在这方面比画家和音乐家受到更多的保护；无论一首诗多么晦涩，它的每一个词语都是有意义的，而且都能够在词典中被查到，这证明了他人的存在不容置喙。即使《芬尼根守灵夜》中的语言，也不是乔伊斯"无中生有"创造的；并不存在一个纯粹私人的语言世界。①

在这篇以《写作》为题的散文中，奥登花费了不少篇幅谈论语言问题。他欣然赞同20世纪著名的奥地利作家、语言与文化评论家卡尔·克劳斯的看法，认为以语言为媒介的艺术家与公众有一种奇特的联系：一方面，因为他们的媒介不同于画家的颜料或者音乐家的音符，不是仅为他们自己所使用，而是他们所隶属的语言群体的公共财产，所以他们的创作活动依赖于语言环境的纯正性；另一方面，他们所使用的媒介乃是公共财产，因而他们的作品不可能完全属于私人，于是可以免于受到极端主观主义的侵扰，具有了交流与沟通的前提基础。

作为诗人，奥登不仅天生对语言感兴趣，还日益认识到语言环境对诗歌创作活动的影响。他曾写了一首《致一位语言学者的短颂歌》（"A Short Ode to a Philologist", 1961），题引了卡尔·克劳斯的另一句名言——"语

---

① W. H. Auden, "Writing", in W. H. Auden, *The Dyer's Hand and Other Essays,* New York: Vintage, 1989, p. 23.

言是思想的母亲,而不是其侍女。"但语言在现代社会的真实情况却远非如此——语言总是被贬损、降低为"非语言"(nonspeech)。由于语言的败坏,人们在表达思想的时候变得越来越欠缺审慎,以语言为艺术媒介的语言工作者们并不能够独善其身:

> 文学上有一种罪恶,我们不能对之熟视无睹,也不能保持缄默,相反,必须公开而持久地展开抨击,这种罪恶就是对语言的败坏。作家们无法创造自己的语言,只能依赖于代代相传的语言,因此,语言一经败坏,他们自身也必定随之败坏。关注这种罪恶的批评家,应该从根源上对之进行批判。至于根源,并不在文学作品,而是普通人、新闻记者、政客等人对语言的滥用。此外,他必须能够践行自己的主张。当今的英美批评家,有多少人是自己母语的大师,就像卡尔·克劳斯是德语的大师那样?[1]

这段文字出自散文《阅读》,与《写作》一起收录在《染匠之手》第一部分,即"序篇"(Prologue)。我们可以将之与刚才选自《写作》的段落展开对读,奥登事实上继续陈述了语言是诗歌的媒介而不是诗人的私有财产这一观点。如果说诗人因语言媒介的特殊性而与公众保持了特殊的联系的话,诗人也必然会因为这种联系而受到公众参与其中的语言环境的影响。越来越多的现代人粗糙而随意地滥用语言,致使语言的表现力被败坏、扭曲,语言系统的整体性被瓦解、腐化。诗人在这种堕落了的语言环境里生活与写作,必然"随之败坏"。

正是从这个角度出发,奥登在接受访谈的时候才会说:

> 一个诗人,身为诗人,只有一个政治责任,即通过他自身的写作来建立一个正确使用其母语的范例(而这个语言如此经常地被败坏)。

---

[1] W. H. Auden, "Reading", in W. H. Auden, *The Dyer's Hand and Other Essays,* New York: Vintage, 1989, p. 11.

当词语失去了它们的意义，肉体的蛮力就会取而代之。①

当奥登说诗人只有捍卫语言这一政治责任的时候，并不意味着他要让诗人与社会政治生活分道扬镳。在说出这段话之前，奥登非常慎重地表明，他从没有对政治丧失兴趣，但是他逐渐认识到，对于社会或者政治的不公不义现象，只有政治行动和直接报道是切实有效的。这个观点，基本上是他在 1939 年撰写《诗悼叶芝》和《公众与已故的叶芝先生》时的诗学观点的重述。由此可见，奥登诗学观的内核，自 1939 年之后基本上保持了稳定的面庞。

诗人的政治责任，更确切地说，他的职业操守和职业道德在于正确地使用他的艺术媒介，在于最大限度地挖掘艺术媒介的各种可能性，在于建立一个正确使用其艺术媒介的范例。在另外一些场合，奥登也强调过诗人捍卫语言的责任："他写下的所有东西都应该成为正确且巧妙地使用其母语的范例。"② 这些形态类似的表述，充分说明了奥登对语言的重视。至于语言作为艺术媒介所承载的美与丑、善与恶、天真与经验、短暂与永恒，等等，都是诗人发出的独特的、个人的声音。这个声音能否"以偶然的方式"被读者接收到，能否教会他们去"称颂"，能否引导他们在实际生活中做出反馈，都属于诗歌艺术的额外价值了，即诗歌的"无用"之"用"。因此，后期奥登对政治态势和公共事务的关注，主要体现在他个人的生活领域，而不是以诗歌的方式直接介入。

后期奥登多次公开地批判我们对语言的败坏。在接受 1967 年度的全美国家文学勋章（National Medal for Literature）时，奥登表达了他对语言堕落问题的忧患意识。他认为，我们的先辈们从父母和邻人那里学会了使用语言，可能词汇量十分有限，但他们知道每一个词汇的确切含义；而现在，人们或许掌握了更多的词汇，但"十有八九的人，对他们使用的百分

---

① W. H. Auden & Michael Newman, "The Art of Poetry XVII: W. H. Auden", in George Plimpton, ed., *Poets at Work: the Paris Review Interviews*, New York: Penguin Books, 1989, p. 289.

② W. H. Auden, "How Can I Tell What I Think Till I See What I Say", in *The Complete Works of W. H. Auden: Prose*, Vol. VI: 1969-1973, ed. Edward Mendelson, Princeton: Princeton UP, 2015, p. 579.

之三十的词汇一知半解"①。为此，他列举了几个滥用语言的实例：一个人感觉身体不舒服（feel sick），却说出了"我觉得令人作呕"（I am nauseous）的话来；一位评论者描述一部间谍小说"令人萎靡不振"（enervating），而他的真正用意很有可能是指该小说"让人神经紧张"（caused a nervous thrill）；一个电台插播广告，居然把美国的一家投资机构（investment agency）描述为"正直至上"（integrity-ridden）。②

1972年8月，奥登在接受迈克尔·纽曼（Michael Newman）的深度采访时，有过这么一段对话：

> 采访者：现今语言的堕落和败坏、思想的欠缺审慎，以及诸如此类的现象，是否让你大为震惊？又或者，这仅仅是阶段性的颓废期？
>
> 奥登：我觉得很可怕。我试图以个人之力来抵抗它；我说过，诗人的角色是捍卫语言的神圣性。
>
> 采访者：你是否认为，从未来的角度来看，我们当前的文明状况正是一场战争（如果有的话）来临之前的衰败征象？
>
> 奥登：不，我并不认为这与另一场战争有什么关系。在往昔的岁月里，人们知道词语的确切含义，不管他们的词汇量有多少。而现在，人们从收音机和电视机中耳濡目染学习到的词汇里，有百分之三十并不为他们所了解。我经历过的对词汇最为粗暴的滥用，发生在我作为嘉宾参加戴维·萨斯金德的电视节目的时候。在休息期间，他不得不为某个投资公司插播一个广告，而他宣称这些从事投资行业的家伙"正直至上"！我简直不敢相信自己的耳朵！③

---

① W. H. Auden's acceptance speech at a ceremony on 30 November 1967, in *The Complete Works of W. H. Auden: Prose*, Vol. V: 1963-1968, ed. Edward Mendelson, Princeton: Princeton UP, 2015, p. 475.

② 笔者在转述这几个例子的时候，参考了卡彭特先生的阐释。可以参看Humphrey Carpenter, *W. H. Auden: A Biography,* Boston: Houghton Mifflin Company, 1981, p. 415.

③ W. H. Auden & Michael Newman, "The Art of Poetry XVII: W. H. Auden", in George Plimpton, ed., *Poets at Work: the Paris Review Interviews*, New York: Penguin Books, 1989, pp. 289-290.

迈克尔·纽曼显然是有备而来，在采访不久就切入了晚年奥登非常关心的语言纯正性的问题。在奥登看来，我们这个时代的语言堕落和败坏，是由于收音机、电视机等大众传媒的推波助澜。大众传媒加速了语言的流传和扩散，让人们不假思索地捕捉到了更多的词汇，快节奏的现代生活方式却让大家没有时间和精力去细细辨别和探究这些词汇的真正含义，因而滥用、误用的现象屡见不鲜。在晚年撰写的一首短诗里，奥登再一次表达了类似的观点：

> 是的，一个如此沉溺于狂热消费的社会糟透了，
> 　我完全同意：可是，激进学生们的抗议，唉，
> 为什么还在用它那种非人化的大众广告语言？倘若要让
> 　我们的国家文明化，你首先就要用文明的方式说话。
> （《短句集束》，1969—1971；《奥登诗选：1948—1973》459）

人们沉溺于消费时代带来的欲望即时性满足，不再尊重"语言学夫人"。而正是这些对自己的语言一知半解的人，却自以为了解语言——"许多人乐于承认自己不懂绘画或音乐，可是几乎所有上过学懂得念广告的人都不会承认自己不懂英语。"[1] 于是，诗人面临的尴尬处境是，他们在语言日益败坏的文化环境里创作的诗歌，很有可能被指责为"晦涩"。20世纪30年代，有些批评家指责奥登"残酷地对待语言"（brutalising the language）[2]，到了70年代，仍然有人不厌其烦地批评他"卖弄学问"（pedantry）[3]。奥登对此有过自我辩护：

> 当然，很多人愿意承认他们并不理解绘画或者音乐。但是不少人，因为学会了阅读报纸，便想当然地认为他们了解英语语言。这显然并

---

[1] W. H. Auden, "Writing", in W. H. Auden, *The Dyer's Hand and Other Essays,* New York: Vintage, 1989, p. 15.

[2] Ian Sansom, "Auden and Influence", in Stan Smith, ed., *The Cambridge Companion to W. H. Auden,* Cambridge: Cambridge UP, 2004, p. 227.

[3] R. Victoria Arana, *W. H. Auden's Poetry: Mythos, Theory, and Practice,* New York: Cambria Press, 2009, p. 116.

不成立。他们有时候苛责诗人们的作品难以理解,而事实却是他们对语言的掌握并不充分。[①]

除了被指责为"晦涩"、"卖弄学问"以外,有些年轻人干脆气急败坏地说他"老派"。奥登在《一个老年公民的打油诗》("Doggerel by a Senior Citizen",1969)里对此提出了抗议:

> 有个术语叫作"代沟",虽然
> 我怀疑它是一派胡言,
> 可以去怪罪谁?不分老幼或智愚,
> 那些人就是不愿去学习自己的母语。
>
> (《奥登诗选:1948—1973》449)

可以想象,由于后期奥登反复强调语言的败坏问题,甚至直指年轻人在语言学习上的浮躁作风,必定招致了一些反对的声音。然而,经过半生浮沉的诗人,并不会因为年轻人恼羞成怒的指责而收敛态度,非但不愿意承认"代沟",还再一次招呼他们安安分分学好语言。从这个角度而言,奥登的确如他在接受迈克尔·纽曼采访时所说的,是"以个人之力来抵抗"语言的败坏,承担起了"捍卫语言的神圣性"的诗人职责。

为了更好地"捍卫语言的神圣性",奥登总是强调正确地把握词语的全部含义。在给儿童诗歌读物撰写的序言里,他首先关心的是家长和教师要"确定词语的含义已经被(孩子们)掌握了"[②]。他认为,在词典的帮助之下,某个单词,某个词组,某段例句,能够逐渐展现出丰富的意义空间,从而丰富了阅读者的想象力,也激发了写作者的创作力。我们且看他公开发表的最后一首诗《考古学》中的一节:

[①] W. H. Auden & Stanley Kunitz, "Auden on Poetry: A Conversation with Stanley Kunitz", Atlantic 218, no. 2 (August 1966), p. 95.

[②] Auden's review on *English Poetry for Children,* in *The Complete Works of W. H. Auden: Prose,* Vol. I: 1926-1938, ed. Edward Mendelson, Princeton: Princeton UP, 1996, p. 71.

> 惟有在仪式中
> 我们才能弃绝自身的怪异，
> 变得真正地完整。
>
> (《奥登诗选：1948—1973》516)

由于对英语语言有广泛而深入的认知，奥登知道"怪异"（oddity）既有"独特"的含义，也有"生疏"的意思，因而"oddity"在诗行里承担了一语双关的功能。只有在仪式里，尤其是在宗教仪式里，我们才能够弃绝了个体的"怪异"（既是生理上的差异，也是情感上的疏离），真正与大家构成整体。奥登用了一个词"entire"来表达这种"完整"的概念。在通常的认知里，"entire"是一个形容词和名词，即便是以英语为母语的人也不太知晓它的其他用法。然而，奥登在查阅《牛津英语词典》（*Oxford English Dictionary*）①时发现，"entire"还可以用作动词，这种用法历史悠久，比直接使用"unity"更富含动态感。②

从上述例子可以看出，要想正确地把握词语的全部含义，奥登能够给出的切身经验就是翻阅词典。众所周知，奥登酷嗜翻阅《牛津英语词典》，经常随身携带一卷，得空了就翻上几页。1957年在奥地利基希施泰腾购置了乡间小舍之后，他便备置了两套词典，一套放在纽约的寓所，另一套放在基希施泰腾的小舍，以便可以随时翻阅和查询。到了1972年，他手头的一套十三卷本《牛津英语词典》由于使用得过于频繁而散架、破损甚至缺页了，几乎不能再继续使用，以至于他不得不考虑重新购买一套词典。

此外，不少人记述过奥登与词典的趣事，现列举两则：

（一）在奥地利基希施泰腾的小舍二楼里，奥登整出了一间工作室，放置了一张书桌和一台打字机，此外只有一堆堆叠放在地上的书

---

① 1857年，英国语言学会倡议编纂新的英语词典。翌年，该学会通过了正式决议，决定编写一部"按历史原则编纂的新英语词典"。经过几代人的努力，陆陆续续出版了从字母A开始的各个分册，到了1928年，这部新词典的首版终于问世。由于语言会随着时代的发展而变化，这套《牛津英语词典》也在此后的岁月里经历着更新和增补，新版本和新形式的词典满足了不同人群的需求。

② Edward Mendelson, *Later Auden*, London: Faber and Faber, 1999, p. 514.

籍了。有位朋友注意到，奥登没有为书桌配凳子，每当需要伏案写点什么的时候，他直接把放在最显眼处的那十几卷《牛津英语词典》搬到书桌前，"像个还没长大的孩子般"坐在上面。①

（二）据布罗茨基回忆，他最后一次见到奥登是在斯彭德家中。用餐时，由于椅子太低了，奥登便用两卷《牛津英语词典》当坐垫。布罗茨基当时想，"我看到了唯一一位有资格用那两卷词典垫屁股的人"②。

奥登拿词典当坐垫的举动，说明他从未简单地把词典看成是架子上的装饰品和陈列物，而是与它们保持了一种十分亲昵的关系。在他看来，词典的全部意义就是在于帮助我们正确地理解词语的含义。奥登曾直言："即使是最完美的诗歌，按照法国人的观念，也是由词语组成。词语不是诗人的私有财产，而是他所归属的语言群体的共有创造物，我们可以通过查阅词典来获得它们的确切含义。"③ 从这个角度而言，打开词典，掌握词语的确切含义，正确地使用词语，就是奥登给予后辈诗人最务实的诗学建议。

在组诗《栖居地的感恩》中，奥登逐一描写了他的基希施泰腾小舍的各个房间和功能区域，第三首《创作的洞穴》描写的是书房，也就是他的工作室。寥寥数笔，便勾勒出室内的全部陈设物：

……奥利维蒂牌手提式打字机，
　词典（钱能买到的
最好的东西），一大堆的纸，很明显
　会有什么事发生。

（《奥登诗选：1948—1973》211）

---

① Humphrey Carpenter, *W. H. Auden: A Biography,* Boston: Houghton Mifflin Company, 1981, p. 391.

② Joseph Brodsky, *Less Than One,* New York: Farrar, Straus and Giroux, 1986, pp. 382-383.

③ W. H. Auden, *A Certain World: A Commonplace Book*, New York: Viking Press, 1974, p. 424.

奥登的工作室，走的是极简风。相应的诗行，也如白猫轻踏而过，不着一丝痕迹。唯有写到词典的时候，晚年奥登的"话痨风"才稍稍露出了端倪。他情不自禁地要跳出来告诉读者们，词典是最有价值的东西。奥登曾戏言，要是被放逐到杳无人烟的荒岛，他会带上一本词典作为读物，而不是其他文学名著。由此可见，词典的的确确是奥登的挚爱。

奥登喜欢翻阅《牛津英语词典》，也与该词典几位编纂者缘分颇深，比如托尔金和罗伯特·伯奇菲尔德（Robert Bruchfield）。第一次世界大战结束后，托尔金觅得了编纂《牛津英语词典》的工作，主要负责字母 W 开头的日耳曼语来源的词汇。奥登进入牛津大学念书时，托尔金已经为学生们开设中古英语诗歌课程数载。据奥登回忆，托尔金往往不动声色地走进教室，突如其来地用古英语吟诵起《贝奥武甫》的开篇，以语言的魅力征服了在场的学生们。他后来详细描写了当时的上课情形："我记得曾经参加过一场由托尔金教授主讲的课。他说过的话，我一个词也不记得了，只记得那时候他精彩地背诵了一长段《贝奥武甫》。我听得出神。我知道，这部史诗符合我的口味。于是，我想学习盎格鲁—撒克逊语，因为如果不学这门语言，就不可能读懂这部史诗。后来，我粗浅地掌握了盎格鲁—撒克逊语，能够阅读《贝奥武甫》了。至今，盎格鲁—撒克逊语和中古英语诗歌都是对我影响最深远、最持久的因素之一。"[1] 这段难忘的学习经历，不仅被奥登写进了散文集，还出现在他写给托尔金的信中，更成为他致敬托尔金的诗歌《致一位语言学者的短颂歌》的核心内容。

伯奇菲尔德在 1957 年承接了《牛津英语词典》的补编工作。他希望补编版能够涵盖现代英语的诸多变化，不仅关涉迅速发展的科技领域、大众文化和通俗口语，还将英语的地方性发展特色考虑在内，比如北美、澳大利亚、印度、南非等地区的语汇。在伯奇菲尔德接手补编工作的前一年，奥登接受了母校牛津大学的邀请，成为该校的诗歌教授。这个教席一直持续到 1961 年，这意味着奥登在这些年间经常性地返回牛津大学。因为共同的牛津背景，也因为共同的语言兴趣，更因为《牛津英语词典》的关系，

---

[1] W. H. Auden, "Making, Knowing and Judging", in W. H. Auden, *The Dyer's Hand and Other Essays,* New York: Vintage, 1989, pp. 41-42.

奥登与伯奇菲尔德迅速熟络了起来。他会建议伯奇菲尔德收录一些特别的词汇，而伯奇菲尔德也密切关注奥登诗歌创作中的措辞和语汇。据统计，1989 年出版的第二版《牛津英语词典》，至少有 724 个词汇收录了来自奥登作品的诗行或句子作为引文，其中约 110 个词汇系奥登的新造词，比如"焦虑的时代"（Age of Anxiety）。

奥登与上述两位语言学家的关系，透露了他的兴趣所在。在《致一位语言学者的短颂歌》里，他感谢以托尔金为代表的语言学家编纂《牛津英语词典》的功绩，并郑重地向"语言学夫人"表达了自己的敬意：

> 而语言学这位贵妇仍是我们的女王，
> 很快就会让热爱真理的心灵
> 在他们的母语里得到抚慰（为报道这些奇迹，
> **她**已在联合王国的《牛津英语词典》效力，
> 用去了洋洋洒洒的十四卷）：
> **她**决不容忍邪恶，而政治家仍会这么做，
> 于是**她**出面阻止，达成了一个协议，
> 一个穷苦百姓也能准确说出
> 他养的猫儿的名字。
>
> （《奥登诗选：1948—1973》314）

而在另一首诗《梅拉克斯与穆林》（"Merax and Mullin"，1955）中，奥登化身为一个悠游语言世界的捣蛋鬼，从诗题到诗行都在把玩读者的耐心：

> 辞典里有个魔鬼
> 专等着那些即使心灰意冷
> 仍在吹响喇叭的人，
> 以贬义的噪音，令他们空虚的自我
> 充满匮乏感。

……

> 还有一个更可恶、更要命的
> 语言学的小怪物，
> 它会用可爱的微不足道的难堪
> 羞辱冷漠的恋人，直到他们发誓
> 此情不渝。

(《奥登诗选：1948—1973》134—135)

梅拉克斯和穆林，都是民间传说中的魔鬼。奥登曾阅读过马克西米利安·鲁德温（Maximilian Rudwin）的著作《民间传说与文学作品中的魔鬼》（*The Devil in Legend and Literature*，1931），并在笔记本中草草记下约15个小魔鬼的名字，其中就包括"Morax"（奥登错写成"Merax"，伯爵级别的魔鬼，指挥30多个魔鬼军团）和"Mullin"（地狱恶魔雷奥纳多的近侍官）。不过，在奥登的这首诗中，梅拉克斯和穆林与其说是凶神恶煞的魔鬼，倒不如说是词典里的生僻单词——"语言学的小怪物"（Philological imp），它们此起彼伏地出现，让追求"语言学夫人"的人永远处于一种"匮乏感"和"难堪"之中，不得不奉献出终生不渝的热情。

对于奥登而言，"语言学的小怪物"时时带给他惊喜，而他也希望自己能够将这些惊喜分享给读者。奥登不是第一个谈语言的败坏和没落的诗人。在他之前，叶芝、庞德、艾略特等人都谈过这个问题。语言是诗人最为亲密的艺术媒介和工作伙伴，"捍卫语言的神圣性"是他们的职责和使命。奥登曾对斯彭德说："不管诗歌是什么，或者不是什么，我都希望我写下的每一首诗歌都是英语语言的赞美歌。"[1] 去世前不久，当迈克尔·纽曼问他"你认为哪个在世的作家是我们英语语言完整性的首席捍卫者"时，他毫不犹豫地回答说："啊，是我，当然了！"[2]

---

[1] Humphrey Carpenter, *W. H. Auden: A Biography,* Boston: Houghton Mifflin Company, 1981, p. 419.

[2] W. H. Auden & Michael Newman, "The Art of Poetry XVII: W. H. Auden", in George Plimpton, ed., *Poets at Work: the Paris Review Interviews*, New York: Penguin Books, 1989, p. 283.

他对语言的热爱与捍卫,不仅留在了读者们心中,也留在了《牛津英语词典》的相关引文里。在他去世后,汉娜·阿伦特深情地回顾了他的诗歌生涯,感谢他对英语语言做出的贡献:"我们每一位观众,奥登的读者和听众,在任何情况下,都会毫不犹豫地感谢他为发扬英语语言的无尽荣光所做出的不懈努力"。[1]

三 反对"自由"诗,尊重诗歌家庭的"仆人们"

在举荐语言为诗歌的母亲的同时,奥登把韵脚、格律、诗体等非语义的形式性要素看作是诗人的"仆人们"(servants):

> 如果主人处事足够公允便能赢得他们的爱戴,足够坚韧则能赢得他们的尊敬,如此一来,就会出现一个井然有序、其乐融融的家庭景象。如果主人过于专横的话,他们就会提交辞呈;如果他缺少威信的话,他们就会变得散漫无边、粗鲁无礼、嗜酒成性、谎话连篇。[2]

奥登的譬喻,倒是可以用新批评派巨匠克林斯·布鲁克斯的诗歌"结构"概念[3]加以阐释。在他看来,诗歌的基本结构"类似于建筑和绘画的结构",或者"考虑到更接近诗歌的时间艺术,诗歌的结构有点像是芭蕾或作曲",是"通过时间顺序而展开的一种和解、平衡与协调的格局"。[4]他还引述了苏珊·朗格(Susanne Langer)关于诗歌的一段话来说明诗歌的这种结构:

> 尽管诗歌的素材是由语言构成的,但其重要性并非是词语的字面言说,而是如何言说。这还涉及声音、速度,同词语相关联的氛围、

---

[1] Hannah Arendt, "Remembering Wystan H. Auden", in Stephen Spender, ed., *W. H. Auden: A Tribute,* London: Weidenfeld & Nicolson, 1975, p. 187.

[2] W. H. Auden, "Writing", in W. H. Auden, *The Dyer's Hand and Other Essays,* New York: Vintage, 1989, p. 22.

[3] 新批评派喜欢用"结构"(structure)一词代替"形式"(form),强调诗歌的各个组成部分形成了一个具有审美效果的整体。

[4] [美]克林斯·布鲁克斯:《精致的瓮:诗歌结构研究》,郭乙瑶、王楠等译,上海人民出版社2008年版,第189—190页。

意念的长短连续，包含着意念的变幻无常的意象的多寡、由单纯的事实突然捕捉到的幻想，或者把从突然的幻想捕捉到的熟悉的事物，用一个期待已久的关键词语来解决由于字面意义保持含混而造成的悬念，以及统一的无所不包的节奏技巧。①

也就是说，虽然诗歌的母亲是语言，但一首诗歌的意义并不是词语的表层含义，而是诗人——作为诗歌的父亲——以什么样的方式调动这些词语的音调、音高、音长、节奏和韵律，又以什么样的方式让这些词语组合在一起后形成了意在言外的诗意效果，甚至连标点、句法、语法和换行等，都成为意义的生产者，而不只是意义的容器。用伊格尔顿的话来说，这些结构，其实就是传统意义上的形式，诗歌可以被定义为"形式和内容紧密交织的文学文类"，并且在诗歌当中，"形式是内容的构成，它不只是对内容的反映"。②

奥登在其诗歌生涯中不仅对"语言学夫人"的热爱始终不渝，也一直善待诗歌大家庭里的"仆人们"。他很庆幸自己模仿的第一位大师是哈代——

他的韵律的纷繁多样，他对复杂诗体的喜爱，对于创造的手艺而言是一种不可多得的训练。我同样感激的是，我的第一位大师不写自由诗，否则的话，我很有可能误入歧途，天真地以为写自由诗比写更严苛的格律诗容易些，而我现在知道写自由诗的难度并非常人可以想象。③

作为奥登"诗歌上的父亲"，哈代的启迪是多方面的，但格律的影响绝对令他终身受用。布罗茨基，按照库切（John Coetzee）的观察，曾"把

---

① ［美］克林斯·布鲁克斯：《精致的瓮：诗歌结构研究》，郭乙瑶、王楠等译，上海人民出版社2008年版，第190页。

② ［英］特里·伊格尔顿：《如何读诗》，陈太胜译，北京大学出版社2016年版，第95页。

③ W. H. Auden, "Making, Knowing and Judging", in W. H. Auden, *The Dyer's Hand and Other Essays,* New York: Vintage, 1989, p. 38.

哈代看作一位被忽视的大诗人",致力于重树哈代和弗罗斯特在英美文学中的领袖地位。[1] 布罗茨基的很多诗学观点与奥登一致,这或许是他"取悦"和追随奥登的诗学世界的一种体现。奥登模仿和赞美哈代,认为哈代是诗歌格律的探索大师。布罗茨基之所以大力推崇哈代（当然也包括弗罗斯特,恰巧奥登也十分欣赏弗罗斯特）,也是基于这个理由:"托马斯·哈代的确是这样一位诗人,他的诗行拥挤紧绷,充满相互碰撞的辅音和张着大嘴的元音;他的句法十分复杂,冗长的句式因为其貌似随意的用词而愈显艰涩,他的诗节设计令读者的眼睛、耳朵和意识均无所适从,其从不重复的样式前无古人。"[2] 哈代是一位自学成才的诗人,在研习诗歌的道路上,曾为技艺的日臻圆熟付出了超常的努力。奥登选择这样一位诗人作为自己的模仿对象,预示了他的诗学旨趣并非纯粹的自我表现,而是探究诗歌技艺与主观思想的同步发展。

对于奥登而言,格律诗与自由诗之间的差异显而易见:

格律诗人将他写作的诗歌设想为潜在于语言的事物,他必须将其揭示出来,而自由诗人将语言设想为可塑的被动媒介,他将自己的艺术观念强加在上面。人们还会说,在面对艺术的态度方面,格律诗人是一位天主教徒,而自由诗人是一位新教徒。[3]

在诗歌的"天主教"和"新教"之间,奥登选择了前者。他认为诗人若没有在诗歌技巧和诗体形式上进行长期训练的话,其结果是不可想象的:

同样我也反对"自由"诗……写作没有任何规则和限制,诗人没有一个他必须确认的音步,散文家没有一个他坚持的主题,其结果常

---

[1] ［南非］J. M. 库切:《布罗茨基的随笔》,收入［美］哈罗德·布鲁姆等《读诗的艺术》,王敖译,南京大学出版社2010年版,第136—137页。

[2] ［美］约瑟夫·布罗茨基:《求爱于无生命者》,《悲伤与理智》,刘文飞译,上海译文出版社2015年版,第359页。

[3] W. H. Auden, "D. H. Lawrence", in W. H. Auden, *The Dyer's Hand and Other Essays*, New York: Vintage, 1989, p. 287.

常是对作家的个性与怪癖的重复和对自我放纵的卖弄。[1]

我之所以对很多自由诗持反对态度，是因为不觉得这样写有什么必要性……在艾略特的诗歌中，即使我始终无法解析出它的内容，我还是可以透过表面的散乱把握住它的基本准则。如今，很多想要成为艺术家的人所面临的问题在于，他们看到不少顶尖的作品……写得如此自由和轻松（这的确如此）……于是认为他们自己也可以这么写作。然而，一个人若想达到那样的水准，必须经过漫长的实践才行，先是学习各种技巧（每一种技巧都是传统的，因而带有危险性），接着消除技巧的痕迹。学会技巧比消除技巧简单得多，我们很多人都只能停留在学会技巧的阶段。不管怎么说，这是通向成功的唯一道路，即便我们停在半路举步维艰。[2]

无论是在公开场合还是在私下交流的时候，奥登都明确表达了反对"自由"诗的立场。需要注意的是，奥登并不是反对一切自由诗，而是反对未经艺术训练就写"自由"诗的行为。他认为年轻的诗人很有可能误以为自己可以轻而易举地达到那些出色的自由诗的水准，但真实的情况却恰恰相反。诗歌的修习，理应沿着一条学习技巧、掌握技巧、消除技巧的路径前行。如果妄图走捷径，直接越过修习技巧的阶段而写自由诗，那么他就像是荒岛求生的鲁滨逊——"他必须自己动手做饭、洗衣和缝补。在少数例外的情况下，这种果决的独立生活可以带来一些原创性的、吸引人的成果，但大多数的情况是招致一败涂地的后果——脏被单堆放在凌乱不堪的床上，空酒瓶横七竖八地散落在无人打扫的地板上。"[3]

奥登表达的观点，在很大程度上听起来像是 C. S. 刘易斯有关诗歌的

---

[1] ［英］W. H. 奥登：《切斯特顿的非虚构性散文》，收入［美］哈罗德·布鲁姆等《读诗的艺术》，王敖译，南京大学出版社2010年版，第131页。

[2] Auden's letter to Stephen Spender on 20 June 1951, see Humphrey Carpenter, *W. H. Auden: A Biography,* Boston: Houghton Mifflin Company, 1981, p. 340.

[3] W. H. Auden, "Writing", in W. H. Auden, *The Dyer's Hand and Other Essays,* New York: Vintage, 1989, p. 22.

点评：

> 现在年轻人可能过早接触自由诗。若该自由诗是真正的诗，那么，其声韵效果极为精微，只有长期浸润于格律诗的耳朵才能欣赏它。那些认为自己无须格律诗之训练，就能接受自由诗的人，我以为是在自我欺骗；还没学会走，就企图跑。可在名副其实的跑步中，跌倒就会受伤，想成为跑步运动员的人会发现自己的错误。①

C. S. 刘易斯是以一个"读书家"的身份谈论格律诗与自由诗的差别。虽然如此，他就像诗人奥登一样，看到了现代诗人和读者越来越无视格律的现象，认为很多人对格律持一种无知无识又不以为意的态度，因而强调懂得了格律诗才有可能欣赏得了自由诗的结论。鉴于奥登与 C. S. 刘易斯有一定的私交，我们或许可以推测他俩有过这方面的交流。

据说，奥登晚年回到牛津生活时，每天下午四点都会坐在基督教堂学院大门外的咖啡馆里接见本科生。有一些学生拿着自个儿的诗歌习作找他提意见，他毫不客气地对那些喜欢写自由诗的学生们说："走吧，去写写六节六行诗②！在你这个年纪写下的东西，重要的不是你说什么，而是你怎么说。你有没有试过写 cywydd 格律③？这是中世纪威尔士留下来的古典诗歌形式……"④奥登奉劝年轻人不要急于"说什么"，而要思考"怎么说"，这显然是诗坛前辈发出的真挚声音。

---

① ［英］C. S. 路易斯：《文艺评论的实验》，邓军海译注，华东师范大学出版社2015年版，第194页。需要注意的是，"C. S. 路易斯"即"C. S. 刘易斯"，目前国内存在两种翻译形式。

② 六节六行诗（sestina）：12世纪法国南部的普罗旺斯抒情诗人阿赫诺·达尼艾尔（Arnaut Daniel）始创六节六行诗，由六节六行诗和一节三行诗组成。按照他的规定，该诗体的特点不仅体现在篇幅上，更重要的特点在于韵脚部位重复出现的6个词语必须按照特定的顺序出现。这种诗体在文艺复兴后鲜少有人愿意尝试。具体情况可以参看蔡海燕《"悲哀"之"消融"》，载《江南大学学报》（社会科学版）2009年第3期，第100—103，112页。

③ cywydd 格律：14世纪南威尔士诗人戴维德·阿普·格威林（Dafydd ap Gwilym）始创cywydd格律，一种七音节押韵对句，句末分别以阴阳韵结尾。这种诗歌形式在15世纪达到巅峰，16世纪中叶以后逐渐衰落。

④ Humphrey Carpenter, *W. H. Auden: A Biography,* Boston: Houghton Mifflin Company, 1981, p. 443.

普通诗人写自由诗，或许会有意外的成功，但这样的例子屈指可数。他们追求单纯意志的表达，或者说，沉溺于"述说"，而对"述说"的技巧缺乏耐心。这似乎又让诗人沦为了"灵感的器皿"，于是写作就变成了心灵的迷醉，诗歌成了灵感的不精确、不明晰的陈述。奥登曾引用波德莱尔的一段话来表明他对此类创作的不敢苟同：

> 我怜悯那些只受本能驱动的诗人；对我来说，他们是有缺陷的。当他们想要思考自身的艺术，想要在自己创作的成果中找寻模糊不清的规律，并在这种思考中获得一系列的准则，其神圣的意图是凭借这些准则在诗歌创作中不会犯错，他们这么做的时候，精神生活必然会出现危机。①

波德莱尔认为艺术品的美是"理智与计算的产物"，诗歌的形式"不是随意发明出的专制暴政"——"它们是精神有机体本身所要求的规则。它们从来没有阻止原创实现自身。反过来说要正确得多：它们始终都在帮助原创走向成熟。"② 据说，波德莱尔在编排《恶之花》的时候，将它作为一个建筑来编排，而不是一首首抒情诗的简单汇集，这说明他与那些仰赖于偶然性灵感的诗人截然不同，也证明了他对形式力量的看重。奥登之所以欣赏波德莱尔，应该是赞同他通过反思自己的写作艺术来找寻创作规律的做法，这其中既有诗学经验方面的考察，也有"述说"技巧方面的考量。正因为如此，他才会说，虽然"不会犯错"是一个"典型的诗人的谎言"③，但制定这种期望并为之实践，与不曾为这个期望做出努力是不可同日而语的。

如果诗歌只有千变万化的"内容"，或者说，只有意象、题材、观念

---

① W. H. Auden, "Making, Knowing and Judging", in W. H. Auden, *The Dyer's Hand and Other Essays,* New York: Vintage, 1989, p. 53.

② ［德］胡戈·弗里德里希：《现代诗歌的结构》，李双志译，译林出版社2010年版，第27页。

③ W. H. Auden, "Making, Knowing and Judging", in W. H. Auden, *The Dyer's Hand and Other Essays,* New York: Vintage, 1989, p. 53.

的简单堆积，那么诗歌与散文还有什么区别？奥登认为，诗歌与散文的区别不言自明，要为这种区别寻求一个精确的界定纯粹是浪费时间的举动。然而，我们可以从奥登有关诗歌翻译的讨论中观察到他的基本论断。他觉得弗罗斯特的名言——"诗歌就是翻译中失去的东西"——是经不起推敲的。在他看来，诗歌中"任何不是基于语音经验的因素"都可以被翻译，比如意象、明喻和隐喻等源自感官经验的东西，以及诗人对世界的独特看法，都可以用另一种语言译出来。[①] 为此，奥登抛出了一个例证：分别从歌德和荷尔德林的诗歌中挑出一首，即使将这两首诗译成了散文化的诗歌，读者也依然能够从译诗中分辨出它们不是出自同一人之手。真正不可翻译的，是"基于语音经验的因素"，比如，词语的声音、词语之间的节奏、一切取决于声音（押韵、双关语等）的意义和联想，等等。也就是说，诗歌的"内容"是可以翻译的，而诗歌当中的很多"形式"要素难以在另一种语言里幸存。从他的解说中，我们可以看到，诗歌之所以区别于散文，正是它的"形式"，而不是"内容"。

古往今来的名诗佳作，其精髓不仅仅在于我们通常所讲的"内容"，或者说"主题"，还在于生成了这些内容、主题、观点的"形式"。音节的数量、押韵的法则、诗节的构成等属于语音和视觉的形式性要素，被用做切入语言表意功能的工具，刺激语言做出一定的反应，而这些反应是诗歌的内容无法设计、无法预计的。正是在这个意义上，奥登才会说："一个诗人私下里需要时不时地对运气保持一份尊重，因为他清楚它在诗歌创作中所扮演的角色。一些出人意料的东西总是会现身……"[②] 诗人若是善待了诗歌家庭的"仆人们"，他们反过来也会爱戴和敬重他们的主人，并给予碰巧的、偶然的优美。而这份运气，从来都不会属于写"自由"诗的诗人们。

库切在解读布罗茨基的诗学体系时说："货真价实的现代美学——哈代、弗罗斯特，以及后来的奥登美学——使用传统形式，因为它作为掩护

[①] W. H. Auden, "Writing", in W. H. Auden, *The Dyer's Hand and Other Essays,* New York: Vintage, 1989, pp. 23-24.

[②] W. H. Auden, "Making, Knowing and Judging", in W. H. Auden, *The Dyer's Hand and Other Essays,* New York: Vintage, 1989, p. 47.

可以让作者'在最难预料的时刻和地方挥出更猛的一拳'。"①挥出一拳的说法来自布罗茨基，尽管是日常的大白话，却与奥登所说的"运气"有异曲同工之处。这是诗歌区别于其他语言艺术的本质所在，伊格尔顿称之为"增高、丰富、强化的言语"②。当然，伊格尔顿在给出这个定义的同时，又说这个理论存在着缺陷，因为很多我们称之为诗歌的东西，看起来并没有按照这种方式行事。他以几个写得像散文的诗段为例说明这个缺陷，并且明确指出很多诗行完全可以用散文来写，言下之意，这些诗可谓无比地接近散文，并没有瓦雷里所说的"诗歌的力量"，也就无法带给人诗的感受。如果要对这个理论进行补充，或许可以借鉴奥登的诗学观点，即只有出色的格律诗和"消除技巧的痕迹"的自由诗才是"增高、丰富、强化的言语"。

结合奥登的诗歌创作轨迹和表达的诗学观点来看，奥登之所以反对"自由"诗，是因为他坚持诗歌的修习理应沿着一条学习技巧、掌握技巧、消除技巧的路径前行。为了给诗歌的"内容"找到恰如其分的"形式"，诗人必须多番尝试。这样的修习过程未必允诺成功，却是通向成功的唯一道路。

或许有人会辩解，钻研形式性的技术要素会削弱诗人表达情感和观点时的诚实，奥登毫不留情予以批驳："他们显然没有弄清楚艺术的本质。语言、传统以及纯粹的偶然所馈赠的美，是多么广博、多么神秘，而一位自觉的艺术家在这样的美中是多么渺小。"③奥登的反驳，是基于诗歌艺术的本质而言，它不是简单的、松散的、字行在哪里结束都无关紧要的"述说"，而是在语言上有创造性、在形式上有内在结构的"述说"。

四 "形式主义者"的游戏精神和诗体实验

如果说十三卷本的《牛津英语词典》是奥登诗歌创作的"圣经"，那

---

① ［南非］J. M. 库切：《布罗茨基的随笔》，收入［美］哈罗德·布鲁姆等《读诗的艺术》，王敖译，南京大学出版社2010年版，第137页。

② ［英］特里·伊格尔顿：《如何读诗》，陈太胜译，北京大学出版社2016年版，第57页。

③ W. H. Auden, "A Literary Transference", in *The Complete Works of W. H. Auden: Prose*, Vol. II: 1939-1948, ed. Edward Mendelson, London: Faber and Faber, 2002, p. 48.

么乔治·森茨伯里（George Saintsbury）编写的三卷本的《12 世纪至今的英语韵律史》(*A History of English Prosody from the 12th Century to the Present Day*, 1906-1910）就是他的"祈祷书"。他喜欢向朋友们夸耀自己几乎试遍了所有已知的英语诗体形式，并持续不断地挖掘新的形式。有些评论家戏称，奥登在诗歌"技术层面"上的探索简直就是一条变色龙。[①] 奥登欣然接受了这样的评价，并且多次强调语言、韵律和诗体等形式性要素是诗人创作的基石。

迈克尔·纽曼在采访奥登时，直接将奥登界定为"形式主义者"（formalist），并且询问他对于现今诗坛自由诗当道的现象的看法。奥登直言不讳地表达了自己的立场：

> **采访者**：你一直是个形式主义者。今天的诗人看起来更喜欢写自由诗。你是否认为这是逃避和背离了诗歌训练的行为？
>
> **奥登**：很不幸，这种情况太经常发生了。不过，我无法理解——即使严格地从一个快乐主义者的角度而言——要是完全不讲究形式，一个人如何从写作当中感受到乐趣。如果参与一个游戏，他就需要一些规则，否则就没有任何乐趣可言。再狂放不羁的诗歌，照常理而言也得有个坚实的基础，而这个基础，我想，就是格律诗的优势。除了有明显的整饬矫正的优势以外，格律诗还可以让一个人从其自我主义的束缚中解放出来。这里我想引述瓦雷里的话。他说过，若一个人的想象力被其艺术中的内在困难激发出来了，他就是诗人，而要是他的想象力因此变得迟钝的话，他就不是诗人。我认为，极少有人能处理好自由诗——写自由诗，你得有一只不会出错的耳朵，像劳伦斯那样，来确定诗句在哪里适时而止。[②]

奥登的回答，不仅再一次重申了诗歌修习的正确路径，还谈到了艺术

[①] John Blair, *The Poetic Art of W. H. Auden,* Princeton: Princeton UP, 1965, p. 125.

[②] W. H. Auden & Michael Newman, "The Art of Poetry XVII: W. H. Auden", in George Plimpton, ed., *Poets at Work: the Paris Review Interviews*, New York: Penguin Books, 1989, p. 291.

创作的心理反应，即诗人在形式的钳制中获得了创作的乐趣。这里涉及奥登的存在主义人本认识。无论是在成为基督徒以前还是以后，奥登都认为人具有双重属性，自然属性要求人必须遵循自然法则的规律，社会属性赋予人自我意识和自由意志，于是有了行为选择和历史创造的自由。身为人类中的成员，诗人显然也受到这两重属性的制约，诗人写作的诗歌也难免体现出这种自由与法则之间的博弈。对于奥登而言，没有完全"自由"的诗歌，再狂放不羁的诗歌也是语言的艺术，也需要遵循语言所要求的法则。真正的"自由诗"，是诗人凭借"一只不会出错的耳朵"来确定"诗句在哪里适时而止"，但极少有人能够做到这一点。除开能力上的原因，奥登之所以不赞成诗人们写"自由"诗，还因为这有违游戏精神。

我们前面提到过，奥登有一句关于诗歌的著名论断——诗歌是"知识的游戏"，另外还经常用到类似的词组"语言的游戏"。"游戏"（奥登有时写成"play"，有时写成"game"）在奥登诗文里的出现频率非常高。所谓"游戏"，必然涉及规则，否则就会沦为瞎打胡闹。在《某个世界：备忘书》里，他回忆起自己早年对"游戏"的认识：

> 在构建我的个人幻想世界时，我意识到，没有规则，就没有游戏。也就是说，虽然我有任意选择的自由，不必像吃饭或者睡觉那样刻板，但还是得遵守一定的规则。在第二世界里，法则居于首要的地位。我们可以自由定义法则，但不可以没有法则。①

这里的"第二世界"，指的是非现实的世界，包括他小时候构建的幻想世界，也包括他后来创作的艺术世界。在现实世界里，每个人都因为自身的自然属性而必须遵守一定的自然法则，也因为自身的社会属性而必须遵守一定的社会法则。在非现实的世界里，奥登同样强调法则的不可或缺性，即便它的存在形式可以任意选定。这样的游戏精神贯穿了奥登的一生。

大概在20世纪40年代初，奥登开始明确地将"游戏"与诗歌创作进行类比。1941年写成的诗歌《在亨利·詹姆斯墓前》（"At the Grave of

---

① W. H. Auden, *A Certain World: A Commonplace Book*, New York: Viking Press, 1974, p. 424.

Henry James")较早表现了这种类比关系:"何其天真,你俯首听命于那些／只能助长孩童嬉闹的形式规范……"(《奥登诗选:1927—1947》500)在这几行诗里,"形式规范"(formal rules)与"孩童嬉闹"(a child to play)被显而易见地并置了起来。我们知道,亨利·詹姆斯视小说为一门精妙的"综合艺术",既致力于发掘人物最幽微、最朦胧的思想和感觉,同时又竭力追求形式的规范,把小说创作提升到了一个精致复杂的高度。当奥登凭吊这位前辈大师的时候,他一定是感受到了彼此之间颇为相投的艺术旨趣,因而在诗尾部分这样呼吁道:

> 保护我,大师,抵御它暧昧的鼓惑;
> 你严谨自律的形象,令我摆脱了
> 　　轻松惬意的邪恶
> 和迷乱漩涡的掌控,以免比例法则[①]
> 如编辑般耸耸肩,降下她的山间寒流,
> 　　伤及我散漫的即兴诗歌。
>
> 一切自有评判。微妙和疑虑的大师,
> 请为我、为所有活着或已故的作家祈祷:
> 　　只因很多人,其作品的格调
> 比他们的生命更高,只因我们职业性的
> 虚荣永无休止,请代为说项求情
> 　　为所有庸碌俗辈的背信弃义。

(《奥登诗选:1927—1947》501)

奥登在此请求亨利·詹姆斯这样一位"微妙和疑虑的大师"为所有语言工作者进行祈祷。他所祷告的内容,无疑是倡导一种艺术创作的游戏精神。关于他们的"职业性的虚荣"(the vanity of our calling)的说法,进一

[①] "比例法则"既是数学里的一个定理,也是大陆法系中的一个重要原则(指行政权力的行使除了有法律依据这一前提外,还必须选择对人民侵害最小的方式进行)。奥登借用这个词语表明了自己的诗歌创作原则。

步指明了这种艺术游戏的难能可贵，因为并非每一个人都有能力参与到这项游戏之中。

到了 20 世纪 50 年代，奥登开始频繁地使用"游戏"这个词表达他对诗歌创作规则的认知。在做客 BBC 时，他向在场的观众们谈起了诗人的游戏精神："玩游戏的时候，他是一个坚持规则的人；在他看来，规则越复杂，对游戏者的技能便越有挑战性，游戏也就越精彩。"① 在后来结集出版的散文集里，奥登进一步详述了他对游戏规则的重视：

> 游戏是一个行为的封闭世界……就像现实世界，游戏世界拥有游戏者必须遵守的规则，因为遵守规则是进入游戏的必要条件。在游戏世界中，只存在一种犯罪，即欺骗，对其进行的惩罚就是驱逐；一旦一个人被发现是骗子，其余的游戏者就不会再与他一起玩耍了。
>
> 在游戏中，游戏的乐趣和锻炼技艺的乐趣，都优先于成功的乐趣。假如不是如此，假如胜利成为真正的目的，技艺精湛的游戏者就会选择毫无技艺的人作为对手，然而，只有那些将游戏视为谋生手段而不是仅仅将其视为游戏的人，才会做出如此选择，比如打纸牌的职业骗子。②

而关于游戏精神和诗艺追求的联系，最精彩的阐述来自他在 1969 年为一本瓦雷里选集所写的序言。奥登在该文转述了瓦雷里的一个诗学观点，并做出了十分精妙的阐发：

> 瓦雷里认为，诗歌应该是智力的节日，即一场游戏，但是一场严肃、有序、意味深远的游戏，而诗人则是从无规律可循的困难中获得灵感的人。单个词语的缺失能毁掉整首诗；诗人如果找不到一个（比方说）包含字母 P 或 F、词意同"分手"相近但又不太冷僻的双音节词，就会诗

---

① W. H. Auden, "The Dyer's Hand", in *The Complete Works of W. H. Auden: Prose*, Vol. III: 1949-1955, ed. Edward Mendelson, Princeton: Princeton UP, 2008, p. 537.

② W. H. Auden, "Postscript: The Frivolous & The Earnest", in W. H. Auden, *The Dyer's Hand and Other Essays,* New York: Vintage, 1989, p. 421.

思枯竭、难以为继,这就是诗歌的荣耀。诗歌的形式限制使我们认识到由我们的需要、感情和经历而生的想法只是我们所能产生的思想的一小部分。在任何一首诗中,有些诗句被"赐予"诗人,再由他着力润色,另一些诗句则须由诗人苦心经营,同时竭力使之听起来"浑然天成"。对于诗人来说,谈论作诗而不是神秘的声音更为合宜,而他的天赋应深藏于他的才华之中,从而让读者将他的天赋归功于他的艺术。[1]

瓦雷里认为诗歌是"智力的节日"(a festival of the intellect),奥登却将之等同于"游戏",而且是"一场严肃、有序、意味深远的游戏",诗人则是"从无规律可循的困难中获得灵感的人"。在具体的写诗环节,诗人进入了一个封闭的游戏世界。他们遣词造句、精工细作、冥思苦想,既在诗歌形式的限制之中,又通过天赋的才华和高超的技艺让诗歌形式服务于自己的想法。这个游戏过程通常会遭遇"诗思枯竭、难以为继"的困顿,只有深谙游戏精神的诗人才会持续不断地锤炼自己的游戏技艺,而不是像个"打纸牌的职业骗子"讨巧地规避游戏对手,也就是游戏规则和形式限制的考验。

诗人面临的游戏规则,除了语言和措辞以外,最为显而易见的规则就是格律,也就是诗体法则。是选择自由诗还是格律诗?这个问题无需再一次回答。

写格律诗的时候,是选择重音诗(accentual verse)、音节诗(syllabic verse)还是重音音节诗(accentual-syllabic verse)?再往前推进一步,每首诗包含多少个诗节?每节诗包含几行诗句?整首诗的内在节奏和韵律格式又是什么?对于这一系列问题的思考,必然会让诗人进入"一场严肃、有序、意味深远的游戏"。

有人曾询问奥登如何酝酿一首诗,他是这样回答的:"在任何特定的情况下,我的脑海里都会想到两样东西:其一是吸引我的主题,其二是有关语言形式、节奏韵律、措辞方式之类的问题。主题寻找恰当的形式;形

---

[1] [英]W. H. 奥登:《一位智者》,《序跋集》,黄星烨译,上海译文出版社2015年版,第475—476页。

式也寻找合适的主题。当它们碰在了一起，我就能够动笔了。"[1]对于奥登来说，诗歌是"灵感"与"技艺"、内容与形式的结合。诗人写作的时候，绝不仅仅受到灵感、观念、思绪等内在感知的驱使，他还需要认真思索最佳的述说方式。罗杰·金伯尔（Roger Kimball）曾对奥登的少年习作有过细致入微的研究，他认为奥登从少年时代开始就有意识地在诗歌技巧方面进行严格地自我训练，是自叶芝以来诗艺最为圆熟的匠人。[2]关于少年奥登的诗艺训练，笔者在前文分析过，在很大程度上得益于他的"诗歌上的父亲"，也就是哈代的启迪。布罗茨基在致力于取悦这位"影子"时说：

> 您会看到，在这个世纪里不曾有——也许除托马斯·哈代之外——比他更多姿多彩的诗人。在奥登的诗里您可以找到萨福的诗行、阿那克里翁的诗和音节（十分罕见——就像在《海与镜》或《石灰岩颂》）、六节诗、维拉涅拉舞曲、二韵叠句和贺拉斯的颂歌。形式上，奥登只是我们视之为文明的那种东西的结果。实际上，他是鼓舞文明的最后努力。[3]

布罗茨基认为奥登是"玄学派的亲骨肉"，不仅将"指定的思想和感觉"玄学化了，同时也将"语言"、"间歇"和"停顿"都玄学化了。[4]这种玄学化的处理方式，用奥登的话语来说，其实就是一种诗歌创作的游戏精神。

仅以他在20世纪三四十年代的诗歌创作为例，除了那些比较常见的诗体形式以外，奥登还成功驾驭了众多古老的诗体。长诗《致拜伦勋爵的信》

---

[1] W. H. Auden & Michael Newman, "The Art of Poetry XVII: W. H. Auden", in George Plimpton, ed., *Poets at Work: the Paris Review Interviews*, New York: Penguin Books, 1989, pp. 291-292.

[2] Roger Kimball, *The Permanent Auden*, in Roger Kimball, *Experiments Against Reality*, Chicago: Ivan R. Dee, 2000, p. 95.

[3] ［美］约瑟夫·布罗茨基、［美］所罗门·沃尔科夫：《布罗茨基谈话录》，马海甸、刘文飞等编译，东方出版社2008年版，第146页。

[4] 同上书，第145页。

第三章 "耐心的回报"：诗歌的"技术层面" 455

用的是皇韵体（rhyme royal）[①]，每节诗七行，每行诗十个音节，押韵格式为ababbcc。长诗《新年书简》用的是四步双韵体（tetrameter couplet），每节诗的行数不定，每行诗四个音步，每两行诗押一个韵。《隐秘的法则》（"The Hidden Law"，1940）用的是二韵叠句短诗体（rondeaus），全诗十五行，每行诗四个音步，全诗只有两个韵脚，押韵格式为 aabba aabC aabbaC，其中"C"为诗歌标题，也就是重复的叠句。组诗《海与镜》简直就是诗体的盛宴，既有音节诗，也有散文诗，以及各种各样的重音音节诗：斯蒂潘诺部分采用的是法国的叙事歌谣（ballade）[②]；塞巴斯蒂安部分采用的是意大利的六节六行诗[③]；米兰达部分采用的是意大利的维拉内拉体（villanelle）[④]。《海与镜》的副标题是"莎士比亚《暴风雨》评注"，诗作带有几分中世纪寓言剧的色彩，各个角色搭配特定的古老诗体，充分展现了他们各自的性格特点以及对生活和艺术的不同思考，体现了奥登高超的诗歌艺术水准。

更为重要的是，奥登并不满足于已知的英语诗体，还尝试着创造性地运用这些古老的诗体。《如他这般》（"As He Is"，1937）是个典型。全诗由七节八行诗组成，按照宽松的归类方式，当属八行诗的范畴，但奥登的写法跟传统的意大利八行诗（Ottava rima）、法国叙事歌谣（ballade）、维但八行诗（Huitain）等诗体有很大的不同。在这首诗中，奥登按照 $a_4b_3a_4c_3b_3d_4c_3d_3$（阿拉伯数字代表每行诗的音步数量，字母代表韵脚）的模式进行创作，每节诗的末尾两行必须有一个重复的单词。《纵身一跳》也很有意思，全诗由六节四行诗组成，五步抑扬格，仅押两个韵，韵脚格式为 abab bbaa baab abba aabb baba，后三节诗与前三节诗的韵脚形成了镜子般的里外对应关系。

奥登后来还创作了一些诗，乍看之下似乎无韵可言，实则暗藏玄机。以《溪流》（"Streams"，1953）为例，全诗由十八节四行诗组成，鉴于韵

[①] 长期以来，皇韵被认为是为了称呼苏格兰国王詹姆斯一世在他的诗歌"Kings Quair"中所使用的诗节而创造出来的，但是詹姆斯国王自己从来没有使用过这个术语。可以参看聂珍钊《英语诗歌形式导论》，中国社会科学出版社2007年版，第78页。

[②] 斯蒂潘诺部分由三节八行诗和一节四行诗组成，每行诗为四步抑扬格（iambic tetrameter），全诗只有三个韵脚，押韵格式为ababbcbC ababbcbC ababbcbC bcbC，其中"C"为重复的单词。

[③] 塞巴斯蒂安部分由六节六行诗和一节三行诗组成，即sestina。

[④] 米兰达部分由五节三行诗和一节四行诗组成，诗行重复，押韵方式也颇为复杂。

律复杂，我们可以对照下面两节诗来看看：

How could we love the absent one if you did not keep
　　1
Coming from a distance, or quite directly assist,
　　　　　　　　　　　　　　　　　　　　2
　　As when past Iseult's tower you floated
　　　　　　　　　1　　　　3
　　The willow pash-notes of wanted Tristram?
　　　　　　　　3　　　　　　　2

And Homo Ludens, surely, is your child, who make
　　1
Fun of our feuds by opposing identical banks,
　　　　　　　　　　　　　　　　　　　2
　　Transferring the loam from Huppim
　　　　　　　　1　　　　3
　　To Muppim and back each time you crankle.①
　　　3　　　　　　　　　　　　2

假若你没有从远方奔涌而来，假若你
流经伊索尔德的塔楼时没有直接出手相助，
　　让柳树下被通缉的特里斯坦燃起爱火，
我们又怎会爱上一个不在场的人？

而游戏的人，显然就是你的孩子，
以相对的等高堤岸，嘲弄着我们的世代怨仇，

---

① W. H. Auden, *Collected Poems*, ed. Edward Mendelson, New York: Vintage Books, 1991, p. 568.

它将沃土从户平那里传给了母平，[①]

在你每次拐弯改道时都会予以支持。

(《奥登诗选：1948—1973》54—5)

在出版该诗之际，奥登曾特意跟人阐释过诗中的韵律格式：每一节诗歌里，第一行靠前的一个音节与第三行中间的一个音节押韵，第二行的最后一个音节与第四行的倒数第二个音节押韵，第三行的倒数第二个音节与第四行中间的一个音节押韵。除此之外，诗行音节的数目也遵循一定的规律：第一、二行各有12个音节，皆以阳韵结尾；第三行有9个音节，以阴韵结尾；第四行有10个音节，以阴韵结尾。[②] 如此复杂而考究的格律形式，委实是极大的挑战。

奥登说过："每一首新的诗作，除了要解决某些方面的问题，还应该尝试着去应对个人在韵律、措辞和诗体等方面所面临的新的技巧问题。"[③] 但是，如果我们单纯地把奥登的诗艺探索看成一个"游戏的人"的偏执行为的话，那就忽略了奥登寻求形式与内容相统一的初衷。奥登认为："诗人选择了特定的形式，因为他最想表达的内容在这种形式下可以得到充分的表现，而不是其他形式……形式可以扩展并塑造诗人的想象力，可以让他表达出意想不到的内容……"[④] 也就是说，诗歌所承载的智性和情感的内容，必须与

[①] 母平、户平是萨拉·舒恩梅克·塔特希尔(1824—1906)所写的宗教故事《犹太双胞胎，或真理的获胜》中一个犹太家庭中的双胞胎兄弟，两人皆从商，因转信基督教而先后获得了世俗成功。另外，这两人也出现在《旧约·创世纪》里（各出现了一次），雅各布之子便雅悯（本雅明）有十个儿子，母平、户平分别是其第八子和第九子。"沃土"一词亦是双关，可引申为事业发达的基础或好运气。

[②] Edward Mendelson, *Later Auden*, London: Faber and Faber, 1999, pp. 385-386. 事实上，并不是每一个诗节都严格遵照了奥登预设的韵律格式。比如，上述选段第一个诗节里，第一行和第二行各有13个音节（当然，如果按照古典诗律的省音原则，也可以算为12个音节）。但是选段第二个诗节里，第三行怎么算都只有8个音节。或许正因为如此，约翰·布莱尔（John Blair）在引用该诗说明奥登的诗体实验时，并没有提及其中的诗行音节规律，可以参看John Blair, *The Poetic Art of W. H. Auden,* Princeton: Princeton UP, 1965, pp. 149-150.

[③] Auden's letter to E. R. Dodds on 20 January 1945, see Humphrey Carpenter, *W. H. Auden: A Biography,* Boston: Houghton Mifflin Company, 1981, p. 339.

[④] John Blair, *The Poetic Art of W. H. Auden,* Princeton: Princeton UP, 1965, p. 147.

相应的形式统一。以上述的《溪流》为例，奥登曾在写给朋友的信中回忆了创作这首诗的背景："我在某处个人圣地［北约克郡］住了两晚，没有让任何人知道我的所在。写这首诗之前，我坐在绿草葱郁的岸边饮茶，旁边是石灰石峡谷，瀑布垂直而下，毛茛和三叶草长得很好，几乎挨着我的鼻尖了。这是多好的地方啊，可以手挽着手山盟海誓直到永远了。"① 可见，这首诗试图通过关键意象"水"，引申出一种盟约关系。我们暂且不论具体的内容，单就诗歌形式来看，奥登已经做出了相应的努力：错落有致的诗行模拟了水的流动性，诗行之间的内在押韵呼应了水的牵引性。

到了 20 世纪 60 年代，奥登在因缘际会之下接触到了东方的俳句。1963 年，奥登受邀与人合译了因飞机失事而罹难的联合国秘书长达格·哈马舍尔德（Dag Hammarskjöld）的日记。奥登之所以接受这项翻译工作，一是因为他们的私交，虽然不常见面，但奥登欣赏他的为人，感觉到他们之间有共鸣，二是因为他熟悉诗歌，有自己的鉴赏力。在翻译他的日记《标记》(*The Markings*)的过程中，奥登惊讶地发现他"对俳句这种诗歌形式的着迷"②。从这一年开始，奥登也对俳句、短歌等东方诗体形式产生了兴趣。在写给友人的信中，他分析过中国诗歌的特点："我最近在阅读有关中国诗歌的书籍。我发现，虽然汉语基本上算是单音节字，但也不尽然。中国诗歌并不是以音节为基础，而是以字为基础……"③ 没过多久，他又借助庞德翻译的日本诗，钻研起俳句来。

这类短小的东方诗，信手拈来，皆成诗行，或借此抒发独坐窗前时的奇思妙想，或攫取漫步乡野时的微光绮景，或捕捉穿行城市间的幽情游思，给予奥登更多的创作自由。写到一定数量之后，奥登会从笔记本里挑选出一些俳句、短歌，穿插在《短句集束》("Shorts")④、《对称与不对称》

---

① John Fuller, W. H. Auden: *A Commentary*, Princeton: Princeton UP, 1998, pp. 448-449.
② ［英］W. H. 奥登：《标记》，《序跋集》，黄星烨译，上海译文出版社2015年版，第571页。
③ Auden's letter to Peter Salus in July 1964, see Humphrey Carpenter, *W. H. Auden: A Biography,* Boston: Houghton Mifflin Company, 1981, p. 420.
④ 奥登写过很多短诗，阶段性地以"短句集束"的形式合成一组。在20世纪60年代以后，奥登的短句多为俳句的形式。

("Symmetries and Asymmetries", 1963—1964)、《页边批注》("Marginalia", 1965—1968)、《人物速写》("Profile", 1965—1966, 1973) 等涂鸦之作里。以 1963 年至 1964 年间创作的《对称与不对称》为例，这个合集包含了 43 首短诗，只有 3 首没有以俳句的形式出现。奥登采用俳句、短句创作，主要原因在于他欣赏这类诗体的短小、灵活和便捷，但并没有因此追根溯源去寻访更为渊博的东方古典诗歌，这恰恰说明他的兴趣更多的是一种实验性质的探索。

除了用东方的俳句、短歌写速记，奥登还会进行创造性的改写，甚至试图融合东西方的诗体形式。最好的例子莫过于他去世前不久写成的《答谢辞》。作为他的生活经历和思想谱系的缩影，我们之前说过，这首诗在内容上透露着一丝古怪，该答谢的人没有悉数出现，相对影响不那么深远的人却被答谢了。这是作为"游戏的人"的奥登抛给我们的又一颗迷雾弹。云山雾罩的手法还体现在格律上。这首诗并没有采用以重音、音步和韵脚的特定模式来表现节奏的传统诗体，而是进行了音节诗的实验。每一个诗节就仿佛是一个自成一派的小单位，由错落有致的三行诗组成，视觉上形成"短—长—短"的直观效果。每个诗节大致包含 21 个音节（每行的音节数没有定限，但中间行的音节数必然是最多的）[①]，在意义和语法上独立构成一个整体（第八诗节是一个例外，句末由一个连词"and"衔接了第九诗节，但即便如此，第八和第九诗节的内容仍然可以分割，各自成为一个独立的语义单位）。这种写法，颇有俳句之感，尽管严格意义上的俳句是 17 个音节。于是，从诗体格律上而言，这首诗既类似于他以往致敬诗友玛丽安·摩尔（Marianne Moore）所写的音节诗[②]，又类似于一组由东方俳句

[①] 考虑到晚年奥登推崇贺拉斯和歌德，笔者按照古典诗律的省音原则计算音节数。比如，两个没有辅音相隔的元音省为一个元音，以h相隔的两个元音省为一个元音。

[②] 在20世纪英语诗坛，美国诗人玛丽安·摩尔是写音节诗的个中翘楚，而奥登与摩尔的缘分正是始于音节诗。奥登在散文集《染匠之手》中专门撰文评说摩尔的诗歌，文章甫一展开便坦承自己在1935年初读她的诗歌时"一头雾水"，究其原因，无外乎是摩尔"忽视了重音和音步，只留下一系列音节"，这"让英国人的耳朵很难捕捉"。但"捕捉"的难度恰恰激发了奥登的阅读乐趣，并且尝试着用他的"英国人的耳朵"去创作一些音节诗。奥登移居美国后，迅速与摩尔建立了友谊。据说，摩尔欣赏奥登的探索精神，每次奥登在纽约寓所举办生日宴会，她都会捧场。而奥登对摩尔的欣赏，则以模仿她的音节诗作为致敬方式。

构成的"有机整体",很难清晰地加以界定。

玛丽安·摩尔认为奥登是"节奏和韵律的天才音乐家"[①],他却自认没有"一只不会出错的耳朵"来"确定诗句在哪里适时而止"。他骄傲又谦逊地发展着自己的诗歌事业,即便是在自己的诗名已经稳固地占据英语诗坛的中心位置以后,依然持续不断地探索着诗歌形式的各种可能性。他自始至终都明白"游戏的乐趣和锻炼技艺的乐趣"远比沉溺于轻而易举就能实现的艺术成就要快乐很多。门德尔松教授在评价晚年奥登时指出:

> 奥登诗歌的语调变得更为平静,不像早期作品那样有明显的技巧性,很多读者为他作品的这个变化感到遗憾。但另外也有一些读者(包括笔者)认为,相比于早期作品,奥登的后期作品更能深深地打动人心,因为它们具备成熟而复杂的智性。"此类游戏需要耐心、先见之明和策略,如同战争和婚姻"(如他在《游乐场》一诗中所写的那样),他深深明白这一点。[②]

奥登一生的游戏精神和诗体实验,或许可以用他写下的这两行诗作为注解:"所有的诗体格律都值得尊重,它们阻止了自动反应,／迫使我们审慎思考,摆脱了自我的束缚。"(《短句集束》,1969—1971;《奥登诗选:1948—1973》455)

第三节 "语言的社群":想象共同体和构建诗歌乌托邦

奥登为诗歌下过很多定义。他早年认为诗歌是"便于记忆的语言"(a memorable speech),"理应感染我们的情绪,或助益我们的智性"。[③] 后来,

---

[①] John Haffenden, "Introduction", in *W. H. Auden: The Critical Heritage*, London: Routledge & Kegan Paul, 1983, p. 44.

[②] [英] W. H. 奥登:《奥登诗选:1948—1973》,马鸣谦、蔡海燕译,上海译文出版社2015年版,前言第2页。

[③] W. H. Auden & John Garrett, *The Poet's Tongue*, London: G. Bell & Sons Ltd., 1935, p. v.

第三章 "耐心的回报"：诗歌的"技术层面" | 461

他又说诗歌是"语言的游戏"和"知识的游戏"，诗人不但要追求"语言学夫人"，还要善待诗歌家庭中的"仆人们"，只有这样才能具备与灵感相匹敌的创作技艺，才能赢得缪斯女神的尊重，才能将诗人关于世界的个体性感知诗意地"述说"出来。

到了晚年，奥登在定义诗歌的时候，更多地用到了"语言的社群"这个说法①。在1957年的散文《正方形和长方形》("Squares and Oblongs")中，奥登直言诗歌最终呈现的秩序，是一个融合了"情感"(the feelings)和"语言体系"(the verbal system)的辩证关系的产物：

> 作为社群，一个语言体系对于它力图展示的情感采取了严厉的高压手段；那些它无法真实展示的情感被排除了出去。作为一个潜在的共同体，如果情感认为某一体系不公正，便会消极地抵制它试图展示它们的一切请求；它们拒绝一切不公正的游说……在一首成功的诗里，社群和共同体形成了一致的秩序，体系可以恰如其分地爱护自己，因为它展示的情感是一个真正的共同体的成员，它们互相热爱，并且也热爱着体系。②

在后来的散文集《染匠之手》里，奥登几乎原封不动地用到了这段表述，只不过把"情感"换成了"境遇"(occasions)。③无论是"情感"还是"境遇"，它们与"语言体系"一起构成了"语言的社群"，遵循着一定的法则；只有在成功的诗作里，这些"社群"遵循的法则，体现了"一个潜在的共同体"④的秩序——"每一首成功的诗作都展现了天堂般的景象，自由和法

---

① 比如，奥登在散文《正方形和长方形》和散文集《染匠之手》中提到了"诗歌是语言的社群"，在1971年以"诗歌中的幻想与现实"为题的演讲中再一次提到了这个定义。由此可见，"诗歌是语言的社群"应该是奥登关于诗歌本质的总结性陈词。

② W. H. Auden, "Squares and Oblongs", in *The Complete Works of W. H. Auden: Prose*, Vol. IV: 1956-1962, ed. Edward Mendelson, Princeton: Princeton UP, 2010, p. 63.

③ W. H. Auden, "The Virgin & The Dynamo", in W. H. Auden, *The Dyer's Hand and Other Essays,* New York: Vintage, 1989, pp. 68-69.

④ 奥登多次提到"共同体"，在《染匠之手》里比较全面地辨析了"人群"(crowd)、"社群"(society)和"共同体"(community)的概念。可以参看W. H. Auden, "The Virgin & The Dynamo", in W. H. Auden, *The Dyer's Hand and Other Essays,* New York: Vintage, 1989, pp. 63-65.

则、体制和秩序得到联结,矛盾得到调和,罪得到宽恕。每一首好诗呈现的景观,都无限地接近乌托邦。"

也就是说,奥登关于诗歌是"语言的社群"的说法,是以诗歌的"技术层面"烘托诗歌的"道德层面",对诗歌的艺术伦理进行了全面而深入的探讨。在具体的阐释中,奥登吸收了英美新批评派(The New Criticism)的一些时新观点,又结合了自己的创作实践和理性思考,传达出他对诗歌这门艺术的独特体认和深思熟虑。

一 诗歌有机论:诗不仅仅是"一个自然有机体"

奥登在《创作、认知、判断》中解释说,诗人为了发展诗艺,经常对一些诗歌理论产生兴趣,甚至构建出一套自己的理论。他认为这些诗歌理论难免以偏概全,经不起严格地分析,但在阅读他人理论的过程中,"总是可以学到一些东西的"。[①] 后期奥登谈到诗歌是"语言的社群"的时候,强调一首诗就是一个整体、一个封闭体系、一个"自然有机体"。从这些阐释中,我们可以清晰地辨别出其他诗学理论的要素,尤其是折射出了20世纪中期活跃于英美文化界的新批评理论的影响。

奥登受新批评运动的影响几乎是一个毫无争议且不可避免的事实。首先,他读着新批评运动先驱人物艾略特和瑞恰兹的作品长大,早期作品里一再提及这两位前辈。其次,他与新批评派的一些主要批评家相熟,比如威廉·燕卜荪。最后,即使抛开这些事实上的人际关系,我们也依然有理由相信奥登阅读过其他新批评派巨匠的论述,因为对于奥登这样一位嗜"阅读"如命的学者型诗人来说,他不可能扼制得了好奇心而不去瞧瞧正在席卷文坛的新批评理论。更何况新批评派大多聚焦于诗歌尤其是现代诗歌的研究,这就触及到了奥登的"行当"。

新批评派在研究诗歌的时候,着力考察诗歌作品的文本,强调作品是一个井然有序的完整结构。这种将作品看成是独立的有机整体的理论,在西方文学批评史中可谓源远流长,并不是新批评派的首创。对新批评派理

[①] W. H. Auden, "Making, Knowing and Judging", in W. H. Auden, *The Dyer's Hand and Other Essays,* New York: Vintage, 1989, p. 53.

论定型做出了重要贡献的威廉·维姆萨特（William K. Wimsatt），曾简明扼要地描述了这一理论的发展流程：

> 艺术作品是一个单独存在的，并就某种意义上说是自足的或自有目的的实体。这个现代观点与一个活生生的有机形式的观点是紧紧相连的。跳跃在枝头的松鼠，根深蒂固的树比塌落下来的一块土，甚至是山腰上掉下来的一块硬石，是更值得尊敬、更货真价实的东西。亚里士多德的观点就是如此。但只有到了浪漫主义艺术和自然理论的时代，有关艺术作品的观点才取得现代的地位和重视。在诗中体现出的有机形式的全貌是在十八世纪《自然哲学》的热带雨林和早期对生命形式的科学叙述和图画中，康德、歌德、席勒、柯尔律治、济慈等人的生物世界中孕育和发芽的。好几个世纪以来，有机论一直是文学性的内容，一个非常物质化的题材（如在伊拉斯慕斯·达尔文的《植物园》中），后来才成为一种美学知识和形式的高雅的形而上理论。柯尔律治仔细地研究了活生生的自然和莎士比亚，对生物形式提出了五个特征，因此，也就是含蓄地、有些部分是公开地对艺术作品提出相同看法。他的大意是艺术作品像活生生的有机体一样是整体（不是部分的集合物——"部分是无足轻重的"）。艺术作品像活着的植物一样会生长，吸收多种元素到自己的本体中。他们的形状是由内部决定的，不是由外部压力或模子铸成的。各个部分是互相依存、互相促生的。[①]

威廉·维姆萨特把有机论的源头追溯到亚里士多德，这或许是因为亚里士多德将生物学上的有机整体概念引入到了诗学理论。其实，在亚里士多德之前，柏拉图已经在《斐德罗篇》中借苏格拉底之口说出了有机论的雏形："每篇文章的结构都应该像一个有机体，有它特有的身体，有躯干和四肢，也不能缺头少尾，每个部分都要与整体相适合。"[②] 作为柏拉图的

[①] ［美］威廉·维姆萨特：《推敲客体》，收入赵毅衡编选《"新批评"文集》，卞之琳等译，百花文艺出版社2001年版，第570—571页。
[②] ［古希腊］柏拉图：《斐德罗篇》，《柏拉图全集》（第2卷），王晓朝译，人民出版社2003年版，第183页。

学生，亚里士多德在文艺观上拓展了老师的有机论，虽然他的出发点已经背离了老师的理念论，而是从自然万物的发展过程中找寻规律，认为艺术的创造乃是模仿自然造物之法，也就是说，依循事物的内在规律，将潜能变为现实。在《诗学》中，他把悲剧定义为"对一个严肃、完整、有一定长度的行动的摹仿"，认为悲剧"作为一个整体"包括六个成分（情节、性格、言语等），各个成分结合得非常严密，"以至若是挪动或删减其中的任何一部分就会使整体松裂和脱节"。①史诗以及其他艺术作品也遵循了这一原则——"着意于一个完整划一、有起始、中段和结尾的行动"，"像一个完整的动物个体一样"。②亚里士多德以自然造物的内在逻辑衡量艺术作品，强调艺术作品是一个融贯合一的整体，这实际上已经是一种有机整体论的观点了。

当然，正如威廉·维姆萨特所言，将有机论阐发得更为透彻、更为系统的是柯勒律治（即引文中的柯尔律治）。艾布拉姆斯（M. H. Abrams）在《镜与灯：浪漫主义文论及批评传统》（*The Mirror and the Lamp*，1953）中仔细考察了柯勒律治的有机论思想，认为他借鉴和吸收了德国有机论重要先驱人物（普罗提诺、莱布尼兹、谢林、A.W. 施莱格尔等）的大量观点，创造性地形成了自己的诗学观。他发现，在柯勒律治的诸多著述中，比如《文学生涯》（*Biographia Literaria*，1817）、《助思录》（*Aids to Reflection*，1825）等，"很多说法都是字面意思指植物,但在深层意义中却暗喻艺术"③。我们不妨看看如下这段文字，柯勒律治在此借报春花的特性形象地阐明了有机整体的概念：

> 在世界上，整体的迹象到处可见，这是组成部分远远不能解释的，它们之所以能作为那些部分而存在，甚至它们之所以能存在，都必然以整体作为其致因和条件……[报春花]根、茎、叶、花黏附于一株植

---

① [古希腊]亚里士多德：《诗学》，陈中梅译，商务印书馆1996年版，第63—64、78页。
② 同上书，第163页。
③ [美]M. H. 艾布拉姆斯：《镜与灯：浪漫主义文论及批评传统》，郦稚牛、张照进等译，北京大学出版社2004年版，第202页。

物，这是由于种子的前提力量和原则所致，在构成报春花的大小和形状的任何一颗物质微粒从其周围的泥土、空气和水分出现以前，这种前提力量和原则就已存在了。①

根据柯勒律治的诗意阐发，一株植物就是一个整体，而根、茎、叶、花都是部分。整体是第一位的，部分是第二位的，它们由整体产生，依附于整体。与此同时，植物是一个有机生命体，它的各个部分都在生长和变化，各个部分之间又紧密结合，相互交换和联系，这个过程的终点就是整体的存在。也就是说，"整体的存在归结于部分的共存，而部分的存活又必须以整体存在为必要条件"②。这就好比摘下了报春花的叶子或花朵，这片叶子、这朵花，便永远地失去了生命力。

在对生物有机体的性质和特殊性做出确切阐释的同时，柯勒律治试图把这些现象和原则最后都归结到文学创作上。他巧妙地把生物有机体的生长特性引申到非生物现象的文学创作中：

> 诗的精神同一切其他生命力一样……必须得到具体体现从而展示自己；但既为生命体，就必定有组织——何为组织？这岂不就是部分与整体相连，因而各个部分都集目的和手段于一身了吗！③

柯勒律治的有机论思想，更确切地说，从德国思想家到柯勒律治的有机论思想，绝不仅仅局限于艺术创作过程的隐喻。根据艾布拉姆斯的观察，有机论对文学批评乃至人们思维方式的影响还在以下三个方面表现得颇为显著：其一，"有机论的历史"，即根据有机体的生命过程——

---

① ［英］塞缪尔·泰勒·柯勒律治：《助思录》，转引自［美］M. H. 艾布拉姆斯《镜与灯：浪漫主义文论及批评传统》，郦稚牛、张照进等译，北京大学出版社2004年版，第203页。

② ［美］M. H. 艾布拉姆斯：《镜与灯：浪漫主义文论及批评传统》，郦稚牛、张照进等译，北京大学出版社2004年版，第206—207页。

③ ［英］塞缪尔·泰勒·柯勒律治：《莎士比亚批评》，转引自［美］M. H. 艾布拉姆斯《镜与灯：浪漫主义文论及批评传统》，郦稚牛、张照进等译，北京大学出版社2004年版，第207页。

包括出生、成熟、衰老、死亡——形成历史的概念，将存在的绝大部分事物都看作是一种形成过程；其二，"有机的估价"，即根据有机体的多样统一特性形成多元审美意识，认为美是统一了的复杂体，美的程度取决于其整体性中所包含的部分的多样性；其三，"有机法则"，即根据有机体的自然法则形成规则意识，认为人类的创造品也应遵循一定的法则和规律。①艾布拉姆斯认为，"文学理论在柯尔律治的时代所经历的发展过程，在很大程度上就是现代文学观念形成的过程"②，尤其是英国和德国浪漫主义作家的论述，见解独到，影响深远。其中，新批评派极力强调的形式（结构）和内容（意义）的"有机统一"，可以视为柯勒律治有机论思想的现代演绎。

奥登吸收了英美文坛诗学思想的新潮流，但更显而易见的是，他直接从柯勒律治那儿吸取到了有机养分。我们翻阅奥登的著述时可以发现，大约到了20世纪50年代（正是英美新批评派非常活跃的时期），他开始表达一首诗是"一个自然有机体"的观点。两篇发表于不同时期的同题散文可以支持这个判断——《正方形和长方形》③：一篇发表于1948年，以随想笔记的形式出现，各个段落少则三两行，多则十来行，相互之间以分隔符隔开，并无逻辑联系；另一篇发表于1957年，很多观点都是在前一篇的基础上深发开去的，而且形成了脉络清晰的批评文章。奥登有关"有机论"的表述，出现在了后一篇也就是1957年发表的那篇散文里。这意味着，在此之前，奥登应该没有深思熟虑过"有机论"，但随着英美新批评派异

---

① ［美］M. H. 艾布拉姆斯：《镜与灯：浪漫主义文论及批评传统》，郦稚牛、张照进等译，北京大学出版社2004年版，第264—272页。

② 同上书，序言第1页。

③ 奥登写作这两篇文章的灵感来自弗吉尼亚·伍尔夫的小说《海浪》（The Waves, 1931）："那儿有个正方形；那儿有个长方形。运动员们拿起正方形来放在长方形上面。他们放得十分准确；他们准备了一个极好的安身处。几乎什么也没有剩在外面。结构已经清晰可辨：草创的东西已经在这里说明了；我们并不是那么各不相同，也不是那么卑劣；我们已完成了一些长方形的东西，并且把他们竖在正方形上。这是我们的胜利；这是我们的安慰。"（胡允桓译）这一段文字充满了象征意蕴，"长方形"和"正方形"的摆放，在一定程度上体现了伍尔夫的创作观。奥登后来在散文《对真实的自觉》中说，这是他所知的对创造性过程最好的描述。可以参看［英］W. H. 奥登《对真实的自觉》，《序跋集》，黄星烨译，上海译文出版社2015年版，第542页。

常活跃地阐述有机论思想，他开始朝着这一角度思考诗歌的本质。比如，他在文中写道：

> 作为一个自然物，一首诗的语言体系隶属于有机秩序，而非机械秩序，也就是说，它不像无机物那般具有数学式的精确匀称，相反，它有韵律和节奏，它的匀称可以感知但难以度量。①

这段话明显是柯勒律治有机论的现代回声。在后来的《圣母与发电机》里，奥登将这段话进行了一定程度的扩写：

> 我们应该说一首诗是一个自然有机体，而不是一个无机物。比方说，它是富于节奏的。诗歌节奏在时间上的重现从来不是完全相同的，不像音乐符号展现给人的那样。节奏之于时间，如同匀称之于空间。从一定距离来看，人脸上的五官似乎是均匀对称分布的，要是某人的鼻子有一英尺长或者左眼离鼻子两英寸远，看起来就会像个怪物。不过，凑近了看，人的面庞便不再是均匀对称的了；每个人的五官尺寸和分布位置都各有不同，而且，要是某个面庞呈现出数学式的完美对称，看起来就不会是一张脸，而是一张没有生气的面具。节奏便是如此。我们可以说一首诗是用五步抑扬格写成的，但如果每一行每一个音步都是相同的，那么这首诗就会难以入耳……②

我们不妨将这两段话与柯勒律治写下的一段话比照一番：

> 机械论系统……只知道远和近……简单地说，只知道那些没有生成力的微粒相互之间的关系；于是在每一个具体例子中，结果总是那些组合特性的精确总和，像算术里做加法一样……在生命中……组成

---

① W. H. Auden, "Squares and Oblongs", in *The Complete Works of W. H. Auden: Prose*, Vol. IV: 1956-1962, ed. Edward Mendelson, Princeton: Princeton UP, 2010, p. 65.

② W. H. Auden, "The Virgin & The Dynamo", in W. H. Auden, *The Dyer's Hand and Other Essays,* New York: Vintage, 1989, pp. 67-68.

生命的两个反作用力其实是相互渗透的，并生成一个更高的第三体，它包括了前二者，"ita tamen ut sit alia et major"（然而，这却是不同而又伟大的）。①

不难看出，奥登的表述，几乎是柯勒律治这段话的创造性改写。当然，我们也可以理解为奥登的想法与自柯勒律治以来的有机论不谋而合。

正如我们之前分析的，在 20 世纪 50 年代以前，奥登的诗学观点是对弗洛伊德文艺观的补充和修正，虽然有很多个性化的理解和阐发，但都不成体系。直至 20 世纪 50 年代以后，"有机论"在奥登的思想与创作里呈现了一种井喷的态势。需要注意的是，这并不意味着奥登的思想再一次发生了重大变化。确切而言，有机论很好地统摄了他的思想接受史和发展史中最为本质的部分，与他一以贯之的诗学精神是一脉相承的。

奥登的思想，若只取一个关键词，笔者会选择"生成"。无论是"潜在的基督徒"还是"潜在的诗人"的说法，都暗含了一种在限定条件下逐渐生成的概念，与艾布拉姆斯所说的"有机论的历史"颇为吻合②。奥登对人、世以及事的认识，秉持一种多元统一的观点，这是一种"有机的估计"。而他一直强调的"我们为必然所迫，生活在自由中"③、"一切自由都隐含着

---

① ［英］塞谬尔·泰勒·柯勒律治：《生命的理论》，转引自［美］M. H. 艾布拉姆斯《镜与灯：浪漫主义文论及批评传统》，郦稚牛、张照进等译，北京大学出版社2004年版，第207页。

② 艾布拉姆斯在阐释"有机论的历史"的时候指出："理论家们把诗人心灵中的种子移植到一个民族、一个世纪的集体心灵之中，从而把有机体的各个类目应用到艺术的种系发生和个体发生中去：一种艺术类别或者一个民族的文学。"也就是说，他所指的"有机论的历史"，更多地强调艺术类别或者民族文学的研究。笔者认为，"有机论的历史"也可以用来反观一个作家的创作史，而不仅仅是这个作家的单一作品。可以参看［美］M. H. 艾布拉姆斯《镜与灯：浪漫主义文论及批评传统》，郦稚牛、张照进等译，北京大学出版社2004年版，第264—266页。

③ 这行诗出自《战争时期》第27首，原文为"we live in freedom by necessity"。青年奥登有关自由和必然的表述，显然受到了马克思主义认识论的影响。根据贾斯廷·瑞普洛格尔的论证，奥登从哲学家马克思那里受益最多的，正是对"自由—必然"的认识，即人是自由和必然的辩证统一。可以参看Justin Replogle, *Auden's Marxism, PMLA* (December 1965), pp. 584-595.

第三章 "耐心的回报"：诗歌的"技术层面" | 469

必然"①、"可能和必然是一回事"②，等等，带有"有机法则"的倾向。这些思想和观念，在有机论的丰富而凝练的意蕴中找到了融合的机会。

表现在诗学思想领域，我们可以从奥登对"灵感论"和"技艺论"的综合中看出，他认为诗歌创作是一个主观与客观、自由与必然、内容与形式辩证统一的过程。这实际上就是有机论思想的雏形。自从在 1957 年的散文《正方形和长方形》里将诗歌看成是"自然物"以后，他对诗歌的"有机"表达越来越具体，也越来越生动。比如，在《圣母与发电机》里，一首诗已经不仅是"一个自然有机体"，还是一张生动的面庞，甚至是"一个虚拟的人"：

> 一首诗可以被称为一个虚拟的人。它就像一个人，是独一无二的，亲自向读者开口说话。不过，它又像一个自然物，而不是一个历史的人，它不会撒谎。我们或许会频繁地误解一首诗的意义或价值，但是引起我们误解的根源，并不在诗歌本身，而在于我们自身的无知和自欺。③

奥登对诗歌抛出的每一个"有机"比喻，都是为了强调诗歌本质的不同侧面。当他说诗歌像一张生动的面庞的时候，他将侧重点放在了诗歌的"有机的估计"，即诗歌的节奏、格律、措辞、句法等多样复杂的"部分"通过一定的内在联系形成了独一无二的整体。当他说诗歌是一个虚拟的人而不

---

① W. H. Auden, "Romantic or Free", in *The Complete Works of W. H. Auden: Prose*, Vol. II: 1939-1948, ed. Edward Mendelson, London: Faber and Faber, 2002, p. 70. 后期奥登有关人的自由与必然的讨论，融合了马克思主义和克尔凯郭尔的有神论存在主义。他从上帝造人的双重过程中得出人的双重属性："人的创造被描述为双重过程。首先，'神用地上的尘土造人'。也就是说，人是自然造物，如其他所有的造物那样遵循自然秩序的法则。其次，'神将生气吹在他鼻孔里，他就成了有灵的活人'。这意味着，人是承载神的形象的独一无二的造物，具有自我意识和自由意志，因而能够创造历史。"相关内容，可以参看 W. H. Auden, "The Things Which are Caesar's", in *The Complete Works of W. H. Auden: Prose*, Vol. III: 1949-1955, ed. Edward Mendelson, Princeton: Princeton UP, 2008, p. 197.

② 这行诗出自《夜曲》（"Nocturne"，1972），原文为"Where can and ought are the same"。在这首诗中，奥登从游鱼、走兽和飞禽写起，认为人类遵循了不一样的生物钟，不是生活在必然性之中，而是生活在"可能与必然"之间。后期奥登特别喜欢从人与动植物的分野来谈人的双重属性，只不过晚年谈起这类话题的时候，宗教性指涉减弱了，反而蒙上了一层自然进化论的面纱。

③ W. H. Auden, "The Virgin & The Dynamo", in W. H. Auden, *The Dyer's Hand and Other Essays*, New York: Vintage, 1989, pp. 67-68.

是一个真正的人的时候,他实际上想表达诗歌可以类比为一朵花、一棵树等存活于自然空间里的有机体,但与飞禽、走兽、游鱼等生活在自然时空中的动物不尽相同,更无法与生活在自然时空和历史时空中的人相提并论。

在奥登的有机认识论里,我们可以清晰地看到这样一个自然等级序列:

不能动,也不能看,
　植物全然满足于
　　它的周边环境。

被赋予了行动能力和视觉,
　野兽能区分这里和那里
　　也能辨别"现在"和"尚未"。

饶舌多话,焦虑不安,
　人类能清楚地描述不在场
　　和不存在的事物。
（《进化?》,"Progress?",1972;《奥登诗选:1948—1973》
489—490）

奥登在诗中罗列了两种演进轨迹。一,植物被固定在了特定位置,不能活动;动物被赋予了行动能力,能够四处活动;人类不但能活动,还具有语言能力。二,植物没有视力,无法观看;动物有视觉,可以四处观察;人类不但能够看到外部世界,还能向内审视,有了不一般的情绪和思维。

虽然这首诗的标题被打上了一个"?",但奥登的质疑并不是针对这个自然等级序列,而是针对人类因为历史属性而具有的"选择"能力。这一点可以从他早年写下的《战争时期》第一首（《奥登诗选:1927—1947》253—254）中看出端倪：相比于其他造物"满足于自己早熟的知识",人类能够在时间的推移中被"塑造出任何面目",具有易变性；相比于其他造物"知道他们的位置",人类会根据环境的细微变化而"改头换面",具有能动性；相比于其他造物"择善而从",人类却因为"寻找真理"而"错谬连连",

具有未完成性；更为重要的是，人类有思想，能够进行"选择"。人类的易变性、能动性、未完成性，都可以归结为"选择"带来的不确定性。正因为不能"选择"，其他造物在"第一次努力"的创世之初就已经定了型，而正因为能"选择"，人类具有了改变自己的可能性。"选择"让人类有了进步的希望，却也埋下了灾祸的种子，因为人类可能选择善也可能选择恶。那么，在历史而非自然的层面上，"进步"的神话被打破了。这是奥登的"人论"，他自始至终都把人类放在了自然阶梯里的最高也是最终的位置。由此可见，一首诗只能是一个自然有机体，或是一个虚拟的人，但不是一个真正的人。

从这个自然阶梯出发，奥登眼中的诗歌，既是一个自然有机体，但又不仅仅是一个自然有机体。在一篇讨论 D. H. 劳伦斯的散文里，奥登批驳劳伦斯忽视了自然生长和创作活动的区别。他引用了劳伦斯在诗集《三色紫罗兰》(*Pansies*，1929)前言中有关诗歌与植物的隐喻："我给出了一束三色紫罗兰，而不是一个永生花的花环。我不想要永恒之花，也不想把它们呈给其他人。一朵花枯萎，这是它最好的结局……不要采摘三色紫罗兰。如果你摘了，你没办法好好保存它。"[1] 在奥登看来，劳伦斯想要创造出像一朵花那样自然的作品，但真实的情况却是，他创造出来的东西恰恰缺失了自然物的真正属性。为了说明这一点，他搬来瓦雷里《欧帕里诺斯，或建筑师》(*Eupalinos ou l'Architecte*，1921)中的一段话做自己的"援兵"：

> 树并不构造自己的树枝和叶子；公鸡并不构造自己的喙和羽毛。但是，树和它的所有部分，公鸡和它的所有部分，都由自身的法则所构造，并不脱离构造过程而存在……然而，在人的创造物中，法则与构造物相脱离，而且可以说是由一个与材料无关的暴君所强加的，他通过行动将法则赋予材料……假如一个人挥动手臂，我们会将这只手臂与他的姿势相区别，并在姿势与手臂之间构想出一个纯粹的可能的联系。不过从自然的视角来看，手臂的这一姿势和手臂本身并不能分开。[2]

---

[1] W. H. Auden, "D. H. Laurence", in W. H. Auden, *The Dyer's Hand and Other Essays*, New York: Vintage, 1989, p. 283.

[2] Ibid.

瓦雷里认为，自然生长和创作活动既是相似的，又是不同的。相似之处在于，一部作品的产生，类似于一棵树、一只公鸡的成长，是各个材料、养分、部分之间的可能性被加以发掘和利用的过程，遵循一定的"有机法则"，体现了"有机的估价"。而不同之处在于，一部作品不仅仅具有自然属性。奥登解释说，作者通过融合了思考、劳作和心力的创造性活动赋予非生命物质一种艺术价值，使之具有了类似自然物又不同于自然物的特质，即"第二自然"（second nature）。因此，诗歌创作与植物生长不能进行简单的类比：对于自然物的有机生长而言，"把橡树说成一颗潜在的橡树种子，将橡树种子说成一课潜在的橡树，这两种说法都是成立的"，但是写作一首诗的过程却不可以这样倒过来说，因为艺术创作不是循环的，而是"朝向一个既定终点的单向运动"。①

在一篇致敬斯特拉文斯基的散文里，奥登对音乐下过一个定义，我们也可以将之看成是他对包括诗歌在内的人类创造物的定义：

> 音乐是什么？就像柏拉图会说的那样，它模仿什么？我们对于时间的体验有两个方面：自然或有机的重复，以及由选择带来的历史新奇感。作为一门艺术，音乐的全面发展取决于能否认识到这两个方面的不同，以及能否认识到选择作为一种只有人类才有的经验要比重复更有意义。把两个音符连在一起，这是一种选择行为；第一个音符引发了第二个音符，这不是在科学的意义上使其必然发生，而是在历史的意义上激活了它，赋予它发生的源起。一段动听的旋律是一段自主选择的历史；它可以随意成为它想要的样子，但必须是一个有意义的整体，而不是一堆音符的任意连接。②

换言之，诗歌不仅是"一个自然有机体"，还是"一个有意义的整体"。正是在历史的意义上，诗歌不再是种子和植物之间的重复性转化，而具有

---

① W. H. Auden, "D. H. Laurence", in W. H. Auden, *The Dyer's Hand and Other Essays,* New York: Vintage, 1989, p. 283.

② W. H. Auden, "Notes on Music and Opera", in W. H. Auden, *The Dyer's Hand and Other Essays,* New York: Vintage, 1989, pp. 465-466.

了选择性、目的性和指向性。

奥登在将有机论运用到诗学理论中的时候，避免了有机体生命过程——出生、成熟、衰老、死亡——的简单循环，而是暗含了一种形成、演进和进步的延续观念，即每一部作品都顺理成章地在前一个进步的基础上形成，又包含了下一部作品的萌芽。因此，如果说一首诗是一个虚拟的人的话，那么诗人的"全集"可以反映出一个人的连续性的成长过程，即一个人的全貌。笔者曾在绪论中引述过奥登的"全集"意识，现在不妨再来看看：

> 作家的每一部作品都应该是他跨出的第一步，但是，不管他当时是否意识到，如果每次跨出的第一步较之前而言不是更远的一步的话，就是错误的一步。当一个作家去世，若是把他的各种作品放在一起，人们应该能够看到这些是一部具有连续性的"全集"。

一个自然物必定会终结，但一部作品的"第二自然"并不会随着这一次创作行为的终结而终结。用有机论思想最著名的比喻而言，一个作家的"全集"，可以看成是"一个种子生成了植物、植物结出了新的种子、新的种子又生成了新的植物"的单向运动过程。

这种有机整体的"全集"意识，较一般意义上的汇集而言，暗含了一种艺术伦理倾向：一首诗歌是一个由不确定的、不断变化着的成分内在联系起来的复杂体；一个诗人是一个孜孜不倦地追求这种复杂性、多样性从而创造更多可能性的浮士德般的人物。

二　诗歌张力说：诗是"阿里尔和普洛斯彼罗之间的竞争关系"

新批评派特别喜欢用"张力"（tension）这个术语来描述诗歌结构中的各种冲动与和谐的对立因素的均衡。《"新批评"文集》的编者赵毅衡先生写道："张力论是新批评派最重要，但也最难捉摸的论点之一。"[1] 美国批评家艾伦·退特（Allen Tate）在1937年较为完整地提出了张力论："我们公认的许多好诗——还有我们忽视的一些好诗——具有某种共同的特点，我

---

[1] 赵毅衡编选：《"新批评"文集》，卞之琳等译，百花文艺出版社2001年版，第120页。

们可以为这种单一性质造一个名字，以更加透彻地理解这些诗。这种性质，我称之为'张力'。"①艾伦·退特表示，他将逻辑术语"外延"（extension）和"内涵"（intension）去掉前缀从而创造了该术语，这说明他的张力论侧重在诗歌的意义，即一首好诗是内涵和外延的统一体，是所有意义的统一体。

艾伦·退特的张力论，后来被其他新批评派理论家发展和引申，不再局限于表达诗歌意义是一个有机整体，而成为涵盖围绕着诗歌所产生的各矛盾因素的对立统一的总称。比如，在最普遍意义上的形式和内容之间、在格律的形式性和非形式性之间、在格律的刻板性和语言的随意性之间，等等。在各个理论家对张力的阐释中，我们可以清晰地看到有机整体的意识。可以说，张力论是有机论的一个具体批评手段。

后期奥登也特别喜欢用"张力"这个词表达诗歌是一种辩证统一的有机整体。比如他写下的这段文字：

> 每一首诗歌都在一定程度上体现了阿里尔和普洛斯彼罗之间的竞争关系；在每一首优秀的诗歌里，他们之间的竞争关系多多少少是愉快的，但始终维持着彼此之间的张力。希腊古瓮体现了阿里尔的胜利；普洛斯彼罗则可以轻松地在约翰逊博士的这句话里找到自己的优势——"写作的唯一目的是帮助读者更好地享受生活，或者更好地忍受生活。"②

在这里，奥登指出每一首诗歌都体现了"阿里尔和普洛斯彼罗之间的竞争关系"，而在优秀的诗篇里，这种竞争关系表现为一种"张力"，请注意，奥登在此用的是"tensions"，即"张力"的复数形态，这表明优秀的诗篇是各个方面形成的张力的有机整体，处于一种外在和谐、内在张力的态势。

那么，阿里尔和普洛斯彼罗分别指代诗歌的哪些元素？在这段引文之前，奥登还写了一句话——"艺术源于我们对美和真的欲求，也源于我们

---

① ［美］艾伦·退特：《论诗的张力》，收入赵毅衡编选《"新批评"文集》，卞之琳等译，百花文艺出版社2001年版，第121页。

② W. H. Auden, "Robert Frost", in W. H. Auden, *The Dyer's Hand and Other Essays,* New York: Vintage, 1989, pp. 337-338.

深知这两者不一样。"①我们从中可以判断，阿里尔和普洛斯彼罗分别指代了诗歌的美和真。有些作品表现出阿里尔以及"美"的主导地位，有些作品却根植于普洛斯彼罗以及"真"。

我们在这句话的基础上继续追问——"美"（beauty）和"真"（truth）具体指的是什么？在济慈的《希腊古瓮颂》（"Ode on a Grecian Urn"，1819）中，"古瓮"认为"美即是真，真即是美"，"美"和"真"被高度地同一起来。但是在奥登这里，"美"和"真"并不具备这样的同一性。笔者在上一章分析奥登诗歌题材的伦理向度时指出，奥登所说的诗歌"见证真相"的伦理责任，包含了揭示现实生活之真实和探寻"可堪拯救"之真理的双重责任。也就是说，当奥登用"真"（truth）这个词的时候，我们要十分小心，谨防以偏概全。

在上述谈论弗罗斯特的散文里，奥登所说的"美"，应该是指诗歌的"技术层面"，而"真"应该是指诗歌的"道德层面"，尤其指诗歌所揭示的现实生活之真实。我们可以看看他在文中的阐释：

> 我们想要一首诗是"美"的，也就是说，一个语言的尘世乐园，一个可以提供纯粹游戏的永恒世界，它之所以给予我们愉悦，是因为它与我们的历史存在形成了鲜明对比，不会有无法解决的问题和无法避免的苦难；与此同时，我们又想要一首诗是"真"的，也就是说，以某种方式向我们揭示生活，为我们展现生活的本来面目，将我们从自我陶醉和自我欺骗中解救出来，如果诗人没有把那些艰难、痛苦、无序和丑陋引入诗歌，就不能为我们带来"真"。尽管每一首诗歌都会涉及阿里尔和普洛斯彼罗之间"某种"程度的协作，但是他们所扮演角色的重要程度在每一首诗歌里都不尽相同：我们通常可以说一首诗不是由阿里尔就是由普洛斯彼罗主导，有时也可以这样来评判一个诗人的全部作品。②

---

① W. H. Auden, "Robert Frost", in W. H. Auden, *The Dyer's Hand and Other Essays,* New York: Vintage, 1989, p. 337.

② Ibid., p. 338.

这段话已经将阿里尔和普洛斯彼罗、美和真的对应关系完整且确切地表现了出来，不仅如此，也明确告诉我们"真"指的是"生活的本来面目"，包含了现实生活的"艰难、痛苦、无序和丑陋"。

在一年后撰写的散文里，奥登以相似的口吻提及阿里尔和普洛斯彼罗、美和真的对应关系，"真"的内涵也依旧维持了上述面貌。我们不妨细读这一段话：

> 如果我们是诗人或者读诗的人，我们会期待两种东西，这两种东西相互之间也不能说完全相抵触，却无法达到完全和谐的状态。一方面，我们希望诗歌写得很美，就像一座语言的伊甸园，里面有完美的形式，所以我们抱有找到欢乐的希望，那欢乐里没有任何邪恶或苦难的成分，我们的使命就是要找到它。另一方面，因为我们自己并不了解世界，也没有什么洞见，所以我们期待诗歌能启迪我们，让我们认清当下迷惘的状态，否则我们只是盲目犯错，实现愿望的可能性微乎其微。我们希望诗歌能教会我们一些逆耳忠言，无论那逆耳忠言多么浅薄，正如我们所知，大多数真理都不是甜言蜜语。也许有人会说，每个诗人心里都住着一个唱歌的阿里尔和思考的普洛斯彼罗，而每一首诗中，有时甚至在某个诗人的全部作品里，要么是阿里尔、要么是普洛斯彼罗所占的分量要大一些。[①]

奥登在此为"truth"加了一个修饰词"home"，合在一起通常表示"（由别人告知的关于自己的）不愉快的事实"、"逆耳之言"、"大实话"等。由此看来，"真"包含了一层"邪恶或苦难的成分"，指向了生活的本来面目和真实境况。

奥登认为，"阿里尔和普洛斯彼罗之间的竞争关系"在每一首诗里都存在，优秀的诗篇达到了一种充满张力的平衡。但与此同时，我们不能忽

[①] ［英］W. H. 奥登：《沃尔特·德·拉·梅尔》，《序跋集》，黄星烨译，上海译文出版社2015年版，第499页。笔者在引用这段话时略作改动，尤其是这一句"我们希望诗歌能教会我们一些逆耳忠言，无论那逆耳忠言多么浅薄，正如我们所知，大多数真理都不是甜言蜜语"。

视他在1970年时写下的这句话:

> 我个人并不认为艺术家可以全然忽略伦理道德需求,只不过在艺术作品中,真和善从属于美。①

乍看这句话,我们或许会断章取义地认为奥登信奉的是西方唯美主义的那一套,推崇"为艺术而艺术"的创作准则。但恰恰是在这篇文章中,奥登赞同了"将生活从艺术中抽离"不啻为"魔鬼的行为"的这一说法②。何以纯粹的艺术带有这种危险的倾向?这一点或许可以在波德莱尔的这句话里找到答案:"艺术的神奇特权就在于,可怕之物经过艺术性的表述,会成为美;节奏化了的、分段表述出的痛苦能让头脑充满一种宁静的欢乐。"③也就是说,纯粹的艺术和美,其危险之处在于那神奇的"净化"能力,让人们沉浸在"一个语言的尘世乐园"、"一个可以提供纯粹游戏的永恒世界",遗忘了他们本不该忽视的现实生活。

青年奥登一度在"阿里尔和普洛斯彼罗之间的竞争关系"里摸不准方向,这种困惑集中体现在1938年12月写下的两首十四行诗——《小说家》和《作曲家》。笔者在分析奥登质疑"鹰的视域"、拒绝成为诗人英雄时,曾以《小说家》作为例证,阐明奥登之所以毫不掩饰自己对"小说家"的羡慕,是因为小说家与生活保持了一种同步关系,而诗人的生活与艺术却出现了一种"裂缝"。这种"裂缝"在同期写成的《作曲家》里再一次出现:

> 其他人都是在解释: 画家描绘着
> 一个可见的世界,表达爱或是拒绝;
> 诗人在生活里翻寻,他信手拈来的
> 意象只为造成痛感和建立联结,

---

① [英]W. H. 奥登:《一位俄国美学家》,《序跋集》,黄星烨译,上海译文出版社2015年版,第358页。

② 同上。

③ [德]胡戈·弗里德里希:《现代诗歌的结构》,李双志译,译林出版社2010年版,第27页。

从生活到艺术，煞费苦心地适应，
仰赖了我们才可掩盖那裂缝；
惟有你的音符才是纯粹的新发明，
惟有你的乐曲才具备绝对的天分。

你风采尽现，一阵喜悦如醍醐灌顶
瀑布会屈膝致意，堤坝也弯折了腰脊，
我们全体静默，过后又生出了疑心；

充满想象的乐曲，是你，也惟有你
才无法向人们言说生活是一场错误，
你无尽的宽恕如倒出的美酒甘醴。

(《奥登诗选：1927—1947》247—248)

奥登在此列举了三类艺术家：画家、诗人和作曲家。画家和诗人被安置在了同一个层面，他们煞费苦心地掩盖从生活到艺术的"裂缝"（从这一点上看，《作曲家》的确是《小说家》的姊妹篇）。19世纪丹麦的文艺批评家勃兰兑斯（Georg Brandes）在探讨"德国的浪漫派"时指出："诗与生活之间的关系这个大问题，对于它们深刻的不共戴天的矛盾的绝望，对于一种和解的不间断的追求——这就是从狂飙时期到浪漫主义结束时期的全部德国文学集团的秘密背景。"[①]事实上，从艺术的本质而言，不仅仅是诗人，也不仅仅是德国的浪漫派，几乎各个时期各个门类的艺术家都承受了这种矛盾带来的绝望以及随之引发的不懈追求，只不过存在着程度上的差别。青年奥登对艺术与生活的观察，主要基于自己和朋友的经验，比如，小说家的原型应该是好友衣修伍德，画家的原型是好友罗伯特·麦德雷，作曲家的原型是好友本杰明·布里顿。根据具体的观察和抽象的思考，奥登得出了这样一个结论：小说家的艺术与生活最为接近，画家和诗人则

---

① ［丹麦］格奥尔格·勃兰兑斯：《十九世纪文学主流》（第二分册），刘半九译，人民文学出版社2009年版，第34页。

需要断断续续地去修补艺术与生活之间的"裂缝",作曲家的创作则完全脱离了生活的轨道——"惟有你的音符才是纯粹的新发明／惟有你的乐曲才具备绝对的天分。"

其他艺术家需要从生活中汲取养分,作曲家的成果却是"纯粹的新发明",因为他拥有的是"绝对的天分"。"天分"的原文为"gift",暗含了"作曲家"必然面临的两种局面:如果他们不能很好地展现这种与生俱来的天赋,无疑是暴殄上天的馈赠;即使他们很好地利用了这份才华,那也很难归功于他们自身的努力。"天分"就像是从天而降的神力,经由他们的身体自然而然地流淌出来,化成源源不绝的音符,让人在感官享受中陷入了静默和惊叹。

这一段音乐力量的描写,难免令人想起古希腊罗马传说里的俄耳甫斯(Orpheus)。根据维吉尔和奥维德的讲述,俄耳甫斯的音乐具有神奇的魔力——"他的歌声引来了许多树木,野兽听了也都着了迷,石头听了跟着他走。"[①] 在很多人看来,这种超凡力量象征了艺术的强大沟通力,俄耳甫斯也因此长久以来成为诗人和音乐家的原型。如果说俄耳甫斯的音乐力量来自于天神母亲卡里厄普(Calliope,司掌史诗的缪斯女神)的恩赐和太阳神父亲阿波罗(同时也是音乐之神)的栽培,不足以说明音乐这门艺术的神奇力量的话,我们不妨再来看看世俗时代的音乐。18世纪英国的桂冠诗人约翰·德莱顿(John Dryden)写有一首描绘音乐力量的名诗:著名音乐家提摩太厄斯的音乐千变万化、引人入胜——"颤动的音符向天飞扬,／让人感受到天堂的欢畅"[②],即便是被比附为众神之王朱庇特之子的亚历山大大帝,也会随着音乐节奏的变化而无法抑制万端情绪。

然而,纵使音乐有超凡的力量、作曲家有"绝对的天分",奥登却发现音乐也有一个"阿喀琉斯的脚后跟"[③]——"无法向人们言说生活是一场错误"。音乐创造了无限的可能,但在揭露生活现实的层面上却无能为力。

---

① [古罗马]奥维德:《变形记》,杨周翰译,人民文学出版社2008年版,第221页。
② [英]约翰·德莱顿:《亚历山大之宴,又名音乐的力量》,飞白译,收入飞白《世界名诗鉴赏辞典》,漓江出版社1989年版,第96—101页。
③ 这个习语源自古希腊神话,喻指致命的弱点。

奥登一生中有不少诗是关于音乐的，几乎都延续了这样一个定性——音乐可以带给人们精神的愉悦，却匮乏批判的力量。比如，他在《论音乐的国际性》("Music is International"，1947）中写道："很久以来，管弦乐队一直在说／这种通用语言，希腊人和野蛮人／都已熟练掌握了它谜一般的／语法，结果表明一切安好如常。"（《奥登诗选：1927—1947》549）他在《工匠》("The Maker"，1961）中写道："歌曲／能鼓舞劳动群体、取悦有闲阶级，／而对一个专注倾听锤击节律①、自许为／工匠的人来说，它只会让人分心。"（《奥登诗选：1948—1973》285）而在1967年的一次讲座中，他直接陈述了自己的观点：音乐通常是第一人称的，不及物的；它只有现在直陈式，没有否定式。②

音乐所代表的艺术，有纯粹的赞美，却匮乏批判的力量。它的"宽恕"固然使人如饮"美酒甘醴"，但它不分对错、美丑、善恶的毫无界线的"宽恕"，正如它本身的神奇力量，都只能存在于"想象"，存在于"第二世界"，而非根植于现实生活。音乐的这一缺陷，或许可以在库切的这个判断里找到答案："诗歌在词语中工作，而非在声音中，诗歌有一个语义的维度；而音乐的语义维度最多是解释性的，因此是第二位的。"③

奥登在《小说家》中羡慕"小说家"那样的艺术，在《作曲家》看到了"作曲家"的艺术缺陷。那么，我们可以推测，即便奥登在1938年前后对于诗人的位置、诗歌的本质有过一段时间的困惑，但务实的天性促使他锲而不舍地寻求弥合"诗与生活之间的关系"的路径和渠道。这一点，我们还可以在他写于1937年的一首诗中看出端倪：

歌声在期待什么？他那双灵动的手，
与羞怯欢欣的鸟雀仍保持了一点距离？

---

① "节律"对应的原文为"dactyl"，是一个双关：既可以指诗歌格律上的"强弱格、长短格"，也可以指希腊神话中的精灵部族（通常有10个，他们是古代的铁匠，铁器的最早发现者和加工者，也是祛病的巫师）。

② W. H. Auden, "Secondary Worlds", quoted from John Fuller, *W. H. Auden: A Commentary*, Princeton: Princeton UP, 1998, p. 268.

③ ［南非］J. M. 库切：《布罗茨基的随笔》，收入哈罗德·布鲁姆等《读诗的艺术》，王敖译，南京大学出版社2010年版，第140页。

是让自己变得迷惘而快乐，
还是首先去了解生活？

但这些美丽生灵只满足于升高半音的曲律；
温暖便已足够。哦，倘若严冬真的
　　横加阻挠，倘若雪花转瞬消陨，
　　希望还有何用，翩翩舞步又有何益？
（《俄耳甫斯》，"Orpheus"；《奥登诗选：1927—1947》211）

在这首以俄耳甫斯为原型的诗歌里，奥登抛出了一个极具个人色彩的疑问——"是让自己变得迷惘而快乐，／还是首先去了解生活？"这个问题的提出，已经表明奥登试图赋予俄耳甫斯新的历史使命。

在西方文化史上，俄耳甫斯是神秘灵感的拥有者，他的歌声代表了极致的艺术之美。在维吉尔、奥维德之后，里尔克与俄耳甫斯的关系表现得最为密切。他在诗集《致奥尔弗斯的十四行诗》中高度个性化地表达了自己的哲学和诗学观点，比如第十九首里的描述：

苦难没有认清，
爱也没有学成，
远在死乡的事物

没有揭开面纱。
唯有大地上的歌声
在欢庆，在颂扬。[1]

诗人的歌声，在里尔克看来，是音乐家奥尔弗斯（即俄耳甫斯）余韵悠长的歌声，因而诗人是在"死乡"中欢庆和颂扬的歌者：

---

[1] ［奥］赖内·里尔克、［德］K.勒塞等：《〈杜伊诺哀歌〉中的天使》，林克译，华东师范大学出版社2005年版，第79页。

> 我们的使命就是把这个短暂而赢弱的大地深深地、痛苦地、深情地铭刻在心,好让它的本质在我们心中"不可见地"复活。我们是不可见之物的蜜蜂……我们肩负着责任,不单单保持对它们的怀念(这恐怕不够,况且靠不住),而且保持它们的人文价值和"守护神"的价值。除了变为不可见的,大地再没有别的避难所;这种变化在我们心中,正是我们以自己本质的一部分参与了不可见之物……我们正是这些大地的转化者,我们整个的此在,我们的爱飞翔和坠落,这一切使我们能够胜任这项使命(除此之外,根本没有别的使命)。①

短暂而赢弱的大地,作为存在之物的象征,本身并没有罪、恶和过失。诗人如同辛劳做工的蜜蜂,采撷大地的可见之物,将之转化为不可见的歌声,呼唤人们一道把陷入历史暗夜的大地转换成诗意的栖居地。于是,诗人成了大地的歌者,诗歌是依附于可见之物的诗人的动情歌声。

当奥登在1937年借俄耳甫斯的形象抛出自己对诗与生活、美与真之间的关系的疑问时,他心中的对话者,正是写作《致奥尔弗斯的十四行诗》的里尔克。笔者在上一章分析奥登的诗歌功能观时已经考证,他在1938年前后深受里尔克的影响。他心目中的诗人,类似于在"死乡"中"称颂"的诗人,即他在《诗悼叶芝》中描述的暗夜歌唱的诗人;而诗人的"称颂",不仅歌唱"美",也歌唱大地之"真"、"赞美存在和发生"。这样的诗人,是"在生活里翻寻"、力图弥合"生活"与"艺术"之间的缝隙的人。

如前所述,在诸多品评前辈诗人的文章中,奥登把诗与生活之间的关系描述为美与真、阿里尔和普洛斯彼罗之间的复杂关系,也曾在其他文章里描述为"审美的态度"(Puritanical attitude)和"清教徒式的态度"

---

① [奥]赖内·里尔克、[德]K. 勒塞等:《〈杜伊诺哀歌〉中的天使》,林克译,华东师范大学出版社2005年版,第205—206页。

（Esthetic attitude）之间的关系[1]。要是用现代诗学的一个重要现象来说，这也在一定程度上涉及了奥登对"纯诗"（pure poetry）和"非纯诗"（impure poetry）的态度。罗伯特·沃伦（Robert Wollen）在他的那篇著名的文章《纯诗与非纯诗》（1943）中考证了"纯诗"的历史，认为"纯诗"的学说千差万别——"对诗中的杂质由什么构成的解说也不止一种——而是有着许多种"，但他们有一个共同的信念——"诗意就是被寓于一首诗中的某个特殊地位上的，或者是某个特殊成分内的精髓"，要成为"纯诗"，就必须把其他调节性的、抵触性的成分排除出去。[2]为此，他汇总了纯诗论持有者们主张排除的东西，从"思想，真理，概括，'含义'"到"主观和个人的成分"，不一而足，而"纯诗"就是排除了其中一项或几项的作品。按照这个说法，罗伯特·沃伦把从唯美主义、浪漫主义、象征主义乃至20世纪30年代左翼理论界的诗歌主张都归纳到纯诗派，涉及面实在是宽泛。奥登讨论的"纯诗"，应该是专指诗歌的"纯粹美"，即波德莱尔、瓦雷里、马拉美等诗人讨论的"纯诗"。虽然奥登未必同意罗伯特·沃伦对"纯诗"的定义，但他一定认可他反对"纯诗"的立场，即认为凡是人类经验可获得的东西都不应该被排斥在诗歌之外，一个诗人的伟大取决于"他能够在作诗上掌握的经验的范围大小"，而一首诗的成功取决于以下不完全的清单：

> 诗的韵律与语言的韵律之间存在着张力……张力还存在于韵律的刻板性与语言的随意性之间；存在于特殊与一般之间，存在于具体与抽象之间；存在于即使是最朴素的比喻中的各因素之间；存在于美与丑之间；存在于各概念之间；存在于反讽包含的各种因素之间；存在于散文体与陈腐古老的诗体之间……换言之，一首诗要成功，就必须要赢得自己。它是一种朝着静止点方向前进的行动，但是如果它不是一

---

[1] W. H. Auden, "Yearts: Master of Diction", in *The Complete Works of W. H. Auden: Prose*, Vol. II: 1939-1948, ed. Edward Mendelson, London: Faber and Faber, 2002, p. 62.

[2] ［美］罗伯特·沃伦：《纯诗与非纯诗》，收入赵毅衡编选《"新批评"文集》，卞之琳等译，百花文艺出版社2001年版，第193、199页。

种受到抵抗的运动，它就成为无关紧要的运动。①

奥登所秉持的诗歌创作的游戏精神，事实上就是在追求更多的经验、赋予诗歌更多的张力。而这种张力，正是来自于阿里尔和普洛斯彼罗之间的复杂关系，他们在每一个诗人、诗人的每一首诗里都有不同的竞争结果。因此，奥登会写下这样一句话："每一首都必须假设——有时候这种假设是错误的——语言的历史在此走到了终点。"②这个说法，与罗伯特·沃伦所说的诗歌是"一种朝着静止点方向前进的行动"，有异曲同工之妙。

奥登并不赞成追求纯诗的纯粹美，他说"只不过在艺术作品中，真和善从属于美"的时候，应该是提醒我们注意艺术的形式之美，这是艺术之所以为艺术的本质特征。正如他是"灵感论"和"技艺论"的折中派，在那些看似纷纷扰扰的诗学观点和诗学关系里，奥登也试图站在一个不偏不倚的位置。分裂的意识，中庸的思想，奥登在这一点上显然与亚里士多德有很多共同的语言。但如果一定要做出选择，奥登应该会在俄耳甫斯抛出的选项里——"是让自己变得迷惘而快乐，/还是首先去了解生活？"——选择继续探索，而不是钻进一个选项的死胡同里。

在那篇谈论弗罗斯特的文章里，奥登开门见山地挑明了希腊古瓮的谬误：它刻意避开了现实生活中的种种丑陋，对"餍足和深深地忧伤的心儿"③视若无睹；古瓮上精雕细琢的山城"砦堡"，被引为美的具象，却似乎遗忘了"砦堡"之所以存在恰恰是因为邪恶的战争。④奥登认为，古瓮代表

---

① ［美］罗伯特·沃伦：《纯诗与非纯诗》，收入赵毅衡编选《"新批评"文集》，卞之琳等译，百花文艺出版社2001年版，第203—204页。笔者在引用这段话的时候，舍弃了罗伯特·沃伦插入的一些例子，比如，他在列举"存在于散文体与陈腐古老的诗体之间"时，原文是这样的——"存在于散文体与陈腐古老的诗体（就如在《西风》中那样）之间"。

② W. H. Auden, "The Virgin & The Dynamo", in W. H. Auden, *The Dyer's Hand and Other Essays,* New York: Vintage, 1989, p. 67.

③ ［英］约翰·济慈：《希腊古瓮颂》，汪剑钊译，收入飞白《世界诗库·第2卷》（英国、爱尔兰），花城出版社1994年版，第401—403页。

④ W. H. Auden, "Robert Frost", in W. H. Auden, *The Dyer's Hand and Other Essays,* New York: Vintage, 1989, p. 337.

了这样一种我们应当回避的艺术倾向：艺术之美是不朽的，而生活之真是短暂的，因此艺术高于生活。[1] 到了文章的尾声部分，奥登通过点评哈代、叶芝和弗罗斯特生前自书的墓志铭来总结自己的诗学立场：

哈代
我从不在意生活，生活却在意我。
因此我欠生活一些忠诚……

叶芝
冷眼一瞥
生与死
骑士，请赶路。

弗罗斯特
我想在墓碑上这样描述自己
我和世界有过一场情人般的争吵。[2]

奥登对哈代的"从不"（never）表示质疑，接着调侃了叶芝的"赶路"（pass by）。在他看来，弗罗斯特的墓志铭最为恰当和出色，相比于"从不在意"和"冷眼一瞥"而言，"和世界有过一场情人般的争吵"更为真实地反映了艺术与生活的关系。"争吵"（quarrel）必然涉及意见相左的双方，而"情人般的争吵"又暗示双方虽有分歧但关系紧密，很好地暗示了美与真、"审美的态度"与"清教徒式的态度"、阿里尔与普洛斯彼罗之间的张力关系。

---

[1] 关于济慈的这首诗，尤其是"美即是真，真即是美"，历来都有争议。有人认为，诗人在这里表达了艺术高于人生的诗学观点，也有人认为，诗人其实对艺术美的绝对地位缺乏信心，要求结合美与真、艺术境界与生活现实。奥登在引用这行诗的时候，特意提醒大家，"美即是真，真即是美"是古瓮说的，而不是济慈说的。这说明奥登行文非常谨慎。

[2] W. H. Auden, "Robert Frost", in W. H. Auden, *The Dyer's Hand and Other Essays,* New York: Vintage, 1989, pp. 352-353.

三 "一个潜在的共同体"：未来场域中的乌托邦愿景

奥登用"阿里尔和普洛斯彼罗之间的竞争关系"来说明诗歌的张力问题，不仅涉及诗歌内部的美与真的竞争关系，还通过进一步延伸这个比喻的性质和幅度，让这种竞争与现实世界组成了一种"模仿"关系，除了在"真"的层面上反映现实生活的本来面目之外，还因为"美"的参与而力图超越现实生活。这就回到了奥登在赋予诗歌"见证真相"责任时的双重指涉，笔者在上一章已经辨析了"真相"的两个维度，现在将阐明奥登如何让一首诗歌承担起这样一个双重见证的责任。

事实上，这个问题早在奥登创作于20世纪40年代初的组诗《海与镜》里就已经被诗意地呈现了出来。奥登构思该组诗的时候，正值战况空前惨烈的第二次世界大战期间，生灵涂炭的现实与摇摇欲坠的理想之间形成了巨大的反差。如果说奥登在前一个十年试图通过"宣传"和"介入"的艺术阻止战争爆发的话，那么在1939年之后，他强烈地反对把艺术与政治混淆在一起的行径，就有点类似于"一朝被蛇咬"后的心有余悸。他以更加审慎的态度思考艺术的本质特征和伦理责任，并且试图将这两者融合起来，而不是采取偏颇的方式。

后期奥登虽然以"形式主义者"自居，但这并不代表他不再重视诗歌的伦理责任。在一篇致敬叶芝的散文里，他这样写道：

> 两种态度，即清教徒式的态度和审美的态度，都有自身的危险之处。第一种态度忘记了诗歌是一种艺术，也就是说，是人工产物，是创作而非行动。在这种态度指引下，诗人很有可能会写出单调的作品，韵律上粗糙，形式上乏味，无法让人产生阅读的快感，因而背离了创作的初衷。第二种态度忽略了艺术家也是人的事实，他们身上同样肩负着诚实、谦卑和自省的道德责任。在第二种态度指引下，诗人很容易仅仅止步于诗文上的实用性和有效性。一个诗人如果不能在认真梳理这两种态度的过程中抖落掉错误的成分、完善剩余的部分，就不可能将自身的创作潜能发挥到极致；那么，他只能继续以曾经熟谙的老

方式把玩着各种变体。①

奥登认为，叶芝的大多数作品都触及到了生活与艺术的复杂关系，而他对于这个问题的深刻思考，就像托马斯·曼和瓦雷里那样，体现了一种"克尔凯郭尔所说的辩证态度"，尽管他在其他问题上往往表现得"缺乏深度"（two-dimensional）。②据奥登观察，叶芝在处理生活与艺术的关系时，能够很好地融合"清教徒式的态度"和"审美的态度"，这是叶芝给予他的重要启迪，也是他在散文《以叶芝为例》中重点讨论的内容。不幸的是，在真实的诗歌史上，很多诗人无法恰到好处地平衡这两种态度。

秉持"清教徒式的态度"的诗人，刻意忽略了诗歌是艺术"创作"（原文为 factibile，即 making 的意思）而非实际"行动"（原文为 agibile，即 doing 的意思）。诗歌不会直接地作用于社会，不会使任何事情发生，也不会阻止任何事情的发生。人类所经历的苦难以及正在经历的各种困境都是硕大的真相，是我们不得不面对的现实。诗歌对此无能无力，它无法担当起重整乾坤的使命。奥登在此提醒我们，务必摒弃极端的"清教徒式的态度"，不要因为对诗歌过于严苛的期待而忽略了它本是艺术品的事实。

与此同时，极端的"审美的态度"也颇具危险性，使诗人仅仅满足于智力上的消遣和语言上的游戏，让诗歌走向了人的对立面。这是奥登作为诗人的深思熟虑，他反对"直接地袒露自己的信念"，觉得那样做"很不明智"，也反对"机械地模仿生活细节"，认为那是"缺乏个人风格和深层意义"的表现。③ 对他而言，一首诗不仅是一场"语言的游戏"，更是"一个仪式"——

> 一首诗是一个仪式；因此，需要具有形式和仪式的特征。它使用语言的时候，要比口头表达更加地深思熟虑和卖弄玄虚。即便它使用

---

① W. H. Auden, "Yearts: Master of Diction", in *The Complete Works of W. H. Auden: Prose*, Vol. II: 1939-1948, ed. Edward Mendelson, London: Faber and Faber, p. 62.

② Ibid., p. 63.

③ W. H. Auden, "Mimesis and Allegory", in *The Complete Works of W. H. Auden: Prose*, Vol. II: 1939-1948, ed. Edward Mendelson, London: Faber and Faber, p. 87.

了日常会话的措辞和节奏，也不过是刻意地采用了这种随意的形式，并假定有一个显然与之形成反差的规范。

仪式的形式必须具备美感，展示出这种形式构成的诸如平衡、自足和适当的美。正是在最后一种也就是适当之美中，我们的大多数美学争论从中产生，而且必然会产生，每当我们的神圣世界与世俗世界分道扬镳之时。①

奥登所说的"仪式"（rite），特指宗教仪式。笔者在梳理奥登的信仰旅程的时候，曾分析过他在孩童时期的宗教体验主要是参加各种圣事仪式，这些仪式唤起了他对美的最初体验。多年后，他在一篇散文中写道："他们如果聪明，就会明白孩子的初次宗教生活体验应该是审美的，而非沉思的，应该伴有激动人心的仪式，而不是布道。"②这显然是一种推己及人的建议。成年后，他选择重新回到注重圣事礼仪的高教会派，部分原因当然在于孩童时期的审美感受。因此，"一首诗是一个仪式"的说法，首先是仪式的形式必须具备"美感"。

然而，当晚年奥登谈起"仪式"的时候，门德尔松教授提醒我们注意了——

不是因为孩童时期宗教仪式带给自己的神秘的兴奋感，而是因为它催生了关乎永恒和普遍的意蕴，绝不仅仅局限于此时和此地的感受："仪式……联结了死者和未生者。因此，它需要一种超越了时间的语言，实际上，是一种死语言③。"④

---

① W. H. Auden, "Making, Knowing and Judging", in W. H. Auden, *The Dyer's Hand and Other Essays,* New York: Vintage, 1989, p. 58.

② ［英］W. H. 奥登：《愁容骑士》，《序跋集》，黄星烨译，上海译文出版社2015年版，第242页。

③ 死语言，本意为已经不再有人以之为母语的语言，这里特指拉丁语。在高教会派的圣事仪式当中，主要环节会采用拉丁语。

④ Edward Mendelson, "Auden and God", *The New York Review of Books,* 2007 (19), see https://www.nybooks.com/articles/2007/12/06/auden-and-god.

第三章 "耐心的回报":诗歌的"技术层面" | 489

也就是说,晚年奥登之所以专注于仪式[①],原因不再是仪式带来的审美感受,而是仪式所蕴含的伦理意义。在抽象意义上,仪式就像是一个有机整体,联结了个体和此时此地的群体、个体和过去时代的死者、个体和未来时代的生者,实现了短暂与永恒、有限与无限的统一。因此,"一首诗是一个仪式",还意味着在这样一个"神圣世界与世俗世界分道扬镳"的时代,仪式和诗歌可以重新带给我们关乎神圣的感受,给予我们关乎真善美的希望。

正是在这个意义上,诗歌既来源于现实生活,又超越了现实生活。不过,在创作组诗《海与镜》的时候,奥登似乎对此还充满了疑虑。组诗《海与镜》的灵感来自莎士比亚的传奇剧《暴风雨》,整体架构再现了剧中核心角色乘船离开海岛、前往米兰的情节,以象征社会现实的大海和象征艺术想象的镜子为中心,让各个角色从自己的立场出发阐发了对艺术与生活的关系的理解。其中,三个主要角色——卡利班、普洛斯彼罗、阿里尔,分别代表了奥登构想的肉体、自我和精神,也代表了实在、存在和可能,这些隐含的意义相互交织,形成了极富张力的象征空间。[②]在这个张力网中,普洛斯彼罗处于中心位置,他的丰富性通过土著卡利班和精灵阿里尔得到了延展:虽然他在卡利班身上的实验以失败告终了,但他看到了卡利班固执的本我力量,并对这种"完全地投入"心有向往;与此同时,他决定放弃魔法——"很高兴我已释放了你……/因为在你的魔力之下死亡难以想象",但又念念不舍地呼唤——"哦,阿里尔,阿里尔,/我将思念你……"[③]普洛斯彼罗对卡利班和阿里尔的复杂态度,源于他对艺术和生活之间的关

[①] 这里可以举一个小例子:奥登在20世纪50年代经常去纽约包厘街的圣马克教堂,那是一座圣公会教堂,定期举行圣事仪式。到了60年代,该教堂的牧师决定做出一些实验性的改革,为推进现代化礼拜仪式而寻求过奥登的帮助。奥登是一个信仰的民主派,他欣然提供了帮助。但是,当圣马克教堂果真开始推行新版礼拜仪式之后,奥登不动声色地改去附近的一个俄罗斯东正教教堂,那里的礼拜仪式依然采用古老的斯拉夫语。这说明,后期奥登之所以参加礼拜仪式,是为了在抽象层面上获得一种全面联结性的有机整体感。

[②] 需要注意的是,奥登在《海与镜》中塑造的普洛斯彼罗和阿里尔的形象以及他们的象征含义,不同于后来引申为诗歌张力论里的"阿里尔和普洛斯彼罗之间的竞争关系"。这是奥登在人生不同阶段借莎士比亚戏剧人物阐发诗学观的尝试。

[③] W. H. Auden, *Collected Poems*, ed. Edward Mendelson, New York: Vintage Books, 1991, pp. 404-410.

系的深刻理解，可以在以下这段诗里找到蛛丝马迹：

> 艺术睁开疑惑的眼睛
> 望向肉体与魔鬼，他们
> 给诱惑之家添火加柴
> 英雄们咆哮着死在里面。
> 我们此刻的眼泪浸润着同情；
> 感谢这良夜；但是我们如何
> 获得心满意足，当我们面对
> "我应当吗"和"我将会"之间，
> 那任何隐喻都无法填满的
> 雄狮的饥饿之口？ ①

选段出自《海与镜》的序诗，小标题为"舞台监督致评论家"。我们知道，在莎士比亚《暴风雨》尾声部分，普洛斯彼罗曾向观众们致辞，他的身份既是演员也是舞台监督，所以我们可以把这段序诗的陈述者理解为普洛斯彼罗的陈述。普洛斯彼罗在这里说明了一个现象，艺术家在真实地再现人类现实生活的困境时，虽然能够引起观众们的共鸣，甚至让他们流下同情的泪水，但似乎不能就此满足。艺术家还试图去填满"我应当吗"（Shall-I）和"我将会"（I-Will）之间的巨大鸿沟，如此才能获得创作和观赏的双重愉悦。

然而，艺术家要做到这一点并非易事。在《海与镜》第三部分《卡利班致观众》（"Caliban to the Audience"）里，奥登借卡利班的观察点明了艺术家的艰难处境：

> 学习了他的语言后，我逐渐认识到一位致力于艺术事业的剧作家的困窘。剧作家向你们呈现你们与真理疏离的境况，他越是成功地做

---

① W. H. Auden, *Collected Poems*, ed. Edward Mendelson, New York: Vintage Books, 1991, p. 403.

到了这一点,也就注定了越多的失败。因为他越是真实地再现了你们的境况,便越不可能清晰地揭示被疏离的真理;越是清晰地展现了秩序、公正和愉悦的真理,便越不可能真实地反应你们当下空洞乏味的境况。更糟糕的是,当他更多地关注于疏离本身的时候——如果他不是为了让你们清楚地看到你们令人质疑的此在和原本毫无悬念的应得的存在之间的赤裸裸的鸿沟,看到你们迈向每一个方向的脚步都受到冷酷无情的"不"的制约,那么,他究竟还能有什么样的目的和理由?他还怎么体现自身无法抑制的艺术天赋?"[①]

卡利班苦口婆心地向观众们陈述了以普洛斯彼罗为代表的艺术家的创作困境。他敏锐地洞察到艺术家在"真实地再现了你们的境况"和"清晰地展现了秩序、公正和愉悦的真理"之间的艺术选择,也就是如何去弥合"你们令人质疑的此在"和"原本毫无悬念的应得的存在"之间的差距。卡利班的陈述,其实是换一种方式表达了普洛斯彼罗抽象归纳的"我应当吗"和"我将会"之间的鸿沟。可以想象,奥登在1939年前后面临了思想和诗学的巨大困境,这一时期写下的诗篇也迂回曲折地反映了这种困境。

对于奥登这样一位务实的诗人来说,困境也就意味着混乱和无序,这是难以接受的。奥登虽然背负"顽童"之名由来已久,却是一个非常讲求"秩序"和"规则"的人。他在评价英国女作家弗吉尼亚·伍尔夫(Virginia Woolf)时说:"尽管他们对自己生于维多利亚时期的父母的浮夸和俗套极尽反叛之能事,尽管痛恨教条、惯例和虚伪的情感表达,然而,他们还是继承了那个时代的自律和一丝不苟的精神……"[②]奥登从自己的"生于维多利亚时期的父母"那里继承的东西,显然也包括了"自律和一丝不苟的精神"。熟悉奥登生平的人都知道,他几十年如一日地维持着自己的生活秩序,按照严谨的作息时间表工作、进餐和休息。斯彭德回忆说,如果有人

[①] W. H. Auden, *Collected Poems*, ed. Edward Mendelson, New York: Vintage Books, 1991, p. 442.

[②] [英] W. H. 奥登:《对真实的自觉》,《序跋集》,黄星烨译,上海译文出版社2015年版,第534页。

在他工作的时间来访，他会很不客气地让他吃闭门羹。① 进餐的时间也有严格的规定，哪怕是在别人家作客，他也会看着时钟说："哎呀，亲爱的，现在是 12:56，你肯定不会推迟午餐时间吧？"② 到了晚上睡觉的时间，即使高朋满座，他也会赫然站起身，走向卧室；如果那个时间点正在外面会客，他会匆匆离开，"就像赶着去赴重要的约会"。③ 对于奥登而言，自由是对必然的认识，是界线内的无限可能，无规矩不成方圆，无限定不成秩序。同样，艺术也必须呈现出秩序。

《海与镜》中的艺术家普洛斯彼罗苦于"扣其两端"④ 而找不到折中之法。与《海与镜》呈现的困境不同的是，在几乎同期创作的《新年书简》里，奥登对艺术家的"安顿有序"显得更有信心：

安顿有序——那是厄洛斯
和阿波罗都会要求的差事；
因为艺术和生活对此看法一致：
它们都期图着某个统合体，
秩序必会成为终极目的，
……
但秩序从不能强求得来，
它仅是某种圆满的状态

（《奥登诗选：1927—1947》311—312）

在这首带有个人成长史写法的长诗里，奥登对弥合生活和艺术之间的"裂缝"颇为笃定。在他看来，无论是崇尚非理性爱欲的厄洛斯（Eros），

---

① Stephen Spender, *World within World: The Autobiography of Stephen Spender*, New York: St. Martin's Press, 1994, p. 50.

② Humphrey Carpenter, *W. H. Auden: A Biography*, Boston: Houghton Mifflin Company, 1981, p. 434.

③ Ibid., p. 424. 据说，20世纪60年代以后，奥登的上床时间已经提前到21:00，作风相当老派。

④ 《论语》第九章记载，子曰："吾有知乎哉？无知也。有鄙夫问于我，空空如也。我叩其两端而竭焉。"

还是崇尚理性精神的阿波罗,都力求"安顿有序"(to set in order)。人类的生活和艺术也遵循了这一终极目的,期望能够实现一个充满秩序的"统合体"。因为终极目的具有一致性,生活和艺术也就有了调解的可能性。值得注意的是,"统合体"对应的原文为"synthesis",这是一个科学术语,指一种结合、综合的状态或成品,尤其指物质在动植物体内的合成。这与新批评派推崇的有机论颇为类似,也在一定程度上表明晚年奥登的有机整体观并非空穴来风,而是有着清晰的思想脉络。

在《新年书简》中,奥登不仅认为生活和艺术共同追求一种秩序的"统合体",还认为艺术可以为生活提供一定的参照:

> 因为艺术已将感觉、情绪
> 和才智全都安顿有序,
> 而从它的理想秩序里
> 也萌生了我们的本地认知。
>
> (《奥登诗选:1927—1947》311)

生活和艺术的这种双层关系几乎成了奥登在1939年前后思考的主旋律。在1941年的一篇书评文章中,奥登以直陈的口吻确切无疑地指出:"生活和艺术都对人类提出了要求——从混乱无序之中创建必要的秩序",若想辨识出优秀的诗人,可以通过观察他们是否对"无序与有序"、"随意与必然"等张力关系有清醒的认知来加以实现。[①]

从上述几个例证中,我们可以看出奥登赋予了生活和艺术一个共同的伦理责任——从无序到有序。如果用《海与镜》中的诗意语言来说,这是一个从"我应当吗"走向"我将会"的单向运动。这个诗学思考,在奥登后续的思想与创作中持续发酵,最终在《染匠之手》中得到了充分展现。奥登在该散文集的《圣母与发电机》中指出,我们人类生活的基础是"两个真实的世界"——始于对"圣母的历史世界"的认识,成长于对"发电

---

① Auden's review on *Open House*, in *The Complete Works of W. H. Auden: Prose*, Vol. II: 1939-1948, ed. Edward Mendelson, London: Faber and Faber, p. 125.

机的自然世界"的认识;随后又不可避免地要走向"空想的世界",而艺术为我们提供了其中一种"空想"。

在诗歌创造的"空想的世界"里,奥登认为任何诗人在创作时都会有意无意地为自己设立至少三条艺术准则:

1)存在着一个历史世界,这个世界充满了独特的事件和独特的个体,他们之间彼此相似,但并不完全相同。事件和相似关系的数量可能是无限的。这样一个世界的存在是一种善,而且,在数量上每增多一个事件、个体和关系,都是增多了一种善。

2)这个历史世界是一个堕落的世界,尽管它的存在本身是善,但是它的存在方式却是恶,充满了不自由和无序。

3)这个历史世界是一个可堪拯救的世界。过往的不自由和无序,在未来会得到消解。

笔者在分析奥登赋予诗歌题材伦理责任的时候已经阐释过这三条艺术准则:前两条是第三条的存在基础,而第三条是前两条的必然走向。我们现在重点来看第三条准则中描述的"过往的不自由和无序,在未来会得到消解",在做客 BBC 时的相关讨论里,奥登还为这句话添加了补充说明——"每一首成功的诗作都展现了天堂般的景象,自由和法则、体制和秩序得到联结,矛盾得到调和,罪得到宽恕。每一首好诗呈现的景观,都无限地接近乌托邦。"也就是说,艺术的伦理走向是"无限地接近乌托邦"。他继续解释说,诗歌是"乌托邦的类似物,而非模拟物","乌托邦是可能的,但仅仅存在于描述;乌托邦也许是神圣的,但仅仅适用于圣剧",而诗人就像亨利·梭罗(Henry Thoreau)说的那样,是"一个从'无可作为'中发现'有可作为'的人"。[①] 如此看来,奥登心目中的诗人,是双脚踩在坚实的大地上放飞绚烂的风筝的人:他既忠于现实,也充满想象力;既是严肃的,也是轻松的。正是在这个意义上,诗歌才不至于沦为

---

① W. H. Auden, "The Dyer's Hand", in *The Complete Works of W. H. Auden: Prose*, Vol. III: 1949-1955, ed. Edward Mendelson, Princeton: Princeton UP, 2008, p. 557.

现实生活的模拟物，更像是雅各比（Russell Jacoby）归纳的"反偶像崇拜的乌托邦"①。

奥登对诗歌与乌托邦的关系的表述绝非空穴来风。事实上，人类对于乌托邦的想象由来已久，诗人与乌托邦历来亲密无间。《理想国》被认为是最早描述乌托邦梦想的世俗之作，很多人记住了柏拉图"拒绝让诗人进入治理良好的城邦"的言论，并将之作为诗人与"理想国"水火不容的证据，但他也的确允许那些"对有秩序的管理和人们的全部生活有益的"诗歌进入城邦，更何况柏拉图本人也是要归入诗人之列的。②19世纪英国作家布尔沃—利顿（Edward George Bulwer-Lytton）曾留下一句名言——"乌托邦主义者是迷了路的诗人。"且不论乌托邦主义者是否真的是"迷了路"的诗人，这句话至少道出了两者的本质共性。诗歌作为人类最古老的艺术形式，歌唱存在，言说生命，"是引导和照耀人类走出混沌奔向文明的一柄火炬……是美好境界的化身，是人类智慧、人类创造力和想象力的结晶"③。

20世纪危机时代的哲人海德格尔干脆把诗放在了思的源头位置，诗中的"诸神"成为填补价值空虚的基石。不少现代诗人之所以迷了路，是因为他们在神性之光黯然熄灭的世界之夜，"自动放弃祷告、拒绝希望、信仰和爱"④。真正的诗人却能够扭转思的向度，为神圣之光重现大地做准备，比如"去注视、去吟唱远逝诸神的踪迹"⑤的荷尔德林和里尔克，他们对神性的呼吁其实是对高贵人性的呼唤，认为人对存在意义和内在秩序有着本质需求，而诗人就是那些为人类的苦难担当痛苦并唤醒人们去发现、去沉思的"更冒险者"，他们"改变了对敞开的分离，而且内在地将其不健全

---

① 雅各比在《不完美的图像：反乌托邦时代的乌托邦思想》中把乌托邦思想区分为两种倾向，分别为"蓝图派的乌托邦"和"反偶像崇拜的乌托邦"。前者精确地描绘未来，后者认为只能通过暗示或寓言来予以探讨。奥登所说的"乌托邦"，显然属于后者。

② ［古希腊］柏拉图：《理想国》，郭斌和等译，商务印书馆2002年版，第404、408页。

③ 吴笛：《外国诗歌鉴赏辞典》（古代卷），上海辞书出版社2009年版，前言。

④ 刘小枫：《拯救与逍遥》，华东师范大学出版社2007年版，第417页。

⑤ ［德］马丁·海德格尔：《诗·语言·思》，彭富春译，文化艺术出版社1991年版，第85页。

性召唤进入健全的整体"、"在非神性之中歌唱着福祉的整体"。[①] 叶芝虽然认为现实中"一切都四散了,再也保不住中心"(《基督重临》,袁可嘉译),却通过"茵纳斯弗利岛"、"拜占庭"等诗歌意象表达了他对"完美无缺的整体"(《塔》,周英雄译)的身心以求;艾略特在"荒原"深处殷殷祈盼,听到了"苹果树中孩子的声音",看到了"火焰与玫瑰的合二为一"(《四个四重奏》,裘小龙译);亲历了纳粹暴行的米沃什,要求诗歌"暴露我和我的时代的虚伪"(《使命》,张曙光译),并且积极宣称,"在这里,只是在这里,我找到了拯救"(《献辞》,张曙光译)。这些现代派大师直面社会动荡和精神匮乏的历史现实,以诗歌书写人类的理性和良知,将构建秩序的希望放在普遍的人性之觉悟上。

奥登赋予诗歌的艺术准则,恰恰揭示了自古以来人类乌托邦精神的两个向度:一个指向当下,对现存的"堕落"但"可堪拯救"的历史世界进行批判;另一个指向未来,对"自由和法则、体制和秩序得到联结,矛盾得到调和,罪得到宽恕"的未来世界展开想象。马尔库塞赋予乌托邦的原则为"伟大的拒绝",伽达默尔(Hans-Georg Gadamer)指出乌托邦在本质上是"对现实的批判",卡西尔(Ernst Cassirer)认为乌托邦的伟大使命在于"为可能性开拓了地盘以反对对当前现实事态的消极默认"[②],哈贝马斯宣称乌托邦的主旨是"批判,批判经验现实中不合理、反理性的东西,并提供一种可供选择的方案"[③]。这些批判的向度,要求人们与现存世界保持一定的距离,检视其局限性和不合理性,要求人们克服自身的固有惰性,为个体和群体"无限地接近乌托邦"提供可能性的想象。也就是在这个层面上,别尔嘉耶夫(Nicolas Berdyaev)所说的这句话——"最极端的乌托邦也比人类社会规划的那些僵死的理性蓝图更有积极意义"[④]——充分肯定

[①] [德]马丁·海德格尔:《诗·语言·思》,彭富春译,文化艺术出版社1991年版,第128页。

[②] [德]恩斯特·卡西尔:《人论》,甘阳译,西苑出版社2003年版,第107页。

[③] [德]尤尔根·哈贝马斯、[德]米夏埃尔·哈勒:《作为未来的过去》,章国锋译,浙江人民出版社2001年版,第123页。

[④] [俄]尼古拉·别尔嘉耶夫:《人的奴役与自由》,徐黎明译,贵阳:贵州人民出版社,2007年,第151页。

了乌托邦想象对现实生活的超越性。

　　需要注意的是，奥登提出诗歌"无限地接近乌托邦"的大背景，正好是反乌托邦主义盛行的时期。法国大革命后期的血腥气、德国纳粹主义的粉墨登场和极权国家的高压统治，这些近现代以来的乌托邦历史实践分明让我们感受到了浓重的恐怖气息。"那种在历史现实中高举完美大旗却做着丑恶动作的历史事例，特别是将一种终极性价值转化为意识形态后的政治表演性，使得'乌托邦'这个概念在说出的同时就变成了一种讽刺。"①人们追求"乌有之乡"的欲求，在历史进程中被迫蒙上了一层乌烟瘴气。乌托邦理想与它指导的社会实践看起来总是南辕北辙，即便不是上述的极端恐怖，也与桃花源和理想国相去甚远。20世纪著名的神学家和哲学家蒂里希在认真考察了乌托邦的真实性和不真实性、有效性和无效性、力量和软弱这三对相互矛盾却又并存的特征之后告诉我们，乌托邦忘记了人的有限性和异化，忘记了它是在虚假的人的形象上构建思想和行动，因而不可避免地会导致幻灭，并由此产生两个极具破坏性的后果。第一个后果是，那些感到幻灭的乌托邦者会成为他们自己的过去的狂热反对者，尤其是知识分子。第二个后果是，那些仍然肯定乌托邦目标的乌托邦活动分子，为了防止幻灭，必须采用恐怖手段。恐怖手段其实是乌托邦幻灭的一个现实化表现，只不过它延缓了幻灭的过程。这第二个后果表明，乌托邦在极端情况下会转变为社会中的一股邪恶力量，它是促使乌托邦一词从最初的"褒贬意兼有"走向"贬意超过了褒意"的重要元凶②。

　　人们对乌托邦实践的反思，带来了反乌托邦小说的盛行，昆德拉（Milan Kundera）更是在《生活在别处》里描绘了诗人与乌托邦交织在一起的悲剧性后果。小说主人公雅罗米尔从开始读诗起就辗转于现实世界和他自己构建的乌托邦世界，"他的家正在他的脚步中，在他的每一步的旅程中，在他的旅途中"，"只有不断地从一个梦转到另一个梦，从一片风景转到另

---

① 武跃速：《西方现代主义文学的个人乌托邦倾向》，上海社会科学院出版社2004年版，第4页。
② ［美］保罗·蒂里希：《蒂里希选集》（上），何光沪选编，上海三联书店1999年版，第120页。

一片风景他才能够活下来"。① 在小说中,昆德拉还提到了大量抒情诗人,雪莱、波德莱尔、兰波、莱蒙托夫(Mikhail Lermontov)、艾吕雅(Paul Eluard)……这些带给我们华彩乐章的激情四射的抒情诗人,在梦想的引导下天真地横冲直撞,无疑都是雅罗米尔最为生动的原型。② 他们的艺术,恰恰可以归类为后期奥登分外警惕的"介入的艺术":

> 假如一个社会真的像一首好诗,体现出美、秩序、简洁以及细部服从于整体等审美特性,将是一个恐怖的梦魇,就实际存在的人的历史现实而言,这样一个社会只有通过选择性交配才能形成,消灭身体和精神上不合格的人,绝对服从其支配者,将一个庞大的奴隶阶级关在地窖里,令其不见天日。
>
> 反之亦然,假如一首诗真的像民主政治——不幸的是,真的存在这样的例子——它就会毫无形式感,空洞无物,平庸乏味,彻底令人生厌。③

历史一再证明,仓促地将乌托邦梦想付诸政治实践的诗人,很容易混淆了诗歌想象的乌托邦愿景和现实生活的真实情况。昆德拉对他们发出了"魔鬼的笑"④,他的话在今天看来尤为合情合理——"受到乌托邦声音的迷惑,他们拼命挤进天堂的大门,但当大门在身后砰然关上之时,他们却发现自己是在地狱里。"⑤ 这也是蒂里希要求我们警惕的乌托邦的消极作用所产生的破坏性后果之一。

---

① [捷克]米兰·昆德拉:《生活在别处》,袁筱一译,上海译文出版社2004年版,第90页。
② 雅罗米尔的悲剧,还可以参照歌德在《浮士德》里塑造的浮士德形象及其事业追求的悲剧。浮士德发动"填海造陆",自以为这是一个创建人间乐园、造福人民大众的宏伟事业,却没想到这个一厢情愿的事业追求是以牺牲了一些个体(比如诗剧重点描写的一对老夫妻)的权益乃至生命为代价。
③ W. H. Auden, "The Poet and the City", in W. H. Auden, *The Dyer's Hand and Other Essays,* New York: Vintage, 1989, p. 85.
④ 昆德拉把"笑"分为"天使的笑"和"魔鬼的笑"。魔鬼发出笑声,是因为上帝的世界在他看来毫无意义,是不相信纯洁的笑;天使发出欢乐的笑声,是因为在上帝的世界里万事万物都有意义,是理想主义者的笑。
⑤ [捷克]米兰·昆德拉:《玩笑》,蔡若明译,上海译文出版社2003年版,第2页。

第三章 "耐心的回报"：诗歌的"技术层面" 499

奥登一度成为这样的诗人，所以他十分清楚将诗歌和政治混为一谈的后果。他的反思也是十分彻底的：

> 一个年代如果社会变革迅速，又充满政治危机，总是有混淆政治行动方针和艺术创作原则的危险。柏拉图因为对当时雅典政治的无政府状态感到沮丧，所以试着把艺术创作当作善的社会的模型。这样的理论如果加以实践，一定会导致极权主义暴政，而随之而来的后果之一就是对于艺术最最严格的审查，在这一点上我们吃过苦头后已经学乖了。
>
> 现在我们已经到了所谓的西方"自由"社会，这个年代最普遍的错误正好与柏拉图的错误相反。也就是说，我们把政治行动当作了艺术创作的模型。这么做就意味着把艺术简化成一系列无止境的瞬间偶发"事件"，还意味着艺术家和大众都臣服于过去的暴政，比起其他任何对于过去的轻率复制，这种暴政的奴役性要强得多，对于完整性和原创性的破坏也要大得多。①

诗人需要乌托邦，却要警惕把乌托邦想象变成了政治行动，继而又"把政治行动当作了艺术创作的模型"。对于奥登来说，"乌托邦"更像是一种愿景，是可以无限接近却也永远无法抵达的未来场域。这种有关过程和形成的意识，事实上与奥登坚持的"潜在的基督徒"和"潜在的诗人"十分类似。

乌托邦愿景之于人类，就像奥登在《新年书简》里所说的"终极目的"之于我们每一个人。后期奥登认为，人的"意志自我"（volitional ego）有两个愿望：一方面，"自我"希望从由自我、良知或外在世界所施加的一切要求中解脱出来；另一方面，这个"自我"又希望拥有一个"终极目标"（telos），找到存在的意义，而这一"终极目标"只能在自身之外的某个事物或人身上才能找到。在一定程度上，"拥有一个'终极目标'就是拥有

---

① ［英］W. H. 奥登：《颂词》，收入奥登：《序跋集》，黄星烨译，上海译文出版社2015年版，第564页。

一些可以服从于它、成为其仆从的事物"。①从这个角度而言,奥登所说的艺术创作准则,说明诗人就像每一个人类个体,不可避免地会选择为之服务的"终极目的"或"终极目标",也就是我们通常所说的类似于乌托邦的愿景。

奥登曾将人类关于乌托邦愿景的想象划分为"伊甸园"和"耶路撒冷"两大类,两者与这个"堕落的世界"的联系显现出时间上的差异,前者属于一个过去的世界,后者属于一个未来的世界。②在组诗《祷告时辰》的第五首③里,奥登将伊甸园与新耶路撒冷之间的差异戏剧化地呈现了出来,最后得出的结论虽然是一个疑问句,却也代表了奥登一贯的思路,即追求这两种乌托邦愿景的人都"效忠于不同的谎言"(《祷告时辰·夕祷》,"Vespers",1954;《奥登诗选:1948—1973》174)。这里的"谎言"(fibs),有无法实现的美梦的含义,也就是说,后方的"伊甸园"已经遥不可见,前方的"新耶路撒冷"始终是可望不可及。面对这样的境况,我们唯一能够确信的是,只有不断地向前行走,不断地做出判断和选择,才有可能"无限地接近乌托邦"。

不仅人类文明是如此,个人的生活亦复如此,诗人创作的每一首诗歌也是这样一个过程。在描述诗人的具体写作过程时,奥登不仅说过那是"密探与长舌妇的结合",还多次表达过这样的观点:

> 诗人在写诗的时候,可以采取两种方式。他从一个直觉性的观念开始,这个观念蕴含了他渴望使其成为现实的共同体类型,然后他会在回溯中探寻一个最恰当地体现那个观念的体系,或者,他会有一个先入为主的体系,然后他会向前推进从而探寻一个最真实地体现那个体系的共同体。在实际的写作中,这两种方式几乎总是齐头并进:一

---

① W. H. Auden, "Balaam and His Ass", in W. H. Auden, *The Dyer's Hand and Other Essays,* New York: Vintage, 1989, p. 113.

② W. H. Auden, "Dingley Dell & The Fleet", in W. H. Auden, *The Dyer's Hand and Other Essays,* London: Faber and Faber, 1962, pp. 409-410.

③《祷告时辰》由七首诗歌组成,各个小标题就是在固定的七个时辰里的祈祷日课:晨祷(6 a.m.),辰时经(9 a.m.),午时经(正午),午后经(3 p.m.),夕祷(6 p.m.),晚祷(9 p.m.),赞美经(3 a.m.)。

边根据体系的一次次直接启示，修正他所构想出来的共同体的终极属性；一边根据他对共同体的未来需求的持续感知，修正相应的体系。[①]

奥登在这段话里用"共同体"代替了"乌托邦"。当奥登想要表达一首诗是由各个成分通过一定的秩序联合在一起的"有机整体"的时候，他往往用的是"共同体"这个术语。或许，对于奥登而言，乌托邦是一种愿景，而共同体是这个愿景里的组成结构。因此，奥登所说的共同体，并不是政治学意义上的共同体，我们不妨看看他的定义——

> 一个共同体由 n 个成员联合在一起，用圣奥古斯丁的定义来说，它由一种对于某物的普遍之爱而不是成员对于自己的爱所维系。它像一个人群，但不像一个社群，增加或减少一个成员并不会改变它的特征。它的存在，不像一个人群那样是偶然存在的，也不像一个社群那样是真实存在的，它是潜在的，因此，就有可能构想一个共同体，其当前成员数目为 n=1。[②]

奥登笔下的"共同体"，既不像"人群"那样偶然存在，也不像"社群"那样真实存在，而是一个潜在的有机整体，其成员由"普遍之爱"（a common love）维系起来，体现了人类可能达到的"完美的秩序"（a perfect order）和"最好的爱"（the best love）。[③]

当奥登说一首诗是"一个潜在的共同体"的时候，他事实上已经将诗歌的"灵感"与"技艺"、"感知"与"述说"、"阿里尔"与"普洛斯彼罗"、"我应当吗"与"我将会"等不同成分之间丰饶多变的张力性关系平等地包罗到这个共存结构里。而关于优秀诗歌的界定，虽然他至少给出了两个解释，但我们仔细研读起来却分明只看到一个共同的愿景：

[①] W. H. Auden, "The Virgin & The Dynamo", in W. H. Auden, *The Dyer's Hand and Other Essays,* New York: Vintage, 1989, p. 69.

[②] Ibid., p. 64.

[③] Ibid., pp. 64-65.

> 每一首成功的诗作都展现了天堂般的景象，自由和法则、体制和秩序得到联结，矛盾得到调和，罪得到宽恕。每一首好诗呈现的景观，都无限地接近乌托邦。

> 在一首成功的诗里，社群和共同体形成了一致的秩序，体系可以恰如其分地爱护自己，因为它展示的情感是一个真正的共同体的成员，它们互相热爱，并且也热爱着体系。

这与伊格尔顿关于文学伦理的阐释是类似的："为了把它的各项成分组成一个整体，艺术作品在最大程度上促成了每一个成分的自我实现；这同样预示了某种乌托邦式的秩序，在其中个体与其共同体是和谐一致的。"[1] 于是，一首诗，成了一首关于共同体结构和乌托邦愿景的寓言。

奥登在《诗人与城市》里不无感慨地指出，现代诗人的艺术道路较之以往变得更为艰难，其中一个最为主要的原因在于"丧失了对物质世界永恒性的信仰"[2]。物理学、地质学和生物学用它们的自然图景取代了曾经具有永恒性意义的宇宙，一切当下的事物不再是过去的样子，也不会是将来的样子。无神论者与基督徒一样，思想深处都难以抹除末世论的调子。现代诗人缺失了一个可供参照的永久性模型，很难相信自己可以创造出持久存在的作品，因而会比前辈们更容易放弃对"完美的秩序"和"最好的爱"的追求，变得更容易满足于创作上的速效法。在这种背景下，奥登赋予诗歌的艺术伦理[3]，显然有了积极的意义。

---

[1] ［英］特里·伊格尔顿：《文学事件》，阴志科译，河南大学出版社2017年版，第67页。

[2] W. H. Auden, "The Poet and the City", in W. H. Auden, *The Dyer's Hand and Other Essays,* New York: Vintage, 1989, p. 78.

[3] 笔者所说的"艺术伦理"，不仅涵盖了"道德层面"上诗歌题材和主题的伦理指向，还包括了"技术层面"上诗歌结构和形式的伦理寓言。

结语 "我的意思是大诗人"：奥登的现代启示

必得默默聆听直到翘辫子，
"真可惜威斯坦永远长不大。"

——奥登

他成熟的天性依然没变，
童年时在爱的氛围里面
就已拥有这样的名声，
且自我表现得很充分：
只是到了现在，当他
与坟墓只有咫尺距离，
他才最终有所认识——
一直以来，他对自己
是如此经常地不忠实。

——奥登《短句集束》

　　1922年，年仅15岁的奥登立志成为诗人，有意识地强化诗歌阅读与写作，在模仿哈代、弗罗斯特、叶芝、艾略特等前辈诗人的基础上逐渐形成了自己的艺术风格。1926年，奥登对自己的文学导师坦陈要成为"大诗人"，也逐渐具备了为理想做出必要牺牲的准备。1928年，刚从牛津大学毕业的奥登在好友斯彭德的帮助下，自行印刷了大约 45 册《诗集》（Poems）送给亲朋好友。这册未公开发行的诗集，被认为是"出自一位创作娴熟、技巧丰富的诗人，一股严肃的老成味已经压制住了奔放的抒情"①，因而可以视作他从少年习作走向正式创作的一个起点。紧随其后，他的诗作在艾略特主编的《标准》上发表，诗集也由英国最有影响力的费伯出版社出版，得到诗界前辈的齐声喝彩与大力提携，成为"横空出世"于英国诗坛的新星。他此后的人生选择和诗学取向都是朝着最初设定的诗歌理想的方向前行。

斯彭德曾谈到他晚年再一次见到奥登时的情形，认为奥登的生活"一直保持着目标的一致性"：

> 他只专注于一个目标——写诗，而他所有的发展都在这个目标之内。当然，他的生活并非完全没有受到非文学事务的扰攘，但这些扰攘没有改变他的生活。其他人（包括我自己）都深陷于生活的各种事务中——工作、婚姻、孩子、战争等——与当初相比，我们大家都像是变了个人……奥登也在变化，但始终是同一个人。②

用美国现代诗人詹姆斯·梅利尔（James Merrill）的话来说，奥登主动选择了一种文学性的生活③。由于始终铭记自己的独特面孔，他每走一步，都不是白费，而是积累。他不仅仅积累经验，也积累智慧。关于这一点，黄灿然先生不无感慨地说："奥登不仅提供了一条成功的途径，而且提供了一条哪怕不成功，也仍然可以活得自足、自在、自信，从而免受外部力

---

① W. H. Auden, *Juvenilia: Poems, 1922-1928*, ed. Katherine Bucknell, Princeton: Princeton UP, 2003, p. xix.

② Stephen Spender, *World within World: The Autobiography of Stephen Spender*, New York: St. Martin's Press, 1994, pp. 300-301.

③ James Merrill & J. D. McClatchy, "The Art of Poetry No. 31: James Merrill", in George Plimpton, ed., *Writers at Work: the Paris Review Interviews*, New York: Penguin Books, 1985, p. 306.

量左右的途径。"①

在本书将要结束的时候,笔者想要谈谈奥登给予现代诗人以及每一个现代人的诗性启示。

一 成为"大诗人":奥登的艺术探索之路

在悼念音乐家斯特拉文斯基(Igor Stravinsky)的一篇讣文中,奥登盛赞瓦雷里说过的一句话:"只有才华没有天分是不够的,但只有天分没有才华就一文不值。"②在奥登看来,瓦雷里点明了一个诗人应该具备的基本素养:天分(genius)和才华(talent)。无论是"感知"的能力和"述说"的技艺,都在一定程度上是"天分"和"才华"的组合。大千世界万千景象,也就有了形形色色不同天分的人,而诗人是其中善于捕捉到自身天分的一类人。但与此同时,他们还需要通过后天的努力继续提高"感知"的能力、求索"述说"的技艺,让其才华赢得缪斯女神的青睐和尊重,从而创造出与之相匹配的优秀作品。

奥登特别强调诗人通过阅读、学习和模仿积累自己的诗性经验、提升自己的诗性修养。布罗茨基曾说,奥登的生活可以"压缩为写作、阅读和喝马提尼酒",每一次与奥登聊天时,他首先冒出的话题就是"我读什么,他读什么"。③纵观奥登的一生,他的确对阅读保持了终生的兴趣,甚至区分了人在不同年龄阶段的阅读体验:

> 孩童读书受到快乐的驱使,不过,他的快乐是浑然一体的。比如,他无法在审美的快乐和学习或白日梦的快乐之间做出区分。到了青少年时期,我们才能意识到有不同类型的快乐,有些快乐不能同时享受,但我们在界定快乐时需要寻求他人的帮助。无论是关于食物的品味还是关于文学的品味,青年人都在寻找值得信任的权威导师。他按照导

---

① 黄灿然:《必要的角度》,辽宁教育出版社2001年版,第83页。
② [英]W. H. 奥登:《颂词》,《序跋集》,黄星烨译,上海译文出版社2015年版,第561页。
③ [美]约瑟夫·布罗茨基、[美]所罗门·沃尔科夫:《布罗茨基谈话录》,马海甸、刘文飞等编译,东方出版社2008年版,第133页。

师的推荐品尝或阅读，有些情况下，他不可避免地会欺骗一下自己，比如，他必须装作喜欢吃橄榄或者读《战争与和平》，虽然事实上并非如此。在 20 至 40 岁期间，我们处于自我发现的过程中，此时我们需要学会区分两种局限：偶然的局限，我们理应去突破它；天性中固有的局限，一旦越过它我们就要遭受惩罚。要是不曾犯错，要是不曾试图超越自身许可的状况从而成为更为广博的人，我们之中很少有人能够学会这一点。在这个阶段，一位作家很容易被另一位作家或某种意识形态引入歧途。如果一个处于 20 至 40 岁的人评论一件艺术作品时说"我知道我喜欢什么"，他实际上是在说"我没有自己的品味，但接受我的文化背景许可的品味"，因为判定一个 20 至 40 岁的人是否真正拥有属于自己品味的最可靠依据，恰恰是他对自己的品味迟疑不决。40 岁以后，如果我们尚未失去本真的自己，我们将重获孩童时代的快乐，这种快乐会成为恰如其分的向导，指引"我们"如何去阅读。[①]

奥登在此区分了四个阅读阶段——孩童时期、青少年时期、20 至 40 岁期间、40 岁以后，这个划分带有强烈的自传性。他在孩童时期喜欢阅读有关矿井的科技著作，后来才发现自己实际上是以一种特殊的方式在阅读这些书籍，从中感受到专有名词的神圣力量。青少年时期，他开始阅读真正的诗，并且在博览各方名家诗篇的过程中选取模仿和学习的对象。20 至 40 岁期间，他受各种思潮和社会环境的影响，在思想观念和诗歌风格上都几度易辙，但在经历一系列"犯错"和"惩罚"的过程中逐渐形成了真正的自我，也发现了属于自己的品味。40 岁以后，他又找到了孩童时期的那种纯粹的、纯真的、非批判性的阅读快乐，正如他在伊斯基亚岛体会到的那份崭新的生活乐趣。从阅读的第二个阶段开始，诗性经验的有效积累变得越来越重要。奥登认为，最安全的向导是"个人喜好"（personal liking）[②]。尽管个人的喜好和品味会有局限性，但总不至于让自己误入歧途，因为无论未来变成什么样子，那终归

[①] W. H. Auden, "Reading", in W. H. Auden, *The Dyer's Hand and Other Essays,* New York: Vintage, 1989, pp. 5-6.

[②] W. H. Auden, "Making, Knowing and Judging", in W. H. Auden, *The Dyer's Hand and Other Essays,* New York: Vintage, 1989, p. 44.

是属于自己的未来。

这种积累，融合了偶然性和必然性，而诗人在这样的阅读过程中"通过影像存储记忆"，等到有朝一日灵感"降临"时，"他就可以将这些影像带入到自己的作品"。[1]奥登在一次讲座上分享了几则自己通过阅读积累诗性经验的实例。他谈到自己在牛津大学时期，因为托尔金教授的一堂课而主动学习了盎格鲁—撒克逊语，以便能够凭借自己的力量阅读《贝奥武甫》原著。之后，盎格鲁—撒克逊语和中古英语诗歌成为对他影响最深远也是最持久的诗歌之一。他晚年创作的《没有墙的城市》（"City Without Walls"，1969），便参照了《贝奥武甫》的形式特征。这虽然不是奥登第一次采用中古英语诗歌的头韵体，但显然是最有诚意的一首。我们不妨来看看该诗第一节：

> Those fantastic forms, fang-sharp,
> bone-bare, that in Byzantine painting
> were a short-hand for the Unbounded
> beyond the Pale, unpolicied spaces
> where dragons dwelt and demons roamed

> ……拜占庭绘画里那些奇形怪状
> 的东西，尖牙利齿，外露的骨头，
> 简略描绘了一个不受辖制、
> 亦无管制的超然空间，
> 恶龙在此安住，魔鬼在此游荡

（《奥登诗选：1948—1973》303）

《贝奥武甫》在韵律上有一个典型的特征：每一行诗的节奏分成了两个部分，前半部分的两个重读单词押头韵，有时还会与后半部分的两个重读

---

[1] W. H. Auden, "Making, Knowing and Judging", in W. H. Auden, *The Dyer's Hand and Other Essays,* New York: Vintage, 1989, p. 44.

单词（通常是第三个重读单词）押头韵。奥登在写作《没有墙的城市》的时候，一定程度上再现了这种古老的韵律形式。在上述诗节中，第一行的韵律格式为 ff｜fx，第二行 bb｜bx，第三行不太明显，第四行 xp｜px，第五行 dd｜dx。形式的特殊性，进一步放大了该诗戏剧性地对照历史世界的初衷。无论是诗歌前半部分一再出现的过去和现在的对照，还是后半部分出现的现在和未来的对照，抑或是已然消逝的过去和令人忧心的未来交织成的一股相似的力量，都共同刺激着现代人的感官神经，都是对《贝奥武甫》诗行的一分为二、前后呼应的韵律形式的有效模拟。尤其值得注意的是，诗中描绘的的未来场景，与《贝奥武甫》的时代十分类似：

"假如我们所描绘的未来一切皆毁灭，
空阔无边的毒蛇出没的区域
围绕着小片分散的沼泽或森林，
由它们提供食物与庇护，
拥有如此家园的余下的人类

"身材矮小，古怪畸形，
数数只能数到五，没有零的概念，
把通用汽车当作神灵来崇拜，
各个族群由祖母们统治，
冬天的夜晚，头发蓬乱的女巫

"会给他们讲述金发精灵的故事
其魔法可以让山岳变成水坝，
还有手艺精巧的侏儒，
能用食品罐头造出藏宝库，
还能将他们的棚屋改造成平顶房，

"这些人没有选择权也不知道改变，
其命运一概由前辈长老们判定，

最年老的人有智慧的心灵，
借助了戴面具的巫师之口
会给予祝福或要求血的祭礼。

(《奥登诗选：1948—1973》307—308)

该诗从第十七诗节开始，随着"砰"地一声（has gone phut，请注意 phut 是一个拟声词），我们创造过、生活过的一切痕迹都消失了，取而代之的是似曾相识的蛮荒状态。地球表面危机四伏，只有零星散布的沼泽和森林残存着人类生命体。他们不但长得矮小，还有些畸形，在对生存环境的迷信和对20世纪人类文明的残留记忆里开始新的进化历程。正如埃及的金字塔一度被理解为外星人的遗迹（尽管仍然有人持这样的观点），残存的通用汽车成了他们顶礼膜拜的物神，铁罐则是神秘的小矮人们留给他们的宝藏。他们没有自由，没有知识，也没有城市文明，仿佛是远古人类生活场景的再现。

未来，居然倒退回了远古，这个矛盾引申出奥登关于现代城市文明的双重忧虑：一是我们现有的城市生活充满了非人性的效率，这是人对其自身的越界；二是我们现有的城市文明充斥着盲目扩张、暴力血腥和混乱无序，这是人对城市的越界。奥登的这份忧虑并非没有理由

> 我们正在大踏步前进，开发日益高效的化学战和生物战技术，不久，连核武器也会显得过时了。一旦出现这样的局面，可怕的核武器也可能被称为常规武器了，超级部落有可能悍然用核武器互相攻击……放射性尘埃随地球转动，凡是降雨的地方，一切生命形式都会死亡。唯有非洲丛林人和生活在极端干旱的沙漠地区的人们才能够幸存下来。具有讽刺意味的是，丛林人是迄今最戏剧性地不成功的人群，他们仍然过着原始人典型的游猎生活。倘如此，那就是人类进化的从头再来。举一个极端的例子，有人曾经预言说，最温顺的动物将是这颗地球的继承者。[①]

[①] [英] 德斯蒙德·莫利斯：《人类动物园》，何道宽译，复旦大学出版社2010年版，第148页。

生物人类学家德斯蒙德·莫利斯（Desmond Morris）所著的《人类动物园》也在20世纪60年代晚期面世，他对核武器的毁灭性力量的理解似乎与奥登如出一辙。我们只要回忆一下第二次世界大战最后阶段那两颗分别投掷在日本的广岛和长崎的原子弹，就能够理解他们的担忧实在是有着事实的根据。莫利斯认为，人的动物本性使得他区分出"内群体"和"外群体"，这是紧张关系的由来。人类历史中长期存在的城墙就是对这种划分的认定，但是在很多情况下，我们无奈地发现有"墙"形同于无"墙"。群体之间的力量不可能长期处于平衡状态，膨胀的欲望往往演变为对既定界限的践踏。奥登在《没有墙的城市》第五、六节中带着明显的鄙夷口吻描写了那些夜晚的集会。这类"恶意或生意让他们彼此称兄道弟"、"滔滔不绝地宣讲／无理、冷酷的教义"之人，以极端利己主义的私欲主导了"内群体"和"外群体"的紧张关系。他们在奥登诗歌里时有出现，比如《战争时期》第十九首里的"教养良好者"，或者干脆就是《一九三九年九月一日》里的希特勒。这些挑起纷争和战乱的人，或许就是那"砰"地一声出现的未来场景的导火索。

这番融合了过去、现在和未来的描述，都是通过一个叙述者的声音传达给我们的。这个声音不仅是一个"话痨"，还是一个分析的高手，其形象更接近于奥登本人，一个阅读报纸、关心现代生活的博闻强识之人，与此同时也是一个能够站在历史的高度、运用抽象思维的慎思明辨之人。在这种情况下，古老的韵式，犹如古老的仪式——"联结了死者和未生者"[①]，承载了这一位作风老派的纽约客的满腹牢骚。

对于诗人而言，除了阅读积累的诗性经验以外，来自其他艺术领域的体验也能够转变为诗性经验，因为我们生活中的一切经历都会犹如水珠汇集到潜意识的汪洋里。诗与绘画之间的千丝万缕的联系，一直是西方诗学讨论的重要议题。奥登的诗歌《寓意之景》、《美术馆》和《阿喀琉斯之盾》（"The Shield Of Achilles"，1952），都是"艺格敷词"（ekphrasis）[②]的杰作，

---

① Edward Mendelson, "Auden and God", *The New York Review of Books*, 2007 (19), see https://www.nybooks.com/articles/2007/12/06/auden-and-god.

② "ekphrasis"源自古希腊语，"ek"意为"out"，"phrasis"意为"speak"，指对视觉艺术的形象化说明，国内通常翻译为"艺格敷词"。

充分说明了造型艺术领域的审美体验对诗歌创作的影响。在早年的《美术馆》中,奥登将布鲁塞尔皇家美术博物馆里的那些古典绘画大师关于"苦难"的作品"说出来",而在后期的《阿喀琉斯之盾》里,这种灵感迸发的源泉来自荷马史诗《伊利亚特》第十八卷所描绘的"阿喀琉斯的盾牌"。根据传说,海洋女神忒提斯爱子心切,拜托能工巧匠赫淮斯托斯为阿喀琉斯制作"一面盾牌、/一顶头盔、带踝扣的精制护胫和胸甲"[①]。荷马甩开笔墨大肆描写了盾牌的构造和盾面上的图案,洋洋洒洒130余行诗句,倒是对头盔、胸甲和胫甲的描述颇为着墨经济,不出5行诗句。莱辛在他那本著名的谈诗论画的《拉奥孔》中说,荷马用辉煌的诗句"画这面盾":"不是把它作为一件已经完成的完整的作品,而是把它作为正在完成过程中的作品",因而"我们看到的不是盾,而是制造盾的那位神明的艺术大师在进行工作"。[②]如此而言,荷马描绘的"阿喀琉斯的盾牌",仿若一件正在生成的伟大作品,随着诗行的铺陈流转,装饰盾牌的那些图景一个接着一个地显现在读者的面前。这种见证盾牌制作过程的手法,被奥登完整地借用到诗歌《阿喀琉斯之盾》中。

在荷马的诗文里,精美的盾面既雕刻了大地、天空和海洋等自然景观,又绘制了农耕田地、王家田地、葡萄园、大牧场、跳舞场、攻城军队等人类生活场景。后者以两座"人间城市"最为生动和形象:一座表现为婚庆和正义,另一座则表现为厮杀和混乱,和平与战争的巨大反差暗示了古希腊人生活的核心关键词。这两座城市均被荷马用上了修饰词"美丽"[③],一方面是对工匠之神高超技艺的惊赞,另一方面是对生活带给人类的善与恶、欢乐与痛苦、短暂的生命与不朽的荣光等一系列矛盾性因素的最本真、最原始、最朴素的认知和接纳。奥登在《阿喀琉斯之盾》里同样描绘了截然不同的两座城市——神话时代的城市和凡人时代的城市:忒提斯的目光三

---

① [古希腊]荷马:《荷马史诗·伊利亚特》,罗念生、王焕生译,人民文学出版社2006年版,第437页。
② [德]戈特霍尔德·莱辛:《拉奥孔》,朱光潜译,商务印书馆2013年版,第110页。
③ [古希腊]荷马:《荷马史诗·伊利亚特》,罗念生、王焕生译,人民文学出版社2006年版,第438页。

次越过正在用凿刀雕饰盾牌的赫淮斯托斯的肩头，三组互为对照的图景，一虚一实交替着出现。盾牌的画面，在几千年的时光荏苒之后，经由奥登的现代性之笔再一次被"说出来"。有意思的是，奥登匠心独运地在诗体上进行艺术性地拼贴与"展示"：描写理想化城市场景的诗节采用八行体，每个诗行控制在三个音步，而描写现代城市场景的诗节采用七行体，每个诗行控制在五个音步。节制与松散、秩序与混乱，这些相对性的场面在我们"观看"诗歌的第一瞬间就扑面而来。一首好诗，果然在安静的时候也能发出呼吸。

此外，音乐对诗性经验的积累也有显而易见的作用。奥登坦承他从音乐欣赏中受益良多："通过听音乐，我学到了很多东西，让我知道了如何去组织一首诗，如何通过语调、音速和节奏的变化获得多样性以及对照性，尽管我无法说清这些究竟是怎么发生的。人类是一种善于类比的生物，这是其最为幸运之处；而危险则在于将类比视为类同……"① 奥登最初的音乐启蒙应该是来自母亲，孩童时期受到教会礼拜仪式的圣歌影响至深，之后结识了不少音乐家朋友并与他们有过创作上的跨界合作，这些经历无疑都成为他的诗性经验的重要组成部分。在散文集《染匠之手》中，奥登特意开辟了一个章节致敬音乐家斯特拉文斯基，畅谈有关诗与音乐的独特体悟，让我们看到了他在这两个领域的融会贯通。

通过积累诗性经验，诗人的"感知"能力也得到了提升，"探密"的广度和深度都会在不同程度上扩展、延伸。而诗人是"密探和长舌妇的结合"，他必然会把感知和探寻到的秘密"述说"出来。诗人的"述说"，离不开娴熟地运用艺术媒介。奥登曾颇为笃定地说："事实上，关键是艺术媒介，熟悉艺术媒介及其产生的意想不到的效果，可以让艺术家把不受控制的浅表性幻想元素加工整理成可以被理解的对象。"②

要想熟悉艺术媒介，诗人必须在技艺上精益求精。每当需要"传授"诗歌创作经验时，奥登总是"不得不给出自传性的例证"，因为诗人得出

---

① W. H. Auden, "Making, Knowing and Judging", in W. H. Auden, *The Dyer's Hand and Other Essays,* New York: Vintage, 1989, pp. 51-52.

② W. H. Auden, "Psychology and Art To-day", in *The Complete Works of W. H. Auden: Prose*, Vol. I: 1926-1938, ed. Edward Mendelson, Princeton: Princeton UP, 1996, p. 99.

结论所依据的证据来自于"他自己的写作经验和他对自己作品的个人判断"。① 于是，我们会在奥登的诗歌、散文、讲座和演讲等资料当中看到他不止一次地讲述自己如何写作，以及如何提升写作的技艺。比如《致拜伦勋爵的信》《新年书简》等带有自传性色彩的诗歌，或者《文学传承》、《以叶芝为例》等回忆前辈大师的散文，或者以《创作、认知与判断》为题的讲座和以《诗歌中的幻想与现实》（"Phantasy and Reality in Poetry"，1971）为题的演讲，等等。

特别是在演讲材料《诗歌中的幻想与现实》中，奥登清晰且凝练地陈述了自己学习写诗的过程：

> 也就是说，在祈求属于我自己的缪斯之前，我不得不先求助于语言学夫人。一个初学者的种种努力不能被认为是低劣的。它们属于想象，是对一般意义上的诗歌的模仿。接下来的阶段，这个年轻的诗人需要锁定某个特定的诗人，他在这个诗人身上找到了亲近感（我锁定的诗人是托马斯·哈代），他开始模仿他的作品。要对一个诗人进行清晰可辨的模仿，就需要对其措辞、节奏和感知习惯的每一处细节悉心留意。在模仿他的大师时，这个年轻的诗人将会发现（无论他是怎么发现的）只有一个词、节奏或形式是恰当的。尽管是恰当的，却依然不是真正属于他的词、节奏或形式，因为这个学徒还仅仅是用腹语术在写诗。即便如此，他已经不是在写一般意义上的诗歌，而是学习一首诗如何被写作出来。如果这个学徒注定要成为诗人，那么，总有一天他会第一次意识到自己可以问心无愧地说出这句话（我是在20岁时）：这首诗里的所有措辞都是恰当的，而且全都真真正正地属于自己。②

根据奥登的描述，修习诗歌技艺的前提是求助于"语言学夫人"，即

---

① W. H. Auden, "Making, Knowing and Judging", in W. H. Auden, *The Dyer's Hand and Other Essays*, New York: Vintage, 1989, pp. 33, 53.

② W. H. Auden, "Phantasy and Reality in Poetry", in *The Complete Works of W. H. Auden: Prose*, Vol. VI: 1969-1973, ed. Edward Mendelson, Princeton: Princeton UP, 2015, pp. 713-714.

热爱语言和诗性地运用语言。当他开始写诗的时候,初学者需要从模仿开始。在《创作、认知与判断》的讲座中,奥登细分了模仿的两个阶段。第一个阶段是博览群诗。他认为一本好的诗选对于一个初学者来说非常重要,比如他在少年时期就对沃尔特·德·拉·梅尔编的诗选《来这里》(Come Hither,1923)爱不释手,认为这本选集不但品味纯正而且类别广泛,让他自小就意识到"并非伟大或严肃的诗歌才能成为优秀的诗歌"①。这个阶段的诗歌写作,与其说是创作,不如说是习作,是对一般意义上的诗歌的模仿。他渐渐会发现,写诗远比想象中更为复杂,他必须选择特定的大师进行模仿,这就进入了第二个阶段。奥登认为,初学者在选定模仿对象的时候,一定要选择让他感觉到亲近的大师。所谓"亲近感"(feels an affinity),首先是一种相似,其次是一种恰当的才能差距。比如,奥登不止一次地告诉我们他模仿的第一位大师是哈代,他觉得哈代的措辞和感知方式与自己相似,而哈代"是一个好诗人,也许还是伟大的诗人,但没有好得过了头"②。太伟大的诗人很容易让初学者望而却步,或者半途而废,或者偏离了自身的天赋。一个恰到好处的模仿对象可以让初学者从"腹语术"般的模仿写作中渐渐成长起来,直到有一天终于发现了真正属于自己的"感知"和"述说"。

然而,优秀的诗人并不会止步于形成自己的风格,他还需要在"成为他自己"之后,学着"不要成为他自己":

> 用20年时间去学习成为他自己之后,如今他发现必须开始学着不要成为他自己。最初他可能以为这不过是意味着更为敏锐地洞察令人着迷的节奏韵律、让人激动的表达方式、充满个性的奇妙措辞,但现在他知道了,不要模仿自己实际上意味着比这些更为艰难的事。这或许意味着,他需要节制自己,不要去写一首有可能会成为佳作的诗,甚至是备受称赞的诗。他认识到,如果一个人写完诗时就已确信这是

---

① W. H. Auden, "Making, Knowing and Judging", in W. H. Auden, *The Dyer's Hand and Other Essays,* New York: Vintage, 1989, p. 36.

② Ibid.

一首好诗，最有可能的情形是，这只是一首自我模仿的诗。要表明一首诗不再是自我模仿，最有希望的迹象是，他写完诗后陷入了一种完全不确信的感觉："这诗写得特别出色，也可能特别糟糕，我说不准。"当然，如果写得很糟糕，也许是好事。[1]

诗人通过模仿大师提升了技艺，渐渐形成了自己的判断和风格。不过，如果一位诗人满足于停留在自我模仿和自我重复的"安全区"，即便他能够继续写出"佳作"，甚至是"备受称赞的诗"，也只能算是"二流诗人"、"次要诗人"、"小诗人"。我们知道，奥登在学生时代就已经立志要成为"大诗人"。他心目中的那些大诗人，从来都不是慵懒的，他们的天分就像"身体里的一根刺"，无论以何种类型存在，都始终表现为与生俱来的才能和持之以恒的探索。

事实上，奥登在很年轻的时候就已经做出了很好的探索姿态，而且极力避免自我重复，或者说，他避免那类对他而言轻而易举就能实现的艺术成就。一个很好的例子就是《葬礼蓝调》的成功以及他之后的写作态度。《葬礼蓝调》脱胎于奥登与衣修伍德合作的音乐剧《攀登F6》中的一首蓝调。在该剧的尾声部分，主人公迈克尔·兰塞姆孤独地躺在暴风雪过后的山巅，神志陷入了弥留之际的谵妄状态。正是在这最后的意识幻想曲里，迈克尔虽然下棋输给了自己的兄弟詹姆斯，却获得了头戴面纱的神秘人物（母亲）的帮助，致使后者"死去"，旁观者旋即为之献上了一曲蓝调[2]。剧中的蓝调包含五个诗节，前两个诗节被《葬礼蓝调》原封不动地保留了下来，后三个诗节则关涉与兰塞姆共同攀登F6却出于种种原因不能登顶的伙伴们。如此而言，《葬礼蓝调》的底本，无关浓情蜜意的爱情，而是兰塞姆在潜意识里对母爱的疯狂攫取以及获胜后错综复杂的情感。翌年，奥登与音乐

---

[1] W. H. Auden, "Making, Knowing and Judging", in W. H. Auden, *The Dyer's Hand and Other Essays,* New York: Vintage, 1989, p. 52.

[2] W. H. Auden & Christopher Isherwood, *Plays and Other Dramatic Writings, 1928-1938*, Princeton: Princeton UP, 1988, p. 350.

家本杰明·布里顿合作了四首卡巴莱曲（cabaret song）①，其中第三首便是《葬礼蓝调》。

该诗前两个诗节来自《攀登F6》，以公式化的排比抛出一连串的祈使句，要求消除日常生活中的各种动静和声音，只留下飞机在低空盘旋的引擎声，向外界传达"他已逝去"的讯息，肃穆的氛围烘托出抒情主人公痛失所爱的悲恸。后两个诗节经过了一番改写，以夸张的手法表现逝者曾是歌者生命的全部（无时不在，无所不在），他的离世也带走了歌者的生存意义，鬼斧神工的暴力破坏进一步渲染了这种生死两茫茫的哀恸。底本中原是两个旁观者的献唱，如今变成了一位女子深情款款的低吟，其中的讽刺意味被一种浪漫主义式的抒情消解了。

奥登写起此类通俗易懂的歌（抒情诗）简直是驾轻就熟：从地上的狗到天上的飞机，再到日月星辰；从空间上的东南西北到时间上的时时刻刻，再到耳鬓厮磨时的瞬间即永恒；大家耳熟能详的"地老天荒"、"海枯石烂"之类的措辞被巧妙地替换成日常生活中的意象，辅以精挑细选的音韵②和张弛有度的句式，在视觉和听觉的双重层面一步步调动读者的想象力，进而跌入诗人编织的情感漩涡。《献给海德丽·安德森小姐的四首卡巴莱曲》的另外几首以及不少其他谣曲也有类似的特征，它们表达的是人们熟悉的情感和经验，运用的是引人入胜却又简单直白的修辞和技巧，朗朗上口，回味无穷。

然而，奥登后来很少展露他在这方面的才华。他在写给拜伦勋爵的"信"中发过这样的牢骚——"一般水准的诗人与之相比／就毫无章法，不成熟，且懒惰。"（《奥登诗选：1927—1947》88）他指控"一般水准的诗人"（the average poet）缺少像小说家那样的品性和才识，在诗艺层面匮乏探索精神。幸运的是，奥登选择的模仿对象，比如哈代、叶芝，都是在诗艺道路上始

---

① 由女艺人海德丽·安德森（Hedli Anderson，后来成为路易斯·麦克尼斯的妻子）演唱，因而合称为《献给海德丽·安德森小姐的四首卡巴莱曲》，收录在1940年出版的诗集《另一时刻》中。

② 诗中大量使用单音节词，更能表达一种压抑、克制的悲痛之情。此外，爆破音的运用，比如第一行stop中的/p/，clock中的/k/，cut中的/t/，营造出葬礼的肃穆氛围；而鼻辅音的运用，尤其是第三诗节中连续9个my中的/m/，韵脚song和wrong中的/ŋ/，模拟了哭泣时的鼻音。

终保持探索精神的诗人。在一篇评论叶芝的文章中,奥登颇为老到地说,小诗人和大诗人的区别不在于单独拿出各自的一首诗来比较,而在于他们自身是否持续地发展:

> 大诗人们有一个显著的特点,那就是他们都会坚持不懈地自我发展。一旦他们掌握了某一类诗作的写法,他们就会进行别的尝试,引入新的主题,新的写法,或者两者皆有,尽管尝试的结果很有可能不尽如人意。他们的心态,就像叶芝所说的,"痴迷于挑战难度",或像这首诗里写的,

> 我为我的歌儿缝就
> 一件长长的外套,
> 上面缀满剪自古老
> 神话的花边刺绣;
> 但蠢人们把它抢去,
> 穿上在人前炫示,
> 俨然出自他们之手。
> 歌,让他们拿去,
> 因为要有更大魂力①
> 才敢于赤身行走。②

也就是说,大诗人不仅"进行别的尝试",还通过自己的艺术实践沟通了诗歌的传统经验和现代问题,这对于诗人自身的艺术成长大有裨益,也对后辈诗人有很好的启迪作用。

在1942年撰写的诗评文章《耐心的回报》("The Rewards of Patience")里,奥登通过解读路易斯·博根的诗歌指出,诗人的第一批成功的作品往

---

① 叶芝这首诗为《一件外套》("A Coat",1914),参看叶芝《叶芝抒情诗全集》,傅浩译,中国工人出版社1994年版,第231页。

② W. H. Auden, "Yeats as an Example", in *The Complete Works of W. H. Auden: Prose*, Vol. II: 1939-1948, ed. Edward Mendelson, London: Faber and Faber, 2002, pp. 387-388.

往是不满情绪的宣泄，倾向于表达自我的情感。一些优秀的诗人，如霍斯曼和狄金森（Emily Dickinson），从未超越这个阶段。还有一些诗人，察觉到自己从作品中寻求安慰的幼稚心理，命令自己坚决抵制这种诱惑，从而有意识地避开自我重复。① 此番说辞，很容易让人联想到他后来对小诗人和大诗人的界定：小诗人满足于偶然发现的艺术经验，达到一定的成熟程度之后就停止发展了；大诗人则持续不断地寻找新的可能、攀登新的高峰，尽管在这个探索过程中，他会失败、会留下遭人诟病的诗行，但是他创造的更多可能性也是小诗人永远无法企及的。为此，后期奥登修正了他对"大诗人"的界定。

笔者在论述叶芝对奥登的影响时指出，奥登在1939年撰写的讣文《公众与已故的叶芝先生》中，借起诉方之口第一次明确列出了成为"大诗人"必须具备的三个条件：

> 一位大诗人。诗人通常需要做到如下三个方面才能配得上这个美誉：第一，在语言方面有极高的天赋，写出令人难忘的诗行；第二，对他所生活的时代有透彻的理解；第三，对时代的先进思想具有基本的认知，并且持支持态度。

这个界定可以归纳为语言天赋、时代感知、超越意识三个层面，但并没有论及艺术家个人的诗性成长和艺术探索。经过大半生的人世历练和诗坛求索之后，奥登对"大诗人"的认知已经不仅仅停留在当初的静止状态。他在《十九世纪英国次要诗人选集》（1966）的序言里谈到，一位大诗人应该具备下列五个条件之三四：

（一）他必须多产。
（二）他的诗歌在创作题材和处理手法上必须具有多样性。
（三）他展现的视野和风格必须具有显而易见的独创性。

---

① W. H. Auden, "The Rewards of Patience", in *The Complete Works of W. H. Auden: Prose*, Vol. II: 1939-1948, ed. Edward Mendelson, London: Faber and Faber, 2002, p. 155.

（四）他必须是诗歌技巧方面的大师。

（五）就所有诗人而言，我们可以做到区分他们的少年习作和成熟作品。但就大诗人而言，他们的成熟历程会一直持续到老。当我们读到他们的两首同品质但不同期的诗歌时，我们能够迅速发现哪一首写得较早。而当我们读到次要诗人的两首作品时，尽管诗作很优秀，却无法从诗作本身判断相应的成诗顺序。[①]

余光中先生曾在1972年写了一篇文章《大诗人的条件》，将奥登有关大诗人的见解创造性地浓缩为"多产、广度、深度、技巧、蜕变"。纵观奥登近50年的创作生涯，他显然是多产的技巧大师，兼具了广度和深度，在蜕变的道路上稳步前行，留下的诗篇丰富庞杂如一支气势恢宏的交响乐，无疑是一位名副其实的"大诗人"。

对于每一位有志于诗歌事业的现代诗人而言，奥登的艺术探索之路会是一盏耀眼的指路明灯。哪怕不是以写诗为志的人们，也定然能够从他对自我、对艺术的孜孜不倦的探索中找到有关生活的价值和意义的重要启示。

二 "如此经常地不忠实"：奥登的"诚"与"真"

奥登认为，诗歌的重要责任在于"见证真相"。那么，在奥登所面临的社会急剧变化、思潮多元更迭的20世纪历史语境里，诗歌如何见证真相？我们知道，奥登历经了两次世界大战、席卷欧美的经济危机、东西方冷战等重大历史事件，动荡不安的生活环境引发了人类精神领域的各种骚动，也加剧了理解和沟通的困境。这一点，如米沃什所说："二十世纪也许比其他任何世纪都要多变和多面，它会根据我们从哪个角度看它而变化，也包括从地理角度。"[②] 后期奥登站在大西洋彼岸，以崭新的视角全面清算自己早年的政治化写作，他的努力不仅见证了一位诗人自觉的艺术成长，也

---

① W. H. Auden's introduction to *Nineteenth-Century British Minor Poets*, in *The Complete Works of W. H. Auden: Prose*, Vol. V: 1963-1968, ed. Edward Mendelson, Princeton: Princeton UP, 2015, p. 179.

② ［波兰］切斯瓦夫·米沃什：《诗的见证》，黄灿然译，广西师范大学出版社2011年版，第4页。

提供了一条更经得起考验的诗歌见证之途——成为"道德的见证者"。

奥登在时过境迁后坦言:"一个诗人很难不说假话,因为在诗歌里,一切事实和理念都不再是真实或虚假的,而变成了一些引人入胜的可能性。"[①] 他几乎是以自我剖析的方式反思此类诗歌创作:"诗人对此心知肚明,他不断试着表达某种观点或信念,并非因为他相信它是真实的,而是因为他看到了其中包含着可以引人入胜的诗意可能性。"[②] 当英国诗坛服膺于他在诗中所表达的观念并且普遍视他为左派诗人的领袖人物时,奥登面临了深层的道德考验——诗人在多大程度上保留了他对作品的真诚,而作品又在多大程度上"尽最大能力说出真实的证词"。

美国学者莱昂内尔·特里林在1970年担任哈佛大学诺顿诗歌教授时,围绕历史中的自我之真诚与真实的问题展开了系列演讲。他认为自16世纪以降欧洲的道德生活增添了一个新要素,即自我的真诚状态或品质——"公开表示的感情和实际的感情之间的一致性。"[③] 现代化社会渐渐蔓延,个人的社会流动性逐渐增强,独立的自我意识演变为"大写"的人,这些世移代易的变化在客观上要求我们修正以往的道德概念。然而,我们所忠实的自我究竟是什么?译者刘佳林替特里林发出了一系列的追问——"它在何处藏身?它是随社会的变化、文化的熏陶、制度的规训、自身的努力等的改变而不断改变呢,还是具有某种生命体的坚硬性?"[④] 显然,自我并没有一个固定的形态,它的变动不居带来了一个事关真诚的问题,即我们该如何诚实地对待已经变化了的自我。

青年奥登虽然尚不明确"真实的自我"是什么,但肯定知晓纠缠与交织在"实际的感情"和"公开表示的感情"之间的距离,以及社会需要他扮演的角色和他自身的真实需求之间的脱节。我们知道,时代裹挟着奥登

---

① W. H. Auden, "Writing", in W. H. Auden, *The Dyer's Hand and Other Essays,* New York: Vintage, 1989, p. 19.

② Ibid.

③ [美]莱昂内尔·特里林:《诚与真》,刘佳林译,江苏教育出版社2006年版,第4页。

④ 刘佳林:《诚与真的历史文化脉动》,收入[美]莱昂内尔·特里林《诚与真》,刘佳林译,江苏教育出版社2006年版,代译序第3页。

及其伙伴们公开表达对资本主义世界正在上演的经济危机、失业、阶级矛盾、法西斯主义和即将到来的世界性冲突的关注。这种正在生成的关注，既包含了青年知识分子的良知和责任，也难免混杂了一定成分的虚荣和违心。正如门德尔松教授所言，奥登之所以反感自己的早期名声，是因为"他看到了藏匿在他的公共道德形象背后的复杂动机，察觉到了自己在被崇拜、被称赞时的心满意足"，觉得曾经的做法有失体面。[1]

漂洋过海去了美国以后，奥登在英国诗坛的"左派的御用诗人"的名声威望和公共地位似乎并没有随着居住环境的改变而有彻底的变化。1939年夏，他应邀参加了一场政治性会议，发表了一些演说。事后，他写信给朋友说："我忽然发现自己确实可以做到这一点，我可以做蛊惑人心的演讲，让听众们激情高涨……尽管非常刺激，却绝对是可耻的。演讲过后，我只觉得自己满身污垢。"[2] 这一时期，他的不少诗篇揭露了"公众人物"的虚伪面目，比如：

> 卑鄙的话只有卑鄙者会说出来
> 正因如此马上就能听清判明，
> 但高尚的陈词滥调——唉，
> 此种情况需要极为仔细的检验，
> 如此才能将一个真诚善意的声音
> 与卑下而侥幸成功的声音区隔分辨。
>
> （《短句集束》，1940；《奥登诗选：1927—1947》478）

对于公众人物表达的"高尚的陈词滥调"，普通观众很难辨清，甚至连公众人物自身都很有可能沉浸在这种"卑下而侥幸成功"的声音里——"这些公众人士看上去如此享受他们的统治权，／他们的面容已毁败，声调也因仇恨而拉高，／他们居然还是殉道者，因为对脚镣毫不知情……"

---

[1] Edward Mendelson, "The Secret Auden", *The New York Review of Books*, 2014(3), see https://www.nybooks.com/articles/2014/03/20/secret-auden.

[2] Auden's letter to A. E. Dodds in July 1939, quoted from Humphrey Carpenter, *W. H. Auden: A Biography,* Boston: Houghton Mifflin Company, 1981, p. 256.

(《短句集束》,1940；《奥登诗选：1927—1947》478—479）

如果我们不曾知道奥登在 1939 年前后对自己的诗歌创作和行为选择的心理动机有过深刻反思的话，或许就无法洞察到这些诗篇背后的自我揭示和自我批判的深层意图。晚年接受迈克尔·纽曼采访时，奥登这样谈及诗人与政治之间的关系："无论如何，要是一个诗人想要去写一些现在称之为'介入的'诗歌的话，他必须首先明白这么做主要是他自己从中获益。这会吸引到那些与他有共鸣的人，提升他在其中的文学声誉。"①

在过去的十年，奥登和他的同伴们普遍表达了对艺术的希望，认为艺术能够指引"行动"，让历史站在善而不是恶的一边。但是 1939 年以后，随着东西方的法西斯主义一再告捷，并逐步发起了全面进攻的步伐，历史便不再是一个可以被选择的道德性事业，而是一种随时可以发生的灾难。当奥登在《诗悼叶芝》里写道"智力所受的羞辱／在每个人的表情里透露"（《奥登诗选：1927—1947》396），当他在《新年书简》里坦承"接受了我本应弃绝的东西，／一副说教者散漫自负的口气"（《奥登诗选：1927—1947》319），我们从中看到的是诗人在痛苦和失望中的自我反思，真诚的态度要求他更为真实地面对自己的生活与创作。

于是，1939 年以来，奥登多次使用 "dishonest" 和 "honest"、"insincerity" 和 "sincerity" 等关涉真诚与否的词语来表达他对过去的认识。比如，这一年 4 月，奥登为西里尔·康纳利（Cyril Connolly）的《前途的敌人》（*Enemies of Promise*，1938）撰写评论，对这本新著提到的文学环境以及影响年轻作家艺术成长的因素颇为感同身受，在大量引用原文的同时写道："每个想要成长的人都必须独自前行，盼望自己在犯下不可挽回的错误或者在年华的自然衰老之前就能够达到合乎情理的水准"，而在此过程中，"没有什么比关注个人的健康、保留诚实的日记更有必要的了"。② 对于奥登自身来说，"错误"已然铸成，"诚实"也未能留住。同年 9 月，他在诗歌《一九三九

---

① W. H. Auden & Michael Newman, "The Art of Poetry XVII: W. H. Auden", in George Plimpton, ed., *Poets at Work: the Paris Review Interviews*, New York: Penguin Books, 1989, p. 289.

② W. H. Auden, "How Not to Be a Genius", in *The Complete Works of W. H. Auden*: *Prose*, Vol. II, Prose, 1939-1948, ed. Edward Mendelson, London: Faber and Faber, 2002, p. 19.

年九月一日》里把整个 20 世纪 30 年代定性为"一个卑劣欺瞒的十年"("欺瞒"对应的原文为 dishonest）。同年 11 月，他又在《诗悼西格蒙德·弗洛伊德》中指出，"我们信仰的缺失、／我们否认时不诚实的语气"（《奥登诗选：1927—1947》442）是罪恶之一。

正如特里林鞭辟入里的推导，真诚不仅是一个关乎感觉的问题。感受上的真诚是一种想象力，在现实生活中其实并不牢靠。真诚还需要进一步的验证，这就出现了有关真实的问题。"真实"要求更为繁复的道德经验、更为苛刻的自我认知，文学家们事实上是以语言艺术为切入口，以自己的独特方式参与到真诚、真实与自我的纠葛之中。

奥登指出，"相较于个人贪欲的诉求，社会良知、政治或宗教信念方面的诉求更能威胁一位作家的正直"①。因此，仅仅是自我警惕文学声誉上的贪欲并不够。奥登在自我反思的同时，还主动为自己选择了一个更为牢靠的解决途径，也就是很长一段时间为人所诟病的移居：

> 真诚犹如睡眠。一般而言，人们当然应该假定自己是真诚的，然后将这个问题抛诸身后。尽管如此，大多数作家偶尔会遭受不真诚，就像人们遭受失眠。要补救这两种情形通常十分简单：对于后者，只需变更饮食，对于前者，只需更换身边的伙伴。②

奥登曾以歌德与《少年维特之烦恼》的关系为例，指出作家、作品和读者之间的微妙平衡被打破之后，作家将会面临十分尴尬的处境。年轻的作家在找到真正的兴趣与感知之前，屈服于同时代人的一些思考方式和情感倾向，在不知不觉、半推半就之中成为时代的代言人。但在发现了自身的弱点和局限之后，有些清醒的作家会努力将它们从自己的作品当中剔除出去，转向更为诚实的自己，为此可能要担负"叛徒"的骂名。

在实际生活中，为了能够更为真诚且真实地面对自己的内在精神和诗歌事业，奥登选择移居，为此付出了高昂的声誉代价。他"更换身边的伙伴"，

---

① W. H. Auden, "Writing", in W. H. Auden, *The Dyer's Hand and Other Essays,* New York: Vintage, 1989, p. 19.

② Ibid., p. 17.

开启了新的创作环境,很多人将之视为他文学生涯的分水岭,也有不少人从政治角度出发指责他"动摇易帜"、"变节"、"背叛",这些论调直至今日还能听到。1939 年 9 月,奥登在一篇论及里尔克的文章中写道:

> 当国际性的危机愈演愈烈,越来越受作家们关注的这位诗人应该会认同,干扰他人的生活是傲慢和自以为是的,(因为每一个人都是独一无二的,某个人显而易见的不幸很有可能正是他自身的救赎);我们需要始终如一地专注于自己的内心世界……①

"专注于自己的内心世界",这句话并不是说诗人要退守诗歌的象牙塔,也不是否认政治行动的重要性。请注意,后期奥登反对的是"介入的艺术",但他坚决捍卫知识分子的良知诉求和实际生活层面的政治立场。他提醒我们:"一个作家要是不想伤害到他的读者以及他自身,必须首先思考真实的自己和现实的功能(这比他的所作所为显得更加谦卑和富有耐心)。"②他随后打了个比方:当船着火了,毫不犹豫地奔向水泵汲水似乎是唯一自然的反应,但他或许会给一片交织着混乱和惊恐的场面雪上加霜;安静待在原地祈祷的人,尽管看起来自私怯懦,却很有可能是最明智、最有助益的行为。此番论调,可以说是奥登继《诗悼叶芝》之后又一次隐晦地为自己的行为选择进行辩解。

在对"诚"与"真"近乎苛刻的自我反思中,奥登开始否认、删除、修改 20 世纪 30 年代的部分诗歌。他自我剖析道:"对于诗人而言,最痛苦的经验是,发现自己的一首诗受公众追捧,被选入选集,然而他清楚这是一首编造的作品。就他所知或关注而言,这首诗可能不错,但问题不在这里;他就不应该写下它。"③这类被否认的作品,包括现在依然被认为是他的代表作的《西班牙》和《一九三九年九月一日》。这种痛苦的反思,在

---

① W. H. Auden, "Rilke in English", in *The Complete Works of W. H. Auden: Prose*, Vol. II: 1939-1948, ed. Edward Mendelson, London: Faber and Faber, 2002, p. 26.

② Ibid., p. 27.

③ W. H. Auden, "Writing", in W. H. Auden, *The Dyer's Hand and Other Essays,* New York: Vintage, 1989, p. 18.

1965年为自己的诗选撰写前言时还有所表露。他依然认为那些作品"不诚实",而"一首不诚实的诗歌,不管有多好,总在表达它的作者从未体会过的感情或并未抱有的信仰"①。为了说明这一点,他以诗歌《请求》为例,指出自己"一度表达了对于'建筑新样式'的期望",而事实上,他"从来就没有喜欢过现代建筑",他"更喜欢旧玩意","而一个人必须保持诚实,即便在谈论自己的偏见时亦复如此"。②诚然,奥登的这番表述经不起推敲,我们只消通读《请求》,就会发现字里行间绝非述说建筑方面的喜好,语句的重心落在了紧接其后的"心灵的改变"。奥登在此刻意回避的,恰恰是促使他成为20世纪30年代英语诗坛领军人物的政治化写作。他对那个"十年"的持续性否定,恰恰源于"诚"与"真"对他的内在良知的持续性拷问。

奥登说,"真诚"(sincerity)这个词的确切含义其实是"真实可靠"(authenticity),它应该是作家最关注的事情——"任何一位作家都不能准确判断自己的作品可能是优秀或低劣的,不过他总能知道,即便不是立即能够短时间内知道,在书写时,他写下的东西是真实的,还是编造的。"③诗人越来越渴望由本真的自我引领,也越来越希望按照"诚实"的方式书写,这是诗人对自己、对真相、对诗歌这门艺术的尊重,为此需要不断支付智力和道德上的努力。

奥登的自我反思和修正态度,表明他其实是一个非常善于倾听自己内心声音的人。他对自身"不忠实"的指控,恰恰体现了他对自我的一种伦理检视。同样的反思,也出现在他对亲密伙伴、社会共同体、人类大家园以及艺术创作的深度省察。在这一点上,奥登带给我们非常重要的启示——我们对自我存在的最大道德在于是否诚实地对待了自己,尤其是面对异化力量日益猖獗的现代社会,我们该如何守住本心、不忘初心。

---

① [英]W. H. 奥登:《奥登诗选:1927—1947》,马鸣谦、蔡海燕译,上海译文出版社2014年版,奥登所写的前言第1页。

② 同上书,奥登所写的前言第2页。

③ W. H. Auden, "Writing", in W. H. Auden, *The Dyer's Hand and Other Essays,* New York: Vintage, 1989, p. 18.

三 "他仍然热爱生活":生活的践行者

多年来,奥登一直相信,"诚"与"真"的最高形式是活生生的经历,也就是说,阅读、思考和写作,都要落实到具体可感的生活里。他曾在《被包围的诗人》("The Poet of the Encirclement",1943)中借用柯林伍德(R. G. Collingwood)的话写道:"艺术并非魔术,也就是说,它不是艺术家传导情感、或在他人心中激起同感的手段,而是一面镜子,其中映射着人们真正的情感:确切说来,艺术的功用事实上是去魅。"① 在这篇为艾略特编辑的吉卜林诗选撰写的书评文章里,奥登除了开门见山地转述柯林伍德有关艺术功能的见解之外,还进一步给出了自己的观点:

> 艺术给我们展示诸多重要的细节,由此我们明白我们当下的生活并非如想象中那般正直有德,或安全稳妥,同时艺术还通过清晰易见的范式将这些细节统一起来,坚持秩序井然的可能性,借此让我们直面将艺术真实化的要求。②

奥登的阐释,坚持了艺术的"见证"作用和伦理责任,同时也再一次将艺术牢牢地绑定在现实生活的土壤里。

> 正如其他所有艺术门类,诗歌的首要功能在于让我们对自身以及周围的世界有着更为清醒的认识。我不知道这种日益加强的认识是不是让我们变得更道德、更能干;就我个人而言,我不希望是这样的结果。
>
> 我希望它能够让我们变得更人性。我非常确信它能够让我们不再那么容易受骗,而这很有可能是自柏拉图的理想国以来,所有推行极权主义的政府对艺术深表怀疑的原因所在。他们已经发现了这一点,

---

① [英]W. H. 奥登:《被包围的诗人》,《序跋集》,黄星烨译,上海译文出版社2015年版,第459页。

② 同上。

并且废话连篇……①

> 现代生活几乎在每一个方面都让我们与周围的世界、与内在的自我形成一种异化的状态……唯一有效的抵制方式就是以不偏不倚的态度冷静地看待事物和所发生的事情。我们需要借助彼此的力量才能做到这一点。每当哪位诗人帮助我认清了这个世界的某个方面（我或许可以自己去发现这个方面，却没有实现），我都心怀感激。②

诚如弗罗斯特，奥登也与这个世界有着"情人般的争吵"。人在此时此地的现实世界里生活，因此需要我们明明白白、清醒理智地去直面，而不是懵里懵懂、避重就轻地做闪避。为此，奥登特地引入了一个词——"现在性"（now-ness），这与朋霍费尔所说的"此世性"应该是一致的。

后期奥登的信仰践行之路和创作实践之道，尤其是用本地视域代替了"鹰的视域"，很好地说明了奥登扎根于生活的热切愿望。比如这首诗里的描述，

> 适应了山谷地带的本地需求，
> 此地的每样事物靠步行就可以去触碰
> 或去了解，他们的眼睛从未越过
> 游牧民的栅栏格子去探究无限的空间
> 　　　　（《石灰岩颂》；《奥登诗选：1948—1973》7）

为了适应"本地需求"（the local needs），奥登的目光"巡视这片近距离／且方位明确的区域"（《石灰岩颂》；《奥登诗选：1948—1973》6），也就是意大利的石灰岩地貌。1948年夏，奥登决定去意大利度假，与切斯特沿着西海岸一路从佛罗伦萨、罗马、那不勒斯南行，最后乘船上了伊

---

① Auden's introduction to *Poems of Freedom*, in *The Complete Works of W. H. Auden: Prose*, Vol. I: 1926-1938, ed. Edward Mendelson, Princeton: Princeton UP, 1996, p. 470.

② Auden's foreword to *Of the Festivity*, quoted from R. Victoria Arana, *W. H. Auden's Poetry: Mythos, Theory, and Practice,* New York: Cambria Press, 2009, p. 49.

斯基亚岛，在那里写出了《石灰岩颂》、《伊斯基亚岛》等歌颂"本地"生活的诗篇。

在《伊斯基亚岛》开篇不久，奥登旋即写出"心灵的改变"这样的词句，而后宣称"任何时候都适宜去赞颂明耀的大地"（《奥登诗选：1948—1973》10）。接下来，他对岛上的怡人风景和闲适生活的描写，一方面是为了回应友人的奚落[①]，另一方面也表明这里的风土人情"修正"了他们"受损的视力"，改变了他们对世界、对自身的观看方式和认知角度。绵延的海岸线、柔软的沙滩、温柔的阳光、坦荡荡的肉身……得天独厚的地理环境和气候条件孕育了当地人亲近自然、及时行乐的生活态度。

很多年前，类似的意大利生活也深深地改变了一位文学巨匠。奥登在稍后的《中转航站》（1950）里隐射了这个事件：

> 在某个地方，每个人都独一无二，当游走在
> 　分隔过去与未来的边界线，也不会受到警告：
> 立于那桥头，一位年老的毁灭者正接受最后的敬礼，
> 　他的背后，所有对手都在巴结讨好，要么身系囚笼
> 要么已死去，而前方是一个愤怒地带；那羊肠小道上，
> 　一个年轻的创造者因悒郁的童年而迟到，服膺于
> 孩子般的狂喜而热情洋溢，头顶是哥特式的荒凉群峰，
> 　脚下是意大利的骄阳、意大利的躯体。
>
> 　　　　　　　　　　　（《奥登诗选：1948—1973》4）

虽然那位"年老的毁灭者"面目模糊，但"年轻的创造者"却分明指向了歌德。在许多人眼里，1786年的歌德身居要职、受人敬仰，生活境况定是惬意自在，但实际上他正陷入一场颇具摧毁性的危机。他从法兰克福

[①] 奥登在伊斯基亚岛度夏期间，英国诗人布莱恩·霍华德（Brian Howard）亦陪伴了一段时间。彼时，布莱恩·霍华德奚落奥登匮乏视觉感官能力，于是奥登创作《伊斯基亚岛》作为回应，有意识地描写岛上的风土人情。奥登事后又承认霍华德的质疑是对的，并自圆其说："身为诗人，最重要的课程之一就是认识并接受自己的局限，如若可能的话，要把这些局限化为优势。"

奔向魏玛，是为了摆脱《少年维特之烦恼》出版后带给他的声名烦恼和精神困顿，而魏玛的稳定生活渐渐变成了一个越收越紧的牢笼，将他的生活与他的创造力一分为二，迫使他最终一声不吭地离开魏玛逃去意大利。奥登敏锐地发现，歌德的《意大利游记》不仅描绘了风土人情，还记录了诗人彼时彼刻遭遇重大人生危机时的心理状态，而这恰恰是"我们在三十来岁四十出头时或多或少也经历过"[①]的危机。那一年，歌德37岁，"去意大利之前那张过分精致、纤细敏感甚至有些神经衰弱的脸孔已经不在，取而代之的是一张有着男子气概、自信满满的脸庞，这一来一去的表情有着千差万别：从意大利回来后，歌德获得了性的满足"[②]。

时隔多年后，41岁的奥登，"意大利的骄阳，意大利的躯体"也帮助他度过了类似于歌德的精神危机，获得了身体上的满足。他直言不讳地在《伊斯基亚岛》写道，岛上的泉水不仅能治愈身体的疾病，还能"改善性生活"，而美酒可以让"迸发的激情"肆意宣泄。在同样是创作于伊斯基亚岛的《石灰岩颂》里，他兴致盎然地描写阳光下"斜倚在石岩上的浪荡儿"，这个"浪荡儿"在最初版本里对应的原文为"这个裸身的年轻人"，既是一种性暗示（有学者认为，这位年轻人指的是陪伴在奥登身边的切斯特），也是对当地颇为开放而赤诚的生活的隐射。这些大胆且直白的描写，表明奥登对世界、对自身的认知角度又一次发生了转变。

如果说1939年切斯特的出现让奥登幻想以"婚姻之爱"的形式践行人爱与神爱的结合的话，那么随后发生的灵肉分离的情感危机，则是他不断正视自我、持续攀登精神炼狱的契机。被压抑的情感、被禁锢的欲望，最终以歌德式的意大利之行浮出意识的汪洋。门德尔松教授指出，奥登正是从1948年夏开始以一种发现新大陆般的劲头描写"无法言说的人类身体"——那是唐璜式的身体，"从没有要求被严密监管或者蓄意美化，不会感受到抽象的恨意或者理性的嫉妒，不相信任何教条学说"。[③]这样的身体，正如那颗镶嵌在那不勒斯海湾的伊斯基亚岛，"固守了某种／绝对真理的

[①] ［英］W. H. 奥登：《意大利游记》，《序跋集》，黄星烨译，上海译文出版社2015年版，第172页。

[②] 同上书，第178页。

[③] Edward Mendelson, *Later Auden*, London: Faber and Faber, 1999, p. 277.

信"（《你》，"You"，1960；《奥登诗选：1948—1973》263）。在某种程度上，身体的"固守"，是一种日本当代作家渡边淳一所揭示的"钝感力"①。凭借这种绝妙的钝性，身体更直接、更真诚、更固执地捍卫着它的"世俗性责任"——生活。

正因为诚实地扎根于生活，奥登才会不止一次地表达这样的诗歌创作观点：

> 有人可能会思考"我在64岁的时候应该写些什么"，但从不会揣测"我在1940年该写什么"。②

> "我64岁时该写什么？"，这的确是个问题，
> 而自问"1971年我该写什么"就很愚蠢了。
> (《短句集束》，1969—1971；《奥登诗选：1948—1973》456)

奥登深信诗歌的题材和主题、语言和风格都必须要与他本人的实际生活同步——"如果一个作品"匮乏'现在性'，也就意味着缺失了生活。"③正如门德尔松教授在为中译本《奥登诗选：1948—1973》撰写的前言中指出的，奥登认为他自己不需要刻意迎合所处的历史和文化的时代环境，而是要"持续不断地发现适合其年龄的新的写作方式"④。年齿日长带来的，不是年轮增厚的局限，而是智慧累积的沉思。

到了人生暮年，奥登仍然因为"热爱生活"而时不时地与之发生"争吵"。1968年6月，奥登在给友人的信中附了两首诗——刚刚写成的《贺

---

① 渡边淳一在《钝感力》指出，"钝感力"主要作为一种为人处世的态度以及人生智慧而为人熟知，但正如作者在中文版序言中所指明的，"钝感力不仅限于精神方面，在身体方面也同样如此"：身体，尤其是健康的身体，同样遵循了一种"钝感力"。

② W. H. Auden & Michael Newman, "The Art of Poetry XVII: W. H. Auden", in George Plimpton, ed., *Poets at Work: the Paris Review Interviews,* New York: Penguin Books, 1989, p. 288.

③ W. H. Auden, "The Problem of Nowness", quoted from John Blair, *The Poetic Art of W. H. Auden,* Princeton: Princeton UP, 1965, p. 188.

④ ［英］W. H. 奥登：《奥登诗选：1948—1973》，马鸣谦、蔡海燕译，上海译文出版社2015年版，前言第1页。

拉斯及其门徒》("The Horatians")和《忒耳弥努斯颂》,并且留言道:"最近迷上了贺拉斯,随信附上这种迷思的两个产物。我想,上了年纪的人会懂得欣赏他。"①《贺拉斯及其门徒》里的"热情的年轻人",觉得贺拉斯的门徒们"很冷漠",而这群老派人士"用愉快的目光打量这个世界／但会保持一种冷静的观察"。(《奥登诗选:1948—1973》343—347)从"冷漠"到"冷静",是文化人类学意义上的代际冲突,在大变革的时代尤其不可避免。写完了《贺拉斯及其门徒》之后,奥登马上又完成了《忒耳弥努斯颂》。这首诗在形式上模仿了贺拉斯惯用的阿尔凯奥斯诗体②,在内容上承袭了上一首的精神气——愉快且冷静,但字里行间多了一份嬉笑怒骂的酣畅淋漓。

我们不能简单地把奥登的这种情绪反应理解为一股扑面而来的老朽之气。事实上,对于这样一位成长于传统中产阶级家庭的英国佬来说,20世纪60年代的美国实在是让人出乎意料。在一些学者看来,这是"最活跃、最动荡、最多事、最混乱的10年"③,一波紧接一波的社会浪潮(黑人民权运动、新左派运动、反正统文化运动)不仅来势凶猛,而且锋芒毕露,直捣主流价值体系。奥登在稍早创作的《六十岁的开场白》里抛出了一个疑问——"十六岁出头的少年能理解六十岁的老人么?"接上这一行的是"仙钮,长髯客,露天聚会",与稍后出现在《喀耳刻》("Circe",1969)里的口号"要做爱不要作战"④(《奥登诗选:1948—1973》462)一样,都将困惑的矛头指向了铺天盖地席卷了年轻人的嬉皮士文化。时代正在上演的疯狂、放纵和时髦做派,显然并不在他可以理解和接纳的范畴之内。到了《一位老年公民的打油诗》,奥登再一次聚焦代际问题,而且开门见山地哀呼:

1969 年我们的地球

---

① John Fuller, *W. H. Auden: A Commentary*, Princeton: Princeton UP, 1998, p. 513.
② 根据古希腊诗人阿尔凯奥斯命名,每节四行,第一、二行通常是11个音节,第三行9个音节,第四行10个音节。贺拉斯写颂歌时常用此诗体。
③ 王恩铭:《美国反正统文化运动:嬉皮士文化研究》,北京大学出版社2008年版,第1页。
④ 此处对应的原文"Make Love Not War"是嬉皮士运动时期最为响亮的口号之一,1967年的夏天亦被称作"爱的夏天"。

并不符合我的要求，
我是说，它本该赋予我勇气
让我与混乱保持一定距离。

(《奥登诗选：1948—1973》446)

"混乱"以及该诗结尾处出现的"代沟"、"不合群"等字眼，活脱脱演绎了一个不甘寂寞的"老顽童"形象。在这首打油诗尾声部分，奥登宣称"正因为我是一个宣过誓的公民，/我必定会和它发生一点小冲突"(《奥登诗选：1948—1973》449)，此番论调，未尝不是呼应了弗罗斯特的墓志铭。布罗茨基曾说，很多人之所以不喜欢晚年的奥登，是因为"他达到了声音的中立，嗓子的中立"，但恰恰是这种"中立"异常可贵——"它来自当他与时间汇流在一起。因为时间是中立的。生活的实体是中立的。"①

这就是年过花甲的奥登，依然与生活保持密切联系，尽管这种联系难免有"冲突"和"争吵"的成分。这个日益现代化的世界并不为他所爱。他承认他是个老派的人。他怀念的是爱德华时代的风土人情。他碎碎念着那时"如何如何"(可以参见《一位老年公民的打油诗》)，颇有"从前慢"式的质朴与敦厚。他开始跟鸟儿说话(《鸟类的语言》，"Bird-Language"，1967)，偶尔倾听布谷鸟的鸣啭(《献给布谷鸟的短颂歌》，"Short Ode to the Cuckoo"，1971)，或者与狗(《与狗的交谈》，"Talking to Dogs"，1970)、老鼠(《与老鼠的交谈》，"Talking to Mice"，1971)和自己(《与自己的交谈》)喃喃说着话。他的喁喁独语，是丝丝入扣的寂寞(《孤独感》，"Loneliness"，1971)。

年轻的时候，奥登期望自己能够承受生活之痛，而他的确在时代的惊涛骇浪和个人的暗流汹涌里浮沉漂泊。他还没有做好准备，进入永恒的静默。即便是在临终前不久写下的最后一首俳句里，他仍然表达了一份对生活的眷恋：

---

① [美]约瑟夫·布罗茨基、[美]所罗门·沃尔科夫：《布罗茨基谈话录》，马海甸、刘文飞等编译，东方出版社2008年版，第138页。

他仍然热爱生活
哦，但又多么希望
仁慈的主可以带走他。①

---

① 据说，这首俳句是奥登生前写下的最后一首诗。奥登把小诗呈给卡尔曼看，卡尔曼觉得诗中的死亡意识过于浓烈，让他删掉。奥登很听话地照做了。奥登去世后，卡尔曼凭着记忆向门德尔松教授转述了这首诗："He still loves life / But oooo how he wishes / The good lord would take him." 日本的俳句是17个音节，按照奥登的写法，变成了19个音节。其实，此处存有争议，卡彭特教授认为是19个音节，门德尔松教授认为是18个音节。笔者认为，倘若按照古典诗律的省音原则来计数的话，其实也可以是17个音节。

附录 奥登生活与创作系年[1]

年份	生活经历	创作经历
1907年	2月21日,出生于约克郡,是乔治和康斯坦丝的第三个儿子。祖辈都是英格兰教会的神职人员,父母都是英国国教教徒。	
1908年	迁往伯明翰市,父亲乔治成为市教育委员会的卫生官员,同时也是伯明翰大学公共保健学科的名誉教授。	
1914—1918年	父亲乔治在第一次世界大战爆发后不久便加入了皇家陆军军医队,相继在加里波利、埃及和法国服役,战争结束后才与家人团聚。奥登表示:"我失去的是父亲的精神存在。"	
1915—1920年	成为萨里郡欣德黑德村圣埃德蒙学校的寄宿生。	结识了克里斯托弗·衣修伍德,后来成为他的文学事业伙伴。
1920年	成为诺福克郡霍尔特镇格雷沙姆学院的明星学生。	
1922年	"发现自己失去了信仰"。	开始写诗,在校刊上第一次公开发表了诗歌《破晓》。

---

[1] 本表一方面参考了艾伦·罗德韦(Allan Rodway)所著《奥登导读》(*A Preface to Auden*,1984)中的相关附录,另一方面结合了奥登在散文《依我们所见》中的相关自述。此外,笔者在制作本表时,很多背景知识得益于汉弗莱·卡彭特所著的《奥登传》,以及门德尔松教授所著的《早期奥登》和《后期奥登》。

续表

年份	生活经历	创作经历
1925—1928年	成为牛津大学基督教堂学院的学生，获得自然科学奖学金；不久，转到 P. P. E.（政治、哲学和经济学）方向；最终转到英语语言文学系。虽然才华横溢，但不知何故以三等学士学位毕业。	结识了学长戴—刘易斯、学弟麦克尼斯和斯彭德等人，他们一起讨论文学问题、切磋诗歌技艺、编辑《牛津诗歌》，俨然是一个小规模的文学团体了。
1926年	英国发生大罢工事件，奥登虽然自认是"政治白痴"，但主动选择为总工会开车。	第一次面见导师奈维尔·柯格希尔时，坚定地表示要成为"大诗人"。
1928年	夏秋之交，在家人安排下与一位名叫希拉的姑娘订婚，一年后主动取消了婚约。	《诗集》，斯彭德帮助印刷了约45册，未公开发行。这册诗集的部分内容来自这一年完成的诗剧《两败俱伤》。
1928—1929年	在父亲的资助下去柏林生活了近一年，接触到社会底层民众，有了政治"左倾"意识。	
1930年		《诗集》出版。
1930—1932年	在苏格兰海伦斯堡镇拉知菲私立学院执教。	
1932年		《雄辩家》出版。
1932—1935年	在赫里福德郡科尔维尔村道恩斯中学执教。	
1933年		诗剧《死亡之舞》出版，1934年2月25日在伦敦群众剧院（the Group Theatre）上演。
1934年		《诗集》在美国出版，收录了《雄辩家》和《死亡之舞》。
1935年	6月15日，为帮助托马斯·曼的长女艾丽卡获得英国护照，与其结婚。（1969年8月27日，艾丽卡去世，留下了一笔钱给奥登，感谢他的善意之举。奥登去世后，人们在他的遗物中发现了一份小心收藏的结婚证书影印本。）	与衣修伍德合作的诗剧《皮下之狗》出版，1936年1月12日在伦敦群众剧院上演；与衣修伍德合作的诗剧《攀登F6》出版，1937年2月26日在伦敦群众剧院上演。

续表

年份	生活经历	创作经历
1935—1936年	在GPO（英国邮政总局）电影部供职。	与作曲家布里顿合作了四部具有开拓性意义的纪录片，包括《夜邮》等。
1936年	受伦敦费伯出版社资助，与麦克尼斯结伴去冰岛旅行。	《看吧，陌生人》出版，标题由出版社拟定，奥登并不喜欢，所以翌年在美国推出时，改为《在这座岛上》。
1937年	去往西班牙前线，支持共和政府。再次在道恩斯中学执教。	《西班牙》以小册子的形式出版，版税捐给西班牙的医疗救助活动；与麦克尼斯合作的《冰岛书简》出版。
1938年	与衣修伍德结伴去往中国，后取道日本、美国回国，途中决定移居美国。	与衣修伍德合作的诗剧《边境》出版，当年11月14日在伦敦群众剧院上演。
1939年	离开英国，来到美国纽约。结识了切斯特·卡尔曼，与其度余生。	与T. C. 沃斯利合作的《现在和未来的教育》以小册子的形式出版；与衣修伍德合作的《战地行纪》出版。
1940年	在纽约社会研究新学院执教一年。"又有信仰了"：皈依基督教，加入英国国教教会。	《另一时刻》出版。
1941年	在密歇根州奥利韦学院的作家研讨班授课，同时在密歇根大学执教一年。7月，发现卡尔曼有了新情人，备受打击。 8月底，获悉母亲离世，心情沉重。	《双面人》出版，英国版标题是《新年书简》；轻歌剧《保罗·班扬》（布里顿作曲）在哥伦比亚大学上演。
1942年	开始在斯沃斯莫尔学院执教三年，后两年同时在布林莫尔学院执教。	
1944年		《在此时刻》（收录了《海与镜》）出版。
1945年	以民间研究员的身份（相当于陆军少校军衔）随美国军方进入欧洲战场，开展美国战略轰炸调查。（期间，自1939年以来，首次拜访英国。）搬到纽约，租住公寓。	《诗选》出版（奥登对标题不满意）。

续表

年份	生活经历	创作经历
1946 年	在贝宁顿学院执教，后又开始在纽约社会研究新学院执教一年。 正式加入美国国籍。	
1947 年	在伯纳德学院讲授宗教。	《焦虑的时代》出版。
1948 年	与卡尔曼结伴去往意大利南部的伊斯基亚岛，租下了一座带花园的大房子。（从1949年到1957年，每年他们都去该岛消夏。） 继续在纽约社会研究新学院执教。	
1950 年	成为曼荷莲学院的客座讲师。	《短诗合集：1930—44》出版，是1945年《诗选》的英国版；系列讲稿《激昂的洪水》出版。
1951 年		《午后课》出版；与卡尔曼合作的歌剧《浪子的历程》（斯特拉文斯基作曲）在威尼斯上演。
1953 年	在纽约圣马克街77号租下了一套公寓。（奥登移居美国后，长期居无定所，找不到心仪的房子居住。他对这套公寓比较满意，称之为"我的纽约窝"，一直租到生命的最后时光。）	
1955 年		《阿喀琉斯之盾》出版。
1956 年	成为牛津大学的诗歌教授，任期5年，每年推出三次公共讲座。	《创作，认知与判断》以小册子的形式出版（基于他任牛津大学诗歌教授时的讲课稿）。
1957 年	5月初，父亲离世，奥登恰好在牛津大学做诗歌讲座，期间回家探望父亲，赶上见他最后一面。 10月初，购置了奥地利基希施泰腾小镇的一处乡间小舍，翌年开始每到春夏便去该处居住。	
1960 年		《向克里俄致敬》出版。
1961 年		与卡尔曼合作的歌剧《青年恋人的哀歌》（汉斯·亨策作曲）在斯图加特上演。

续表

年份	生活经历	创作经历
1962 年		《染匠之手》出版。
1964 年	4 月，受冰岛政府和英国驻冰岛大使的邀请出访冰岛，为期两周左右。9 月，受福特基金资助，以驻地作家的身份前往柏林居住，为期六个月。	
1965 年		《有关寒舍》出版。
1966 年		与卡尔曼合作的歌剧《酒神狂女》（汉斯·亨策作曲）在萨尔茨堡上演；《短诗合集：1927—57》出版。
1968 年		《长诗合集》出版；《第二世界》出版。
1969 年		《没有墙的城市》出版。
1970 年		《某个世界：备忘书》出版。
1971 年		《学术涂鸦》出版。
1972 年	11 月，搬进牛津大学基督教堂学院提供的小屋。	《给教子的信》出版。
1973 年	9 月 28 日晚，参加奥地利文学会在维也纳举行的诗歌朗诵会后感到不适。9 月 29 日上午，卡尔曼发现他死在床上，从错误的睡姿判断出他应该是死于心脏病突发，后续尸检也证实了这一点。10 月 4 日，按其生前所愿，安葬于基希施泰滕的教堂墓地；与此同时，好友们分别在纽约的圣约翰大教堂和牛津大学的基督教堂学院为其举办了悼念会。	与卡尔曼合作的歌剧《爱的徒劳》（尼古拉斯·纳博科夫作曲）在布鲁塞尔上演；《序跋集》出版。
1974 年	伦敦威斯敏斯特大教堂"诗人角"为其铺了一块地碑，上书《诗悼叶芝》中的名句——"在他岁月的囚笼中 / 教会自由的人如何称颂。"	《谢谢你，雾》出版。

续表

年份	生活经历	创作经历
1975年	1月,卡尔曼因心脏骤停去世。(奥登生前立遗嘱,表示"一切都留给卡尔曼";卡尔曼的遗嘱则是"一切都留给奥登"。)	

主要参考文献

（说明：本书目只列出参考过的文学作品和学术著作与作品集，期刊文献详见正文脚注）

一　奥登著作

Auden, W. H., *Poems*, London: Faber and Faber, 1930.

——, *The Orators: An English Study*, London: Faber and Faber, 1932.

——, *The Poet's Tongue: An Anthology*, London: G. Bell, 1935.

——, *Look, Stranger*! London: Faber and Faber, 1936.

——, *Another Time*, New York: Random House, 1940.

——, *New Year Letter*, London: Faber and Faber, 1941.

——, *For the Time Being*, London: Faber and Faber, 1945.

——, *A Certain World: A Commonplace Book*, New York: Viking Press, 1974.

——, *The English Auden: Poems, Essays and Dramatic Writings, 1927-1939*, ed. Edward Mendelson, New York: Random House, 1977.

——, *Selected Poems*, ed. Edward Mendelson, London & Bostan: Faber and Faber, 1979.

——, *The Dyer's Hand and Other Essays,* New York: Vintage, 1989.

——, *Forewords and Afterwords,* ed. Edward Mendelson, New York: Vintage, 1989.

——, *Collected Poems*, ed. Edward Mendelson, New York: Vintage Books, 1991.

——, *Lectures on Shakespeare*, ed. Arthur Kirsch, Princeton: Princeton UP, 2000.

——, *The Sea and the Mirror: A Commentary on Shakespeare's "The Tempest"*, Princeton: Princeton UP, 2003.

——, *Juvenilia: Poems, 1922-1928*, ed. Katherine Bucknell, Princeton: Princeton UP, 2003.

——, *The Complete Works of W. H. Auden: Prose*, Vol. I: 1926-1938, ed. Edward Mendelson, Princeton: Princeton UP, 1996.

——, *The Complete Works of W. H. Auden: Prose*, Vol. II: 1939-1948, ed. Edward Mendelson, London: Faber and Faber, 2002.

——, *The Complete Works of W. H. Auden: Prose*, Vol. III: 1949-1955, ed. Edward Mendelson, Princeton: Princeton UP, 2008.

——, *The Complete Works of W. H. Auden: Prose*, Vol. IV: 1956-1962, ed. Edward Mendelson, Princeton: Princeton UP, 2010.

——, *The Complete Works of W. H. Auden: Prose*, Vol. V: 1963-1968, ed. Edward Mendelson, Princeton: Princeton UP, 2015.

——, *The Complete Works of W. H. Auden: Prose*, Vol. VI: 1969-1973, ed. Edward Mendelson, Princeton: Princeton UP, 2015.

Auden, W. H. & Christopher Isherwood, *Journey to a War*, New York: Random House, 1939.

——, *Plays and Other Dramatic Writings, 1928-1938*, Princeton: Princeton UP, 1988.

［英］W. H. 奥登：《学术涂鸦》，桑克译，古吴轩出版社2005年版。

——：《奥登诗选：1927—1947》，马鸣谦、蔡海燕译，上海译文出版社2014年版。

——：《奥登诗选：1948—1973》，马鸣谦、蔡海燕译，上海译文出版社2015年版。

——：《序跋集》，黄星烨译，上海译文出版社2015年版。

［英］W. H. 奥登、［英］克里斯托弗·衣修伍德：《战地行纪》，马鸣谦译，上海译文出版社2012年版。

二　其他文学作品和学术著作与作品集

（一）英文部分

Aisenberg, Katy, *Ravishing Images: Ekphrasis in the Poetry and Prose of William Wordsworth, W. H. Auden, and Philip Larkin,* New York: Peter Lang Publishing, 1995.

Annan, Noel, *Our Age: English Intellectuals between the Wars,* New York: Random House, 1990.

Ansen, Alan, *The Table Talk of W. H. Auden,* Princeton: Ontario Review Press, 1990.

Arana, R. Victoria, *W. H. Auden's Poetry: Mythos, Theory, and Practice,* New York: Cambria Press, 2009.

Bahlke, George, ed., *Critical Essays on W. H. Auden,* New York: Macmillan Publishing Company, 1991.

Blair, John, *The Poetic Art of W. H. Auden,* Princeton: Princeton UP, 1965.

Bloom, Harold, *Poets and Poems,* Philadelphia: Chelsea House, 2005.

Boly, John R., *Reading Auden: The Return of Caliban,* New York: Cornell UP, 1991.

Bozorth, Richard R., *Auden's Games of Knowledge: Poetry and the Meanings of Homosexuality,* New York: Columbia UP, 2001.

Brodsky, Joseph, *Less Than One,* New York: Farrar, Straus and Giroux, 1986.

Burt, Stephen, ed., *Randall Jarrell on W. H. Auden,* New York: Columbia UP, 2005.

Carpenter, Humphrey, *W. H. Auden: A Biography,* Boston: Houghton Mifflin Company, 1981.

Carter, Ronald, *Thirties Poets: "The Auden Group",* London and Basingstoke: Macmillan Publishers, 1984.

Crossman, Richard, ed., *The God That Failed,* New York: Harper & Row, 1963.

Davenport-Hines, Richard, *Auden,* New York: Vintage Books, 1999.

Day-Lewis, C., *The Buried Day,* London: Chatto & Windus, 1960.

Duchene, François, *The Case of the Helmeted Airman*, London: Chatto & Windus, 1972.

Eliot, T. S., *For Lancelot Andrews: Essays on Style and Order*, London: Faber & Gwyer, 1928.

Emig, Rainer, *W. H. Auden: Towards a Postmodern Poetics*, New York: Palgrave, 2000.

Farnan, Dorothy, *Auden in Love,* New York: Simon and Schuster, 1985.

Firchow, Peter Edgerly, ed., *W. H. Auden: Contexts for Poetry,* Newark: University of Delaware Press, 2002.

Fuller, John, *W. H. Auden: A Commentary*, Princeton: Princeton UP, 1998.

Gottlieb, Susannah Young-ah, *Regions of Sorrow: Anxiety and Messianism in Hannah Arendt and W. H. Auden*, Stanford: Stanford UP, 2003.

Greenberg, Herbert, *Quest for the Necessary: W. H. Auden and the Dilemma of Divided Consciousness*, Cambridge: Harvard UP, 1968.

Griffin, Howard, *Conversations with Auden*, San Francisco: Grey Fox Press, 1981.

Gwiazda, Piotr, *James Merrill and W. H. Auden: Homosexuality and Poetic Influence*, New York: Palgrave Macmillan, 2007.

Haffenden, John, ed., *W. H. Auden: The Critical Heritage*, London: Routledge & Kegan Paul, 1983.

Hecht, Anthony, *The Hidden Law: The Poetry of W. H. Auden*, Cambridge: Harvard UP, 1993.

Hoggart, Richard, *Auden: An Introductory Essay*, New Haven: Yale UP, 1951.

Hynes, Samuel, *The Auden Generation: Literature and Politics in England in the 1930s*, London: Faber and Faber, 1976.

Hyland, Dominic, ed., *W. H. Auden: Selected Poems*, New York: Longman, 1985.

Isherwood, Christopher, *Christopher and His Kind*, London: Vintage, 2012.

Izzo, David Garrett, *W. H. Auden: A Legacy*, West Cornwall: Locust Hill Press, 2002.

Izzo, David Garrett, *W. H. Auden Encyclopedia,* Jefferson: McFarland, 2004.

Jacobs, Alan, *What Became of Wystan: Change and Continuity in Auden's Poetry,* Fayetteville: The University of Arkansas Press, 1998.

Johnson, Richard, *Man's Place,* New York: Cornell UP, 1973.

Kendall, Tim, *Modern English War Poetry,* New York: Oxford UP, 2006.

Kimball, Roger, *Experiments Against Reality*, Chicago: Ivan R. Dee, 2000.

Kirsch, Arthur, *Auden and Christianity*, New Haven & London: Yale UP, 2005.

Mendelson, Edward, *Early Auden*, New York: The Viking Press, 1981.

——, *Later Auden*, London: Faber and Faber, 1999.

Osborne, Charles, *W. H. Auden: The Life of a Poet*, New York: Harcourt Brace Jovanovich, 1979.

Page, Norman, *Auden and Isherwood: The Berlin Years*, New York: St. Martin's Press, 2000.

Plimpton, George, ed., *Poets at Work: the Paris Review Interviews*, New York: Penguin Books, 1989.

Raine, Kathleen, *The Inner Journey of the Poet,* New York: George Braziller, 1982.

Rodway, A. Edwin, *A Preface to Auden*, New York: Longman, 1984.

Scarfe, Francis, *Auden and After: The Liberation of Poetry 1930-1941*, London: Routledge & Sons, 1942.

Sharpe, Tony, *W. H. Auden in Context*, New York: Cambridge UP, 2013.

Smith, Stan, ed., *The Cambridge Companion to W. H. Auden,* Cambridge: Cambridge UP, 2004.

Spears, Monroe K., *The Poetry of W. H. Auden: The Disenchanted Island*, New York: Oxford UP, 1963.

——, ed., Auden: *A Collection of Critical Essays*, Englewood Cliffs: Prentice-Hall, 1964.

Spender, Stephen, ed., *W. H. Auden: A Tribute,* London: Weidenfeld & Nicolson, 1975.

——, *The Thirties and After: Poetry, Politics, People (1933-75)*, London:

Fontana, 1978.

Spender, Stephen, *World within World: The Autobiography of Stephen Spender*, New York: St. Martin's Press, 1994.

Symons, Julian, *The Thirties: A Dream Resolved,* London: Cresset, 1960.

Tolley, A. T., *The Poetry of the Forties in Britai*n, Ottawa: Carleton UP, 1985.

Wetzsteon, Rachel, *Influential Ghosts: A Study of Auden's Sources*, New York & London: Routledge, 2007.

Wright, George, *W. H. Auden,* Boston: Twayne Publishers, 1981.

（二）中文部分

［法］皮埃尔·阿多：《别忘记生活：歌德与精神修炼的传统》，华东师范大学出版社 2015 年版。

［美］汉娜·阿伦特：《过去与未来之间》，王寅丽、张立立译，译林出版社 2011 年版。

［美］M. H. 艾布拉姆斯：《镜与灯：浪漫主义文论及批评传统》，郦稚牛、张照进等译，北京大学出版社 2004 年版。

［英］T. S. 艾略特：《基督教与文化》，杨民生、陈常锦译，四川人民出版社 1989 年版。

——：《艾略特诗学文集》，王国衷编译，国际文化出版公司 1989 年版。

——：《传统与个人才能：艾略特文集·论文》，卞之琳、李赋宁等译，上海译文出版社 2012 年版。

——：《现代教育和古典文学：艾略特文集》，李赋宁、王恩衷等译，上海译文出版社 2012 年版。

［美］苏珊·安德森：《克尔凯郭尔》，瞿旭彤译，中华书局 2004 年版。

［古罗马］奥古斯丁：《忏悔录》，周士良译，商务印书馆 2010 年版。

［古罗马］奥勒留：《沉思录》，李娟、杨志译，北京理工大学出版社 2009 年版。

［古罗马］奥维德：《变形记》，杨周翰译，人民文学出版社 2008 年版。

［英］乔治·奥威尔：《一九八四 / 动物农场》，孙仲旭译，译林出版社 2008 年版。

［英］乔治·奥威尔：《政治与文学》，李存捧译，译林出版社2011年版。

［美］约翰·巴勒斯：《鸟与诗人》，杨向荣译，人民文学出版社2006年版。

［英］乔治·拜伦：《拜伦诗选》，杨德豫译，外语教学与研究出版社2011年版。

［美］G. W. 鲍尔索克：《从吉本到奥登：古典传统论集》，于海生译，华夏出版社2017年版。

［德］瓦尔特·本雅明：《发达资本主义时代的抒情诗人》，张旭东、魏文生译，生活·读书·新知三联书店1992年版。

卞之琳：《英国诗选：莎士比亚至奥顿》，湖南人民出版社1983年版。

［俄］尼古拉·别尔嘉耶夫：《人的奴役与自由》，徐黎明译，贵州人民出版社2007年版。

［法］夏尔·波德莱尔：《恶之花》，郭宏安译，上海译文出版社2013年版。

——：《波德莱尔美学论文选》，郭宏安译，人民文学出版社1987年版。

［古希腊］柏拉图：《柏拉图全集》（第1卷），王晓朝译，人民出版社2002年版。

——：《柏拉图全集》（第2卷），王晓朝译，人民出版社2003年版。

［丹麦］格奥尔格·勃兰兑斯：《十九世纪文学主流》（第二分册），刘半九译，人民文学出版社2009年版。

［美］约瑟夫·布罗茨基：《见证与愉悦》，黄灿然译，百花文艺出版社1999年版。

——：《文明的孩子》，刘文飞译，中央编译出版社2007年版。

——、［美］所罗门·沃尔科夫：《布罗茨基谈话录》，马海甸、刘文飞等编译，东方出版社2008年版。

——：《小于一》，黄灿然译，浙江文艺出版社2014年版。

——：《悲伤与理智》，刘文飞译，上海译文出版社2015年版。

［美］哈罗德·布鲁姆：《西方正典》，江宁康译，译林出版社2005年版。

——等：《读诗的艺术》，王敖译，南京大学出版社2010年版。

——：《影响的焦虑》，徐文博译，江苏教育出版社2006年版。

［美］克林斯·布鲁克斯：《精致的瓮：诗歌结构研究》，郭乙瑶、王楠等译，上海人民出版社2008年版。

［美］韦恩·布斯：《修辞的复兴》，穆雷、李佳畅等译，译林出版社 2009 年版。

曹元勇编：《蛇的诱惑》，珠海出版社 1997 年版。

陈旭光：《中西诗学的会通：20 世纪中国现代主义诗学研究》，北京大学出版社 2003 年版。

陈中梅：《神圣的荷马：荷马史诗研究》，北京大学出版社 2008 年版。

［美］保罗·蒂里希：《蒂里希选集》，何光沪选编，上海三联书店 1999 年版。

［意］但丁：《神曲》，田德望译，人民文学出版社 2007 年版。

杜运燮等编：《一个民族已经起来》，江苏人民出版社 1987 年版。

汪晖、陈燕谷编：《文化与公共性》，生活·读书·新知三联书店 2005 年版。

飞白：《诗海：世界诗歌史纲》（现代卷），漓江出版社 1989 年版。

——：《世界名诗鉴赏辞典》，漓江出版社 1989 年版。

——：《世界诗库·第 2 卷》（英国、爱尔兰），花城出版社 1994 年版。

［德］克劳斯·弗尔克尔：《布莱希特传》，李健鸣译，中国戏剧出版社 1986 年版。

［加］诺斯洛普·弗莱：《现代百年》，盛宁译，牛津大学出版社 1998 年版。

——：《批评之路》，王逢振等译，北京大学出版社 1998 年版。

［德］胡戈·弗里德里希：《现代诗歌的结构》，李双志译，译林出版社 2010 年版。

［美］埃里希·弗洛姆：《爱的艺术》，西苑出版社 2003 年版。

——：《在幻想锁链的彼岸：我所理解的马克思和弗洛伊德》，张燕译，湖南人民出版社 1986 年版。

——：《人类的破坏性剖析》，李穆等译，世界图书出版社公司 2014 年版。

——：《弗洛伊德的使命：对弗洛伊德的个性和影响的分析》，尚新健译，生活·读书·新知三联书店 1987 年版。

［奥］西格蒙德·弗洛伊德：《释梦》，孙名之译，商务印书馆 2011 年版。

——：《性学三论》，徐胤译，浙江文艺出版社 2015 年版。

——：《精神分析引论》，徐胤译，浙江文艺出版社 2016 年版。

——：《文明及其缺憾》，车文博主编，九州出版社 2014 年版。

——：《弗洛伊德自传》，顾闻译，上海人民出版社 1987 年版。

[美]彼得·盖伊：《弗洛伊德传》，龚卓军、高志仁等译，商务印书馆2015年版。

[德]约翰·沃尔夫冈·歌德：《浮士德》，绿原译，人民文学出版社2007年版。

——：《歌德自传：诗与真》，刘思慕译，华文出版社2013年版。

顾肃：《自由主义基本理念》，中央编译出版社2003年版。

郭艳君：《历史与人的生成：马克思历史观的人学阐释》，社会科学文献出版社2005年版。

[英]托马斯·哈代：《还乡》，王守仁译，译林出版社1999年版。

[德]马丁·海德格尔：《诗·语言·思》，彭富春译，文化艺术出版社1991年版。

[美]乔纳森·海特：《正义之心》，舒明月、胡晓旭译，浙江人民出版社2014年版。

[美]乔·奥·赫茨勒：《乌托邦思想史》，张兆麟、杨廉著等译，商务印书馆1990年版。

[古希腊]荷马：《荷马史诗·伊利亚特》，罗念生、王焕生译，人民文学出版社2006年版。

——：《荷马史诗·奥德赛》，王焕生译，人民文学出版社2008年版。

[英]阿道司·赫胥黎：《美丽新世界》，李黎译，花城出版社1987年版。

[古希腊]赫西俄德：《工作与时日·神谱》，蒋平、张竹明译，商务印书馆2015年版。

胡家峦：《历史的星空——文艺复兴时期英国诗歌与西方传统宇宙论》，北京大学出版社2001年版。

黄灿然：《必要的角度》，辽宁教育出版社2001年版。

[英]爱德华·吉本：《罗马帝国衰亡史》，席代岳译，吉林出版集团有限责任公司2008年版。

江宜桦：《自由民主的理路》，新星出版社2006年版。

[意]伊塔洛·卡尔维诺：《卡尔维诺文集·寒冬夜行人等》，萧天佑译，译林出版社2005年版。

[奥]弗朗茨·卡夫卡：《外国中短篇小说藏本·卡夫卡》，韩瑞祥、仝保

民选编，人民文学出版社 2010 年版。

［德］恩斯特·卡西尔：《人论》，甘阳译，西苑出版社 2003 年版。

［丹］索伦·克尔凯郭尔：《恐惧与颤栗》，刘继译，贵州人民出版社 1994 年版。

——：《致死的疾病》，张祥龙、王建军译，中国工人出版社 1997 年版。

——：《非此即彼》，封宗信等译，中国工人出版社 2006 年版。

——：《克尔凯戈尔日记选》，晏可佳、姚蓓琴译，上海社会科学院出版社 2002 年版。

［捷克］米兰·昆德拉：《生活在别处》，袁筱一译，上海译文出版社 2004 年版。

［奥］W. 赖希：《性革命——走向自我调节的性格结构》，陈学明、李国海等译，东方出版社 2010 年版。

［德］戈特霍尔德·莱辛：《拉奥孔》，朱光潜译，商务印书馆 2013 年版。

蓝瑛：《社会主义政治学说史》（上），上海人民出版社 2014 年版。

［英］D. H. 劳伦斯：《性与可爱》，姚暨荣译，花城出版社 1988 年版。

［奥］赖内·里尔克、［德］K. 勒塞等：《〈杜伊诺哀歌〉中的天使》，林克译，华东师范大学出版社 2005 年版。

刘禾：《六个字母的解法》，中信出版社 2014 年版。

刘小枫：《拯救与逍遥》，华东师范大学出版社 2007 年版。

［英］C. S. 路易斯：《文艺评论的实验》，邓军海译注，华东师范大学出版社 2015 年版。

［美］赫伯特·马尔库塞：《爱欲与文明》，黄勇、薛民译，上海译文出版社 2012 年版。

［德］卡尔·曼海姆：《意识形态与乌托邦》，黎鸣等译，商务印书馆 2007 年版。

［英］约翰·弥尔顿：《失乐园》，朱维之译，上海译文出版社 1984 年版。

［波兰］切斯瓦夫·米沃什：《诗的见证》，黄灿然译，广西师范大学出版社 2011 年版。

［英］托马斯·莫尔：《乌托邦》，戴镏龄译，商务印书馆 2008 年版。

［英］德斯蒙德·莫利斯：《人类动物园》，何道宽译，复旦大学出版社 2010 年版。

穆旦：《穆旦诗全集》，中国文学出版社 1996 年版。

［德］弗里德里希·尼采：《尼采反对瓦格纳》，陈燕茹、赵秀芬译，山东画报出版社 2002 年版。

——：《尼采诗选》，钱春绮译，漓江出版社 1986 年版。

聂珍钊：《英语诗歌形式导论》，中国社会科学出版社 2007 年版。

［法］莫里斯·梅洛—庞蒂：《符号》，姜志辉译，商务印书馆 2003 年版。

［德］迪特里希·冯·朋霍费尔：《狱中书简》，高师宁译，新星出版社 2011 年版。

——：《做门徒的代价》，隗仁莲译，新星出版社 2012 年版。

［法］马塞尔·普鲁斯特：《追忆似水年华·索多姆和戈摩尔》，许钧、杨松河译，译林出版社 1996 年版。

［法］温斯顿·丘吉尔：《从战争到战争》，吴泽炎、万良炯等译，译林出版社 2012 年版。

［瑞士］卡尔·荣格：《心理结构与心理动力学》，关群德译，国际文化出版公司 2011 年版。

——：《心理学与文学》，冯川、苏克译，译林出版社 2014 年版。

［美］苏珊·桑塔格：《疾病的隐喻》，程巍译，上海译文出版社 2007 年版。

——：《论摄影》，黄灿然译，上海译文出版社 2010 年版。

［英］威廉·莎士比亚：《莎士比亚·四大悲剧》，朱生豪译，中国画报 2012 年版。

史成芳：《诗学中的时间概念》，湖南教育出版社 2000 年版。

［英］弗兰克·史德普：《叶芝：谁能看透》，傅广军、马欢译，大连理工大学出版社 2013 年版。

［德］卡尔·施米特：《政治的浪漫派》，冯克利、刘锋译，上海人民出版社 2004 年版。

［美］爱德华·萨义德：《知识分子论》，单德兴译，生活·读书·新知三联书店 2013 年版。

［美］贝雷泰·斯特朗：《诗歌的先锋派：博尔赫斯、奥登和布列东团体》，陈祖洲译，南京大学出版社 2011 年版。

［法］弗洛朗斯·塔玛涅：《欧洲同性恋史》，周莽译，商务印书馆 2009 年版。

[加拿大]查尔斯·泰勒:《世俗时代》,张容南、盛韵等译,上海三联书店2016年版。

[美]莱昂内尔·特里林:《诚与真》,刘佳林译,江苏教育出版社2006年版。

王恩铭:《美国反正统文化运动:嬉皮士文化研究》,北京大学出版社2008年版。

汪晖等编译:《文化与公共性》,生活·读书·新知三联书店2005年版。

王圣思:《"九叶诗人"评论资料选》,华东师范大学出版社1996年版。

王佐良:《英国诗史》,译林出版社1997年版。

[古罗马]维吉尔:《埃涅阿斯纪》,杨周翰译,人民文学出版社2000年版。

魏萍、陈洪波:《心理学流派中的马克思主义》,西安电子科技大学出版社2014年版。

吴笛:《哈代新论》,浙江大学出版社2009年版。

——:《外国诗歌鉴赏辞典》(古代卷),上海辞书出版社2009年版。

武跃速:《西方现代主义文学的个人乌托邦倾向》,上海社会科学院出版社2004年版。

夏凡:《乌托邦困境中的希望:布洛赫早中期哲学的文本学解读》,中央编译出版社2008年版。

[美]拉塞尔·雅各比:《不完美的图像:反乌托邦时代的乌托邦思想》,姚建彬译,新星出版社2007年版。

——:《乌托邦之死:冷漠时代的政治与文化》,姚建彬译,新星出版社2007年版。

[古希腊]亚里士多德:《诗学》,陈中梅译,商务印书馆1996年版。

[英]威廉·燕卜荪:《朦胧的七种类型》,周邦宪译,中国美术学院出版社1996年版。

[英]特里·伊格尔顿:《如何读诗》陈太胜译,北京大学出版社2016年版。

——,《文学事件》,阴志科译,河南大学出版社2017年版。

易柳婷:《克尔凯郭尔》,陕西师范大学出版社2017年版。

袁可嘉:《论新诗现代化》,生活·读书·新知三联书店1988年版。

张德明:《批评的视野》,上海社会科学院出版社 2004 年版。

［美］弗雷德里克·詹姆逊:《时间的种子》,王逢振译,江苏教育出版社 2006 年版。

赵毅衡编选:《"新批评"文集》,卞之琳等译,百花文艺出版社 2001 年版。

周宪:《审美现代性批判》,商务印书馆 2005 年版。

索 引

一 奥登诗歌作品索引

《加利福尼亚》("California",1922)259

《旧时的铅矿》("The Old Lead-mine",1922)375

《阅读济慈的颂歌之后》("After Reading Keats' Ode",1922 或 1923)259

《致伞菌》("To a Toadstool",1922 或 1923)265

《故事》("A Tale",1923)259

《矿工的妻子》("The Miner's Wife",1924)375

《铅是最好的东西》("Lead's the Best",1926)375

《纳喀索斯》("Narcissus",1927)203

《信》("The Letter",1927)264

《间谍》("The Secret Agent",1928)137

《耶稣今日死去》("Jesus Died Today",1928)203

《1929》("1929",1929)52, 83, 104, 203, 273, 274, 330, 363

《家族幽灵》("Family Ghosts",1929)265, 375

《迷失》("Missing",1929)265

《请求》("Petition",1929)330, 525

《身处险境》("Between Adventure",1929)137

《这挚爱的一个》("This Loved One",1929)186

《关注》("Consider",1930)115, 116, 124, 265, 273, 274, 276, 330, 380, 389

《流浪者》("The Wanderer",1930)137

《流亡者》（"The Exiles"，1930）124

《这月色之美》（"This Lunar Beauty"，1930）186

《好时光》（"Have a Good Time"，1931）137

《那晚当快乐开始》（"That Night When Joy Began"，1931）186

《歌》（"Song"，1932）134

《两个世界》（"Two Worlds"，1932）136, 265

《哦，那是什么声音》（"O what is that sound…"，1932）204

《一位共产主义者致其他人》（"A Communist to Others"，1932）106, 120, 131, 132, 134, 299

《夏夜》（"A Summer Night"，1933）123, 124, 138, 140, 240, 241, 293, 295, 298, 381

《寓意之景》（"Paysage Moralisé"，1933）125, 360, 361, 365, 510

《见证者》（"The Witnesses"，1934）124, 137

《三十年代的新人》（"A Bride in the 30's"，1934）124

《代价》（"The Price"，1936）83

《风平浪静的湖心……》（"Fish in the unruffled lakes"，1936）352

《梦》（"The Dream"，1936）186

《死亡的回声》（"Death's Echo"，1936）124

《葬礼蓝调》（"Funeral Blues"，1936）34, 515, 516

《致拜伦勋爵的信》（"Letter to Lord Byron"，1936）13, 44, 61, 70, 71, 73, 74, 78, 79, 92, 98, 130, 140, 250, 264, 290, 317, 454, 513

《俄耳甫斯》（"Orpheus"，1937）481

《某晚当我外出散步》（"As I Walked Out One Evening"，1937）191, 205, 209, 341

《如他这般》（"As He Is"，1937）455

《死神之舞》（"Danse Macabre"，1937）72, 124

《西班牙》（"Spain"，1937）131, 146, 151, 152, 155, 158, 162, 163, 295, 362, 524, 536

《摇篮曲》（"Lullaby"，1937）186

《A. E. 豪斯曼》（"A. E. Housman"，1938）301

《兰波》（"Rimbaud"，1938）301

《旅客之歌》（"Passenger Shanty"，1938）186

《美术馆》（"Musée des Beaux Arts"，1938）209, 301, 302, 306, 308, 309, 311, 384, 510, 511

《哦，告诉我那爱的真谛》（"O Tell Me the Truth about Love"，1938）188, 208

《诗体解说词》（"Commentary"，1938）53, 295, 360–362

《小说家》（"The Novelist"，1938）290, 291, 301, 477, 478, 480

《战争时期》（"In Time of War"，1938）38, 209, 301, 360–362, 365, 468, 470, 510

《作曲家》（"The Composer"，1938）301, 477, 478, 480

《爱德华·李尔》（"Edward Lear"，1939）35

《伏尔泰在费尔内》（"Voltaire at Ferney"，1939）294

《谜语》（"The Riddle"，1939）189

《诗悼西格蒙德·弗洛伊德》（"In Memory of Sigmund Freud"，1939) 56, 65, 67, 69, 76, 106, 326, 523

《诗悼叶芝》（"In Memory of W. B. Yeats"，1939）2, 34, 35, 68, 321, 324, 325, 336, 339, 340, 345, 348, 349, 351–353, 355, 432, 482, 522, 524, 538

《一九三九年九月一日》（"September 1, 1939"，1939）16, 34, 41, 154, 175, 180, 227, 257, 355, 427, 510, 522, 524

《有如天命》（"Like a Vocation"，1939）224, 226, 292

《预言者》（"The Prophets"，1939）189, 244, 246, 375

《黑暗岁月》（"The Dark Years"，1940）279

《疾病与健康》（"In Sickness and in Health"，1940）189, 191, 224

《迷宫》（"The Maze"，1940）278, 279, 285, 362

《若我能对你说》（"If I Could Tell You"，1940）189

《探索》（"The Quest"，1940）362

《新年书简》（"New Year Letter"，1940）29, 44, 84, 85, 88, 106, 126, 127, 176, 192, 224, 227, 233, 295, 309, 335, 345, 347, 348, 354–356, 374, 375, 377, 378, 455, 492, 493, 499, 513, 522, 536

《隐秘的法则》（"The Hidden Law"，1940）455

《纵身一跳》（"Leap Before You Look"，1940）224, 455

《在亨利·詹姆斯墓前》("At the Grave of Henry James",1941)450

《在此时刻》("For the Time Being",1941—1942)224, 536

《海与镜》"The Sea and the Mirror",1942—1944)224, 373, 454, 455, 486, 489, 490, 492, 493, 536

《罗马的衰亡》("The Fall of Rome",1947)265

《论音乐的国际性》("Music is International",1947)480

《爱宴》("The Love Feast",1948)242

《石灰岩颂》("In Praise of Limestone",1948)375, 454, 527, 528, 529

《伊斯基亚岛》("Ischia",1948)390, 391, 528, 529

《城市的纪念》("Memorial for the City",1949)265, 362, 379–381, 389

《祷告时辰》("Horae Canonicae",1949—1955)29, 362, 500

    《祷告时辰·赞美经》("Lauds",1952)246

    《祷告时辰·夕祷》("Vespers",1954)500

《中转航站》("In Transit",1950)386, 528

《阿喀琉斯之盾》("The Shield Of Achilles",1952)510, 511, 537

《"至诚之诗必藏大伪"》("The Truest Poetry Is the Most Feigning",1953)393

《溪流》("Streams",1953)455, 458

《盖娅颂》("Ode to Gaea",1954)382, 383, 386

《厄庇戈诺伊》("The Epigoni",1955)365

《科学史》("The History of Science",1955)365

《老人的路途》("The Old Man's Road",1955)365

《历史的创造者》("Makers of History",1955)365

《梅拉克斯与穆林》("Merax and Mullin",1955)439

《向克里俄致敬》("Homage to Clio",1955)365, 537

《言辞》("Words",1956)420

《爱得更多》("The More Loving One",1957)295

《礼拜五的圣子》("Friday's Child",1958)239

《栖居地的感恩》("Thanksgiving for a Habitat",1958—1964)32, 82, 437

    《栖居地的感恩·创作的洞穴》("The Cave of Making",1964)320, 427, 437

《栖居地的感恩·友人专用》("For Friends Only", 1964) 32

《栖居地的感恩·裸露的洞穴》("The Cave of Nakedness", 1963) 14, 82

《你》("You", 1960) 530

《工匠》("The Maker", 1961) 480

《致一位语言学者的短颂歌》("A Short Ode to a Philologist", 1961) 184, 430, 438, 439

《我不是摄影机》("I am not a Camera", 1962) 384, 387–389

《巡回演讲》("On The Circuit", 1963) 14, 174

《对称与不对称》("Symmetries and Asymmetries", 1963—1964) 458, 459

《对场域的爱》("Amor Loci", 1965) 243–247

《页边批注》("Marginalia", 1965—1968) 459

《人物速写》("Profile", 1965—1966, 1973) 459

《六十岁的开场白》("Prologue at Sixty", 1967) 257, 375, 531

《鸟类的语言》("Bird-Language", 1967) 532

《贺拉斯及其门徒》("The Horatians", 1968) 530, 531

《忒耳弥努斯颂》("Ode to Terminus", 1968) 199, 531

《喀耳刻》("Circe", 1969) 531

《没有墙的城市》("City Without Walls", 1969) 507, 508, 510, 538

《新年贺辞》("A New Year Greeting", 1969) 63

《一个老年公民的打油诗》("Doggerel by a Senior Citizen", 1969) 435

《治疗的艺术》("The Art of Healing", 1969) 56, 63, 64

《致沃尔特·伯克的诗行，适逢他从全科医师的岗位上荣休》("Lines to Dr Walter Birk on His Retiring from General Practice", 1970) 63

《养老院》("Old People's Home", 1970) 89

《与狗的交谈》("Talking to Dogs", 1970) 532

《孤独感》("Loneliness", 1971) 532

《献给布谷鸟的短颂歌》("Short Ode to the Cuckoo", 1971) 532

《与老鼠的交谈》("Talking to Mice", 1971) 532

《与自己的交谈》("Talking to Myself", 1971) 44, 63, 532

《祝酒辞》("A Toast", 1971) 332

《晨歌》("Aubade", 1972) 364

《不可测的天意》("Unpredictable but Providential", 1972) 199

《进化？》("Progress?", 1972) 470

《夜曲》("Nocturne", 1972) 469

《答谢辞》("A Thanksgiving", 1973) 44, 52, 54, 70, 103, 175, 182–184, 261, 340, 459

《考古学》("Archaeology", 1973) 246, 435

《疑问》("The Question", 1973) 245

二 综合索引

A

阿伦特（Hannah Arendt）33, 206, 272, 351, 352, 358, 441, 545

艾布拉姆斯（M. H. Abrams）259, 464–466, 468, 545

艾略特（T. S. Eliot）3, 4, 6, 8, 10, 12, 16, 18, 21, 30, 31, 36–39, 54, 119, 129, 144, 183, 202, 203, 227, 258, 261, 266–268, 284, 285, 289, 297, 328, 329, 366, 372, 373, 440, 444, 462, 496, 503, 504, 526, 545

爱邻如己／爱人如己 140, 172, 178, 206, 234–243, 247, 298, 369

爱欲本能 116, 117

奥登一代／奥登诗人们／奥登及其伙伴们 4, 8, 21, 27, 29, 30, 34, 36, 46, 82, 103, 112, 113, 119–122, 124, 144–147, 149, 154, 158, 281, 282, 327–329, 333, 335, 520

奥古斯丁（Saint Augustinus）203, 233, 357, 358, 501, 545

奥勒留（Marcus Aurelius Antoninus Augustus）280, 281, 545

奥维德（Ovid）43, 278, 280, 286, 306, 307, 354, 406, 479, 481, 545

奥威尔（George Owell）8, 112, 113, 128, 130, 146–150, 152, 156–159, 163, 165, 199, 213, 328, 329, 335, 545, 546

B

理查德·巴勒姆（Richard Barham）424

约翰·巴勒斯（John Burroughs）264, 546

巴罗（Trigant Burrow）57

塞缪尔·巴特勒（Samuel Butler）423

拜伦（George Byron）4, 13, 44, 61, 70, 71, 73, 74, 78, 79, 92, 98, 130, 140, 150, 151, 191, 250, 264, 286, 290, 291, 306, 317, 334, 454, 513, 516, 546

约翰·贝杰曼（John Betjeman）60

彼特拉克（Francis Petrarch）302, 418

别尔嘉耶夫（Nicolas Berdyaev）496, 546

波德莱尔（Charles Baudelaire）88, 255, 281, 284–289, 297, 304, 384, 446, 477, 483, 498, 546

路易斯·博根（Louise Bogan）398, 517

柏拉图（Plato）80, 215, 377, 384, 404, 405, 410, 463, 472, 495, 499, 526, 546

勃兰兑斯（Georg Brandes）478, 546

罗伯特·伯奇菲尔德（Robert Bruchfield）438

约翰·布莱尔（John Blair）6, 26, 30, 274, 457

布莱希特（Bertolt Brecht）54, 103, 131, 132, 359, 547

本杰明·布里顿（Benjamin Britten）87, 478, 516

克林斯·布鲁克斯（Cleanth Brooks）3, 283, 441, 442, 546

哈罗德·布鲁姆（Harold Bloom）29, 164, 166, 183, 257, 262, 269, 301, 303, 304, 306, 308, 311, 443, 444, 448, 480, 546

罗伯特·布鲁姆（Robert Bloom）21, 330

布罗茨基（Joseph Brodsky）1, 11, 18, 35, 43, 50, 54, 65, 66, 69, 86, 139, 140, 176, 180, 252, 256, 427–429, 437, 442, 443, 447, 448, 454, 480, 505, 532, 546

韦恩·布斯（Wayne C. Booth）322, 324, 339, 344, 547

C

刘易斯·卡罗尔（Lewis Carroll）413

此世性 234, 237, 527

存在主义 6, 49, 181, 193, 223, 232, 450, 469

D

大罢工 93, 94, 142, 535

乔治·戴维斯（George Davis）13, 85, 86

但丁（Dante Alighieri）43, 106, 107, 200, 334, 343, 396, 406–409, 418, 547

道德的见证者 2, 49, 323, 356, 520

道兹（E. R. Dodds）149, 150

约翰·德莱顿（John Dryden）479

狄金森（Emily Dickinson）18, 518

保罗·蒂里希（Paul Tillich）183, 232, 497, 547

丁尼生（Alfred Tennyson）198, 269, 270, 316, 373, 424

杜运燮 36, 37, 39, 547

多恩（John Donne）180, 191

E

俄狄浦斯情结 76, 79, 81, 83, 85, 86, 89, 91, 395

爱德华·厄普华（Edward Upward）134, 358

恩格斯（Friedrich Engels）107, 125, 138, 142, 160, 164, 165, 171, 210

F

多萝西·法南（Dorothy Farnan）32, 188, 189

反法西斯主义/反纳粹 109, 120, 122, 124, 137, 148, 149, 153, 154, 156, 158, 163, 166, 175, 176, 222, 238, 333

飞白 198, 307, 331, 380, 416, 424, 479, 484, 547, 568

非个性化 31, 268, 269, 381

伏尔泰（Voltaire）203, 281, 294

约翰·富勒（John Fuller）30, 54, 79, 184, 273

福楼拜（Gustave Flaubert）415

埃里希·弗洛姆（Erich Fromm）58, 59, 65, 107, 117, 142, 210, 212, 214, 547

弗罗斯特（Robert Frost）54, 209, 393, 443, 447, 475, 484, 485, 503, 527, 532

弗洛伊德（Sigmund Freud）23, 29, 47–49, 56–61, 64–71, 75–77, 79, 81–83, 85, 89–92, 96–98, 104–109, 116–119, 122, 123, 131, 136, 142, 143, 170, 171, 198, 201, 202, 209–211, 213, 214, 227, 231, 232, 234, 326, 366, 394–401, 404, 413, 414, 416, 422, 468, 523, 547, 548

G

改良主义 137, 141, 165

高教会派 3, 172, 202, 488

歌德（Johann Goethe） 54, 88, 281, 286, 307, 308, 376, 377, 384–386, 397, 427, 447, 459, 463, 498, 523, 528, 529, 545, 548

杰弗里·格里格森（Geoffrey Grigson） 4, 330

格律诗 442, 443, 445, 448, 449, 453

公共领域 35, 48, 133, 150, 167, 255, 256, 272, 283, 284, 300, 311, 314, 317–320, 327, 399

共同体 225, 271, 315, 369, 370, 460, 461, 486, 500, 501, 502, 525

公众 31, 35, 86, 225, 228, 254, 257, 259, 284, 290, 299, 303–307, 309–314, 318, 324, 326, 336, 337, 339, 340, 345, 346, 384, 423, 430–432, 518, 521, 524

孤独的个体 225, 226, 231

孤独的艺术家 301, 304, 317

果代克（Georg Groddeck）57, 92, 104

H

哈贝马斯（Jurgen Habermas）272, 318, 496

哈代（Thomas Hardy）6, 29, 54, 198–200, 261–264, 267, 274, 277, 289, 424, 442, 443, 447, 454, 485, 503, 513, 514, 516, 548, 551

达格·哈马舍尔德（Dag Hammarskjöld） 458

海德格尔（Martin Heidegger）353, 354, 376, 420, 495, 496, 548

海明威（Ernest Hemingway） 149, 213

理查德·达文波特—海因斯（Richard Davenport-Hines） 6, 27, 61, 400, 401, 424

塞缪尔·海因斯（Samuel Hynes）21, 29, 30, 119, 137, 144, 145, 281

豪斯曼（A. E. Housman）4, 99, 198–200, 301

荷尔德林（Friedrich Holderlin）269, 353, 354, 447, 495

荷马（Homer）277, 278, 366, 379, 383, 396, 397, 405, 406, 408, 511, 547, 548

赫西俄德（Hesiod）382, 405, 406, 408, 548

华兹华斯（William Wordsworth）44, 259, 266, 269, 270, 272, 300, 304, 316, 318, 372

幻想性想象 259, 272

婚姻之爱 189–191, 228, 529

霍普金斯（Gerard Hopkins）6, 198

J

吉卜林（Rudyard Kipling）5, 327, 341, 425, 526

济慈（John Keats）4, 191, 259, 265, 269, 300, 304, 463, 475, 484, 485

基督教 6, 22, 27–29, 32, 48, 54, 55, 85, 101, 127, 168–174, 178, 180, 181, 183–185, 191, 192, 194–198, 200–206, 209–211, 213–217, 219, 220, 223, 226–235, 237, 239–242, 245, 246, 284, 357, 358, 362, 369, 371, 401, 408–410, 426, 445, 457, 535, 536, 538, 545

技艺论 49, 404, 410–412, 418, 469, 484

加缪（Albert Camus）213

见证真相 2, 49, 323, 356, 367, 370, 378, 391, 475, 486, 519

焦虑的时代 48, 107, 121, 208, 308, 391, 439, 537

介入的艺术／介入 25, 36, 37, 39, 47–49, 113, 228, 239, 256, 284, 317, 325, 332–336, 338, 339, 342, 346, 349, 350, 372, 432, 486, 498, 522, 524

精神分析学／弗洛伊德主义 6, 32, 47, 48, 55–58, 61, 62, 65–67, 69, 76, 79, 84, 85, 91, 92, 95–98, 104–107, 116, 122, 131, 142, 143, 168–170, 178, 198, 209–211, 213, 214, 227, 234, 267, 268, 372, 395, 397, 401, 413–417

绝对的前提 2, 180–182, 193, 209, 210, 213, 217, 222, 223, 227, 228, 234

K

切斯特·卡尔曼（Chester Kallman）32, 99, 185, 224, 226, 244, 404, 536

卡尔维诺（Italo Calvino）281, 548

卡夫卡（Franz Kafka）305, 397, 398, 548

卡彭特（Humphrey Carpenter）19, 27, 44, 45, 59, 73, 77, 79, 86, 91, 108, 134, 143, 149, 150, 157, 172, 177, 185, 186, 214, 299, 312, 400, 433, 533, 534

卡西尔（Ernst Cassirer）496, 549

科尔巴斯（E. Dean Kolbas）34

克尔凯郭尔（Soren kierkegaard）29, 54, 168, 180, 182–186, 189, 190, 192, 193, 196, 218–233, 247, 305, 310, 311, 469, 487, 545, 549, 551

亚瑟·柯尔奇（Arthur Kirsch）28, 29, 203, 205, 206

奈维尔·柯格希尔（Nevill Coghill）266, 372, 402, 535

卡尔·克劳斯（Karl Kraus）430, 431

柯勒律治（Samuel Coleridge）259, 416, 417, 420, 464–468

克洛岱尔（Paul Claudel）327, 341

库切（John Coetzee）442, 443, 447, 448, 480

昆德拉（Milan Kundera）301, 497, 498, 549

L

霍默·莱恩（Homer Lane）57, 92, 143

威尔海姆·赖希（Wilhelm Reich）95, 96, 107

莱辛（Gotthold Lessing）303, 511, 549

莱亚德（John Layard）104, 109, 110, 201, 288

兰波（Jean Rimbaud）269, 285, 298, 301, 498

浪漫之爱 190, 228

浪漫主义视域 261, 266, 274, 289

劳伦斯（D. H. Lawrence）4, 57, 104, 201, 202, 328, 394, 449, 471, 549

里尔克（Rainer Maria Rilke）36, 84, 321, 352, 481, 482, 495, 524, 549

爱德华·李尔（Edward Lear）35

利维斯（Frank Leavis）21, 24, 26, 322

列宁（Lenin）160, 161, 165, 201, 328

灵感论 49, 404-406, 410-412, 418, 469, 484

灵性之爱 189, 190

戴—刘易斯（C. Day-Lewis）7, 8, 108, 282, 535

C. S. 刘易斯（C. S. Lewis）183, 184, 444, 445

伦理／道德 2, 3, 15, 22, 31, 39, 42, 47-49, 57, 80, 100-103, 108, 109, 112, 113, 117, 144, 146, 147, 152, 157, 158, 163, 166, 170, 173, 181, 190, 193, 199, 200, 210, 211, 213, 217, 218, 221-223, 230, 233-236, 239, 247, 249, 252-254, 272, 281, 282, 284, 287, 291, 295, 312, 314, 321-324, 329, 333, 341, 344, 350, 356, 360, 361, 367, 368, 370, 371, 378, 379, 383, 387, 388, 390, 393, 397, 419, 432, 462, 473, 475, 477, 486, 489, 493, 494, 502, 520-523, 525, 526

克里斯蒂娜·罗塞蒂（Christina Rossetti）424

M

马尔库塞（Herbert Marcuse）105, 107, 208, 496, 549

马克思（Karl Marx）6, 11, 36, 47, 48, 55, 59, 91-93, 97, 98, 103-109, 113, 116, 118-132, 134, 136-139, 141-145, 147-149, 155, 158-166, 168-171, 178, 181, 201, 202, 204, 209-211, 213, 214, 216, 217, 227, 231, 232, 234, 242, 282, 322, 329, 331, 358, 359, 362, 468, 469, 547, 548, 551

马拉美（Stephane Mallarme）423, 483

麦德雷（Robert Medley）8, 80, 195, 478

麦克尼斯（L. MacNiece）7, 17, 30, 78, 136, 145, 185, 282, 516, 535, 536

艾丽卡·曼（Erika Mann）149, 187

托马斯·曼（Thomas Mann）149, 304, 305, 359, 394, 487, 535

沃尔特·德·拉·梅尔（Walter de la Mare）259, 476, 514

美好的生活 105, 121, 124, 127, 138, 158, 168-170, 211, 252, 299, 323

詹姆斯·梅利尔（James Merrill）504

伊丽莎白·梅耶（Elizabeth Mayer）86, 87, 89, 126, 218, 233

门德尔松（Edward Mendelson）1, 2, 14, 28, 41, 43, 45, 55, 60, 109, 120, 129,

149, 168, 177, 178, 189, 191, 201, 203, 205, 206, 224, 227, 232, 235, 238, 239, 298–300, 323, 325, 352, 358, 360, 366, 378, 389, 429, 460, 488, 521, 529, 530, 533, 534

约翰·弥尔顿（John Milton）115, 325, 409, 549

米沃什（Czesław Miłosz）319, 371, 496, 519, 549

玛丽安·摩尔（Marianne Moore）23, 459, 460

德斯蒙德·莫利斯（Desmond Morris）509, 510, 549

威廉·莫里斯（William Morris）405, 410

穆旦 36–40, 327, 550

目的性历史 358

N

厄休拉·尼布尔（Ursula Niebuhr）174

莱茵霍尔德·尼布尔（Reinhold Niebuhr）183, 202, 228, 232, 239

尼采（Friedrich Wilhelm Nietzsche）193, 202, 203, 287, 295, 309, 353, 389, 550

P

帕斯卡尔（Blaise Pascal）281

庞德（Ezra Pound）31, 328, 440, 458

迪特里希·冯·朋霍费尔（Dietrich Von Bonhoeffer）195, 236–238, 550

彭斯（Robert Burns）306

爱伦·坡（Allan Poe）424

普鲁斯特（Marcel Proust）101, 397, 400, 401, 550

Q

契诃夫（Anton Chekhov）305, 346

弃绝 192, 193, 230, 244–247, 436, 522

潜在的基督徒 214, 230, 232, 411, 468, 499

潜在的诗人 411, 412, 419, 468, 499

乔伊斯（James Joyce）8, 328, 416, 430

丘吉尔（Winston Churchill）110, 111, 113, 114, 118, 121, 123, 124, 154, 176, 550

R

人道主义 48, 107, 127, 142–145, 147, 149, 156, 158, 163, 178, 179, 213, 231, 361, 364

荣格（Carl Jung）56, 57, 61, 65, 85, 92, 414, 416, 550

肉性之爱 186, 187, 189, 190, 207, 208

瑞恰兹（I. A. Richards）144, 329, 332, 462

S

奥利弗·萨克斯（Oliver Sacks）63, 429

萨义德（Edward Said）255, 256, 550

安妮·塞克斯顿（Anne Sexton）286

莎士比亚（William Shakespeare）27, 44, 76, 91, 245, 270, 311, 334, 341, 373, 394, 395, 413, 455, 463, 465, 489, 490, 546, 550

社会民主主义 162–166, 169

社会主义／共产主义 4, 9, 11, 93, 96, 97, 104–106, 108, 112–114, 117–120, 122, 127, 131–134, 136–139, 143, 147, 148, 154–158, 160, 161, 163–165, 169, 179, 201, 211, 213, 242, 299, 329, 359, 362, 363, 549

社群 49, 301, 305, 310, 311, 314, 370, 394, 460–462, 501, 502

卡尔·施米特（Carl Schmitt）271, 550

史文朋（Algernon Swinburne）425

失业 11, 102, 103, 109–112, 130, 135, 144, 148, 354, 521

斯彭德（Stephen Spender）7, 8, 11, 12, 22, 23, 27, 30, 36, 62, 99–103, 108, 112, 113, 118, 121, 122, 129, 132, 136, 147–149, 151, 153, 158, 166, 170, 187, 267, 268, 282, 286, 318, 328, 402, 437, 440, 491, 504, 535

私人领域 48, 85, 115, 133, 150, 167, 255–257, 272, 300, 311, 314, 316, 318, 327, 572

斯特拉文斯基（Igor Stravinsky）472, 505, 512, 537

死亡本能 108, 109, 116, 117, 119, 123, 124, 136

索福克勒斯（Sophocles）395

亨利·梭罗（Henry Thoreau）494

T

塔玛涅（Florence Tamagne）100, 101, 190, 401, 550

查尔斯·泰勒（Charles Taylor）193, 196, 200, 234, 551

特里林（Lionel Trilling）322, 520, 523, 551

安东尼·特罗洛普（Anthony Trollope）14, 323

体系化批评 46

跳跃/信仰的跳跃 2, 29, 182, 189, 192, 193, 196, 222–234, 308, 463

托尔金（J. R. R. Tolkien）183, 184, 438, 439, 507

W

瓦雷里（Paul Valery）36, 423, 424, 429, 448, 449, 452, 453, 471, 472, 483, 487, 505

王家新 40

王佐良 10, 12, 36, 37, 40, 365, 551

危机 21, 28, 49, 94, 95, 107, 108, 111, 113, 116, 118–120, 123, 127, 128, 130, 144, 146, 169, 192, 196, 215, 234, 246, 273–275, 277, 279, 281, 282, 288, 329, 361, 414, 446, 495, 499, 509, 519, 521, 524, 528, 529

维吉尔（Virgil）381, 406, 407, 479, 481, 551

查尔斯·威廉斯（Charles Williams）182–185, 192, 217, 218, 221, 223, 227

威廉·卡洛斯·威廉斯（William Carlos Williams）286

威廉·维姆萨特（William. K. Wimsatt）463, 464

伊夫林·沃（Evelyn Waugh）17, 71

罗伯特·沃伦（Robert Wollen）483, 484

吴笛 89, 261–264, 495, 551

弗吉尼亚·伍尔夫（Virginia Woolf）4, 466, 491

乌托邦 97, 140, 158, 357, 460, 462, 486, 494–502, 548, 549, 551

X

西班牙内战 112, 130, 145, 146, 148, 149, 152, 153, 155–158, 165, 166, 176, 178, 213, 282

线性历史观 170, 356, 358, 360, 362

新批评 3, 25, 49, 253, 283, 441, 462, 463, 466, 473, 474, 483, 484, 493, 552

形式主义 252, 253, 448, 449, 486

雪莱（Percy Shelly）4, 191, 259, 269, 300, 304, 316, 319, 327, 341, 392, 498

Y

亨利·亚当斯（Henry Adams）367, 368

雅各比（Russell Jacoby）495, 551

亚里士多德（Aristotle）364, 463, 464, 484, 551

亚诺夫斯基（V. S. Yanovsky）63, 88

燕卜荪（William Empson）36, 330–333, 343, 462, 551

叶芝（W. B. Yeats）2, 4, 6, 29, 31, 34–36, 54, 68, 191, 254, 266, 290, 321, 324–327, 329, 333, 335–343, 345, 348–355, 358, 392, 432, 440, 454, 482, 485–487, 496, 503, 513, 516–518, 522, 524, 538, 550

伊格尔顿（Terry Eagleton）253, 254, 322, 323, 343, 420, 421, 442, 448, 502, 551

异化 178, 210, 305, 497, 525, 527

艺术伦理 42, 47–49, 249, 254, 462, 473, 502

衣修伍德（Christopher Isherwood）7–10, 13, 17–19, 36, 53, 62, 82, 84, 94, 99–101, 103, 118, 121, 124, 127, 134–136, 147–151, 155, 185–187, 190, 191, 204, 207, 212, 214, 215, 217, 276, 284, 290, 300, 324, 332, 333, 403, 478, 515, 534–536, 541

鹰的视域 29, 199, 261, 262, 264, 266, 267, 274, 276, 277, 281, 288, 289, 293, 298, 317, 364, 378–380, 384, 387–391, 477, 527

有机论 462–469, 473, 474, 493

游戏精神 448, 450–454, 460, 484

语言的社群 49, 370, 394, 460–462

语言的物质主义者 420

语言的游戏 49, 393, 419, 421, 450, 461, 487

寓言艺术 343, 349

塞缪尔·约翰逊（Samuel Johnson）89

袁可嘉 12, 39, 40, 331, 496, 551

Z

亨利·詹姆斯（Henry James） 29, 322, 450, 451

张德明 250, 406, 552

张力论 473, 474, 489

治疗／诊疗 47, 56-59, 61, 63-67, 76, 92, 97, 104, 105, 120, 130, 131, 198, 267, 268, 282, 330, 394, 397, 413

知识的游戏 394, 450, 461

自然有机体 394, 462, 466, 467, 469, 471, 472

自由诗 243, 254, 442-446, 448-450, 453

自由主义 106, 128, 130, 132, 137, 139-141, 143, 146, 148, 149, 155, 162, 166, 178, 179, 181, 219, 548

左派／左倾／左翼 9, 15, 18, 32, 36, 37, 48, 104, 106-109, 112, 113, 120, 121, 124, 128-132, 134, 137, 139-145, 147, 151, 158, 161, 165, 175, 181, 213, 227, 242, 273, 282, 299, 308, 312, 329, 331, 333, 334, 358, 359, 483, 520, 521, 531, 535

后　　记

呈现在读者诸君面前的拙著，是我在国家社科基金项目"奥登诗学研究"（12CWW028）的基础上完成的。成书过程漫长，而且颇费心力，不啻为一场智识上的奥德修斯之旅，但我与奥登的缘分却要溯涉时间之流而上。

最早得知有这么一位"横空出世"于英国现代诗坛的诗人，是在2004年的春天。那会儿，我临时抱佛脚备战考研复试，通读了飞白老师主编的《世界名诗鉴赏辞典》，对奥登的《美术馆》印象颇深。一年后，在斟酌硕士毕业论文选题时，我以"初生牛犊不怕虎"的无知无畏选择了这位"庞然怪物"作为研究对象。只有在搜集资料和研读文本的"道阻且长"的过程中，我才体会到恩师吴笛教授最初的忧虑。确实，当时的情况，就像黄灿然先生在世纪之交说的——"奥登在英语中是一位大诗人，现代汉语诗人从各种资料也知道奥登是英语大诗人，但在汉译中奥登其实是小诗人而已。"不仅奥登诗文的汉译很少，对于他的研究也少之又少。面对十分有限的资料储备，我的研究热情演变为"艺高胆大"，将奥登乔装打扮为一个"身在荒原、心向净土"的追梦人。尽管恩师在论文写作过程中给予了很大帮助，甚至几次三番试图把我拉出自己营造的"幻境"，但仍然无法阻止我把毕业论文写成了心灵鸡汤式的三段论。

这个相对失败的写作过程，倒是激发了我深入研读的激情。而且，我偶然间听闻恩师提起他当年硕士生涯的经历，宛若醍醐灌顶。他说，他那时翻译了很多劳伦斯诗歌，翻译的过程就是正确理解原文和创造性地运用汉语再现原文的表达过程,因而写毕业论文的时候胸有成竹,一气呵成。"文本译介"和"学术研究",两者自然是相辅相成的,这也成了我之后积极效仿的研究路径。

我的博士论文依然选择了奥登作为研究对象,原因无他,我觉得在哪里跌倒就应该在哪里爬起,依然很无知无畏。现在回想起来,那是一个类似于摸黑前行的冒险旅程。我十分确信研读奥登对自己的意义,正如我后来在博士毕业论文"后记"中写的——

> 他满足了我对一个"人"的所有想象:有错误,有偏执,有激情,有理想,有对美好的追求,有对永恒的探索,还有着根深蒂固的怀疑精神。每当我看着他的那些照片,隐隐约约中似乎会出现这样一个幻境:奥登先生孤独地坐在窗帘拉拢的昏暗寓所里,满脸的皱纹像地图上的那些边界线一样错综蔓延,指缝里的烟似要燃尽了,却仍然不遗余力地向着上空升腾;他闭着眼睛,眼珠子在松弛的眼皮下转动、颤动,隐隐地还渗出了两滴泪。
>
> 他那肮脏不堪的厨房,他那凌乱无序的摆设,即便是书籍,也是一堆堆地随意放在地上,连个书架都没有。他咬着手指甲,趿着拖鞋,身上的衣衫一个月了都不曾换洗一下,以至于阿伦特实在看不过眼了,拿去世的丈夫的衣服给他穿……恐怕只有严格的作息时间表、严谨的艺术规律和包罗万象的思想谱系才是他为自己构建的秩序。而所有这一切,都只归结于一点——探索。他把肉留在墨水里,把心交给了疑惑。年华老去,站在有时差的两个时间,他回头遥望,渴望那神灵将命运逆转,犹如枯木逢春,抽出嫩芽,长出新穗。他探身向前,静默一点点遍布开去,仿佛一个摒弃了寒冷和残忍的地方正笑盈盈地咧开了嘴。如果一切都未曾远去,如果时间还尚早时机还诱人,他将是生活最虔诚的信徒。是谁斩断了那条生命之链,就像折断脊柱,抽出血淋淋的脊髓?那一天终于来临,却又仓促地戛然而止,来不及细细体会时空的交错、魂灵的移转。
>
> 他是一位"大诗人",一位终身保持阅读习惯并且不断汲取新知、反

思自我的"智性诗人"。在接近他的过程中，我不得不调动小小自我的一切潜能（我那时分明还可以再努力一些）。我的意识，在白天和黑夜都源源不断地流向他，而他的广度和深度给予我的，是心智的一次次启蒙，也是一股股来势汹汹的压力。

幸运的是，摸黑前行的路上，我遇到了一位"同路人"——马布（即马鸣谦）。他在苏州译奥登诗，我在杭州写博客谈奥登诗，我们各踞一个"天堂"，网络让他找到了我，而奥登让我们自2009年春便携手合作。于是，很快地，我做了延期毕业的决定。2009年4月13日，我写道：

> 那天，带着延期申请书，请老吴签字。我礼貌性地问，延多久呢？他说，你还需要延期呀？我说，需要。在校对诗行和按期毕业之间，我选择前者；在心安理得地毕业和草率仓促地毕业之间，我选择前者。我说，我延一年好吗？他说，你觉得有比毕业更重要的事情去做，那就去做吧。那一刹那，老吴身后的玻璃窗分外明亮。我想，老吴明白我。我做毕业论文的所有激情，都是因为迷恋心中的诗人，美的诗行，美的心灵，美的行为选择。

老吴，嗯，和蔼可亲的吴笛教授，他总是第一时间支持和引导学生莽撞的学术探索之路。在接下来的近两年时间里，我一边与马布合译奥登诗，一边撰写博士论文。整个过程很纯粹，也很美好，恐怕我再难有那样的心力和精力奋不顾身地去做一件事情。很多个夜晚，我带着疑问入睡，晨起后又揣着疑问在故纸堆里寻找疑惑的根源。比如，2009年10月12日上午，我写道：

> 深夜讨论完诗行，带着牵挂入睡。早上醒来，重读这首"Let History Be My Judge"，依然深陷迷宫。我懊恼，也激动。似乎在繁花似锦的字符深处，有一位风华绝代的佳人向我投射目光，隐隐诱惑着我：你能找到我么？
>
> 奥登的诗歌，其实是中性色彩的，但不知何故，我喜欢将它们想象成至美的"她"。我内心住着的那个男性，想要挣脱了女性的身躯，

去追逐更广阔更自由的情境。感性的她让我全身心地沉溺，去生活，去体验，哪怕粉身碎骨也要勇敢投入；理性的他要求我摈弃小情小调，保持距离，冷眼旁观，向遥远的时间和空间寻求终极答案……

有人说，对美的迷恋，可以打败任何智者自以为是的心得报告。我该庆幸的是，奥登诗歌版图的"美"，是传统和现代的融合，是民主派和专制论的调和，也是绚丽的技法和虔诚的敬畏的合铸。与这样一位诗人相交，常读常新，常思常明，也在督促自己不要轻易地耽于臆想和放任，而要在现实生活中修炼精神和培养智识。

我的博士论文《论奥登的乌托邦精神》于2010年12月顺利通过答辩。在这段求学、求知、求真最重要的人生历程中，恩师吴笛教授给予的教益和帮助，点点滴滴，在此无需赘言。浙江大学比较文学与世界文学研究所的诸位老师，张德明教授、李小林教授、许志强教授、傅守祥教授和张玉娟教授，多年来对我的教导和关怀自不待言。还要感谢李公昭教授、殷企平教授、谭慧娟教授、吴宗杰教授拨冗出席我的论文答辩会，对论文的不足之处提出了很多宝贵的修改意见。

毕业后，我本想早日出版博士论文，但幸亏万般蹉跎，才有了一改再改的机会。在这8年里，我与马鸣谦合译的《奥登诗选》（上下卷）由上海译文出版社出版，黄昱宁主任和顾真编辑为这套丛书的出版尽心尽力，在此不胜感激。王家新教授不但鼎力支持我们的译事工作，还在学习和生活中给予我点拨与帮助，在此也必须奉上诚挚的谢意。远在美国的奥登文学遗产受托人爱德华·门德尔松教授（Edward Mendelson）对所有有关奥登生平、创作和思想方面的问题都耐心且详尽地予以解答，在此致以遥远而由衷的感谢。书稿修改之际，恰逢胡桑博士翻译的奥登散文集《染匠之手》付梓，本书相关引文部分地借鉴了他的译文；译事颇为艰辛，在此衷心感谢他的付出。

感谢国家社科基金的资助，让我得以潜心研习，在整体构思、结构安排和篇幅层次上都突破了博士毕业论文的稚嫩与局限。感谢鉴定我的结题书稿的五位匿名专家，他们的评语于我而言无疑是"一支肯定的火焰"。感谢《外国文学评论》、《外国文学》、《国外文学》等期刊一再给予初出茅庐的学术"小白"机会，让我在学问之路上不至于过于"野蛮生长"，尤其是程巍老师当年语重心长的"修改意见"，不仅直指我的论文短板之处，也在叩问我自己对"私人领域"和"公共领域"的反思，这个反思持续地影响着我的人生选择。还要感谢何畅牵线，让我有幸遇到中国社会科学出版社的责编张湉博士，她仔细审校了书稿并提出了很多专业的修改意见。

受惠于这些"诗与爱的教育"，拙著才得以诞生。

行至今日，虽然不再无知无畏，但初心依旧。如果不是因为心有所惑，我不会甘受案牍劳形。如果不是因为心有所感，我无法下笔成文。我的能力仍然属于"小"的那一类，小的感受，小的情怀，小的理解，乃至小的分析，一切都源自大千世界里的偶然相遇。这些美好的意外相逢，不仅有隔着时间和空间的古今中外对话，也有三五朋友促膝而谈。人，终究是生命的过客，也是彼此的过客，所幸我们有此机缘从五湖四海汇集一地。为此，感谢我的同门伙伴们，多年来相互激励，我们才能共勉进步。也感谢浙江财经大学的各位同仁，"菜园"土壤肥沃，我辈才能生机盎然。

最后，当然要感谢我的父母、丈夫、女儿和家人们，你们带给我的"爱的多重奏"，在我的生活时空里响起华彩乐章，使我这样一颗偶然飘落世间的种子生成了价值和意义。我曾思忖，拙著若是出版，一定要题献给女儿——"如若不是因为你，本书可以提前 n 年面世。"现在想来，既然我们都不赶时间，那么此类玩笑话也就变得索然无味了。

"我们这么晚才从暗中浮现，／这么早又要向暗里消隐。"在这一浮一隐的人生旅途，前路依然昏冥不定，奥登诗学版图仍然亟需拓深。每每念及至此，心中复又燃起火焰。谢谢你，亲爱的 A 先生。

蔡海燕
2018 年 9 月于杭州桂花苑
2019 年 12 月修订于英国剑桥大学
2020 年 8 月修订于杭州文鼎苑